KB115504

한국
근대시의
흐름과
고원

지은이_곽명숙(郭明淑, Kwak, Myoung-suk) 서울대학교 국어국문학과 및 동대학원을 졸업했다. 「1970년대 한국시에 나타난 민중의 의미화와 재현양상」으로 서울대학교에서 박사학위를 받았고, 시작과 평론을 겸하고 있다. 현재 아주대학교 국어국문학과 교수로 재직하고 있다.
논문으로 「한국 근대시의 비극성」, 「해방기 한국시의 미학과 윤리」를 비롯해 공저 『한국 대표시집 50권』이 있고, 편저로 『설정식 선집』이 있다.

한국 근대시의 흐름과 고원

초판 인쇄 2015년 1월 5일 **초판 발행** 2015년 1월 10일
지은이 곽명숙 **펴낸이** 박성모 **펴낸곳** 소명출판 **출판등록** 제13-522호
주소 서울시 서초구 서초중앙로6길 15(란빌딩 1층)
전화 02-585-7840 **팩스** 02-585-7848 **전자우편** somyong@korea.com **홈페이지** www.somyong.co.kr

값 32,000원
ISBN 979-11-85877-19-8 93810
ⓒ 곽명숙, 2015

이 도서의 국립중앙도서관 출판시도서목록(CIP)은 서지정보유통지원시스템 홈페이지(http://seoji.nl.go.kr)와 국가자료
공동목록시스템(http://www.nl.go.kr/kolisnet)에서 이용하실 수 있습니다.(CIP제어번호: CIP2014037334)

한국
근대시의
흐름과
고원

Flow and plateau of Korean
modern poetry

곽명숙

소명출판

책머리에

> 우리는 유전병이나 가문의 병보다는
>
> 오히려 다형적이고 리좀적인 독감 때문에
>
> 진화하거나 죽는다.
>
> ―『천 개의 고원』에서

시에 대해 본능적으로 매혹되어 즐기는 향유와 다르게, 시인과 작품을 연구하고 의미를 캐내는 작업은 지난한 일이다. 언어에 대한 끌림을 미뤄두고 나는 텍스트의 다양한 바깥을 기웃대거나 문학사의 지평 위에서 서성였다. 스스로가 체계라든가 계통의 성채를 구축하는 일에 취약하다는 것을 깨달았기에 연구 결과를 책으로 내기까지 오랜 시간이 걸렸다.

이 책은 개화기 무렵부터 시작하여 해방기까지 진행된 한국 근대시의 흐름을 따라 여러 시인을 다루었지만 어떤 체계의 모델이나 계통의 나무를 그리고 있지 않다. 문제의 지점들을 답사하듯이 오르다 보니 이 책의 장들은 하나하나의 고원처럼 떨어져 있다. 때로는 동일성이나 선형성을 기반으로 구축된 저작물을 보면서 그 탄탄한 사유의 흠잡을 데 없는 아름다움에 찬탄을 보내기도 하지만, 단속적이거나 우연적일지라도 다양체와 탈주선의 흔적을 추적하거나 상상하는 것에 저자가 더 끌리고 있기 때문이다. 이 책의 1부에서 근대시의 출발 지점을 다루면서『독립신문』의 애국·독립가나 김억과 이광수의 시론과 시가들이 기대고 있던 '노래'의 기능, 이와 대칭처럼 뻗어 나온 상징주의 시파의 예술적 욕망과 미의식을 다룬 것도 그런 욕구의 소산이었다. 2부에서는 1930년대의 대표적인 모더니스트였던 정지용, 김기림, 오장환을 통해 근대성의 형상과 파편을 추적하고자 했고 그 탐지기 노릇을 한 것은 여행과 감각, 알레고리와 언어였다. 3부에서는 윤동주, 오장환, 설정식을 중심으로 일제 말 암흑기와 해방기의 비극적 현실을 시인들이 어떻게 문학의 세계로 끌어올렸는가를 보고자 하였다.

　시 문학에서 여러 다양체를 분화시키는 힘은 시대의 현실과 예술적 미의식 사이의 긴장이라고 생각한다. 시인과 시대는 텍스트를 감싸고 있는, 텍스트 위나 아래에 보이지 않지만 쓰여 있는 텍스트이다. 그러나 그것은 텍스트의 모든 것이 환원되는 중심이 아니라, 작품 속에 현전하는 동시에 독립해 있고 전복시킬 수도 있는 또 다른 구조일 것이다. 텍스트의 내부와 바깥에 대한 사유를 동시에 욕심부리다 보니 실증적 연구와 텍스트 해석의 중간쯤에 머무르게 된 듯하다. 시의 발표 형태와 시집 수록본 사이의 개작 양상 등등에 점차 주의를 기울이게 된 것도 그러한 과정에서 취하게 된 버릇이다. 그러나 늘 실증적인 부분에서 학자로서의 엄밀함을 충분히 갖추지 못했다는 자괴감은 남아서, 어떤 지점에서는 텍스트 해석을 내세워 그 뒤로 숨은 것은 아닌가 라는 부끄러움이 든다.

　석사학위논문의 주제였던 오장환은 오랫동안 한국 근대시의 흐름을 좇는 여정의 거룻배이자 이 책의 거멀못이 되었다. 어찌 보면 장대하고 파고 높던 한국 근대시의 역사를 무모한 한 마리 나비처럼 횡단한 셈이다. 기존에 발표했던 논문들을 모아 재구성하며 다듬어 수록했는데, 발표된 시기를 훑어보니 1998년부터 2012년까지 약 15년에 걸쳐 쓴 글들인 셈이다. 미숙하던 시절의 논문과 석사학위논문의 많은 부분을 미처 수정하지 못하고 수록하게 되어 아쉽지만 이 글들은 그 자체로 의미가 있다고 판단했다. 텍스트의 해석이 지평과 지평의 마주침으로 일어나는 것이라면 나는 이제 새로운 지평에서 다른 고원을 향해 떠날 준비를 해야 하기 때문이다.

오랫동안 시라는 근원에 대한 갈망을 품고 근대문학 담론의 지층에서 서성이고만 있었다. 하나의 고원에 오를 때마다 문학 연구자로서의 보람과 시인들에 대한 애정을 느꼈지만, 그곳에서 마주친 것은 일종의 황량함이었다. 그것은 나 자신의 것인지도 모르겠다. 조금 더 이 길 위에 서 있으면 현명하게 대답하지는 못하더라도 조금 더 현명하게 질문을 던질 수 있게 되기를 바랄 뿐이다.

표현이나 논리의 미흡함보다 더 두려운 것은 자료와 해석의 오류이다. 섣부르게 꺼내거나 말한 것들이 언제든지 새로운 발견과 고증에 의해 반박될 수 있다는 것은 연구자가 감당해야 할 몫이면서 학문의 소명이기에 연구자분들과 독자 제현의 질정을 바란다.

그럼에도 서문의 자리를 빌어서 감사를 표할 수 있는 것은 책을 쓰는 큰 보람인 듯하다. 첫 책을 늦게 내어서 감사의 인사가 늦어 송구스럽다. 부족하기 이를 데 없는 제자를 학자로 다듬어 주시고 시의 길로 인도해주신 오세영 선생님께 깊이 감사드린다. 학자로서 귀감을 보여주시고 현대시 연구의 정도를 알려주신 김용직 선생님과 한계전 선생님,

그리고 한국 현대문학에 대한 애정과 열정을 키워 주신 김윤식 선생님, 조남현 선생님, 권영민 선생님께도 감사의 인사를 올리고 싶다. 커다란 나무와 같은 은사님들을 가까이에서 우러러 볼 수 있었던 것은 큰 행운이자 영광이었다. 이제는 이름을 언급하는 것도 쑥스러워진 이들에게도 감사한다. 그들이 있어 우울하고 탁하던 시절을 열정과 연대감으로 지나왔고 그들의 명민하고 탁월한 지성의 빛을 따라 여기 서 있을 수 있노라고. 모두를 기억 속에 소중히 간직하고 있다고 전하고 싶다. 지금도 곁에서 나를 지켜봐 주고 분발하도록 격려해주는 선배님들과 동료들, 그리고 나에겐 둥지와도 같은 학과의 교수님들께도 감사드린다.

더불어 부족한 원고를 출판하기까지 애써주신 많은 분들이 있다. 어려운 출판 환경 속에서도 인문학 학술서를 맡아주신 소명출판의 박성모 사장님께 존경의 마음을 올린다. 머뭇거리는 필자에게 따뜻하게 손을 내밀어 잡아주시고 원고를 기다려 주신 공홍 편집부장님, 더딘 교정 작업을 함께 하며 책을 완성해 주신 편집부 최지선 씨께 감사의 마음을 표하고 싶다.

부모님과 시어머님은 내겐 인생을 실감하게 하는 척도이자 긍정의 발판이다. 아직 기댈 곳을 비워드리지 못해 죄송스럽지만 부디 오래오래 곁에 계셔주길 부탁드리고 언제나 마음 깊이 감사드린다. 서툰 엄마를 참아주고 함께 성장하고 있는 선과 원에게도 고맙다. 남편에게는 무엇으로 표현할 길이 없다. 함께 할 날이 길게 남아있길 바라며 그의 덕분에 이번 생은 따뜻하고 덜 외로울 수 있는 것 같다.

2015년 1월 곽명숙

차례

제1장

애국·독립가의 구술성과 상상적 공동체

1. 『독립신문』 시가의 성격

갑오경장(1894)에서 3·1운동(1919)까지를 개화계몽기라고 지칭할 때[1] 이 시기의 시가(詩歌)에 대한 고찰에서 기본 축이 된 것은 근대시의 형성 문제이었다. 시의 근대성을 찾는 시각은 넓게 보면 시형과 운율의 형태 론적 측면에서 자유시로의 이행과정, 그리고 시적 주체와 대상간의 관 련하에 근대적 특성을 드러내는 서정성의 획득 문제라는 두 가지 방향

---

1   권영민은 시대적 순서 개념과 문학의 본질 개념을 통합한다는 측면에서 '개화계몽시 대'라는 명칭으로 19세기 중반에서 1910년까지의 시기를 명명하고 있다. 권영민, 『서 사양식과 담론의 근대성』, 서울대 출판부, 1999, 4면.

으로 정립되었다고 할 수 있다. 정형시에서 자유시에로, 계몽적 교훈성
에서 개인적 서정성으로의 이행을 전제로 하는 관점에서는 다분히 발
전적이고 선조적인 단계를 도출해왔던 것이다.

개화기 시가를 두루 지칭하는 명칭으로서의 창가와 최남선 이후의 새
로운 시를 지칭하는 신시(新詩)가 조윤제에 의해 양분되어 기술된 후,[2]
임화, 백철, 조지훈, 송민호, 정한모에 이르기까지 창가-신체시라는 발
전 모델이 주조를 이루었다. 이 모델은 부분적인 명칭의 변이(신시 / 신체
시, 창가 / 창가가사 등)나 단계의 세분화가 있었지만, 김용직에 이르러 '개
화가사-창가-신체시-자유시'라는 형태로 완성된 것으로 보인다.[3] 자
유시라는 이념형으로의 이행과정에 집중된 진화론적인 시각은 자유시
라는 자율화된 문학담론의 기준을 서구적인 '문학(literature)' 개념이 뿌리
내리기 이전의 양식에 적용함으로써, 그 고유한 존재양식을 미성숙 내
지는 준비의 단계로 평가하게 되는 제한성을 지니고 있다고 볼 수 있다.

여기에서 생각해 볼 것은 개화기 시가들이 글쓰기(écriture)의 일반적
인 차원에서 본다면 근대시에 대한 목표 의식과 정향성을 가지고 나타
난 것은 아니었을 것이라는 점이다. 그것은 개화기에 널리 퍼진 계몽담
론의 인식론적 배치(episteme)를 추상적 원리 안에 체현하고 있으며 국면
에 따라 자기의 형체를 끊임없이 유동적으로 변용시켰던 것이다.[4] 이러
한 관점에서 본다면 '문학'의 고정된 양식만으로 포착해내는 특질은 개

---

2 조윤제, 『조선시가사강』, 동광당서점, 1937.
3 김용직, 『한국 근대시사』 (상), 새문사, 1983, 50면.
4 계몽담론과 관련된 시가들의 유동적 양식에 대한 전반적인 고찰을 시도한 연구로는
  다음을 들 수 있다. 고미숙, 「애국계몽기 시운동과 그 근대적 성격」, 『민족문학과 근
  대성』, 문학과지성사, 1995.

화기 시가의 다양한 지층 속에서 연속과 불연속의 대비만이 강조되기 쉽다.

개화기의 인식론적 배치를 말할 때 무엇보다 간과할 수 없는 사건은 서구문명과의 접합이라고 할 수 있다. 또한 문학이라는 제도와 감수성이 뿌리내리기에 앞서 인식을 형성하는 지층을 관통한 것은 인쇄술의 보급과 그로 인한 매체의 급속한 성장이었다. 개화기 시가가 일반 독자나 매체 담당자들에 의해 창작되고 신문과 잡지 매체에 실려 대중 독자들에게 읽혔다는 점은 간과될 수 없는 중요성을 지니고 있다. 즉 개화기 시가는 근대적인 문학 제도에 의해 파생된 예술적 담론이 아니라, 계몽이라는 더 큰 담론에 복속되어 인쇄술을 동력으로 생산된 지식 담론의 성격을 강하게 가지고 있다는 것이다.

이러한 문화적 인식론적 차원에서 개화기 담론을 논하는 연구가 활발하게 진행된 바 있으나 시가와 관련해서는 담론의 차원에서 새롭게 접근하려는 시도가 활성화되지는 않고 있다. 검토 대상의 양적인 방대함이나 시기에 따라 나타나는 양상의 다양함이 연구자의 접근을 쉽게 허락하지 않으며 그 분석도 기존 연구에서 보여준 성과를 뛰어넘기 쉽지 않다는 난점을 안고 있다. 또한 일반 개화 담론에 대한 논의와 차별성을 갖는 시가만의 담론적 특징을 찾는 것도 지난한 일이기 때문이다.

이 글은 개화계몽기 시가를 글쓰기와 담론적 차원에서 분석하기 위해 그 논의 대상을 극히 한정하는 한계를 인정하면서도 하나의 조망권을 확보해보려는 시도로서 쓴 것이다. 그 대상은 『독립신문』에 실린 시가류로서, 이곳에 실린 시가들은 인쇄술의 보급에 의해 활자화되기 시작한 개화기 시가의 초기 형태를 대표적으로 보여 준다고 할 수 있다. 기존 연구의 중심축이었던 장르 설정과 유형 분류를 살펴보면,[5] 『독립신문』에 실린 시가에 대한 명칭은 논자에 따라 다소 차이가 있다. 개화계몽기 시가에 대한 연구는 대부분 『대한매일신보』에 수록된 시가를 중심으로 진행되었고, 그 시가들의 경우 전시대의 4·4조의 분연체 형식을 띠고 있어 '가사'라는 장르에 귀속시키는 것이 일반적이다. 그러나 『독립신문』에 실린 시가류의 경우는 '애국가', '독립가' 혹은 '노래'나 '글'로 소개되었는데, 이것은 『독립신문』이 장려하였던 애국가 장려 운동의 영향도 적지 않았다. 이 시가들은 4·4조 내지 3·4조의 율격을 취하고 있으나 후렴이나 합가가 딸린 창가도 포함되어 있어 일반적인 개화가사 혹은 계몽가사에서 제외되기도 한다.[6] 『독립신문』의 시가들은 개항 이후 선교사들에 의해 파급된 외래적 양식의 찬송가나 군악 등의 영향을 받은 창가에 가까운 유형으로서 전래적인 가사 형식이 근대적인 가창과 인쇄 방식의 사이에서 굴절된 양식이라고 볼 수 있을 것이다. 그러한 점을 고려하여 볼 때, 개화계몽기 시가 전체를 염두에 둔 장르 분류로서가 아니라 『독립신문』에 수록된 시가를 한정적으로 지칭하는 명칭으로서 애국·독립가를 사용하는 것도 가능하다고 본다.[7]

---

5 김영철의 『한국 개화기 시가의 장르연구』(학문사, 1987)는 실증적인 작업을 바탕으로 선구적인 집대성을 하였고, 조동일의 『한국문학통사』 4(지식산업사, 1986)와 오세영의 『20세기 한국시 연구』(새문사, 1989)에서는 전통적인 장르와 새로운 장르 간의 상호작용 속에서 통시적인 맥락을 포착하여 발전과 단절로 인식되던 개화기 시가에 대한 관점을 확장시켰다.
6 고은지, 「계몽가사의 문학적 형상화 방식과 그 의미」, 고려대 박사논문, 2004, 15면.
7 김학동은 개화기 시가의 유형을 애국 독립가, 개화가사, 창가, 신체시를 나누고 애국 독립가에 『독립신문』의 시가 외에 『대한매일신보』와 『경향신문』의 시가를 분류한 바 있다. 김학동, 『한국 개화기 시가 연구』, 시문학사, 1981, 181~188 · 351~361면. 김영철의 경우는 장르의 일반적 개념에 비추어 애국가류의 장르 설정보다는 음보를

신체시 이전 개화계몽기 시가의 유형을 창가, 개화가사, 개작민요, 개화기 시조 등으로 나누어 볼 때, 개화가사는 내용과 창작자 그리고 발표 매체에 따라 동학가사·의병가사,『독립신문』과『대한매일신보』의 경우로 분류하기도 한다.[8] 발표된 매체라는 것은 사실상 형식적으로나 내용상 특이성을 갖게 만드는 요인이기도 하다. 개화가사들은 새로운 내용을 가사의 형식에 담으면서 형태면에서 축소되기도 하였고, 신문의 잡보란에 게재되었기에 길이의 제약을 받기도 하였을 것이다. 내용상으로도『대한매일신보』의 경우는 시사평론란을 통해 실렸던 만큼 현실비판적인 풍자성을 강하게 띠었고,『독립신문』은 '대한제국의 악장(樂章)'[9]이라 불릴 만큼 독립운동과 애국사상을 호소하려는 성격이 짙어 각각의 특성이 달랐다.『독립신문』의 애국·독립가는 찬양을 위주로 한 송축가의 일종으로 그 영탄조는 찬송가와 유사한 것으로 찬송가의 곡조에 맞춰 가창되있을 것으로 보기도 한다.[10] 개화가사와 내용상으로 거의 구분되지 않는 창가와의 차이점에 대해서는 아직 논쟁의 여지가 있으나 합가와 후렴 등이 붙어 가창의 가능성을 전제로 한 것을 창가

고려한 전통적 양식과 찬송가, 창가 등의 상호작용에 의한 변형적 특징을 드러낸 시가 장르의 관점에서 논한 바 있다. 김영철,『한국 개화기 시가 연구』, 새문사, 2004, 20면.

8 신범순,『한국 현대시사의 매듭과 혼』, 민지사, 1992, 16면.

9 조동일, 앞의 책, 251면. 조동일은『독립신문』의 창가는 문제나 갈등을 드러내려 하지 않고 이미 공인된 주장을 내세우는 노래이며 단순하고도 낙관적인 발상에 머물렀다고 지적하고 있다.『독립신문』의 편집진들이 친정부적이고 문명국의 제국주의적 속성에 대해서는 간과했다는 점, 그리고 개화의 의의를 일방적으로 강조하여 주체의 역량을 과신한 점은 비판될 수 있을 것이다. 대조적으로『대한매일신보』의 가사는 '비판과 풍자의 리얼리즘 시'라고 규정될 만큼 우회적 표현과 현실에 대한 비판 등에서 애국가, 독립가류와는 상당한 편차를 보여준다. 조남현,「사회등 가사와 풍자방법」,『국어국문학』72·73, 1976.

10 송민호,「한국시가문학사 (하)」,『한국문화사대계』5, 고대민족문화연구소, 1971, 920면.

라고 본다면, 『독립신문』의 애국·독립가는 가사 형식과 창가의 혼합된 형태를 포괄할 수 있는 명칭이며 다른 매체의 개화가사와 이념형의 측면에서 구분 지을 수 있는 명칭이라고 할 것이다.

『독립신문』의 애국·독립가는 전래의 가사와 근대교육에 의해 보급되기 시작한 창가의 상호 융합적인 형식을 통해 개화사상을 전달하고자 하는 기능에 의해 인쇄술이 처음으로 선택한 율문양식이라고 할 수 있다. 계몽적 이념성과 구술적 특징의 상관관계를 고찰해 봄으로써 개화기 율문양식의 글쓰기가 지녔던 의미를 살펴보고자 한다.

2. 구술문화에서 문자문화로의 이행

1896년 4월 7일에 창간되어 1899년 12월 4일 종간하기까지 3년 8개월간 총 776호가 발간된 『독립신문』에는 가사 23편, 창가 5편으로 분류되는 28편의 시가가 실려 있다.[11] 노래나 글이라는 제목으로 소개되는 경우도 있지만 대개 애국가 또는 독립가라는 제목을 달고 독자에 의해 투고된 이 시가들은 노래와 시의 미분화 단계를 보여주는 낭송적인 형식을 띠고 있다. 이러한 특징은 근대 초기에 구술문화에서 문자문화로 이행하는 과정과 관련되어 있다고 볼 수 있다.

---

11 김영철, 앞의 책, 62면.

계몽사상의 확장과 전파를 위한 공공영역의 구축과 그 속에서 이루어진 음독을 통한 공동체적 독서는 보편적인 현상이었다. 근대 이행기에 신문이나 사상 서적을 매개로 한 공동체적인 대규모 음독이 계몽의 목적과 결합되어 행해졌으며, 이후 인쇄문화의 출현에 따른 개인적 독서와 묵독이 확산되었다.[12] 그것은 앎의 전유방식과 의사소통 매개에 있어 근본적으로 다른 문화로의 이행을 뜻하는 것이었다. 1900년대의 독서방식은 낭송의 형태가 지배적이었으며, 청중 즉 '듣는 독자'를 전제로 하였다.[13] 특히 시가에서 듣는 독자들을 전제로 한 텍스트들은 작품에 대한 내면적인 공감이나 성찰보다는 집단적인 정서적 반응을 목적으로 하며, 일반적인 도덕적 규범이나 사회적으로 승인된 관습들을 기준으로 가진 자들을 향해 쓰였다.

공적인 매체가 낭송의 뿌리를 지닌 시가를 잡보란에 적극적으로 활용한 것은 노래가 일반 대중 독자들에게 가상 손쉽고 효율적으로 정보를 전달할 수 있는 방법이었기 때문이다. 『독립신문』의 시가뿐만 아니라 『대한매일신보』의 시가들 역시도 단편적이고 동질적인 화제를 다루면서 노래의 특질에서 나오는 형식적인 반복성을 보인 것도 노래의 이러한 효율성 때문이다.[14] 육당의 신체시도 이러한 효용성의 범주에서 크게 벗어나지 않았다고 할 수 있다. 그 이후 근대시의 정초자들이 노래로부터의 극복을 근대시 형성의 과제로 삼았을 만큼 시가의 정형성이 주는 효능은 운문 장르에 있어서는 근본적인 요인이었다.

---

12 천정환, 『근대의 책읽기』, 푸른역사, 2003, 116~133면.
13 홍정선, 「시가의 전통과 새로운 시 의식의 대두―근대시와 시론 형성의 배경」, 한계전 외, 『한국 현대시론사 연구』, 문학과지성사, 1998, 13면.
14 김대행, 「말하기와 노래하기」, 『시가 시학 연구』, 이화여대 출판부, 1991, 41~47면.

노래에서 시로의 이행이라는 문제의 근저에는 우선 구술문화와 문자문화 사이에 있는 정신구조의 차이를 극복해야 하는 과도기적 문제가 있는 것으로 보인다. 인간은 온갖 감각을 이용해 다양한 방식으로 의사소통을 꾀할 수 있으나 목소리를 사용하는 언어만큼 근본적인 방식은 없다. 언어가 기본적으로 구술성(口述性, orality)에 의존하는 현상이라면 이와 대조되는 것이 문자성(文字性, literacy)이다. 문자성과 대조될 때의 구술성은 쓰기(writing)[15]나 인쇄하는 것을 전혀 알지 못하는 사람들의 1차적인 구술성을 뜻하지만 기술문화의 '이차적인 구술성'도 나타날 수 있다는 점을 고려하면 폭넓게 '목소리로서의 말의 성격'을 의미한다고 정의할 수 있을 것이다. 이에 비해 쓴다는 것(writing)은 목소리로서의 말의 성격 없이는 성립될 수 없는 '이차적으로 양식화된 체계'이다.[16] 말은 구술적인 말하기(speech)에 기초를 두는 것으로 말하는 순간 사라져 버리기 때문에 시간과 관계되어 있다면, 쓰기는 말을 공간에 멈추는 일이며 시각적인 장(場) 안으로 고정시켜 버린다. 이처럼 사고와 표현의 특징에서 상반되는 두 세계가 근대적인 인쇄매체의 등장으로 말미암아 교체되는 시기를 맞이했다고 할 수 있을 것이다. 즉 구술적인 목소리의 세계가 본격적인 쓰기와 읽기에 기반한 문자문화로의 이행을 준비하게 된 것이다. 단적으로 말해 청각의 우위에서

---

15 '쓰기'를 기호론적인 표시, 즉 어떤 개체에 대한 시각적인 표시로 간주할 수도 있으나, 월터 J. 옹(Walter J. Ong)은 말에 의한 인간적 커뮤니케이션, 즉 '발화(utterance)'의 표시라고 설명한다. '쓰기'와 더불어 일어나는 새로운 지식의 세계로의 비약이 인간 의식에 이루어지는 것은 시각적인 표시의 코드체계가 발명되고 그것에 의해 쓰는 사람이 텍스트를 마련하며, 읽는 사람이 그 텍스트에서 그 말을 인식하게 될 때를 엄밀한 의미에서 '쓰기'라고 부른다. Walter J. Ong, 이기우·임명진 역, 『구술문화와 문자문화』, 문예출판사, 1995, 132면.
16 위의 책, 18면.

시각의 우위로 바뀌는 것이다.

개화기에 국문운동의 지상목표가 되었던 '언문일치'운동도 넓게 보면 '쓰기'에 대한 인식의 확산으로 볼 수 있을 것이다. 이 운동은 전래의 한문과 국문이라는 문자생활의 이중성이 새로운 제도와 문물을 신속히 수용하는 데 있어 갖고 있는 불편함을 해소하기 위한 것이었다. 물론 근본적으로 볼 때 국문체는 애국 사상과 계몽 담론의 확산이라는 목적에 의해 선택된 근대적 표기 방식이었다. 국어국문운동은 독립국가의 건설이라는 명제를 중심으로 민족문자 혹은 자국문 찾기의 일환으로 추진되어 근대국가의 형성과 뗄 수 없는 상관성을 지니고 있다.[17] 그러나 한자를 제치고 한글이 채택되는 과정에서 음성중심적인 쓰기 방식을 고려하게 된 점을 주목해 볼 필요가 있다.

세상의 만국을 돌아보건대 각기 자기 나라 언어가 독특한고로 문자가 역시 같지 아니하다. 대개 언어는 사람의 생각이 음성으로 나타나는 것이며 문자는 사람의 생각이 형상으로 나타나는 것이라. 그러므로 언어와 문자는 나누면 둘이 되고 합하면 하나가 되는 것이다. 우리글은 곧 우리 옛 임금대에 애써 만드신 인문(人文)이며, 한문자는 중국과 통용하는 것이다.[18]

유길준이 주장하는 언문일치는 음성과 문자의 일치이고 중국의 한문에 대한 주체성의 정립을 뜻하고 있다. 인용문 다음에서 그는 외국인

---

17 노연숙, 「개화계몽기 국어국문운동의 전개와 양상−언문일치를 둘러싼 논쟁을 중심으로」, 『한국문화』 40, 2007.12, 89면.
18 유길준, 김태준 역, 『서유견문』, 박영사, 1976, 15면.

들과 내국인 간의, 상하귀천 남녀 간의 의사소통을 위해 언문일치의 실용성을 주장하고 있다. 언문일치는 단순한 쓰기와 말하기의 일치, 혹은 파롤(parole)에 표기방식을 일치시키는 것에 불과한 것이 아니다. 그것은 정치적인 사건이자 정치와 문화 사이의 복합적인 구성물이다. 수변적인 '읽기'와 같은 수용적 수단에 불과했던 한글을 자국어로 인식하면서 거기에 공적인 '쓰기' 영역의 권위를 부여하게 된 것이다. 한문의 지위를 강등시키고 표음주의의 원리를 내세워 국문의 이념적 안정성을 표방하면서 근대국가의 민족 언어에 대한 상상이 촉발된 것이다. 그 세부적인 해결방안으로 국문체, 국주한종체, 한주국종체 등의 문체 선택의 논란과 다양한 변폭들이 존재하였다. 유길준을 비롯한 순국문체에 대한 시도들은 『독립신문』에서 가장 급진적인 형태에 도달했다.[19]

"우리 신문이 한문을 아니 쓰고 다만 국문으로만 쓰는 거슨 샹하귀천이 다 보게 홈이라. 쏘 국문을 이러케 귀졀을 쩨여 쓴즉 아모라도 이 신문 보기가 쉽고 신문 속에 잇는 말을 자셰이 알어 보게 홈이라"[20]라고 그 창간호에 국문체를 선택한 의도를 명확히 밝히고 있다. 또 신문에 투고하는 모든 글에도 이 문체를 따를 것을 요구하며 "한문으로 혼 편지는 당쵸에 상관 아니홈"[21]이라고 밝힌다. 이러한 강건한 논조와 실천의지는 『독립신문』에 관여한 인물들의 다수가 기독교 신자로서 이 매체의 국문체 선택은 서양 선교사들을 주축으로 한 국문 보급 운동의 영향과 관련되어 있기 때문이기도 하다.[22] 『독립신문』의 경우는 의미보

---

19 황호덕, 『근대 네이션과 그 표상들─타자・교통・번역・에크리튀르』, 소명출판, 2005, 465~469면.
20 「논셜」, 『독닙신문』, 1896.4.7.
21 위의 글.

다 음성을 우위에 두고 한자를 모두 한글음으로 표기하도록 한 것이다. 즉 쓰기의 차원에서 본다면 한문을 병기하는 것보다는 표음주의적인 이상주의의 입장에 선 셈이다. 그러나 당시의 높은 문맹률을 고려한다면 『독립신문』의 순한글과 순영문이 서로 배면을 이루며 형성한 근대적 미디어의 성격은 국민국가의 경계를 인식한 결과이며, 다분히 근대 국가로서의 조선의 성립을 창안하고 재현하는 언어적 고투를 이상주의적으로 보여주었다고 할 수 있다.

3. 애국·독립가의 구술적 특징

계몽적 필요와 음성중심주의적인 쓰기에 보다 적절히 부합하는 시가 양식은 근대적인 서정 양식보다 가사나 창가와 같은 교술성이 가미된 양식이라고 할 수 있다. 그러한 양식에 속하는 『독립신문』의 애국·독립가는 전대 시가의 구술성을 일차적으로 간직하고 있다. 우선 그 특징은 4·4조의 낭독체와 고전시가에서 흔히 발견되는 정형구(定型句, formula)[23] 내지 상투어들이다. 서양 찬송가의 영향으로 악보의 박

---

22 권오만, 『개화기 시가 연구』, 새문사, 1989, 96~101면.
23 본래 호머의 시를 분석하며 밀만 패리가 사용할 때는 '어떤 본질적인 관념을 표현하기 위해서 같은 운율상의 조건하에서 규칙적으로 사용되는 단어의 모임'이라는 정의를 내렸으나, 그것만으로 불명확한 의미의 심층이 있음을 그 자신도 알고 있었다고 한다. 월터 J. 옹은 특별히 정의하지 않는 한, "아주 일반적으로 운문이나 산문 속에서 대체로 정확히 되풀이되는 구절이나 (격언과 같이) 세트화된 간추려진 표현"을

자 구분에 맞춘 행연 구분과 음량에 대한 시각적 표시가 나타나는 애국가들도 많지만 대부분의 애국·독립가들의 음악성은 음수율에 따라 발생한다. 단순하게 반복되는 음수율의 리듬감이나 균형잡힌 패턴, 반복이나 대구 등은 기억하기 쉬운 형태를 따르려는 구술적인 표현의 특징이라 할 수 있다. 그리고 형용구와 정형구적인 표현, 단어와 통사 구문의 율격적인 배치에서 나오는 리듬은 심리적으로 무엇인가를 환기해내는 것을 돕기 때문이다.[24]

월터 J. 옹이 구술적인 사고와 표현의 특징으로 지적한 것은 다음과 같다. ① 종속적이기보다는 첨가적이다. ② 분석적이기보다는 집합적이다. ③ 장황하거나 '다변적'이다. ④ 보수적이거나 전통적이다. ⑤ 인간의 생활세계에 밀착된다. ⑥ 논쟁적인 어조가 강하다. ⑦ 객관적인 거리 유지보다는 감정이입적 혹은 참여적이다. ⑧ 항상성이 있다. ⑨ 추상적이라기보다는 상황의존적이다. 이러한 특징들을 애국·독립가들에서 일일이 논증하기는 어렵지만 몇 가지 재분류하자면, 첫째 주제의 표현이나 사고의 전개가 첨가적이고 장황하다는 것, 둘째 대상을 나누기보다는 집합적으로 사고하며 대상에 대해 참여적인 태도를 보인다는 것, 셋째 생활세계에 밀착되어 상황의존적인 소재를 다룬다는 것 등을 관련지어 볼 수 있다.

봉츅ᄒ세 봉츅ᄒ세 아국태평 봉츅ᄒ세
즐겁도다 즐겁도다 독립ᄌ쥬 즐겁도다

정형구라고 부른다. Walter J. Ong, 앞의 책, 44~45면.
24 위의 책, 57면.

솟퓌여라 솟퓌여라 우리명산 솟퓌여라

향기롭다 향기롭다 우리국가 향기롭다

열민열나 열민열나 부국강병 열민열나

열심ᄒ세 열심ᄒ세 츙군의국 열심ᄒ세

진력ᄒ세 진력ᄒ세 ᄉ롱공샹 진력ᄒ세

빗나도다 빗나도다 우리국긔 빗나도다

영화롭다 영화롭다 우리만민 영화롭다

놉흐시다 놉흐시다 우리님군 놉흐시다

먄셰만셰 만만셰ᄂᆞᆫ 뎨군쥬폐하 만만셰

쟝셩ᄒᆞᆫ 기운으로 셰계이 유명ᄒ야

뎐하각국 넘볼셰라

― 〈인쳔 제물포 뎐경틱 익국가〉 [25]

　위의 애국가는 동일한 통사구문의 반복으로 주제들을 첨가시키고 있다. 즉 서술어의 반복 후 그 주체나 대상을 밝히는 형태로 1행을 만들고 있다. 예를 들어 '봉축하세 봉축하세' 다음에 '아국태평'을 봉축하세라고 쓴 후, 다음 행도 '향기롭다 향기롭다' 반복의 서술어 뒤에 '우리 국가'가 향기롭다고 쓰고 있는 방식이다. 이러한 동일한 통사구문이 11행에 반복되며 대구를 이루고 있다. 전반부에서는 '아국태평', '독립자주', '부국강병', '충군애국' 등의 주제가 병렬적으로 첨가되고, 8행부터 10행에서는 '우리 국가'와 '우리 만민', '우리 님군'이 대구 관계로

25　『독립신문』, 1896.5.19. 창간 초기의 제호 표기는 『독닙신문』이었으나 제12호(1896.5.2)부터 『독립신문』으로 바꾸어 정착되었다.

첨가된다. 전반부의 5가지 주제는 서로 종속적이거나 유기적인 관계가 아닌 대등하고 유사한 관계로서 첨가되는 것이다. 그러므로 노래 속의 대상은 하나하나 분석되거나 나뉘지 않고 다변적인 일체를 이루어, 국가 전체의 집합적인 면모들이 되는 것이다.

또한 반복되는 통사구문들은 '우리 만민'과 '대군주폐하'를 주체로 호명하면서 민권과 국권의 문제를 대등하게 첨가시킨다. 『독립신문』은 전적으로 대중 교화에 진력하며 신민과 대군주의 양분법을 통해 국민 개념과 그 상징 개념으로서의 황제 이미지를 각인하려 노력하였다.[26] 표면상 볼 때, '대군주폐하'의 존재를 끊임없이 거명하는 한편 신민의 존재 역시 같은 층위와 빈도로 이야기하고 있다. 『독립신문』은 항상 사농공상, 상하귀천, 남녀노소가 하나라는 것을 언급하며 애국·독립가들도 그러한 어구를 반복하는데, '신민, 조선사람, 만민, 인민' 등의 개념을 통해 국민과 국가라는 집합을 각인시키려 한 것이다.

반복되는 통사구조들이 청유형의 형태라는 점은 청자를 전제로 한 화용론적 구조를 띠고 있음을 의미한다. 이것은 말하는 이, 듣는 이, 시간, 장소 따위로 구성되는 맥락과 관련하여 문장의 의미를 살펴볼 필요가 있다는 것이다.

> 잠을씨세 잠을씨세 ᄉ쳔년이 꿈속이라
> 　　　　　　　　　　　　— 〈양쥬 리즁원 동심가〉, 1896.5.26
> 부러ᄒ세 부러ᄒ세 / 부국강병 부러ᄒ세
> 　　　　　　　　　　　— 〈남셔슌검 허일이 노리〉, 1896.6.2

---

26 황호덕, 앞의 책, 474면.

홈끠 만만세를 불너 / 우리 / 님군 봉츅ᄒ세

— 〈누동 한명원 익국가〉, 1896.7.4

대죠션국 인민들아 / 이스위한 익국ᄒ세

— 〈묘동 리용우 익국가〉, 1896.7.7

우리죠션 신민들은 / 독립가를 드러보오

— 〈양셩 김셕하 독립문가〉, 1896.7.16

동국에 형뎨들아 // 보국익민 ᄒ여보세

— 〈북셔 슌검 윤태셩 익국가〉, 1896.7.18

대죠션국 인민들은 / 독립신문 자셰보오

— 〈남동 박기렴 익국가〉, 1896.8.1

우리동국 사름들아 / 익민가를 드러보오

— 〈슝쳔 스립 학교 학원들 익민가〉, 1896.8.18

대죠션국 학도들아 / 녹립가를 들어보오

— 〈비지 학당학도 최영구 익국독립가〉, 1896.9.8

위에 열거한 예들에서는 '잠을 깨세, 부러 하세, 봉츅하세, 애국하세, 들어보오, 하여보세, 자세 보오'와 같은 청유형의 문장을 사용하고 있으며, '인민들아, 형제들아, 사람들아, 학도들아'와 같이 청자를 호명하고 있다. 애국·독립가들의 구술적 구조는 화자의 형편에 따라 학도, 병정, 인민 등의 호칭을 사용하여 대상을 청자로 삼고 있다. 거의 동일한 어구와 내용들이 반복되고 있는데, 이러한 구술적 구조에서의 독창성은 새로운 것을 생각해내는 데 있는 것이 아니라 그때그때 청중들과 어떤 특별한 교류를 만들어내는 데에 있다. 또한 투고로 이루어지던

『독립신문』의 애국·독립가들은 비록 실명을 밝히고 있으나 그 독자는 개별성이 없는 익명적이며 대중적 존재이다. 독자가 작가인 이러한 시가들은 상황에 의존하여 화자에 따라 혹은 창작자에 따라 교류의 성격이 유동적으로 달라지며 비슷한 어구들이 재조립되는 것이다. 이처럼 화자에 따라 조립된다는 점은 언어적 구조에만 의지하여 정교한 문법을 발달시키는 쓰기의 구조와 대조되는데, 쓰기의 구조는 분석적이고 추론적인 종속관계를 내적으로 이루고 있기 때문이다.

반면에 애국·독립가에 등장하는 어휘와 소재들은 '건원' 연호 제정, 독립문 설립, 팔괘기의 제정, 『독립신문』이나 독립협회의 활동과 같은 실제적인 컨텍스트(context)들에 둘러싸여 있다. 가령 독자투고로 실린 김교익의 글은 "반갑고 장ᄒ도다 / 신문논셜 장ᄒ도다"하며 『독립신문』의 논설에 대한 찬사를 보내고 있다.

> 논설도 만컨마는 헌집논셜 장ᄒ도다
> 뉘라셔 통리ᄒ여 이러타시 소상ᄒᆫ가
> 헌연목과 헌기둥을 그디로ᄂ 반듯세워[27]

위에서 "헌집논셜"이라고 부르는 것은 1896년 5월 23일 자 『독립신문』에 실린 「목수가 헌 집 고치는 순서」라는 논설을 가리킨다. 이 논설에서는 '나라를 개혁하는 것도 목수가 헌 집 고치는 것과 같은지라. 일에 선후가 있고 경중이 있는 것을 생각지 않고, 뒤에 할 일을 먼저 한다든지 중한 일보다 경한 일에 힘을 더 쓴다든지 하는 것은 다만 일이 안

---

27 『독립신문』, 1896.6.2.

될 뿐 아니라 이왕에 된 일도 없어질 터이니, 이 경계를 모르면 다만 나라를 개혁하기는커녕 썩은 나라나마 썩은 대로 견딜 수 없게 할 터이니, 차라리 건드리지 않는 것이 낫지 서투르게 건드리는 것은 어서 무너지기를 바라는 것이다'고 말하고 있다. 그래서 조선을 개화한다고 한 일들이 서투른 목수가 헌 집 고치듯이 허술하게 하였다고 비판하는 내용이다. 나라를 개혁하는 일이란 근간을 함부로 뒤흔드는 것이 아니라 일의 선후와 경중을 가려 근간을 바로 세우며 진행해야 한다는 것이다. 김교익의 글에 등장하는 '헌집'이나 '목수', 서까래를 말하는 '헌연목'과 '헌기동'이라는 단어는 이러한 논설과의 컨텍스트에서 이해될 수 있는 것이다.

아래와 같은 독립협회의 연설을 듣고 한 청중이 그에 대한 반응을 노래로 투고한 경우도 있다.[28]

> 자미잇고 자미잇네 / 독립협회 연셜이여
>
> 오빅 년리 업던 연셜 / 오늘이야 처음 듯네
>
> 듯기 죠흔 의리 연셜 / 보기 죠흔 국긔셔젹
>
> 츄호일분 사정 업시 / 공평정즉 화답ᄒ고
>
> 일심합력 위국이민 / 자쥬독립 견고 연셜
>
> 토론연셜 쟝ᄒ 셩명 / 류대쥬에 진동ᄒ네[29]

---

28 그러나 『독립신문』이 독립협회의 기관지에 준하는 역할을 한 것은 사실이지만 독립협회의 기관지는 『대조선독립협회회보』라는 것이 따로 있었다. 채백, 『독립신문연구』, 한나래, 2006, 15면.

29 『독립신문』, 1898.6.11.

이처럼 애국·독립가들이 컨텍스트와 밀착되어 상황의존적이라는 점은 최남선의 신체시가 가지고 있는 '추상적 계몽주의'[30]와 대조를 이루는 것이었다. 애국·독립가들이 사회문화적 컨텍스트들에 밀착해 있다는 것은 형식상으로는 전통적인 틀에서 벗어나기 어렵게 하고 있으며, 인식적 측면에서도 보수적인 색채를 띠며 『독립신문』이 설파하는 근대화에 무조건 동조하는 목소리를 내게 한 것이라고 할 수 있는 것이다.[31]

한편 『독립신문』 소재의 애국·독립가는 투고자가 개인이든 단체이든 실명으로 밝혀져 있는데, 군가가 채록되어 실린 경우가 눈길을 끈다. 군가는 충군애국 사상의 고취와 군주의 성덕에 대한 찬양이라는 내용을 담아 집단적으로 제창되는 것으로서 애국·독립가의 실질적인 향유 형태를 보여주는 것이라고 할 수 있다. 인쇄매체의 문자성이 그 선행자인 구술성을 소멸시키기도 하지만 반대로 문자성에 의해 그 선행자인 구술성이 재건될 수도 있음을 보여주는 사례라고 할 수 있다. 1896년에 "익국가"류는 교원과 학생, 주사나 순검 등 말단공무원과 일반 인사에 의해 지속적으로 투고된다. 이러한 흐름이 지나고 난 뒤인 1897년 '잡보'란에 게재된 군가는 창가와 같은 형태의 노래가 공적 생활에 보급되어 있음을 보여주는 예라고 할 수 있다. 이 군가의 본문 앞에는 "시위디 병뎡들이 ㅎ는 군가인디 저녁이면 쟈기 젼에 매양 이 노릭들을 ㅎ고 쟌

---

30 서영채, 「최남선 시가의 근대성에 대한 연구」, 『민족문학사연구』 13, 1993 참조.
31 『독립신문』에 실리는 독자투고가 모두 『독립신문』에 대해 긍정적인 반응을 보인 것은 아니다. 1898년 6월 30일 자 홍아무개의 투고문에서는 "대뎌 듯ㅅ오니 두려워 입 바른 말을 잘 아니 ㅎ다니 과연 그러 ㅎ지 모르되 만일 그러홀 디경이면 신문을 고만 두라"고 비판하고 있기도 하다. 채백, 「『독립신문』 독자투고의 현황과 특성에 관한 연구」, 『언론과 사회』 3, 1994 봄, 50면.

다더라"는 소개말이 붙어 있다. 이 군가는 기사처럼 소개된 탓인지 행연의 구분 없이 배열되고 임금을 뜻하는 '군주, 폐하, 님군, 성군, 성상' 등의 단어 앞에 격자(隔子)의 관습에 따라 불규칙하게 행갈이를 하고 있으나 4·4(3·4)조의 음수율을 지니고 있음을 볼 수 있다.

시위디 병뎡들이 ㅎ눈 군가인디 저녁이면 쟈기 젼에 매양 이 노러들을 ㅎ고 잔다더라 / 대군주 폐하끠셔 주쥬 독립 ㅎ옵신 후 려민 동락 ㅎ옵시니 길겁도다 만물이라 억만년 변치 말고 ㅎ클 ᄀᆞ치 ㅎᄉ이다 어화 우리 / 셩은이야 / 님군이디 새로시니 긔국 오빅 삼년 브터 독립 주쥬 졍 ㅎ셧네 지금 / 폐하 위덕이 만만셰 새로워라 새로워라 / 셩군 셩덕이 새로워라 오빅 년에 처음이요 ᄉ쳔 년에 처음이라 아마도 주고로 금 / 샹이 뎨일이신가 / 폐하 실셰 / 폐하 실셰 우리 / 군쥬 / 폐하 실셰 주고로 업던 일을 우리 / 셩샹 새로시니 신민들도 처음이라 억만 년 변치 말셰 병뎡이야 병뎡이야 츙군 익국 잇지 마라 쳥국 죠졍 완미 ㅎ여 쇽방 번국 멸시터니 일죠 브롬 동방으로 취슝 츈광 ㅎ엿거놀 주쥬독립 쏫시 피여 부국 강병 열미 연다 병뎡이야 병뎡이야 츙군 익국 잇지 마라 빈눈 물에 ᄯ엿스나 물에 풍파 업슬쇼냐 언낭 노슈 못 견더면 두려올ᄉ 파션이라 너의 쇼임 무겁도다 무거우니 샹쾌로다 병뎡이야 병뎡이야 츙군 익국 잇지 마라 / (…중략…) 대군쥬 폐하끠셔 주쥬 독립 ㅎ셧스니 요슌 우 탕 본을 밧아 쳔츄 유젼 ㅎ옵쇼사[32]

『독립신문』에 실린 다른 애국·독립가와 마찬가지로 자주독립과

---

32 『독립신문』, 1897.6.10.

성군성덕에 대한 찬양이 나오고, 자신의 맡은 바 직분에 대한 다짐이 이어진다. 병정을 대상으로 하여 충군애국을 잊지 말라는 경계가 풍파를 헤쳐 나가야 하는 '배'로 비유되어 있다. 병정의 소임이 무거우면서도 상쾌하다는 말에서 『독립신문』의 애국·독립가에 전반적인 특징인 낙관론과 낙천성을 볼 수 있다. 끝맺음에서는 군주의 성덕이 고대 중국의 성군들인 '요순우탕'의 본을 받아 영원하기를 송축하고 있다. 여기에 나타나는 '요순우탕', '부국강병 열매', '자주독립 꽃'과 같은 관용구나 정형구, 상투어는 구술적인 문화의 인식 체계가 정형구적인 사고의 조립과 반복에 의지했던 것과 관련된다. 이와 같은 노래의 활자화는 구술성을 문자문화 내로 편입시키는 역할을 하고 있다고 말할 수 있을 것이다.

4. 구술성과 공유적인 일체화

애국·독립가들이 가지고 있는 계몽성은 그 내용보다 말해지는 것으로서의 '힘'의 측면에서 더 의미 있는 요소를 가지고 있다고 할 것이다. 즉 앞서 살펴본 애국·독립가의 구술적 특징은 청자들을 불러 세우며 동참할 것을 말하는 통사구조로서 "객관적 거리 유지보다는 감정 이입적 혹은 참여적"[33]인 특징을 보여주고 있다. 다시 말해 객관적 거리를 유지하여 현실을 분석적으로 모사하는 방식으로 존재하는 것이 아니라, 공적인 것이긴 하나 감정적이며 현실세계에 참여적인 방식으로 존재하는 것이다. 다른 한편으로는 이러한 구술적 특징은 독자 내지 청자의 향유방식에도 영향을 미치는 것이라고 할 수 있다.

실제 애국·독립가가 곡조가 붙어 가창되지 않았다 해도 낭송을 전제로 하고 있는 상황은 작품과 독자의 일대일적인 상황으로 이루어지는 것이 아니다. 한 명이 읽고 그 외의 많은 사람들이 함께 모여서 듣는 낭송방식은 곧 집단적인 향유인 동시에, 직접적인 체험의 공유과정을 의미한다. 읽고 있는 독자의 가슴 속에 다른 사람들과 하나의 집단이 되어 가창하는 목소리가 들려온다. 이러한 듣기를 통한 집단적 향유라는 성격으로 말미암아, 향유 집단의 감정적 동일화가 더욱 강조되며 이 속에서 공동체적인 감정적 동일화로 나아가게 되는 것이다. 구술문화에서 개인의 반응은 단지 개인적인 혹은 주관적인 반응으로서 표현되지 않고 오히려 공유적인 반응 속에 감싸진 것으로 표현된다.

구술적인 의사소통은 사람들을 집단으로 연결시키는 데 반해, 문자성에 기반한 읽고 쓰는 것은 고독한 활동이라고 할 수 있다.[34] 왜냐하면 구술문화가 기반한 감각이 소리라면 문자문화가 기반한 감각은 시각으로서, 소리가 듣는 사람의 내부로 쏠려 들어가 통합하는 감각인 데 반해, 시각은 한 방향으로만 감지하며 명확성을 산출하는 나누어 보는 감각이기 때문이다. 이러한 특징 때문에 청각은 하나로의 통합(harmony), 보수적인 전체주의와 조화를 이룬다면, 시각은 분석적이고 분리적인 경향, 추상적인 사고와 조화를 이룬다고 할 수 있다.

---

33 Walter J. Ong, 앞의 책, 74면.
34 위의 책, 109면.

『독립신문』의 애국·독립가가 지닌 국가를 강조하는 보수적인 전체주의는 그 내용과 더불어 구술문화적인 집단성을 강화시키는 특징에서 살펴볼 수 있다. 그러나 애국·독립가가 고취시키고자 하는 독립 사상이나 애국심은 '봉건성'이라든가 '전통적 보수성' 내지 '전제주의'와는 구별되어야 한다. 오히려 그것은 근대적인 민족에 대한 관념과 태도에서 비롯되었다고 보아야 할 것이다. 베네딕트 앤더슨은 민족주의를 특수한 종류의 문화적인 조형물로 바라보며, 민족을 "제한되고 주권을 가진 것으로 상상되는 정치공동체"로 규정한다.[35] 민족은 대부분 자기 동료를 알지도 만나지도 못하지만 각자의 마음에 서로의 교감(communion)의 이미지가 살아있기 때문에 상상된 것이다. 그는 민족을 공동체로 상상케 하는 힘으로서 인쇄자본주의를 설명하면서 동시성을 경험케 해주는 소설의 기능을 역설한 바 있다. 우리나라에서 개화계몽시대라고 불리는 19세기 중반에서 1910년까지 인쇄자본주의가 태동하기 시작할 때 신문이나 소설과 더불어, 동시성을 경험케 하는 기능을 인쇄매체에 실린 시가, 특히 애국·독립가가 부분적으로 자임하고자 했던 것으로 보인다.

아셰아에 대죠션이 자쥬독립 분명ᄒ다 합가 이야에야 이국ᄒ셰 나라위히 죽어보셰

분골ᄒ고 쇄신토록 츙군ᄒ고 이국ᄒ셰 합가 우리졍부 놉혀주고 우리군면 도와주셰

---

35 Benedict Anderson, 윤형숙 역, 『상상적 공동체 – 민족주의의 기원과 전파』, 사회비평사, 1991, 47면.

깁흔 잠을 어셔 끼여 부국강변 진보ᄒ세 합가 늠의 쳔디 밧게되니 후회 막급 업시ᄒ세

합심ᄒ고 일심되야 셔셰동졈 막아보세 합가 ᄉᆞᆼ롱공샹 진력ᄒ야 사ᄅᆞᆷ마다 ᄌᆞ유ᄒ세

남녀 업시 입학ᄒ야 셰계학식 비화보자 합가 교육ᄒᆞ야 기화되고 기화ᄒᆞ야 사ᄅᆞᆷ되네

팔괘국긔 놉히 달아 류디쥬에 횡ᄒᆡᆼᄒ세 합가 산이 놉고 물이 깁게 우리 ᄆᆞ음 밍셰ᄒ세

— 〈학부쥬ᄉᆞ 니필균 씨〉, 1896.5.9

창가로 분류되는 애국가인 위의 시에 붙은 '합가'는 집단적인 제창방식을 가리킨다. 남녀노소 모든 청자들을 함께 소리 내어 부르도록 요청하고 있는 이 목소리는 공동체의 목소리에 감싸여지고 뒷받침된다. 조선의 자주독립을 확신하며 '애국하세, 나라위해 죽어보세'라는 결심은 민족적인 공동체와 자신이 확고히 연결되어 있는 신념에 바탕하고 있다. 민족주의적인 화자의 상상력은 죽음도 불사하며 애국심을 고취한다.

민족이 상상의 발명품이라면 이처럼 민족을 위해 죽기를 각오하는 애국심은 어떻게 설명해야 하는가에 있어서 베네딕트 앤더슨은 언어의 원초성에 기대어 설명한다. 언어는 비록 근대에 만들어진 것이라 해도 과거와 민족적 기억을 재구성해내는 원초적 힘이 있다는 것이다.[36] 민족됨은 자연적인 연결이며, 이해관계를 초월한다. 여기에는 언

---

36 위의 책, 181면.

어만이 암시할 수 있는 특별한 형태의 근대적 공동체가 있는 것이다. 애국·독립가의 역할과 의의는 아무리 가사가 진부하고 평범하더라도 시와 노래의 형태로 또 다른 동시성의 경험을 주며, 그러한 효과를 인쇄매체를 통해 증폭시키고자 하였다는 점에서 찾아볼 수 있을 것이다.

5. 상상적 공동체의 환기

근대시의 형성과 관련지어 볼 때 개화계몽기의 가사들은 그 고유한 존재양식을 확인받기 어려운 것이 사실이다. 근대시의 범주로 포획될 수 없는 그 정향이 전혀 다른 곳을 겨누고 나타난 시 내지는 글쓰기의 일환이었기 때문이다. 이 점에서 개화계몽기 시가에 대해 당대의 계몽 담론의 인식론적 배치 안에서 근대적 인쇄매체의 선택을 받아 등장한 율문양식으로서 바라보는 것은 그 특수성을 포착할 수 있는 의미 있는 관점이라고 할 수 있다.

개화계몽기 시가를 둘러싼 중요한 배경으로서 구술문화에서 근대적인 인쇄매체에 의한 문자문화로의 이행이라는 사실을 고려해 볼 때, 『독립신문』의 애국·독립가는 시각 우위의 문자문화로 이행하기 이전의 구술적 특징을 과도기적인 형태로서 뿐만 아니라 계몽적 이념을 위한 형식으로서 활용하고 있다고 할 수 있다. 애국·독립가가 보여주는 구술성은 계몽적 이념을 전달하여 계몽 담론에 봉사함과 동시에 향유

방식에 있어서 집단성을 강화시키는 것이었다. 낭송을 전제로 한 그 방식은 집단적 체험과 공유적인 일체화를 불러일으키며, 민족과 국가를 '상상의 공동체'로 환기시키고 있는 것이다. 이것은 동시성의 체험을 실현시키는 인쇄자본주의 초기에 시가 양식을 빌어 원초적인 언어의 힘이 암시할 수 있는 특별한 형태의 상상의 공동체라고 할 것이다.

『독립신문』의 애국·독립가 이외의 개화계몽기 시가들이 지닌 구술적 특징 및 특이성과 관련된 다양한 지형도를 그려보는 것은 앞으로의 남은 과제라 할 것이다. 이 장에서는『독립신문』의 초보적인 시가형태에서 구술성이 개화계몽기 가사의 존재양식을 밝히는 좋은 준거가 될 것이라는 점을 확인하는 데 그친다.

○

제2장

1920년대 초기 시의 미적 초월성과 상징주의

1. 1920년대 동인지의 미학적 열망

한국 시사(詩史)에서 서구적인 근대시의 형태가 정착된 것은 1920년
대 초 『창조(創造)』와 『백조(白潮)』 등의 본격적인 문예지가 발간되면서
부터라고 볼 수 있다. 흔히 동인지 문단 시대라고 불리는 1920년대에
이르러, 비전문적인 문사들의 개화계몽기 시가나, 최남선, 이광수 두
사람의 시도로 그친 신체시라는 과도기적 형태와 다르게, 전문적인 문
학적 교양을 갖춘 작가들이 등장한 것이다. 이들은 일본 유학 등을 통
해 서구적인 근대문학의 세례를 받은 자들이었고, 최남선이 자신의 계
몽적 의지와 교양을 표방하기 위한 장치로서 시가 형식을 빌었던 것과

달리, 예술로서의 문학담론을 정립하고 그곳에서 자신들의 정체성을 확인하고자 하였다. 최남선에게 계몽적 자아가 먼저 있었고 그에 따라 문학적 형식을 찾았다면, 1920년대 동인지 시대의 작가들에게는 문학적 제도와 담론이 먼저 있었고 그 담론의 장에서 형성된 미학적 자아가 나타났다고 할 수 있을 것이다. 최남선이 『소년(少年)』이나 『청춘(靑春)』에 사회, 지리, 과학 같은 지(知)의 담론과 함께 뒤섞어 놓았던 반면에, 1920년대 작가들은 비록 뚜렷이 분화되지는 않았지만 시와 소설의 형태를 갖춘 문예(文藝)만을 다루고자 하였다. 이를 통해 근대 초기에 동인과 문단이 형성될 수 있었다.

근대시의 정착 과정 초기에 서구의 대표적인 문예사조인 상징주의는 문인들에게 지고의 모델로 작용했으며 이를 통해 이들의 근대시에 대한 이해는 보다 성숙할 수 있었다. 상징주의는 우리 문학사에서 별도의 시기나 유파로 간주되지 못하고 있지만, 1920년대 초반 해외시의 번역과 수용에 있어서 빠질 수 없는 검토 대상이다.[1] 그러나 1920년대 초기 시를 외래의 상징주의 모델에 대한 불완전한 모방이나 피상적인 유입으로 보는 것이 아닌, 계몽적 자아의 실증적이고 교훈적인 목소리에서 벗어나 미적 초월성을 추구해 나아가는 도정으로 이해하는 관점

---

1 상징주의에 대한 고찰은 비교문학적인 관점에서 일찍부터 이루어졌으며 방대한 연구가 산적해 있다. 대표적인 연구로 다음을 들 수 있다. 정한모, 『한국 현대시문학사』, 일지사, 1974; 김용직, 「해외시 수용의 본론화와 그 양상」, 『한국 근대시사』 상, 학연사, 1986; 김학동, 「프랑스 상징주의의 이입과 영향」, 『한국 근대시의 비교문학적 연구』, 일조각, 1981. 프랑스 상징주의 이론에 대한 세밀한 이해를 바탕으로 한국 시론과의 상관관계를 검토한 한계전의 연구(『한국 현대시론 연구』, 일지사, 1983)는 '호흡률'과 자유시형의 관계를 밝힌 바 있다. 본격적으로 상징주의 시인이라는 규정을 내리고 분석한 연구서로는 다음이 있다. 김은전, 『한국상징주의시연구』, 한샘출판사, 1991; 강우식, 『한국 상징주의시 연구』, 문학아카데미, 1999.

이 필요하다.

최근 연구들은 1920년대 동인지의 문학 활동을 외래사조의 이입과 정과 비교하던 연구방법에서 떠나 전대의 계몽주의에 대한 반작용 속에서 미적 근대성과 관련된 자율성, 특히 내면성과 미학성을 획득해가는 과정으로 설명하고 있다.[2] 조영복의 연구는 1920년대 초기 시를 고찰하는 데 있어서 중요한 맥락들을 짚고 있어 시사하는 바가 크다. 그는 섣부른 비교문학적 고찰이나 피상적인 해석에 반대하여 실증적인 작업과 텍스트에 충실한 고증 연구를 제안하며 '내면'과 '계몽'의 상관관계를 면밀히 논구하였다.[3] 그러한 논의의 문제의식에 동의하는 한편 이러한 연구들에서 집중적으로 다룬 시론이나 산문도 중요하겠으나 무엇보다 미적 근대성의 획득과정이 검토되어야 할 대상은 작품 자체라고 할 수 있다. 이러한 입장에서 박현수는 1920년대 시에서 상징 혹은 상징주의가 계몽주의의 극복에 요구되었던 미학성과 초월성을 담지할 수 있는 수사학적 차원에서 탄생하였음을 지적하였다.[4] 이러한 논의는 일반적인 미적 근대성에 대한 논의를 넘어 1920년대 시의 표현과 미의식을 이해하는 데 있어서 중요한 지표를 건드렸다고 평가할 수 있다.

상징주의는 우리 근대시사에서 서구의 근대적인 미의식을 본격화시키는 촉매제였다는 점에서 비교문학적 차원을 넘어 중요한 논점을 지니고 있다. 그러므로 당시 시인들이 상징주의에 대해 본질적인 이해에 도달했는가의 여부보다 그들이 상징주의라는 프리즘을 통해 어떠한

---

2 김춘식, 『미적 근대성과 동인지 문단』, 소명출판, 2003; 김행숙, 『문학이란 무엇이었는가』, 소명출판, 2005.
3 조영복, 『1920년대 초기 시의 이념과 미학』, 소명출판, 2004.
4 박현수, 「1920년대 상징의 탄생과 숭고한 '애인'」, 『한국 현대문학 연구』 18, 2005.

방식으로 미적인 것을 이해하고 추구하였는가를 살펴볼 필요가 있는 것이다.

2. 상징주의 미학과 미적 초월성

1920년대 동인지를 통해 서구적인 자유시가 정착하는 도정에서 상징주의는 실제적으로 시작법(詩作法)과 관련된 개념과 용어들을 제공하였으며, 일반적인 시민의식과 구분되어 작가가 지녀야 하는 미의식과 예술에 대한 태도를 가르쳐 주었다. 이 시기의 시어들의 특징을 살펴보면, 감각적 구체성보다는 관념적 추상성에 의존하고 있고 묘사보다는 선언에 가깝다는 점을 볼 수 있다. 이 때문에 오늘날 일반적으로 시적인 것이라고 여기는 특징에 비하여 볼 때 시적 긴장을 갖지 못한 산문에 가까운 형태들이 다수를 차지하고 있다. 형식과 감정의 절제와는 멀리 떨어져 있는 이 거리는 1920년대 시인들이 상징주의라는 사다리를 통해 도달하고자 한 예술적인 것, 미적인 것에 대한 열망과 비례관계를 갖는 것으로 보인다.

이들이 펴낸 문예지에서 문학에 관한 지적 담론을 주도한 것은 비로 서구의 문단 동향과 작가들 및 시론에 대한 소개였다. 이 시기 동인지에서 활동한 작가들의 창작 활동은 서구문학 작품과 이론에 대한 번역이나 소개와 동시적으로 병행되었으며, 이러한 활동에 있어 선편을 잡은 잡지가『태서문예신보』이다. 1918년 창간된 이 잡지와『창조』,『백조』를 통해 가장 지속적으로 소개된 서구의 문예사조가 '상징주의'라고 해도 과언이 아니다. 프랑스 상징주의 시인들의 이름이 최초로 우리 문단에서 거론된 것은 백대진이 1916년 5월『신문계』에 실은「이십세기 초두 구주 제대문학가(二十世紀 初頭 歐洲 諸大文學家)를 추억함」으로서, 서구의 다른 유파에 비해 비교적 빠른 편이었다.[5] 1916년 9월 4일 발간된『학지광』10호에 실린 김억의「요구(要求)와 회한(悔恨)」을 필두로, 이후『태서문예신보』에 지속적으로 상징주의와 관련된 글이 실렸는데, 백대진의「최근의 태서문단」(제4호, 1918.10.26・제9호, 1918.11.30), 김억의「쯔란스 시단(詩壇)」(10~14호) 등이 나왔다.

김억의 상징주의에 대한 관심은 자신의 창작적 실천에까지 결부되어 있는데, 베를렌느의 시론에 해당하는 시「작시론(作詩論, Art poétique)」을 번역(11호)한 것과 한국 현대시의 최초의 시론이라 할 수 있는「시형(詩形)의 음률과 호흡」(14호)을 발표한 것은 그러한 도정에서 나온 산물이었다. 1920년대 초 시단을 이끈 문인들이 상징주의에 친밀감을 느낀 까닭은 첫째 일본 문단을 통해 상징주의를 경험할 수 있었던 환경적 요인[6]과 둘째 정치적 사회적 무기력과 절망의 심리가 세기말적인 우수에 공명된 점, 셋째 개화기의 계몽성에서 탈피하여 문학이 자율성을 획득해 나아가는 문학사적 요구를 가속화시키는 예술 중심주의적 면모

---

5 김병철,『한국 근대서양문학이입사연구』, 을유문화사, 1980, 123~126면.
6 일본 상징주의의 모태가 된 것은 1895년 창간된『帝國文學』지와 영문학자인 上田敏의 활발한 번역, 소개 활동이었다. 일본의 상징주의 시인으로 대표적으로 꼽히는 자들은 北原白秋, 薄田泣菫, 薄原有明 등이며, 1900년대 중반 일본 문단에서 상징주의 붐은 그 절정이었다.

를 상징주의가 가지고 있었다는 점 등을 들 수 있다. 상징주의를 받아들인 중개자들은 자신들의 '암담한 내면세계'와 유사한 단면을 상징주의의 세계에서 발견했던 것이다.[7]

19세기 프랑스에서 발원한 상징주의(Symbolism)는 영혼의 상태(état d'âme)와 절대의 세계에 대한 초월적인 갈망을 내세웠다.[8] 상징주의는 현실적인 세계를 넘어선 초월적이고 신비적인 세계를 드러내고자 했던, 미학주의의 신비적인 형태였다.[9] 상징주의 미학의 기초가 된 보들레르의 조응(correspondence) 사상은, 스웨덴보리가 「천국과 지옥의 결혼」에서 물질계와 초자연적인 세계, 풍경과 도덕적 자질들 사이의 알레고리적인 관계를 두고 사용한 것을 물질과 정신, 자연과 영혼의 결합된 상징성으로 승화시킨 것이다. 이것은 수직적으로 가시적인 것과 비가시적인 것의 결합, 수평적으로 다양한 감각의 결합으로 이루어진 상징을 토대로 그 위에 조화롭고 질서 있는 세계를 건설하는 것이라고 할 수 있다. 일반적으로 상징은 초월적인 세계를 구체적인 물질계와 결합하여 표현하기 때문에 "초월의 형상화된 현존"[10]이라고 여겨진다. 이러한 상징을 낭만주의자들은 표면과 심연, 정신과 물질을 포함하는 근본적인 통일, 즉 '자아와 세계의 합일'로 이해하였는데, 폴 드 만은 이러한 상징에서 이미지와 초월적 총체성의 통합을 보고자 하는 욕망이 깔려 있음을 지적한 바 있다.[11] 상징주의 미학이 지닌 초월적 총체성에 대한 욕망은 인간

7 김용직, 앞의 책, 491면.
8 김붕구, 「보들레르와 상징주의」, 김용직 · 김치수 외편, 『문예사조』, 문학과지성사, 1977, 205~207면 참조.
9 C. M. Bowra, *The Heritage of Symbolism*, New York : Macmillan, 1943, p.3.
10 Gilbert Durand, 진형준 역, 『상징적 상상력』, 문학과지성사, 1983, 23면.
11 Paul de Man, "The Rhetoric of Temporality", *Blindness & Insight*, Methuen & Co. Ltd.,

의 감수성에서 가장 애매하고 표현하기 어려운 것을 미학화하려고 하였다. 그 때문에 상징주의에서는 고정된 형태가 아닌 색조, 명암, 형태 등과 같은 미세한 특색을 포착하려 하였고, 시간과 계절의 순간적인 변전, 생명의 유동적인 움직임과 같은 자연과 인간의 은밀한 세계를 표현하고자 한 것이다.

우리의 경우 1920년대는 계몽주의와 개화의 열망이 사그라지고 일제에 의한 식민지 체제가 구축되어간 시기라고 할 수 있다. 이러한 시대 상황 속에서 어떠한 확고한 신념도 가질 수 없을 때 실제의 세계를 넘어서 관념적인 세계를 추구하는 상징주의 미학에 끌린 것은 그러한 외적 제약과 내적 갈망이 조우한 결과라고 볼 수 있다. 1920년대 시인들은 암시와 조응으로써 드러나는 이상적이고 신비한 미를 통해 근대의 문턱에서 식민지로 전락한 현실을 뛰어넘어 초월적인 세계를 발견하고자 하였다. 그러나 그들은 상징주의의 형이상학보다는 개인적 서정과 내면을 노래하는 감성적 측면에 더 강하게 이끌렸다. 상징주의 미학은 개화기 시가의 계몽성과 집단성을 탈피하여 근대적 개인의 내면 감정을 노래하는 서정시로 이행하는 과도기에 시인들의 미학적 갈망에 부응하는 표상들을 제공할 수 있었다. 이제 시 작품을 통해 상징주의적인 미의식이 미학적 초월성을 드러내는 세 가지 방식에 대해 살펴보고자 한다.

1983, pp. 188~189.

3. 정조의 포착과 음악성에의 경도

1) 우울의 정조와 내면의 호흡

1920년대 작가들에게 상징주의는 현실을 넘어선 초월적 세계에 대한 동경을 불러 일으켰고, 식민지 청년들이 꿈꿀 수 있는 현실과 다른 미의 세계를 그려주었다. 그들이 추구한 미적 초월성은 세 가지 방식으로 방향을 잡았다. 첫째는 사실적 논리보다 순간적인 정조를 추구하는 것이었다. 즉, 논리나 현실을 허상과 우연적인 것으로 보며, 죽음을 하나의 영원성으로 받아들여 순간적 열락에 몸을 맡기려는 우울의 정조였다. 그것은 합리적인 냉정이나 현대적인 생활에서 느낄 만한 권태와 달리, 현상의 무의미함에서 오는 유동적인 감상성이었다. 이유 없는 고통과 오뇌를 포착하기 위해 그들의 시는 음악의 미묘함을 닮고자 했다. 상징주의 미학의 특질 가운데 주목할 것이 음악과 꿈의 결합이다. 서구의 상징주의에서는 고답파 시의 딱딱하고 고정된 형식이나 자연주의 산문의 실증적인 수법에 반발하여 새로운 시상을 규격화된 법칙들로부터 해방시키고자 하였다. 즉 낱말을 이해를 위한 논리에 따라 조직하는 것이 아니라 시인에게 지각된 인상을 표현하기 위해 임의적이고 자의적으로 구성하게 된 것이다. 시형들의 엄격성과 단순성은 복잡하고 변하기 쉬운 뉘앙스의 표현을 구속하기 때문이었다.

이러한 상징주의의 음악적 기획에 크게 공감한 것이 김억의 경우이다. 그가 베를렌느(Paul M. Verlaine)를 중심으로 상징주의 시인에 대해 보여준 관심은 잘 알려져 있는데, 1916년 9월 『학지광』에 번역 소개한 베를렌느의 시 "Ile Pleure dans mon coeur"(『태서문예신보』 6호에 「거리에 나리는 비」라는 제목으로 수정 수록)를 필두로 번역 소개한 외국시의 절반 이상이 상징주의 시인에 속하며, 최초의 번역시집인 『오뇌의 무도』(1921)를 보면 베를렌느가 21편으로 가장 많은 편수를 차지하고 있다. 김억은 베를렌느 시의 특성인 '선율'에 심취하였으며 그것을 통해 표현될 수 있는 감상적인 서정성에 끌렸다.

> 시는 한마디로 말하면 情調(感情, 情緖, 무드)의 音樂的 表白입니다. 그러기 때문에 시에는 理智의 分子가 잇어서는 아니될 것입니다. 이에는 역시 시라는 것은 사실적이 아니며, 刹那의 情調的인 까닭입니다. 시는 이론이 잇을 것이 아니고 단순한 비논리적인 순수한 진실성이 제일이라고 생각합니다.[12]

김억은 시를 '정서의 음악적 표백'이라고 정의하며 사실적인 이지와 논리보다는 찰나의 정조로 이루어져 있다고 보고 있다. 즉 시에는 순수한 서정성이 담겨야 하고 그것이 음악적으로 표현되어야 함을 강조하고 있다. 이러한 시형과 음률에 대한 관심에서 김억은 한 번 번역한 작품을 여러 차례 손질하여 발표하면서, 점차 한자어를 줄이고 부드럽고 투명한 음향과 시적 리듬을 살리려는 흔적을 보여준다. 그가 번역시에서도 시어의 선택에 주의를 기울이고 동의어의 중복을 피한다거나 과감한 도치법을 사용하는 등 창작기법 면에서 시적 세련미를 시도한 것은 높이 평가받고 있다.[13] 그의 관심사는, 베를렌느의 시작법에

---

12 김억, 『잃어진 진주』, 평문관, 1924, 34면.

서 배운 음악적 해조와 뉘앙스를 시에서 어떻게 살리느냐의 문제였으나, 위의 시에 대한 정의에서 볼 수 있듯이 논리와 이지에 대한 거부는 그의 시가 감상과 애상에 편중하게 되는 근거가 되었다.

> 삶은 죽음을 위하여 낫다. / 누가 알았으랴 불같은 오뇌의 속에 / 울음 우는 목숨의 부르짖음을 …… / 춤추라, 노래하라, 또한 그리워하라. / 오직 生命의 그윽한 苦痛의 線우에서 / 애닲은 刹那의 悅樂의 點을 求하라. / (…중략…) 香氣로운 南國의 꽃다운 '빛' / '施律', '諧調', 夢幻의 '리듬'을 …… / 오직 취하여 잠들으라 / 乳香 높은 어린이의 幸福의 꿈같이. / 오직 傳說의 世界에서 / 神秘의 나라에서 ……
>
> ─ 김억, 「서시」, 『오뇌의 무도』

인용된 시에서 삶은 종국에는 죽음으로 귀결된다는 의식을 엿볼 수 있는데, 시인은 그러한 생의 오뇌와 고통을 넘어 춤추며 노래하며 찰나의 열락을 구하라고 말한다. '찰나'의 순간성에 도취됨으로써 지고한 열락을 구하려 하는 시인의 자세는, 온갖 향기와 빛과 음악에 취해 잠드는 것만이 행복이며 신비의 나라에 이르는 길임을 노래하고 있다. '선율, 해조, 몽환의 리듬'은 가변적이고 일시적인 현상과 유동적이고 복잡한 심리의 미묘한 뉘앙스를 포착할 수 있는 수단으로서 상징주의에서 강조되는 것이다. 베를렌느에게서도 선율이라는 것은 운문의 속박을 깨뜨리는 것이며, 찰나의 영(靈)의 정조적 음악을 표현하는 것이다. 그때그때의 삶의 느낌을 음악적으로 표현하는 이러한 음악성의 추구에서

---

13 김은전, 앞의 책, 57면.

중요한 것은 시의 의미가 아니라 "이렇게 하여 전달된 야릇하게 스쳐가는 리듬과 서글픔, 그리고 불안정감이라는 것을 암시"[14]하는 것이다.

　김억은 자신의 시를 두고 '노래'이자 '숨소리'라고 말한 바 있다("나의 이입으로 을퍼진 노래는 / 世紀짓헤 생기는 Malady(맬라듸)의 쓰린 신음(呻吟) / 사랑의 사체(死體)를 파뭇는 야릇한 숨소리리라").[15] 이러한 그의 시에 대해 우수와 권태의 정조가 지배적이라는 평가[16]를 내리고 있는데, 그 정조가 음악적 환기를 통해 실현된다는 데 주목해 볼 필요가 있다. 그에게는 신음과 같은 내면의 심리적 추이를 따른 멜로디와 숨소리가 동일한 것이며 시도 그와 동일한 차원에 존재하는 것이다.

　울니여 나는 樂群의 / 느리고도 짜른 / 애닯은曲調에 / 나의 죽엇든 넷꿈은 / 그윽하게 살아 / 내가슴 압흐라

　憂愁가득한 樂群의 / 빠르고도 더듼 / 애닯은 曲調에 / 뒤숭숭한 싱각은 / 고요하게 쓰며 / 내눈물 흘러라.

　숨어흘으는 樂群의 / 썩 놉고도 나즌 / 애닯은 曲調에 / 달 업는 밤의 空氣는 / 희미히 울어 / 거리를 돌아라.

　가슴 울니는 樂群의 / 썩 넓고도 좁은 / 애닯은 曲調에 / 슬어져가는 사랑은 / 시롭게 찌여 / 감은 눈 열어라

　　　　　　　　　　　　　　　　　　　— 김억, 「악군(樂群)」 전문[17]

14　Charles Chadwick, 박희진 역, 『상징주의』, 서울대 출판부, 1979, 26면.
15　김억, 「입」, 『해파리의 노래』, 조선도서주식회사, 1912, 56면.
16　김은전, 「프랑스 상징주의 수용과 문제」, 앞의 책, 174면.
17　김억, 「악군」, 『태서문예신보』 16, 1919.2.

「악군(樂群)」이라는 제목은 노래 무리라는 뜻일 수도 있고 여러 악기가 모인 음악을 가리킬 수도 있는 것으로 보여 의미를 확정하기 어려운데, 김억의 개인 시집 『해파리의 노래』에 「성악(聲樂)」이라는 제목으로 바뀌어 실린다. 그리고 본문 가운데 '악군(樂群)'은 '악성(樂聲)'으로 바뀌어 소리라는 의미를 더욱 강조하는 양상을 보여준다. 즉 개작을 통해 음악의 한 갈래인 성악이 이 시의 소재이고 그것은 곧 '노래'로서 가사 등을 통해 감상적인 호소력을 갖고 있는 음악적 성격이 보다 분명하게 드러나는 것이다. 이 시의 구체적인 대상은 판단하기 어렵지만 우선은 음악이나 노래를 소재로 하고 있으며 그 곡조에 따른 화자의 감상을 표출하고 있는 것을 볼 수 있다. 이 작품은 반복적인 형태의 단순함을 보여주며 다양한 곡조의 형태와 그에 대응하는 감상을 구체적인 이미지를 통해 환기시키며 각 부분들을 병렬시키는 구성으로 되어 있다. 곡조의 완급, 고저, 진폭에 따라 꿈, 생각, 공기, 사랑이 대응되고 '그윽하게, 고요하게, 희미히'와 같은 부사의 반복으로 미묘하고 은밀한 분위기가 나타난다. "달 업는 밤의 공기는 / 희미히 울어 / 거리를 돌아라"라고 묘사하는 부분에서 미세한 감각을 엿볼 수 있는데, 특히 '희미히'는 어렴풋한 영상을 시각과 청각을 아울러 포착하고자 하며, 유동적이고 일시적인 내면 심리와 정조를 드러내고자 한 시어라고 볼 수 있다. 이 시는 시집에 수록되는 과정에서 2연에 "憂愁(우수)"라는 한자어는 "설음"이라는 우리말로 바뀌어 좀 더 부드러운 음감이 가미되었고, 그 외 2, 3연에도 조금씩 수정이 있다. 3연이 마지막 연으로 옮겨가며 "프른 慰安(위안)의 바람이 / 한가롭게 불며 / 거리를 돌아라"로 바뀌는데, 시각적인 이미지가 더욱 뚜렷해지면서 본래 발표된 시에 나타나는 암시와 간접성이 다소 약화된 경우도 있다.

김억이 상징주의의 시적 영향을 리듬에서 무엇보다 강하게 받았음에도 막연한 우수와 감상성만을 얻었을 뿐 상징주의에서 밀고 나아간 '자유시'에까지 도달하지는 못하였던 것은 어쩔 수 없는 한계였다. 그는 "한데 조선(朝鮮)사람으로는 엇더한 음률(音律)이 가장 잘 표현(表現)된 것이겠나요. 조선말로의 엇더한 시형(詩形)이 적당(適當)한 것을 몬저 살려야 합니다"[18]라고 하여, 우리 호흡에 맞는 시형을 모색하기에 부심하였지만 아직 적절한 시형을 찾을 수는 없었던 탓에 전통적인 정형성을 띤 민요시로 회귀하였다. 그러나 그의 민요시는 외형률로서의 정형성이라는 문제 이전에 '혼의 움직임'으로서의 상징이라는 측면에서 재고해 볼 필요가 있다. 조선사람의 혼을 표현할 수 있는 조선말로 된 시형을 고민하는 순간 그는 개별적인 내면성과 다른 차원의 상징에 대한 탐구로 나아간 것이라 할 수 있다.

2) 영혼의 상태를 환기시키는 음악적 이미지

김억이 운율의 창안에 고심한 것과 달리 여타의 시인들에게 상징주의에서 추구한 시형이나 자유시라는 개념은 산문시형 정도로 인식된 듯하다. 그들에게 음악성이라는 것은 운율이라는 형태적인 측면보다는 하나의 이미지와 발상의 측면에서 수용되었음을 지적해 둘 필요가

---

18 김억, 「시형의 음율과 호흡」, 『태서문예신보』 14, 1919. 1. 13.

있다. '노래', '음악', '악(樂)', '곡조(曲調)', '서곡(序曲)' 등과 같이 음악을 직접적으로 지칭하는 단어들과 바이올린, 피리 등의 악기가 시에 자주 등장한다. 이러한 음악과 관련된 어휘들은 우울과 비애에 휩싸인 정조를 고조시키는 배경이면서 비가시적인 내면 상태를 드러내는 이미지이다. 즉 한국문학에서 낯선 '영혼'이라는 새로운 미학적 자아를 환기시키는 이미지인 것이다. 김옥성은 1920년대 동인지에서 계몽주의적 근대성에 대한 반동으로 신비주의를 수용하는 과정에서 시적 자율성의 영역을 구축한 것으로 설명한 바 있다.[19] 감각적 세계와 초감각적 세계의 신비를 매개하는 주체의 내면을 영혼이라 볼 수 있다는 것이다. 이러한 신비주의나 영혼은 뒤에서 살펴보게 될 '죽음'에 대한 동경과도 긴밀하게 연결되어 있지만, 그러한 영혼의 상태가 감각적으로 어떻게 드러나는지 살펴볼 필요가 있다.

박영희의 「이별한 후에」는 이별의 후회와 비애를 읊고 있는데, 의미 전개가 불분명한 채 영탄과 명령투가 혼란스럽게 튀어나오는 산문시이다. 이러한 정제되지 못한 형태는 이별한 후의 광란 상태에 빠진 내면의 혼란을 '미친 곡조' 자체로 드러내고자 하는 데에서 비롯되었다고 볼 수도 있다. 주목해 볼 것은 이별의 탄식에 그치지 않고 이러한 탄식과 뒤늦은 각성의 강한 발동으로부터 시가 솟아난다고 말하고 있는 점이다. 인간 내면의 토로를 시의 원천으로 보면서, 그 후회와 절망의 광기스러움 안에 "사람 모르는 지혜가" 있다고 말한다. "심리 분석의 취미, 신비의 감각, 공감의 본능"[20]을 특징으로 하는 상징주의의 시

---

19 김옥성, 「1920년대 동인지의 신비주의 수용과 미적 근대성」, 『한국 현대문학 연구』 20, 2006, 71면.

작 태도라고 할 수 있는 면모로서, 나아가 광기에 담긴 지혜를 미(美)라고 암시하며 내면의 격정을 우주적인 파동으로 비약시키고 있다. 비가시적인 내면을 우주적인 차원으로 확장시키려는 미학적 초월성이 광기의 노래를 통해 실현되는 것이다.

> 밋친 曲調! 휘도는 旋律의 써도는 빠이오린의 軟한 音線이여! (…중략…) / 너의 날개 우에는 우룸의 눈물과 가삼타는 한숨을 언고 하날 놉히 써돌도다 나의 눈물까지 너의 날개 우에 언쏘 나의 숨까지 너의 가삼에 안쏘 가거라! / 方方曲曲, 너른 大地, 푸른 大洋으로 단이면서 모든 女神들에게 널이 宣傳하여라 / 밋친 曲調여! 어둠람(밤의 오자-인용자) 波濤이는 바다의 女神의 怒濤를 平穩케 하고 그들을 울이라, / 樹林에서 彷徨하고 橫行하는 樹精의 눈물을 밧으라, / 나의 타는 가삼의 북(불의 오자-인용자)을 네 이마 우에 언고 어둠 덥힌 大地를 빗치며 돌아단이면서 나의 불을 宇宙로 宣傳하라 밋친 曲調여! 소리 질으며 돌아단이라 / 가삼 문어진 女子가 어둠에서 迷路할 써에 내가 삼의불을 밧치여주라! / 밋친 曲調여! 크레시메로듸여!
>
> ― 박영희, 「이별한 후에」(『백조』 1호) 부분

위의 인용 부분에서 볼 수 있듯이 광기의 노래를 뒷받침해주는 것은 바이올린이다. 인간의 미세한 심리에 어울리는 악기로서 바이올린은 베를렌느, 김억에게서 볼 수 있듯이 상징주의 시에서 선호하는 악기이다. 악기의 이미지는 시각적인 텍스트에 들리지 않는 음악과 소리를

20　G. Lanson 외, 정기수 역, 『랑송 불문학사』 하, 을유문화사, 1983, 215면.

환기시킨다. 미친 곡조는 바이올린의 연한 음선과 떠도는 연기처럼 미묘하고 아련한 것이지만 동시에 술 취한 여자의 호소처럼 절규하기도 하고 격정적으로 나타나기도 한다. 시적 화자는 광기의 노래로 하여금 한탄의 눈물과 한숨을 싣고 대지와 대양 모든 곳에 퍼져 나가, 대양의 분노한 여신까지 안정시키며, 나무의 정령들도 울게 하라고 말하고 있다. 극대화된 절망과 슬픔의 감정을 음악으로 상징화하면서, 시가 내면의 감정을 담아내며 우주적인 공감을 획득할 수 있다는 거대한 몽상을 펼치고 있는 것이다. 곧 나의 내면과 우주가 조응하고 화답하는 절대적인 예술성의 경지를 동경하고 있는 것이다. 이처럼 음악성에 대한 관심은 단지 운율과 형태에서만 발견되는 것이 아니라 미묘한 심리를 가장 가깝게 표현하여 우주적 초월성으로 확장시키려는 상징주의적인 기획과 관련되어 파악되어야 할 것이다.

요긴대 1920년대 상징주의 시는 정조와 영혼 상태를 닮은 음악을 추구하고자 하여 음악을 시에 끌어들였다. 그러한 모색의 결과 나타난 방식의 하나는 운율에서 자유로운 리듬을 찾는 것이었고 다른 하나는 음악적 이미지와 모티프를 시상에 활용하는 것이었다. 전자의 경우 1920년대 시는 창가나 신체시의 정형률을 벗어나는 데 성공하였으나 산문시에 기울어졌고, 김억 등의 민요조 실험과 같이 몇 가지 운율의 시도는 있었지만 자유로우면서 안정된 운율을 찾는 데 성공하지는 못하였다. 반면 후자의 경우 음악적 이미지와 모티프는 정조의 환기에 있어 전시대와 다른 감각적인 자극을 제공하는 역할을 할 수 있었다. 이러한 우울의 정서와 영혼을 닮은 음악에 대한 관심은 상징주의 시에 신비적이고 몽롱한 분위기를 만들었던 것이다.

4. 선악 영육 이원론의 관념적 상징과 몽환성

두 번째 미적 초월성을 드러내는 방식은 관념적 상징을 사용하여 몽환적인 인상을 더욱 극대화시키는 것이었다. 이 경우 몽환성(夢幻性)은 환각(phantasm)이나 환상(fantasy)보다는 꿈이나 최면 상태에 가까운 정도라고 할 수 있다. 그러나 이러한 꿈 같이 몽롱하고 이성적 논리가 작동하지 않는 비현실성을 배경으로, 시적 자아가 지닌 고통과 오뇌가 선악이나 영육의 이원성이 공존하는 데에서 비롯되는 것이라는 관념을 표현하고 있는 것이다. 이것은 앞서 살펴본 미묘한 순간적인 정조의 포착 방식이 까닭 없는 우울에 떨어지는 것보다는 한층 고뇌의 이유를 분명히 드러내는 방식이라 할 수 있다. 우울의 정조를 포착하는 경향을 대표하는 시인이 김억이라면 관념적 상징을 두드러지게 사용한 시인이 황석우이다.

황석우는 「일본시단의 2대 경향」(『폐허』 창간호)에서 일본 영문학자 야마미야 코토[山宮允]를 빌어 아일랜드계 영국 시인인 예이츠의 상징주의를 소개하면서 상징주의에 대한 개념 인식에 있어 김억과 다른 면모를 보여준다. 정서와 지성을 기준으로 하여 황석우는 상징주의를 광의와 협의로 나눠 이해한다. 그는 넓은 의미에서의 정서적 상징주의가 있고, 협의의 상징주의에는 알레고리라고 할 ① 관념 또는 사상만을 환기하는 지적 상징주의와 ② 관념 또는 사상과 함께 정서를 환기하는 정서적 지적 상징주의가 있는 것으로 보았다. 문예사조로서의 상징주의는 황석우가 알레고리와 동일시한 ①을 제외한 나머지들로서, 그는 '정서 기분의 상징을 목적으로 한' 것을 상징주의라고 보았다. 김억이 시에는 이지의 분자가 전혀 없어야 할 것이라고 본 태도와 달리 황석우는 물질세계와 정신세계 사이의 조응을 가능하게 하는 매개물인 상징 속에서 정서와 이지의 혼용을 주장한 것이다. 황석우의 시에 대해서는 "관념의 덩어리 같은 것이 녹지 않은 시"[21]라는 평가처럼 지적인 관념을 그대로 노출한 경우가 많지만, 다른 한편으로 「봄」(『태서문예신보』 16호)과 같이 신선한 감성과 절약된 언어로 서정을 표출한 시도 있는데 이처럼 두 가지 계열을 보인 까닭을 이러한 상징주의에 대한 이해에서 찾아볼 수 있다. 어느 계열이든 간에 그에게 있어 상징은 영혼과 외부 사물에 대한 표현을 혁신하는 길이었다.

그 대표적인 작품이 「벽모(碧毛)의 묘(猫)」다. 이 시에는 이원의 공존성, 즉 선과 악, 영과 육의 갈등이 등장한다. 꿈결과 같은 배경 속에서 고양이와 시인의 대화를 통해 이 두 세계 사이에 균형을 이루려는 영혼의 고뇌가 그려지고 있다. 색채 감각을 자극하는 푸른 털의 고양이는 악마에 대한 초현실적이며 신비적이고 관념적인 상징이다. 그 외에 이 시에서 '기독(基督)', '태양'과 같은 시어도 관념성이 담긴 상징으로 기능하고 있다.

> 어느 날 내영혼의 / 오수장午睡場(낮잠터)되는 / 사막의 우, 수풀 그늘로서 / 벽모碧毛(파란 털)의 / 고양이가 내 고적한 / 마음을 바라다보면서 / (이애 네의 / 왼갓 오뇌 운명을 / 나의 열천熱泉(끓는 샘)갓흔 / 애愛 살적 삷아주마, / 만일, 네 마음이 / 우리들의 세계의 / 태양이 되기만 하면 / 기독基督이 되기만 하면)
>
> ―황석우, 「벽모의 묘」, 『폐허』 창간호

21 김대행, 「황석우론」, 『연구논총』 5, 1975, 133~134면.

상징주의 시를 둘러싸고 현철과 황석우 사이에 몽롱체 시비도 있었을 만큼 상징주의 시에서 시어의 의미나 내용 파악이 쉽지 않은데 위의 시 역시 마찬가지이다. 이러한 난해한 시작 태도는 상징주의가 의도한 예술에 대한 귀족주의를 표방하는 것이라고 할 수 있다. 말라르메의 경우에는 위대한 시는 상형문자나 음악적 악보처럼 수수께끼 같은 외관으로 나타나야 한다고 주장하기도 하였다.[22] 위의 시에서도 수수께끼 같은 고양이가 나타나 시적 화자에게 한 가지 제안을 한다. 시적 화자가 가지고 있는 오뇌의 운명을 끊는 샘과 같은 사랑에 삶아주겠다는 것이다. 다시 말해 "내 고적한 마음"에 정열의 사랑을 주겠다는 제의이다.

이러한 고양이는 보들레르의 시 「고양이(Le Chat)」와 유사한 발상법을 가지고 있음이 지적된 바 있는데,[23] 다른 시인들의 시에서도 "온실(溫室) 갓흔 마루 尖에 누은 검은 괴의 등은, 부드럽게도, 기름저라"(이상화, 「가을의 풍경(風景)」, 『백조』 2호), "문어구에 까만 고양이의 하픔"(월탄, 「밀실로 도라가다」, 『백조』 1호)처럼 고양이는 신비로운 모습으로 그려진다. 고양이는 영적이면서도 육체적인 존재이며, 남성성과 여성성을 동시에 구현하는 이중적인 사물이자, 신적인 동시에 악마적인 동물이다.[24] 이

---

22 Henri Peyre, 윤영애 역, 『상징주의 문학』, 탐구당, 1985, 66~67면.
23 김은전은 포우의 소설 「검은 고양이」에서 발원하여, 보들레르의 「고양이」, 베를레느의 「여인과 고양이」 등과 관련되어 있음을 지적한 바 있다. 김학동 역시 이장희의 시에 등장하는 고양이들과 더불어 프랑스 상징파 시의 요소로서 다룬 바 있고, 박호영은 이장희의 시편을 두고 일본 상징파 시인 萩原朔太郎의 「靑猫」와 관련 있다고 지적하였다. 또한 고양이의 털이 녹색이라는 점에서 일반적인 고양이가 아니라, 초월적 세계에 있는 무엇인가의 대응물이라는 김은전의 지적은 이 시를 이해하는 데 있어서 음미해야 할 대목이다. 김은전, 앞의 책, 189면 참조.
24 Claude Aziza · Claude Olivieri · Robert Sctrick, 장영수 역, 『문학의 상징 · 주제 사전』, 청하, 1989, 101면. 고양이는 조심스러움, 신비로움, 공격적이면서 잔인한 점, 독립적

러한 특성 때문에 고양이는 우리 일상 속에 환상적으로 끼어드는 존재로서 시에 등장한다. 「벽모의 묘」에서 고양이는 영적이면서 악마적인 거래를 권하고 있다. 시인의 영혼은 낮잠과 같이 비현실적인 몽환의 상태에 있으며, 그 상태는 사막처럼 황량하고 수풀의 그늘처럼 어둡다. 어떤 열정도 없는 침체의 상황에 놓인 영혼에게 열정을 선사하겠다는 유혹을 내어놓는 것이다. 그러나 이 제안에는 '우리 세계의 태양이, 기독이 되라'라는, 영혼을 내놓으라는 악마의 계약과 흡사한 조건이 달려 있는 것이다. 이처럼 영적이고 관능적인 세계로의 도취는 매우 몽환적인 상황에서 유발되며, 현실로부터 영혼의 이탈을 유도한다.

몽환적 세계에 도취되고자 하는 욕망은 박영희의 「미소(微笑)의 허화시(虛華市)」(『백조』 1호)에서 "잠자는 어린이여! 깨지는 말어라"라는 부분이나 「꿈의 나라로」(『백조』 2호) 같은 시에서도 볼 수 있다.

꿈속에 잠긴 외로운 잠이 / 現實을 써난 '빗의 고개'를 넘으랴할 쌔 / 비에 문어진 잠의 님 업는 집은 / 가엽시 깁히 깁히 문어지도다 / (…중략…) / 잠이 꿈길을 갈 때 '생의 고통'은 붉게 탄다. 흩어진 내 가슴, 무너진 잠의 집. 꿈나라. 굳게 닫은 꿈성을 두드릴 때 붉은 비가 쏟아져 꿈길을 막는다. / '빗의 고개'를 내게 주소서 / 술 흐르는 祭壇에서내가울면서 / '꿈의 나라'를 내게 주소서 / 누른香氣피우면서내가빌도다.

— 박영회, 「꿈의 나리로」(『백조』 2호) 부분

이면서 애무받기 좋아하고, 나른해 하면서도 민첩한 점, 매혹적이고 관능적인 아름다움까지 모든 모호한 특성을 지니고 있다.

위의 시에서 시적 화자는 생의 고통 속에서 비애에 사로잡혀 "꿈성(城)"을 두드리며 "빛의 고개"를 갈구한다. "술 흐르는 제단"과 "꿈의 나라"에 나타나는 몽환성은 상징주의가 목표로 삼았던 신비와 이상세계의 아련한 외곽에 접근한 것이다. '꿈나라'나 '꿈성'은 비실제적이며 이성과 논리가 마비되는 최면상태나 술에 취한 상태와 같은 세계이다. 시적 자아가 이러한 몽환적 세계에 탐닉하는 까닭은 "님"이 없기 때문이고 "생의 고통" 때문이다. 도피에 가까운 듯이 현실을 초월하고자 하는 욕구를 "빛의 고개"라든가 "누른 향기"와 같은 아름다움과 결부된 감각을 통해 시적으로 만들고 있는 것이다. 박영희를 비롯한 1920년대 초기 시에서 볼 수 있는 시와 산문의 경계를 모호하게 만드는 지나친 언어의 범람은 이러한 현실 초월적 충동을 미적 감각으로 변환시키고자 하는 욕구와 관련되어 있다고 할 수 있다. 즉 꿈의 나라 같이 비가시적인 초월적 이상을 상상적으로 구축해 놓고 여러 감각과 상징을 통해 가시화시키려는 의도의 산물인 것이다.

그러나 이러한 관념적 상징들에서 시인의 사상이 과다하게 노출되는 것은 한계로 지적될 수밖에 없다. 현상을 넘어 본질을 포착하는 상징을 발견하기보다는 시인의 사상에 의해 설정된 상황에 대한 해설과 시적 화자에 의한 산문적인 토로가 전면화되어 있기 때문이다. 형태면에서도 "오수장(午睡場)"이나 "벽모(碧毛)"라는 한자어와 "낮잠터", "푸른 털"이라는 우리말을 병기하고 있는 것도 과도기적이긴 하지만 언어의 경제성을 떨어뜨릴 수밖에 없다. 이러한 점들로 인해 1920년대 초기 시들이 상징주의의 외곽을 넘어 본질로 육박하기에는 미흡한 것이 사실이다. 그러나 선악이나 영육의 이원론과 몽환적 상태는 시인들의 고뇌와 동경의 초월적 성격을 좀 더 구체적으로 드러내는 근원적 원리이자 세계관이었다고 할 수 있을 것이다.

5. 죽음을 통한 영원성 추구와 내면의 영토화

1) 죽음에서 찾은 예술적 낙원

미적 초월성을 추구하는 세 번째 방식은 비현실적이고 신비적인 몽환성이 죽음에 대한 도취를 통해서 강화되는 방식에서 찾아볼 수 있다. 죽음에 대한 몰입은 일종의 현실 도피의 성격을 갖기 쉽지만, 상징주의 시에서 죽음은 안식의 낙원이자 진리의 세계로 그려진다는 점에서 현실도피만으로 규정하여 말하기는 어렵다. 이들의 시에서 죽음은 비현실의 극한이자 사랑과 진리가 융합하는 장소가 된다. 그리고 죽음과 결부된 사랑은 관능성을 띠게 되는데 그 관능의 한 가운데에서 재생과 부활의 이미지가 이어지는 것이다.

박종화, 박영희, 이상화 등의 백조파 시인들에 와서 상징주의는 난숙기에 이르는데, 일군의 시에는 시체, 관, 무덤, 명부, 유령, 해골 등의 시어가 빈출하고 죽음을 예찬하는 내용을 담고 있음을 볼 수 있다. 비현실적이고 신비적인 몽환성은 죽음에 대한 도취로까지 이어질 수 있는 소지가 있는 것으로, 서구 상징주의의 경우도 세기말 분위기를 타고 병리학적이며 도착적인 데카당스와 니힐리즘에 기울게 되었다. 1920년대 초기 시인들이 죽음에 대한 동경을 보인 배경에는 서구적인 자유주의와 개인주의 사상에서 배태된 근대적 예술가의 자율성에 따른 개인적 불안이 동반되었던 것으로 볼 수 있다. 1920년대에 이르러 예술가들은 더 이상 전체적인 사회나 역사와의 관계 속에서 의미를 찾는 계몽주의적 지도자로서가 아닌 근대적 상품과 같이 고립된 지위에 놓인 예술을 창조하는 자신을 보게 되었기 때문이다.

1920년대 초기 시에서 죽음은 타인과 단절된 '나'의 개별성을 확인하는 체험으로 인식되고 주관성을 극적으로 표현할 수 있는 테마가 되어 있음을 볼 수 있는데, 이러한 죽음의 낭만화는 근대적 주관성과 개인성의 극대화와 관련된다고 볼 수 있다.[25] 상징주의에 매혹된 시인들은 현실의 문제보다는 내면세계의 자아에 집착하여 신비주의에로까지 나아갔으며 병적 낭만주의에 급속히 침윤되었다. 그들은 죽음과 절망의 고뇌 속을 떠돌며 자기 연민과 자학 속에서 스스로를 가장 비현실적인 것으로 도피시킴으로써 위안을 얻고자 하였다. 그리고 죽음의 의미 자체를 노래하는 경우 경험적인 사건이나 이미지를 제시하기보다는 관념적인 진술로 전개되는 것이 대부분이다. 추상화되고 관념화된 죽음의 의미는 한편으로는 삶 또는 인생 개념과 단절된 대립적인 상관관계에서 진리·참이라는 윤리적 도덕적 의미와 결부되어 있고, 다른 한편으로 미·영혼의 세계와 조응하고 있다.

오—검이여 참삶을 주소서, / 그것이 만일 이 세상에 엇을 수 업다하거

---

25 곽명숙, 「1920년대 초반 동인지 시와 낭만화된 죽음」, 『한국 현대문학 연구』 11, 2002 참조.

든 / 열쇠를 주소서 / 죽음 나라의 열쇠를 주소서, / 참'삶'의 잇는 곳을 차지랴하야 / 冥府의 巡禮者—되겟나이다. // 漆 버슨 거츤 棺桶을 가르쳐 / 그것이 그 棺에 내 몸을 담어 / 盧華의 이 시절을 咀呪하란다. / 어둔 밤 별 아래 쎠드러진 屍體에 / 永遠의 '참'이 잇다하면 / 나는 쒸여가 죽엄을 안어 / '참'의 동무가 되려한다.

　　　　　　　　　　— 박종화, 「밀실로 도라가다」(『백조』 1호) 부분

　　惡靈의 暴貪의 썰은 生의 苦는 / 永遠히 이 세상에 빗잇는 塔을 세워주리라. // 도라가라 도라가라 / 그대의 뜻대로, / 永遠한 安息의 터로 도라가라, / 다시 괴로움업고 압흠 업는 / 安息의 樂土로 도라가라.

　　　　　　　　　　　　　— 박종화, 「만가」(『백조』 1호) 부분

위의 시에서 볼 수 있듯이 1920년대의 죽음을 다루고 있는 시편들에 기본적으로 깔려 있는 인식은, 현실은 거짓되며 고통스럽고 죽음은 참이며 영원하다는 것이다. 시인 스스로가 화자가 되어 자신의 예술가적 결의를 밝히고 있는 듯이 산문적인 문장 형태를 취하면서 고백투의 어조로 죽음에 대한 투신을 표백하고 있다. 신(神, 검)에게 죽음의 나라로 가는 열쇠를 달라고 기원하며, "망부의 순례자"가 되어 "참" 진리의 동무가 되려 한다고 말하고 있다. 죽음을 괴로움도 아픔도 없는 안식의 낙원이자 진리로 보는 상징주의적인 인식 구도가 극명하게 드러나는 것이다. 현실의 고통으로부터 인간을 구원하는 것이 영혼의 몫이 되었을 때 영육이원론에서 죽음은 우위에 놓이게 된다. 죽음은 삶, 신, 에로스, 조국 등 어느 것과 짝을 이루더라도 초월의 의지와 승화의 미학이

동시에 충족될 수 있기에 '영원'의 단서가 되고 동기가 될 수 있는 것이다.[26] 특히 위에 인용된 두 번째 시 박종화의 「만가」에서 "그대"는 죽음으로 잃은 자신의 아이를 가리키는 것인데, 화자는 자식의 죽음 앞에서 슬픔만을 토로하지 않는다. 시인 자신이기도 한 화자는 이 생의 괴로움을 두고 "악령의 폭식"에 절어 있는 것이라고 보고 그것을 벗어나 "영원한 안식의 터"로 돌아가는 것으로 죽음을 인식하고 있다. 여기에서 죽음은 개별적인 유한성의 체험에서 더 나아가 그 유한성을 극복하는 초월성과 미적 영원성을 획득하게 된다. 이와 같이 예술은 죽음을 끌어들임으로써 그 순수성과 절대성을 고양시키게 되는 것이다.

다음의 시는 위의 시 「만가」와 마찬가지로 아이의 죽음을 추모하면서 예술가의 세계와 영혼의 세계를 일체화시켜 표현하고 있다.

인저는 너의 눈을 쓰라 / 보기 실튼 苦痛은 다라낫도다 / 그리고 멀이 詩神의 아버지를 바라보고 / 弱한 손으로 노를 젓고 노래하여라. // 너는 새 王國에 다다를 제 / 푸른 새[靑鳥]와 붉은 밤[赤夜]을 보리라, / 그리고 너의 아버지의 긴 꿈 속의 / 리씀가진 코소리를 / 드르리라 // 너는 그 새를 가지고 우스면서 / 춤추며 나올 제 / 말 못하는 젊은 벙어리의 한숨과 / 눈물을 보리라 / 그러나 너는 그것이 무엇인지 몰으고 / 너는 그것이 무엇인지 몰으고. // 軟한 팔, 압흠 업시 / 가라! 그 王國으로! / 벙어리 한숨은 너의 탄배를 / 危殆함 업시 씌워주리라. // 軟하게! 곱게! / 아! 亡靈이여! // 비 붓는 날 적은 노래로 / 어린 亡靈의 새 航路의 힘을 덜기 爲하야 / 산詩靈

26 김열규, 「현대적 상황의 죽음 및 그 전통과의 연계」, 『한국인의 죽음과 삶』, 철학과 현실사, 2001, 24면.

은 어린 死靈에에(게의 오자-인용자) 적은 선물로 밧치노라-(東京에서)
— 박영희, 「어린이의 항로」(『백조』1호) 부분

이 시의 시적 화자는 사랑하는 아이를 잃고 비탄에 젖은 젊은 아버
지이다. 그의 표현할 수 없는 큰 슬픔은 "벙어리 한숨"이라고 표현되어
있다. 죽음의 왕국으로 가는 아이가 탄 배가 위태함 없이 가기를 바라
는 뜻으로 이 노래를 바치고 있다. 어린 망령이 도달할 그 왕국에는 행
복을 의미하는 '푸른 새'가 있고 아이는 그 새와 더불어 행복할 것이다.
아이를 잃은 슬픔에 한숨과 눈물을 짓던 '시신(詩神)'인 아버지는 그 항
로를 도우려 시를 짓는 것이다. 이것은 죽음이 산 자와 죽은 자, 이승
과 저승을 단절시키더라도, 시인의 노래는 죽음의 왕국을 향해 울려
나가며 영혼을 위한 힘을 발휘하리라는 믿음을 보여준다. 시인은 '시
령(詩靈)'으로서 살아있는 자이지만 저승에까지 노래로 미칠 수 있는
예술적 영혼을 가진 자인 것이다.

2) 내면의 영토화와 미의 영원성

흔히 상징주의 시의 영향으로 지적되는 죽음 예찬과 관능성에 대한 도
취는 1920년대 초기 『폐허』로부터 『해외문학』에 이르기까지 여러 시인
들의 작품에 걸쳐 나타난다. 황석우의 「음락의 궁」, 「눈으로 애인아 오너
라」, 박영희의 「그림자를 나는 쪼치다」, 「월광으로 짠 병실」, 「생의 비
애」, 그리고 유방과 포경이라는 필명으로 발표된 김찬영의 시 등에서 난

숙할 대로 난숙해진, 죽음에 대한 예찬과 관능성에의 도취를 볼 수 있다.

> '꿈은 幽靈의 춤추는 마당 / 現實은 사람의 괴로움, 불 부치는 / 싯밝언
> 鐵工場!' // (…중략…) / 타오르는 사랑은 / 차듸찬 幽靈과 갓도다. // 現實
> 의 사람 사람은 / 幽靈을 두려워 써나서가나 / 사랑을 가진 우리에게는 /
> 옷과 갓치 아름답도다 // 아! 그대여! / 그대의 흰 손과 팔을 / 이 어둔 나라
> 로 내밀어 주시요! / 내가 가리라, 내가 가리라, / 그대의 흰 팔을 조심해
> 밟으면서—.
>
> — 박영희, 「유령의 나라」(『백조』 2호) 부분

위의 시에서 꿈이나 유령의 나라는 현실을 벗어난 비실재성과 영적
인 영원성을 띤 공간으로 나타난다. 죽음을 통해 도달할 수 있는 그곳
은 현실과 대비를 이룬다. 현실은 사람을 고통으로 달구는 "철공장"인
반면, 꿈은 "유령의 춤추는 마당"이다. 현실의 사람은 유령을 두려워하
지만 사랑을 가진 자에게는 꽃처럼 아름답다. 현실을 벗어나 영혼이
자유롭게 풀려난 공간, 사랑의 도취와 향연의 공간이 '유령의 나라'인
것이다. 유령은 영혼, 내면과 상응하는 주체의 상태라고 할 수 있다.
유령의 나라로 이끄는 '그대'와의 관능적인 사랑을 통해, 시적 주체는
현실로부터 이탈하고자 하는 동경을 표출한다. 공포스런 유령이 오히
려 "꽃과 같이" 아름답다는 이러한 역설은 보들레르가 「악의 꽃」에서
보여준 바 있는 선과 악, 영과 육의 이원적인 세계의 역설과 상통한다.
즉 현세의 선이나 육체를 유동적이고 일시적인 것으로 보고 악이나 추
에서 미와 영원을 발견하는 태도인 것이다.

현실의 속박과 유한성을 벗어나 무한한 욕망과 자유로운 영혼을 갈구하는 이 시는 현실을 초월하고자 하는 심미적 태도를 사랑과 결부시킨다. 위에 인용한 시 뒷부분에서 볼 수 있듯이 괴로운 현실에 대한 구원은 사랑으로부터 오는 것으로 인식되고 있다. 사랑은 유령이면서, 영혼이 자유로워지는 꿈으로 인도하는 여신으로 은유된다. 여신은 일종의 탈속적인 애인이자 여성성을 띤 미학적 초월성의 표상이라고 할 수 있다. 사랑과 아름다움의 예찬은 '그대의 흰 팔'이라는 관능적인 감각을 동반하며 죽음에 대한 충동으로 몰고 간다. 이러한 감각성은 미학적 초월성의 비실재성을 시적으로 형상화할 수 있게 하는 기반이기도 하다. 내면이 별도로 존재하여 그것을 형상화한다기보다는 현실적이고 이성적인 자아를 포기하는 영역을 상상함으로써 내면이 자리 잡을 공간을 영토화시키는 것이다. 그러한 내면을 위한 영토로서 등장하는 상징들이 '동굴', '밀실', '병실', '침실', '궁·궁전', '술 취한 집' 등이었던 것이다.

저녁의 피무든 洞窟 속으로 / 아— 밋 업는, 그 洞窟 속으로 / 싯도 모르고 / 싯도 모르고 / 나는 걱구러지련다 / 나는 파뭇치이련다. // 가을의 병든 微風의 품에다 / 아 꿈쑤는 微風의 품에다 / 낫도 모르고 / 밤도 모르고 / 나는 술 취한 집을 세우련다 / 나는 속압흔 우슴을 비즈련다.

—이상화, 「말세의 희탄」(『백조』1호)

위의 시에서 시적 화자는 한편으로는 위악적인 추락과 몰락에의 의지를 말하고 있지만, 다른 한편으로 '병든 장미'와 '꿈꾸는 미풍'의 품을 동경하는 탐미적인 욕망을 내보인다. 시적 화자의 정신은 낮밤의 분별도 모르는, 현실논리의 포기 상태이다. 그가 꿈꾸는 것은 '술 취한 집'을 세우는 것이다. 현실적인 압박으로부터 초월하여 '병(病)'과 '꿈'이 결합된 환상을 동경하는 것이다. '병'과 '꿈'은 타인으로부터 격리되거나 침해받지 않는 주관성의 속성을 띠고 있다. 특히 근대 이후의 질병은 타인과 사회로부터 격리되거나 고립되어 관리되었다. 이러한 병적인 것과 관능성에 대한 집착의 측면에서 1920년대 상징주의 시를 두고 데카당적인 악마주의와 퇴폐주의라고 비판되어 왔던 것이며, 그 비판은 병과 광기에 대해 합리성의 이름으로 관리하고 격리시켜온 근대적 시선과 무관하지 않을 것이다.

그러나 '병'의 은유 내지 상징이야말로 동인지 시인들의 고립감과 예술적 자의식을 담은 내면의 경계를 둘러싼 영토적 표지가 될 수 있었던 것이다. 그러한 표지를 통해 내면을 상징하는 고립적 공간, 즉 동굴, 밀실, 침실의 이미지가 탄생하는 것이다. 당시 일군의 시에 범람한 이러한 이미지들은 외적으로는 관능의 향락과 현실도피의 욕구를 나타내는 것이지만, 비가시적인 내면성을 가시화시키고자 한 미학적 충동의 결과라고 할 것이다. 그리고 이러한 미학적 충동이 지닌 역설적 의미와 운동성을 이해할 필요가 있다. 깊이와 속도의 감각을 동반한 추락과 하강의 의미와 움직임이 동굴, 밀실, 깊은 구렁과 같은 정적이고 폐쇄적인 공간을 통해 전환되기 때문이다. 동굴 등은 폐쇄된 몰입의 공간으로 작용하며, 상징주의자들은 밀폐된 장소에 에로티시즘을 뒤섞는다. 동굴은 폐쇄된 무덤을 의미하거나 은둔지의 갇힘이라는 체험이기도 하지만, 한편으로 심연에의 하강과 그를 통해 다시 상승을 얻기 위한 직관을 만날 수 있는 공간이기도 하다.[27] 즉 죽음에 대한 동경이 현실을 초월한 영원성으로, 유한한 아름다움이 종교적이고 신비적인 진리에 버금가는 미로 승화되는 것이다.

위에서 말한 의미의 동굴을 형상화하는 데 성공한 대표적인 시가 김억이 "가견(可見)을 통하야 불가견(不可見)의 세계를 볼 수 있는" 진짜 상징시라고 찬사를 아끼지 않은 이상화의 「나의 침실로」이다.[28]

'마돈나' 오렴으나, 네 집에서 눈으로 遺傳하든 眞珠는, 다 두고 몸만 오느라, / 빨리 가자, 우리는 밝음이 오면, 어댄지도 모르게 숨는 두 별이어라. // (…중략…) // '마돈나' 언젠들 안갈 수 잇스랴. 갈테면, 우리가 가자, 쓰을려 가지말고! / 너는 내 말을 밋는 '마리아' ─내 寢室이 復活의 洞窟임을 네야 알년만 ······

─ 이상화, 「나의 침실로」 부분

이 시에서 시적 화자가 말을 거는 대상인 '마돈나'는 한 남성이 사랑하는 여인이자 시인이 동경하는 예술성의 은유적인 총화라고 할 수 있다. 그녀는 사랑스럽고 관능적이면서 신비롭고 종교적인 양면성을 가지고 있다. 1920년대 시에 나타나는 애인을 두고 초월성과 미학성의 결합을 위해 탄생된 수사학적 전략[29]이라고 말한 적절한 지적처럼, 애인이나 미의 여신을 동경하는 시적 화자의 내면세계 속에서 '애인'은 '애(愛)'라는 '정(情)'의 차원을 넘어 비실재성과 영원성의 차원으로 이

---

28 김억, 「시단의 일년」, 『개벽』 42, 1923.12.
29 박현수, 앞의 글, 210면.

27 Claude Aziza · Claude Olivieri · Robert Sctrick, 앞의 책, 90면.
28 김억, 「시단의 일년」, 『개벽』 42, 1923.12.
29 박현수, 앞의 글, 210면.

어지는 것을 보여 준다. 여인은 가시적이고 구체적인 존재이지만, 꿈과 동경과 이상을 모두 포함하고 있는 정신적인 대상이자 시인의 모든 욕망과 상상력을 자극시키는 존재이다. 그녀의 '몸'은 가시적이고 외적인 물질인 "진주"와 대비되는 순결하고 정신적인 상징성을 띤다.

위의 시에서 연인들이 밝음을 피해 동굴로 숨으려는 성향은 앞서 살펴본 시에 나타나는 추락이나 하강의 이미지와 유사하다. 그러나 이들의 회피는 퇴행으로 그치지 않는데, 끌려가지 말고 '우리가 가자'는 자발성과 '내 말을 믿는' 믿음을 동반하기 때문이다. 이러한 의지와 믿음이 병적인 '침실'의 밀폐성을 종교적이고 초월적인 '동굴'의 부활성으로 승화시킨다. 이 승화작용 속에서 마돈나는 독실한 기독교의 여인 '마리아'로 확인되고, 동굴은 깊숙이 하강하는 공간이 아니라 바위의 열린 틈으로 바꿔 읽을 수 있게 된다. 즉 동굴은 모성적인 공간으로 전환되어 무덤 속에서 부활한 자, 즉 성경의 '나사로'와 '예수'의 공간으로 변주되는 것이다. 이 시가 지닌 비가시적인 것의 가시적 형상화는 이러한 반전 속에 드러난다고 할 수 있다. 관능에 몰입하여 현실로부터 탈주하려는 욕망이 자발적인 초월적 충동을 통해 종교적이고 신비적인 승화에 도달한 것이다. 죽음과 관능에 대한 동경이 재생과 부활의 생명력을 얻게 되고, 그럼으로써 자폐적인 내면 공간에 미적인 영원성의 공간이 현전하게 된 것이다.

6. 1920년대 상징주의의 시사적 의의

계몽주의적인 언설을 벗어난 시인들이 개인적인 서정 세계를 탐구하는 창작활동을 펼치고 비평적인 안목을 깨우치는 데 있어 상징주의는 일종의 지침서이자 방향타 역할을 하였다. 상징주의는 1916년경부터 소개되기 시작하여 근대 자유시의 기초를 닦은 시인들의 번역 소개와 창작에 힘입어 1924~1925년경까지 문학계를 풍미하였다. 이러한 상징주의 미학을 젖줄 삼아, 1920년대 초기 시는 개인 서정시로서의 시의 영역을 감성적이고 초월적인 내면 공간으로 확장시킬 수 있었다.

예술적 자율성의 확보라는 문학사적 요구는 계몽주의적 합리성의 대척점에 있는 상징주의에서 미학적 초월성을 발견하였고 그것은 세 가지의 방식으로 발현되었다. 첫째 미묘한 인간 심리와 내면의 정조를 환기하는 음악성에 대한 경도, 둘째 선악, 영육의 이원론을 드러낸 관념적 상징의 도입과 몽환성 추구, 셋째 죽음과 관능에의 동경을 통해 내면세계의 지표를 세우고 그곳에서 미적인 영원성을 발견하는 태도였다. 이러한 세 가지 방식은 비가시적인 것의 가시적 표현이라는 상징을 토대로 하여 비실재적이고 비논리적인 초월적 세계를 구축하는 것이었다.

비록 1920년대 초기 시에 대해 한자어투의 관념으로 구사되는 상상의 생경함, 애매하고 난해한 정조의 피상성, 산문과 시의 경계에서 나타나는 형태의 미숙성 등의 한계를 지적할 수 있겠지만, 그것은 근대시의 발전 과정에서 과도기적 현상이었던 것으로 보인다. 그리고 그러한 현상을 낳은 것은 실체화되지 않은 근대적 개인의 내면을 포착하는 한편 이상적인 미의 세계로 초월하고자 한 근대 시인들의 욕망이었다고 할 것이다.

제3장

침묵의 노래와 사랑의 담론

1. 사랑의 담론으로서의 『님의 침묵』

만해 한용운(萬海 韓龍雲, 1879~1944)은 황무지 상태로 남아 있던 한국 현대시에 형이상학적 계기를 마련한 시인으로 평가받고 있다.[1] 종교가이며 독립운동가, 사상가로서 제도적 문단 밖에 있었던 그는 불교적 관념과 역사의식을 상징화하여 하나의 독자적인 시세계를 구축하였다. 이 점은 당시 퇴폐적인 상징주의와 감상주의에 친윤되어 있던 1920년대 시단과는 분명한 대비를 이루는 특징이다.

---

[1] 김용직, 「행동과 형이상의 세계—만해 한용운론」, 『만해학보』 2, 1995, 17면.

만해의 인간적 면모와 사상에 대한 연구에서부터 기호학적인 텍스트 분석에 이르기까지 만해에 대한 연구는 다양하게 이루어져 왔으며, 만해 연구는 한국 현대시 연구에서 빠뜨릴 수 없는 분야가 되었다. 만해의 시를 내용적으로든 형식적으로든 논할 때 중심적인 해석 코드가 되는 것이 '님'이다. 만해의 '님'이 한 가지 의미로 규정하기 어려운 포괄성을 가진 상징어라는 것은 해석자들이 모두 동의하는 바이다. '민족'을 필두로 '불타, 자연, 조국'[2]으로 볼 때는 만해의 전기적 사실이나 시대적인 상황성을 염두에 둔 것이고, "열반의 경지에 들게 하는 참다운 무아(無我)"[3]라는 해석은 불교적인 인식론을 바탕으로 추론한 것이다.

이러한 해석들이 만해의 시세계를 이해하는 데 크게 기여한 것은 사실이다. 그러나 전기적 작가와 작품의 상관성이나 불교 교리와의 대응 관계가 곧 작품의 보편적인 문학성을 해명해 주는 것은 아닐 것이다. '님'의 의미를 실체적으로 규명하고자 한다면 시 전체를 철학의 알레고리로서 보고 하나의 의미로 환원시켜 버리는 문제를 낳는다. '그것이 무엇을 의미하는가'에 답하려는 비평은 텍스트를 지배약호나 '궁극적인 의미'에 의해 씌어진 알레고리로 변형시키는 과정을 필요로 하며, 방법론의 기반이 되는 전제를 항구적인 것으로 만들게 된다.[4] 만해의 문학 세계를 이해하는 데 있어서 종교적 사상적인 접근이 형이상학적 의미들을 검출하는 것이라면, 문학 양식의 독자적 구조와 상상적 공간에 대한 탐색은 텍스트를 다시 읽으며 종결되지 않는 의미들을 생산하

---

2 연구자들의 '님'에 대한 풀이는 다음을 참조. 김재홍, 『한용운 문학 연구』, 일지사, 1982, 86면.

3 오세영, 「침묵하는 님의 역설」, 『국어국문학』65·66 합병호, 1964.

4 Fredric Jameson, "On Interpretation", *Political Unconscious*, Methuen & Co. Ltd, 1981, p.58.

는 작업이다.

단 한 권의 시집만을 낸 만해이지만 시집 『님의 침묵』의 문학성에 대해서 역설의 구조, 중심 이미지에 대한 치밀한 분석을 통해 그 복합성과 다양성이 밝혀진 바 있다.[5] 더 나아가 "만해의 시의 메타적인 언술은 불교적, 정치적 언술에서 벗어나 새로운 기호를 생성하는 해체적 의미작용"[6]으로 해석될 만큼 현대적인 역동성을 지니고 있다.

만해의 시에서 느끼는 친근감이나 역동성은 일차적으로 사랑의 심적 상태가 의미작용하는 데에서 기인한다고 볼 수 있다. '님'은 시집의 서문격인 「군말」의 표현대로 "긔루어 하는 나"와 "긔룬 것" 사이의 관계를 전제한다. 다시 말해 그리워하는 주체로서의 나와 그리워하는 대상과의 관계인 것이다. 이 그리움은 표면상으로는 남녀의 애정관계로 되어 있다. 이 남녀 관계를 단순한 비유나 탁의가 아니라 존재론적 근거를 갖고 있다고 본 김우창은 "한용운에게는 존재의 기본 내용은 에로스다. 그에게 사랑은 곧 그가 파악한 바의 정치적 형이상학적 진리의 움직임이며 진리는 곧 사랑의 움직임이다"[7]라고 하여 만해 시에 있어서 사랑의 중요성을 강조한 바 있다.

이 글에서는 만해 시의 의미작용을 종교적 정치적 담론의 의미로 환원시키는 방식을 지양하고 '사랑의 담론'[8]이라는 측면에서 살펴볼 것이

5　오세영, 앞의 글; 민희식, 「바슐라르의 '촛불'에 비춰본 한용운의 시」, 『문학사상』 4, 1973.1; 김은자, 『현대시의 공간과 구조』, 문학과비평사, 1988 등을 들 수 있다.

6　이어령, 「기호의 해체와 생성 – 한용운의 '님의 침묵'과 '텍스트의 침묵'」, 박철희 편, 『한용운』, 서강대 출판부, 1997.

7　김우창, 「궁핍한 시대의 시인」, 『궁핍한 시대의 시인』, 민음사, 1977, 131면.

8　여기에서 '사랑의 담론(discours' amour)'이라는 용어는 사랑의 체험을 다루는 언어활동의 표현을 지칭하는 의미로 사용한다. 개인의 말을 통해 주체가 참여하는 언어활동이며, 타자에게 영향을 주려는 화자의 욕망에 의해 화자와 청취자를 그 구조 속

다. 사랑의 담론은 수많은 작가들과 일상인들에 의해서 말해져 왔으나 권력이나 과학, 지식의 체계와는 단절되어 주변의 언어로 표류하게 되면서 미미한 것, 비실제적인 것으로 여겨져 왔다. 이 주변의 담론에 관심을 가졌던 것이 프로이트의 정신분석학이며, 이른바 상징적 질서와 자아 동일성에서 배제된 부분에 대해 이야기하고자 하는 후기구조주의에서 사랑의 담론은 다시 복권된다.[9] 유기적인 자연의 질서(Physis)에서 추방당한 과잉 상태의 존재인 인간은 문화의 질서 즉 상징적 질서(nomos)를 취하게 되지만, 상징적 질서에 포섭되지 않은 부분은 언제나 남아 있다.[10] 사랑은 이성적 언어로 파악하거나 분명히 말해지기 어려운 대상이며, 동시에 내적인 욕망의 역학과 주체성을 보여주는 문학적 표현의 장소이다. 정신분석학의 용어를 빌어 말하자면 사랑이란 이상화하는 어떤 절대타자(Autre)와의 통합인 것이다. 여기에서는 사랑의 담론으로서 작품을 다루면서, 만해라는 작가나 등장인물 혹은 화자에 대해 정신분석을 하는 것이 아니라 사랑의 담론을 말하는 방식과 그와 관련되어 핵심적이라 판단되는 은유에 대해 분석하고자 한다.

에 통합하는 언술 행위를 지칭한다. Julia Kristeva, 김영 역, 『사랑의 역사』, 민음사, 1995, 24면.

9 롤랑 바르트(Roland Barthes)가 괴테의 「젊은 베르테르의 슬픔」을 대상으로 행한 강의인 『사랑 담론의 단상』(1977)을 필두로, 크리스테바의 『사랑의 역사』(1983), 그레마스의 『정념의 기호학』(1991)들은 이러한 관심을 보여주고 있다.

10 淺田彰, 이정우 역, 『구조주의와 포스트구조주의』, 새길, 1995, 16~29면 참조.

2. 크리스토플레 표상과 부재의 견딤

『님의 침묵』(회동서관(匯東書館), 1926)에 나타나는 사랑의 표현은 '님'을 부르고 '님'에게로 향하여져 있다는 점에서 연인에 대한 찬사나 서간체를 빌은 연애시의 형식과 유사하다. 그러나 이러한 사랑 담론에서 말하는 목소리는 대화적인 성격의 것이기보다는 고백에 가깝다. 화자와 직접적 청자인 '님'이 있고, 독자는 간접적인 청취자의 자리에 있다. 이러한 시들의 매력은 "위대한 시를 읽는 즐거움의 일부는 우리들에게 직접 말을 걸고 있지 않는 말들을 '엿듣는' 재미"[11]라는 말로 대신 설명할 수도 있을 것이다. 『님의 침묵』 전편을 통해 님과의 관계 속에 놓여 있는 사랑의 상태는 지속적으로 호소되고 있으며, 대부분 여성화자[12]를 통해 그 심리적인 충동과 형식이 동시적으로 전개되고 있음을 볼 수 있다.

　　　나는 나루ㅅ배
　　　당신은 行人

　　　당신은 흙발로 나를 짓밟읍니다
　　　나는 당신을 안ㅅ고 물을 건너갑니다
　　　나는 당신을 안으면 깁흐나 엿흐나 급한 여울이나 건너갑니다

11　T. S. Eliot, 이창배 역, 「시에서의 세 가지 목소리」, 『현대영미문예비평선』, 을유문화
　　사, 1981, 255면.
12　이에 대해서는 김재홍이 언급한 것을 참조. 김재홍, 앞의 책, 94면.

만일 당신이 아니 오시면 나는 바람을 쐬고 눈비를 마지며 밤에서 낫가
지 당신을 기다리고 잇습니다

— 「나루ㅅ배와 행인」 부분

위의 시에서 시적 화자의 내밀한 목소리는 자신의 기다림에 대해 말
하고 있다. '흙발로 짓밟'고 가서 나를 돌아보지도 않고 가는 님에게 한
탄하고자 하는 것이 아니라 기다리는 존재로서의 나에 대한 독백을 들
려주는 것이다. 나는 '당신'에게 짓밟히고 기다림에 쇠잔해지는 처지에
놓여 있지만, 일방적인 피학증적(masochistic) 심리[13]에서 발원된 것은 아
니다. '나룻배'로 은유화된 나는 당신이라는 사랑의 대상을 안으면 어
떤 시련이라도 극복할 수 있는 힘을 얻는 것으로 되어 있다. 나룻배의
은유는 불교의 '고해(苦海)'의 바다를 건너 중생에게 깨달음을 일러주는
불법(佛法)의 상징,[14] 그리스도교의 '크리스토플레(Chrisofflets)'(어린 예수
를 지니고 다니기를 원하는 사람들)와 상통하는 면을 지니고 있다. 이기적인
모든 욕심과 개인의 사고를 버리는 상태가 '짊어짐'이라는 행위로 표상
되는 것이다. 기꺼이 고통을 참고 짊어짐으로써 자신을 소멸시키고 오

---

13 마조히즘을 직접적인 성적 쾌락의 탐닉이라는 범주를 벗어나, 넓은 의미에서 자기
부정을 통해 어떤 지고한 기쁨을 느끼는 일종의 종교적 고행까지를 포함하는 용어
로 규정한다면 「나룻배와 행인」은 이와 유사한 성격을 띠고 있다. 오세영이 마조히
즘보다 종교적 고행을 뜻하는 에세티시즘(asceticism)이라는 용어가 더욱 적절하다
고 지적한 것은 타당성이 있다. 오세영, 「마쏘히즘과 사랑의 실체」, 신동욱 편, 『한용
운연구』, 새문사, 1982.

14 정효구는 이 시를 두고 '반야용선(般若龍船)'의 모티프를 연상하였다. 그것은 차안의
무명 중생을 반야의 배에 태워 피안의 깨달음의 세계로 데려다주는 교화의 방편이
다. 그는 이 시집 전체의 '사랑'이 중생심의 이기적 사랑과 구별되는 이타적 사랑인
불심의 사랑이자 보살심의 사랑이라는 관점에서 전편을 꼼꼼히 읽어 내었다. 정효
구, 『한용운의 『님의 침묵』 전편 다시 읽기』, 푸른사상, 2013, 189면.

히려 세파를 헤쳐 나갈 수 있는 힘을 얻는다고 믿기에 사랑의 기다림은 지속된다.

이 시에 기다림의 어조가 종교적 고행의 색깔을 닮아 있지만, 일률적으로 진리의 구도 행위와 일치시켜 알레고리적으로 해석하는 데에는 몇 가지 무리가 따르는 것으로 보인다. 나룻배가 일상적이고 현상적인 아(我)라면 님인 행인은 무명(無明) 혹은 미혹으로부터 깨달음을 줄 참다운 자아 즉 무아라는 해석이 성립될 수는 있다. 그렇다면 육지(사바세계, 피안)에 속박되어 있는 나를 풀어줄 행인과의 만남은 참다운 자아의 발견이 될 것이다. 그러나 종교적인 알레고리가 파열되는 것은 바로 이 시점인데 이 만남은 일시적인 것이고 다시 기다림의 상태에 떨어지기 때문이다.

> 당신은 물만 건느면 나를 도러보지도 안코 가심니다 그려
> 그러나 당신이 언제든지 오실 줄만은 아러요
> 나는 당신을 기다리면서 날마다 날마다 낡어갑니다
>
> —「나루ㅅ배와 행인」 부분

진리의 깨달음은 지속적인 구도에 의해서만 얻어질 수 있기에 무아(無我)인 님은 집착을 버리고 '나'를 떠난다. 그러한 님과 영원히 생활하기를 바라는 시적 화자의 처지를 생각한다면, 이 시는 오히려 "내부에 실재하는 참다운 자아를 모르고 외부에서 찾다 구하지 못하는 시인의 깊은 허망"과 집착을 버려야 한다는 "불법의 가르침을 아직 깨우치지 못한 시인의 미혹"[15]을 고백한 것이라는 분석이 논리상으로 도출될 수

밖에 없다. 종교적인 알레고리로 혹은 더 의미심장하게 상징으로 해석 되는 문제에 따르는 이러한 곤란은 '당신'을 '조국'이나 '중생'으로 대체 한다 해도 비슷한 상황을 만든다. 그러나 의미내용을 가로질러 위 인 용의 마지막 구절에 나오는 여성화자의 어조를 다시 본다면, 그것이 허망이나 미혹이라고 치부하기에는 매우 건강하고 능동적임을 알 수 있다. "그러나 당신이 언제든지 오실 줄만은 알아요"라는 능동적인 기 다림의 어조 속에 자리 잡고 있는 여성성은 의미내용을 넘어 텍스트를 발생시키는 힘이라는 사실이 강조되어야 할 것이다.[16]

기다림 속에서 끊임없는 유예를 노래하는 다음 시에서도 시적 화자 는 수를 놓는 여성이다.

> 나는 마음이 압흐고 쓰린 때에 주머니에 수를 노흐랴면 나의 마음은 수 놋는 금실을 싸려서 바늘 구녕으로 드러가고 주머니 속에서 맑은 노래가 나와서 나의 마음이 됩니다
>
> 그러고 아즉 이 세상에는 그 주머니에 널만한 무슨 보물이 업습니다
>
> 이 적은 주머니는 지키 시려셔 지치 못하는 것이 아니라 지코 십허서 다 지치 안는 것임니다
>
> —「수(繡)의 비밀」 일부

---

15 오세영, 앞의 글, III-32면.
16 텍스트 표면에서 의사소통과 문법적 구조에 기대어 의미 내용을 실현하는 것을 '현상 텍스트(phenotext)'라고 한다면, 이러한 어조에 실린 심적 에너지를 탐구하고자 할 때 대상이 되는 것은 '발생텍스트(genotext)'라 할 것이다. 발생텍스트는 욕망의 충동 에 의해 일상적이고 불안정한 상태로 분절화시키며 의미화작용을 가능케 하는 과정 의 성격을 띠고 있다. Julia Kristeva, Margaret Waller(trans.), *Revolution in Poetic Language*, Columbia University Press, 1984, p.87 참조.

사랑의 대상이 부재하고 있음은 「나루ㅅ배와 행인」에서와 동일한 구조로 위에 인용한 시 「수의 비밀」에서도 나타난다. 위 시에서 옷에 수를 놓고 있는 여성인 시적 화자가 옷을 다 짓고도 주머니를 짓지 않는 것은 거기에 넣을 '보물'인 님의 사랑이 없기 때문이다. 부재하는 님에 대한 기다림은 마치 페넬로페의 베틀처럼 짓고 다시 푸는 유예의 행위로 형상화된다.

부재하는 것, 떠나는 것은 '그 사람'이고 남아 있는 것은 나 자신이며, 나는 그 사람의 회귀만을 기다리는 미결의 상태로 앉아 있다. '나룻배'와 '수를 놓는 여인'은 움직이거나 떠나지 못하고 기다리는 존재로서 동일하게 표상하고 있는 것이다. 부재하는 사랑에 대한 담론은 남아 있는 사람으로부터 말해질 수 있는 것이지 떠나는 사람으로부터 말해질 수 있는 것은 아니다. 「수의 비밀」에서 시적 화자가 수를 놓으면 바늘을 따라 마음이 움직이고 사랑의 노래인 '맑은 노래'가 흘러나온다. 역사적으로 부재의 담론은 여자가 담당해왔다.[17] 한 곳에 머물러 있는 여자와 여행 중에 있는 '나그네, 사냥꾼'인 남자. 그러므로 부재에 형태를 주고 이야기를 꾸며내는 것은 여자이다. 이것은 생물학적인 성의 표지에 대해서 말하는 것이 아니라 어떤 사람의 부재를 말하고 기다리며 괴로워하는 남자에게도 모두 여성적인 것이 있음을 표명하는 결과가 된다는 것이다.[18] 왜냐하면 부재의 이유나 기간이 어떠한 것이

---

17 Roland Barthes, 김희영 역, 『사랑의 단상』, 문학과지성사, 1991, 28면.
18 C. G. 융이 말한 인간 영혼의 아니마(anima, 여성)와 아니무스(animus, 남성)를 나눌 때, 만해의 "영속적인 심리적 일관성"이 아니마에서 배태되는 시적 몽상이라고 말한 서준섭의 지적은 이와 상통한다. 서준섭, 「한용운의 상상세계와 '수의 비밀'」, 신동욱 편, 앞의 책, I-27면.

든 간에 부재를 말하는 담론은 부재를 버려짐의 시련으로 변형시키려는 경향이 있기 때문이다. 시련을 겪는 나약한 존재의 위치에 있는 목소리는 여성적으로 울린다.

한편으로는 '주머니를 짓기 싫어서 못 짓는 것이 아니라 짓기 싫어서 짓지 않는다'고 말하며 수를 놓는 여인은 의지적인 존재로 나타난다. 소월의 시에서 '나'는 언제나 '님'에 대한 피해 의식을 벗어나지 못하고 자학적인 인물로 나타나는 데 비해 만해의 '나'는 훨씬 강렬하면서도 신념에 찬 인물이다.[19] '나룻배'의 짊어짐과 같이 님과의 관계에서 만해 시의 여인은 능동적인 의지를 가지고 있으며 부재를 견디는 적극적인 욕망을 지니고 있는 것이다.

3. '미풍'의 은유와 사랑 담론의 역학

만해의 시는 압축적인 은유와 상징, 역설의 논리로 형상화되어 감정적인 토로가 직설적으로 나타난 경우는 드물지만, 「잠꼬대」와 같은 시에서는 사랑으로 인한 정신적 동요가 격하게 표출되어 있다. 이러한 격정적인 시는 '부재하는 님'과 상관성이 적으며 화자도 다분히 남성적 어조를 띠고 있다.

---

19 윤재근, 『만해시와 주제적 시론』, 문학세계사, 1983, 375~376면.

사랑의 뒤움박을 발씰로 차서 깨트려버리고 눈물과 우슴을 씌씰 속에
合葬을 하여라
理智와 感情을 두드려 깨처서 가루를 만드러 버려라
그러고 虛無의 絶頂에 올너가서 어지럽게 춤추고 미치게 노래하여라
그러고 愛人과 惡魔를 쏙가티 술을 먹여라
그러고 天痴가 되던지 미치광이가 되던지 산송장이 되던지 하야 버려라
—「잠꼬대」 일부

화자는 사랑을 깨뜨리고 이지와 감정도 부숴 버리고는 허무의 절정
에서 광란의 춤과 노래를 하라고 하며 격한 감정을 폭발시키고 있다.
이것은 반어적으로 자신의 사랑에 대한 생각을 표현하는 것으로 사랑
이 없다면 이지와 감정도 사라질 것이요, 애인과 악마가 구별되지 않는
무의미한 삶이 되어 버릴 것이라고 하는 것이다. '천치, 미치광이, 산송
장'은 모두 의미와 무의미의 구별이 사라져 버리고 분별, 정신, 영혼을
잃은 자들이기에 사랑이 없다면 결국 나의 정체성은 소멸한다. 사랑을
상실할 경우에 나타날 이 광기의 충동은 시적 화자의 내면에 잠재되어
있는 에로스의 충동이 얼마나 강렬한가를 역으로 드러내준다.

「잠꼬대」라는 제목에서 알 수 있듯이, 시적 화자는 잠결의 소리가
상징적 질서의 검열에서 상대적으로 자유로운 언어라는 점을 빌어 사
랑에 대한 격양된 감정을 분출하고 있다. 사랑은 모호하며 언어로 포
착하기 불가능한 것이기 때문에 이러한 사랑(에로스)의 충동은 '잠꼬대'
라는 무의식적 발화로 위장되어 나타나거나 은유를 통해서 나타날 수
있는 것이다.

사랑을 '사랑'이라고 하면 발써 사랑은 아닙니다

사랑을 이름지을만한 말이나 글이 어데 잇슴닛가

微笑에 눌녀서 괴로은 듯한 薔薇빗 입설인들 그것을 슬칠 수가 잇슴닛가

눈물의 뒤에 숨어서 슯음의 暗黑面을 反射하는 가을물ㅅ결의 눈인들 그것을 비칠 수가 잇슴닛가

그림자 업는 구름을 것처서 매아리 업는 絶壁을 것처서 마음이 갈ㅅ 수 업는 바다를 것처서 存在

存在임니다

그 나라는 國境이 업슴니다 壽命은 時間이 아님니다

사랑의 存在는 님의 눈과 님의 마음도 알지 못함니다

—「사랑의 존재」 부분

시적 화자는 사랑의 존재를 명명하거나 표현할 말이나 글은 없다고 말한다. 사랑을 '사랑'이라고 말하는 순간 그것은 이미 기표를 벗어나 버리기 때문이다. 사랑은 언어로 포착되기 이전에 마음속의 환영처럼 자리 잡고 있다. 사랑은 실체가 아니기에 "장밋빛 입술"이 스치거나, "물결"에 반사될 수도 없다. 시적 화자는 사랑에 대해 "그림자 없는 구름"과 같이 현실에서 수반되는 거짓과 환영을 벗어나 있는 초현실적인 존재이며, 공간적 무한성과 시간적 영원성의 세계라고 말한다.

그러한 사랑의 존재를 파악하는 데에는 '눈'과 '마음'도 적당하지 않다. 여기에서 '눈'이 가시적이고 물질적인 사물 인식 방법을 뜻한다면, '마음'은 그 반대인 관념적인 방법이지만 사심과 정념이라는 부정적 의미를 띠고 있다. 그러므로 사랑의 존재 영역에 도달하기 위해서는 "마

음이 갈 수 없는 바다"와 "그림자 없는 구름"을 거쳐 순정한 정신이 필요한 것이다. 여기에서 '마음'의 불순성과 동일한 의미층위에서 '그림자'는 자신의 그림자로서 '님'을 사랑하는 자기애(自己愛)를 가리킨다고 볼 수 있다. '님'은 자기의 그림자 같은 자기애나 불순한 사념을 떠나 이상화된 대상으로 설명된다.

> 사랑의 秘密은 다만 님의 手巾에 繡놋는 바늘과 님의 심으신 꽃나무와
> 님의 잠과 詩人의 想像과 그들만이 암니다
>
> ―「사랑의 존재」 부분

그렇다면 사랑의 비밀은 오직 "님의 수건에 수놓는 바늘", "님이 심으신 꽃나무", "님의 잠", "시인의 상상"을 통해서 알 수 있게 된다.[20] 이 네 가지는 각각 사랑의 담론의 형태를 지시하는 것으로 볼 수 있다. 수놓으며 기다리는 여인의 노래, 님의 모습을 현현하는 꽃나무, 의식의 검열에서 풀려나오는 잠, 언어의 심층을 탐구하는 시인의 상상력. 사랑의 언어활동을 표현하는 이 말들은 님에 대하여, 그리고 님과 화자의 관계에 대해 가장 적절한 말은 은유적인 것이라는 점을 뜻한다.

사랑의 담론에서 은유는 단지 개념상으로 전달되는 지시대상을 가리킬 뿐만 아니라, 언술행위의 독특한 역학을 내포하고 있다. 은유의

---

20 수놓기가 님을 기다리는 한 방법이라면 그에 대한 애정 표시의 객관적 상관물이며 동시에 '시인의 상상'과 동질적 이미지라는 점은 만해 자신에게도 해당한다. 앞서 살펴본 「한용운의 상상세계와 '수의 비밀'」에서도 나타난 바 있다. 서준섭은 "수놓기란 다름아닌 시인의 상상력의 활동 그 자체"라고 보아 그 역동적 과정을 지적한 바 있다. 서준섭, 앞의 글, I-29면.

역학이란 "말하는 주체가 언술행위 속에 절대타자를 존속시키는 관계를 기반으로 한다."[21] 만해의 시에서 이상화된 절대타자는 시의 은유들 배면에서 존속할 뿐만 아니라 그 절대타자와 합일하고자 하는 주체의 욕망을 불러일으킨다. 님과의 합일을 갈망하는 욕망도 역시 은유를 통해 형상화되고 있으며 대표적으로 '미풍' 혹은 '향기'와 같은 계열의 은유에서 살펴볼 수 있다.

다음에 인용한 시 「님의 침묵」에서 주목하고자 하는 부분은 '침묵'으로 표상되는 님의 부재와 '사랑의 노래'의 관계이다. 님의 침묵이 역설적으로 사랑의 노래를 만들듯이 부재하는 님은 나의 현존을 사랑의 담론의 주체로 만든다. 사랑 담론의 주체가 된 시적 화자는 의지를 나타내는 면모도 보이면서 내면 심리를 역동적으로 드러낸다.

님은 갓슴니다 아아 사랑하는 나의 님은 갓슴니다

푸른 산빗을 깨치고 단풍나무 숩을 향하야 난 적은 길을 거러서 참어 썰치고 갓슴니다

黃金의 꼿가티 굿고 빗나든 옛 盟誓는 차듸찬 띄쓸이 되야서 한숨의 微風에 나러갓슴니다

(…중략…)

사랑도 사람의 일이라 맛날 째에 미리 써날 것을 염녀하고 경계하지 아니한 것은 아니지만 리별은 뜻밧긔 일이되고 놀난 가슴은 새로은 슯음에 터짐니다

그러나 리별을 쓸데업는 눈물의 源泉을 만들고 마는 것은 스스로 사랑

---

21 Julia Kristeva, 앞의 책, 1995, 419면.

을 깨치는것인 줄 아는 까닭에 것잡을 수 업는 슯음의 힘을 옴겨서 새 希
望의 정수박이에 드러부엇습니다

　우리는 맛날 때에 써날 것을 염녀하는 것과 가티 써날 때에 다시 맛날
것을 밋습니다

아아 님은 갓지마는 나는 님을 보내지 아니하얏습니다

제 곡조를 못이기는 사랑의 노래는 님의 沈默을 휩싸고 돔니다

　　　　　　　　　　　　　　　　── 「님의 침묵」 (강조는 인용자)

　시의 초반부에서 이별의 슬픔에 사로잡혀 있던 시적 화자는 종결부
에서 님에 대한 변함없는 사랑을 말하며 희망을 갖고자 하는 심리적 전
환을 보여준다. 이러한 주체의 역동적 전환과 관련되어 "사랑의 노래"
는 "황금"과 "미풍"의 이미지와 연결된다. 만해 시의 주된 이미지 중에
서 광물성의 황금이미지는 독특한 것인데, 심은자는 황금의 무거움을
가벼운 것으로 파악하는 것이 만해의 상상력의 힘이라고 보았다.[22] 황
금은 부와 권력과 연결된 절대적인 능력을 현세에서 갖고 있지만 이러
한 황금의 강한 이미지를 초월적 세계로 끌어올린 데에 만해 특유의 건
강함이 있으며, 세상의 괴로움에 휩싸인 여성화자이면서도 남성적 강
인함을 지닐 수 있는 힘도 여기에 힘입고 있다고 한다.

　이 시의 3행에서도 확인할 수 있듯이 굳은 맹세를 묘사하기 위해 나온
'황금'의 단단하고 빛나는 이미지는 "한숨의 미풍"처럼 증발된다. 현세
적인 광물질의 황금이 비가시적인 대기로 전화되는 것이다. 여기에서
"미풍"은 "티끌"이나 "한숨"의 부정적인 언어들과 결부되어 있다. 그러

22　김은자, 「꽃과 황금의 상상적 구조─「님의 침묵」의 이미지 분석」, 앞의 책, 176~178면.

나 '미풍'은 보이지는 않는 대기의 흐름으로 감돌다가 마지막 행의 '제 곡조를 못 이기는 사랑의 노래'와 '님의 침묵'에 되살아난다. 즉 옛 맹세는 사라진 듯했지만 슬픔을 희망으로 전환시키자, 주체의 사랑의 담론과 님의 부재가 연결되어 있는 가운데 맹세는 지속되어 나타나는 것이다.

그러므로 '미풍'은 허무하게 사라지는 소멸을 나타내는 일시적인 비유가 아니라 가시적일 수 없는 님의 부재를 시적 주체에게 매개해주는 움직임이다. 낭만주의 시인들은 미풍, 바람, 숨결 등으로써 소생이나 죽음에 이은 재생을 함축하는 은유를 자주 사용하였다. 그것은 단순히 외부적인 세력만을 의미하는 것이 아니라 잠들었던 또는 무기력해 있었던 한 인간 정신이 다시금 깨어남에 정확히 일치하는 외부적인 대응물이었다.[23] '미풍' 혹은 바람이나 숨결은 소생이나 재생의 은유이며, 존재를 알 수 없는 보이지 않는 힘은 외적인 세계와 인간 정신의 내부를 통합시키고 주체를 소생시키는 역할을 한다.

만해 시의 이러한 발상법은 불교의 무아사상에서 말하는 우주의 근본원리에 힘입은 바가 클 것이다. 불교의 아(我)에 해당하는 바라만교의 용어인 아트만(atmen)은 옛날에는 '호흡', '기식(氣食)'이란 뜻으로 쓰이다가 뜻이 전화되어 '생기'라든가 '영혼'을 의미하게 되었다. 이 개체로서의 '아'에 내재하는 보편적 존재를 추상한 아트만이 우주적 원리인 '범(梵)'과 일치하게 되는 것이 바로 범아일여(梵我一如)의 형이상학인 것이다.[24] 여기에서 '미풍'이라고 통칭하는 것은 이와 흡사한 일체

---

23 M. H. Abrams, *The Correspondent Breeze : Essays on English Romanticism*, W. W. Norton & Company, 1984, pp. 39~43.
24 石上玄一郞, 박희준 역, 『윤회와 전생』, 고려원, 1987, 152~153면 참조. 불교철학의 원리와 비교하는 일은 다른 연구를 통해 보충되어야 할 것이다.

의 움직임을 포함하고 있는 생명적 정신적 작용이 외부와 내부를 통합시키는 흐름인 것이다.

① 곳도 업는 깁흔 나무에 푸른 이끼를 거쳐서 옛 塔 위의 고요한 하늘을 슬치는 알ㅅ 수 업는 향긔는 누구의 입김임닛가
　근원은 알지도 못할 곳에서 나서 돍쑈리를 울니고 가늘게 흐르는 적은 시내는 구븨구븨 누구의 노래임닛가

—「알ㅅ 수 업서요」 부분

② 님이어 당신은 義가 무거웁고 黃金이 가벼은 것을 잘 아심니다
　거지의 거친 밧헤 福의 씨를 쑤리옵소서
　님이어 사랑이어 옛 梧桐의 숨은 소리여

　님이어 당신은 봄과 光明과 平和를 조아하심니다
　弱者의 가슴에 눈물을 쑤리는 慈悲의 菩薩이 되옵소서
　님이어 사랑이어 어름바다에 봄바람이어

—「찬송」 부분

위에 인용된 두 편의 시는 님은 '~이다'라고 은유화한 문장구조를 반복하여 병렬하고 있다. 두 편 모두 전체 시의 구조에서 님의 은유가 나타나지만 우선 '미풍'과 상통하는 "향기", "입김", "노래", "숨은 소리", "봄바람" 등의 시어들이 쓰인 부분을 인용하였다. 은유는 유사성에 기초하여 상이한 사물을 결합시키지만 한편으로 지시대상의 불확실성

에 대한 징조를 나타낸다. 부재하는 님은 '있음'의 실체로 나타나는 것이 아니라 '~이다'로 표상된다.[25]

①에서는 '님의 입김'을 은유하는 '향기', '님의 노래'를 은유하는 '시내'를 통해 님의 존재를 표상하고 있다. 이 둘은 모두 공간과 시간을 융합시키는 '미풍' 같은 계열의 은유라 볼 수 있다. ②에서 '미풍'의 은유는 무거운 것과 가벼운 것, 거칠음과 부드러움, 차가움과 따뜻함의 대비를 통해 부각된다. 첫째 연에는 앞서 「님의 침묵」에서 살펴본 황금의 이미지가 가벼운 것으로 나타난다. 황금의 광물성은 가벼운 것이 되고, 이어지는 행에서 '복의 씨'와 '옛 오동'이라는 식물적인 생명의 이미지로 나타나면서 거칠음은 부드러운 '숨은 소리'로 바뀐다. '님'이자 사랑인 '옛 오동의 숨은 소리'는 거의 들리지 않는 숨결과 같은 이미지를 획득한다. 둘째 연에서는 '얼음 바다'와 '봄'의 대비 속에서 불활성의 생명을 소생시키는 '봄바람'으로 '님'은 은유화된다.

만해의 시에서 님의 '~이다'라는 형식의 은유는 부재하는 임과 존재하는 임을 결합시킨다. 부재하는 님은 이러한 은유를 통해 담론 그 자체에 의존해서만 나타날 수 있다. 소생과 부활의 존재로 이상화된 '님'은 시적 화자에게 결합되고자 하는 대상의 위치를 차지하고 있다. 이 결합의 은유적인 표현이 '미풍'이다. 향기와 같이 공감각적이고 변형의 움직임이 탁월한 은유는 시각적인 지각보다 더 우선하는 '원초적 세계에 대한 가장 강한 은유'[26]이다. 원초적 세계는 인간이 상징계의 언어를 습득

---

25 윤재근, 앞의 책, 351~352면. 여기에서는 '이다의 존재'는 관계적 존재라고 부르고, '님'의 본질은 이 관계 체험을 통해 추상화될 수 있는 것이기 때문에 '님은 무엇이다'라는 물음에 답하려는 태도는 해석에 축소를 가져온다고 비판하고 있다.
26 Julia Kristeva, 앞의 책, 1995, 509면.

하면서 겪는 최초의 분리 이전의 상상계와 실재계가 한데 결합되어 있던 세계이다. 향기나 숨결과 흡사하게 '미풍'은 만해의 시에서 후각적 청각적 감각을 두루 갖춘 역동적인 이미지이자 원초적 세계처럼 한 덩어리로 통합되어 있던 세계를 환기시키는 힘을 가진 은유이다. 그러므로 부재하는 임과의 상상적인 합일상태인 '미풍'의 은유는 말과 감각이 통합된 교감의 노래로서, 비가시적이고 경계 없는 무정형적 움직임으로서, 이를 통해 부재하는 임과의 합일이 상상적으로 실현되는 것이다.

4. 낭만화된 죽음과 역설적 영원성

『님의 침묵』에는 임과의 합일에 대한 욕망이 에로스 충동과 결합된 죽음충동(thanatos)의 모습으로 나타나는 동시에 한편으로 이러한 죽음충동을 극복하고자 하는 태도가 변증법적으로 나타난다. 후자는 불교의 해탈과 윤회사상에 기초한 현실극복에 대한 역설적 의지가 개입됨으로써 일어난 현상이라 할 수 있을 것인데, 이러한 이차적 반성 이전에 우선 사랑의 담론 안에서 죽음은 일차적으로 낭만화된 형태로 나타난다.

흔히 서구의 분석적이고 합리적인 태도와 대비하여 한국인의 죽음의식은 관조적이고 현세적이면서도 내세적인 태도를 취한다고 보는 것이 일반적이다.[27] 그러나 서구에서도 죽음에 대한 태도는 역사적인 시기마다 변모되었으며 '죽음'을 실존적인 불안으로 여기게 된 것은 근대의 세속화 과정에서 일어난 역사적인 현상이었다. 중세 이전까지 서구에서 죽음은 종교적인 의식 속에서 '길들여진 죽음'이었다.[28] 죽음에 개인적인 의미가 부여되면서, 사랑과 연결되기 시작한 것은 16세기, 18세기에 와서였다. 즉 타나토스와 에로스가 결합되기 시작하면서 죽음에 대한 금기사항이 생기고 타인의 죽음을 고통스럽게 받아들이게 되었던 것이다. 죽음의 에로틱한 성격이 미의 개념으로 승화되는 형태를 낭만화된 죽음으로 부를 수 있을 것이다.[29]

사랑의 담론에서 볼 때 만해 시에 나타나는 죽음은 에로스와 타나토스가 결합된 형태로서 낭만화된 죽음과 유사하다. 사랑 담론의 주체인 시적 화자의 님은 '나의 죽엄도 사랑'(「사랑하는 까닭」)하며, 님에 대한 시적 화자의 사랑은 죽음에까지 육박한다.

> 님이어 꼿 업는 沙漠에 한 가지의 깃듸일 나무도 업는 적은 새인 나의
> 生命을 님의 가슴에 으서지도록 쩌안어주서요
> 그리고 부서진 生命의 쪼각 쪼각에 입마춰주서요
>
> —「생명」 부분

> 나의 몸은 터럭 하나도 쌔지 아니한 채로 당신의 품에 사러지것습니다
>
> —「참어주서요」 부분

---

27 박태상, 『한국문학과 죽음』, 문학과지성사, 1993 참조.
28 Philippe Aries, 이종민 역, 『죽음의 역사』, 동문선, 1998 참조.
29 낭만주의 시에 나타난 악마주의와 죽음의 미학적 변형에 주목한 대표적인 글로 다음을 참조할 것. Mario Praz, Angus Davidson(trans.), *The Romantic Agony*(second edition), Oxford University Press, 1951.

宇宙는 죽엄인가요

人生은 눈물인가요

人生이 눈물이면

죽엄은 사랑인가요

                        —「고적한 밤」 부분

위에 인용된 각 시편의 부분들에서 볼 수 있는 것은 님의 가슴에 안겨 "부서진 생명의 조각"이 되도록, "터럭 하나"까지 님의 품에 자신을 소멸시키려는 시적 화자의 강렬한 사랑이다. 시적 화자의 사랑의 대상인 '님'의 모습에도 에로스와 타나토스가 혼합되어 있다.

거룩한 天使의 洗禮를 밧은 純潔한 靑春을 쏙 싸서 그 속에 자기의 生命을 너서 그것을 사랑의 祭壇에 祭物로 드리는 어엽븐 處女가 어데 잇서요

달금하고 맑은 향긔를 쑬벌에게 주고 다른 쑬벌에게 주지 안는 이상한 百合쏫이 어데 잇서요

自身의 全體를 죽엄의 靑山에 장사지내고 흐르는 빗[光]으로 밤을 두 쏘각에 베히는 반듸ㅅ불이 어데 잇서요

아아 님이어 情에 殉死하랴는 나의 님이어 거름을 돌니서요 거긔를 가지 마서요 나는 시려요

그 나라에는 虛空이 업습니다

그 나라에는 그림자 업는 사람들이 戰爭을 하고 잇습니다

그 나라에는 宇宙萬像의 모든 生命의 쇠ㅅ대를 가지고 尺度를 超越한 森

嚴한 軌律로 進行하는 偉大한 時間이 停止되얏습니다

아아 님이어 **죽엄을 芳香이라고 하는 나의 님이어** 거름을 돌니서요 거긔
를 가지마서요 나는 시려요

—「가지마서요」 전문(강조는 인용자)

위의 시에 시적 화자는 '거기'로 불리는 어떤 나라에 가려고 하는 님
을 만류하고 있다. 그 나라는 순결한 청춘을 사랑의 제단에 바치는 처
녀도 없고, 한 마리의 꿀벌을 위한 백합꽃도 없으며, 자신의 전체를 죽
여 빛을 내는 반딧불이 없는 곳이다. 이러한 사물들은 희생적이고 헌
신적인 사랑의 구현체들이다. 그렇다면 그들이 없는 그 나라는 실체
없는 사람들의 전쟁만 있을 뿐 생명을 규율하는 시간이 정지된 곳이
다. 즉 사랑과 생명이 없는 곳이다. 위의 강조된 부분에서 볼 수 있듯
이 님도 또한 죽음을 아름다운 향기라고 부른다. 앞서 살펴본 '향기'가
말과 감각으로 표현된 교감의 은유라면 여기에서 교감은 죽음과 결부
된다. 님과의 교감적인 죽음은 "하늘의 푸른 빗과 가티 깨끗한 죽엄은
군동(群動)을 정화(淨化)함니다"(「슯음의 삼매」)라고 말할 수 있을 정도의
지순하고 낭만화된 것이다. 그리하여 사랑의 담론의 주체는 "당신은
나의 죽엄 속으로 오서요 죽엄은 당신을 위하야의 준비(準備)가 언제든
지 되야잇슴니다"(「오서요」)라며 자신의 죽음 안에서 님과 합일하고자
하는 신념을 보여준다.

낭만화된 죽음이 사랑의 상상적 합일 상태의 즉자적 단계라면 이별
은 이 즉자적 단계의 낭만성을 극복한 대자적 단계이다. 낭만화된 죽

음에서는 죽음충동의 격렬함만 드러나게 되지만, 이별에서는 '참'다운 사랑의 자세인 고통마저 견디어 내기 때문이다.

> 아니다 아니다 '참'보다도 참인 님의 사랑엔 죽엄보다도 리별이 훨씬 偉大하다
> 죽엄이 한 방울의 찬 이슬이라면 리별은 일 천 줄기의 꽃비다
> 죽엄이 밝은 별이라면 리별은 거룩한 太陽이다
>
> 生命보다 사랑하는 愛人을 사랑하기 위하야는 죽을 수가 업는 것이다
> 진정한 사랑을 위하야는 괴롭게 사는 것이 죽엄보다도 더 큰 犧牲이다
> 리별은 사랑을 위하야 죽지 못하는 가장 큰 苦痛이오 報恩이다
> (…중략…)
> 그러므로 愛人을 위하야는 리별의 怨恨을 죽엄의 愉快로 갑지 못하고 슬음의 苦痛으로 참는 것이다
> 그럼으로 사랑은 참어 죽지 못하고 참어 리별하는 사랑보다 더 큰 사랑은 업는 것이다.
>
> —「리별」

위의 시에는 사랑에 있어서 죽음보다 이별이 더 위대한 까닭이 제시되어 있다. 죽음의 순간성에 비하면 이별은 영원성에 해당한다. 죽음은 순간적으로 사랑의 상상적 융합을 이루지만, 사랑을 이룰 수 없는 아픔에 죽는다는 것은 사랑의 짐을 감당하지 못하고 포기하는 행위라고 시적 화자는 본다. 그렇다면 죽음충동은 사랑의 굴레를 힘겨워하여

자신을 해방시키려는 유약한 의지이다. 반면에 이별은 사랑하는 대상의 존재를 망각하지 않고 슬픔의 고통을 인내하여 큰 사랑으로 승화시키는 행위가 된다. 이 지점에서 만해의 시는 사랑 담론의 영원한 회귀를 건강한 긍정성으로 받아들이게 된다. 이것을 가장 잘 보여주는 것이 다음의 시이다.

> 리별은 美의 創造임니다
>
> 리별의 美는 아츰의 바탕[質] 업는 黃金과 밤의 올[絲] 업는 검은 비단과
> 죽엄 업는 永遠의 生命과 시들지 안는 하늘의 푸른 옷에도 업슴니다
> 님이어 리별이 아니면 나는 눈물에서 죽엇다가 우슴에서 다시 사러날
> 수가 업슴니다 오오 리별이어
>
> 美는 리별의 創造임니다
>
> ―「리별은 미의 창조」

위의 시에서 "바탕 없는", "올 없는", "죽음 없는", "시들지 않는"이라는 시어들은 '근원 내지는 소멸의 생성적 움직임이 없는'이라는 의미를 표현한 이미지들이다. 따라서 "아침의 바탕 없는 황금", "밤의 올 없는 검은 비단", "죽음 없는 영원의 생명", "시들지 않는 하늘의 푸른 꽃"에 나타나는 무변하고 단조로운 영원성은 만해에게 진정한 영원성이 아니다. "눈물에서 죽었다가 웃음에서 다시 살아"나듯이 영원성은 소멸을 통한 생성의 역설적이고 순환적인 흐름에 있는 것으로 파악된다. 이 역설의 움직임을 창출하는 것이 '이별'이며 여기에서 '미'가 창조되는 것이다.

이별이 미를 창조한다는 인식은 다시 부재하는 임을 상기시킨다.

이별을 함으로써 사랑하는 주체는 사랑하는 대상을 상실하고 다시 기다리는 주체의 위치에 놓인다. 그러나 부재하는 임은 가시적으로 나타날 수 없을 뿐이지 '나'를 사랑의 담론의 주체로 끊임없이 불러 세운다. 소멸과 부재는 생성과 사랑의 담론으로 변모되어 영원히 지속되는 것이다. 그러므로 '이별'은 죽음마저 초극하는 사랑을 완성시키며 미(美)와 사랑의 담론을 생산시키는 영원성의 계기인 것이다.

5. 만해 시의 매혹성

지금까지 만해의 『님의 침묵』을 사랑의 담론이라는 관점에서 살펴보았다. 사랑의 담론에서 주체는 이상화된 타자와의 관계를 통해 말하게 된다. 만해의 시에서 담론의 말하는 주체는 부재하는 '님'을 기다린다는 점에서 여성성을 띠고 있으며, 언어로 표현 불가능한 임과 사랑의 존재는 은유를 통해 드러나고 있다. 그리고 시적 화자가 꿈꾸는 이상화된 임과의 상상적 합일이 즉자적으로는 죽음충동에 의해 낭만화된 형태로 나타나지만, 대자적으로 고통을 인내하는 이별의 미학에 의해 견제되고 있다. 이별은 임을 부재하는 상태로 만듦으로써 주체를 사랑의 심적 상태에 놓이게 만들고, 이별에서 비롯된 고통은 사랑을 승화시키면서 사랑 담론의 영원한 회귀라는 메커니즘을 형이상학적인 높이로까지 고양시킨다. 식민지 시대의 암울한 역사를 관통하면서 오늘날까지 울림을 갖고 있는 만해의 시의 현대적 성격은 이러한 미학적인 사랑의 담론이라는 측면에서 설명될 수 있을 것이다.

　만해의 시는 불교적인 사상의 깊이와 역사에 대한 짙은 관심을 고도의 상징성으로 형상화하고 있다는 이유에서도 값진 것으로 평가되어야 마땅하지만, 그의 시가 사랑의 담론으로서 갖고 있는 매혹도 간과할 수 없을 것이다. 그의 시는 에로스의 충동과 결합된 죽음충동을 광기적인 사랑의 파행 상태로 떨어뜨리지 않고 윤리적인 고행의 자세로 승화시킨다. 만해 시의 특징은 바로 이러한 사랑의 이상화된 형태가 윤리적 고행의 개념과 더불어 형이상학적인 후광 속에 안정되었던 점에 있을 것이다. 이것은 동시대의 백조파와 같은 낭만주의자들의 사랑 담론과 비교하면서 보다 구체적으로 입증해야 할 부분이지만, 여기에서는 『님의 침묵』에 대한 내적 고찰에 한하여 그 가치를 확인해 보고자 하였다. 만해의 사랑 담론은 비단 종교적 진리에 대한 알레고리로서의 역할에 그치는 것이 아니라 시적 주체와 은유의 풍부한 역동성을 지닌 미학적 결실인 것이다.

제4장

조선적 시형과 격조의 시학

1. 김억 시론의 자리

근대시의 형성 과정에 대해 말할 때, 내용면에서 개인적 서정성의 획득과 형태면에서 자유시형으로의 이행이라는 두 가지 축을 강조하는 것이 일반적이다. 그러나 최초의 번역 시집『오뇌의 무도』로 전조선 청년들 사이에 '오뇌'의 열풍을 일으킨 김억의 경우에는 이러한 일방향으로 정향된 발전 도식을 허락하지 않는다. 1900년대의 공리주의적인 문학관과 달리 1915년 이광수의 평론을 계기로 문학의 자율성과 감정적 요소를 강조하는 문학관이 대두하고, 이에 박차를 가한 것이 1916년부터 시작된 김억 등의 상징주의 문예의 소개였다. 그는 상징주의에 대해 소개하는 평론을 발표할 뿐만 아니라 조선 최초의 번역 시집과 개인 시집을 출간하여 근대시의 시형과 시어의 기틀을 제시함으로써 문단의 주목을 한 몸에 받았다. 그러한 그가 1925년을 전후로 '격조시형'이라는 반자유시형에 천착하게 된 연유는 그리 간단해 보이지 않는다.

이처럼 극적인 변모를 보여준 김억의 문학활동[1]에 대해서 1990년대 이후 본격적인 학위논문들과 학술논문들이 발표되고 있다. 초기의 상징주의 소개와 번역 문제를 비교문학적으로 서구의 원전과 살펴보는 단계를 넘어 비교문학의 범위가 확대되고 그 고찰도 상세화된 상황이다. 그 가운데에서도 민요조 서정시나 국민문학파와 관련된 창작시론을 펼치던 시기와 친일문학으로 가려져 있던 시기에 대해 다양한 각도에서 조망이 이루어지고 있다.

김억을 서구 문학의 전신자의 측면이나 민요시 창작과 관련되어 살펴 본 선행 연구들에서 그는 부정적인 평가를 받아왔다. 특히 감상주의에 치우친 그의 시작 경향은 민요시파 가운데 가장 감정이 "무절제하게 방출"[2]된 것으로, 한국 서정시의 바람직한 형성에서 "적지 않게 궤도에서 빗나간 경우"[3]로 지적되었다. 민요조 서정시나 격조시형론도 근대적 자유시로의 발전 도상에서 벗어나 정형시로의 방향전환이라고 평가받았다.[4] 특히 김억의 민요시 지향은 초기 서구시에 대한 계

---

1 김억의 문학활동에 대한 통시적이고 종합적인 고찰을 보여준 책으로는 김학동 등이 저술한 『김안서 연구』(새문사, 1996)가 있는데, 이 책에서 정리한 김억의 연혁은 이어령의 『한국 작가전기 연구』(동화출판공사, 1975)의 김억 편을 참고한 것으로 밝히며 계속된 보완작업이 필요함을 당부하고 있다.
2 오세영, 『한국 낭만주의 시 연구』, 일지사, 1980, 144면.
3 김용직, 『한국 근대시사』 상, 학연사, 1986, 314면.
4 조동구, 「안서 김억 연구」, 연세대 박사논문, 1989.

승이자 인식상의 오류를 수정한 방법이었으나, 유미적 관점에서 빚어진 관념적이고 추상적인 한계를 지니고 있다는 비판을 받았다.[5]

최근 김억을 비롯한 국민문학파를 일본 고쿠민분가쿠(國民文學)와 관련시켜 '조선적인 것'의 내적 논리에 대해 고찰한 구인모의 연구[6]는 그 사상적 맥락을 실증적으로 고찰함으로써 새로운 시사점을 던져 주었다. 아울러 이 연구는 국민문학파의 전체적인 민족주의 논리와 비교문학적인 층위를 따라 1940년대 신체제에 이르는 문학인들의 내적 논리를 실증주의적으로 설득력 있게 분석해내고 있다. 한편 김억이 누구보다도 근대시의 정착 과정에서 깊은 고민을 보여주고 지속적인 관심을 표방한 시인이자 시론가였다는 점을 고려해 볼 때, 그가 발표한 글들이 그러한 정치론적인 논리와 배경으로 환원됨으로써 온전히 해명되었다고 할 수 있을지는 의문이다. 그러나 이 연구는 김억의 산재한 저작들 간의 맥락을 실증적으로 분석하고 전기사적 행적들과의 연관성을 부각시킴으로써 '격조시형론'을 둘러싼 해석의 지평을 넓혀 주었다고 평가할 수 있을 것이다.

김억의 시에 대해 최남선의 시가와 함께 '격조'와 '정형성'의 의미를 논한 박승희의 연구는 격조시형론의 의의를 새롭게 논하였다고 할 수 있다. 그는 김억이 생리적 자질에 근거한 음악성을 조선적인 시형과 결부시켜 '격조시형론'을 제창한 것으로 보고, 이것이 전통 율격으로의 후퇴가 아니라 자유시 형성 과정에서의 의미 있는 모색의 결과라고 평가

---

5 박경수, 『한국 근대 민요시 연구』, 한국문화사, 1998, 176~186면.
6 구인모, 「시, 혹은 조선시란 무엇인가—김억의 「작시법」(1925)에 대하여」, 『한국문학연구』 25, 2002. 김억에 대한 논의를 포함하여 1920년대 국민문학 일반을 고찰한 글로는 구인모, 「한국 근대시와 '국민문학'의 논리」, 동국대 박사논문, 2005.

하였다.[7] 이러한 평가는 일제의 식민통치에 대한 문화적 저항으로 의의를 부여하는 것[8]이나, 국민국가 이데올로기와의 상관성을 지적하는 것[9]과 같은 외적 맥락에서 시론을 읽는 데 그치지 않고, 시문학사적인 내적 맥락에서 적극적으로 해석하고자 한 의미 있는 논의라고 할 수 있다. 김억의 격조시형론이 새로운 근대적 서정시를 만들고자 하는 시도였다는 점, 그리고 소월과 김영랑으로 이어지는 한국 서정시의 경향에 대한 중요한 이론적 근거를 보여준다는 점[10]에서 김억의 시론은 재고해볼 필요가 있다. 그럼으로써 한국 근대시의 발전과정을 서구중심의 자유시로 직선화시키는 것이 아니라 다변형의 방향으로 그려볼 수 있을 것이다.

김억의 초기 시론에서부터 '조선적인 것'에 대한 고려가 존재했음을 볼 수 있는데, 이 문제는 조선의 언어를 가지고 어떻게 조선적인 근대시를 할 것인가에 대한 모색으로 나아가는 전제가 된다. 여기에서는 그러한 모색의 과정과 더불어 '조선혼'의 배경과 격조시형의 성격에 대해 살펴보고자 한다. 즉 서구적 개념에서 개성적인 내면의 발현으로 생각하는 근대시와 민족적 심상을 결합시키려고 한 김억의 시도를 살펴보고, 이에서 비롯된 격조시형의 성격을 해명함으로써 그의 시적 기획이 갖는 의미와 한계를 지적해 보고자 한다.

---

7   박승희, 「근대 초기 시의 '격조'와 '정형성' 연구」, 『우리말글』 39, 2007.4.
8   조용훈, 「근대시의 형성과 격조시론―안서 시론의 변모양상을 중심으로」, 김학동 외, 앞의 책, 137면.
9   구인모, 앞의 글.
10 문혜원, 『한국근현대시론사』, 역락, 2007, 40면.

2. 음악성의 지향과 음률의 생리성

일본 유학생 시절 예술에 눈을 뜬 김억은 문학자로서의 길을 나서는 출사표와 같은 성격의 글을 『학지광』에 발표한다. 그는 이미 한 해 전에 같은 지면에 「이별」이란 창작시를 발표한 바 있었다. 김억이 발표한 160여 편에 이르는 평문의 첫머리에 해당하는 「예술적 생활」에서 김억은 "예술적 이상을 가지지 못한 인생은 공허며, 따라서 무생명이며, 무가치의 것"[11]이라고 말하고 있다. 인생의 최고 목적을 예술에서 찾고자 하는 그의 야망을 포고하는 선언문과도 같은 글이라 할 수 있다. 그가 예술에 매료된 까닭은 예술이 생명을 긍정하고 불완전한 실재를 향상시키며 완전케 하기 때문이었다. 그러한 예술적 생활의 전제로 그는 사랑을 강조하고, 생명과 창조의 가치를 역설하였다.

김억을 문단에 널리 알린 것은 상징주의와 관련된 평론과 번역이었다. 특히 보들레르와 베를렌느를 본격적으로 소개하였고, 당대인들에게는 일문을 베끼는 것이 아니라 원작에 밀착하여 "감정이입" 방식의 번역으로 그 "역자적 위치"를 의심할 수 없는 시인이었다는 평가를 받기도 하였다.[12] 그가 조선 문단에 첫 선을 보인 본격적인 번역시집 『오뇌의 무도』는 당시 청년들에게 '오뇌'의 감정과 포즈를 유행처럼 퍼뜨렸다. 그는 무엇보다도 애상적인 음조에 주목하였고, 그가 번역하는

---

11 김억, 「예술적 생활(H군에게)」, 『학지광』 6, 1915.7.23(이하 이 장에서 김억의 같은 글이 반복 될 시에는 '김억, 「글명」'으로 표기).
12 抱秋生, 「『오뇌의 무도』의 출생에 제하야」, 『동아일보』, 1921.3.28.

시인이나 작품들도 그러한 경향에서 선정하였다. 보들레르와 베를렌느를 처음 언급하고 있는 글에서도 시인들의 특징은 주로 감정의 표현과 관련해서 설명된다.

김억은 그들의 시에 등장하는 악과 추의 세계를 선과 미에 대한 동경과 추구가 좌절되는 데에서 오는 회한과 비애라고 설명하며 "세계고(世界苦, world-sorrow)"의 차원과 결부 짓는다.[13] 그리고 베를렌느의 시를 두고는 내면적 불안과 현실의 절망에서 오는 "애읍(哀泣)"이며, 소잔되어 가는 "육(肉)과 영(靈)과의 짜아내인 호흡(呼吸)의 민절(悶絶)"을 느끼게 된다고 말하고 있다. 이처럼 김억의 초기 문학론은 인생 또는 생명의 고양이라는 이상주의와 결부되어 있고, 상징주의는 그러한 초월적인 추구가 좌절될 수밖에 없는 현실적 비애감을 가장 적절히 드러낼 수 있는 문학 경향으로서 그를 매혹시켰던 것이다.

상징주의에 대한 이해와 더불어 김억의 이상주의적인 문학에 대한 동경은 점차 이론적 면모를 갖추게 된다. 초월적인 세계와 물질적 세계의 매개인 상징, 신비의 환의(換意)로서의 암시, 바로 그 상징과 암시의 열쇠인 언어 등에 대한 관념을 갖게 된다. 즉 상징주의에 입각해 본다면 시의 핵심은 의미가 아닌 언어에 있는 것이다. 마치 언어가 음악과 같이 언어가 신경에 자극하는 상태, 그것이 상징주의 언어가 지향하는 모습이다. 이러한 시의 개념을 통해 김억은 자유시로 나아가게 된다.

> 엇지 하엿스나 象徵派 詩歌에 特筆홀 價値잇는데 在來의 詩形과 定規을 無視호고 自由自在로 思想의 微韻을 잡으랴 하는— 다시 말하면 平仄이라든가

---

13 김억, 「요구와 회한」, 『학지광』 10, 1916.9.4.

押韻이라든가를 重視치 안이흐고 모든 制約, 有形的 律格을 바리고 美妙한 '言語의 音樂'으로 直接, 詩人의 內部生命을 表現하랴 흐는 散文詩다.[14]

위의 인용에서 김억은 자유시를 평측이나 압운과 같은 제약적인 율격으로부터 자유로운 시, "미묘한 언어의 음악으로" "시인의 내부생명을 표현"하려는 산문시라고 파악하고 있다. 이 구절은 김억이 자유시와 산문시를 바로 동일시하는 몰이해를 보인다고 비난 받기에 충분한 대목이라고 할 수 있다. 1918년에 쓴 이 글에서는 유학을 통해 얻은 지식의 미숙한 탓인지 용어 사용에 있어서 엄밀하지 못했던 것으로 짐작된다.[15] 이러한 미숙함에서 엿보이듯이 김억의 산문시에 대한 이해는 그리 깊지 않은 듯하지만, 근대시로서의 자유시는 줄글의 형태와 다른 시적 형태가 되어야 한다고 생각하였던 것은 분명하다.

그는 일단 "시가와 음악의 융합"을 강조하게 되었고, 둘째 "이지(理智)를 써나 감정세계를 소요하는 것"[16]을 시가라고 보아 감정적 측면에서 시가를 파악했다. 한마디로 그는 "시가라는 것은 고조된 감정(정서)의 음악적 표현"[17]이라고 정의한 것이다. 그가 '시'와 '시가'의 개념을 혼용하는 까닭도 '음악적'이라는 차원에서 그 둘은 크게 구별될 필요가 없었기 때문일 것이다. 감정의 음악적 표현을 위해 그가 강조하게 된 요소는 바로 음률이었고 이러한 연장선상에서 '격조시형'에 대한 고민은

---

14 김억, 「프란스 시단」, 『태서문예신보』, 1918.12.
15 우리 시의 형식적 특성과 관련된 산문시와 자유시의 혼동은 김억뿐만 아니라 황석우에게서도 확인되며, 이러한 불만에서 음절수의 정형을 요청하게 된 것이라고 볼 수 있을 것이다. 김권동, 「안서 시형에 관한 소고」, 『비교어문연구』 19, 2005, 170~173면.
16 김억, 「작시법 (一)」, 『조선문단』 7, 1925.4.
17 위의 글.

예견되어 있었던 것이라고 할 수 있다.

여기에서 음률은 단순한 정형률만은 아닌데, 한편으로 감정세계 및 내면과 연결되어 있고 다른 한편으로 생리적인 조건을 지니고 있음에 주목할 필요가 있다. 음률에 대한 그의 생각은 1919년의 「시형의 음률과 호흡」에 일찍이 정리되어 있다. 이 글은 자유시에 대해 이론적으로 성찰한 최초의 창작시론이며 자유시의 운율에 대한 정당한 이해를 보여준 선구적인 시론이었다.[18] 김억에게 예술은 정신의 산물이며, 작가의 육체와의 조화의 표현이다. 이 육체적 조건 때문에 개인 간, 서양과 동양 간, 민족 간에 예술이 달라진다. 그런데 개인에게 있어 생명의 충동은 다르지만 한 민족에게는 공통된 충동이 있다는 것이 김억의 생각이다. 나아가 그는 "조선사람에게도 조선사람다운 시체(詩體)가 생길 것"[19]이라고 기대하며, 조선말(語)에 어떠한 시형이 적당하며 일반적으로 공통된 조선사람의 호흡과 고동을 어떤 시형으로 나타낼 것인가라는 문제를 제기한다. 조선 시문에서는 이 문제를 작가 개인의 주관에 맡길 수밖에 없고 새 시풍을 수립하기 위해서는 작가의 음률을 존중할 필요가 있다는 것이다.

이러한 김억의 시론에서 육체와 정신의 조화는 '호흡'이라는 비유로 강조됨을 볼 수 있다. 그것은 일차적으로 생리적인 것이며, 언어나 문자로 완벽하게 구현될 수 없는 찰나적이고 충동적인 것이다. 그는 "시인의 호흡과 고동에 근저를 잡은 음률이 시인의 정신과 심령의 산물인 절대 가치를 가진 시가 될 것"[20]이라고 말한다. 시가 음악적으로 되는

---

18   정한모, 『한국 현대시문학사』, 일지사, 1974, 290면.
19   김억, 「시형의 음률과 호흡」, 『태서문예신보』, 1919.1.13.

것온 시인의 생리에서 발생한 호흡을 언어 또는 문자로 잘 조화시킨 데에서 비롯된다는 것이다. 이러한 호흡과 음률의 일치에서 시의 주관성과 미학성이 발현되는 것이다. 그리고 이 내면성이 개인의 주관이기도 하지만 넓게 보면 민족적 공통감각을 기반으로 한다는 점은 이후 조선적 시가의 창출이라는 주제로 이어진다고 할 수 있다.

3. 조선혼과 조선적 시형

1) 조선혼의 배경

1919년 「시형의 음률과 호흡」을 쓰고 난 후 1924년 벽두에 발표한 「조선심(朝鮮心)을 배경으로」에 이르기까지 김억은 「작시법」의 연재와 중단을 여러 번 반복하며 자신의 시론을 전개해나간다. 여기에는 다수의 문예 전문지가 발간되고 문학 창작층이 확산되는 등 문화적 분위기가 팽배하게 된 배경이 작용하였다. 1920년대 문화계에 조성된 민족주의적 분위기 속에서 김억도 '조선심', '향토성', '조선혼' 등과 관련하여 조선 시가의 위상을 언급한다. 1920년대 말 '조선심'이라는 말은 이른바 하나의 유행처럼 인식되기도 하였다.

---

20 위의 글.

누구 한 분은 퍽도 朝鮮心을 말슴하더니 지금은 그 朝鮮心도 한 流行인
商品이 되고 또 흔들거리는 물건이 되야 그 生活과 그 마음이 딴 자리에서
흔들거리고 잇다하오. 흔들거린다는 말과, 流行된다는 말이 한 가지 意由
가 아니지마는—[21]

　　위의 글은『별건곤』에서 신년에 실시한 유행을 주제로 한 설문에 이양
(李亮)이라는 자가 대답한 글(「대웅성(大熊星)으로 가는 유행(流行)」) 중의 일
부이다. 여기에서 '한 분'은 민족주의 사학자이자 언론인이었던 문일평
으로 짐작된다. 그는 조선 민족정신의 결정체를 '조선심'이라 명명하고,
대중매체에 100여 편이 넘는 글을 발표한 바 있다.『동아일보』에서는
1926년 12월「단군(檀君)께의 표성(表誠) 조선심(朝鮮心)을 구기(具期)하
라」는 기획글을 연재하고, 1934년 10월에는 지령 5,000호 기념 특집기사
로「조선심, 조선색, 조선심과 조선의 민속」을 싣는다. 이러한 '조선심'을
비롯하여 박은식의 '조선혼', 신채호의 '낭가사상', 최남선의 '불함문화',
정인보의 '조선얼' 등은 1920년대를 전후해 발흥했던 국학자들의 핵심적
개념이자 정신적 표상이었다.
　　'조선혼(朝鮮魂)'이라는 용어는 일찍이 1906년 일본 유학생이었던 최
석하의 글에도 나타난다. 훗날 조선총독부 중추원 참의를 지낸 그는
중국의 양계초가 사용한 '중국혼(中國魂)'의 용법을 빌어 사람에게 혼이
있는 것과 같이 국가에도 국혼이 있으며 이 둘은 서로 필수적 관계라
고 말하였다. 조선의 쇠약함을 보고 조선혼이 없다고 말하는 것은 틀
렸다면서 "선조단기(祖先檀箕)" 이래 긴 독립의 역사를 들어 "조선혼을

---

21 「유행! 신년 새유행! 희망하는 유행·예상하는 유행」,『별건곤』, 1929.1.1, 100면.

발기하라"고 역설한 바 있다.[22] 1920년대에 이르러 국학자들의 조선혼이나 조선심은 한자로 인해 정신적으로 여전히 속박되어 있는 중국으로부터의 문화적 정신적 자립과 일제로부터의 정치적 독립을 위한 지식인의 고민을 보여주는 담론의 핵심 기표였다.

김억의 '조선심'에 대한 언급은 이러한 당대 지식인들의 인식론적인 지평에서 나타난 것이라 할 수 있다. 그는 1924년 『동아일보』의 신년호에 「조선심을 배경으로」라는 글을 싣는데, 이 호에는 신채호의 「조선고래(古來)의 문자와 시가의 변천」이라는 논문도 함께 게재되어 있다. 「조선심을 배경으로」에서 강조하는 조선사람이 조선의 문자를 가지고 하는 문학이 조선 문학이라는 기본적인 사상은 국학자들과 국민문학파에게서는 반박될 수 없는 대전제였다. 1920년대 국민문학의 탄생이 프로문학에 대한 대타의식이나 일본 국학연구의 영향 등등을 전혀 고려하지 않을 수는 없지만, 피식민국가에서 제국주의에 대항하기 위해 고대의 전통을 '발견'하려 한 사상사적 맥락이 놓여 있다고 할 것이다.[23]

김억의 경우 조선심과 조선혼이라는 용어를 경우에 따라 임의로 사용하는 것으로 보아 사상적인 엄밀성을 가지고 이 문제를 대한 것으로 보기는 어렵다. 그러나 근대문학이라는 개념 속에서 서구의 것을 보편적인 것으로 받아들였던 김억이 이를 계기로 국민문학에 대한 보다 구체적인 인식의 단계로 넘어갔다고 할 수 있다.

이러한 논의를 거쳐 김억의 시론에서는 생명 일반이나 선악의 내적 갈등과 같은 추상적인 단어들이 감소하고 구체적인 창작 방법을 설명

---

22 최석하, 「조선혼」, 『태극학보』 5, 1906.12.
23 소래섭, 「1920년대 국민문학론과 무속적 전통」, 『한국 현대문학 연구』 22, 2007.8.

하는 이론적인 용어들이 등장한다. 그러나 여전히 그는 작가의 창작적 심리 면에서 예술은 예술을 위한 존재이고, 예술이 인생을 위한 존재인 것은 그 결과의 측면이라고 구분지어 대답하고 있다.[24] 이것은 그가 카프 문학과의 대립각에 자신을 세우고 있었기 때문이었다. 이 점에서 다른 국학자들이나 민중파의 '조선적인 것'과 결을 달리 하는 김억의 '조선적인 것'이 나타난다.

1920년대 최남선과 국학자들이 단군과 같은 고대적인 기원과 민족적 정체성 확보에 열중하였던 데 비해, 김억은 '조선적인 것'의 지방적 생리와 언어적 본래성에 주목하였다. 어떤 민족이 생성 발전하는 중에 그 민족에게 고유한 특징으로 나타나는 것을 민족성이라고 한다면, 그것은 문화적 상호작용의 결과이고 비민족적이라고 생각되는 것과의 대비 속에서 형성된다. 특히 민족이 그 자체의 민족국가를 이루거나 그 획득을 목적으로 하는 경우 그 구성원들이 공유한다고 상정되는 문화적, 역사적 자질들이 민족성으로 '발견'되는 것이다. 민족성이 근대적인 국가와 같은 큰 단위를 전제로 한 포괄적인 층위라고 한다면, 향토성은 지역적 특색이나 토착민의 풍속과 직접적으로 관련된 개별적 층위라고 말할 것이다.

김억의 경우에는 예술의 독립된 가치를 인정해야 하는 것과 더불어 무엇보다도 시가에서 미감을 중시하였다.[25] 결국 그의 시어와 시형의 모색은 민족주의적인 사상과 관련된 전통의 창조나 발견보다도 향토적인 실감에 토대를 둔 미감을 지향한 것이라고 말할 수 있다.

---

24 김억, 「예술 대 인생 문제 (一)」, 『동아일보』, 1925.5.11.
25 김억, 「예술의 독립적 가치」, 『동아일보』, 1926.1.1~3.

2) 조선어의 향토성과 언문일치체의 허구성

1920년대 후반 국민문학파의 활동과 민족주의의 고조된 분위기 속에서 김억은 "향토성을 떠난 문예에서는 소위 국민적 시가라는 것이 구해질 수가 없어 그 시가의 앞길이란 멸망밖에 없"[26]다고 강조하기도 한다. 그에게 향토성이나 민족의 고유성은 정신사적인 차원에서 정체성 갖기의 문제 이전에 조선의 독자적인 언어 자체로부터 오는 요청에 부응하기 위해서였다. 그에게 시어는 단순한 사상의 부호가 아니라 조선인의 생활, 사상, 감정과 같은 향토성이 담긴 신성한 고유어인 것이다.[27] 따라서 조선의 국민적 시가는 이 향토성이라는 심성을 지녀야 한다는 것과 조선인 고유의 호흡을 담은 민요와 시조를 절충한 새로운 시형에 근간한 국민적 시가를 써야 한다는 것을 당부하기도 하였다. 시인의 "내부 생명"을 표현하는 시어는 이제 조선어라는 소건 속에서 조선인의 "내부 생활"을 표현해야 하는 것으로 확대된 것이다. 김억은 문학어로서의 조선어가 지닌 고유한 미와 힘의 발견을 주장하는 것이며, 이것은 조선시형에 대한 모색과 결부될 수밖에 없었다.

> 나는 언제나 詩的要素에 딸아서 詩形의 音節數를 定하고 맙니다. 웨 그런고 하니 옷이 몸에 꼭 마저야 하는 모양으로 詩的要素의 엇더함을 딸아서 그 그릇인 詩形과 言語를 먼저 選擇하지 안을 수 업는 까닭입니다.[28]

---

26 김억, 「밟아질 조선시단의 길 (上)·(下)」, 『동아일보』, 1927. 1. 2~3.
27 위의 글.
28 김억, 「「조선시형에 관하야」를 듯고서」, 『조선일보』, 1928. 10. 21.

김억이 일차적으로 조선시형으로 고려한 문제는 "시형의 음절 수"였고, 그것은 바로 주요한 유의 산문과 구분되는 자질이 되어줄 것이었다. 내재율을 사용하면 구속됨 없이 시인의 사상과 감정을 표현할수도 있음은 인정하지만, 시를 담아둘 수 있는 일종의 "그릇"으로서 정형률이 필요했던 것이다. 시인이 누릴 수 있는 자율성과 독자성은 그릇마다의 다양한 모양인 셈이고, 그릇 자체가 없어선 시라고 볼 수 없다는 논리였다. 그리고 그릇의 모양은 "시적 요소"에 따라 개개인의 호흡에 의해 결정되는 것이었다.

이러한 언어와 정신의 관계처럼 민족과 민족의 노래도 불가분의 관계로 설명되고 있다.

> 쏘 그 노래를 그 民族이 아니고는 理解할 수도 업고 理智로는 說明할 길이 업서 다만 純全한 感情만으로써 늣길 수 잇는 것도 이 째문[29]

위에서 한 민족의 노래를 이해한다는 것은 이성적 논리를 넘어선 영역이라고 밝히고 있다. 이렇듯이 언어, 민족, 시가는 김억에게 있어서 숙명적으로 연결된 일체의 고리였다. 그리고 조선적 시형을 위한 가장 우선된 전제는 조선어의 사용이었다. 즉 "조선의 사상과 감정을 배경으로", "조선혼을 조선말에 담"은 시가가 진정한 조선의 현대시가가 되는 것이다.[30] 이 과정에서 일본식 한자어까지 포함하여 외국어는 물론이거니와, 한자어까지도 조선어의 신성함을 해치기 때문에 배격된다.

---

29 김억, 「격조시형론소고」, 『동아일보』, 1930. 1. 16~26 · 28~31.
30 김억, 「작시법 (四)」, 『조선문단』, 1925. 7.

그렇다고 해서 김억이 생각한 향토성이나 고유어라는 것이 과거에 고착되어 있는 것은 아니었다. 말의 음조와 의미의 실감이란 결국 청자와 화자의 관계 속에서 생기는 것으로 보아, 김억은 고어와 사어의 부흥에 반대하며 그 시대의 사상과 생활과 감정에 기초한 언어의 사용을 강조한 바 있다.[31]

이에서 더 나아가 김억은 당대의 언문일치체의 일부분에 대해 비판적인 태도를 취한다. 어감과 음조미에 집착하였기에 언문일치체의 종결법으로 흔히 쓰이던 '다'에 대한 거부반응을 본능적으로 느낄 수 있었던 것이다. 그는 '간다 온다 한다'에 쓰이는 "언문일치체의 '다'", 즉 '~ㄴ다'체에 불쾌를 느낀다고 말한다. 그 까닭은 "그 음조와 어감이 보드랍지도 못하고 아름답지도 아니 하"기 때문이다. 무엇보다 그 종결의 느낌이 "칼로 베여버리는 듯한 감(感)"[32]을 주어 절교를 당하는 듯한 심정을 느끼게 한다는 것이다. 이 때문에 그는 '다'의 사용을 피하거나, 굳이 쓰려면 첩어 등의 의태어나 의성어와 쓰고, 보드라운 감의 '갑니다, 이외다', '습니다, 외다'를 쓰라고 권유한다.

신소설의 서사담론에서 '~ㄴ다'체는 개화기의 국문글쓰기에서 새롭게 등장한 문체론적 징표였다. 이러한 문장의 유형은 특정 장면의 객관적인 제시에 동원되거나, 인물의 행동이나 배경의 변화가 주는 직접적인 인상을 묘사하는 경우에 쓰였다.[33] 김억이 말한 바대로 '~ㄴ다'체는 다분히 객관적이고 직접적인 인상을 준다. 이것은 김억이 추구하고

---

31 김억, 「프로메나도 센티멘탈라」, 『동아일보』, 1929. 5. 18.
32 김억, 「어감·어향·어미―어감상 관찰」, 『조선일보』, 1929. 12. 18~19.
33 권영민, 『국문 글쓰기의 재탄생』, 서울대 출판부, 2006, 112면.

자 하는 미감이나 여운의 여지를 없애는 방식이었다. 그 때문에 김동인이 소위 "안서식(岸曙式)"이라고 명칭했던 '어라, 서라'와 같이 다소 낡은 어미를 의식적으로 사용했던 것이다. 심지어 번역시집에서도 방언을 사용하여 당대 독자로부터 지적을 받기까지 하였다.[34] '어라, 서라'나 방언은 실제 언어상황을 염두에 둔 구어체라고 할 수 있을 것이다.

그러나 언문일치라는 것은 근대국가 형성 과정에서 새롭게 발생한 글쓰기로서 구어를 규율해나가면서 국체(國體)를 형성해 가는 과정이기도 했다.[35] 개화기 문학에서 일본식 글쓰기와의 차별화는 한글 전용이라는 방식으로 접근되었다. 김억이 외국어나 일본식 한자어, 한자에 대해 거부한 것은 이러한 한글 전용의 근대적 글쓰기에 동의한 것이라고 할 수 있지만, 그는 직감적으로 구어를 규제하려는 언문일치의 전략을 거부하고 있었던 것이라고 할 수 있다. 그의 시도가 성공적인 것은 아니지만, 적어도 '~ㄴ다'체는 구어와 문어를 일치시킨다는 언문일치체의 진정한 형태가 아닌 일본어 번역의 허구성에 기댄 것일 뿐이라는 점을 갈파한 것이다. 결국 김억은 일본어 번역의 허구성과 어색함을 경계하고, 고유어의 음조를 활용하는 것에서 조선어의 시적 가능성을 적극적으로 모색하려 했던 것이다.

---

34 抱秋生, 앞의 글.
35 황호덕, 『근대 네이션과 그 표상들―타자・교통・번역・에크리튀르』, 소명출판, 2005, 463면.

4. 율격과 음조의 시학

1) 율격적 배치로서의 격조

김억이 생각한 조선적 시형의 양태는 어떤 것이었을까? 최남선과 이은상, 이병기 등이 시조시형(時調詩形)을 긍정한 것과 달리 김억이 생각하기에 시조시형은 현대의 사상과 감정을 담기에는 자유롭지 못하고 너무 단순한 형태였다. 시조와는 다른 방식으로 율조미를 느낄 수 있는 정형(定形)이 필요했다. 자유시형이라는 것은 어떠한 구속으로부터도 자유롭기에 시인 자신의 내재율을 존중하는 점은 좋지만 김억이 보기에는 "원시적 표현방식"이었다. 자유시형을 두고 '원시적'이라고 부른 까닭은 산문에 가까운 자유시형은 시라고 부를 만한 형식미에 대해 무지한 것으로 비춰졌기 때문이었다. 그는 자유시라는 명목으로 산문에 다름없는 작품들이 양산되는 사정에 강한 반감을 가지고 있었다.

> 內在律을 尊重하지 아니할 수가 업다 하드라도 自由詩形의 가장 무섭은 危險은 散文과 混同되기 쉽은 것이외다. 나는 自由詩를 볼 째에 넘우도 散漫함에 어느 點까지가 散文이고 어느 點까지가 自由詩인지 알 수가 업서 놀래는 일도 만습니다[36]

의미 전달을 내세워 음악적 고려를 전혀 하지 않은 형태의 시들은 산

---

36 김억, 「격조시형론소고 (二)」, 『동아일보』, 1930.1.17.

문에 불과하며 시가 되지 못한 것이라고 여기는 김억의 태도가 위의 글에 나타나 있다. 그는 유형적 율격의 제한으로부터 자유로운 상태에서 언어의 음악으로써, 즉 내재율을 사용함으로써 시인의 내면을 표현한 시를 자유시라고 보았던 것이다.

이러한 일정한 유형적 율격의 제한을 지닌 시형을 가리켜서 김억은 '격조시형(格調詩形)'이라는 용어를 사용한다. '격조'란 흔히 시가의 품격과 가락을 일컫는다. 김억은 그러한 품격과 가락을 주는 것이 음률이라고 확신하였다. 즉 산문과 달리 운문에는 언어의 규칙적인 정제와 조화의 배치 속에서 쾌감을 느낄 수 있는데, 그것을 주는 것이 "시상의 표현에 대한 형식"으로서의 음률인 것이다.[37]

김억은 그러한 음률적 요구를 결국 음수율에서 찾게 되는데, 그것은 조선말이 음률적으로 빈약하기 때문이었다. 영어와 같은 억양이나 중국어와 같은 성조가 없는 조선말은 다양한 음률을 구현하기 어려웠다. 결국 김억은 시 전체의 행과 연 간의 음절수의 조화로운 배치 속에서 음률적 효과를 구현하고자 했다. 이 때문에 그의 격조시는 "음절 수의 정형을 지킨 시", "한시처럼 격조를 살린 민요시"[38]라고 해석되었다. 그러나 그는 시편마다 시상과 정조에 맞게 음절수가 달라질 수 있다고 보았다. 즉 음수율이라 하더라도 선험적으로 규정된 형태가 아니라 한 편의 시 내부의 시상에 조화롭게 배치된 율격의 규칙성이라고 할 수 있을 것이다. 그러므로 격조시형을 두고 "한 연이나 한 행 단위에서는 독자적이며 자유로운 형태가 이루어지지만 그것이 시 전체에서는 주

---

37 위의 글.
38 박경수, 앞의 책, 184면.

어진 규칙 속에 수렴되는 시적 구성"[39]이라고 본 것은 적절한 풀이가 될 것이다. 김억의 격조시형에 대한 구상은 일종의 "규제 속에서의 자유"[40]를 주장한다. 이것은 시적 자유를 주장하던 초기 관념의 연장선상에서 배치의 규칙성이 강조된 것이라고 볼 수 있다.

이러한 '격조시'에 대한 구상을 한시의 창작이론에서 말하는 '격조'와 비교해보는 것도 의미가 있다. 사전적 의미로 격조는 흔히 예술적 품위를 뜻하지만, 한시의 창작이론에서는 "최상승(最上乘)의 체격(體格)과 성조(聲調)"를 가리키는 말로 전대의 최고 시인의 미학적 특성을 전범으로 삼는 것으로, 작가마다 터득한 창작원리를 뜻하는 신운(神韻)과 대비되는 개념이다.[41] 이백과 두보 같은 성당(盛唐) 시대 시인의 시형식을 숭상하였던 청나라의 '격조파'가 있었듯이, 격조를 중시하는 것은 일종의 복고주의 내지 의고적 경향이라고 할 수 있다. '격조파'나 한시의 창작이론으로서의 '격조'에 내한 김억의 언급은 나타난 바 없으나, 김억은 조선어의 음률 문제를 논할 때 한자어의 성조를 의식하였고 여러 차례 한시를 번역하기도 하였다. 한시의 율격적 특성에 대하여 그는 어느 정도 긍정적인 태도를 취하고 있었다고 볼 수 있다.[42] 한시가 가진 음절수의 규범과 시어의 압축미는 그에게 '격조'에 대한 동경을 불러 일으켰으리라고 짐작해 볼 수 있다. 그러나 한시의 격조설이 유가적 가치관에 입각하여 지식인의 교양으로서의 시 창작과 감상 능력을 강조한 바탕에는, 시를 통한 교화라는 효용론적 관점이 견지되

---

39 박승희, 앞의 글, 9면.
40 조용훈, 앞의 글, 125면.
41 심경호, 「격조와 신운, 그리고 성령」, 『한시의 세계』, 문학동네, 2006, 281면.
42 노춘기, 「안서와 소월의 한시 번역과 창작시의 율격」, 『한국시학연구』 13, 2005.8, 283면.

어 있었다.[43] 이 점은 김억의 격조시형과 대비되는 점이라 할 수 있는데, 김억의 격조시형은 사상적인 고려 없이 음률적인 관심과 동기에 의해 제기된 개념이라고 할 수 있을 것이다.

> 한데 이 音律의 단위요 音力이 音群들이 가튼 時間的 約束 다시 말하면 等時性反復을 하면 그곳에 어쩐 律動이 생기니 이것이 音律(韻律)이외다. 이에는 勿論 그 音群들이 內容의 意味와 함께 區別도 되고 集合도 되는 同時에 한 便으로는 音律的 要求와도 區別되고 쪼는 集合되어 全體로의 둘이면서 하나되는 調和 속에 말할 수 업는 快感을 늣기게 되는 것이외다. 이리하야 詩歌의 妙美는 意義的 要求와 音律的 要求가 서로 어울려서 흘러도는 곳에 생겨 所謂 內容은 形式을 形式은 內容을 서로 調和시키게 되는 것이외다.[44]

위에서 그는 시가의 묘미를 의의적 요구와 음률적 요구가 조화를 이루는 곳에 있다고 말한다. 내용과 형식의 조화가 곧 음률인 것이다. 그리고 음률이 발생하는 구성 원리에 대해서는 "같은 시간적 약속", 즉 "등시성 반복"을 하는 데에서 생기는 일종의 율동으로 설명되고 있다. 즉 음운들 사이에서 발성의 길이와 휴지의 간격에서 발생하는 시간적 반복이라 할 수 있다. 이 부분에서 김억이 음수율 외에 음보율을 염두에 두고 있는 것은 아닌가하는 의문은 들지만, 음률의 단위나 구성 원리에 대한 논의는 더 상세하게 진행되지는 않는다.

---

43 팽철호, 「격조설·신운설·성령설의 상관관계—사상적 배경을 중심으로」, 『중국문학』 41, 2004, 65면.
44 김억, 「격조시형론소고 (五)」, 『동아일보』, 1930.1.20.

김억의 음률에 대한 이해를 살펴보면 우주의 박자있는 운동, 어둠과 밝음의 교환, 계절의 변화에 빗대거나 "일정한 박자 잇는 운동"이라고 규정하는 것을 볼 수 있다. 이러한 율격 개념은 베를렌느 중심으로 상징주의를 수용하던 초기에서부터 보이는데, 이를 두고 "시 = 음악 = 운율 = 음수율"이라는 도식성으로 시의 음악화에 대한 실패를 가져왔다는 비판이 가해졌다.[45] 이러한 비판은 김억의 율격 이해가 "기계의 박동과 같은 메트로놈" 수준에 머문 것으로 보았기 때문이었다.

그러나 김억의 시론에서 음률을 설명할 때 '박자' 관념이 두드러지게 강조된 측면은 있으나, 그가 의도한 것이 반드시 기계적인 자수율은 아니었다. 박자 외에도 그는 운동과 변화의 느낌을 강조하였고, 이런 느낌을 운문에 담기 위해서는 세 가지 요소가 있어야 한다고 보았다. 즉 독창적 시형과 정련된 용어와 긴장된 표현이다. 일반적으로 음률이라고 번역하는 리듬의 어원(rhuthmos)이 변천해온 과정에는 요소들의 변별적인 배열과 균형에 의해 규정된 공간적 외형의 의미부터 "지속 기간 속에 질서 있게 배열된 움직임의 외형"의 의미까지 수용되어 있다.[46] 즉 음률은 '같음'의 형식적 반복이라는 개념을 넘어 의미의 주관적인 '배치'나 '배열'을 지칭한다고 볼 수 있다.[47] 김억이 창안하고자 원했던 것은 형식적으로 반복되는 일률적인 음률이 아니라, 시인의 주관과 작품의 개성에 따라 질서를 갖춘 배치 속에서 음률의 운동과 변화의 방식을 드러낸 시형이었던 것이다. 그러나 그가 보기에 조선의 시형은 아

---

45 오세영, 앞의 책, 147면.

46 Émile Benveniste, 황경자 역, 『일반 언어학의 제문제』 1, 민음사, 1992, 481면.

47 Lucie Bourassa, 조재룡 역, 『앙리 메쇼닉─시학을 위하여』, 인간사랑, 2007, 39면.

직까지 미완의 단계였다. 자신의 격조시형론도 역시 하나의 실험이었을 뿐이었던 것이다.

2) 내면의 표현으로서의 음조

김억의 격조시형론에서 율격 문제와 더불어 강조되고 있는 음조(音調)의 문제도 다시 살펴볼 필요가 있다. 선행 연구에서 격조시형론의 제창이 개별언어의 독특함에 근거를 두고 음악성을 중시한 창작 경향과 만나는 접점에 놓여 있음을 지적한 바 있지만, 결국 7·5조로 귀결되고 "유기적인 형식미보다는 다만 기계적인 배치"에 불과한 작품을 낳았다는 평가에 머무른 바 있다.[48] 또한 김억이 민요시를 주장하면서도 민요의 다양한 운율과 형식을 제대로 파악하지 못한 채 실제 작품에서 형식적 경직성을 보여주는 한계를 보였다[49]는 지적도 일면 타당성이 있다. 그러나 율격의 단순성에 가려 주목하지 못한 부분이 '음조'라고 할 수 있다.

김억은 시론이나 시평을 쓸 때 대부분 구체적인 작품을 예시하며 자신의 작품을 다른 시인의 작품과 비교하는 경우가 많다. 그러한 작품들에서 김억의 시어는 어감과 분위기를 위해 고심하여 선택되었음을 보여준다. 가령 한시 원문의 "陽春二三月, 草與水同色, 琴傾摘香花, 言是歡氣息"을 두고 "입김"이라고 써야 할 것을 굳이 "맑은 냄새 흘러나 님이 그립고"라고 번역하였다고 밝힌 예도 있다.[50] 그리고 단순한 율격

---

48 노춘기, 앞의 글.
49 박경수, 앞의 책, 186면.

의 정형된 틀을 지니고 있기는 하지만, 7·5조에만 국한되지 않은 작품들도 거론한다. 김억은 주요한의 「조선시형에 관하야」가 과장과 공허에 불과하다고 비판하며, 자신의 자유시 외의 시도를 소개하며 9·7조, 7·7조, 5·5조, 9·9조로 된 시들을 제시한다. 같은 7·5조라도 내용에 따라 어조가 달라진다는 것을 두 작품을 통해 비교하기도 한다.[51]

> 하이한 코스모스 혼자되어서
> 늦가을 찬바람에 시달리우네
> 애처롭은 이心思 참을 길 업네
> 손잡으니 가엽다 꼿지고 마네
>
> ―「코스모스」

> 송이송이 포도알
> 토독히 달려
> 포도가지 무겁이
> 허리 굽혓소
> 쓸쓸한 世上 근심
> 쓴힐 날 업서
> 이내마음 쏠아저
> 주름 잡혓소
>
> ―「포도」

---

50 김억, 「어감과 시가―어의와 음향의 양면」, 『조선일보』, 1930.1.1.
51 김억, 「「조선시형에 관하야」를 듯고서」.

위의 두 시는 김억이 같은 7 · 5조라도 그 시가의 내용과 용어에 따라서 분위기가 달라지는 것을 보인 예이다. 첫 번째 시가 4 · 5조의 경쾌함에 비해 일반적으로 "조금 늘인 맛"이 있다면, 두 번째 시는 "경(輕)해지는 것"도 있어서 느리게 읽을 수 없다는 것이다. 이러한 예를 볼 때 김억은 "시형(詩形) 가튼 것을 구태여 정형(定形)하고 형식(形式)을 쑴여 둘 필요(必要)가 업는" 것 같다고 말한다. 즉 김억의 격조시가 목표로 한 것은 '정형(定形)'이라기보다는 "개별화된 형태적 정제성"의 의미에서 '정형(整形)'[52]이라고 보아도 좋을 듯하다. 이 점을 고려해 본다면 김억이 언어의 외형적 배열 즉 음절수의 일정한 규칙성에만 고착되었다는 견해에는 부가설명이 필요하다고 할 수 있다.

김억이 언어에는 내용과 형식처럼 의미와 음조 두 가지 요소가 결합되어 있다고 보았던 만큼 그의 시론에서 '음조'는 중요한 정신적, 형식적 자질이었다. 완전한 시형에 담기더라도 시형과 전체의 의미를 조화시키는 음조미가 필요하다는 것이다. 그는 소월의 「가는 길」에 나오는 7 · 5조를 설명하며, "시를 읽는 묘미는 조화로운 단순성의 음군(音群)이 이리 흐르고 저리 도는 곳에 비로소 시경(詩境)이 열리며 맘에는 감동이 생겨 무어라 표현할 수 없는 것을 느끼게 되는"[53] 미감에 있다고 이야기한다. 음조는 시간을 통해 실현되는 의미와 감각의 전달이라고 바꿔 말할 수 있을 듯하다. 그 때문에 문법적으로만 의미를 따라서 읽고 음률적 율동을 보지 못하면 의미가 죽어버린다고 말한다. 김소월의 「삭주구성」의 경우에는 전체에 통일된 의미는 없으면서도, 어감과 정

---

52 박승희, 앞의 글, 9면.
53 김억, 「격조시형론소고」.

조와의 조화로 깊은 감동을 준다고 설명하기도 한다.[54] 즉 격조시의 핵심은 '기계적인 메트로놈' 같은 음수율의 복귀에 있는 것이 아니라 음군의 유동적인 움직임을 통해 상상과 감동과 같은 내면적인 변화를 일으키는 데 있는 것이라는 점이 강조될 필요가 있다.

그러한 음조를 보조하고 강화시킬 수 있는 수단으로 김억이 찾은 언어적 요소가 어감, 어조, 압운 등이다. 이와 같이 그는 음수율에 국한되지 않는 시적 언어 사용을 고려하고자 했으나 그의 분석이나 논리는 정세하게 나아가지는 못하였다. 이를테면 김소월의 시에 대해 전체의 통일된 의미를 해석하지 못하거나 언급하지 않고 있다.[55] 김억의 경우는 율격의 세부적인 단위들보다는 한시에 영향을 받은 정조나 어감, 어조, 압운의 차원에 더 천착하였던 것으로 보인다.

김억이 음조에 천착한 이유는 어감이나 어조 등이 내면을 드러낼 수 있는 청각적 감가이라고 여겼기 때문이라고 추정해 볼 수 있다. 다시 말해 서구적인 근대시라는 형식에 담기는 개인적인 서정성과 관련하여, 내면을 구성할 것으로 기대한 언어적 효과에 주목한 셈이다. 시적인 것은 의미나 사상에만 종속되는 산문과 구별되어 정서와 영혼의 미묘한 결을 담지하는 것이라고 그는 믿었기 때문이었다. "언어와 문자는 충동을 그려낼 수 없다"[56]고 말한 대목은 주체의 내면성을 드러내는

---

54 김억, 「어감과 시가」.
55 김억이 포착하지 못한 김소월 시의 음률과 주제의 통일성은 후대 연구에서 밝혀진 바 있다. 예를 들어 조동일은 김소월의 「산유화」를 분석하며, 고독과 소멸이라는 주제가 화합과 생성의 관계 속에 중첩되어 3음보의 율격을 분단시켜 만든 행과 연들 간의 대칭적 형식에 조화되어 있음을 분석한 바 있다. 조동일, 「현대시에 나타난, 전통적 율격의 계승」, 김대행 편, 『운율』, 문학과지성사, 1984, 134~136면.
56 김억, 「시형의 음률과 호흡」, 『태서문예신보』, 1919.1.13.

데 있어서 문자보다 소리를 우월한 위치에 두고 있음을 보여준다. 상징주의를 통해 배운 암시의 미학과도 관련되겠지만, 김억이 추구한 음조의 미학은 문자에 제약 받지 않는 청각적이며 구어적인 충동에 기반하고 있었다고 평가해 볼 수 있을 것이다. 모국어로 내면의 운동과 정서적 충동을 그리고자 하였다는 점에서 김억의 격조시형은 결과적으로 빚게 된 그 외형적인 보수성과 달리 근대적 시의식의 소산이라고 평가받을 수 있을 것이다.

5. 격조시형론의 의의

이상에서 살펴본 바, 김억의 격조시형론은 조선어를 시적 언어로 한 근대적 자국어 글쓰기에 대한 고민에서 비롯된 것이라고 할 수 있다. 그의 격조시형론에 대해 기계적으로 계산된 음수율로의 회귀로 판정하고 무시해 버리기 보다는 근대 초기 시사에서 그가 차지하고 있는 위치와 더불어 재음미해 볼 필요가 있다. 시론가로서 번역가로서 김억은 당시 조선의 어느 작가들보다 구체적이고 지속적으로, 번역과 언어라는 측면에서 시의 문제에 대해 천착했다. 민족과 언어가 불가분하게 결합되어 있는 조선의 상황에서 김억이 생각한 조선적 시형이란 언어에 의해 배태된 종족적 환상, 즉 조선적인 애상성과 한을 형상화시킬 수 있는 음조를 구어적이고 청각적으로 강화시키는 방식이었다. 아쉽게도 그의 시형론이 율격에 중점을 둠으로써 결과적으로 단순성을 가져온 한계를 지녔음은 부인하기 어려울 것이다.

김억의 격조시형론은 시의 성립조건으로 일차적인 음률적 요구를 어떻게 조선시형에서 구현할 것인가에 대해 비록 실패하긴 하였으나 의미 있는 답안을 보여주었다. 그러한 답안을 내기까지 그가 고려한 것은 향토성에 기반한 언어적 숙명론이었다. 근대국가 형성의 길이 좌절된 상황에서 조선혼은 자기정체성의 물음에 대한 답이었고, 김억에게는 근대시가 수용되어 우리의 것이 될 때 기본적으로 고려해야 하고 시에 담겨야 하는 절대적 조건이었다. 한편으로 그는 언문일치체의 전략에 내재된 구어에 대한 규율에 반감을 갖고 구어에 밀착하여 정서의 흐름을 표현하고자 하였다. 김억의 격조시형은 조선적 상황에서 배태된 서구적 자유시에 대한 대안으로서 의미 있는 지점들을 내포하고 있다고 할 것이다. 이 지점들이 김억 자신의 작품과 영향관계에 있던 다른 시인들의 작품 속에서 어떻게 드러나는가를 검토하는 문제는 차후의 작업으로 남겨두고자 한다.

○

제5장
이광수의 시조론과 복고적 미학

1. 『춘원시가집』이 놓인 자리

춘원(春園) 이광수는 그의 문학과 인생 자체가 한국 근대문학의 역사이자 작품이 된 인물이라고 할 수 있다. 그는 1910년대 근대적인 문학관념의 태동과 문학 제도의 성장을 이끌었고, 일제강점기의 굴곡과 상흔을 고스란히 체현한 존재이다. 그의 문학은 소설, 시가, 논설, 문학론 등 다양한 영역에서 폭넓게 이루어졌으며 그에 대한 기존 연구의 양도 방대하다. 특히 그의 문학세계에서 심대한 비중을 차지하는 소설과 문학론에 대한 연구는 한국 근현대문학 연구의 축적된 역량과 성취를 상징적으로 보여준다고 할 수 있다. 이에 비해 춘원의 시나 시가에 대한 관심은 상대적으로 미비하며, 그의 시가 자체가 근대시사에서 갖는 위상이 그다지 높다고 말하기는 어렵다. 그러나 춘원은 육당 최남선과 더불어 근대문학 초기 계몽의식을 담은 새로운 형식의 시가를 선보인 이래로, 400여 편의 시를 어느 특정 시기에 한정하지 않고 그의 생애 전반에 걸쳐 꾸준히 창작했다. 이러한 점으로 미루어 보아 춘원의 시 작품에 대한 탐구가 그의 문학 세계를 조명하는 데에 어느 정도 기여를 할 수 있을 것이라고 생각해 볼 수 있다.

기존의 연구에서는 춘원의 시에 드러나는 서정성이나 내면성에 대한 이해보다는 사상적 검토가 주를 이루고 있다. 계몽주의자로 각인된 춘원의 사상적 경향은 화자의 목소리를 통해 직접적으로 드러난다는 측면에서 우선적인 논의의 대상이 되기 쉬웠기 때문인 것으로 보인다. 기존 연구를 살펴보면 사상적 측면에 주목하여 불교와 관련한 검토가 가장 많았고,[1] 최근 이러한 연장에서 생태의식을 살펴본 연구,[2] 그의 종교적 언설을 현실적 행위와 관련시키고 일본의 '고쿠민시[國民詩]'와 비교하여 친일의식을 검토한 연구,[3] 해방기 산문과 시편에 나타난 보살행 서원과 친일의 문제를 다룬 연구[4] 등이 나온 바 있다.

이 글에서 관심을 갖고 있는 것은 춘원의 시가에 담긴 내면성과 그것을 담아낸 형식으로서 시조라는 장르가 가져온 효과이다. 이것은 이광

---

1 최원규, 「춘원시의 불교관」, 『현대시학』 98, 1977; 김해성, 「춘원의 시가에 나타난 불교사상 연구」, 『이광수연구』 하, 태학사, 1984; 강창민, 「춘원 이광수의 시세계 — 불교적 세계인식의 내적 진실성」, 연세대 국학연구원 편, 『춘원 이광수 문학 연구』, 국학자료원, 1994.
2 김옥성, 「이광수 시의 생태의식 연구」, 『한국 현대문학 연구』 27, 2009.
3 최현식, 「이광수와 '국민시'」, 『상허학보』 22, 2008.
4 심원섭, 『일본 유학생 문인들의 대정·소화 체험』, 소명출판, 2009.

수가 시라는 문학 장르에 대해 가지고 있던 의식을 이해하고 그의 문학 세계를 시가라는 측면에서 조망해 들어갈 수 있는 다각적인 접근을 열기 위한 하나의 시도가 될 수 있을 것이라고 본다. 다시 말해 춘원의 시가를 그 창작과 발표 상황에서 어떤 목적과 의도를 가진 사상적인 발언으로서의 가능성과 혐의를 파헤치는 것이 아니라, 작가의 내면을 시에서 어떻게 형상화해내었는가에 대해 살펴보는 것이 이 장의 목표이다.

이광수가 펴낸 시집으로는 3인 공동 시집인 『삼인시가집』(삼천리사)이 1930년에 출간되었고, 십 년 뒤인 1940년에 『춘원 시가집』(박문서관)이 그리고 다시 십여 년이 흐른 뒤 1955년 그가 납북된 후에 나온 시집 『사랑』(문선사, 1955)이 있다. 그 외 미발표수첩의 시편들이 이 세 편의 시집과 함께 삼중당에서 간행한 『이광수전집』에 수록된 바 있다.[5] 그의 시집들을 연대순으로 모두 살펴보면 좋겠지만, 이 장에서는 1940년에 출간된 『춘원 시가집』에 한하여 살펴보고자 한다. 이 시집이 갖는 각별한 의미는 이 시집을 간행하던 시기가 춘원의 내면적인 갈등이 고조되었던 때로서 이광수라는 문제적인 개인을 이해할 수 있는 단초를 제공할 수 있을 것으로 보기 때문이다.

이 시집을 내던 때는 그의 나이 46세에서 47세에 이르는 시기로 여러 사건들을 겪은 이후였다. 이광수는 1937년 6월 동우회사건으로 기소되어 6개월간 유치소와 병감에 있다가 12월에 병보석으로 석방된다. 투옥의 고초와 그로 인한 신체적 질병도 문제였지만 정신적 지주인 도산 안창호의 죽음은 그에게 충격적인 슬픔이 되었다.[6] 죽음의 문

5　대상으로 삼은 판본은 『이광수전집』 9(중판), 삼중당, 1974.
6　김윤식, 『이광수와 그의 시대』 3, 한길사, 1986 참조.

턱에 다다랐던 위기의식을 겪던 이 무렵에 소설 「무명」과 같은 대표작급의 작품들이 쓰였는데, 이 작품들은 그 어느 작품군보다 감정의 밀도가 높고 깊다는 평을 받기도 하였으며, 이때를 두고 "여기(餘技)와 본기(本技) 사이에서 오고 갔으며, 광명(光明)과 무명(無明) 사이에서 방황"[7]하였다고 말해지기도 한다.

그러한 절망과 병상에서 쓴 시들이 담겨 있는 『춘원 시가집』은 어느 시기의 시편들보다 그의 내면을 잘 드러낸 것으로 보인다. 이 시편들이 논리가 아닌 심정표백의 형식으로 '시조'를 택했다는 점과 그 주제가 한결같이 '임'이라는 점이 눈에 띄는데, 이 두 가지 특징을 통해 근대적 정신의 절망과 자기 구제의 시적 형식을 춘원이 어떻게 형상화하였는지 살펴보고자 한다.

2. 이광수의 시관과 시조론

『춘원 시가집』에서 이광수가 왜 시조라는 형식을 사용하였는가를 이해하기 위해서, 먼저 그가 시에 대해 어떤 생각을 가졌었는지 살펴볼 필요가 있다.

한국 근대문학사에서 두루 알려져 있다시피, 이광수는 조선에서 근대

---

7   위의 책, 939면.

문학을 전통적인 문으로부터 서구의 자율적이고 독립적인 예술의 개념을 가진 문학(literature)으로서 입법화시킨 문인이며, 그 대표적인 글이 「문학이란 하오?」이다. 이 글에서 그는 일반적인 시론에 입각하여 시를 음률 있는 언어로 인생이나 상상 세계를 묘사하는 것이라고 소개하였다.

> 詩는 作者가 人生의 一方面 又는 自己의 想像內의 世界 중에 最히 興味有한 者를 選出하여 音律 좋은 언어로 此를 描出하여 讀者로 하여금 咨嗟詠嘆케 하는 것이요, 形式으로 論하건대 一, 韻을 押할 것 二, 平仄을 排列하는 것이니 此는 실로 詩人이 感을 最히 有力하게 하는 讀者에게 傳하기 위하여 言語에 自然한 曲調가 生하게 하려는 方便이다.[8]

이 글에서 시란 '읊는 것'이라 하여, 이광수는 시에 있어서 '곡조(曲調)'를 통해 나타나는 리듬감을 중요한 특징으로 제시하고 있다. 아울러 압운과 평측을 말하였으나, 한시나 서양시의 운과 같은 것이 조선어에서는 불편함이 많다는 사실도 언급하고, 압운 대신 '울림[響]', 평측(음의 높낮이) 대신 장단음의 교차를 제시하였다. 춘원의 이 글은 '문학'이란 무엇인가에 초점이 있었고 '조선'의 개념이 명확히 나타나지는 않았지만 조선의 문화적 정체성과 민족적 자아를 표상하는 민족(국민)문학으로서 구상된 것이었다. 그가 시어에 있어서 조선어의 경우를 의식했음도 볼 수 있다.

1920년대 중반을 지나 이광수는 시의 양식, 특히 전통 장르인 민요

8　이광수, 「문학이란 하(何)오?」, 『매일신보』 1916. 11. 1~23(『이광수 전집』 10, 552면에서 재인용).

와 시조에 대해 관심을 갖게 된다. 그것은 1920년대 국민문학 논쟁을 통해 '조선'의 개념이 제안되면서 최남선, 김동환 등의 민요시 운동의 자극을 받으면서 시작되었다고 할 수 있다.

이에 따라서 이광수도 전통 장르인 민요와 시조에 대해 각각 한 편의 글을 남기고 있다. 그의 논설 가운데 시기에 따라 상반되는 주장이 등장하는 것처럼 「부활의 서광」(『청춘』, 1918.3) 등과 같은 초기 평문에서는 민요를 예술이 아니라고 배제하기도 하였다. 민요에 있는 그대로의 조선의 생활을 담아서는 안 되고 당위적으로 그래야할 조선을 담아야한다는 주장을 갖고 있기 때문이었다.[9] 이광수가 민족문학으로 민요를 포섭시키게 되는 것은 「민요소고(民謠小考)」(『조선문단』, 1924.12)에와서이다. 그가 민요에 관심을 가지게 된 배경에는 1920년대의 국민문학 논쟁과 민요시 운동이 놓여 있었다. 특히 최남선으로부터 이광수는 많은 자극을 받아 민요에 관심을 갖게 되었는데, 이광수가 민요에서 찾으려 했던 것은 외형적인 리듬과 더불어 리듬 외의 것도 있었다.

우리는 우리 민요 속에서 우리 민족에게 특별히 맞는 리듬을 발견하는 동시에 우리 민족의 감정의 흐르는 모양과 생각이 움직이는 방법을 볼 수가 있다. 새로운 문학을 지으려 하는 우리는 우리의 민요와 전설에서 이것을 찾는 것이 절대로 필요하다. 대개 우리 조선사람의 정조(감정이 흐르는 방법을 정조라고 이름 짓자)와 사고 방법에 합치히지 아니하는 시가는, 즉 문학은 우리들에게 맞을 수 없는 때문이니, 오늘날 신문학의 내용이 훨씬

---

9 박슬기, 「이광수의 문학관, 심미적 형식과 '조선'의 이념화」, 『한국문학이론과 비평』 30, 2006.3, 283면.

우승하면서도 항상 민요와 전설(이야기와 이야기책)에게 눌리는 것이 이 까닭이다.[10]

그는 민요에서 민족에게 맞는 리듬을 발견하는 동시에 "우리 민족의 감정의 흐르는 모양과 생각이 움직이는 방법"을 볼 수 있다고 하였다. 그리고 신문학이 내용면에서 우월하면서도 독자들에게 호소력이 못 미치는 것은 그런 방법을 활용하지 못했기 때문이라고 보는 것이다. 그래서 그가 「민요소고」에서 주장하는 '새로운 조선의 문학'이란 첫째, 민요와 전설을 근간으로 한 것이며, 둘째, 그 가운데에서 민요는 4·4 조의 음수율과 음위율을 갖춘 것이었다. 「문학이란 하오?」에서 언급했던 '울림'이나 '장단음'과 같이 불분명하고 가시적이지 못한 형태는 제외시키고 분명하고 가시적인 형식적 요건들을 찾은 것이다. 그는 민요의 4·4조의 음수율이야말로 '느림', '즐거움', '한가함'의 정취와 조선인 생활의 특징을 반영하는 중요한 시적 의장이라고 보았다.

그러나 그의 일부 시편을 제외하면 4·4조의 음수율을 구현한 작품을 보기 어렵고, 오히려 다양한 각운 실험이 형식적인 측면에서는 흥미롭게 보인다. 4·4조의 음수율을 구현했다 하더라도 그가 기대했던 느림이나 즐거움, 한가함의 정취를 느끼게 하기보다는 단조로움을 피하기 어려웠다. 춘원 자신의 작품에서는 그러한 정취나 생활의 특징을 시적으로 표상하기 어려웠던 것으로 보인다. 그의 사상과 생활이 민요적인 세계와 멀었기에 자신의 "감정이 흐르는 모양"과 "생각이 움직이는 방법"을 담기에는 느리고 한가한 4·4조라는 형식은 답답하게 여겨

10 이광수, 「민요소고」, 『조선문단』, 1924.12(『이광수 전집』 16, 87면에서 재인용).

졌을 섯이다.

이광수가 조선문학 중 민요의 영역을 완전히 벗어난 것으로 보았던 장르는 시조와 가사였다. 그가 제출한 「시조(時調)」(『동아일보』, 1928.11. 1~9)는 시조의 율격에 대해 꼼꼼하게 분석하고 있다. 그런데 이 글에서는 조선문학의 범주를 이야기할 때 강조하던 '민족의 감정이나 생각'보다 "형식"이 강조된다. 이광수의 시조론은 1928년 『동아일보』에 연재하던 '병창어(病窓語)'라는 코너에서 제출된 것인데, 25회부터 31회까지 「시조」, 「시조의 자연율」(5회), 「시조의 의적(義的) 구성(構成)」을 차례로 발표한다. 제목은 다르지만 연속되어 있는 「시조론」의 하나라고 간주해도 무방할 것이다. 삼중당 판의 전집에서는 「시조」 편으로 묶어 놓았다. '병창어'는 1928년 10월 5일 자부터 연재하였다가 이광수가 1936년 출간한 『인생의 향기』(홍지출판사)라는 수필집에도 수록된다. 이 코너는 투병생활을 하고 있던 이광수기 '병실에 누워 창문을 바라보며 쓴 글'이라는 의미를 가진 제목하에 「녀름ㅅ밤 달」이라는 글로 시작하여 신변잡기적인 수필의 성격을 지닌 글을 수록하고 있었다. 시조론의 서설격인 25회의 「시조」도 가벼운 일상의 소회처럼 서두가 시작되었다.

그러나 시조의 형식과 율격에 대한 이야기로 들어가자 이광수는 앞서와 달리 대단히 분석적이고 체계적인 논리를 펼쳐 나가고 구체적인 작품들을 인용하여 자신의 논지를 뒷받침하고 있다. 이광수의 시조론은 다양한 예들을 동원하여 체계를 잡아가는데 여기에는 같은 해 출간된 최남선의 『시조유취』가 큰 영향을 미쳤을 것으로 보인다. 최남선과 이광수의 동일한 행보는 여기에서도 함께 하고 있다고 할 수 있다. 최남선이 시조의 수집과 분류에 선편을 잡았다면, 이광수는 대상에 대한 이론적 분석으로 지원하였다고 볼 수 있다.

이광수의 시조론은 분명 당대의 시조부흥론의 연장선상에 놓여 있다. 시조부흥 논쟁은 1920년대 육당 최남선을 중심으로 크게 일어난 바 있었다. 최남선은 1926년 5월『조선문단』제16호에「조선국민문학으로의 시조」를 발표하면서 '국민문학'으로서의 시를 명명한 바 있다. 그는 "시조는 조선인의 손으로 인류의 운율계에 제출된 일시형이다"라고 선포하여 프로문학파의 김기진과 큰 논쟁을 일으켰다. 시조부흥론의 찬반 논쟁은 1927년 김동환의「시조배격소의」등으로 강력한 반대를 받기도 하였다. 그러나 염상섭의「시조에 관하여」,「시조와 민요」, 이은상의「시조문제」,「시조문제 소론」,「시조 단형추의」(1928), 이병기의「시조란 무엇인가」(1926),「율격과 시조」(1928),「시조원류론」(1929), 안자산의「시조의 연원」(1930), 조윤제의「시조의 자수고」(1931) 등 문학운동보다는 개념과 연원, 형식에 대한 분석과 이론적 고찰이 꾸준히 이루어졌다. 그의 시조론은 특히 그 가운데에서도 최남선의 시조론과 맥을 일치시키고 있다. 대개 시조론은 시조의 유래와 개념, 명칭, 그리고 유형에 대한 분석으로 전개되는데, 이광수의 시조론도 그러한 틀을 따른다. 그 내용을 보면 첫째 유래와 개념에 대해서는 시절가조라는 명칭을 지지하며 노래라고 보는 견해를 반박하고, 둘째 정의 및 유형과 관련해서는 정격과 변격을 나눈다.

그의 분석이 빛을 발하는 대목은 율격과 관련된 것이지만 우선 조선문학의 범주를 이야기하는 대목을 살펴보자. 여기에는 '조선문학'을 이야기하는 데 있어서 '민족의 감정이나 생각'보다 "형식"이 강조된다는 점에 주목해 볼 필요가 있다.

시조가 현존한 조선문학 중에 최고(最古)한 형식임은 말할 것도 없다. (…중략…) 내용이야 하필 중국이리오. 인도사상, 구미사상, 무엇을 못 담으랴. 중요한 것은 그 형식이다. 이 형식은 결코 중국 것을 모방한 것도 아니요. 또 근세에 생긴 것도 아니요. 조선족 고유의 것임은 이두에 적힌 신라향가를 보아서 알 것이다.[11]

시조 형식이 지니고 있는 시원적 성격과 고유성을 바탕으로 조선적인 것이라 믿었고, 새롭게 도달할 수 있는 '보편'으로 여겼던 것이다. 시조부흥기에 발표된 시조론은 주로 형식에 집중되었던 것처럼 이광수 역시 형식에 관심을 두고, 정형시임을 입증하기 위한 음수율 구명에 집중하였다. 중국의 한시, 일본의 하이쿠처럼 고정된 자수를 시조에서 찾고자 한 것이었다.

이것은 시소부흥론에 참가한 논자들의 공통된 관심사였다. 김기진의 「시가의 음악적 방향」(1925), 이병기의 「율격과 시조」(1928), 조윤제의 「시조자수고」(1930) 등이 시조의 형태적 특질을 밝히는 데에 선구적인 공헌을 하였다. 이광수는 3장 6구 45자 내외라는 자수의 정형적인 틀과 여러 변체를 규정하였으며, 변하지 않는 특징으로서 초장과 중장의 제4구가 4음절이어야 하며, 종장의 첫 구가 3음절, 제3구가 4음절이어야 할 것도 밝혔다.[12] 그 외에도 시조의 1구는 최소 2음절에서 최

---

11 이광수, 「시조」, 『동아일보』, 1928.11.1~9(『이광수 전집』 16, 164면에서 재인용).
12 이에 따라 이광수는 시조의 기본형을 초장 3/4/4/4/, 중장 3/4/4/4/, 종장 3/5/4/3으로 규정했다. 그리고 여기에서 변화하는 형식을 변체라고 부르고 5가지 형식을 정리하였다. 변체 1은 초장과 중장의 제3구를 3음절로 하는 것이고, 변체 2는 초장 제1구를 2음절로 하는 것, 변체 3은 초장 제2구를 5음절로 하는 것, 변체 4는 중장 제1구와 제2구를 각각 (2/5) (2/4) (3/3) (2/3) 음절로 하는 것, 변체 5는 종장 제2구를 6~7음절로

다 7음절까지 가능하다는 점, 내재율이 존재한다는 점, 초중종장이 의미상 논리적 발전적 상관관계에 있다는 점을 밝히고 있다. 그가 밝힌 시조의 기본 형식은 선구적인 논의라고 할 수 있다. 조윤제의 「시조자수고」와 크게 다르지 않은 이 기본 형식은 1928년 이광수가 처음으로 체계화시킨 공로를 인정받을 수 있는 것이다.[13]

이광수가 시조론에서 규정한 리듬은 생득적이고 생체적인 몸의 언어가 체득한 율격이었다. 그것이 정형이긴 하지만 단지 자수에만 결정되는 것은 아니었다. 변격에 대한 허용이 그래서 가능해지는 것이다. 그의 리듬은 시조의 형태에 대한 중요한 파악을 자수율과 더불어 내용 면에서도 찾는다. 시조의 초, 중, 종 3구 간에 인정되는 독립성과 내용과 형식의 조화에 기반한 '내재율'(「시조의 자연율」, 『동아일보』, 1928.11.1~9)을 언급하고, 내용과 형식의 조화와 관련하여 의적(義的) 구성을 강조하는 것이다. 이광수는 음(音)적으로 형식을 갖추었더라도 의적 구성에서 실패하면 시조가 완성될 수 없다고 설명한다. 시조의 의적 구성에서 이광수가 내세운 두 가지 원칙은 각 장이 독립되어 있으면서 완성되어 있을 것과 발전적 상관성이 있을 것이었다. 이광수가 귀납적으로 찾아낸 시조에 나타나는 자수율의 규칙성보다 흥미로운 것은 시조에서 구현된 내용과 형식의 조화에 대한 통찰이라고 할 수 있을 것이다.

이러한 시조에 대한 이광수의 관심은 이론적인 고찰로 그치지 않고 『춘원 시가집』에 이르러 1부와 2부 모두 시조로 제작하는 시도를 감행

하는 것이다. 그리고 불변하는 형태로서, 초장과 중장의 제4구는 4음절이어야 하며, 종장의 제1구는 3음절, 제3구는 4음절이어야 한다고 규정했다.

13 송명희, 「이광수의 언어적 민족주의와 민요·시조의 연구」, 『우리어문연구』, 1985, 95~96면.

한다. 그러나 춘원이 상상하던 조선적 정취와 민족성이란 도산의 가르침을 따른 윤리성에서 나온 테제였고, 고전이나 역사서에서 이끌어낸 관념이었기에 언어에 밀착한 감각으로 현현해내기 어려웠을 것이다.[14]

3. 무명(無明) 속에 만난 '임'

이광수의 시작 시기를 3기로 나누어 본다면 첫째 시기를, 동우회 사건으로 구속되는 1937년 6월 이전, 둘째 시기를, 병보석으로 출감한 1938년부터 해방되기 전까지, 그리고 셋째 시기를 해방 이후로 잡는 논의를 따를 수 있다.[15] 『춘원 시가집』에는 1기와 2기의 시들이 모두 수록되어 총 150편의 시가가 실려 있는데 1부는 「임께 드리는 노래」라는 제목으로 묶인 시조집이며, 2부는 「잡영(雜詠)」이라는 제목으로 묶인 시조집이고, 3부에는 「시와 노래」라는 제목으로 다양한 소재와 장르의 시편들이 수록되어 있다. 이 장에서 대상으로 삼는 시들은 1부의 시들로서 춘원이 47도가 넘는 고열에 시달리며 구술로 받아쓰게 한 시조들이다. 1부의 앞머리에는 당시 춘원을 보필하며 구술을 받아 쓴 박정호(朴

---

14 구인모는 이광수의 민요론이 「민족개조론」과 맞물려 있으며, 일본 지식인의 조선인 민족성론의 안티테제에서 나온 사상으로서, 김억이나 주요한 등의 심미적 자질에서 전개한 민요론과 전혀 방향이 달랐다고 평가했다. 구인모, 「이광수의 『삼인시가집』과 그 외연」, 『한국 근대시의 이상과 허상』, 소명출판, 2008, 285면.
15 강창민, 앞의 글, 157면.

定鎬)의 서문이 놓여 있다. 이 서문에서 박정호는 '임'에 대해 일반적인 연인도 될 것이며, "부처님과 하느님을 가리치셨으며 또한 우리 전인류"와 "진리(眞理)"를 가리킨다고 할 수 있다고 밝혔다.[16] 2부에는 「가신임」, 「임가신 뒤」, 「임」과 같은 시와 3부에는 「애인(愛人)」, 「사랑해 주신이」, 「님네가 그리워」 등의 여러 편의 시편에 '임'이 나타나고 있다.

이광수의 1920년대 시편에도 임은 일반적인 연인 외에 다른 의미로 사용되기도 하였다. 「님네가 그리워」(『조선문단』 5호, 1925.3)에서는 형제와 자매를 두고 '님'이라 불렀고, 「님 나신 날」(『청춘』, 1925.1)에서는 우리 민족의 태고적 탄생과 영광을 찬송하기도 하였다. 형제, 자매나 민족에 대한 생각이 공동체적인 연대의식의 발현이라면, 1937년 이후 춘원의 시에는 이러한 공동체적인 연대의식이나 민족에 대한 어떤 확신을 가진 신념을 표방하거나 언급하는 시는 줄어든다.

이러한 양상을 두고 이광수의 시가에 나타나는 '임'을 현실과의 관계 속에서 의미 분석을 한 기존 연구에서는, 전반기의 시에서는 힘의 논리에 의한 자아의 외면화가 나타나고 후반기 시에서는 초월적 이상에 의한 자아의 내면화가 일어난다고 보았다.[17] 후반기 시를 대표하는 것이 『춘원 시가집』이라고 할 때 이러한 분석은 작가 자신의 내면적 세계에 몰두하는 모습으로 변화된 경향을 적절히 지적한 것이라고 할 수 있다. 여기에 더해 고려해볼 점은 『춘원 시가집』에서 볼 수 있는 내면적 초월이 전반기에 나타나는 현실 개혁 의지와 대응되는 구도에만

---

16 이광수, 『춘원 시가집』, 박문서관, 1940, 6면.
17 최동호, 「이광수 시가에 반영된 현실과 '임'」, 신동욱 편, 『최남선과 이광수의 문학』, 새문사, 1981.

있는 것이 아니라, 초월적 이상에 이르지 못한 내적 회의의 양상을 구현하고 있음이 지적될 필요가 있다는 것이다. 즉 후반기 시에 나타나는 초월적 이상의 내면화는 신념과 이상을 내면화시켜 드러내는 양상이 아니라 초월적 이상에 이르고자 하지만 이르지 못하는 데에서 오는 내면의 갈구와 고통을 보여주는 양상이라는 것이다. 이러한 마음의 상태를 두고 춘원은 '무명'이라고 부른 것이라 할 수 있다.

'무명'이라는 말에도 알 수 있듯이 『춘원 시가집』에 나타나는 임의 상징성은 다층적이지만, 무엇보다도 불교적인 의미에 가깝다고 할 수 있다. 임에 대해 노래를 부르는 시적 화자의 태도와 감정들도 그러한 불교적 의미와 관계를 갖고 있는데, 특히 불교 경전 가운데 『법화경』의 교리와 이어지는 불교적 수양의 정신과 태도가 '임'을 표상하는 데 독특한 양상으로 나타난다. 시의 주된 소재이자 시적 화자의 정신적인 대타자인 임이 뚜렷한 존재감을 지니고 등상하여 주목을 끄는 시들을 1부의 「임께 드리는 노래」에서 찾아본다면 「관음상」, 「고은임」, 「뵈오러 갔던 길」, 「임 여기 계시다네」, 「언뜻 뵈온 얼굴」, 「임그려」, 「임의 음성」, 「임의 얼굴」, 「임거기」 등의 시들이다. 이러한 시들에서 시적 화자는 임의 존재에 대한 감각과 환몽과 같은 만남을 노래하고 있다. 즉 임은 가시적으로 현현할 수 있는 존재로서 나타나고 있는 것이다.

> 임 여기 겨시다네. 내 앞에 늘 겨셔라만
> 내사 눈 어두어 곁에 둔 임 못 뵌다네.
> 천겹에 흐렸던 눈이 한번 밝고 싶어라.

이 눈 곧 뜨량이면 고우신 임 뵈올 것이
귀마자 열릴진댄 그 음성도 들을 것이
번연히 곁에 뫼옵고 보고 듣도 못하고녀.

번뜻 보이는 양 그 모양이 임이신가
소리 들리는 듯 그이 임의 음성인가
몸 스쳐 지나시는 듯 잡혀지지 않아라.

— 「임 여기 겨시다네」 전문[18]

무엇은 못 드리리, 몸이어나 혼이어나
억만 번이나 죽고 나고 죽고 나서
그 목숨 모다 드려도 아까울 것 없어라.

三千大千世界 바늘 끝만한 구석도
임 목숨 안 버리신 따이 없다 하였어라.
중생을 사랑하심이 그지 없으시어라.

어둡던 맘일러니 이 빛이 어인 빛고?
久遠劫來에 못 뵈옵던 빛이어라.
그리도 굳은 業障이 이제 깨어지니라.

— 「불심(佛心)」 부분[19]

---

18 이광수, 『춘원시가집』, 박문서관, 1940, 24면.
19 위의 책, 74면.

위에 예시한 첫 번째 시에서 시적 화자는 눈과 귀가 어두워 곁에 있는 임을 보지 못한다. 보고 듣는다는 것은 앎의 행위이기에, 임을 보지 못하고 듣지 못하는 것은 진리를 깨닫지 못하는 '무명(無明)'의 상태라고 할 수 있다. 즉 무명은 두 번째 시의 3연에서 말하는 "어둡던 맘"이다. 불교에서 잘못된 의견이나 집착 때문에 진리를 깨닫지 못하는 마음의 상태를 이르는 말로, 무명은 모든 번뇌의 근원이 된다. 무명의 반대되는 상태는 광명(光明)이며, 그것은 부처와 보살 등의 몸에서 나는 빛을 말하기도 하고 번뇌나 죄악의 어두움에 지혜의 밝은 빛을 비추는 일을 말하기도 한다. 두 번째 인용한 시의 "빛"이 곧 광명인 것이다. 임의 얼굴이 보이고 음성이 들리는 것은 부처나 보살에게서 나오는 밝은 빛의 현현이고 곧 지혜를 얻는 일인 것이다. 이 빛은 "구원겁래(久遠劫來)에 못 뵈옵던 빛"이 어둡던 시적 화자의 마음에 비치고 "굳은 업장(業障)"을 깨뜨리게 되는 것이다.

1926년에 발간된 한용운의 대표적인 노래 「님의 침묵」에서 임은 가버렸기에 보이지 않고 임의 노래는 들리지 않는 침묵의 상태였다면, 춘원의 시에서 임은 그와 달리 여기에 현존하고 있다. 중생을 사랑하는 부처나 진리는 번뇌의 상태에 가려지기는 하지만 늘 곁에 현존하고 있는 것이다. 시적 화자는 그런 절대자를 통해 과거의 일들과 미혹한 마음을 뉘우치며 수행을 행하고자 한다.[20] "억만 번이나 죽고 나고" 목숨을 다 바치도록 헌신하려는 자세를 보여주며 보다 더 높은 존재를 위해 피학증적인 고행도 감내한다.

---

[20] 불교 사상에서 화엄경과 법화경의 차이가 존재한다는 것을 고려한다면 춘원이 법화경을 주로 인용하고 따랐다는 점에 대해 세부적인 논의가 필요할 것으로 생각한다.

날마다 뵈옵건만 늘 새로신 임의 얼굴

그러하옵길래 뵙고 나면 또 그리워

千萬年 두고 뵈와도 그만인줄 없어라.

(…중략…)

어설핀 이 눈으로 좁고 어린 이 맘으로

生前 헤아려도 못 헤아릴 그 고우심

차라로(차라리의 오기로 보임 – 원문) 모른척하고 임의 품에 들리라

— 「임의 얼굴」 일부[21]

위 시에 볼 수 있듯이 '임'은 시적 화자에게 절대적인 존재이다. 천만 년 동안 보아도 한없이 새롭고 그리운 고운 '얼굴'이다. 임 앞에서 시적 화자는 어설프고 어린 존재일 뿐이다. 시적 화자는 임의 고운 얼굴과 품에 안겨 안락을 얻고자 한다. 위 시 「임의 얼굴」 외에도 시 「관음상」에서는 "임이어 현신하소서 그 얼굴을 보이소서"라고 하며 "끝동 회장 저고리 남치마로 차리시고 / 젊으신 어머니 되시와 오래 여기 겹소서"라고 빈다. 시적 화자는 관음상의 자비로운 모습에서 어머니의 모습을 보고자 한다. 임은 어린 아이와 같은 시적 화자에게 어머니 같은 존재로 현시하는 것이다. 어머니의 품을 통해 아이가 자신의 존재를 가장 잘 보호받고 정체성을 누릴 수 있듯이, 임을 통해 시적 화자의 불안과 동요는 가라앉고 자기정체성을 되찾게 된다.

내 맘이 꾸는 꿈에 내 울고 웃음 같이

---

21 이광수, 앞의 책, 36면.

제 지은 제 세계에 나고 죽고 하는고야.

꾸음도 깨어 나옴도 다 꿈인줄 아니라.

울음도 웃사옴도 꿈인줄은 알면서도

못 깨친 중생이 애닯아함 보올 때에

그 꿈을 깨와주랴고 또한 꿈을 꾸노라.

꿈이 꿈인줄을 아올진댄 어떠랴만

금시 깨올 꿈도 깨기전엔 참인양 해

가위에 눌린 중생을 보고 눈물 지노라.

—「술회(述懷)」전문[22]

    역사로부터 확실한 응답이 없을 때, 시적 화사는 환농처럼 '임'을 만난다. '임'이 만해 한용운의 시에서는 가버렸거나 숨은 임이기에 기다림의 목적 자체였다면, 이광수의 시에서 시적 화자는 수시로 임을 뵈러 가고 음성을 들으려 달려가고 임을 부른다. 시적 화자는 임의 얼굴과 음성을 접함으로써 위안을 얻는다. 임에 복종하고 헌신하는 수행의 자세를 가치 있는 것으로 여기며, '대의'를 위해 개인적인 여러 욕망들을 버릴 수 있는 시적 화자는 이러한 자신의 헌신과 희생에 충만한 삶을 느끼는 것이다.

    중요한 점은 모든 것을 희생해서 하나의 목적을 성취하는 것 그 자체가 아니라 그러한 삶을 살고자 하는 태도와 자세이다. 임은 이광수

22　위의 책, 44면.

의 시에서 그에게 열정적인 삶, 의미로 충만한 삶을 살고 있다는 위안
과 믿음을 주는 것이다. 자신이 진리에 복종하고 실천하고 있기에 임
이 나의 결백과 양심을 보증해준다는 믿음이, 존재의 결여를 메워주고
있는 것이다.

그러나 그 존재의 결여는 자신의 의식 속에서만 믿음을 통해 메워질
수 있다는 점에서 '꿈'이나 환각처럼 허망하고 불안하다.

임이 가시다니 날 두고 갈 임이신가?
참아 못 뜨시와 이로 품에 안으셔늘
제라서 꿈에 임 떠나 돌아올 줄 모르고서.

꿈이 꿈인 줄을 모르고서 참만 너겨
얻고저 안 놓과저 헛것 잡고 울고 웃고
임게서 날 버리셔라 코 몸을 부려 우나다.

때되어 꿈 깨오니 예 감으신 임의 얼굴
그 기쁨 그 슬픔이, 살던 것이 죽던 것이,
그것이 다 꿈이었던가, 임의 품에 안긴 채로.

—「꿈」 전문[23]

---

23 이 시의 앞머리에 이광수는 "임이 나를 두고 가 버리신 것만 같다. 원통해! 원망스러
워!"라는 탄식을 적어놓고 『법화경』을 인용하여 자신이 "마음은 꼬부러지고 거짓되
어서 천만겁을 가도 바른 길로 들어서지 못하니 제도 못할 중생"이며, 이따금 꿈을
깨고 임의 품에 안겨 임의 고우신 얼굴을 바라보는 듯한 순간을 노래한 것이 이 시라
고 적고 있다. 위의 책, 70면.

위 시에서 시적 화자는 꿈과 현실을 오가며 분별하지 못하고 "헛것"을 잡고 울고 웃는다. 임이 가버리셨다는 탄식에 울다가 꿈에서 깨어 임의 얼굴을 보고 임의 품에 안겨 기쁨과 슬픔, 삶과 죽음이 모두 한갓 꿈이었음을 깨달으며 지혜로운 광명의 상태로 돌아오게 되는 것이다. 이러한 춘원의 의식 상태를 두고 일종의 '불행한 의식'이라 부를 수 있을 것이다.

'불행한 의식(das unglückliche Bewuβtsein)'이란 금욕주의와 회의주의 사이에서 동요하는 의식이다.[24] 이 시기 그가 보여주는 자기 수행의 금욕주의(Stoizismus)적 의식은 이성에 따르는 생활, 즉 아파테이아(apatheia)에서 비롯된 부동심에 이르길 원한다. 그러나 다른 한편으로 불안과 동요를 간직하고 있는 의식, 즉 회의주의(Skeptizismus) 사이에서 동요하는 이중성을 갖는다. 이러한 의식은 자기정체성을 보존하는 자기의식의 극단에서 방황과 혼돈의 의식이라는 또 다른 극단에 이르는 사이를 끊임없이 오고 갈 수밖에 없다. 회의적 의식으로는 그 틈을 합일시킬 수가 없는 것이다.

이광수가 『춘원 시가집』에 이르러 보여주는 초월적 이상의 내면화는 이러한 금욕주의와 회의주의의 모순에서 동요하는 불행한 의식의 양상이었다고 할 수 있다. 그가 간직했던 초월적 이상이 더 이상 외부에서 추구될 수 없었을 때, 그 절망의 마음을 극복하고 마음의 평정과 광명의 지혜에 이르는 부동심을 얻고자 수행에 정진하는 금욕적 태도를

---

24 G. W. F. Hegel, 임석진 역, 『정신현상학』 1, 지식산업사, 1988, 277면. 헤겔은 자기의식의 자유의 전개과정에서 불행한 의식에 대해 주인과 노예의 변증법, 금욕주의와 회의주의의 역사적 사례를 들어 설명한다.

견지했지만, 무명에 빠져 불안해하는 회의주의가 끊임없이 내면에 일어났음을 볼 수 있다. 이광수는 '임'이라는 절대자의 현현에 의지하여 자신의 내면에 일어나는 이 동요를 해결하고 자기 구원에 이르고자 하였다고 할 것이다.

4. 시조 형식에 담긴 미학적 복고성

이광수가 '임'을 통해 내면의 평정을 얻기를 갈망했던 자세와 유사하게 시조라는 형식은 그가 가지고 있던 미학적 보수성을 보여주는 것이었다. 그가 이끌어 왔던 근대문학이 과거의 복고적인 것으로 회귀하고, 현실적 내용성과 사상성을 포기한 낭만적인 형식성으로 후퇴하는 국면을 보여주고 있는 것이다.

병든 맘 잠 못 일고 지향 없이 달리다가
염주 세어가며 임의 이름 부르올 제
빈방에 울리는 소리 뉘 소린 줄 몰라라.

숯같이 검은 마음 씻어 희게 하란 어림
속들이 검었거든 씻다 희여 지오리까
임께서 태오시고야 金剛될가 하노라.

내 속에 깊이깊이 먹은 마음 뉘라 알리

전윗 깊은 맹서 저는 아조 잊었어요

임께서 다 아시옴을 오늘에야 알아라.

　　　　　　　　　　　　　　　　　—「병든 몸」 전문[25]

　3수로 이루어져 있는 위의 연시조에서 시적 화자는 병들고 지향 없이 헤매는 마음에 괴로워한다. 염주를 세며 임의 이름을 부르고 번뇌를 다스리고자 한다. 그러자 처음에는 깨닫지 못했으나 빈 방을 울리는 소리로 임이 오심을 알게 된다. 시적 화자의 번뇌로 타버려 숯과 같이 검게 된 마음은 다시 씻어 희게 할 수는 없다. 오히려 그 검은 마음을 임이 태워버려야 단단한 금강이 될 것이라 한다. 태움이라는 것은 희생제의 중에 제물을 태우는 의식을 연상케 한다. 금강석과 같이 될 시석 화자의 깊은 속마음과 결심은 속세의 사람들에게 이해받을 수 없는 차원의 것으로 승화되는 것이다. 시적 화자 자신 또한 "전윗 깊은 맹서"를 잊었다고 말한다. 시적 화자의 번뇌와 번제, 옛 맹서의 망각과 새로운 결의를 오직 임만이 다 알고 있음을 깨닫는다.

　형식적인 면에서 기본형이라 할 수 있는 3장 6구 45자 내외의 3·4조와 4·4조를 이용하였고, 종장의 3·5·4·3이라는 정형적 틀을 변칙 없이 적용하고 있음을 볼 수 있다. 호흡과 내용이 어긋남이나 무리 없이 시조의 기본적인 음수율에 안착되어 있다. 임을 그리워하고 임에게서 위안을 얻는 시적 화자와 임과의 관계는 시조의 복고적인 종결어미들에 의해 효과적으로 그려진다. 첫 번째 "몰라라", "하노라", "알아

25　이광수, 앞의 책, 1940, 12~13면.

라"는 모두 시적 화자의 입장에서의 인식 상태를 드러낸다. 무지(無知)-회의(懷疑)-각성(覺醒)은 임에게 자신을 내어맡기고 의탁하게 되는 귀의(歸依)의 과정인 것이다.

이러한 '임'을 중심으로 한 낭만적 동경은 다음의 시에서도 볼 수 있다.

날같이 못난 몸을 그대 어찌 보시고서
그처러 마음 깊이 따르노라 하시는고
값 없이 받는 사랑은 따림보다 아파라.
(註) "그처러"는 '그처럼'의 古形 (원문)

그대 나를 보고 사모하심 참일진댄
아마도 몸과 말로 내 그대를 속인 것이.
손은 이 허물 있으리? 내 죄 깊어 하노라.

참되신 임의 사랑 횃불 같이 더운 빛이
이 몸에 비칠 때면, 참아 못 뵐 몸이길래
임 얼굴 바로 못 보고 때로 외면 하여라.

임아 가옵소서! 날 버리고 가옵소서!
참된 님 찾아 찾아 날 버리고 가옵소서!
그 길에 아쉬우셔든 이 몸 밟고 가옵소서!

오는 날 좋은 날에 나를 생각 하셔드란,

옛날 주신 정을 잃지 아니 하셔드란,

그 날에 이 몸을 찾아 손 이끌어 주소서.

(註) "좋은 날" = 得道하는 날.(원문)

— 「날 찾으시는 이에게」[26]

이 연시조는 위에서 살펴본 「병든 몸」과 비교해 본다면 음수율의 형식면에서 변형이 있음을 볼 수 있다. 변체가 등장하기 때문이다. 「병든 몸」이 대체로 3·4조와 4·4조를 지켰다면, 이 시에서는 2음절이 등장하여 빠른 호흡을 보여준다. 2수의 초장인 "그대 나를 보고 사모하심 참일진댄"은 2·4·4·4로 되어 있고, 4수의 초장인 "임아 가옵소서! 날 버리고 가옵소서!"도 2·4·4·4로 되어 있다. 2수와 4수는 완급의 조절처럼 1, 3수와 짝이 되어 대구로 놓여 있는 형태라고 할 수 있다. 1수에서는 못난 자신에 대한 임의 사랑을 아프게 느끼며 2수에서는 그 임의 참된 사랑에 반해 임을 속인 죄를 깊이 통탄한다는 내용이 짝을 이룬다. 3수에서는 참된 임의 사랑을 "횃불 같이 더운 빛"으로 비유하여 임의 얼굴을 외면하려 하고 4수는 그 통한의 마음에서 임에게 날 버리고 가라고 외친다. 마지막 5수는 후일에 득도하게 될 "좋은 날"에 임에게 자신을 찾아 이끌어줄 것을 기원하는 내용으로 되어 있다. 통한과 참회의 마음으로 시적 화자의 감정이 4수에서 고조되었다가 5수에서 득도를 염원하고 부처에게 귀의하는 불심의 마음으로 정화되는 형태라고 할 수 있다.

춘원은 자신의 「시조」론에서 시조의 특징은 "상(想)과 조(調)의 일

---

26 위의 책, 96~97면.

치"²⁷라고 일컬은 바 있으며 시조의 기본형식과 음수율의 변형에 따른 변체 5가지를 상세하게 분석한 바 있다. 그에 따르면 민요와 같이 조선의 가요는 4 · 4조를 기초로 하는데, 시조도 사실상 4 · 4조를 바탕으로 하면서도 변화 많은 복잡함을 보여주며 그것이 시조의 음악적 형식미의 중요한 요소가 된다는 것이다. 2, 3, 4, 5음을 사용한 네 가지의 조법은 시조에서 다양하고 복잡한 변화를 구사하게 하며 더불어 시가에 드러나는 생각과 감정이 이 조와 놀라운 일치를 보여준다는 점에서 춘원은 시조의 우수성을 찾은 바 있다.

위 시에서 춘원은 2음이 들어간 "격하고 급한 조"인 음조로 복잡한 감정을 표시하고 있는 것이다. 1수와 3수의 내용을 이어받아 각각 2수와 4수는 참회와 통한의 격한 마음을 급한 음조로 형상화한다. 특히 4수에서 "가옵소서!"의 영탄과 느낌표의 열거는 최상으로 고조된 자책감과 자기 회한을 드러낸다. 이처럼 춘원은 시조의 형식을 기본형으로만 빌어온 것이 아니라 자신이 시조론을 통해 분석했던 바대로 사상과 감정에 어울리는 음조를 구사하였던 것이다. 이러한 자유로운 시적 형식의 운용은 춘원이 시조의 형식미를 충분히 이해하고 있었음을 보여주는 것이고, 기본형과 변체를 모두 수용하여 현대에 부활시키려 했음을 의도한 것이라고 할 수 있다.

그런데 위에 인용한 「날 찾으시는 이에게」의 1수에 "그처럼"을 대신해 "그처러"라는 고어형(古語形)을 의도적으로 사용하고,²⁸ 종결어미에

---

27 이광수, 「시조」, 『동아일보』, 1928.11.1~9(『이광수 전집』 16, 164면에서 재인용).
28 그 외에도 춘원은 '곧'이라는 단어 대신 '고대', '못 되는 것'을 대신에 '못 되는을', '못 되올 것'을 대신에 '못 되올 을'과 같이 고어나 고어체를 『춘원 시가집』에서 사용하였다.

서 시조의 예스러운 말투들을 그대로 사용하고 있는 것을 볼 수 있다. 종결어미에 유의하여 살펴보면 각 연의 시적 화자의 정서 변화가 종결어미를 통해 핵심적으로 표현되는 양상을 볼 수 있다. 1연부터 3연까지 연모와 자책으로 괴로워하는 시적 화자의 심정은 주로 "아파라", "깊어 하노라", "외면 하여라"와 같은 종장의 마지막 구에서 드러나면서 시조 특유의 종결어미로 처리된다. '-노라' 유의 어미는 시조의 특징적인 종결어미 가운데에서도 대표적인 유형인데, 여기에는 '-아 / 여라'도 포함시킬 수 있을 것이다. 이 형태는 일상어적인 표현으로 보기 어렵고 문어체적인 형태라고 할 수 있다. 구어로 쓰인다고 하더라도 대중을 향한 공적인 발언이라 할 수 있는데, 이러한 표현은 누구에겐가 말을 던지고 있다는 표시라고 할 수 있다. 이것은 그 대상이 불특정의 대상이라고 하더라도 시조 연행의 관습과 관계되어 있어, 감탄형이라기보다는 직접화법적 표현인 것이다.[29] 즉 시적화자가 자신의 심적 상태에 대한 감탄을 표출하는 것에 일차적인 의도가 있다기보다는 대상에게 자신의 고뇌를 표백하는 것에 더 의도하는 바의 효과가 집중되는 어미형태인 것이다. 춘원이 시조라는 양식만을 빌어오거나 계승하는 것으로 그치지 않고, 시조라는 양식에 구현되었던 예스러운 종결어미까지 되살려 냄으로써 의도한 효과가 이러한 대상에게 자신의 고뇌를 표백하는 것이었음을 추론해 볼 수 있는 것이다. 이러한 시조에서는 화자와 청자 사이의 직접적인 관계가 더 강하게 형성되며, 시적 화자의 대상에 대한 관계와 이 시조를 듣는 청자에 대한 관계에 있어서 반성적이거나 미학적인 거리를 두지 않고 동조하도록 하는 것이라 할 수 있다.

---

29 김대행, 『시조유형론』, 이화여대 출판부, 1986, 128면.

이러한 종결어미와 관련된 두 번째 효과는 이러한 어미가 갖는 시제의 특성이 과거 현재 미래의 어느 시간에도 명확하게 귀속시킬 수 없는 무시간적 표현이라는 점이다.[30] 즉 시간의 표시가 정확하지 않기 때문이다. 1연에서 못난 나에게 그대가 따르라 한 것은 다른 연들에 선행되어 일어난 과거일 테지만 "따르노라 하시는고"라고 현재적 시간으로 기술되고 있다. 2연에서 "몸과 말로 내 그대를 속인 것"은 위에서 밝힌 것처럼 '직접화법적 표현'으로서 지금 발화하고 있는 상황보다 과거에 저지른 허물일 테지만 "아마도"라는 부사를 쓰고 서술부를 생략함으로써 명확히 발생한 사실로 기술하지는 않는다. 3연에서는 임의 사랑에서 나오는 빛이 "이 몸에 비칠 때면"에 호응해서는 "때로 외면 하여라"라고 현재적 분위기로 흐려진다. 이러한 시제의 불명확성은 "참된 님"을 찾는 '득도'의 날인 "그 날"을 가정하는 미래의 조건으로 분위기가 비약되어 확산되는 것을 방임한다.

'임'이라는 절대적 존재로 모든 의미와 시적 화자의 지향이 수렴되는 양상은 춘원의 불교적 구원관에서 비롯된 바도 있지만, 위에서 지적한 것과 같은 시조의 관습적인 태도와 표현에 의해 더욱 강화된다. 만해 한용운의 시집 『님의 침묵』에 나타나는 '임'이 다양한 상징적 의미를 내포하면서도 풍부한 표현을 얻어 문학적인 개성을 창출하였던 것과 달리, 춘원의 시가에 나타나는 '임'은 시조라는 기억된 형식의 표상방식을 벗어나지 못하고 있다.

언뜻 뵈온 얼굴 임이신가 여기고서

---

30 위의 책, 132면.

바삐 단장하고 문소리를 기다렸네.
아마도 그리운 마음에 헷뵈온 듯하여라.

귓결에 들린 소리 임의 음성 아니신가?
귀 기우리니 바람 소리뿐이로다.
이 밤이 다 지내도록 앉어샌줄 아소서.

임의 발자욱을 따라난 지 얼마런고
찾고 찾는 끝에 만날 줄을 믿사와도
이날이 저물기 전에 뵙고싶어 합니다.

그 때 뵈왔을 때 품에 어이 못들고서
보내고 뒤를 따라 애를 끊고 그리는고?
이번에 번듯만 하소서 놓을 줄이 있으랴.

— 「언뜻 뵈온 얼굴」 전문[31]

위의 시에서는 간절히 임을 그리워하는 마음에, '헷뵈'온 임을 기다
려 문소리를 기다리다가 바람 소리를 "임의 음성"으로 착각하고 밤을
지샌 시적 화자가 등장하고 있다. 기다림에 지친 허탈한 마음과 보고
싶어 하는 간절한 마음을 임에게 토로하는 듯한 직접화법적 표현으로
드러낸다. 다시 임을 보면 놓지 않겠다는 다짐이다. 춘원의 시가에 반
복적으로 등장하는 임과의 오래전 만남, 그리고 '환몽'처럼 "언뜻" 뵈온

---

31 이광수, 앞의 책, 1940, 26~27면.

얼굴과 "귓결에 들린" 음성의 감각이 그려지며 다시 재회할 것을 갈구하는 내용을 볼 수 있다. 그러나 그러한 기다림의 형태나 정서의 표상이 고시조에서 임을 기다리던 여인의 것과 특별히 구별해줄 수 있는 표현적 특징을 갖지 못하고 있다고 할 것이다.

춘원은 임이라는 절대적 존재를 통해 내면적인 고뇌를 해결하고 구원받고자 하였다. 그러한 열망을 고시조의 관습에 의탁하여 형상화하고 직접적으로 표백하려 하였던 것이다. 그에게 시조는 조선 민족의 전통 속에 기억된 미학적 형식과 어휘의 총체였기에 그 내용과 형식, 사상적 태도와 어휘는 분리될 수 없는 것이었다. 그의 시조 창작은 그 기억을 현재화시키는 성격을 띠었고, 그로인해 그의 시조에는 현재의 역사적이고 구체적인 조선의 현실은 사라지고, 추상적이고 관념적인 자기의식만이 압도적으로 드러나게 된 것이다. 춘원은 시조라는 조선적 형식을 문학사적으로 계승하고자 하는 한편, 시조의 복고적인 형식과 어휘 속에서 자신의 '불행한 의식'이 겪는 내적인 혼돈을 미학적인 방식으로 해소하고자 했던 것이라고 할 수 있다.

5. 계몽적 문인의 탈출구

이 글에서는 이광수가 광명과 무명 사이의 혼돈 가운데 노래했던 시가들에서, 제재적인 측면에 집중적으로 나타나고 있는 '임'이라는 대상과 결부된 춘원의 내면의식을 살펴보고자 하였다. 그리고 그러한 내면의식을 시조라는 형식이 어떻게 뒷받침하였는지 밝혀 보았다.

그는 자신의 인생에서 가장 불우하고 절망적이었던 시기에도 문학을 포기하지 않았고 오히려 미학적인 방식으로 자신의 실존과 내면을 시라는 장르에 담았다. 그것은 시조라는 복고적이고 과거의 기억된 미학을 간직하고 있는 시의 오래된 장르였다. 그는 예술의 영역을 인생의 영역과 일체화시킨 계몽적 문인이었다. 이광수 자신은 자신에게 문학은 '일여기(一餘技)'라고 말한 적도 있지만, 그의 시가는 그에게 문학이 하나의 구원이고 자기 구제의 방편이었음을 보여준다고 할 수 있다. 그가 시조라는 과거적인 정형적 틀로 자신의 고뇌와 내면을 담을수밖에 없었음은 그가 더 이상 탈출할 곳이 없었음을 보여주는 것이라할 수 있다. 새로운 시형을 실험하던 초기 시가에서 물러나 전통적 형식에 의지하면서 그의 문학적 사유는 미의 영역에서도 새롭게 나아갈방향을 찾지 못한 채 불행한 의식에서 오는 자기모순과 결여를 절대자와 복고적인 미학을 통해 해소하려 한 것이라고 볼 수 있다.

이러한 점에 비추어 이광수의 시가에 대한 앞으로의 연구는 춘원이라는 문제적인 작가에 대한 심화된 이해를 돕는 한편, 한국 시가의 현대적 계승이라는 면에서도 탐구해 볼 과제를 찾을 수 있을 것으로 기대한다.

제1장

정지용 시에 나타난 여행 체험과 감각

1. 유학과 산행의 여행체험

1930년대 한국 현대시사에서 시인 정지용이 차지하고 있는 위치는 한국시가 도달한 근대성과 관련되어 있다는 점에서 대단히 중요한 지점에 놓여 있다. 정지용은 세련된 언어적 조탁과 감각적 형용사들의 활용을 통해 새로운 근대시의 차원을 전개시켰고, 더불어 근대적 경험에 어울리는 감수성을 시 형식에 담아내었다는 평가를 받아왔다. 그러나 그의 시세계가 보여준 변화의 폭과 도달점은 모더니즘이라는 문예 미학적 관점이나 모더니티의 범주에 한정되지 않는 것으로 보이며, 그 혁신성은 작가의 현실적 체험과 당대 문화적 배경에서 형성된 맥락을 함께 살펴볼 때 더 큰 의미를 가질 것이라고 본다.

　정지용에 대한 연구들은 일차적으로 생애에 관해 전기적으로 고찰함과 더불어, 통시적인 작품 경향과 문학 세계에 관해 다양한 연구방법을 통해 밝혀왔다. 2000년대에 들어와서는 원전에 대한 충실한 주해 작업을 비롯해 텍스트에 대한 세밀한 읽기를 통해 그 연구의 폭과 깊이가 확장되었다.[1] 그의 시세계를 세 시기로 나누는 것에는 많은 연구자들이 동의하는 바이며 용어의 차이는 있으나, 초기 '바다' 시편의 이미지즘 시, 중기 종교시, 후기 '산' 시편의 산수시 등으로 범칭하기도 한다. 최근 연구들은 시기별로 나눈 이러한 큰 범주에서 다뤄지지 않았던 텍스트들에 대해 새롭게 주목하면서 그의 산문들을 비롯한 난해한 시들이 새로운 텍스트로 다루어졌다. 또는 전시기를 관통할 수 있는 통일된 주제로 해석을 시도하면서 '감각'과 같은 주제가 부각되기도 하였다. 이 글에서 다루고자 하는 '여행'이라는 주제는 후자와 같이 초기와 후기를 아우를 수 있는 주제이며, 최근 많은 조명을 받은 '감각'과 얽혀 있기에 정지용의 시작 태도와 의미를 설명하는 데에 있어서 중요한 맥락을 지니고 있다.

　정지용의 시에서 '여행'은 초기 '바다' 시편과 관련된 유학 체험과 후기 '산' 시편과 관련된 산행 체험을 모두 아우르는 시의 제재이자 텍스트 생산의 외적 맥락이라고 할 수 있다. 기존 선행 연구에서 정지용의

1　정지용의 경우 원문을 확정하는 작업이 까다롭기에 원본 주해와 해석 작업은 가장 근간이 될 연구이다. 김학동의 선구적인 작업(『정지용 전집』, 민음사, 1989)과 이숭원(『정지용 시의 심층적 탐구』, 태학사, 1999, 『원본 정지용 시집』, 깊은샘, 2003), 최동호(『정지용 사전』, 고려대 출판부, 2003), 권영민(『정지용 시 126편 다시 읽기』, 민음사, 2004)의 텍스트 확인과 주해 작업 등이 대표적이다.

후기 시에 나타난 '여행'에 대해 근대인의 병적인 신경증에 대한 치유라고 본 해석,[2] 국토기행이라는 외적 조건과의 관련성[3] 등에 대해 해명된 바 있다. 그리고 정지용의 감각, 풍경, 시선에 주목한 연구들은 여행이라는 체험적 요인을 부각시키지는 않았으나 후기 시의 변화 양상이 그것과 관련된 측면이 있음을 분석해 내었다. 정지용의 감각에 대해 살펴본 김신정의 연구[4]는 정지용의 시세계의 변화 과정에서 "닿음"이라는 촉각적 욕망과 거리두기의 이중성을 초기부터 후기까지 일관되게 분석해내고 있다. 이 연구는 이성의 힘과 체계적인 지식을 절대시하던 연구에서 배제되었던 감각에 새롭게 주목함으로써 정지용의 시세계의 특징을 작품 내적 관점에서 면밀하게 해석해낸 연구라고 평가할 수 있다. 이러한 작업과 상관관계에 놓여, 시어의 감각적 표현이나 감각어의 해석에서 더 나아가 정지용의 시에 등장하는 감각의 현대성을 규명하고자 하는 논의들이 '풍경'[5] 이나 '시선'[6]에 관한 것이었다.

---

2 신범순, 「정지용의 시와 기행산문에 대한 연구-혈통의 나무와 덕 혹은 존재의 평정을 향한 여행」, 『한국 현대문학 연구』 9, 2001.6. 그 외 정지용의 산문 및 기행산문들에 대한 연구도 지속되었다.

3 송기한, 「산행체험과 시집 『백록담』의 의미」, 『한국문학이론과 비평』 19, 2003.

4 김신정, 『정지용 문학의 현대성』, 소명출판, 2000. 이 연구는 일반적으로 이미지즘으로 일컬어지는 정지용의 시각적 감각 외에 촉각과 관련된 감각적 분석과 더불어 내면의 감정적 흐름까지 포착하였다.

5 이상오, 「정지용 시의 풍경과 감각」, 『정신문화연구』, 2005 봄, 171면. 이 연구에서는 풍경이 체험이라는 지각 과정인 동시에 하나의 공간이라는 점에서, 주체의 시선과 그 시선에 호응하고 공명하는 공간의 표상이라고 전제하고, 시적 주체의 의도에 따라 사물을 타자로서 배치하려는 욕망이 초기 시에 나타난다고 보고, 후기에 이르러 원근법에서 벗어나 세부의 지각 체험이 살아난다고 보았다.

6 남기혁, 「정지용 초기 시의 '보는' 주체와 시선의 문제」, 『한국 현대문학 연구』 26, 2008; 남기혁, 「정지용 중·후기 시에 나타난 풍경과 시선, 재현의 문제」, 『언어와 풍경』, 소명출판, 2010; 이광호, 「정지용 시에 나타난 시선 주체의 형성과 변이」, 『어문논집』 64, 2011. 남기혁의 연구는 모더니티의 문제를 시선의 계보학으로 탐구하는 연구로서 모더니즘적인 특권적 시선인, 원근법적이고 파노라마적인 시선으로부터

감각 중에서 시각적 측면을 특화시켜 정지용의 시선에 주목한 남기혁의 연구는 정지용의 시세계의 변화 과정을 모더니즘적인 특권적 시선인, 원근법적이고 파노라마적인 시선과 관련지어 분석한 바 있다. 이러한 연구는 이 글에서 근대문화적 배경 속에서 작가의 문화적 신체적 체험을 시 작품 속의 이미지나 표상과 관련지으려는 접근 태도 면에서 유사하다고 할 수 있다. 최근의 연구에서 풍경이나 시선과 관련된 연구 방법론은 사실 근대의 시지각체제의 변경과 관련된 거시적 논의의 틀을 수용한 측면이 강하다. 또한 이러한 용어들은 다소 비유적으로 사용되는 측면이 있어 텍스트 분석의 단계에서는 감각과 관련하여 보다 예각화시킬 수 있는 매개항을 통해 세밀하게 분석될 수 있을 것으로 보인다.

이러한 연구들의 연장선상에서 이 글에서는 여행 체험이 정지용 시에서 다양한 감각과 의미를 발생시키는 원천이며 표상체계를 작동시키는 계기라고 보았다. 표상이란, 푸코에 의하면 사물과 세계에 대한 주체의 앎을 표현하는 방식이며, 사물을 주체의 시선과 담론의 쌍방에서 묶는 방식[7]이라고 간단히 말할 수 있다. 특히 유학 체험이나 여행 체험의 시 텍스트들은 시적 주체의 이동이나 공간 체험을 통해 사물과 세계에 대한 주체의 앎을 표상하고 있다고 할 수 있다. 이러한 표상들을 통해 시각과 더불어 그 외 다른 감각들이 어떻게 시적 주체의 의식을 드러내는지 살펴보고자 한다.

굴절되는 과정으로 분석하고 있다. 이 뒤를 이은 이광호의 연구는 '시선 주체의 익명화'와 '신체의 발견'이라는 측면에서 근대적 시선 주체의 동일성에서 벗어난 변이 양상을 살펴보았다.
7 요시미 순야, 이태문 역, 『박람회─근대의 시선』, 논형, 2004, 31면.

다음 장에서는 시기별로 발표된 정지용의 작품 순서를 따라서, 유학 생활로 이방인이 된 경험, 그리고 유학에서 돌아와 일상적인 도시인이 된 상황, 마지막으로 근대 도시인으로서 향유하게 된 여행이라는 세 가지 측면으로 구분하여 다루고자 한다. 분석의 목적이 여행과 관련되어 있기는 하지만, 관련 텍스트가 여행의 경과나 여행지에서 쓴 시편에 한정되지는 않을 것이다.

2. 제국 도시에서의 이화감과 감각의 팽창

정지용이 휘문고보 5년제를 졸업하고 모교의 보조를 받아 일본 교토에 있는 도시샤대학 예과에 입학한 것이 1923년 4월이었고 학업을 마친 것은 1929년이었다.[8] 유학 초기인 1923년에는 대표작 「향수」를 비롯해 서정적인 동요시와 민요풍의 시편도 발표했었지만, 1925년 이후 「샛빨안 기관차」, 「바다」, 「황마차」, 「카페 프란스」 등 서구적이고 도회적인 작품을 발표하면서 작품 세계가 크게 변모한다. 다소 길었던 유학 기간 동안 그는 일본 문단의 분위기를 통해 신감각파의 모더니즘을 습득하였고,[9] 이러한 문학 수업과 더불어 조선과 일본을 오간 여행과 일본 체

8　최동호, 『그들의 문학과 생애, 정지용』, 한길사, 2008, 182면. 당시 학교는 보통 4월 초에 입학해서 3월 말에 졸업하기로 되어있어 이렇게 추측하지만, 도시샤대학 영문과 성적표에 의하면 입학날짜가 "1923.5.3", 졸업날짜가 "1929.6.30"으로 되어 있다고 한다.

류는 근대성의 감각을 신체에 각인시켰을 것이다.

이러한 시기에 창작된 작품 중 하나인 「황마차」(1927)의 첫 구절은 다음과 같이 시작한다.

가엽은 내 그림자는 검은 상복처럼 지향 없이 흘러 내려갑니다.

위에 등장하는 "검은 상복"은 6년 뒤 귀국하여 쓴 「귀로(歸路)」(1933)에서 "마음은 안으로 상장(喪章)을 차다"라는 구절로 변형되어 재등장하는 것을 볼 수 있다. 시기적 공간적으로 다른 상황에서 쓰였지만, 도회의 거리를 걷고 있는 시적 주체의 내면 풍경을 상복과 연결 지은 것이 공통적이다. 상복이나 상장의 표상은 상중에 있는 상제나 복인(服人)으로서 입은 것일 수도 있으나 추도용 예복을 연상시킨다. 이미지가 우세하고 의미맥락이 모호한 정지용의 텍스트는 창작 배경에 놓인 시적 주체의 체험을 고려할 때 더 많은 의미를 찾기도 한다.[10] 그런 점에서 일본 유학 시절에 대한 탐색도 더 활발히 시도될 필요가 있다고 본다. 이 시도 어떤 죽음에 대한 추도의 체험에 따른 연상은 아닐까 추측

---

9 정지용이 영향을 받은 일본 문단에 관한 설명과 천주교 세례(1928.7.22) 사실 확인은 다음을 참조. 사나다 히로코, 『최초의 모더니스트 정지용』, 역락, 2002, 168면. 정지용과 당대 일본문단과의 교류 및 영향 관계에 관해서는 다음을 참조. 고영자, 「모더니즘에 있어서의 정지용과 北川冬彦의 비교연구」, 『한국비교문학회』 13, 1988; 태목면(態木勉), 「정지용과 『근대풍경』」, 『숭실어문』 9, 1992; 호테이 토시히로, 「정지용과 동인지 『가(街)』에 대하여」, 『관악어문연구』 21, 1996.

10 시 「유리창 1」의 경우 박용철의 시평을 통해 자식을 잃은 슬픔을 노래한 시로 밝혀지면서 그 해석은 한편으로는 일면화되긴 하였지만 그 내적 의미와 해석의 깊이는 더욱 풍부해졌다. 박용철, 「올해시단 총평 (3)—태어나는 영혼」, 『동아일보』, 1935.12.27. 그 외 「유선애상」처럼 정지용의 난해시를 둘러싼 해석에서 그 대상이 무엇인지에 대해 밝히는 것이 중요한 관건이 되는 것도 이러한 특질과 관련되어 있다고 할 수 있다.

되며 해방 이후의 한 글에서 짐작해 보고자 한다.[11]

'지금 不逞鮮人 수백 명이 폭탄과 무기를 잡고 橫濱地區로부터 동경 시
내로 향하여 급진중이다.'

'大震災 중에 쩔쩔매는 동경시민의 생명 재산을 노리어 불령선인이 행
동을 개시한다'는 등등의 신문 호외가 25년 전 9월 1일 동경대진재가 돌발
한 직후 일본 전국에 놋방울을 울리며 돌았다. (…중략…)

어릴 때 감상에서도 피중압 피착취 계급은 '조국이 소련이 아니라' 따로
조국을 획득하야만 하겠구나 하였다. 이 원통한 이야기가 한이 있느냐?
(강조는 인용자)[12]

위에서 "어릴 때"라는 것은 이 글을 썼던 무렵[13]이 아닌 동경대진재

---

11 정지용의 시 연구에서 많이 언급된 자녀의 사망은 이 시와는 큰 관련은 없어 보인다.
    이 시는 1927년에 『조선지광』에 발표되었으나 창작 시점이 "1925.11. 京都"라고 표
    기되어 있는데, 「발열」은 1927년 6월 옥천에서라고 창작 시점이 표기되어 있고, 「유
    리창」은 1929년에 쓰여졌다. 즉 「황마차」에 등장하는 상복은 자녀 사망 이전에 등장
    하는 이미지라고 볼 수 있다. 「비극」, 「발열」, 「유리창 1」 등에 등장하는 자식의 죽음
    에 관한 연구는 다음을 참조. 이숭원, 「정지용 시 「유리창」 읽기의 반성」, 『문학교육
    학』 16, 2006, 13~14면.
12 정지용, 「동경대진재 여화」, 『정지용 산문』, 민음사, 2003, 521~525면.
13 이 글은 1949년 도지샤同志社에서 간행된 『산문』에 수록된 것으로 발표지면과 정
    확한 발표일은 확인하지 못하였으나, 설정식이 '동경진재에 학살당한 원혼들에게'
    라는 부제를 붙인 「진혼곡」의 일부가 인용되어 있는 것으로 보아 1948년에서 1949
    년 무렵 쓴 것으로 추정된다. 물론 이 글은 해방 이후 친일파가 다시 득세하는 정국
    에 대한 불만과 패전국 일본에서 벌어지는 새일조선인교육과 관련된 정치 행태에
    대한 비판으로 쓰인 글이기 때문에 정확한 기록에 의거한 것도 아니고, 어떤 기억의
    변형이 있을 수도 있다. 해방 이후 정지용은 조선문학가동맹의 편에 서기는 하였지
    만 그의 생각은 '소련'으로 대표되는 인민 투쟁에 대한 지지라기보다는 조국 해방과
    민족 자주에 대한 요구에 가까웠던 것으로 보인다. 이러한 사상적 태도를 이십대에
    도 지니고 있었음을 은연중에 보여준 것이라고 할 수 있다.

즉 관동대지진이 일어날 무렵[14]이거나 일본 유학 시절 즈음의 20대였던 자신을 두고 말하는 것이라고 볼 수 있다. 정지용의 초기 시에 나타나는 정조가 이러한 시대상황과 무관하지는 않았을 것이다. 그의 유학지는 쿄토였기에 도쿄와 상당한 거리가 있고 직접적 체험은 없었을 테지만, 호외나 뉴스를 통해 그 충격과 혼란은 전해졌을 것이고 무엇보다 조선인을 향한 공포를 모를 리 없었을 것이다. 이러한 역사적 사건을 환기시키는 이유는 "검은 상복"이 그러한 사건을 지시하거나 암시한다는 것을 주장하는 것이 아니라, "가엽은 내 그림자"를 바라보며 시적 주체가 느끼는 비애의 성격을 조금 더 깊이 있게 이해해 볼 수 있는 여지를 갖기 위해서이다.

촉촉이 젖은 리본 떨어진 浪漫風의 帽子 밑에는 금붕어의 奔流와 같은 밤경치가 흘러 나려갑니다. 길옆에 늘어슨 어린 銀杏나무들은 **異國斥候兵**의 걸음제로 조용 조용히 흘러 나려갑니다.(강조는 인용자)

슬픈 銀眼鏡이 흐릿하게
밤비는 옆으로 무지개를 그린다.

이따금 지나가는 늦은 電車가 끼이익 돌아나가는 소리에 내 조그만 魂이 놀란 듯이 파닥거리나이다. 가고 싶어 따뜻한 화롯가를 찾아가고 싶

---

14 동경대진재는 1923년 9월 1일에 일어난 대지진으로 큰 피해를 낳았다. 1923년 9월부터 1924년 3월 15일까지 일본 도쿄에는 5,400회의 지진이 있었다고 한다. 『동아일보』, 1924. 3. 19.

어. 좋아하는 **코 – 란經을 읽으면서 南京콩**이나 까먹고 싶어, 그러나 나는 찾아 돌아갈 데가 있을나구요?

네거리 모롱이에 씩 씩 뽑아 올라간 붉은 벽돌집 塔에서는 거만스런 XII 時가 避雷針에게 위엄있는 손까락을 치어들었소. 이제야 내 목아지가 쭐뼛 떨어질 듯도 하구료. 솔닢새 같은 모양새를 하고 걸어가는 나를 높다란 데서 굽어보는 것은 아주 재미있을 게지요 마음 놓고 술 술 소변이라도 볼까요. **헬멜 쓴 夜警巡査가 꾁일림처럼 쫓아오겠지요!**

네거리 모롱이 붉은 담벼락이 흠씩 젖었오. 슬픈 도회의 뺨이 젖었소. 마음은 열없이 사랑의 落書를 하고 있소. 홀로 글성 글성 눈물짓고 있는 것은 가엾은 **소 – 니야**의 신세를 비추는 빩안 電燈의 눈알이외다. (…중략…)
길이 아조 질어 터져서 **뱀 눈알 같은 것**이 반쟉 반쟉거리고 있오.

— 「황마차」, 1927.6 부분(강조는 인용자)[15]

위 시는 비에 젖은 도회의 밤거리를 묘사하며, 시적 주체의 정처 없는 마음과 사랑에 대한 막연한 그리움을 노래하고 있다. 도시적 일상과 제도의 대표적인 표상인 시계가 기계적인 정확함과 시간에 대한 표준화된 균질성을 가시화시키는 사물이라는 점에서 "시계집" 모롱이를 돌아 나간다는 것은 일상의 속박과 긴장에서 풀려남을 의미한다. 시적 주체의 느슨해진 마음처럼 화려한 도시의 밤경치도, 길가의 나무들도

---

15 정지용, 『정지용 시집』, 시문학사, 1935. 이 시집에 수록된 시는 이숭원 주해, 『원본 정지용 시집』, 깊은샘, 2003에서 인용.

그에게는 "흘러 내려"가는 듯이 느껴진다. 일본에서 시인은 이국의 여행자이자 식민지의 고학생이었고, 이 시를 비롯해 유학 시절의 시들은 반복적으로 시인의 감각을 자극하는 '이국풍경', '이국정서'에 대해 말하고 있다. 이국취향이란 현재 살고 있는 지역의 진정성, 단순성, 순수성 상실이라는 견지에서 타자(Others)를 이상화하는 것이라고 설명된다.[16] 이 시에서 시적 주체는 거리의 은행나무를 "이국 척후병" 같이 바라보고, 가로등 밑에 눈물짓는 심정을 "소냐"라는 러시아 여인의 이름으로 노래하고 있다. 시적 주체는 일본이라는 타지이자 식민지 본국에서 '일본적인 것'의 표상을 발견하는 것이 아니라 그 어떤 '이국적인 것'의 표상을 보고 있다.

이국 여행자인 시적 주체는 전차 소리에도 "조그만 혼이 놀란듯이 파다거리"고, 감각에 밀려오는 사물들의 침범에 방어적이 되어 "따뜻한 화롯가"를 찾아가고 싶어 한다. 그런데 그가 화롯가에서 하고 싶은 일은 "코란경을 읽으면서 남경콩"을 까먹는 일이다. 발표작에서 "성경"으로 되어 있던 이 부분이 "코란경"으로 개작됨으로써 이국취향이 더욱 강화된 것을 볼 수 있다. 이러한 사물들은 시적 주체가 바라본 이국의 풍경이지만, 그 이면에는 타지에 있는 자신의 타자성 즉 타인들의 응시를 통해 자신이 느끼는 소외감을 드러낸다. 그 위축감은 높다란 시계의 위용에 위협을 느껴 "내 목아지가 쭐뼛 떨어질" 것 같다는 감각적인 상상으로까지 이어진다. 신경의 극도의 초조함을 회피하기 위해 자신의 신체를 절단하는 상상으로 방어하는 것이다.[17] "솔 잎새 같은

---

16 닝 왕, 이진형·최석호 역, 『관광과 근대성』, 일신사, 2004, 218면.
17 나카무라 유지로, 양일모·고동호 역, 『공통감각론』, 민음사, 2003, 63면. 지각이 초

모양새"로 위축된 자신의 모습을 시계침이 굽어보는 일을 두고 "아주 재미있을" 것이라고 말하는 부분에서도, 타자의 시선을 의식하고 그 응시 아래 놓인 자기 자신에 대해 인식하는 모습을 보여주고 있다.

그런 자조 의식에서 시적 주체는 사소하지만 일종의 반항심에 "마음 놓고 술 술 소변이라도 볼까요"라고 말한다. 미미한 범죄를 저지르고 야경순사에게 쫓기는 장면을 상상해 보는 것이다. 그것이 단지 상상에 그친다는 것은 야경순사에게 자신이 쫓길 모습이 영화의 한 장면과 같을 것이라는 비유에서 알 수 있다. 이처럼 위반 행위로서의 방뇨를 꿈꾸고 사랑의 낙서를 그리는 등의 상상에 젖은 시적 주체에게, 비에 젖은 길 위에 "뱀 눈알"이 비친다. 이 반짝거리는 빛은 야경순사에게 쫓기는 상상처럼 뱀이 나를 보고 있는 상상 속에서 발해지는 것이다. 이것을 두고 "식민지 권력"이 행사하는 감시의 눈[18]이라고 해석하는 경우도 있으나, 시 전체의 문맥과 정조로서 볼 때 그것은 자신의 내면에서 지켜보는 눈이라고 할 것이다.

뱀 눈알이라는 이미지이자 표상의 기능은, 감시가 존재하고 시적 주체를 억압하는 권력이 존재한다는 사실의 환기가 아니라, 시적 주체의 행위와 욕망을 제약하는 금기의 존재를 드러냄으로써 더욱더 은밀한 위반에 대한 상상을 불러일으킨다는 것이다. 이러한 상상속의 위반을 즐기며 시적 주체는 나르시시즘적인 비애에 젖어있는 것이다. 유학지에서 정지용은 타국의 문물과 사물들을 보는 위치에 놓여 있으면서 동

조함의 원인을 확인하지 못하고 그 원인을 제거할 수 없을 때, 신체가 일으키는 행위로 자기 절단이나 감각의 마비를 들 수 있다.

18 남기혁, 앞의 글, 2008, 173면.

시에 때때로 자신이 보여지는 위치에 있음을 의식하지 않을 수 없었고 때론 자신을 향한 응시에 대해 짐짓 위장을 하거나 위악적인 태도를 취해보기도 하였던 것이다.[19]

옴겨다 심은 棕櫚나무 밑에
빗두루 슨 장명등,
카ㅇㅖ 으란스에 가쟈.

이놈은 루바쉬카
또 한놈은 보헤미안 넥타이
뺏적 마른 놈이 압장을 섰다.

밤비는 뱀눈처럼 가는데
페이브멘트에 흐늙이는 불빛
카ㅇㅖ 으란스에 가쟈.

이 놈의 머리는 빗두른 능금
또 한 놈의 心臟은 벌레 먹은 薔薇
제비처럼 젖은 놈이 뛰여 간다.

---

19 정지용의 해방 후 다른 산문 「압천 상류(鴨川上流)」라는 제목이 붙은 글에서 그는 조
선인 여학생과 가모가와 상류까지 산책했을 때 토목공사에 종사하는 일하는 조선인
노동자들과 만난 일을 회상한다. 기모노를 입은 그들을 일본인으로 여긴 조선인 노
동자들이 조선말을 모르는 줄 알고 욕을 퍼붓고 "희학질"을 심하게 해댔다고 한다.
정지용 일행은 "조금도 어찌 여기지 않고 끝까지 모르는 표정으로 그들의 옆을 천연
스레 지나"갔었다는 것이다.

"오오 패롵[鸚鵡] 서방! 꾿 이브닝!"

"꾿 이브닝!"(이 친구 어떠하시오?)

鬱金香 아가씨는 이 밤에도
更紗 커ー틴 밑에서 조시는구료!

나는 子爵의 아들도 아모것도 아니란다.
남달리 손이 히여서 슬프구나!

나는 나라도 집도 없단다
大理石 테이블에 닷는 내뺌이 슬프구나!

오오, 異國種 강아지야
내발을 빨어다오.
내발을 빨어다오.

―「카몌 뜨란스」 전문

일본어로 번역되어 발표되기도 한 위 시에서 우선 주목을 끄는 것은 제목에도 나온 "카페 프란스"라는 이국취향을 풍기는 장소이다. 유럽을 모방하고 지향하는 카페의 이름과 튤립, 패롵, "이국종강아지" 등[20]

은 일본이라는 장소의 지역성을 상실하거나 은폐하고 있는 표상이자, 시적 주체 자신이 타자라는 자신의 정체성을 그 뒤에 은밀히 숨기고 있는 표상이라고 할 수 있다. "나는 나라도 집도 없단다"라는 탄식은 이방인으로서의 비애감을 드러내는데, 한편으로 이국종 강아지에게 "내발을 빨아다오"라고 요청하는 것은 그 비애감의 자조적인 해소라고 볼 수 있다. 이러한 비애와 자조의 복합적인 심리 상태는 이 시의 전반부에 등장하는 카페로 향해 가는 과정을 통해 심화되어 온 것이다.

시의 전반부에는 카페 프란스로 향하고 있는 청년들이 밤비 오는 거리를 호기롭게 뛰어가고 있다. 1연과 3연이 카페 정경과 거리 풍경 간의 대구라면, 2연은 그들의 의복 등 외양으로 그들이 누구인가를 보여주고, 동일한 인물들의 반복으로 보이는 4연은 그들의 사상과 열정으로 그들의 내면을 비유로써 보여주고 있다. 러시아의 혁명가나 망명가를 연상시키는 루바쉬카[21]를 입은 한 사람과 자유로운 예술가를 표상하는 보헤미안 복장을 한 다른 사람은 각각 "빗두른 능금"의 머리와 "벌레 먹은 장미"의 심장으로 비유된다. 전자가 금단의 지식으로 삐뚤어진 이단과 반항의 지성이라면, 후자는 퇴폐와 자유에 도취된 예술의 감성이라고 할 수 있다. 둘 모두 질서와 도덕에 반항한다는 점에서 공통적이며, 체제와 제도에서는 경시되거나 금지되어 있는 것이다. 이 두 사람은 화

---

20 카페 프란스가 19세기 파리의 보헤미안을 동경하던 예술청년들의 이미지를 대변하며, 일본에서 최초로 카페를 무대로 해서 펼쳐진 것은 메이지 말기의 예술운동 '판의 회'였다는 것, '종려나무', '울금향', '경사' 등의 낱말이 정지용이 사숙했던 기타하라 하쿠슈가 애용했던 낱말이라는 점 등에 대해서는 기존 연구에서 지적된 바 있다. 사나다 히로코, 앞의 책, 108~113면. 여기에서는 그 영향관계보다는 정지용이 그러한 코스모폴리탄적인 이국취향에 동조하게 된 내면을 강조하고자 하는 것이다.
21 러시아 민속의상인 루바쉬카가 사회주의 등 좌익사상에 대한 동경을 나타내고 있다고 해석해도 좋을 것이다. 이 점에 대해서는 위의 책, 113~114면 참조.

자의 친구이고 시적 주체는 이 둘 모두의 성향을 이해하고 동조하는 입장에 있기에, 사실 시적 주체는 둘 다에 속하거나 그 중 어느 누구여도 상관없는 것이다. 중요한 것은 그들이 자유로운 사상가와 예술가의 젊은 무리들이라는 점이다. 정지용의 교토 시절을 기억한 한 평론가가 젊은 사회주의 그룹과 정지용이 친분이 있었다고 한 언급도 있듯이[22] 이 시에서 시적 주체는 그러한 자유롭고 반항적인 예술과 사상에 취해 현실적 제약에 구속되지 않으려는 욕망을 가지고 있는 것이다.

"빗두른 능금"의 머리와 "벌레 먹은 장미"의 심장을 지닌 청년들이 제비처럼 흔들리며 뛰어가는 모습은 보헤미안적 욕망을 분출하는 것으로 보인다. 그러나 그 이탈의 욕망은 현실적 제약을 의식하기에, 포장도로에 반사되어 반짝이는 밤비의 '뱀눈'은 단지 감각적인 묘사 이상의 의미로 읽히기도 한다. 뱀에 대한 혐오는 정지용의 습작시(「마음의 일기」)에도 등장하고 앞서 살펴본 「황마차」에도 등장하는데, 뱀은 밤비의 가느다란 모양에서 오는 외양적인 일치의 비유를 넘어 금단의 열매와 관련된 상징적인 의미를 내포하는 것으로 보인다. "벌레 먹은 장미"와 같은 가슴을 지닌 청년이 거리에서 사랑을 쫓고 있을 때 그것을 지켜보고 있는 상상적인 시선이 "뱀눈"인 것이다. '아담'의 원죄를 연상시키는 '뱀'은 유혹자이며 감시자이고, 위반과 금기를 표상한다. 그것은 다시 말해 보는 것과 보이는 것에 대한 갈등 가운데 취기와 오기 뒤에 숨긴 시적 주체의 식민지 청년적인 나약함과 수줍음의 표상이라 할 수 있는 것이다.

이 시에서 주목해 두어야 할 점은 후반부에 등장하는 촉각의 감각이

22　정노풍, 「시단회상 3」, 『동아일보』, 1930. 1. 18.

다. 슬픔을 "대리석 테이블"에 닿는 뺨의 냉온감각으로 치환하여 표상하고, 그 슬픔의 위로를 "내 발을 빨아다오"라는 감각적인 자극을 통해 받고자 한다. 보는 것과 보이는 것의 분리와 감당할 수 없을 정도로 확장된 감각에 대해 감각들을 새롭게 배분하도록 조정하길 원하는 것이다. 콩디야크는 『감각론』에서 시각의 기능은 빛과 색깔을 보는 것에 국한되며 촉각이야말로 외부 대상을 판단하는 유일한 감각이라고 밝힌 바 있다.[23] 여러 감각을 통합하는 것은 촉각을 포함하는 피부 감각과 근육 감각을 포함하는 운동 감각이며, 이러한 것을 체성감각(體性感覺, coenesthesia)이라고 한다.[24]

이 시에 등장하는 "뺨"과 "발"은 자신에 대한 자조와 비하의 의미가 들어간 단어이긴 하지만, 손과 같은 피부 감각과 운동 감각을 표상하는 신체 기관이다. 그것은 시각만으로 불완전한 외부 대상에 대한 판단을 위해 시적 주체가 원하는 감각을 말해준다고 할 수 있다. 손이나 촉각은 운동과 결합하여 작용함으로써 대상과 접촉했을 때 감각하는 주체 자신과 대상에 대한 관념을 얻게 해주기 때문이다. 그러한 감각에 대해 그리워한다는 것은 제국의 도시에서 시각적 감각의 팽창과 확장을 겪으며 이화감(異化感)을 겪은 시적 주체가 장소와 결부된 자기 존재감에 대해 확인하고자 하는 욕구를 말해주는 것이라고 해석할 수 있다.

---

23 나카무라 유지로, 앞의 책, 108면 참고.
24 위의 책, 112~114면.

3. 감각의 폐쇄와 유리창의 소격감

　귀국하여 모교에서 영어교사를 하는 한편 『가톨닉 청년』에 정지용이 관여한 것은 1933년부터 1935년까지이고 이무렵 절대자에 귀의하여 신앙심을 노래한 시는 예닐곱 편 정도라고 볼 수 있다. 종교시편 외의 다른 시편에서 주목되는 것은 생활면에서의 안정과 고통이 복합적으로 결합되어 있는 정신적 상태가 나타난다는 것이다.

　같은 잡지에 1933년에 실린 시 「시계를 죽임」에 보면 "나의 생활은 일절 분노를 잊었노라 / 유리 안에 설레는 검은 곰 인양 하품하다"라며 "유리"로 된 우리에 갇힌 듯한 생활의 피로와 무기력을 드러내고 있다. 함께 실린 「귀로(歸路)」는 1926년의 「카페 프란스」와 구조와 발상 면에서 대조를 이룬다고 보아노 좋을 듯하다. 시의 시작 부분이 「카페 프란스」에서 밤비 내리는 도회의 거리를 걷는 장면과 유사하지만, 이 시에서는 "포도(鋪道)로 나리는 밤안개에 / 어깨가 저윽이 무거웁다"는 탄식이 나온다. 계절과 거리의 등불은 카페 프란스를 향해 걷던 거리를 연상케 하지만 이제 시적 주체는 혼자 걷고 있다. "제비도 가고 장미도 숨고 / 마음은 안으로 상장(喪章)을 차다"라고 말한다. 「카페 프란스」에서 제비처럼 젖어 뛰어가던 벗은 사라지고, "벌레 먹은 장미"의 심장으로 맥박 쳤던 예술적 감성은 숨어버렸다는 것이다. 그 사실에 시적 주체는 우울하다. 「황마차」에서의 "검은 상복"처럼 그림자가 흘러가지 못하고, 이제는 아무도 볼 수 없는 자신의 내면에 "상장"을 찬 채 자신의 죽은 예술혼을 위해 애도하는 것이다.

청춘의 경쾌한 몸짓과 열정을 잃고, "서른 살"의 시적 주체는 걸음을 "분별"하여 딛고 홀로 돌아오는 일상의 "적막한 습관"에 익숙해진 것이다. "나는 나의 나히와 별과 바람에도 피로웁다"(「또 하나 다른 태양」, 『가톨닉 청년』, 1934), "마침내 이 세계는 비인 껍질에 지나지 아니한 것"(「슬픈 우상」, 『조광』, 1938)이라는 토로에서 볼 수 있듯이 고국에 돌아온 정지용에게 남은 것은 회한과 감각의 소진이었다.[25] 보이지 않는 유리의 벽에 유폐된 정지용의 눈앞에는 페이브먼트에 빛나던 '뱀눈'이 거세되어 버린, "영탄도 아닌 불길한 그림자"(「귀로」)가 누워 있을 뿐이었다.

위에서 언급한 유리는 정지용 시에서 핵심적인 사물이자 이미지이며, '유리창' 앞에서 밖을 응시하는 태도는 정지용의 시적 방법과 세계 인식의 기본 태도를 표상하는 것이라고 할 수 있다. 기존 연구에서 지적한 바 있듯이 유리는 투명하므로 시각적으로 내부와 외부를 연속시키고 밖에 대한 인식을 가능케 한다. 그러나 그 차고 단단한 속성은 촉각적으로 자아와 세계를 차단하고 더 이상 다가갈 수 없는 거리를 전제한다. 정지용의 시에서는 시각적인 감각이 우세하지만 그러한 감각들이 기본적으로 '닿음', 즉 촉각을 통해 경험된다는 것[26]은 유리라는 매개가 시각과 촉각을 동시적으로 유발할 수 있기 때문이다. 그는 유리 앞에 서듯이 자아와 세계와의 거리를 유지하고[27] 관념이나 감정으

---

25 정지용의 시에 등장하는 근대성의 요람으로서의 도시가 피로와 상실의 공간으로 표상되며, 정지용 시에 나타나는 공감각적 이미지를 일종의 감각적 혼란의 증상으로 본 연구로는 김승구의 논의가 있다. 김승구, 「근대적 피로와 미적 초월의 욕망」, 『식민지시대 시의 이념과 풍경』, 지식과교양, 2012, 27~33면. 이 연구에서는 그러한 감각적 혼란과 무력화된 주체를 탈피하는 도정에서 후기 시의 상징적 죽음이나 환상을 통한 초월에 이르는 것으로 보고 있어서 이 책에서 필자가 분석하는 감각의 이해와 다른 측면을 갖고 있다.

26 김신정, 앞의 책 참고.

로부터 독립하여, 감각의 원천을 생동감 있게 보여주고 독자에게 환기시키는 시작 방법을 구사했던 것이다.

그러나 정지용의 중기 시에서 '유리창'은 지각과 감정의 소격감(疏隔感)을 증폭시키는 사물이라고 할 수 있다. 시 「유리창 2」(『신생』, 1931)에서 유리창은 그러한 소격감을 잘 드러내며 작가의 불안한 내면의식과 관련되어 등장한다. 이 시에서 시적 자아는 폐쇄된 공간에 답답함을 느끼는 모습을 나타내고 있다.

> 내어다 보니
>
> 아조 캄캄한 밤,
>
> 어험스런 뜰 앞 잣나무가 자꼬 커올라간다.
>
> 돌아서서 자리로 갔다.
>
> 나는 목이 마르다.
>
> 또, 가까이 가
>
> 유리를 입으로 쫓다.
>
> 아아, 항안에 든 金붕어처럼 갑갑하다.

---

27 남기혁은 '유리'라는 사물의 등장을 두고 식민지적 시선이 원근법적인 조망의 특권을 획득하는 데 실패한 시적 주체가 근대풍경의 능동적 관찰자가 되지 못하자, 시선의 권능을 되찾기 위한 노력으로서 '유리창'을 통해 도시 풍경과 분리된 유폐 공간에 시적 주체를 가두려 했다고 보았다. 그러나 유리창은 풍경을 재현할 캔버스의 의도로 등장했지만 실패하고, 또 다른 방식으로 시선의 권능을 회복하려 한 재현의 재현이라는 방식도 실패한 것으로 본다. 남기혁, 앞의 글, 2008, 183~186면 참조. 필자는 풍경의 재현이나, 재현의 재현과 같은 의식이나 의도성보다는 일단 '유리'를 통해 발생하는 주체와 사물의 즉각적인 감각적 체험에 대해 말하고자 한다. '유리창'은 일본 유학 시절에도 나타나고 있던 표상이며, 후기 '산' 시편을 '동양화론'에 의거하여 시선으로 설명할 수도 있겠으나 '눈[目]'보다 더 의미 있는 감각의 등장에 주목할 필요가 있다고 본다.

별도 없다, 물도 없다, 쉬파람 부는 밤.

小蒸汽船처럼 흔들리는 窓.

透明한 보라ㅅ빛 누뤼알 아,

이 알몸을 끄집어내라, 때려라, 부릇내라.

나는 熱이 오른다.

뺨은 차라리 戀情스레히

유리에 부빈다, 차디찬 입마춤을 마신다.

쓰라리, 알연히, 그싯는 音響—

머언 꽃!

都會에는 고혼 火災가 오른다.

— 「유리창 2」[28]

위의 시에서 "어험스런 뜰 앞 잣나무가 자꼬 커올라가"는 불길한 밤
에 "항안에 든 금붕어"처럼 느끼는 시적 주체는 "유리를 입으로 쫏"는
다. 외부의 감각적 자극은 확대되지만 내적인 신체 감각은 갑갑하고
목마른 갈증을 느낀다. 이것을 감각의 마비 내지 폐쇄라고 부를 수 있
을 것이다.[29] 이 괴리를 해소하고자 시적 주체는 유리를 쪼으며 "차디
찬 입마춤을 마시"고자 하지만 이 폐쇄된 경계를 벗어날 수 없다. 시적

28 정지용, 「유리창 2」, 『신생』 27, 1931.1.
29 나카무라 유지로, 앞의 책, 65~66면. 새로운 매체의 출현과 발달은 새로운 감각 마
    비뿐만 아니라 새로운 '감각 폐쇄'도 초래한다. 기술적인 형태로 우리 자신이 확장되
    고 지각될 때, 그 확장은 우리들 속에 포함되기에 그에 따라 발생하는 지각의 폐쇄와
    배제를 체험하게 된다.

주체는 창에 떨어지는 "투명한 보랏빛 누뤼알"로 하여금 "이 알몸을 끄집어내라, 때려라 부릇내라"라고 외치며 세계와의 직접적인 접촉을 갈망한다. 열 오른 뺨을 유리에 부비며 유리창을 파열시켜 창밖으로 탈출하길 원하는 것이다.

이렇게 감각의 폐쇄를 일으키는 유리창은 일본 유학 시절의 여행 시나 「바다」 시편에 등장하는 유리의 이미지와 대조적이다. 이방인으로 지나치던 공간에서 유리는 나의 낯설음을 방어해주고 정당화해 주었던 감각이었다. 그것은 기차와 선박에서 체험한 근대문명의 화려한 외관이었고, 바깥에서 침투할 수 없는 미끄러운 표면을 가진 경계의 표상이었다. 그곳은 제국이라는 타지의 풍경이었기에 바라보는 자신의 소외와 격리를 오히려 경쾌한 것으로 받아들일 수 있게 하였다. 시각은 빛의 반사만으로 외계를 포착하는 감각으로서 직접 대상과 관련된 직이 없는 감삭이며, 눈을 감으면 대상과의 관련을 끊을 수도 있는 것으로서 감각하는 주체를 위협하지 않고 안전권에 두는 감각이다. 즉 시각적인 기술은 그 주체가 결코 타자나 외계에 위협당하지 않고 자신의 주체를 통합할 수 있는 자리에 둘 때 가능한 것이다.[30]

> 나는 언제든지 슬프기는 슬프나마 마음만은 가벼워
>
> 나는 **차창(車窓)**에 기댄 대로 회파람이나 날리쟈.
>
> 먼데 산이 군마(軍馬)처럼 뛰여오고 가까운데 수풀이 바람처럼 불려가고

---

30 고모리 요이치, 「감각」, 이시하라 치아키 외, 송태욱 역, 『매혹의 인문학 사전』, 앨피, 2009, 283면.

유리판을 펼친듯, 瀨戶內海 퍼언한 물 물. 물. 물.

손까락을 담그면 葡萄빛이 들으렷다.

― 「슬픈 기차」 부분(강조는 인용자)[31]

　1927년에 발표된 이 시에서는 근대의 교통수단인 기차를 타고 가는 여행자의 경쾌함이 가벼운 비애를 동반하면서 그려진다. 언제든지 슬픈 처지이지만 마음만은 가벼운 시적 주체는 휘파람을 불며 창밖의 풍경을 감상한다. 철도여행은 세계를 보는 시각을 변화시켰다. 열차 속에서의 인간의 눈은 지각된 풍경과 다른 공간에 속하게 되며 유리와 강철로 차단되어, 자신이 일부이어야 할 현실까지 관망하는 듯한 감각을 가지게 된다.[32] 보는 사람의 다른 감각을 차단한 채 시각만을 강요한 풍경 앞에서 보는 것과 보이는 것과의 상호성은 존재하지 않았다. 근대적 풍경은 ‘유리’와 같이 미끄러지고 차단시키며 상호성을 거부하는 것이라고 할 수 있다. 이것은 ‘유리창’이라는 시작 방법처럼 사물에 거리를 두고 감각의 주체를 풍경에서 격리시킴으로써 만든 이미지였다.

　이 시에서 시적 주체는 유리로 되어 있는 차창에 기댐으로써 그의 촉각은 차단된 채 시각적으로 풍경을 소유하고 전유할 수 있는 것이다. 기차의 속도감은 먼 곳에 주체와 분리되어 존재하고 있던 정적인 풍경에 역동성과 활기를 불어 넣는다. 시적 주체는 그 표면과 경계를 지나갈 때 그 비애감마저 가볍게 즐겼으며, 바라보는 대상과의 분리를 두고 상상적인 감각을 누렸던 것이다. 유리판처럼 펼쳐진 세토나이카

31　정지용, 「슬픈 기차」, 『조선지광』, 1927.
32　존 버거, 편집부 역, 『이미지』, 동문선, 1990, 278~279면.

이[瀬戸內海] 바다를 보고 "손가락을 담그면 포도빛이 들"을 것이라는 것은 진정한 자아와 대상의 접촉이 일어나지 않는 단지 상상적인 차원이었던 것이다. 정지용 시에 나타나는 '닿음'은 시각성보다 중요한 근원적인 감각이기도 한데,[33] 이러한 여행시에 등장하는 유리창을 통한 닿음은 주체가 풍경으로부터 격리되어있음을 은폐시키며, 다른 사물들의 감각에로 자신의 감각을 투사하는 주체중심적인 태도가 깔려 있었던 것이다.

그러나 식민지 경성의 도시에서 시적 주체는 온몸의 감각을 열어두고 세계와 접촉하길 열망하지만, 앞의 시 「유리창 2」에 등장하는 "소증기선(小蒸氣船)처럼 흔들리는 창"은 활력이 아니라 오히려 피로를 안겨준다. "어험스런 뜰 앞 잣나무는 커 올라가"며 위험한 환상은 더 커 가는데 그와 반대로 시적 주체는 갈증을 느끼고 열이 오른다. 열이 오른 뺨을 유리에 부빌 때 그 쓰라리고 알알한 촉감과 긋는 소리는 유리 안에 시적 주체가 갇혀 있음을 더 자각케 한다. 그 순간 유리창 밖으로 도회의 "고흔 화재"가 보이는데, 이 시어가 사실적 정황인지 비유적인 것인지 그 의미는 확정하기 어렵다. 알 수 있는 것은 그것은 "머언" 꽃으로 시적 주체의 '여기'와 거리를 두고 있고 유리창으로 분리되어 있으며, 시적 주체의 갈증과 열은 해소되지 않고 있다는 것이다. 일본 유학 시절과 다르게 이 시에서 유리창이 답답함과 갈증을 일으키는 것은 그 너머로 보이는 대상이 다르기 때문일 것이다. "소증기선처럼 흔들리"지만 그 창은 더 이상 풍경을 바꾸어 보여주는 여행자의 창이 아닌 정주인(定住人)의 창이기 때문이다. 이제 유리는 그에게 타자의 근대를

---

33 김신정, 앞의 책 참조.

감상하고 들여다보게 하는 '창'이 아니라, 자신이 감당해야 하는 근대의 무게와 위태로움을 강요하는 투명한 '벽'이었던 것이다.

4. 신체감각의 소생과 공통감각의 회복

감각의 폐쇄에 이르러 정지용이 새로운 돌파구를 찾은 것이 '산(山)'의 체험이라고 할 수 있다. 1937년의 금강산 산행 이후 쓴 「비로봉」, 「구성동」, 「옥류동」 3편을 시작으로 그는 1941년까지 산을 소재로 한 다양한 기행시와 기행 산문을 남긴다. 이러한 작품들로 산행의 여정이 담긴 시, 산중에 은거한 인물이나 생활을 쓴 시, 산의 정경과 사물을 인상적으로 포착하여 묘사한 시들을 볼 수 있다.[34] 1920년대 후반 『삼천리』 등 잡지를 통해 일어난 기행문의 유행도 있었고, 김기림의 여행시처럼 자본의 수사학와 맞물린 '일상으로부터의 탈주'라는 낭만적 관념의 경우도 있지만,[35] 정지용은 탐승과 관광에 머물지 않고 여행 체험을 새로운 시적 원동력과 조형력으로 삼았다.

---

34 이 시기 작품들에 대해 최동호 교수가 명명한 개념 가운데 널리 쓰이게 된 '산수시'라는 말은, 그러한 분류를 고려하면 내용면에서는 적확하지 않지만, 동양의 산수화처럼 그림 속에 인간이 자연에 비해 압도적인 모습으로 그려지지 않고 자연과 합일되어 있는 상태를 보여주고 함축과 여백의 성격을 가진 점에서는 정지용의 후기 시가 지닌 정신적 특질을 일면 함축한 표현이라고도 할 수 있다. 최동호, 「정지용의 산수시와 은일의 정신」, 『민족문화연구』 19, 1986.
35 이 책의 제2부 2장 참조.

정지용의 기행시에서 주목해 보아야 할 것은 자연과의 상호성을 되찾으려는 감각이다. 1935년도 발표된, 바다를 언급한 3편의 시들을 보면 바다는 그 구체적인 감각성을 잃고 "수물한 살 적 첫 항로"(「다시 해협」)로 추억되거나, "해도(海圖)"(「바다 9」)나 "지도(地圖)"(「지도」)로 관념화된다. 정지용에게서 바다는 지구(地球)라는 시어와 등치되곤 하는데, 「지도」라는 시에서는 바다에 대한 기억이 지식의 표상체계에 갇혀 버린 채 박제화되어 버리고, 교무실에 걸린 지도의 푸른색을 보고 뛰어들려는 포즈를 취하는 시적 주체가 자기 자신마저 희화화시키고 있다.[36] 정지용의 후기 기행시는 그러한 한계를 벗어나 지각과 감정의 소격감을 해소하고 사고와 지각이 일체화되는 감정을 회복하려 했다고 할 수 있다.

문 열자 선뜻!
먼 산이 이마에 차라.

우수절(雨水節) 들어
바로 초하로 아츰,

새삼스레 눈이 덮힌 뫼뿌리와
서늘옵고 빛난 이마받이 하다.

---

[36] 이 시에 나타난 자조를 남기혁은 시뮬라크르를 진실한 바다보다 더 현실감 있게 느낀 화자 자신을 응시하는 시적 자아의 내부의 시선으로 해석하였다. "풍경으로부터 소외된 인간의 모습과 함께, 풍경을 바라보는 근대적 시선의 내적 균열을 동시에 희화화"한 작품으로 보고, 원근법적인 시선의 체제를 해체하려는 시도가 자리잡기 시작한 징후라고 평가하였다. 남기혁, 앞의 글, 2008, 193면.

어름 금가고 바람 새로 따르거니
흰 옷고롬 절로 향긔롭어라.

옹숭거리고 살어난 양이
아아 꿈 같기에 설어라.

미나리 파릇한 새순 돋고
옴짓 아니긔던 고기입이 오믈거리는,

꽃 피기전 철아닌 눈에
핫옷 벗고 도로 칩고 싶어라.

— 「춘설」(『문장』, 1939.4) 전문

　위 시에 볼 수 있듯이 시적 주체는 직접 "문"을 열고 바깥의 풍경과 공기를 맞는다. 자신의 모든 신체 감각을 통해 맞아들이는 세계인 것이다. 앞서 살펴본 시들과 달리 유리창이라는 매개는 없고, 시각적으로 "먼 산"도 바로 이마에 "차게" 와 닿는다. 산에 자신의 시선을 던져 자신과 풍경을 구분하는 것이 아니라 매우 가깝게 맞붙었다고 말한다. "새삼스레" 눈이 덮인 산의 응시를 되받아 그 "뿌리"와 통하는 근원적인 접촉을 두고 시적 주체는 "서늘옵고 빛난 이마받이"라고 공손하게 이르고 있는 것이다. 겨울이 지나고 새로 오는 봄의 바람에 만물이 향기로워지고 살아나는 소생(蘇生)의 느낌을 갖는다. 인위적이지 않은 "절로"[自] 이루어지는 세계상은 각박한 현실을 초월한 것이기에 꿈같은 무위자연(無爲自

燃)의 것이다. 조사들을 과감히 생략한 간결한 시행의 호흡과 더불어, 이 시의 세밀한 언어 표현과 미세한 감각에 대한 묘사는 시적 주체와 동식물의 모든 생명이 함께 소생의 감각을 누리고 있음을 탁월하게 보여준다. 마지막으로 시적 주체는 봄이 오고 있음을 확신하였기에 철에 맞지 않게 내린 봄눈에도 과감히 솜옷을 벗고 도로 춥고 싶다고 장난기어린 호기도 부려보는 것이다.

정지용이 오랜 침묵을 지킨 첫 시집 이후『백록담』까지의 기간을 두고 최동호는 '바다의 시편'에서 '산의 시편'으로 나아가는 자기 모색과 침잠의 시간으로 보았다. 이 변모 과정은 동양적인 관조의 세계를 드러내면서 산이나 자연이 단순한 공간적 배경에 그치지 않고 극기적 정신성을 함축하며 정신주의적 지향을 보여주었다고 평하였다.[37] 신범순은 정지용의 '헤매임'의 문제가 '산'이라는 공간에서 자연스러운 삶, 유유한 삶의 공간으로 수렴되면서 데카당스적인 근대적 주체를 구원할 수 있는 삶의 확장을 맞는다고 보았다.[38]『백록담』의 시세계에 대한 대표적인 이 두 관점은 시의 주제와 분위기를 분석한 것일 뿐만 아니라 시적 주체의 태도와 사물을 표상하는 방식을 아울러 규명한 것이라고 할 수 있다.

그러나 이러한 해석에서 상세화 시키지 않은 것은 초기 정지용 세계를 돋보이게 했던 감각이 부활했다는 점이다. 김신정과 남기혁은 후기의 감각 내지 시선과 관련하여 근대적 주체의 감각과 시선의 불가능성

---

37 최동호, 앞의 글.
38 신범순, 「정지용 시에서 병적인 헤매임과 그 극복」,『한국 현대시의 퇴폐와 작은 주체』, 신구문화사, 1998, 88면.

을 극복하고자 하는 시도와 한계를 보고자 했다는 점에서 이 연구에 시사하는 바가 크다. 그러한 연구의 맥을 충실히 이어받는다면 후기의 『백록담』에 등장하는 시편들에 따라 그 감각과 의미를 상세히 구분할 수 있는 여지가 충분히 있다. 인류학이나 실험 심리학에서 시각의 절대적 우위를 주창하는 것과 달리 경험적으로 볼 때 여러 감각을 통합하는 것은 피부 감각과 운동 감각과 같은 체성감각으로서 이 감각을 기준으로 삼아서 시각, 청각 등의 특수 감각들이 통합됨으로써 개개인은 다른 인간이나 자연과 공감하고 일체가 될 수 있는 것이다.[39] 이러한 감각은 시집 『백록담』에 와서 그 결합과 전환의 양상이 분리불가능해질 정도이다. 여기에서는 산행 과정의 시적 주체가 보여주는 신체감각의 소생을 잘 보여주는 「꽃과 벗」을 살펴보고자 한다.

石壁 깎아지른
안돌이 지돌이,
한나절 긔고 돌았기
이제 다시 아슬아슬하고나.

일곱 걸음 안에
벗은, 呼吸이 모자라
바위 잡고 쉼 쉬며 오를 제,
山꽃을 따,

---

39 나카무라 유지로, 앞의 책, 115~116면. '체감'으로 약칭되기도 하는 체성 감각은 공통감각(coen = communis esthesia = sensus)을 의미하기도 한다.

나의 머리며 옷깃을 꾸미기에,

오히려 바빴다.

나는 蕃人처럼 붉은 꽃을 쓰고,

弱하야 다시 威嚴스런 벗을,

山길에 따르기 한결 즐거웠다.

물소리 끊인 곳,

흰 돌 이마에 회돌아 서는 다람쥐 꼬리로

가을이 짙음을 보았고,

가까운 듯 瀑布가 하잔히 울고,

메아리 소리 속에

돌아져 오는

벗의 부름이 더욱 좋았다.

— 「꽃과 벗」(『문장』, 1941) 부분

위 시는 산행이라는 체험을 통해 얻은 감각과 그 정서를 잘 보여준
다. 그런데 그 산행의 험난함이 예사롭지 않다. 가파른 석벽이 안팎으
로 굽이쳐 돌아가는 곳을 하나절 동안이나 아슬아슬하게 지나기노 하
고, 바위를 잡고 기어오르기도 해야 한다. 그 과정에서 벗은 숨 가빠하
면서도 산꽃을 따서 "나"의 머리와 옷깃에 장식해 준다. 그 벗으로 인
해 시적 주체는 고단한 산행도 즐겁게 따를 수 있다. 벗과 "나"는 육체

적인 기진과 피로에도 불구하고 자연을 완상하고 꽃을 즐기며 "고운 날"을 누린다. 문득 엄습하는 비를 피하여 동물들이 버리고 간 동굴에 들기도 하고 그곳에서 떨며 배고픔을 해결할 방도를 논의하기도 한다. 길이 끊어진 곳에, "별과 꽃 사이"에 누워 자는 벗을 보고, 시적 주체는 그 모습이 "나븨 같이" "안해 같이 여쁘기"도 하다고 느낀다.

산행은 산이 있고 자연을 즐길 수 있어 기쁘기도 하지만, 벗이 있어 즐거운 것이다. 정지용은 그 벗과의 교응을 산행의 정경과 함께 탁월하게 감각으로 옮겨 놓고 있다. 근대에 나타난 시각의 독주와 지배에 맞서서, 촉각과 청각의 회복을 꾀하는 방향으로 오감을 재구성하는 일은 중요한 의미를 갖는다.[40] 이러한 충일감의 바탕이 된 감각은 인간이 타인과 공감하고 자연과 융합될 수 있는 '공통감각(sensus communis)'을 기반으로 하고 있으며, 체성감각에 의한 감각과 시각의 통합이 여러 감각을 온몸으로 확산한 상태에서 이뤄지는 원심적인 통합을 보여주고 있다고 말할 수 있다.

가까운 곳에서는 폭포의 울음소리가 있고 멀리 울리는 "메아리 소리 속에" "벗의 부름"을 그려놓고 있는 것이다. 메아리라는 것은 주객의 교응, 그 황홀한 감각의 어울림이 실현되고 있는 것이다. 교감과 상응으로 충만한 세계, 자아와 타자를 상호 존중하며 이해하는 세계라고 할 수 있다. "번인처럼" 꽃을 꽂고 벗을 따르며 즐거워하는 모습에서 볼 수 있듯이 벗과 더불어 시적 주체는 문명과 도시의 구속으로부터 자유로워진 야생인이 되어 전일적인 감각의 충만을 느끼는 것이다. 정지용의 후기 시에서 산을 배경으로 한 여행시는 공통감각에 기초하는

---

40 위의 책, 62면.

언어를 통해 신체적 감각을 소생시킨다. 외계와 직접 접촉하는 과정에서 주체는 온몸의 자극에 몸을 내맡기는 각오와 자세를 보여줌으로써 위태롭기도 하지만 대상과 상호주체적인 위치에서 감각의 부활을 보여줄 수 있었던 것이다.

5. 근대적 일상에 대한 대안적 감각

이 장에서는 정지용의 시세계를 그의 유학과 산행을 중심으로 한 여행체험과 관련지어 구분하고, 그러한 시들에서 사물에 대한 시선과 담론이 얽혀 드러나는 표상에 주목하여 시적 주체의 의식을 읽어내고자 하였다. 유학 시절에 쓰인 시편들에는 제국의 도시에서 받은 강한 자극들로 인한 감각의 팽창과 그로 인해 위축된 시적 주체의 이화감을 볼 수 있었다. 이러한 시들에는 이국취향을 통해 타인의 응시 아래에 놓인 자신의 이방인으로서의 처지와 그에 따른 비애감과 위반 욕구가 나타나고 있었다. 그러나 귀국 후의 시편들에는 이방인적인 활기를 잃고 감각의 폐쇄를 일으키는 시적 주체의 모습이 유리창을 통해 표상된 것을 살펴보았다. 일본 유학 시절 여행시나 바다 시편에서 유리가 시적 주체의 낯설음을 방어해주고 이방인으로서의 소외와 격리를 즐기며 상상적인 감각을 누릴 수 있게 해 주었던 것과 대조를 이룬다고 할 수 있다.

1930년대 후반 정지용의 여행시들은 잃어버린 신체감각의 탈환이

자 공통감각의 회복이라고 할 수 있다. 근대적인 교통수단인 철도와 선박이 다른 감각을 차단한 채, 보는 것과 보여지는 것과의 상호성이 존재하지 않던 초기의 여행시와 달리, 정지용 시의 산행시들은 단순한 감각적 '닿음'을 넘어 자아와 타자의 교응의 미를 보여주며, 이를 통해 공통감각을 회복하고 있다. 이 점에서 정지용의 후기 시들이 갖고 있는 시적 성취를 말할 수 있을 것이며, 후기 시에 나타나는 여행이 근대적 일상세계에 대한 대안적인 감각과 표상을 보여주고 있다고 평가할 수 있을 것이다.

제2장

김기림의 시에 나타난 여행의 감각과 의미

1. 김기림의 여행 시편

1930년대 모더니즘 비평가이자 시인인 김기림의 테스트들은 최근 연구에서 도시, 대중, 소비, 유행, 여성 등의 문화론적 코드들과 관련하여 많은 주목을 받아왔다. 그의 수필과 시에 관한 연구들에서 근대문명에 대한 매혹과 반감을 드러내는 '작은 주체'의 감수성, '산책자적 시선' 혹은 '카메라적 시선' 등이 지적된 바 있다.[1] 이러한 시적 주체의 내밀한

---

1 신범순, 「1930년대 모더니즘에서 '작은자아'와 군중, '기술'의 의미, 『한국 현대시의 퇴폐와 작은주체』, 신구문화사, 1998; 조영복, 『한국 모더니즘 문학의 근대성과 일상성』, 다운샘, 1997.

욕망을 탐색한 연구들은 모더니즘이라는 문예사조적 틀을 넘어 근대성의 문제를 텍스트에서 역동적으로 읽어내는 차원을 열었다고 할 수 있다. 김기림에 대한 연구는 모더니스트로서의 출발에서 월북에 이르기까지의 의식적 변화과정을 종합적으로 연구하거나 실증적으로 논의하려는 접근이 있었고 무엇보다 시론과 평론들이 큰 주목을 받아왔다. 그러나 근대성이나 문화론적 주제를 탐구하거나 시 텍스트에 대한 다양한 분석이 이루어지면서 평론가로서의 김기림에 가려진 시인으로서의 김기림의 면모도 부각되고 있다. 모더니즘의 기수였던 김기림의 시세계를 폭넓게 조명하기 위해서는 실험적인 구성과 문명비판의식을 두드러지게 내세운 장시 『기상도』에 집중되어 있던 시각을 넓혀 다양한 작품을 대상으로 한 예각화된 연구가 축적될 필요가 있다고 본다.[2]

여기에서 논의하려는 주제는 김기림의 여행시이다. 김기림의 시 가운데에는 여행 자체를 주제로 삼고 있거나, 특정한 장소에 대한 여행이나 여행의 수단이 자주 등장한다. 김학동은 김기림의 시에는 지적 호기심에 의한 '탐험'의식에서 발상한 '출발'과 '항해'의 두 관념이 연계된 여행시가 많다고 지적한 바 있다.[3] 그의 여행시들은 대개 단시로 된 연작 형태로 구성되어 있으며 이 연작은 여정을 중심으로 되어 있다. 출발 장소로서의 기차역이나 기차와 같은 교통수단이 거의 빠짐없이 등장하고, 여행길에서 본 풍경이 스케치되어 있는 시들이 많다. 여행이

2　시론과 더불어 알레고리라는 수사학적 측면에서 시집별로 논의한 연구로 다음을 들수 있다. 이미순, 『김기림의 시론과 수사학』, 푸른사상, 2007. 이러한 접근에서는 『태양의 풍속』이 『기상도』와 비교하여 가지고 있는 차별성 보다 수사학적 공통점이 더크게 부각되고 있다.
3　김학동, 『김기림평전』, 새문사, 2001, 107면.

라는 소재는 외적 세계와 시적 주체의 시선이 마주치는 계기가 된다고 할 수 있다. 이러한 관점에서 여행시를 검토해 보는 일은 근대적 도시 문화 내부에 머물러 있는 텍스트보다 다양한 시적 주체의 시선을 보여 주며 김기림이 내면화한 근대적 문화경험의 양상을 드러내 줄 것이다.

김기림의 텍스트에 여행과 관련된 내용이나 이미지가 자주 등장하는 것은 그의 이력과도 깊은 관계가 있을 것이다. 그는 신문사 학예부 기자라는 직업에 종사했고,[4] 고향인 함북에 본가를 두고 서울에서 주로 활동하였으며, 서른이라는 성숙한 나이에 일본에 두 번째 유학을 다녀왔다. 이런 점에서 그가 기차나 선박 여행에 익숙하였을 것이며 취재나 귀경 등의 이유로 자주 여행길에 올랐을 것이라고 짐작해 볼 수 있다. 시에는 고향인 함북을 오가는 데 이용했을 경원선 등과 관련된 기차나 철도, 철교의 이미지가 자주 등장하고 인천항이나 두만강 국경지역부터 세주노까지 그가 방문한 여러 곳을 시와 수필에서 확인할 수 있다.

김기림의 여행시는 크게 두 가지로 분류할 수 있다. 하나는 여행에 관한 시와 다른 하나는 실제 여행을 통해 여행 후 쓴 시이다. 전자는 여행을 주제로 하거나 여행과 관련된 관념을 시로 표현한 것이다. 후자는 특정한 장소를 여행하고 쓴 시인데 대개 연작 형태로 발표가 되었다. 이 두 가지 유형의 시들은 대부분 첫 시집 『기상도』(창문사, 1936)보다 이후에 출간된 두 번째 시집 『태양의 풍속』(학예사, 1939)에 실려 있지만 1930~1934년 사이에 발표된 시로서 김기림의 시세계에서 적지 않은

---

4 조영복은 문인 이전에 언론인으로서의 김기림을 새롭게 조명하며 김기림이 신문에 대해 가졌던 혁신적 사고가 1930년대 문인기자들의 정체성 확보와 문학사 형성에 큰 영향을 끼쳤음을 논한 바 있다. 조영복, 『문인 기자 김기림과 1930년대 활자도서관의 꿈』, 살림, 2007.

비중을 차지한다고 볼 수 있다. 기획된 의도로 제작된 장시라는 점에서 『기상도』를 논외로 놓고 보면 해방 전에 발표된 김기림의 시에는 여행의 모티프나 여행이 계기가 된 시들이 편재되어 있음을 볼 수 있다.

여행에 관한 시로는 「오— 기차여」(『신동아』, 1932.7), 「기차」, 「여행」, 「호텔」, 「출발」, 「항해」, 「북행열차」,[5] 등을 볼 수 있고, 여행 후 씌어진 시편에는 『제물포 풍경(濟物浦風景)』이라고 부기되어 있는 '길에서'(이하 『제물포 풍경』으로 지칭)와 『함경선 오백(咸鏡線五百) 킬로 여행풍경(旅行風景)』이 속한다. 여행 후 쓰인 두 시편은 『태양의 풍속』을 이루고 있는 일곱 개의 부분('마음의 의상', '화술', '속도의 시', '씨네마풍경', '앨범', '식료품점', '이동건축') 중 '화술'에 수록되어 있다. 『제물포 풍경』 시편은 「기차」, 「인천역」, 「조수」, 「고독」, 「이방인」, 「밤항구」, 「파선」, 「대합실」의 연작 형태로 되어 있는데, 1934년 10월 『중앙』에 「해변시집」이라는 제목하에 발표된 8편을 수록한 것이다. 『함경선 오백 킬로 여행풍경』은 「서시」, 「대합실」, 「식당」, 「마을」, 「풍속」, 「함흥평야」, 「목장」, 「동해」, 「동해수」, 「벼룩이」, 「바위」, 「물」, 「따리아」, 「산촌」으로 구성되어 있다.[6] 이 시편들은 『제물포 풍경』 시편보다 조금 앞서 『조선일보』에 「여행풍경」이라는 시제로 상중하로 나뉘어 1934년 9월 19일부터 21일에 걸쳐 연재되었는데 시집에 수록되면서 변경이 있었다.

조영복은 이러한 텍스트들을 이해하는 데 있어서 '신문문예'라는 1930년대 매체적 환경을 고려해야 한다고 지적한 바 있다. 신문 지상

---

5 「북행열차」는 이민자들을 소재로 하고 있어 김기림의 일반적인 여행시와는 구별될 수 있다.
6 발표 당시에 비해 8편이 줄어 수록된다.

에는 관람 코스를 알 수 있게 편집되어 시간의 흐름과 공간적 이동이 결합돼 입체적인 감각을 작동시키는 형식이었지만, 전집에 실리면서 개별 시처럼 독립되어 입체성과 공감각적인 효과를 느끼기 어렵게 되었다는 것이다.[7] 이 점은 의미 있는 지적이라 할 수 있는데, 이러한 특징을 고려하여 발표된 형태와 시집에 수록되며 개작된 형태에 대한 비교에 앞서 우선 여행시라는 관점에서 해석될 필요가 있다고 본다. 여행은 연작 시편의 의도와 감각을 효과적으로 읽어낼 수 있는 주제이며 김기림의 근대적 감각이 발휘되는 모티프라고 할 수 있기 때문이다.

그 외 여행 후 씌어진 다른 연작시편으로는 세 번째 시집 『바다와 나비』(1946)에 수록된 「동방기행(東方紀行)」 시편과 수필집 『바다와 육체』(1948)에 수록된 「관북기행단장」이 있다. 「동방기행」은 김기림이 두 번째로 일본에 유학 갔을 당시 일본에서의 여행경험을 담고 있다. 이 시편은 1939년 7월 『문장』에 발표되고 해방 후 간행된 『바다와 나비』(1946)에 수록되었다. 초기 여행시들이 풍경을 묘사해 놓은 것에 비해 이 연작시의 「서시」에는 "탈주계획"이라고 자신의 여행을 지칭하고 있는데 "그의 탈주는 그가 망국민임만을 뼈아프게 자각시키는 것"[8]으로 끝난다. 이 시에는 고국에 대한 향수와 전쟁에 대한 불안이 정경묘사보다 앞서고 있다. 소재는 여행이지만 『바다와 나비』 무렵의 정감적인 시적 경향이 강하게 드러나기에, 「동방기행」은 앞선 여행시들과 다소 이질적이라고 할 수 있다. 그 외 수필집 『바다와 육체』에 수록된 「관북기행단장」

---

7 조영복, 「1930년대 기계주의적 세계관과 신문문예 시학 ─ 김기림을 중심으로」, 『한국시학연구』 20, 2007.12, 419면.
8 정순진, 『김기림문학연구』, 국학자료원, 1991, 134면.

(『조선일보』, 1936.3.14~20)은 고향으로의 여정이라 할 수 있는 것으로, 「야행열차」, 「기관차」, 「산역」, 「마을」, 「고향」, 「두만강」, 「국경」, 「밤중」, 「동해의 아츰」, 「육친」, 「떠남」 등으로 되어 있다. "단시 형태의 사물시"[9]로 추운 겨울날 열차를 타고 지나는 마을과 고향, 국경지대의 두만강과 동해, 그리고 고향에서 육친들과의 해후를 간략히 스케치하고 있다. 앞선 연작시들과 비교해 본다면 「동방기행」과 「관북기행」은 특정한 장소나 사물에서 받은 인상에 대해 더욱 간략해진 스케치와 고향과 육친에 대한 감상이 강하게 드러나는 면모를 보여주고 있다.

여기에서는 『태양의 풍속』에 수록된 시편들을 대상으로 김기림의 여행시를 분석할 것이다. 여행시로서의 분류에 충실한다면 모든 시기의 시편을 대상으로 해야겠으나, 여행이라는 경험과 관념을 통해 김기림의 시에 나타나는 근대적 문화 경험과 시적 주체의 의식을 살펴보는 데 목적을 두기 때문이다.

김기림은 시론과 문학 비평을 통해 낭만주의와 센티멘탈리즘에 대한 경계를 여러 차례 보였지만 여행이라는 주제에 있어서는 그러한 감상성을 완전히 벗어나기 어려웠다. 김기림뿐만 아니라 1930년대 모더니스트들 대부분이 감상성과 애상성을 비판하였지만, 그들에게 여행은 일상성의 탈출, 먼 것에 대한 그리움, 새로운 것의 추구를 확보할 수 있는 낭만적 발상에 잇닿아 있었다[10]는 지적에 동의할 수 있다. 한 연구에서 언급했듯이 김기림의 경우 여행은 고향에 대한 애상적인 태도를 피하고 거리두기를 위한 일종의 안전장치[11]로 해석해 볼 수도 있을

---

9   위의 책, 132면.
10 김윤식, 『한국 근대문학사상비판』, 일지사, 1978, 333면.

것이다. 이러한 지적들을 종합해 볼 때 김기림의 여행시에서 볼 수 있는 대상에 대한 거리두기와 모더니스트적인 낭만성의 양가적인 면모는 근대적 문화 경험과 관련되어 해석될 필요가 있다고 본다. 김기림의 시와 산문에 나타나는 여행이 어떠한 양상으로 근대적 감각을 띠고 있는지 다음에서 살펴볼 것이다.

2. 기차의 풍경과 이방인의 시선

김기림의 텍스트를 여행과 관련해서 볼 때 유독 눈에 띄는 사물은 '기차'이다. 텍스트에 등장하는 기차 내지 철로는 풍경을 단순한 자연 경관으로 머물게 하지 않고 인간에 의해 개조된 근대적 공간으로 인식하게 한다. 더불어 기차는 동적인 이미지로서 시적 화자의 응시하는 시선을 따라 풍경에 원근감을 집어넣을 뿐만 아니라 속도감을 부여한다. 기차가 존재하는 풍경은 시적 주체의 시각과 청각을 근대적인 감각으로 몰아붙이는 것이다.

김기림의 습작 소설 「철도연선(鐵道沿線)」에서 그리고 있는 것도 기차의 등장으로 인한 새로운 감각이었다. 그의 고향과 관련된 자전적

---

11 김윤정, 『김기림과 그의 세계』, 푸른사상, 2005, 103면. 이 연구에서는 김기림의 초기 시 가운데 대상과의 거리에 기반한 시각화 기법이 주되게 나타난 것으로서 '여행시'를 언급하며 여행시들이 김기림의 정신적 전개 과정에서 중요한 의미를 지니고 있다고 말하고 있다. 그러나 여행시 자체가 별도로 고찰되어 있지는 않다.

경험이 바탕에 깔렸으리라 짐작이 되는 이 소설에서 철도는 평화롭던 마을의 정적을 깨고 "새 괴물"처럼 등장한 "불술기"로 묘사되고 있다.

장에서 돌아오는 길에도 노름판에서도 강을 뛰고 산을 뚫고 달려오리라는 그들에게 있어서는 뜻하지도 아니한 새 괴물인 불술기에 대한 이야기가 일종의 무서움과 아울러 주고 바뀌어졌다. 더군다나 늙은이들의 마음에는 불술기는 무슨 말할 수 없는 불행을 가지고 이 평화한 마을의 오래인 정적과 전설을 짓밟아 버리러 오는 것 같았다. 그 대신 젊은이들은 몇 백 년 동안 잠자고 있던 이들과 골짝의 무거운 꿈을 산산이 부셔줄 무슨 큰 기적을 철길과 함께 기다렸다.[12]

철도는 전근대적인 습속을 깨고 변화를 가져왔다. 그것은 나이 많은 세대에게는 오랜 평온과 전설을 파괴할 어떤 불행을 가져올 것 같은 두려움을 주었고, 젊은 세대에게는 정체와 암울을 깨뜨려 줄 기적을 가져올 것이라는 기대감을 주었다. 근대적 교통수단인 철도의 등장은 공간과 생활, 나아가 사회 전반의 변화를 가져오는 커다란 변혁이었다. 철도 내지 기차는 이러한 파괴력을 가진 근대적 이성의 표상이기도 하다.

너의 닷는 곳마다 鐵橋는 업디여 江을 건누어주고 '턴넬'은 바위를 뚤러 네 길을 여러준다
地球는 鋼鐵의 '렐'의 거미줄 속에서 샛파랏케 쪼그리고 밤마다 나러다니는 별들을 처다보면서 貪慾한 검은 '렐'의 투덜거리는 끈임 업는 소리의

12 김기림, 김학동 편, 『김기림 전집』 5, 심설당, 1988, 52면.

心臟을 투기고 잇슴니다

　긴 꼬리를 가진 것을 자랑으로 삼는 긴 꼬리를 가진 汽車는 푸른 독수리
의 凱歌를 부르면서

　國境에서 또 다른 國境에로 끈칠 줄 모르는 競走에 參加하는 長距離先手
람니다

—「오— 기차여」

　위의 시에서 기차는 자연을 굴복시킨 근대적 이성의 위력을 드러내
고 있다. 기차의 앞에서는 강과 바위와 같은 험준한 자연도 정복되고,
지구마저 레일로 이루어진 "거미줄 속에서 샛파랏케 쪼그리고" 있는
처량한 신세가 된다. 철도는 '강철'의 강함과 만족할 줄 모르는 '탐욕'
을 지니고 있다. 1930년대 제국주의의 확장과 더불어 개설과 증설을
거듭하던 철노를 두고 김기림은 "끈칠 줄 모르는 경주에 참가하는 장
거리선수"라고 비유하고 있다. 김기림에게 기차는 냉혹한 근대적 이
성의 파괴적 질서를 의미한다. 그렇기 때문에 기차는 낭만과 감상성의
반대편에 있기도 하다. "'레일'을 쫓아가는 기차(汽車)는 풍경(風景)에 대
하야도 파랑빛의 '로맨티시즘'에 대하야도 지극히 냉담(冷淡)하도록 가
르쳤나 보다. (…중략…) 시(詩)를 쓰면 기관차(機關車)란 놈은 그 둔탁
한 검은 갑옷 밑에서 커—다란 웃음소리로써 그것을 지여버린다. / 나
는 그만 화가 나서 나도 그놈처럼 검은 조끼를 입을가 보다하고 생각
해 본다"(「기차」)라고 말한 것처럼 기차의 "커다란 웃음소리"인 기적소
리와 강철로 된 몸체는 시인의 감수성을 압도해 버린다.

　그러나 기차는 가까이에서는 개인의 감각을 제압해 버리지만 원경에

놓이게 되면 그것 역시 시인의 응시의 대상인 풍경이 되어버린다. 시 「함흥평야」에서 시인은 "밤마다 / 서울서 들던 기적(汽笛)소리는 / 사자(獅子)의 울음소리 같드니 / 아득한 들이 푸른 깃을 / 흰 구름의 품속에 감추는 곳에서는 / 기차(汽車)는 / 기러기와 같이 조고마한 / 나그내고나"라고 노래한다. 서울이라는 근대적 도시에서 기차의 기적 소리는 인간의 감각을 지배해 버릴 듯했지만 드넓은 평야의 경관 속에서는 그 위압적인 존재감을 상실한다. 기차가 근대성에 대한 표상으로서의 냉혹함과 난폭성을 중지하고 자연적 낭만성을 띠게 되는 것은 여행을 통해서이다.

> 모닥불의 붉음을
> 죽음보다도 더 사랑하는 금벌레처럼
> 汽車는
> 노을이 타는 서쪽 하눌 밑으로 빨려갑니다.
>
> ─「기차」

연작시편 『제물포 풍경』의 서시에 해당하는 이 시는 서쪽으로 향하여 출발하는 기차의 모습을 묘사하고 있다. 기차가 지닌 질주와 속도의 감각이 여전히 '죽음'과 같은 이미지로 연상되고 있지만 이 시에서 기차는 이제 '모닥불'과 '노을'에 동화된 "금벌레"의 이미지에 비유된다. 앞서 살펴본 텍스트들에 나타난 기차의 표상들과 비교해 볼 때 이 시 한 편은 동시로 느껴질 만큼 단순한 연상과 비유로 되어 있어 명랑성을 확연히 느낄 수 있다.

김기림은 여행을 두고 "세계(世界)는 / 나의 학교(學校). / 여행(旅行)이라는 과정(課程)에서 / 나는 수없는 신기로운 일을 배우는 / 유쾌한 소학

생(小學生)이다"(『함경선 오백 킬로 여행풍경』의 「서시」)라고 읊은 바 있다. 세
상의 새롭고 신기한 일들을 배울 수 있는 경험으로서 여행을 대하는 자
신을 "유쾌한 소학생"이라고 비유한다. 또한 그에게 세계는 학교이자 국
경을 넘어 근대적 교통수단으로 연결되어 이루어진 하나의 도시이다.

우리는 世界의 市民
世界는 우리들의 '올리피아―드'

시컴언 鐵橋의 엉크린 嫉妬를 비웃으며 달리는 障礙物競走選手들
汽車가 달린다. 國際列車가 달린다. 展望車가 달린다……

海洋橫斷의 定期船들은 港口마다
푸른 旗빨을 물고 '마라톤'을 떠난다……

럭키. 히말라야. 알프스.
山脈을 날어넘은 旅客機들은 어린 傳書鳩

―「여행」

세계의 시민으로 일컬어지는 여행객들은 국제열차와 같은 각종 기
차와 해양을 횡단하는 정기선, 여객기들을 통해 국경을 넘나든다. 이
시에서는 런던, 파리, 아메리카, 호주, 영국 등 근대 대도시가 열거되
고 냉소적인 어투로 "우리에게는 영구(永久)한 시온은 없다"고 마무리
한다. 근대의 교통기관과 매체들은 지리적인 공간의 거리를 축소시키

고 서구 자본주의를 표준화시킨다. 위의 시 「여행」이 보여주고 있는 여행은 관념에 가까운 것이지만 코스모폴리탄적인 여행이라고 할 수 있다. 당시에도 서구의 표준에 맞춰진 여행은 대중화되어 있었다.

> 海邊에서는 女子들은 될 수 있는대로
> 故鄕의 냄새를 잊어버리려 한다.
> 먼ー 外國에서 온 것처럼 모다
> 동딴 몸짓을 꾸며보인다.
>
> ㅡ「풍속」

『함경선 오백 킬로 여행풍경』에 속해 있는 위의 시나 「해수욕장」 등과 같이 김기림의 시에는 일반적인 바다의 정취가 아니라 휴가로서의 관광을 해변에서 즐기는 모습이 자주 등장한다. 이러한 여인들의 모습은 일종의 이국취향을 드러내는 것인데 외국, 정확히 말하면 서구를 모방하려는 행위로서 이야기된다. "이국취향이란 현재 살고 있는 지역의 진정성, 단순성, 순수성 상실이라는 견지에서 타자(Others)와 야만(savage)을 이상화하는 것이다"[13]라고 한다면, 김기림은 해변의 풍속에서 자신의 지역성을 상실한 채 서구라는 타자를 이상화하는 태도를 본 것이다.

풍경에 대한 감상과 풍속에 대한 비판은 모두 여행객으로서 대상에 거리를 두고 있는 태도에서 비롯되는 것이라 할 수 있다. "신기로운 일을 배우는" 소학생처럼 시적 주체는 지리적으로나 문화적으로나 낯선 차이의 공간에 들어가 대상을 바라보기 때문이다.

---

13 닝 왕, 이진형·최석호 역, 『관광과 근대성』, 일신사, 2004, 218면.

낯익은 강아지처럼

발등을 핥는 바다 바람의 혀빠닥이

말할 수 없이 사롭건만

나는 이 港口에 한 벗도 한 親戚도 불룩한 지갑도 戶籍도 없는

거북이와 같이 징글한 한 異邦人이다.

—「이방인」

　"제물포 풍경" 연작의 일부인 위의 시에서 시적 주체는 자신을 이방
인으로 느낀다. 기본적으로 "여행자는 일시적인 이방인, 즉 지리적으
로 개인적으로 사회적으로 문화적으로 친숙하지 않은 영역으로 들어
가기로 결정한 이방인"[14]이라고 할 수 있다. 그에게 낯선 항구의 바다
바람은 "낯익은 강아지"처럼 가깝게 느껴지지만, 곁에 있어야 할 벗이
나 친척도 의지할 곳도 없어 모든 것은 정신적으로 멀게 느껴진다. 『제
물포 풍경』 연작의 또 다른 시편 「고독」에서 시적 주체는 "물개와 같이
완전(完全)히 외롭다"고 말하며 달빛에도 화가 난다고 한다. 여행에서
느끼는 객수감으로 대부분의 여행자는 이방인의 정서를 갖기 마련이
다. 김기림이 보여주는 이방인의 시선에는 근대적 사물과 풍경들에 대
한 이성적인 비판과 낭만적 감상이 혼재되어 있음을 볼 수 있다.

14　위의 책, 231면에서 재인용.

3. 문화적 기호의 보충과 제도화된 탈출

　김기림의 여행시에서 흥미로운 것은 여행의 풍요를 만끽하는 방식이다. 서경의 묘사라든가 고독감의 표출, 혹은 비판적 어조와 달리 여행의 과정과 경험을 풍부하게 만드는 것은 사물의 개별성을 통해서인데, 이것이 상품과 기호로 보충되고 있다는 점에서 김기림의 개성을 엿볼 수 있다.

　　나는 鐵道의 '마—크'를 부친 茶盞의 두터운 입술가에서

　　咸鏡線 五百 킬로의 살진 風景을 마신다.

　　　　　　　　　　　　　　　　　　　　　—「식당차(食堂車)」

　　내가 食堂의 '메뉴' 뒷등에

　　(나로 하여곰 저 바다까에서 죽음과 納稅와 招待狀과 그 수없는 結婚式 請牒과 訃告들을 잊어버리고

　　저 섬들과 바위의 틈에 섞여서 물결의 사랑을 받게하여 주옵소서)

　　하고 詩를 쓰면 機關車란 놈은 그 둔탁한 검은 갑옷 밑에서 커—다란 웃음소리로써 그것을 지여버린다.

　　나는 그만 화가 나서 나도 그놈처럼 검은 조끼를 입을가 보다하고 생각해 본다.

　　　　　　　　　　　　　　　　　　　　　—「기차(汽車)」

달이 있고 港口에 불빛이 멀고

築臺 허리에 물결 소리 점잖건만

나는 도무지 詩人의 흉내를 낼 수도 없고

'빠이론'과 같이 짖을 수도 없고

갈메기와 같이 슬퍼질 수는 더욱 없어

傷한 바위틈에 破船과 같이 慘憺하다.

차라리 露店에서 林檎을 사서

와락와락 껍질을 벗긴다.

—「파선(破船)」

김기림의 여행시에서 경험을 다채롭게 구성하는 요소가 음식이나 먹는 행위와 관련되어 있는 것도 하나의 특징이다. 첫 번째 시에서는 차창 밖 풍경의 음미를 "철도 마크"가 찍힌 찻잔으로 마시는 행위로 은 유하였고, 두 번째 시에는 기관차 식당칸의 메뉴판이 등장하며, 세 번째 시의 경우 고독한 심사에 노점에서 과일(「임금(林檎)」)을 사서 "와락 와락 껍질을 벗"기는 일이 나온다. 두 번째와 세 번째 시에서는 시를 짓는 행위의 어려움에 대한 자의식이 공통적으로 나타나기도 한다. 이 러한 '먹는다'는 행위와 감각은 여행의 여정과 그로부터 오는 감상을 육체적인 탐닉으로 치환시켜 준다. 「파선」을 두고 "생명의 충동을 능 금에 대한 야생적인 식욕으로 표출"하고 있으며, 「기차」에서 식당차의 메뉴판 뒷등에 시를 적는 행위를 "일상적인 차원 속에 스며있는 '죽음' 의 권력으로부터 탈출하는 것"이라고 읽어낸 연구[15]는 적절한 해석이

15　신범순, 「야생의 식사」, 『바다의 치맛자락』, 문학동네, 2006, 91~92면.

라고 할 수 있다.

이러한 지적처럼 김기림의 문화적 기호의 공간은 시장과 꿈, 상품과 몽상, 다채로운 육체의 욕망과 상징으로 뒤섞여 있다. 그 가운데 여행은 상품과 몽상이 결합하는 계기이고, "납세와 초대장과 그 수없는 결혼식 청첩과 부고들"과 같은 일상적 서류와 일과에서 벗어나는 것이며 더 나아가 죽음으로부터의 탈출을 꿈꾸게 하는 것이다. 그러나 「기차」에서 볼 수 있듯이 이러한 충동은 충족되지 못하고 기차의 조소하는 기적소리에 몽상에서 깨어나듯이, 메뉴판의 뒷등에 적힌 시처럼 일상의 한계를 초월하지 않는다.

김기림에게 있어 여행은 생명의 충동과 같은 원초적인 상태에서 촉발된다기보다 다분히 문화적인 자극에 의해 일깨워진다. 그의 경우 여행은 "백화점 '쇼윈도'에 벌려놓은 '트렁크'와 단장"(「여행」, 『조선일보』, 1937.7.25~28)과 같은 상품으로 뒷받침되거나, 다음 예시에서 볼 수 있듯이 쇼윈도에 연출된 바닷가의 장면들을 통해 그 몽상이 보충된다.

> 백화점의 '쇼윈도우' 속에서는 빨갛고 까만 강렬한 원색의 해수욕복을 감은 淫奔한 '셀르로이드'의 '마네킹' 인형의 아가씨들이 선풍기가 부채질하는 바람에 '게이프'를 날리면서 馬糞紙의 바다에 육감적인 다리를 씻고 있다. '쇼윈도우' 앞에 앞으로 기울어진 맥고모자 아래서는 우울한 눈들이 종이로 만든 明沙十里의 솔밭을 바라본다
> — 「바다의 유혹」, 『동아일보』, 1931.8.27~29

'마네킹'의 목에 걸려서 까물치는

眞珠목도리의 새파란 눈동자는

南洋의 물결에 저저있고나.

바다의 안개에 흐려있는 파ー란 鄕愁를 감추기 위하야 너는 일부러 벙어

리를 꾸미는 줄 나는 안다나.

너의 말없는 눈동자 속에서는

熱帶의 太陽 아래 과일은 붉을게다.

키다리 椰子樹는

하눌의 구름을 붙잡을려고

네 활개를 저으며 춤을 추겠지.

(…중략…)

嘆息하는 벙어리의 눈동자여

너와 나 바다로 아니 가려니?

녹쓰른 두 마음을 잠그려 가자

土人의 女子의 진흙빛 손가락에서

모래와 함께 새여버린

너의 幸福의 조악돌들을 집으러 가자.

바다의 人魚와 같이 나는

푸른 하눌이 마시고 싶다.

'페이브멘트'를 따리는 수없는 구두소리.

眞珠와 나의 귀는 우리들의 꿈의 陸地에 부대치는

물결의 속삭임에 기우려진다.

오─ 어린 바다여. 나는 네게로 날어가는 날개를 기르고 있다.

—「꿈꾸는 진주(眞珠)여 바다로 가자」

첫 번째 예문은 쇼윈도에 인조된 명사십리 해수욕장과 그곳에 진열된 마네킹의 수영복 차림을 묘사하고 있다. 바다는 비록 마분지로 만들어져 있으나 마네킹의 다리는 육감적이라고 묘사된다. 그리고 인용은 하지 않았지만 이어진 글에서 도시의 무더위에 지친 작가는 마네킹을 단순한 인형으로 바라보지 않고 "동해(東海)의 그 끝이 없이 푸른 바다 속에서 건져온 인어(人魚)"라는 상상과 합성시킨다. 그리고 해수욕장의 광고 포스터에 매료된다. 여행과 휴가가 필요하다고 느끼며 멀리 떠날 수만 있으면 육체적 정신적 건강을 회복하리라고 믿게 만드는 것이야말로 현대생활의 담론이다.[16]

이러한 감각에서 형상화된 시가 두 번째 예문이라고 할 수 있다. 근대적인 휴가와 여행에 대한 동경이 쇼윈도의 마네킹을 통해 구체적인 몽상으로 전개된다. 서구적인 파란 눈동자의 마네킹에 어울리는 '파란 향수'는 "남양(南洋)"의 바다, "열대(熱帶)의 태양(太陽)", "키다리 야자수(椰子樹)"를 거느려야 한다. 말 못하는 마네킹의 탄식은 가지 못한 이국의 바다를 향한 그리움이다. 그러나 그 남양의 열대 바다는 파란 눈동자의 마네킹의 고향이 아니라 "진흙빛 손가락"을 가진 "土人"의 땅이다. "인어"라는 문화적 기호가 작동시키고 있는 것은 서구인이 가지고 있는 이국취향이었다고 할 수 있다. "페이브멘트"로 표상되는 도시를

---

16 John Urry, *The Tourist Gaze : Leisure and Travel in Contemporary Societies*, London : SAGE publications, 1990, p.5.

벗어나려는 탈출의 욕망을 작동시키고 있는 것은 자연에 대한 동경이라기보다 근대 도시 자신이라고 할 수 있다.

프랑코 모레티는 근대 세계 체제에 내재하는 이질성들과 관련하여 여행의 경험은 "기호학적 보호"에 의해 보충되는 것이라고 설명하였다.[17] 여행객은 여행을 통해 완벽히 이질적인 타자를 만나는 것이 아니라 이미 알고 있는 기호들을 만나는 경험을 통해 자신이 가진 인식을 보충하는 것이다. 김기림의 여행은 이질적인 타자를 향한 모험이 아니라 다분히 문화적인 욕구와 취향에서 비롯되었고 그러한 문화적 기호들에 의해 보호받고 보충되고 있다고 할 수 있다.

그런 점에서 김기림이 여행시에서 이방인의 시선을 보여준다고 하더라도 그것은 떠돎이나 헤맴과는 다른 성질의 것이라 할 수 있다. 그자신이 여행을 세계라는 학교의 '과정(課程)'이라고 비유했듯이 그에게서 여행은 제도화된 성격의 관광에 가깝다. 관광은 근대성이 탄생했음을 알리는 신호탄이자 근대성의 결과이며 근대성이 지닌 정신적 자원의 일종이다.[18] 유럽주유여행(the European Grand Tour)이 르네상스와 계몽의 정신에 결부된 소수의 귀족적인 여행이었다면 한 곳에 눌러 앉지 않고 움직이는 근대적 주체는 관광을 통해 대중화된다. 그 가운데 여가로서의 관광인 휴가는 비생산적 목적을 위해 일상의 시간과 리듬으로부터 떨어져 나오는 것을 의미한다.

---

17 프랑코 모레티, 조형준 역, 『근대의 서사시』, 새물결, 2000, 251면.
18 위의 책, 176면.

月

　火

　　水

　　　木

　　　　金

　　　　土

하낫 둘

　하낫 둘

일요일로 나가는 '엇둘' 소리 ……

자연의 虐待에서

너를 놓아라

역사의 餘白 ……

영혼의 위생 '데이' ……

일요일의 들로

바다로 ……

우리들의

유쾌한

하눌과 하로

일요일

　　일요일

　　　　　　　　　　　　　　—「일요일 행진곡(日曜日 行進曲)」

위의 시는 여행과 직접적인 관련은 없으나 휴일을 이야기한다는 점에서 휴가에 대한 김기림의 생각을 보여준다. 위에서 "영혼의 위생 데이"라고 표현하고 있는 일요일은 표준화되고 제도화된 일상 중의 휴식이다. 1930년대 또 다른 모더니스트인 정지용의 시에 달력이나 시계가 자주 등장하듯이, 근대적 일상의 속박을 가장 잘 표상하는 것이 달력과 시계라고 할 수 있다. 이 두 가지에 의해 자연적 리듬은 표준화되고, 시간은 획일화된 기준에 의해 분절되고 관리되기 때문이다. 위의 시에서 표현하듯이 일요일은 일상의 시간에 구속된 육체와 영혼이 일시적이나마 "학대"에서 풀려나는 때이다. 휴일이나 휴가는 공간적 시간적 구조 속에서 세속적인 것으로부터 분리되는 것을 의미한다.

그런 점에서 휴가는 일종의 제도화된 탈출이자, 엄격한 일정과 분절된 시간 관리와 관련된 근대화된 존재양식으로부터의 자유라고 부를 수 있다. 그러나 그것은 노동으로부터 일시적으로 물러나는 것이고 일상적인 생활로의 복귀를 전제로 한다. 그러한 한계에도 불구하고 휴일과 휴가 때에는 정신적 표현적 문화적 욕구가 전면에 부상하며, 이것은 근대적 일상과 문화에 대한 일종의 부정이라고도 볼 수 있다. 그런 점에서 휴가는 경험의 재조직이고 대안적 시간의 문화적 구성으로 볼 수 있다.

김기림에게 여행이 근대적 일상으로의 복귀라는 한계 내에서 이루어지는 제도적 탈출일지라도 새로운 대안적 시간을 꿈꾸는 경험이라는 점에서 주목해 볼 필요가 있다. 김기림의 여행시편 가운데 주로 살펴본『제물포 풍경』이나『함경선 오백 킬로 여행풍경』의 연작에 '대합실'이 등장한다는 점이 특징적이다. 즉 다시 돌아오기 위해 기차를 기다리는 풍경으로 끝맺는 것이다.

> 仁川驛 待合室의 조려운 '뻰취'에서
> 막차를 기다리는 손님은 저마다
> 해오라비와 같이 깨끗하오.
> 거리에 돌아가서 또다시 人間의 때가 묻을 때까지
> 너는 물고기처럼 純潔하게 이 밤을 자거라.
>
> ― 「대합실」, 『제물포 풍경』

> 待合室은 언제든지 '튜―립'처럼 밝고나.
> 누구나 거기서는 旗빨처럼
> 出發의 히망을 가지고 있다.
>
> ― 「대합실」, 『함경선 오백 킬로 여행풍경』

> 순이 ……
> 우리들의 힌 손수건을
> 저 푸른 물에 새파랗게 물드립시다.
> 돌아가서 설합에 접어두고서
> 純潔이라 부릅시다.
>
> ― 「동해수」, 『함경선 오백 킬로 여행풍경』

도시의 일상으로 돌아오는 기차를 기다리는 대합실의 여행객은 "해오라기와 같이 깨끗"하고 "물고기처럼 순결"하다고 말해진다. 그리고 대합실은 "튜―립"처럼 밝게 출발의 희망을 주는 곳으로 그려진다. 여행의 경험은 서랍에 고이 간직해 두는 흰 손수건처럼 "순결"한 것으로 남는다. 두 연작 시편은 출발과 관계되어 기차가 등장하고, 정경과 풍속을 스케치하는 부분들이 나오며, 여행의 여정 끝에 내면과 정신의 "순결"을 노래하는 구성의 유사성을 보여주고 있다. 김기림에게서 여행의 경험은 여행의 목적지나 그곳에서 겪게 되는 매력물과 밀접한 관계가 있는 것은 아니기에 여행지의 개별적인 특성이 두드러지게 나타나지 않는다. 그의 여행은 특정 장소로의 여행 이전에, 도시와 구분되는 공간과 시간을 경험함으로써 일상적 질서를 벗어나는 일종의 탈출이었다고 할 수 있다. 비록 요절한 시인 이상과 같이 근대적 제도 바깥을 꿈꾸며 행한 극단적인 방식의 탈출은 아니었으나, 김기림은 "신기로운 일을" 배우는 소학생처럼 새로운 구도 속에 드러나는 일상과 기호를 "순결"한 경험으로 받아들인 것이다. 그것은 모더니즘이 내세운 이성적 태도를 중지시키고 근대적 문화와 일상에 대해 김기림이 꿈꿨던 대안이라고 할 것이다.

4. 세계주의의 표상과 낭만성

이상으로 살펴본 김기림의 여행시는 모더니스트로서의 김기림이 지닌 다양한 면모를 함축하고 있다고 할 것이다. 그는 문화적 기호들을 지적이고 실험적으로 구사하는 한편, 여행에 관련된 연작 시편들을 통해 근대적 일상으로부터의 탈출을 꿈꾸는 낭만적 태도를 보여주었다. 김기림에게 여행이란 인식의 폭을 확장하거나 타자를 마주치는 모험은 아니었으며, 종교적 순례처럼 내면을 정화하는 차원에 이르는 것도 아니었다.

그는 근대의 아들이자 도회의 아들로서 도시 바깥의 파생공간, 또는 도시와 도시 간의 공간을 여행하였다. 근대적인 교통수단들과 그로 인해 축소된 세계는 이 근대의 아들을 세계의 이방인이자 여행자로 길러내었다. 그는 자본주의 문화와 일상적 질서에 대해 부정적인 시선을 보내지만 그 틀 바깥을 상상하거나 바깥으로 탈출할 수는 없었다.

그의 시에 나타나는 여행은 새로운 시공간에서 사물을 새롭게 인식하고 순결한 내면을 간직하고자 하는 김기림의 욕망을 보여준다. 1930년대 모더니스트인 김기림에게 여행은 근대의 혜택으로 받은 세계주의의 표상이며 문화적 기호에 의한 보충을 받는 제도화된 탈출이었다고 할 것이다.

제3장

1930년대 후반 데카당스와 근대문명에 대한 알레고리[*]

오장환의 초기 시세계

1. 1930년대 후반 문화와 데카당스

　1930년대 후반기를 두고 '전형기' 내지 '주조의 모색'[1] 시기로 규정하게 된 것은, 1935년 카프 해산 이후 문단을 주도해갈 만한 중심적 문학사상이 형성되지 못했던 사정과 연관된다. 이로 인해 초래된 이념적, 정신적 공백과 위기감은 지식인들 사이에 행동과 성신의 괴리에서 오

---

*　이 글은 필자의 석사논문 중 일부를 수정하여 재수록한 것이다. '몽타주적 알레고리'라는 개념과 1930년대 후반 데카당스 문화에 대해 주목하고자 했던 본래 글의 형태를 유지하다 보니 이후 여러 연구자들의 성과를 반영하지 못한 점을 아쉽게 생각한다.

1　김윤식, 『한국 근대문예 비평사 연구』, 일지사, 1976, 202면.

는 데카당스를 만연시키기도 하였다.

> 그러나 그 절망을 극복하야 어느 편이고 결정적 코—스를 선택치 못하
> 는 존재이다. 그들의 본질은 활동의 쇠퇴에 잇다. 그러나 동시에 그들은
> 사회에 환경에 상식에 도덕에 대하야 도전을 하는 것이다. 물론 도전이란
> 소극적이지마는. (…중략…) 그들은 자기 자신의 쇠퇴에 대하야 결국 자
> 기 변명적 태도로 숙명을 감지한다.[2]

1930년대 후반 발표된 위의 글에서는 당시 행동과 실천으로 뛰어들
지 못하는 절망, 즉 "활동의 쇠퇴" 속에 있는 데카당스적 존재들에 대해
고찰하고 있다. 그들은 사회나 환경, 상식과 도덕에 도전하기는 하지
만 그것은 소극적인 것이며, 결국 자기 변명적 태도라고 부정적으로 보
고 있다. 이 글에서는 "어떤 시대와 제도의 쇠퇴기 즉 변혁을 약속하는
신시대의 요구가 절박한 시대에 현저히 출현하는 것"이라는 점을 강조
한다. 즉 시대에 대한 불안, 도덕과 상식에 대한 회의가 데카당스의 출
발이며, 자기 멸망, 자기 파괴에 대한 숙명적인 예감에서 오는 불안과
초조는 데카당스의 자기 위악적인 모습을 낳는다는 것이다.

1930년대는 식민지라는 왜곡된 형태로나마 자본주의의 발전으로
근대산업이 성장되었고 도시의 풍경, 유행의 성향들도 급속히 변모하
던 때였다. 대도시로 변모한 경성의 모습과 말초적이고 감각적인 문화
적 풍광들은 당시의 지식인들에게 사상적 활동의 쇠퇴와 더불어 '데카
당'한 것으로 비춰졌던 것이다. 이러한 데카당스는 기술의 빠른 발전에

---

2   조희순, 「신경, 감정, 오뇌의 산물 떼카단스론」, 『동아일보』, 1936.5.7.

촉진된 유행의 교체와 예술적 취미기준의 혼란으로 야기된 일반적인 문화의 혼란을 뜻한다.[3] 근대문화의 빠른 발전에 따라 번진 사회적 혼탁상을 반영한 1930년대 소설에서도 도시는 "첫째, 유혹적이고 향락적인 데카당스의 공간이며 둘째, 인간 의식을 변모시키는 오탁의 공간이고, 셋째, 무력한 인텔리의 집중 공간, 넷째, 단절과 소외 의식을 느끼게 하는 공간"으로 나타난다.[4] 다음의 김기림의 수필은 소설뿐만 아니라 지식인 전반이 감당해야 했던 근대도시의 압박감을 느끼게 한다.

신문을 떠나서 생활하는 그 하루는 곧 그가 現代라고 하는 시간적 이동의 수준에서 그만치 落後되는 것을 의미하는 것이다. 우리는 이것을 통하여서만 급격한 스피드와 말초신경과 색채와 일류미네이션과 마네킹과 스트리트걸과 모보의 넓은 팬츠와 모거의 肉感的 다리와 재즈와 데뷰와 이것이 교착하는 濁流라기에는 너무나 선명한 현대생활의 분위기에 참여할 수 잇다.[5]

이 글에서 김기림은 근대 문명의 가속도와 감각성을 보여준다. 근대 문화는 완성되자마자 다시 그것을 변화시키고 녹여버린다. 근대성은 과거의 전범과 전통들을 부정하면서 나왔지만, 동시에 자기 안에서 자기부정이 하나의 전통이 되고 있는 것이다. 김기림의 글에서는 그러한 현란한 가속도에 유혹당하는 지식인 주체의 은밀한 욕망을 엿볼 수 있다.
이러한 1930년대 지식인들의 도시체험이나 데카당스의 문제는 근대

---

3 M. Calinescu, *Faces of Modernity,* Indiana University Press, 1979(이영욱 역, 『모더니티의 다섯 얼굴』, 시각과 언어, 1993).

4 전혜자, 「1930년대 도시 소설 연구」, 『한국 현대문학연구』 3, 1994, 8면.

5 김기림, 「隨筆」, 1930.7(『김기림 전집』 2, 심설당, 1988, 93면에서 재인용).

성의 담론과 더불어 여러 연구들에서 언급되었고, 오장환은 그러한 연구에서 주목받는 대상이었다. 조영복은 도시의 산책자의 유형 중에서도 파격적이고 이방인적인 경우로서 오장환을 들고, "도시의 일상적 삶이 애상적이고 퇴폐적인 산책자의 개인적 정서로 옮겨진 경우"[6]라고 지적하였다. 범법자와도 같은 퇴폐의 극을 보여주고 거침없이 고백한 "극단적이고도 도착적인 시인"[7]이라고 평가된 오장환은 1930년대 후반 데카당한 근대 도시문화를 가장 적극적으로 표현해내었다. 1930년대 후반에 근대 도시의 지배적 형태는 오장환에게 데카당스로 비추어졌다. 데카당스는 1920년대 문학계에 상징주의를 통해 만연되었지만, 1930년대에는 파시즘의 대두와 근대문물의 직접성에 의해 문화적인 현상으로서 두드러지게 나타난 것으로 보인다.

데카당스(decadence)는 뛰어나다고 인식하고 있던 앞선 조건과 기준으로부터 '쇠퇴함(라틴어 어원 de-cadere)'을 특징으로 갖는 작품이나 시대를 언급하는 데 사용되었다.[8] 피상적으로 누군가에 대한 공격의 용어로 사용되던 이러한 데카당스는 시간의 흐름 속에서 변전이 일어나는 역사의 본질과 결부되어 있는 속성이었고, 특히 신화-종교적 전통에서 빈발하는 주제였다. 그러다가 19세기 "데카당티즘(decadentism)"이라는 역사적인 문예운동으로 나타나면서 하나의 작품 경향이나 시인의 기질을 가리키는 보편성을 갖게 되었다. 보편적으로 데카당스는 무엇보다도 문화의 몰락과 위기라는 느낌, 생명과정의 종말에 서 있다는

---

6 조영복, 「1930년대 문학에 나타난 근대성의 담론 연구」, 서울대 박사논문, 1996, 26면.
7 서준섭, 「모더니즘 작품과 도시」, 『한국모더니즘문학연구』, 일지사, 1988, 161면.
8 Alex Preminger · T.V.F. Brogan(ed), *The New Princeton Encyclopedia of Poetry and Poetics*, Princeton University Press, 1993, p.275.

의식을 포함한다. 이러한 위기의식에서 일반적으로 혐오감을 주는 주제와 감정을 다루는데, 이것은 전 시대의 도덕적, 사회적, 종교적 신념과 결별하면서 도덕적으로 억압되거나 배제되었던 영역에서 해방적 상상력을 찾는 데에서 비롯된 것이었다.[9]

19세기에 문예운동과 문화계의 데카당스에 나타나는 일탈적인 외양을 단순히 미적 병리현상으로 비난할 수는 없는데, 그 근저에는 근대에 대한 위기감의 강렬한 경험, 즉 역사적 토양으로부터 단절된 예술가의 고독과 근대인의 절망이 놓여 있으며 동시대의 사회로부터 자신이 소외당했다는 의식이 있기 때문이다.[10] 1930년대 후반의 도시 문화를 배경으로 난숙한 데카당스적인 문화 감각이 오장환의 시를 통해 몽타주와 알레고리라는 형식과 형상을 만났다는 점에서 더욱 문제적이라 할 수 있을 것이다.

2. "카메라 시선" 속의 몽타주 형식

1930년대 한국 모더니즘의 의식적인 개척자인 김기림은 시란 한 송이의 꽃이 피듯이 자연발생적으로 존재하는 것이 아니라 의식적인 가치 창조자인 시인에 의해 "지어지는 것"이라고 보았다. 그는 시적 가치

---

9 R. V. Johnson, 이상옥 역, 『심미주의』, 서울대 출판부, 1979, 76~79면 참조.
10 M. Calinescu, 앞의 책, 221면.

를 의욕하는 의식적 방법론을 시인이 갖출 것을 주장하면서, 만일 그
것이 없을 때 시인은 단순한 감수자(感受者)일 뿐이며 "다만 가두에 세
워진 호흡하는 '카메라'에 지나지 않는다"고 비유하였다. 그러므로 시
인은 그 카메라를 조작하고 초점을 고정시키는 '카메라·앵글'을 가져
야 한다는 것이다.[11] 여기에서 '카메라 앵글'이란 시인이 사물을 보는
가치평가의 눈이 의식적 형상화의 방법이며, 기술이자 사상이라고 할
수 있다. 김기림의 추천으로 등단한 오장환은 초기 시에서, 언어의 기
술적 실험과 문명비판이라는 사상의 결합을 강조한 주지주의자 김기
림에 가까운 모습을 띠고 있다.

오장환의 데뷔작 「캐메라 룸」(『조선일보』, 1934.9.5)은 시집에 수록되
지는 않았지만, 그의 시적 형상화 방법의 초보적인 골격을 보여 주고
있기에 그의 시를 살피는 첫머리에 놓일 만하다. 이 시는 카메라에 포
착된 스냅처럼 7편의 제목(사진(寫眞), 불효(不孝), 백합과 벌 BAND "Lily", 복
수(復讐), 낙파(落芭), 낙엽(落葉), 서낭)하에 단상 같은 문장들을 유기적 연
관을 무시한 채 이어 붙여 놓고 있다. 마치 카메라에 찍힌 여러 필름들
이 나열되어 있는 인상을 주면서, 이 시는 소재들을 카메라의 피사체
처럼 다루고 있다. 사진 속의 피사체는 순간적인 우연성 속에서 전체
와 분리된 단편들로 조각나고 렌즈에 의해 굴절되거나 확대되어진다.
사진은 대상과 카메라의 시각이 마주치는 "우연성의 투명하고도 가벼
운 포장지"[12]에 불과한 것이다. 이러한 조작성과 우연성을 바탕으로
「캐메라 룸」은 포토몽타주와 같은 형태로 이루어져 있다.

---

11 김기림, 「시의 방법」, 『김기림 전집』 2, 심설당, 1988, 79면.
12 Roland Barthes, 조광희 역, 『카메라 루시다』, 열화당, 1986, 13면.

寫眞

어렸을 때를 붙들어두었던 나의 거울을 본다. 이놈은 진보가 없다.

不孝

이 어린 병아리는 인공부화의 엄마를 가졌다. 그놈은 정직한 불효이다.
(…중략…)

落葉

아파트의 푸른 紳士가 떠난 다음에 / 산새는 아츰 일과인 철늦은 소다수
를 단념하였다.

서낭

仁義禮智ー / 當五. / 當百. / 常平通寶. / 一錢 ― 광무 2년 ― (略) / 이 조
그만 古錢蒐集家는 적도의 토인과 같이 알몸둥이에 보석을 걸었다.

다소 재치 위주의 기교가 앞선 부분들이 많지만, 작가는 카메라의
기계성과 비유기성을 자신의 시적 형상화 기법과 관련시키고 있다. 카
메라와 '인공부화기'는 현대적인 기계장치이며, 「낙엽」에서의 '아파트'
는 현대적 공간, 「서낭」은 현대성에 대조되는 봉건적 유물이다. 이러
한 사물 각각에 대한 순간적인 인상을 이 시는 사진처럼 포착하여 끌
어 모아놓고 있다.

위의 사진에 찍힌 듯한 피사체들은 서로 연관이 없어 보이지만, 작가
의 사물에 대한 가치평가는 예리하게 카메라의 앵글처럼 투사되어 있

다. 「사진」에서 화자는 어린 시절 자신이 찍힌 사진을 두고 '거울'이라고 부른다. 그 속에 정지된 과거는 비록 자신의 과거였다 하더라도 현재의 나와는 무관하게 존재하는 사물이 되어버렸고, '사진' 안에서의 사물이 그러하듯이 '나'는 지속적인 시간의 흐름 안에서 절취되고 더이상 아무런 '진보'나 성숙도 불가능하다. 두 번째에 등장하는 '불효'에는 혈연의 연속이 사라진 '인공부화기'라는 현대적 기계에서 탄생한 병아리가 등장한다. 부모를 모른다 하여도 정직한 불효가 되는 것이다. 현대인에 대한 알레고리로 읽히는 '병아리'나 '사진'을 통해 작가는 과거와 단절된 현대성을 보고 있는 것이다.

이러한 과거와의 단절 정신은 마지막 단편 「서낭」에서 알레고리적으로 드러나고 있다. 작가는 초라해진 봉건 유물인 「서낭」의 빛바래고 희미해져가는 고풍스런 흔적의 목격자가 된다. 「서낭」은 '인의예지(仁義禮智)'라는 봉건적인 본래의 가치를 잃어버리고 기복신앙의 화폐에 묻혀 있다. 작가는 서낭을 몽매한 토인에 비유함으로써 유교적 윤리덕목의 퇴색과 화폐를 보석처럼 걸고 있는 모습을 통해 자본주의적 세속화를 알레고리화한다. 봉건세계의 가치상실을 두고 알몸뚱이라고 본 것은 시인의 풍자적 의도이다. 그런데 카메라 사진가의 투시력은 '보는' 데에 있는 것만이 아니라, 그 자신이 바로 대상이 있는 '그곳에 있다'는 사실에 있다. 시인은 과거와 단절된 시간의식과 근대적 시선을 가지고, '서낭' 앞에 서 있는 것이다. 사진의 확인하는 힘이 "대상에 대해서가 아니라 시간에 관계하고 있다는 사실"[13]에 있는 것처럼, 이 시는 어린 시절이나 병아리, 서낭 등의 대상 자체에 대해서가 아니라 그

---

13 위의 책, 90면.

것들 위에 각인되어 있는 시간과의 관계를 드러내고 있다. 작가는 현재를 과거의 시간과 단절된 시대로 바라보는 시간의식을 가지고 있다. 그러므로 이 텍스트 전체는 카메라를 통해 사물을 바라보듯 하는 작가의 형상화 방법과 시간의식에 대한 알레고리라고 볼 수 있는 것이다.

또한 위의 시에서는 형태상 몽타주적인 기법으로 발전되는 단초가 엿보인다. 충격적인 자극을 겨냥하는 현대예술의 몽타주 현상은 "외적으로 연속되거나 추가되는 시간성을 버리고 과거, 현재를 응축시킨 심리적 시간의 계기에 의해 이루어진 경험의 동시성"이라고 규정될 수 있다.[14] 위의 시에 나타나는 사물들은 경험된 시간의 흐름에서 절취되어 일상에서 보던 속성과는 거리가 생긴 채, 이미 작가의 해석 안에 놓여 있다. 그 속에서 이러한 파편들이 조합되고 병치되면서 시간은 공간화되는 것이다. 하나의 사물 다음에 다른 사물이 단순히 배열되는 누적의 전략을 취한다는 점에서 몽타주는 알레고리와 닮아 있다.

1930년대 후반 창작된 오장환의 초기 시편들에는 「캐메라 룸」과 같은 단시뿐만 아니라 장시에서도 몽타주적인 형식과 알레고리적인 형상을 보이고 있는데, 오장환은 그것을 통해 현대 문명에 대한 비판적인 시각과 실험적인 형식을 지적으로 결합시키고 있다. 이러한 의식적 방법론이자 수사학적 원리를 몽타주적 알레고리라고 부를 수 있을 것이다. 몽타주적인 알레고리는 알레고리(allegory)와 몽타주(montage)의 특징을 함께 갖추고 있는 수사학적 기법과 구성 원리를 일컫기 위해 필자가 합성하여 사용한 개념이다. 모더니즘적 작품에서 작가의 도덕이나 사상 등의 관념을 표현하기 위한 의도 아래 세계의 파편적인 인상들을

---

14 신수정, 「'단층'파 소설 연구」, 서울대 석사논문, 1992, 40면.

비유기적으로 축적하거나 충돌적으로 배치하는 기법이라 할 수 있다. 다시 말해 작품의 주제와 작가의 의도 면에서 교훈적이거나 풍자적인 관념을 비유적으로 나타내기 때문에 알레고리가 작동하지만, 이미지나 장면의 배열과 배치에서 불연속적이고 파편적으로 병치시키는 몽타주의 기법을 따르고 있는 것이다.

알레고리는 전통적인 미학에서 총체성을 지향하는 상징에 비해 열등한 것으로 여겨져 왔다. 상징은 초월적인 세계를 구체적인 물질계와 결합하여 표현하는 것이었고, 고전주의와 낭만주의에서는 상징에서 구체와 추상, 정신과 육체, 일반과 특수 사이의 대립을 융합시키는 신비한 힘을 보았다. 이에 반해 알레고리는 보조관념에 의해 지시되는 원관념의 의미가 일회적으로 해독되어버림으로써 잠재적인 의미의 암시성이 사라져 버리는 기호로서, 도덕적이고 교훈적인 의도에 종속되어 있는 것에 불과하다고 보았던 것이다.

그러나 벤야민은 이러한 상징에 대한 신념이 완벽한 개별성을 신성시한 신지학적인 미학에서 나온 낭비였다고 비판하며 미학에서 알레고리의 위치를 복원시킨다.[15] 알레고리는 대상과 의미 사이의 의식적인 거리를 지니며, 예술작품의 개별적인 총체성에 대비되는 개념이 된다. 바로크 비애극에 대한 고찰을 통해 벤야민은 유기적으로 단일화되고 통일되어 있는 상징적 예술에서는 무시되는 소외와 고통과 역사의 실패가 알레고리에서는 불완전하고 조화를 모르는 파편들로 나타난다고 보았다. 바로 "개인을 넘는 사물의 우위, 전체를 넘는 파편의 우

---

15 Walter Benjamin, John Osborne(trans.), *The Origin of German Tragic Drama*, NLB, 1977, p.159.

위"가 알레고리에 나타나는 것이다.[16] 벤야민은 완벽한 개별성에 대한 이성중심주의적 총체성에 반대하여, 전체의 의미 있는 배열로부터 얻어지는 알레고리적 총체성을 강조한다. 알레고리에서는 개별적인 부분들의 파편화된 언어들과 시각적인 이미지들이 보다 변화되고 강화된 의미를 얻으며 강조되기 때문에 이러한 점에서 현대 예술의 몽타주와 상통하게 되는 것이다.

주지하다시피 원래 몽타주 기법은 장면과 장면을 병치적으로 연결하는 영화예술의 기법에서 유래되었다. 연속체를 조형적으로 구성하는 전통적인 예술과 다르게 영화의 장면 분할과 연쇄 사이에서 나타나게 된 이 기법은 "이질적인 요소들의 병치"[17]라고 정의할 수 있을 것이다. 벤야민의 알레고리와 현대 아방가르드의 몽타주 사이의 유사성을 강조한 뷔르거는 이것을 제도예술의 물신화된 세계상을 드러내고 가상적인 총체성을 밝힐 수 있는 충격적인 예술 기법으로 보았다.[18] 몽타주와 알레고리 모두에서 작가는 개별적인 소재들을 유기적인 연관에서 절단해내고 삶의 총체성에서 일탈시킨다. 파편들이 조합되고 병치되면서 단순히 배열되는 누적의 전략을 취한다는 점, 시간이 생략되고 단절되면서 공간화된다는 점에서, 모더니즘의 몽타주는 알레고리와 닮아 있다.[19] 그러므로 몽타주는 "현실의 단편화를 전제로 하며, 또한 작품의 구성 단계를 기술"[20]하는 기법으로서 알레고리 개념의 특정한 한 측면

---

16 Ibid., p. 189.
17 유리 로트만, 박현섭 역, 『영화 기호학』, 민음사, 1994, 107면.
18 Peter Bürger, 최성만 역, 『전위 예술의 새로운 이해』, 심설당, 1986.
19 Craig Owens, 「알레고리적 충동」, 권택영 편역, 『포스트모더니즘과 문화』, 문예출판사, 1991, 236면. 이 글에서도 아방가르드 몽타주의 공간적 구조와 알레고리의 불연속적 배열을 유사하게 비교하고 있다.

을 좀 더 상세하게 밝힐 수 있는 범주가 될 수 있다.

오장환의 몽타주적 알레고리가 보다 확장된 형태를 띠는 것은 미발표 원고인 장시(長詩) 「전쟁」에서 볼 수 있다. 이 시에 대한 논의는 다음 장에서 구체화할 것이다. 이 시는 모더니즘계 장시의 첫 작품으로서 제1시집 『성벽』보다 앞선 시기에 제작되었고, 시의 구성은 「캐메라 룸」처럼 몽타주적인 구성과 알레고리적인 의도를 가진 형상을 보여준다. 이 시에는 전쟁의 양상과 속성들 그리고 그 속의 인간 군상들의 모습이 파편화된 언어들과 부호들 속에 불연속적으로 나타나며, 작가의 강한 반전의식과 사회의식이 드러난다. 이 시에서 시인은 "전쟁이란 동물은 반추하는 재주를 가졌다"라고 말한다. 이러한 끝맺음의 우화적 형상은 전쟁의 반복성을 벗어날 수 없다고 보는 작가의 허무의식이 빚은 알레고리이다. 이 텍스트의 비유기성과 비종결성은 바로 전쟁이라는 대상 자체의 구조를 닮아 있다. 그것은 작가가 의식한 것이든 아니든 간에 대상을 바라보는 작가의 태도와 대상의 속성을 효과적으로 드러내고 있는 것이다.

---

20 Peter Bürger, 앞의 책, 125면.

3. 데카당적 도시 체험과 미학적 반항

오장환의 알레고리적인 세계관은 무엇보다도 당대의 역사적 시대적 의미에 밀착되어 있다. 그의 첫 시집『성벽』에 실린「수부」,「향수」, 「해항도」,「해수」,「매음부」등의 시가 도시에서의 반항과 퇴폐적인 생활을 극단적으로 표현하고 있다는 것은 뚜렷한 사실이다. 그의 시에 등장하는 도시 체험의 퇴폐성과 몽타주에 일찍 주목한 1980년대의 연구에서는 이러한 모더니즘의 기교를 두고 자본주의 하의 물신화된 태도로 바라보고 작가의 체험적 요소와 작품의 모티프들을 연결시켜 본 바 있다.[21] 이러한 선행 연구의 관점에는 파편적인 몽타주 기법으로는 리얼리즘 문학이 지향하던 총체성을 그려낼 수 없기 때문에 물신화된 가치의 타락 현상과 가치의 부재를 본질적으로 드러낼 수 없다고 보는 미학적 평가가 놓여 있었다. 그러나 오장환의 몽타주 기법은 알레고리적인 수사학과 세계관의 문제와 맞닿아 있는 것으로서, 작품의 구조와 대상의 속성을 일치시켜 보여줌으로써 타락한 세계를 타락한 방식으로 드러내는 일종의 미학적 전위성의 성격을 띤 것이었다.

① 首府의 火葬터는 繁盛하였다. / 산마루턱에 드높은 굴뚝을 세우고 / 자그르르 기름이 튀는 소리 / 屍體가 타오르는 타오르는 끄―름은 맑은 하늘을 어질어놓는다. / 市民들은 機械와 無感覺을 가장 즐기여 한다. / 金

---

21 서준섭, 앞의 글, 161면.

빛 金빛 金빛 金빛 交錯되는 靈柩車. / 豪華로운 울름소리에 靈柩車는 몰리여오고 쫓겨간다. / 繁雜을 尊崇하는 首府의 生命 / 火葬場이 앉은 黃泉고개와 같은 언덕 밑으로 市街圖는 나래를 펼쳤다.

②四處여서 雲集하는貨物들 / 수레 안에는 꿀꿀거리는 도야지 도야지도 있고 / 家畜類－食料品.－原料. 原料品. 材木. 아람드리 消化되지않은 材木들－ / 石炭－重石－亞鉛－銅. 鐵. 類 / 보스다리 먹대기 가마니 콩, 쌀, 팟, 木花, 누에꼬추等 / 巨大한 首府의 巨大한胃腸－ / 官公用의 / 民私用의 / 貨物, 貨物들 / 赤行囊－ 郵便物－ / 묻어 들어오는 機密費, 運動費, 周旋費, 企業費, 稅入費 / 首府에는 變裝한 年貢品들이 絡繹하였다.

③이런 집에선 먼－ 촌－家로 부처온 工女들이 肺를앓고 / 세멘의 쓰러기통 룬펜의 寓居－ 다리 밑 거적때기 / 勞動宿泊所 / 行旅病者 無主屍－깡통 / 首府는 등줄기가 피가 나도록 긁는다.

—「수부(首府)」부분[22]

번성한 근대의 수도인 경성을 대상으로 한 「수부」는 11연의 장시로서, 앞서 쓰인 「전쟁」과 그 형식적 구성이 흡사하고 몽타주적인 알레고리를 쓰고 있다는 점에서도 일치한다. 「전쟁」과 비교해 볼 때 연을 나누어 쓴 점에서 의도적인 구성을 하기 시작한 것을 볼 수 있다. 그러나 각 연들의 내용들은 수부의 인상들과 사물들이 무작위적이고 유기적인 연결없이 파편적으로 이어져 있다는 점에서 역시 몽타주 기법을

---

22 오장환, 「수부」, 『낭만』, 낭만사, 1936.

사용하고 있다.

몽타주는 사물들을 연결 짓는 데 소용되는 부드러움이나 자세한 설명을 생략함으로써 사물들의 개별적 인상을 강하게 부각시킨다. 이 파편적인 소재의 누적체는 '수부'의 비만성과 구조적으로 닮아 있다. ②에서처럼, 수부로 운집해 오는 화물들의 종류를 끊임없이 나열하는 문체가 이 시 전체의 문체이기도 하다. 1연인 ①은 화장터로 시작하는 수부에 대한 외부의 조감도에 해당하고, 2연인 ②에서 화물들의 운집 통로인 철도를 통해 수부로 진입하고, 3연인 ③이 공장촌과 행려병자들의 토막(土幕)들이 있는 수부의 외곽지대부터 그려나간다. 이어서 4연은 신사들이 드나드는 고층건물지대인 수부의 중심부, 5연은 수부의 도로 위에서 벌어지는 외국 사신의 행렬, 6연은 수부의 향락적인 예술, 7연은 투기와 일확천금으로 돈을 번 자본가들, 8연은 수부의 종교적 건축물과 모조된 자연일 뿐인 공원, 9연은 절망과 비애에 젖은 인물들과 수부의 사기조작들, 10연은 저널리즘과 광고 등으로 얼룩진 환락가의 밤 등을 보여주고, 마지막으로 11연은 수부 전체에 대한 인상을 마무리 짓고 있다. 수부의 인상은 외부에서 내부로 공간적인 이동을 따라, 그리고 더 환락적이고 퇴폐적인 대상으로 점층적으로 옮겨진다. 이것은 작가가 단순한 파편적 나열보다 의식적인 조합을 가하여 몽타주로 만들었음을 보여준다.

①은 이 텍스트의 도입부분으로 수부의 첫 인상을 화장터[23]와 연결

---

23 전봉관은 「수부」 1연의 모델이 홍제내리 화장장일 것이라고 밝혔는데, 이곳에서는
총 18기를 갖추고 하루 평균 24구의 시신을 처리하였다고 한다. 전봉관, 「1930년대
한국시에 나타난 현대적 죽음의 표상」, 『한국 현대문학 연구』 11, 2002, 143~144면.
개항 이후 근대적인 화장 문화가 유입되면서 서울에 화장장이 설치되었고, 홍제내

시킴으로써 수부가 생명의 소진 공간이며, 수부의 활력은 시체의 태움에서 나온다는 암시를 주고 있다. 수부의 하늘은 온통 죽음의 그을음으로 더럽혀 있고, 그 하늘 아래에서 시민들은 기계의 비인간성과 무감각에 젖어 있는 것이다. 금빛 영구차[24]와 호화로운 울음소리는 결국 죽음의 공간일 뿐인 수부의 공허한 외양을 증폭시킨다. 모든 생명을 흡수하고 소진시키는 도시의 인상은 ②에서 "거대한 위장(胃腸)"으로 드러나며 막대한 화물들이 수부로 들어오는 것으로 구체화된다. ③에서는 수부의 공장의 무한한 대량 생산 속에서 착취되고 있는 노동자들의 모습과 그들의 남루한 거처가 묘사된다. 노동숙박소나 행려병자의 무주시(無主屍, 이름 없는 시체들의 안치소)는 수부의 화려한 외양에 가려져 있는 그늘이자 뒤편이다. 수부의 뒤편, 즉 등 뒤에 사는 이들은 수부의 종양이면서도 동시에 피착취 대상이다. 그것을 작가는 "수부는 등줄기가 피가 나도록 긁는다"라는 의인화된 방법으로 알레고리화한다.

알레고리의 대표적인 유형인 의인화는 단지 사물을 인간적 모습으로 변형한다는 데 의미가 있는 것이 아니라, 작가가 대상에 대해 갖고 있는

리의 신식화장은 1929년 7월 개장하였다. 『조광』에 기자의 화장장 탐방기가 실리기도 했는데, 오장환의 「수부」가 1936년에 발표된 것보다 뒤늦은 1937년 4월호였다.

24 1930년대 영구차들은 금빛으로 단장하였다. "미아리 공동묘지는 경성부민의 사의 안식처의 하나로 날마다 금빛으로 단장한 영구차가 하나의 인생의 최종열차로써 몇 번이고 와닷는 '死의 都'이다"라는 구절을 참조해 볼 수 있다. 「세색(歲色)도 장모(將暮)! 미아리 묘지 풍경」, 『조광』, 1937.12, 206면. 곽명숙의 논문(「오장환 시의 수사적 특성과 변모 과정 연구」, 서울대 석사논문, 1997, 27면)에서 "금빛 영구차"를 두고 반어적 표현이라고 설명한 것에 대해 전봉관은 이것이 사실적인 묘사임을 사적인 자리에서 지적해 준 바 있다. 그러나 작가가 외양과 실상의 대비에서 오는 아이러니, 즉 죽음의 허무와 영구차의 화려함의 대비를 통해 삶의 진실을 말하려 하는 의도를 가지고 있다는 점에서 일종의 상황적인 아이러니를 느낄 수 있는 부분도 있을 것이다. 그의 언급은 언어의 지시성을 고려한 실증적 연구의 필요성을 환기시켜 준 점에서 중요한 지적이었다.

관념을 예증하고 인간적 의미를 띤 교훈과 풍자성을 강화한다는 의도에서 사용되는 수사이다.[25] 이러한 의도를 암시하는 부제가 「전쟁」과 마찬가지로 이 시에도 달려 있다. 그 부제는 "수부(首府)는 비만(肥滿)하였다. 신사(紳士)와 같이" 라고 하여 수부와 신사들의 탐욕과 비만성을 동시에 폭로하기 위해 상관적으로 알레고리를 만든다. 신사들의 탐욕은 4연부터 본격적으로 다루어지는데, 이들이 거주하는 곳을 따라 수부의 화려한 미관, 외국 사신에 대한 사대적 태도, 향락의 예술, 천민자본주의의 발흥, 저널리즘과 광고의 홍수, 환락가의 퇴폐적 장면들이 펼쳐진다. 이러한 모든 요소는 부패를 부채질하고 수부는 비만해지고, 몽타주적 알레고리도 계속 덧붙여진다. 시 자체도 내부에서 커진다. 상징이 동일한 것에 머무는 데 반해 알레고리는 "운동을 향한 것이 아니라, 내부로부터 부풀어 오른다."[26]

이 시는 여러 측면에서 「전쟁」을 닮아 있는데, 오장환이 장시(長詩)를 짓는 방법이 이 시기에는 몽타주적 알레고리를 주로 사용하였기 때문으로 볼 수 있다. 「전쟁」과의 또 다른 유사성이 보이는 것은 결말의 맺음 방식이다. 결말 부분들은 비대해진 몽타주들을 열어 두면서 끝난다. 「전쟁」에서 암시되고 있는 전쟁의 반복성은 그 텍스트의 구조가 다시 반복될 수 있다는 텍스트의 열어둠을 일으키는데, 「수부」역시 동일한 결말을 맺는다.

수부는 지도 속에 한낱 화농된 오점이었다 / 숙란하여가는 수부- / 수

---

25 John MacQueen, 송낙헌 역, 『알레고리』, 서울대 출판부, 1980, 57면.
26 Walter Benjamin, op. cit., p.183.

부의 대확장— 인근 읍의 편입

수부는 과도하게 발달된 근대의 도시이며, 그 무한한 팽창력은 인근의 소읍들을 편입하면서 확장된다. 그 형상을 "화농된 오점"이라고 비유하여 그 병폐와 팽창력을 나타내고 있다. 동시에 수부의 확장, 자본주의적 근대도시의 부정적인 성장에 대한 적극적인 태도는 드러내지 않은 채, 작가는 이 텍스트에 끌어 모았던 요소들 전체가 다시 확장된다는 의미를 덧붙임으로써 텍스트의 열어둠을 일으킨다. 여기에서 텍스트의 종결을 반복성이나 동일한 것의 확장으로 처리한다는 것은 사회와 문명을 바라보는 작가의 시각을 말해준다. 즉 작가는 수부를 비롯한 사회의 진보가 동일한 쇠퇴와 부패의 연속일 뿐이라고 보고 있는 것이다. 작가는 도시의 퇴폐와 타락의 본질을 대량생산과 데카당스적 문화로 파악한다. 다른 시에서도 "생산이 다량으로 되여나오는 공장의 상품이여! / 경향이 다량으로 쏠리여가는 청년들의 데카단스여!"[27] 라는 표현을 볼 수 있다.

오장환의 「수부」와 같은 장시는 유기적이고 조화로운 서정시에 비추어 볼 때 거칠고 조잡해 보일 수 있다. 직접적인 알레고리로 관념을 표출하고 파편적으로 사물을 나열하는 형식은 서정시로부터 멀리 떨어져 있기 때문이다. 그러나 벤야민은 '서정시의 긍정적인 수용이 왜 적합할 수 없는가'라는 물음을 던지며, '경험의 구조에서의 변화'라고 대답하였다.[28] 새로운 도시의 환경이 가한 충격 속에서 인간의 지각도

---

27 오장환, 「황무지」, 『자오선』, 1937.11.
28 Walter Benjamin, op. cit., p.120.

구는 그것을 일관된 방식으로 통합할 수 없는 감각의 자극으로부터 끊임없이 공격당하고 있기 때문이다. 「수부」는 근대 도시의 충격에 따른 새로운 경험을 전통적인 서정시의 조화로운 감각이 아닌 통합되지 못한 파편화된 형식과 구조로 담아내고 있는 것이다.

데카당스적 의미와 알레고리적 형식을 염두에 두고 볼 때, 「수부」가 근대도시의 퇴폐상에 대해 객관적인 조감자의 위치에서 바라본 것이라면, 「해수(海獸)」는 도시의 퇴폐 속에 뛰어든 데카당스적인 시적 화자의 내면화된 감상을 드러내고 있다. 즉 시적 화자는 스스로 데카당스의 흐름에 뛰어들어 거기에서 얻은 환멸의 감정을 토로한다. 그가 근대 도시에 이끌려 들어가서 가출과 방랑 그리고 방탕으로 뛰어든 태도는 일종의 댄디즘적인 것이라고 볼 수 있다.

오장환은 예술적인 취향이 강하여, 시를 쓰기 위해 휘문고보를 중퇴하기도 하고, 색깔이 화려한 양복과 넥타이를 매고 다니면서, 종종 화집이나 진본, 호화본, 초판본 시집을 모으느라 일본에 자주 왕래한 것으로 알려져 있다.[29] 이러한 태도는 자신의 신체, 행동, 감정, 그의 존재 자체를 예술로 만들려고 하는 시도라고 할 수 있다. 여기에서 삶과 예술의 경계가 무너지고 삶에 대해 예술적 접근이 우위를 차지하면서, "이념이나 도덕적 가치 등의 인간의 다른 가치들을 넘어서는 미학적 반항"[30]이 나타난다. 오장환은 서자라는 출생으로 인해 유교적 관습 등에 대해 반항심을 가지기도 하였고 예술에 대한 교양 등을 통해 삶

---

29 김학동, 『오장환연구』, 시문학사, 1990, 166면.

30 C. Scott, "Symbolism, Decadence and Impressionism", M. Bradbury · J. McFarlane(ed.), *Modernism*, Penguin Books, 1976, p.215.

을 예술적으로 만들려는 태도를 가졌던 것으로 보인다. 즉 「해수」에 나오는 '나'는 자전적인 고백인이 아니라 오장환의 댄디적인 미학적 반항을 수행하는 대리인인 것이다.

> 야윈 청년들은 담수어처럼 / 힘 없이 힘 없이 광란된 ZAZZ에 헤엄쳐 가고 / 빨간 손톱을 날카로이 숨겨두는 손, / 코카인과 한숨을 즐기어 상습하는 썩은 살뎅이 / (…중략…) / 도박과 / 싸움, / 흐르는 코피! / 나의 등가죽으로는 뼛가죽으로는 / 자폭한 뽀헤미안의 고집이 시루죽은 빈대와 같이 쓸쓸쓸 기어 다닌다. / (…중략…) / 오 한없이 흉측맞은 구렝이의 살결과 같이 / 늠실거리는 검은 바다여! / 미지의 세계, / 미지로의 동경, / 나는 그처럼 물 우로 떠다니어도 바다와 동화치는 못하여왔다. / (…중략…) / 항구여! / 눈물이여! / 나는 / 못 쓰는 株券을 갈매기처럼 바닷가 날려 보냈다. / 뚱뚱한 계집은 부연 배때기를 헐떡어리고 / 나는 무겁다.
>
> ─「해수」 부분

마약과 도박, 광란의 재즈에 도취되어 있는 청년들과 매음녀들이 항구의 뒷골목을 메우고 있고, 그 뒷골목 안에 시적 화자는 자폭하듯이 보헤미안이 되어 뛰어 들어가 있다. 청년들의 육신은 마약과 음주로 썩어있고 매음녀들의 비대한 육체성에 시적 화자는 짓눌린다. 시적 화자에게는 항구가 절망과 부패의 구덩이로서 비친다. 시적 화자가 항구로 나온 이유는 원초적으로 "미지로의 동경" 때문이었고, 그 방랑 속에서 결국 "바다와 동화"되지 못한 데에서 오는 절망을 느끼고 있음을 알 수 있다. 육체적 정신적 피로감과 절망은 더욱 자학적인 자기 파괴로

치닫고, 무능력함을 증대시킨다. 위의 인용구에서 나타나듯이 "못 쓰는 주권(株券)"에 나타나는 경제적인 무능력의 상태, 매음녀에 대한 성적 압박감 등이 표출된다. 그 외에도 텍스트 전체에는 어린 시절의 양심, 노서아의 귀족을 맞이하는 유곽의 계집, 인부들의 시체가 떠오르는 매립지, 유독식물 같은 매음녀, 불길하게 나는 갈매기, 방파제의 모습 등이 몽타주 기법으로 연결되고 있다.

그러나 이 몽타주에서는 시적 화자의 등장과 더불어 강한 영탄의 남발과 감상적인 어조로 인해, 연상에 가하는 몽타주 특유의 충격 효과는 감소하고 있다. 그 대신 시적 화자는 대상에 대한 감정적 반응을 강렬하게 표출하며, "습진과 최악의 꽃이 성화하는" 항구도시에서 병든 게들에 대한 감정이입을 통해 회한을 드러낸다.

> 웅대하게 밀리쳐오는 오 바다, / 조수의 쏠려옴을 고대하는 병든 거의들! / 습진과 최악의 꽃이 盛華하는 港市의 하수구. / 더러운 수채의 검은 등때기, / 급기야 / 밀물이 머리맡에 쏠리어올 때 / 톡 불거진 두 눈깔을 휘번덕이며 / 너는 무서웠느냐? / 더러운 구뎅이, 어두운 굴 속에 두 가위를 트리어박고 // 뉘우치느냐?
>
> ―「해수」 부분

몰려올 조수를 기다리는 병든 게들은 항구의 타락하고 병든 인간들에 대한 우의적인 표현이라 할 수 있다. 어두운 하수구의 굴 속에서 눈을 번득거리며 가위를 떨구고 있는 게를 향해 '무서워하느냐, 뉘우치느냐'라고 묻는 것은 시적 화자 자신을 포함한 항구의 탕아들에게 던지는 질문이며 그 안에는 방탕에 대한 두려움과 후회가 담겨 있다. 이러한 감정이입이 가능해지는 것은 보헤미안으로 자처하는 시적 화자가 병적 자의식을 갖고 있기 때문이다. 근대의 예술가들이 갖고 있는 보헤미안적 동경이 병적 자의식으로 전이되는 심리적 메카니즘은 데카당스를 일관하는 중요한 의미론적 자질이다. 부르조아 사회 속에서 이들은 가출과 방랑을 통해 비도덕과 무질서 가운데 비참하게 생존하는 고립된 절망자로 자처한다. 이 텍스트에 나타나는 병들고 타락한 시적 화자는 이러한 심리적 메카니즘에서 나온 표상이다. 합리적이고 일상적인 사회로부터 소외된 인물에게서 나온 이러한 표상은 병적 자의식의 현실에 대한 부정이 변이된 형태인 것이다.

매음녀나 아편중독자, 병든 방탕아 등의 병적 기호들은 현실에서 소외된 인간들을 형상화하면서, 삶에 대한 미학적 자세와 윤리적 자세 사이에 긴장을 일으킨다. 매음녀는 윤리성의 극단적인 파괴의 징표이며, 최고도로 인간성이 상품화된 기호이다. 현대문명의 징후로서 '매춘'의 모티프에 관심을 기울였던 18세기 프랑스의 인상파 예술의 경우, 이들에게 '매춘'의 개념은 "자포자기, 정신적인 운명으로부터의 무단이탈, 다른 곳으로의 도피, 산만함에 의한 배신"을 의미하기도 하였다.[31] 근대문명에 대한 염세주의, 운명에 대한 불신, 인간 상호 간의 이해에 대한 불신을 깨닫는 이들은 세속적으로나마 세상의 위선적인 허상을 꿰뚫어 본다. 벤야민은 낙천주의와 자유나 부에 대한 무한한 신뢰를 낳는 부르주아적인 이미지를 거부하고, "'예술가의 경력'을 중단하더라도 위트, 욕지거리 속에 행위 자체가 하나의 이미지"로 나타나도록 할 것을 주장

---

31 Hugo Friedrich, 장희창 역, 『현대시의 구조』, 한길사, 1996, 55면.

한 바 있다.[32] 그리고 그것을 두고 "세속적인 트임(profan illumination)"[33]의 이미지 안에서 집단 속의 개인이 현실 속에서 생겨날 수 있다고 보기도 하였다. 그러한 이미지 속에서 사물은 현실에서 자신을 감싸고 있던 동일성에서 해방되어 유사성의 관계를 통해 숨어 있던 새로운 진실을 미메시스적으로 드러낼 수 있는 것이다. 오장환의 텍스트에 나타나는 매음녀와 아편 중독자는 근대문명에 대한 그러한 세속적인 트임의 상태를 암시적으로 드러내는 기호이자 이미지라고 할 수 있는 것이다.

「해수」의 마지막에 등장하는 "사탄의 낙윤(落倫)"이라는 표현은 종교적인 의미와 선악의 가치를 담고 있으며, 세속화된 세계의 경험에서 나타난 시인의 윤리적 감정을 표출하고 있다. 사탄의 의미는 데카당스에 내재되어 있는 죄의식과 연결된다. 낭만주의의 천재개념(Geniebegriff)과 대조적으로 데카당스는 죄인의 사상이다. 즉 낭만주의는 예술혼이 세계와 이 진정한 화해를 갈망하는 총체성의 추구에 있었던 데 반해, 데카당스의 죄인 사상은 총체성이 파괴된 세계에 대한 환멸의 감정에서 나온 것이다. 낭만주의의 환상적인 자기 신화와 상징의 화해에 반대한다는 점은 데카당스와 알레고리적 세계관이 일치하는 지점이기도 하다. 그러므로 데카당스적 인물은 낭만주의의 천재와 대조적으로, 세계에 환멸을 품고 세계에서 소외된 개인들인 것이다. 그 인물들은 니체가 "현대성의 진열장"[34]이라고 부른 현재 안에 돌진해 오는 진보의 소

---

32 Walter Benjamin, 「초현실주의」, 차봉희 편역, 『현대사회와 예술』, 문학과지성사, 1980, 41면.
33 범속한 계시(profane Erleuchtung)라고도 번역되는 이 용어는 세속적인 대상과의 신비한 교감을 일컫는 것으로서 아우라의 상실에 대한 역전으로 일어나는 초현실주의적 경험을 벤야민 특유의 신비주의적인 명명법으로 설명한 개념이라고 할 수 있다.
34 F. Nietzsche, 박준택 역, 『즐거운 지식』, 박영사, 1985, 85~86면.

외와 불안에 도전하며, 도전 과정의 경험 자체에 주목한다.[35] 이와 흡사하게 오장환의 데카당스적 이미지들은 중산층의 일상적인 삶의 질서를 거부하고 근대 도시의 파생물로 더럽혀지고 타락해가는 비천한 삶을 보여주고 있다. 근대도시에 대한 자전적인 작가의 경험은 근대의 진보와 발전에 대한 환멸감을 불러 왔으며 그가 데카당스를 자처한 것은 일종의 미학적 반항인 것이다.

근대도시의 퇴폐성에 대한 작가의 관심은 초기 시집 『성벽』에 일관되는데, 「수부」에 나타난 몽타주적 알레고리의 일부분은 도시의 밤거리를 묘사한 「야가(夜街)」에 옮겨지면서 아편굴, 매음굴, 도박촌이 묘사되고, 「해수」에 나타난 병적인 모티프들은 일부 단시로 나타나기도 한다.

윤락된 보헤미안의 절망적인 心火. ─퇴폐한 향연 속. / 젖가슴이 이미 싸늘한 매음녀는 파충류처럼 포복한다.

—「매음부」 부분

어포의 등대는 鬼類의 불처럼 음습하였다. 어두운 밤이면 안개는 비처럼 나렸다. 불빛은 오히려 무서웁게 검은 등대를 튀겨놓는다. 구름에 지워지는 하현달도 한참 자욱한 안개에는 등대처럼 보였다. 돛폭이 충충한 박쥐의 나래처럼 펼쳐 있는 때, 돛폭이 어스름한 해적의 배처럼 어른거릴 때, 뜸

---

35 실제 데카당스운동의 주창자들은 퇴폐적인 문명의 부식작용 밑에서 붕괴되고 있는 사회와, 그 발전이 인간 의식에 준 "히스테리" 효과에 관심을 기울여, 자신들의 경험을 그대로 그려내고자 하는 의도를 가졌었다. 이러한 의도에서 본래 데카당스 운동은 부르주아의 속물적인 근대성에 대한 반대로서 무정부주의자였던 아나톨 바주 Anatole Baju에 의해서 중산층에 충격을 줄 새로운 수단으로서 전개되었던 것이다. M. Calinescu, op. cit. 참고.

안에서는 고기를 많이 잡은 이나 적게 잡은 이나 함부로 튀전을 뽑았다.

—「어포」 전문

「매음부」는 「수부」에 등장한 매음녀의 모티프가, 「어포」는 도박의 모티프가 나오고 있다. 눈여겨볼 만한 사실은 단시 형식으로 가면서 형식이 정제되고 분위기가 더욱 응축되고 있다는 점이다. 매음녀를 싸늘한 파충류에 비유함으로써 생명의 소진을 추상적이면서도 감각적으로 느끼게 하고 있다. 한편 「어포」에서는 투전이 벌어지고 있는 "뜸"의 안팎에 가득한 음습한 분위기를 묘사하고 있다. 어둔 밤 어포에는 비처럼 내리는 안개 때문에 등대가 괴상한 불빛으로 도드라진다. 등대 불빛은 마치 귀신의 불과 같이 음습해 보이고, 돛폭은 박쥐의 날개처럼 충충하다. 생명의 건강함과 활력이 숨죽어 있는 시간과 장소를 배경으로 도박에 매달리고 있는 어부들이 있는 것이다. 도박은 생명의 활력을 비정상적으로 이탈시킨다. 시 전체의 분위기는 바로 그러한 도박의 성질을 뒷받침하는 그로테스크함으로 넘치고 있는 것이다. 이러한 응축된 분위기를 담은 단시들은 장시의 몽타주적 알레고리의 산만성을 극복해 가고 있으며, 카메라와 같은 객관적 시선으로부터 주관적인 정서의 투사로 변모해 가고 있는 과정을 보여준다.

이러한 단시의 유형에 속하는 작품이 「모촌(暮村)」과 「우기(雨期)」이다.

추라한 지붕 썩어가는 추녀 우엔 박 한 통이 쇠었다. / 밤서리 차게 나려앉는 밤 싱싱하던 넝쿨이 사그러붙던 밤. 지붕 밑 양주는 밤새워 싸웠다. / 박이 딴딴히 굳고 나무잎새 우수수 떨어지던 날, 양주는 새 바가지 뀌어

들고 추라한 지붕, 썩어가는 추녀가 덮인 움막을 작별하였다.

—「모촌」전문

빈민의 몰락한 삶의 모습이 담담하게 그려져 있는 이 텍스트는 종종 리얼리즘의 관점에서 이야기시로 언급되기도 한다. 그런데 "행간에 감추어져 있는 시적 주체의, 당대의 막막한 현실에 대한 깊은 슬픔이나 바람직한 사회에 대한 열망"[36]을 감지해내는 것은 비평적 욕망에 기대어야 가능한 것으로 보인다. 빈궁 때문에 유리걸식을 떠나는 부부의 모습을 통해 당대의 암울한 사회 현실을 보여주고 있으나, 오장환의 후기 시에 나타나는 이념적 태도와 결부시켜 볼 만한 진보주의 사상에 대한 신념이나 열망을 찾기는 쉽지 않기 때문이다. 이 시에 등장하는 궁핍한 빈민의 모습도 작가의 몽타주적인 시선에 포착된 하나의 장면이라고 할 수 있다.

빈궁한 삶을 다룬 또 다른 단형의 시 「우기(雨期)」에는 가난한 막벌이꾼이 공복에 설사가 나서 뒷간을 드나들다 결국 고이(홑바지)를 적시고 말았다는 내용이 등장하여 씁쓸한 웃음을 짓게 한다. 이 시에서 빈민의 암울한 현실에 대한 실감은 세부적인 디테일의 힘, 희극적인 감정을 폭발시키는 무관심의 법칙, 예리한 관찰력에서 나오는 것이지, 어떠한 사상이나 계급의식에서 나온 것이 아니다. 「모촌」과 「우기」는 사회적인 맥락을 지닌 현실적인 소재를 다루는 데 있어서 비판적 인식을 가지고 바라보고 있으나, 바라보는 장면에 대해 일종의 삽화처럼 처리하고

---

36 최두석, 「오장환의 시적 편력과 진보주의」, 정호웅 외, 『한국문학의 리얼리즘과 모더니즘』, 민음사, 1989, 99면.

있다. 즉 앞서 살펴 본 매음녀나 아편 중독자가 우글거리는 도시의 현실을 소재로 다룬 모더니즘 풍의 시와 다를 바가 없는 것이다. 이러한 초기 시집 「성벽」의 단시들은 장시들에 나온 모티프의 분신, 몽타주의 파편들에 가깝다고 볼 수 있는 것이다.

4. 역사의 몰락상과 이념의 부재

오장환은 1930년대 후반 이념의 쇠퇴와 근대 도시 문명의 난숙을 일종의 데카당스로 바라보았고, 자신의 문학적 출발과 포즈를 데카당스적인 위악과 부정에서 취하였다. 그는 근대 도시의 경험과 소외된 자들의 삶에 대해 환멸과 비판의 시선으로 바라보며 미학적 반항을 감행하고자 하였다. 그의 시는 그러한 경험의 기록이자 신경증적인 관찰의 결과였던 것이다. 그의 시에 나타나는 몽타주와 알레고리는 그것을 효과적으로 보여줄 수 있는 형식이자 수사학이었고, 그 안에서 모더니즘과 리얼리즘의 세계관은 분리되지 않는 것이었다.

오장환의 이 시기의 시들은 어떤 진보주의적 사상을 담고 있다기보다는 봉건 유습과 근대 문명 양자에 대한 환멸감을 표출하고 있으며, 그의 알레고리는 이념을 가리키는 것이 아니라 이념의 부재를 드러내고 있을 뿐이었다. 그가 해방공간에서 사회주의적 이념을 갖게 되기까지는 이 이념 부재의 상태를 내적으로 극복해야 했다. 문화적인 데카당스에서 출발하여 부정 정신과 이념 부재의 세계를 노래하던 오장환이 해방 이후 변모하기 위해서는 해방이라는 외적 사건도 결정적인 영향을 미쳤지만, 상징에 대한 믿음과 공동체에 대한 신념을 회복하는 과정을 거쳐야 했던 것이다.

제4장

장시 「전쟁」과 세계대전의 몽타주적 알레고리

1. 모더니즘계 장시로서의 「전쟁」

일제의 군국주의화가 거세지던 1930년대 중반 오장환은 십대라는 파격적인 나이에 김기림의 추천으로 문단에 데뷔하여 『낭만(浪漫)』, 『시인부락(詩人部落)』, 『자오선(子午線)』의 동인을 거치며 폭넓은 문단활동을 펼쳤다. 그는 리얼리즘의 현실인식과 모더니즘의 형식 실험을 새롭게 결합시키며 기성관념에 대한 도전을 자신의 정체성으로 삼았다. 역사주의적 비평의 관점에서 볼 때 1930년대 후반부터 해방기까지 오장환이 작품을 통해 보여준 시대의식과 현실인식은 중요한 의미를 갖는다고 할 수 있다.

오장환에 대한 연구는 1988년 해금 이후 꾸준히 이어졌는데, 시세계의 전반적인 변모과정에 대한 연구가 주를 이루었고, 작가에 대한 전기적 고찰과 문학사회학적인 연구, 시 작품에 대한 형식 및 구조적 분석 연구가 제출된 바 있다.[1] 1990년 이후에는 미출간 원고인 「전쟁(戰爭)」, 습작기의 동시와 동요들, 「황무지(荒蕪地)」의 미발표 원고, 월북 후 북한에서 출간한 시집 『붉은 기』 등이 발굴되어 일부는 전집에 수록되었다. 그 가운데 특히 미출간 원고 「전쟁」은 여러모로 가치 있는 자료로서 주목받을 만하다. 당시 검열에 대한 자료가 될 뿐만 아니라, 오장환의 초기 전위적 실험성과 문명비판적 모더니즘의 경향을 매우 농후하게 보여주는 작품이기 때문이다. 오장환의 "시적 재능과 조숙성"을 드러낸 이 작품은 "16세 소년이 썼다고 믿기 어려운 각 방면의 해박한 지식과 광범위한 독서량"을 보여주는 한편 "시적 주제나 내용에서 시사하는 바가 매우 크다"는 평을 받고 있다.[2]

오장환에 대한 학위논문 가운데 「전쟁」을 다룬 연구에서는 엘리어트의 「황무지」와 비교 분석함으로써 모더니즘 장시로서의 특징에 주목하기도 하였고,[3] 주제와 구성에 대해 수사학적으로 접근하기도 하였다.[4] 「전쟁」을 단독으로 다룬 본격적인 연구를 통해 이 시의 아방가르드적 특징, 이에 영향을 준 일본의 『詩と詩論』 동인과의 비교,[5] 기호

<hr>

1 기존 연구사에 대한 검토는 다음의 논문을 참조. 김은정, 「오장환 시의 현실 대응 양상 연구」, 세종대 박사논문, 2010, 4~9면; 도종환, 「오장환 시 연구」, 충남대 박사논문, 2005. 오장환의 고향 친지와 주변 인물들과의 인터뷰 등을 통해 수집된 전기적 사실에 대해서는 도종환의 논문에 상세히 정리되어 있다.
2 김학동, 『오장환 평전』, 새문사, 2004, 205면.
3 이필규, 「오장환 시의 변천과정 연구」, 국민대 박사논문, 1995.
4 곽명숙, 「오장환 시의 수사적 특성과 변모양상」, 서울대 석사논문, 1994. 이 글은 이 논문에서 주장한 논지와 작품 분석의 일부를 가져와 보완하여 전개한 것이다.

학적인 방법론에 입각한 장면 분할 연구[6] 등은 이 작품에 대한 연구의 기틀을 마련해 주었다. 이에 토대를 둔 최근의 연구에서는 장면의 단순화를 통해 전체적인 스토리와 흐름에 시간적 공간적 구성원리가 있음을 분석하였다.[7] 이러한 연구를 통해 「전쟁」이 장시로서 나름대로의 내적 논리와 질서를 구축하고 있음이 밝혀졌다고 할 수 있다.

이 시의 전반적인 면모와 구성 원리는 기존 연구를 통해 대략적으로 드러났지만 이 시의 창작 의도와 형상화 방법이 갖는 의미에 대해서는 더 논의가 필요한 것으로 보인다. 이 시에 대한 기호학적인 장면 분석은 주석적 설명의 성격을 띠고 있어 개별적 장면 분석이 큰 의미를 갖기 어려운데, 이 점은 이 작품이 장면별로 파편화되어 있고 몽타주식으로 구성되어 있음을 반증하는 것이라고 할 수 있다. 한편 시간적으로 시작과 끝, 공간적으로 전방과 후방의 교차 편집이라고 분석한 연구에서는 전체적인 배열 원리를 단순화시킴으로써 이질적인 이미지와 사물들의 충돌과 불연속에 의도된 의미에 대해 약화시킨 측면을 갖고 있다. 예를 들어 반복적으로 등장하는 "시인(詩人)"에 대한 언급이 전쟁의 '후방'에 속하는가라는 의문이 들 수 있다. '전쟁'과 '시인'의 담론은 공간적인 배열이 아니라 상호 비유적인 관계, 즉 알레고리적으로 교직하고 있다는 점에서 이중적 의미를 형성하고 있다고 보아야 할 것이다.

이 장에서는 모더니즘 계열의 장시 「전쟁」에 몽타주와 알레고리가

---

5 박현수, 「오장환 초기 시의 비교문학적 연구」, 『한국시학연구』 4, 2001, 146~180면; 박현수, 『한국 모더니즘 시학』, 신구문화사, 2007, 71~102면 재수록. 이 논문에서는 특히 김용직에 의해 언급되었던 北川冬彦의 시와 오장환의 「전쟁」에 나타난 유사한 모티프나 이미지를 비교하였다.

6 박현수, 「오장환 장시 「전쟁」 연구」, 『세종어문학』 10 · 11, 1997.

7 이현승, 「오장환의 「전쟁」 연구」, 『비평문학』 42, 2011, 325~348면.

결합되어 나타난 양상을 분석하고, 이 작품이 선취하고 있는 시대적 성격에 대해 논하고자 한다. 이를 위해 몽타주적 알레고리라는 개념을 사용하여 파편적인 이미지의 병치와 사물의 불연속적인 집적으로 된 형상화 방식에 대해 분석하고, "전쟁"과 "시인" 간의 알레고리적인 연관 관계에 내포된 작가의 비판적 의도에 대해 밝히고자 한다.

2. 몽타주 기법과 역사에 대한 알레고리적 시선

오장환의 「전쟁」은 몽타주적 알레고리로 근대문명에 대한 비판정신과 시인의 위치에 대한 반성의식을 형상화해낸 대표적인 작품이라고 할 수 있다. 이 시는 소화(昭和) 10년(1935) 1월 16일 자 검열인(檢閱印)이 찍혀 있고 '출판 허가(出版許可)'가 났음에도 불구하고 발간되지 않았다. 1936년 출판된 『시인부락』 창간호에 오장환의 첫 시집 『종가(宗家)』에 대한 광고가 실려 있는데 여기에 「전쟁」이 수록 작품으로 나와 있다. 그러나 첫 시집은 『성벽(城壁)』으로 이름이 바뀌었고 이 시도 빠져 있다.[8] 1936년에서 1937년경 국내외의 정세가 집필 무렵보다 더 악화된 점도

---

8 『시인부락』 창간호, 1936.11. 뒤표지에 오장환의 『종가』 시집의 광고가 실려 있는데, 박현수는 시집 수록 시 가운데 「전쟁」을 가장 먼저 내세운 점에서 이 시에 대한 시인의 "애정과 자부심 그리고 출판 의지"를 볼 수 있다고 하였다. 그러나 『종가』 발간 자체가 무산되고 『성벽』이 출간된다. 그 외 박현수는 동료들도 시집 『전쟁』을 알고 있었음을 이봉구의 기록으로 확인한 바 있다. 박현수, 앞의 책, 192~193면.

영향을 주었으리라 추측된다. 1990년 『한길문학』을 통해 알려진 이 원고는 400자 원고지 36매의 분량으로 당시 신문지법과 출판법에 의해 9곳 51행이 삭제 당하였다.

창작 시기와 관련해서 김학동은 "16세 시인"이라는 구절이 시인 자신을 가리키는 것으로 보아 1933년으로 추정하고, 김용직은 습작기를 넘어선 저력이 보이기 때문에 데뷔 이후인 1934년 중순에 탈고했을 것이라고 추측하였다.[9] "16세 시인"은 오장환의 데뷔 당시 나이와 관련되기도 하지만 늙은 시인 "괴테"라는 구절에 반대되어 천재 소년 시인 "랭보"를 연상시킨다. 또한 창작 당시의 나이를 가리키지 않고 데뷔 무렵의 나이를 연상하고 쓴 구절일 개연성도 있어 이 구절만으로 창작 연도를 추측하는 것은 어려워 보인다. 작중 등장인물인 "히틀러"는 1930년부터 세간에 회자되기 시작하여 1933년 1월에 독일 총리에 임명된다. 창작 시기는 대략 1933년부터 검열 소인이 찍힌 1935년 직전인 1934년 사이가 될 터인데, 첫 등단작인 「목욕간」(『조선문학』, 1933.1)의 산문체 보다는 「캐메라 룸」(『조선일보』, 1934.9.5)의 몽타주 기법에 더 가까워 보인다. 김기림의 장시 「기상도(氣象圖)」가 1935년 『중앙』과 『삼천리』에 연재된 후 1936년 시집 『기상도』로 출간된 것에 견주어 본다면 오장환의 「전쟁」은 모더니즘계 장시의 첫 작품으로 꼽아도 무리가 없을 것이다.

분량의 면에서도 오장환의 「전쟁」은 김기림의 「기상도」에 육박하고 있다. 「기상도」는 7부 424행인데, 「전쟁」은 부의 구분 없이 486행에 이른다.[10] 이렇게 많은 분량을 장(障)이나 부(部)의 구분 없이 써나가면서

---

9 김용직, 「열정과 행동 — 오장환론」, 『현대 경향시 해석 / 비판』, 느티나무, 1991, 81면.
10 박현수는 약 628행으로 보았는데 이는 아마도 이어져 있는 행의 줄바꿈을 제외하지

도 시어나 이미지의 배치가 비유기적인 탓에 이 시는 습작기의 난삽하고 관념적인 시로 치부될 소지도 있다. 김기림의 『기상도』에 대한 평가와 흡사하게 엘리어트의 「황무지」나 에즈라 파운드의 「칸토스」와 같은 모더니즘 장시의 영향을 받았을 것으로 추측되지만 중심 서사가 없다는 비판을 받기도 하였다. 그러나 김기림이나 오장환의 시에서 볼 수 있는 장면의 불연속적 배치와 충돌은 카메라 기술의 발달에 따라 1930년대 저널리즘에 등장한 르포르타주나 영화의 몽타주 기법과 밀접한 관련을 맺고 있다고 보는 것이 적절해 보인다. '르포르타주'라는 말은 프랑스어 사전에는 1929년에, 영어 사전에는 1931년에 처음 나오며 영화를 매개로 서구의 전위예술가들에게 확산된 양식이었다.[11]

이 시의 불연속적인 이미지 배치가 전쟁의 발발에서 종전에 이르는 일정한 구성 원리를 따르고 있다는 것에는 대부분의 연구자들이 동의하고 있다. 그 이미지와 내용의 분석을 위해 시퀀스[12]나 의미단락[13]의

않았거나 연 사이의 행까지 세웠기 때문인 것으로 보인다. 박현수, 앞의 책, 189면. 이 글에서는 연 사이의 구분은 제외하고 연속된 것으로 보이는 줄은 1행으로 처리하였고 텍스트는 다음의 책을 참고하였다. 오장환, 김재용 편, 『오장환 전집』, 실천문학사, 2002, 133~159면.

11 에릭 홉스봄, 이용우 역, 『극단의 시대-20세기 역사』 상, 까치, 1997, 273면. 르포르타주의 기원은 소설가 존 도스 패소스가 좌파 시절에 쓴 삼부작 「미국(USA)」에서 이야기 사이사이에 삽입된 '뉴스 영화'나 '카메라의 눈'이라는 제목을 단 부분들에서 볼 수 있다. 다큐멘터리 영화와 사진 잡지를 통한 포토저널리즘은 성과를 거두었고, 사람들은 카메라 렌즈를 통해서 현실을 보는 법을 배웠다.

12 박현수, 앞의 책, 203~205면. 박현수의 이 논문에서 35개로 나눈 시퀀스는 연구자도 밝혔듯이 중심적인 의미가 어디까지 연결될지 결정하는 것은 분석자에 따라 얼마든지 달라질 수 있는 가변적인 것이다.

13 도종환, 앞의 글, 62~63면. 이 논문에서는 18개의 의미단락을 나누고 ① 다양한 관점의 전쟁 비판의식이라는 제목하에 시인에 대한 비판, 경제 중심의 제국주의 비판, 저널리즘의 타락 폭로 ② 전쟁의 실상 고발과 반전의식이라는 제목하에 비폭력무저항주의와 전쟁의 잔혹성, 애국이데올로기의 허상 폭로 등으로 내용을 분석하였다.

구분이 있었고 이를 바탕으로 단순화된 재구성[14]이 이뤄진 바 있다. 그러한 정리의 도움을 받아 이 시의 구성을 단순화시켜 보면, 세 부분으로 나눌 수 있을 것이다. 첫째 선전포고와 전쟁의 발발이며, 둘째 전쟁으로 인한 파괴상과 전장의 모습, 그로 인한 폐허와 파국, 셋째 종전과 전쟁의 "반추(反芻)"로 정리할 수 있다. 이 세 단계에서 각종 무기는 꾸준히 등장하는데 전쟁의 발발에 등장하는 탱크, 전장의 모습에 나타나는 병기들과 어뢰와 군함, 그리고 파국에 이르러 활약상의 보고에 등장하는 첨단기술 등이 그것이다. 이를 통해 전쟁에서 죽음과 파괴를 몰고 다니며 세상을 폐허로 만드는 것은 과학과 기술들이라는 것, 그리고 일시적 평화란 다음 전쟁을 위한 막간일 뿐이라는 전언을 담고 있는 것이다.

「전쟁」에는 전장의 모습으로 육지, 해상, 지하(저승)까지 다양하게 나타나고, 온갖 첨단 무기와 살인기술이 열거되며, 역사상의 다양한 인물들과 불특정 인물들이 돌연 등장한다. 이 시를 특별하게 만드는 것은 이러한 파편적인 사물들의 축적과 이질적인 요소들의 병치라는 몽타주 양상이고, 그것을 통해 나타나는 알레고리적 주제이다. 예를 들어 바다를 배경으로 한 전장의 모습에서는 어뢰와 군함에 이어 용궁으로 전환되기도 한다. 어뢰에 폭사(暴死)한 수병(水兵)들이 수장(水葬)된 상황을 용궁으로 비약시킨 것이다. 이처럼 이 시에 나타나는 시인의 의도와 주제는 전체의 배열로부터 모양을 얻게 된다. 이렇듯 시대의 단편적인 인상을 알레고리적으로 읽어내는 것이 '현상의 구제'라는 벤야민이 말한 비평의 과제이다. 알레고리는 그 자체가 구원의 이미지가

---

14 이현승, 앞의 글, 331~332면. 참고로 이 분류에는 5~6 사이에 24번 시퀀스인 〈동면(冬眠)〉이 누락되어 있다.

아니라 파괴와 폐허를 보여주지만, 그 파괴는 알레고리적 사색의 한계를 깨닫고 구원으로 되돌아간다.[15] 「전쟁」을 통해 시인은 붕괴와 파편과 잔해로 구성되어 있는 고통에 찬 인류 역사를 바라보고 그것의 구원에 대해 알레고리적인 기호와 이미지로 담으려 했다고 볼 수 있다.

3. 전쟁의 예감과 수난의 역사상

최근 근대문학 연구에서 1930년대는 근대도시와 문화산업의 발달이라는 측면에서 새로운 조명을 받았다. 그러나 정치 경제적 상황으로 볼 때 1930년대는 한반도뿐만 아니라 국제적으로 위기와 불안의 시기였음은 간과할 수 없다. 경제공황의 타격과 열강들의 군비 경쟁의 어려움 속에서 미국 할리우드를 중심으로 한 영화산업만이 성황을 누렸기에 이 시기의 문화적 풍요로움은 상대적으로 더 커 보였던 것이라 할 수 있다. 1930년대는 대공황과 파시즘의 시기이자 끊임없이 전쟁이 다가온 시기였다.[16] 1931년의 만주사변을 빌미로 1933년 일본이 국제연맹에서 탈퇴하고 이어 독일이 탈퇴하면서, 세계 평화와 협력을 기치로 내세웠던 국제연맹의 무력함이 드러나고 그 붕괴가 현실화된다.

---

15 Walter Benjamin, John Osborne(trans.), *The Origin of German Tragic Drama*, NLB, 1977, p.233.
16 에릭 홉스봄, 앞의 책, 269면.

1934년 신년에 한 잡지에 발표된 「1934년 세계정국의 전망」이라는 글은 1936년 "대위기설(大危機說)"에 대해 5가지 이유를 들어 설명하고 있다. 첫째 군축협정이 1935년에 만료된다는 것, 둘째 일본과 독일이 1933년에 국제연맹에서 탈퇴한 효력이 발생하는 때라는 것, 셋째, 소비에트러시아의 제2차 5개년 계획이 완성될 것이라는 점, 넷째, 열강의 군비가 1936년을 위기의 해로 보고 그때에 맞춰 완성될 것이라는 것, 다섯째, 그 때 열강들의 경제 상태가 가장 악화될 것이고 심화된 경제난은 필연적으로 파국을 가져온다는 것이다.

> 다섯째― 그째의 렬강의 경제 상태는 가장 악화가 될 것이다. 우에서 간단히 말한 바와 가티 각국은 一九三六년을 목표로 하고서 군비를 확장하고 잇슴으로 렬강의 예산(豫算)은 적자(赤字)로서 일관하게 뵌다. 그럼으로 그째쯤은 십상팔구 경제적으로 파란을 보게 될 것이다. 그리하야 각국의 대외적 경제전 대내적으론 생활파란을 나허노아 제국주의의 한 필연적 과정 ××××에까지 나아갈 수박게 업슬 것이다.[17]

위의 글에서는 각국의 군축협정이 기한 만료가 되어감에 따라 군비 증강은 경제난을 증가시키고 제국주의의 필연적 과정인 전쟁으로 나갈 수밖에 없다고 보고 있다. 열강들의 군비 경쟁은 이미 세계대전을 예견케 히었고, 이러한 세계적인 위기감은 국내에도 전달되었던 것이다.

이러한 위기감을 배경으로 「전쟁」이 집필되었을 것으로 추측된다. 이런 점에서 「전쟁」은 제2차 세계대전이 발발하기 직전의 전화(戰禍)

---

17 김형준, 「1934년 세계정국의 전망」, 『별건곤』 69, 1934.1, 6~7면.

의 기운을 예감한 시라는 점에서 우리 문학사에 희귀하고 의미 있는 시라고 말할 수 있다. 물론 이 시에 등장하는 무기와 전장의 장면들은 문학작품이나 영화 등을 통한 간접경험의 산물이었을 수도 있다. 그러나 중요한 것은 그 장면의 현실감이나 실제성이 아니라, 세계적으로 도래할 대재앙에 대해 예견하였다는 점이다.

이 시에 등장하는 무기와 전쟁의 속성은 1차 세계대전을 상기시키는 한편 최첨단의 과학이 동원될 2차 세계대전의 징후를 보여주기도 한다. 이 시가 전쟁 일반에 대하여 "시대의 정신착란과 생의 무의미함"[18]을 드러낸다고 실존주의적인 차원으로 읽는 것도 가능하겠지만, 이 시에서 전쟁은 구체적인 현실인식과 역사의식의 차원에서 폭로되고 풍자된다. 그런 점에서 이 시의 내용은 세 갈래의 의미 맥락으로 나뉠 수 있다. 첫째, 각종 병기의 이름과 전쟁터의 모습을 통해 드러나는 현대 전쟁의 성격, 둘째, 병원과 탈주병, 매음녀 등을 통해 고발되는 전쟁의 비인간성과 생존의식의 강조, 셋째, 저널리즘과 시인에 대한 비판이다.[19] 주제와 관련해서 본다면 반전의식을 드러내는 현실적 측면과 서정시에 대한 비판을 드러내는 시론적 측면이라는 두 가지 내용으로 나누는 것도 타당하다.[20] 그러나 이 시가 보여준 몽타주적 구성은 각종 병기의 이름과 전쟁터의 모습을 그리고 있는 의미 맥락의 중요성을 간과할 수 없게 만든다. 즉 이러한 사물의 열거는 전쟁의 추상적 총체성을 구현하기 위한 것이 아니라 세부적인 파편들을 통해 현대 전쟁의 성

---

18 이필규, 앞의 글, 93면.
19 곽명숙, 앞의 글, 17면.
20 박현수, 앞의 책, 90면.

격을 집요하게 보여주는 기능을 하고 있기 때문이다.

이 시에 등장하는 무기와 병기를 비롯한 몇 가지 주제군의 어휘를 등
장하는 순서에 따라 열거해 보면 다음과 같다.

〈표 1〉 전쟁과 무기류 어휘 및 인명

주제	어휘	어구
전쟁 및 군사		宣戰布告, 新戰法, 敵將, 偵察, 捕虜, 塹壕, (下)士官, 勳章, 上官, 下官, 戰線, 軍醫, 兵丁, 負傷兵, 少年志願兵, 脫走兵, 發射, 將令, 兵士, 騎兵用, 蒙古兵, 軍旗, 囊舟, 軍用橋, 國境警備隊, 戰場, 軍用犬, 戰爭, 軍隊, 平射 / 曲射, 水兵, 戰死, 鐵條網, 工兵, 地下戰, 決死隊, 下等兵, 雜兵, 襲來, 地中軍隊, 戰鬪, 射擊
무기 및 병기		裝甲自動車, 탕크, 싸이드 카, 機關銃, 自走式 高射砲, 水陸兼用 戰車, 潛望鏡, (眼鏡照準器裝置)最新式小銃, 鐵兜, 煙幕, 말(馬), 창, 칼, 방패, 갑옷, 투구, 활, 전통, 시위, 草兵, 偵察機, 爆彈, 飛行機, 毒瓦斯, 毒物(窒息性毒物=鹽素, 호스겐, 지호스겐, 糜爛性毒物=로스트, 루이싸이드, 催淚性毒物=臭化벤질, 鹽化삐크린, 鹽化아세도페논, 지페니엘靑化砒素, 全鹽化砒素, 아담싸이드), 彈丸, 防毒面, 探照燈, 銃, 列車砲, 飛機(單葉, 複葉, 三葉), 單肉砲身 / 複肉砲咸, 榴彈砲, 砲口, 海岸砲, 一固定砲架留彈砲, 戰鬪艦, 巡洋艦, 驅逐艦, 大砲, 魚雷, 方向探知機, 地中聽音機, 赤外線通信, 雙眼鏡, 防彈具, 水雷, 潛航정, 落下傘音響信號器, 塹壕掘鑿自動車, 徹甲彈, 編隊飛行航空, 照準臭, 火砲, 爆擊機, 手榴彈, 燒痍彈, 瓦斯彈, 殺人光線, 放射線, 軍艦, 怪力線(듸스·레이)
인물	깐디	"弱한 者일수록 깐듸가 될 수 잇다" "신발창을 뜨더먹는 깐듸는 차라리 염소를 부러워한다"
	징기쓰汗	"징기스汗이 北部戰線에 물밀듯 미러나온다"
	項羽	"項羽氏는 수염에게倒立運動을 命한다"
	힌덴벅[21]	"나는 이런 셕들만 잇다면 現代의 힌덴벅도 될 수 잇다"
	나폴레온三世	나폴레온 三世가 두 팔을 벌니여 쭈구러진 알미늄을 어루만젓을 것이다
	꾀테	"少年詩人은 꾀테 詩人을 우서준다"
	루-쏘	"루-쏘가 참회록을 訂正하겟느냐?'
	히틀러	"나두 히틀러쯤은 될건데, 아서라-총 한 방에 파울일세"
	蔣介石	"蔣介石」「是氣所磅礴萬古澟烈存, / 當其貫日月生死安足論」[22]
	洪·尹·吳 三忠臣[23]	"勿論. 洪·尹·吳 三忠臣은 明나라가 안이면, 거북의 등에 업히여 돌라와야 할 것이다"

---

21 힌덴버그(Hindenburg). 독일의 군인으로 바이마르 공화국 제2대 대통령이자 히틀
러를 수상에 임명하여 제3제국 출현의 길을 열어준 정치가로 보인다. 그의 이름을
딴 '힌덴부르크 비행선'은 1937년 화재로 추락한 대형 참사를 일으킨 바 있다.

22 인용된 글은 문천상(文天祥)의 「정기가(正氣歌)」. 뜻은 "이 숨이 힘차 가득할 때 만고
에 늠렬하게 살았으니 / 해도 달도 꿰뚫는 마당에 살고 죽음이 어찌 말이 되느냐"로
풀이된다.

〈표 1〉의 전쟁과 무기류에 대한 어휘군을 살펴보면 이 시에서 그려지고 있는 전쟁이 특정한 국가를 염두에 두지 않은 보편적인 관념하에 그려진 것임을 알 수 있다. 이 시가 보여준 반전의식에는 일본 제국주의에 대한 비판이 포함될 수도 있으나 제1차 세계대전 이후 장차 도래할 열강들에 의한 제2차 세계대전을 그리고 있다고 보는 것이 타당할 것이다. 경제적 문제와 더불어 점차 증대되는 세계대전의 우려 속에서 시인은 전쟁에 대한 경고를 던지고자 했고 그의 예감은 적중한 셈이다. 현대의 독자는 이 시와 함께 1937년에 발발한 중일전쟁이나 1939년 나치의 폴란드 침공으로 시작된 2차 세계대전을 떠올리는 것도 자연스럽기 때문이다.

당대 기사 가운데에는 제2차 세계대전의 성격이 공중전, 화학전의 양상을 띨 것이며, 살인광선, 전력무기, 병균에 의한 무기와 같은 새로운 무기가 나타나 "과학이 전쟁의 노복"[24]이 될 것이라고 예고하는 글을 볼 수 있다. 오장환의 「전쟁」 속에 언급되는 무기들의 이름을 발견할 수 있는 이러한 기사는 소재 면에서 긴밀한 관련이 있을 것으로 짐작된다. 그리고 「전쟁」에 등장하는 독물의 명칭들은 1936년에 화학전에 대한 주의를 당부하는 기사에서 쓴 독가스들의 분류 및 예시와 상당히 일치한다.[25] 화학물질[26]외에 시각 및 음향과 관련된 병기, 괴력

---

23 병자호란 때 청나라와의 화의를 적극 반대하여 청나라에 잡혀가 고문을 받으면서도 굴하지 않고 사형된 세 사람의 척화론자인 홍익한(洪翼漢), 윤집(尹集), 오달제(吳達濟)를 말한다.

24 一松亭人, 「최신병기와 과학전쟁 上·下」, 『동아일보』, 1932.1.1~2.

25 「화학전 이야기 (3)」, 『동아일보』, 1936.1.19.

26 소위 1935년 위기설과 관련해서 세계 각국의 독가스 연구에 대한 기사가 제출되기도 하였다. 「신독와사를 발견」, 『동아일보』, 1933.11.14.

선, 전파, 방사선을 이용한 무기 등의 기사는 1936년 이후 신문 기사에 다수 등장하며, 그에 열거되고 있는 무기의 이름들은 전반적으로 시 「전쟁」에 등장하는 어휘들과 일치한다.[27] 1936년과 1937년 무렵 전시 체제에 들어가고 전쟁의 위기가 고조됨에 따라 일반인들도 독가스의 종류와 성능에 대한 지식을 갖게 되었다.[28] 이러한 당대 신문기사와의 비교를 통해 볼 때 오장환이 1936년 이후 정세 속에서 반전의식이 농후한 「전쟁」을 출간한다는 것은 불가능했을 것이다. 비록 출간은 안되었지만 이 작품에서 시어로 등장한 현대전의 신종 무기와 병기들은 역사적 사건의 도래를 선취하였다는 의미를 부여받을 수 있을 것이다.

한편으로 칼, 방패, 갑옷, 투구, 활과 같은 전근대적 전쟁의 사물들이나 징기스칸, 항우 장군과 같이 전근대사의 인물들이 등장하는데, 이것은 현대 전쟁뿐만 아니라 인류사와 더불어 존재해온 전쟁 일반에 대한 환기이기도 하다. 권력 및 전쟁과 관련된 역사적 인물들인 나폴레옹 3세, 힌덴버그, 히틀러, 간디 등은 불연속적으로 절취되어 몽타주 기법 속에서 독자의 연상 메커니즘에 충격을 가한다. 예를 들어 비폭력무저항주의자인 간디는 "약한 자일수록 깐듸가 될 수 잇다", "신발창을 뜨더먹는 깐듸는 차라리 염소를 부러워한다"는 식으로 조롱된다.

宣戰布告

~ㅈㅓㄴㅍㅏ

---

27 「과학화할 미래전쟁―최신전구의 경이」·「참독한 화학병기 명일의 광파전선」,『동아일보』, 1936.2.27.
28 「독와사의 종류와 성능―성능따라 방독법도 가지가지, 전시의 필수지식」,『동아일보』, 1937.8.30.

어린애 키우는 집의 강아지 같흔 詩人

戰爭의 株券을 팔고 사는 古典的이 못되는 實業家

박쥐의 나래, 卽, 쥐의 나래.

JERNFFA~

지게미. 턱지끼. 消化物. 과. 等等.

家畜들의 理想村.

아가!

너의들의 싸흠은 어른에게 따귀밧겐 마즐 것이 없단다아.

(…중략…)

대제학 '殺人光線' 씨는 戰爭을 키우기 위하야 戰爭의 유모노릇도 한다.

─대포를 달쿼라!

─군함을 달쿼라!

"우리애기 자장 잘두 잔다. 뒷집개두 콜콜 잘두 자구

우리애기 자장 잘두 잔다."[29]

위에 인용된 부분에서 오장환은 과학과 기술이 "전쟁의 유모 노릇"을 한다고 비유한다. 과학과 기술이 지배나 억압을 정당화하거나 거기에 봉사하는 도구적 이성(instrumental reason)으로 전락한 것을 풍자하고 있는 것이다. 도구적 이성인 과학과 기술은 발달하지만 합리적 이성을 상실한 인간은 전쟁 속에서 야만스러워진다고 본 오장환은 전쟁이 "가

---

29 오장환, 앞의 책, 133면.

축들의 이상촌"과 같이 야만스럽고 "아이들의 싸움"과 같이 미성숙한 상태라고 비판한다. 또한 "전쟁의 주권"이 자본가에 의해서 좌우되고 있다고 말함으로써 현대 전쟁의 제국주의적 속성을 폭로한다. 벤야민은 파시즘에서 인류의 자기소외는 스스로의 파괴를 최고의 미학적 쾌락으로 체험하도록 하는 단계에 이르며, "제국주의적 전쟁은 일종의 기술의 반란"으로 현재의 모든 기술 수단을 동원할 수가 있다고 보았다.[30] 이러한 인식과 유사하게 오장환은 과학성이 시대성이자 현실성이 되고 있는 현대적 상황을 말하면서, 근대의 도구적 이성이 인간 스스로를 파괴하는 가축 상태와 야만으로 전락했음을 비판하고 있는 것이다.

징기쓰汗이 北部戰線에 물밀듯 미러나온다.
頂羽氏는 수염에게 倒立運動을 命한다.
렌즈, LENZE,
렌즈,
新聞記者의 活躍
急流에 고기 튀듯 튀는 記者의 手腕
한 녀석에게 말(馬) 말과(馬과) 말(馬)과, 말(馬)과, 창, 칼, 방패, 갑옷,
투구, 활, 전통, 시위,
　타 …… 타 …… 타 …… 타드 ……
그렇타, 나는 이런 셕들만 잇다면 現代의 힌덴벅도 될 수잇다.
少年詩人은 꾀테 詩人을 우서준다.

30　Walter Benjamin, 반성환 편역, 『발터 벤야민의 문예이론』, 민음사, 1983, 231면.

타, 타, 타, 타,

草兵도 科學의 偉大性만은 時代性만은 똑똑히 알고잇다.

이놈과 이놈

이놈과 이놈

    저놈과 저놈,

    저놈과 저놈

팔낭개비를 돌니고가든 偵察機가 코우슴을 치며 爆彈을 뿌린다.[31]

위의 인용된 구절에서 징기스칸, 항우, 힌덴버그와 같은 전쟁 영웅들이 뒤섞여 있고, 초병, 말, 창, 칼, 방패와 정찰기 등의 전근대적인 무기와 현대 병기가 섞인다. "이놈"과 "저놈"이 무차별적으로 혼재된 모습은 "이놈과 이놈", "저놈과 저놈"이 마치 프로펠러의 날개 형상으로 행배열이 된 타이포그래피(typography)로도 나타난다. 서두에 등장하는 "~ㅈㅓㄴㅍㅏ"에서도 볼 수 있는 활자 서체의 구상적 표현은 이 시의 곳곳에 쓰이고 있는데, 이러한 그래픽 디자인은 사물간의 혼란과 집적을 시각적으로도 강화한다.

處女야!

처녀야!

産婆를 불너다주련?

---

31 오장환, 앞의 책, 138면.

(…중략…)

産婆가 고무掌匣을 넣어 애기를 잡어빼기에는 너의 純潔性이 넘으도 부끄러우냐?

危태롭진 안니?

애기는 다시 戰爭을 하기 前까지는 幸福될 것이다. 저녁노을이 스기 전은 幸福이다.

새 아츰.

輕氣球를 높이 空中에 꼬지라.

薇笑는 歷史를 모르고,

눈물은 고인 적이 없다

戰爭이란 動物은 反芻하는 재조를 가젓다.[32]

위의 인용된 부분에서 종전은 처녀의 임신과 출산이라는 알레고리로 그려진다. 처녀의 순결은 사라졌으며 산파에 의해 억지로 출산된 아이의 행복은 다시 전쟁이 시작되기 전까지일 뿐이다. 그리고 미래는 "역사를 모르"는 채 다시 전쟁의 수난을 반복하게 되리라는 것이 작가의 마지막 전언이다. 역사를 고통과 불행으로 가득 찬 수난사라고 여기는 작가는 전쟁이 또다시 모든 과학기술과 인간 군상의 제 양상을 혼란스럽게 뒤섞으며 인간의 생명력을 소진시켜 버릴 것이라고 경고하는 것이다. "전쟁이란 동물은 반추하는 재조를 가젓다"라는 마지막

---

32 위의 책, 159면.

의 경구는 인류의 역사 속에서 부단히 반복될 전쟁에 대한 비판적이고 냉소적인 알레고리인 것이다. 이 텍스트에서 전쟁의 모든 면모가 혼란 스러우리만큼 축적되어 있는 몽타주적 알레고리의 양상은 그 크기에 있어서 어떤 내재적인 '유기적' 한계도 갖지 않고 전쟁의 반복처럼 종 결되지도 않는다.

4. 전쟁과 시인의 상호적 알레고리

장시 「전쟁」에 대해 앞서 나눈 세 가지 의미맥락 가운데 첫 번째 의 미맥락인, 병기들을 통한 현대 전쟁의 속성에 대해 살펴보았다. 다음 으로 주제와 관련된 두 가지 의미 맥락을 살펴보고자 한다. 전쟁의 비 인간화 현상에 대한 비판과 시인을 비롯한 예술 및 저널리즘에 대한 냉소라는 두 가지 의미 맥락은 시인으로서의 자기 성찰과 관련하여 알 레고리적으로 결합된다.

우선 전쟁의 비인간화 현상에 대한 비판부터 살펴보자. 그것은 전 쟁 속에서 인간이 사물화될 뿐만 아니라 생명의 가치마저 경시되는 모 습을 그리는 것이다. 가장 효과적으로 비인간화 현상이 나타나는 장면 은 병원의 상황이다. "캠풀 주사"를 요구하는 중상자에게 군의관은 "— 사러날 희망이 없는걸, 웨 귀한 캠풀을 소비하느냐"라며 경제 논리를 노골적으로 제시하고 "유언은 개인의 사정"으로 치부한다. 이러한 비인도적인 군의관의 태도에 바로 이어서, 병원에 걸려있는 "평화와 박애를 날니는 적십자의 기"가 병치된다. 두 개의 상반된 장면의 몽타주적인 병치를 통해 아이러니가 고조된다. 전쟁에서 개인의 죽음은 짐승의 희생처럼 치부되고 "비료"와 동일시되며, 작가는 "비료가 잘 썩기를 바라는 것은 밀녀오는 시대성, 현실성"이라고 냉소적으로 말한다. 이러한 아이러니를 통해 강조되는 것은 개인의 생존 가치의 중요성이다. 그 외에도 명예욕과 권력욕에 눈이 먼 상관의 허욕과 그에 희생되는 부하의 모습을 "상관은 하관의 상처에서 코코아를 할는다"고 풍자하기도 하였다.

　　　－나두 히틀러쯤은 될건데, 아서라－ 총 한 방에 파울일세. '熱血의 愛國青年'

　　骸骨과 骸骨의 對話.

　　－蔣介石.

　　－'是氣所磅礡萬古凜烈存, / 當其貫日月生死安足論'

　　나는 忠臣으로 죽은 忠臣 하라버지의 忠臣의 詩句를 崇拜하엿드라네.

　　－요꼴,

　　－요꼴,

　　－愛國도 저를 爲한 愛國인 것을 ……

　　－난 내 안해가 보구싶어 죽겠네.

　　－홍, 그년, 그년, 그년은, 지금 엇던 영감놈과 맛부터 지랄을 할는지도 모르겠고나!

　　－나는 어리석엇다.

아―아아아, 나도 어리석엇다.

―그럿타! 나도 늣게야 肉體의 必要性을 늣기엿다.

―콩멍석 같은 껍데기라도 그냥 부처둘 것을……

후유―

骸骨들의 咀呪, 피로.³³

　　위에 인용된 부분에서 시인은 죽은 해골들 간의 대화를 통해 애국심
이나 명예심의 헛됨을 비웃는다. 애국심은 허욕이고 "충신 할아버지
의 시구를 숭배"한 허위에서 비롯되는 것이며 그 대가로 잃게 되는 것
은 고향과 가족, 그리고 결국에는 자신의 육체와 생명이라는 것이다.
"애국심을 메워주는 장령, / 애국심을 메고 죽는 병사"라고 말하면서
작가는 전쟁이 고양시키는 애국심의 광란을 인간의 본래적인 생존과
생명에 반하는 것으로 파악한다. 전쟁에 시달리게 되는 인간들의 피로
를 해골들이 대변하며, 이러한 병듦과 죽음의 이미지는 이집트의 미라
로 표상된다. 죽음의 전쟁은 미라들이 이집트를 재건하는 사업으로 비
유된다. 불모(不毛)의 도시를 재건한다는 것은 전쟁이 현대문명의 생명
을 파괴한다는 것에 대한 알레고리인 것이다.

　　이러한 생명의 파괴상과 황폐함은 매음녀로 알레고리화되기도 한
다. "매소부(賣笑婦)는 콩 서 되도 밧지 못하는 암도야지다. / 병든 도야
지"라고 비유된다. 인간으로서의 가치조차 상실되고 짐승의 수준으로
전락하여 상품적 가치만을 가질 뿐인 매음부는 생명성을 상실한 자본

33　위의 책, 148~149면.

주의의 세계에 대한 극단적인 이미지로 사용된다. 이러한 미라, 매음부를 통해 전쟁에서의 인간의 육체와 생명이 유린당하고 있는 상황이 알레고리적으로 드러나고 있는 것이다.

두 번째 의미맥락인 저널리즘(언론)과 시인에 대한 비판을 살펴보자. 언론과 시론은 별개의 것으로 보이기 쉽지만, 사실 언어적 담론이라는 점에서 둘은 같은 층위에 놓여 있다고 할 수 있다. 그리고 언론은 시와 더불어 처음부터 지속적으로 교차 반복하여 등장하는 소재인데 전쟁의 발발과 확산, 전개, 종결에 이르기까지 각종 보고와 관련된 것들은 모두 언론 및 저널리즘에 포함시킬 수 있기 때문이다. 그런 점에서 저널리즘과 시인에 대한 비판은 이 시의 구성에 있어서 전쟁 비판과 함께 근본에 깔려 있는 발상이자 주제라고 할 수 있다. 즉 전쟁이 시인으로서의 속성을 갖는 까닭은 저널리즘과 이어져 있기 때문이다.

시가 진행되는 중간에 "제일전보(第一前報)", "조간 제일면(朝刊第一面)" 등의 인용구처럼 처리된 부분은 현대문명 속에 저널리즘이 차지한 위력을 모방하여 쓴 것이다. 그런 한편으로 "누가 쩌―내리즘과 성교를 하여 주겠느냐. / (…중략…) / 쩌―나리즘은 발효소의 가난뱅이다"라고 저널리즘의 허위성과 기만성을 폭로한다. 저널리즘은 본래는 압도 당했을 법한 사건들에 대해 무덤덤하게 만들고, 그 사건들을 사적인 생존과는 무관한 듯한 중립적이고 비인격적인 것으로 만든다. 그리하여 그것은 신기함의 충격에 대한 완충장치로 작용하는 것이다. 전쟁에 대한 위기감과 자극성을 고조시키는 것은 저널리즘인 것이다. 작가는 이러한 사실 때문에 "아저씨는, 지저분―하게 허트러진 활자 속에서 전통을 차즐 수 잇느냐?"고 회의적으로 묻는다. "사군자"를 좋아하는 아저씨

〈표 2〉 저널리즘과 시인 관련 어휘

주제	어휘	어구
저널리즘	情報, 號外, 夕刊, 電通, 朝刊, 新聞, 活字, 新聞記者, 電送寫眞	"急流에 고기 뛰듯 뛰는 記者의 手腕"
	쩌-내리즘	"누가 쩌-내리즘과 性交를 하여주겟느냐" "쩌-내리즘의 亂産" "쩌-내리즘은 醱酵素의 가난뱅이다"
시, 시인, 문학	詩人	"어린애 키우는 집의 강아지 같흔 詩人" "戀愛를 할터 먹는 詩人" "밤의 눈섭을 할는 詩人" "갈매기 같은 詩人은 肥料라도될순없을가?" "게집의 젓꼭지를 할는 詩人아!" "아가! 널랑 詩人은 되지 마러라" "해바래기 같은 詩人은 손꾸락을 빠러 먹다가 강아지를 더리고 웃는다"
	少年詩人 꾀테 詩人	"少年詩人은 꾀테 詩人을 우서준다"
	어느詩人	"어느 詩人이 석냥에 毒瓦斯 냄새를 풍기여"
	抒情詩	"요따위 抒情詩들은, 彈丸의 炸裂과 함께, 不完全한 防毒面을 透過케 하야 재채기와 눈물을 흘니도록 만드러"
	抒情詩人	"밤이란, / 傳統의 藝術品을 鑄造하는 抒情詩人의 꿈이다"
	十六歲詩人	"天才少年. 十六歲詩人"
	老詩人	"老詩人의 評價「序詩」"
	늙은 詩人	"늙은 詩人은 쓰레기와 함께 置分한 쎄멘트" "늙은 詩人이 메고 가는 삿갓가마 속에서 쎈티멘탈이 쪽쪽어린다"
	自敍傳	"自敍傳을 쓴 사람들 自完傳을 한 사람"
	原稿紙	"原稿紙가 찌저젓다"
	製本	"아저씨의 번쩍어리는 턱을, 어느 化學者가 探照燈으로 製本하엿다"

는 저널리즘 속에서 전통과 같은 도덕과 윤리를, 사건에 대한 실제적 경험을 결코 찾을 수 없다는 것이다. 저널리즘의 활자 안에서 전쟁의 비인간성은 은폐되거나 사실과 다르게 신화화 될 수 있는 것이다.

이 시에서 흥미를 띠고 있는 요소는 전쟁과 시인이 상관적인 알레고리로 작용하고 있다는 점이다. 전쟁의 저널리즘이 사람들을 마비시키고 맹목화시킨다면 그것은 시의 "최루성"이나 감상성과 상통할 것이라는 것이다. 이러한 저널리즘이나 최루성의 감상적인 시에 대비해 볼 때, 전쟁에 대한 몽타주를 그리는 오장환의 이러한 시작법은 사물의 이면까지 폭로하고자 하는 의도를 갖고 있는 지적인 작업인 것이다. 오장환은 그런 점에서 전통적인 서정시를 냉소적으로 비판하며 희화화시킨다.

①어린애 키우는 집의 강아지 같흔 詩人[34]

②戀愛를 할터 먹는 詩人.

窒息性毒物＝鹽素. 호스겐. 지호스겐.

糜爛性毒物＝로스트(佛名 이페릿트). 루이 싸이드.

催淚性. 재채기를 하도록 하는 性質의 毒物. ＝臭化벤질. 鹽化삐크린. 鹽化아세도페논.

(요따위 抒情詩들은, 彈丸의 灼熱과 함께, 不完全한 防毒面을 透過케하야 재채기와 눈물을 흘니도록 만드러, 防毒面을 벗지안이치못하게 하야, 이때를 타서 致死的인 激烈한 毒瓦斯를 配達하는 것이다.) 지페니엘 靑化砒素. 全鹽化砒素.[35]

위에서 "시인"은 냉소적으로 그려지는데 ①에서는 "어린애 키우는

---

34 위의 책, 133면.
35 위의 책, 139면.

집의 강아지" 같다고 비유되고 ②에서는 "연애를 핥아먹는"다고 묘사
된다. "어린애"는 전쟁을 두고 비유한 "아가"와 같은 의미에 속한다고
볼 수 있다. 이에 따라 과학이 전쟁을 키우는 "유모"로 그려졌다면 시인
은 전쟁이나 권력에 무기력하게 종속되고 아부하는 관계로 그려져 있
는 것이다. 특히 오장환은 연애시와 서정시에 대한 비판을 ②에서 독물
들과 나란히 병치하여 표현한다. 최루성 독물이나 마비성 독물들이 재
채기와 눈물을 유도한다는 공통된 점에서 "요따위 서정시"로 비유되는
한편, 감성에만 호소하고 자극하는 서정시는 이런 독물과 마찬가지로
이성을 마비시키고 치명적인 해악을 끼칠 수 있다는 비판을 담고 있는
것이다. 파괴와 이기심이 난무하는 전쟁 속에서 시는 "들것에 메여오
는 시. / 구르마에 실녀가는 시"가 되어 병들고, "시인"은 연애나 센티
멘탈리즘에 빠져 있는 모습으로 그려진다. 이처럼 과학과 기술이 전쟁
에 봉사하며 도구적 이성으로 전락한 것에 대한 비판과 더불어 「전쟁」
안에는 서정시인의 영합과 무기력함에 대한 풍자가 교직하고 있다.

그리고 더 나아가 '시인'에 대한 알레고리는 서정시에 대한 단순한
거부감을 표현한 것으로 그치지 않는다. 이 시의 제목 아래 첫 줄에 쓰
인 "총이 웃는 것은, 전쟁 자신이 시인이기 때문이다"라는 부제가 있기
때문이다. 이러한 부제로 나타나는 이중 제목은 알레고리적 유형에서
자주 볼 수 있는 전개적 특징이다.[36] 이것은 아포리즘을 닮아 있는데,
'전쟁'이 뜻하는 의미의 경계와 '시인'이 뜻하는 의미의 경계가 맞닿아
있음을 표현하고 있기 때문이다.[37] 즉 오장환은 '전쟁'과 '시인'의 공통

---

36 Walter Benjamin, op. cit., p.195.
37 아포리즘은 일상적인 언어의 범위를 벗어나 새로운 의미를 향해 언어적인 형상을 부

된 의미를 은유적으로 보고 의인화시키고 있는 것이다. 알레고리적 의
도[38]를 가진 이 아포리즘은 전쟁을 시인으로 의인화시킴으로써 전쟁의
기술적인 반란 상태와 혼란이 '시'와 같다는 점을 풍자한다. 전쟁은 현
대적 기술의 파괴력을 예술화될 정도로 고양시킨 파괴자로 나타나는
것이다. 2차 세계대전 기간에 유태인 학살에 복무한 현대의 기술력과
예술들을 생각해보면, 과학처럼 "전쟁의 유모" 노릇까지 하지 않더라
도 예술은 집단애국주의의 우상화나 이성의 마비로 전쟁의 혼란에 기
여했던 것이다.[39] 이성의 마비자, 창조적 파괴자라는 점에서 전쟁과 서
정시인은 닮아 있다는 상호적인 알레고리가 형성되는 것이다. 여기에
는 전쟁의 비인간성을 폭로하는 한편으로 무반성적인 예술에 대한 비
판이 담겨 있다. 이것은 오장환이 현대 전쟁의 성격을 냉소적으로 통
찰하는 한편으로 시인으로서의 자의식을 표현한 것이라고 할 수 있다.

여하면서 포괄적인 진술로 그 의미를 비유적으로 암시하는 것이다. Hillis Miller "Two Allegories", Morton W. Bloomfield(ed.), *Allegory, Myth and Symbol*, Harvard University Press, 1981, p.362.

38 의인화는 사물을 인간적 모습으로 변형시키는 것 외에도 작가의 관념을 예증하고 인간적 의미를 띤 교훈과 풍자성을 강화한다는 의도를 가진 알레고리의 대표적인 유형 가운데 하나이다. John MacQueen, 송낙헌 역, 『알레고리』, 서울대 출판부, 1980, 57면.

39 실제 나치와 레니 리펜슈탈(Leni Riefenstahl)의 다큐멘터리 예술은 현대적 예술과 파시즘의 연관된 사례이다. 레니 리펜슈탈은 히틀러정권 시대에 나치당대회의 기록영화인 「의지의 승리」(1934.9), 베를린 올림픽 기록 영화인 「민족의 제전」 등의 감독으로 활약하면서 뛰어난 촬영기술과 탁월한 편집으로 다큐멘터리 영화의 차원을 끌어올린 것으로 평가받지만, 노골적인 선전 영화로서 히틀러에게 봉사한 역사적 오명을 남겼다.

5. 세계대전의 예감과 역사적 전위성

오장환의 시 「전쟁」에 사용된 알레고리는 전쟁과 근대 문명의 비인간성을 풍자하려는 작가의 의도에 따라, 불연속적인 이미지의 배치 방법인 몽타주 형식과 결합되어 있다. 다종다기하게 동원된 사물의 명칭과 이질적으로 결합된 장면들은 현대 전쟁의 속성을 구체적으로 드러내면서 시대성으로 나타난 근대의 과학성에 대한 비판을 담아냈다. 이와 더불어 작가는 현대적 시인에 대한 자의식을 가지고 전쟁과 "시인"을 상호적인 알레고리 관계에 놓으며 이를 통해 전통적인 서정시에 대해 거부하는 태도를 보여주었다. 작가가 이 작품을 창작할 당시 어린 나이였다는 점을 떠나서도 이 작품에 나오는 전쟁의 다양한 국면에 대한 해박한 지식, 인간의 수난사와 시대에 대한 날카로운 시선은 새롭게 평가할 만하다.

임박한 제2차 세계대전에 대한 예감을 보여준 이 시는 한국 근대시사 최초의 모더니즘 계열 장시라고 할 수 있다. 미래의 파국을 보여주는 세계사적 장면을 선취하였다는 데에서 그 역사적 의미를 찾을 수 있으며, 1930년대 한국 모더니즘 시의 전위성을 한층 끌어올린 작품이라고 평가할 수 있을 것이다.

제5장

알레고리에서 상징으로, 향토의 수사학
오장환의 해방 이전의 시집과 개작 양상을 중심으로

1. 시집 『성벽』에서의 알레고리적 해석자로서의 시인

오장환의 제1시집은 『종가』라는 이름으로 광고되었지만 출간 시에는 『성벽』(풍림사, 1937, 재판 : 아문각, 1947)으로 표제시와 제목이 바뀐다. 제목은 바뀌었으나 「종가」와 「성벽」은 그 형식이나 내용 면에서 유사하다고 할 수 있다. 이 두 시편은 앞서 살펴본 그의 데뷔작이나 데카당적인 태도로 근대 도시 문명을 그린 장시들, 검열에 걸린 「전쟁」과 같은 몽타주적인 시들에 비해 행과 연의 구분이 없는 산문시의 형태이고, 내용 면에서도 봉건적인 유습과 과거의 전통을 부정하고 있는 작품이다.

그러나 이러한 유형의 시편들에도 특징적인 것은 그 부정과 비판의 세계에 대한 인식과 표현에 나타나는 알레고리적 성격이다. 오장환은 상징이 아닌 알레고리를 통해 세계를 표현하고자 하였고, 이것은 그가 세계가 실재 속에 나타나는 방법과 언어 속에 나타나는 방법 사이의 분리를 의식하고 있다는 것이다.

낭만주의에서 찬양받던 상징에 비해 수사학의 역사에서 알레고리는 오랫동안 평가 절하되어왔다. 어떤 것을 통해 다른 무엇을 말하는 알레고리는 하나의 특수한 의미를 지시하기 때문에, 상징이 총체성의 무한함을 간직한 것인데 비해, 한 번 해독되면 잠재적인 의미의 암시성이 사라져 버리는 기호이다.[1] 그러므로 알레고리는 시인의 자의적인 의도에 맞추어 구성되는 기호로서 이성적이고 규범적으로 나타난다. 오장환의 「전쟁」과 「수부」에서도 볼 수 있듯이 거기에서 사용되는 알레고리는 전쟁과 근대도시의 비인간성들을 드러내려는 이성적이고 도덕적인 의미내용으로 해독되어 버리는 것이다.

이에 비해 상징은 특히 낭만주의에 의해 표면과 심연, 정신과 물질을 포함하는 근본적인 통일, 즉 '자아와 세계의 합일'로 이해되었다. 그러나 이것은 이미지와 초월적 총체성의 통합을 보고자 하는 낭만주의자들의 욕망을 보여주는 것일 뿐이고, 낭만주의자들의 주체와 객체 사이의 통일이라는 관념성은 시간적 차이의 틈새에 의해 균열되고 만다. 시간적인 숙명의 폭로와 부합하는 언어의 수사성이 바로 알레고리인 것

---

1 알레고리의 단순성에 비해 상징은 "감각 이전에 발생하는 이미지와, 그 이미지가 제시하는 초감각적인 총체성 사이의 직접적인 통합체에 기초하고 있다." 그러한 까닭에 현대미학에서 상징은 미적 직관과, 알레고리는 인습과 연상되는 현상으로 여겨져 왔던 것이다. Paul de Man, "The Rhetoric of temporality", *Blindness & Insight*, Methuen & Co. Ltd, 1983, pp. 188~189 참조.

이다.[2] 주체와 객체의 낭만적 결합은 변증법의 운동 안에서 바라볼 때 하나의 순간적이고 부정적인 운동에 불과하며 그것이 폭로되는 것은 알레고리 안에서이다. 그러므로 "알레고리의 세계에 있어서 시간은 본질적인 구성 범주"이며, 알레고리적 기호에 의해 구성되는 의미는 결코 일치할 수 없는 "선행 기호의 반복"인 것이다.[3] 선행 기호를 끊임없이 가리키지만 그 일치되지 못한 반복은 기원과의 거리를 뜻한다. 이 거리를 인식하면서 알레고리는 주체의 객체에 대한 환각적이고 낭만적인 동일시를 방지하는 것이다.

오장환이 사물과 세계를 비판적이고 부정적인 시선으로 바라볼 때, 그는 주체와 객체에 대한 낭만적인 동일시에 거리를 두고 있으며, 텍스트를 통해 그 사물이 본래적으로 가지고 있던 의미가 시간 속에 훼손되어 있음을 폭로하고 있다. 다음과 같은 시를 낭만주의적인 상징론의 관점에서만 본다면, 대단히 무미건조하고 이성적인 시에 불과하며, 봉건적 전통에 대한 부정이라는 편내용적인 주장만 찾게 될 것이다.

世世傳代萬年盛하리라는 성벽은 편협한 야심처럼 검고 빽빽하거니 그러나 보수는 진보를 허락치 않아 뜨거운 물 끼얹고 고춧가루 뿌리던 성벽은 오래인 휴식에 인제는 이끼와 등넝쿨이 서로 엉키어 면도 않은 터거리처럼 지저분하도다.

—「성벽」 전문

---

2   Ibid., p.200. 낭만주의의 상징론에 대한 자세한 비판은 이 책을 참고.
3   Ibid., p.206.

위 시의 소재인 '성벽'은 인간의 건축물을 뜻하지만, 여기에서 작가는 역사적 사회적 의미에서 다루고 있음이 분명해 보인다. 그러한 까닭에 대부분의 논자들은 작가가 '성벽'을 "보수의 보루"로서, 즉 역사의 진보를 가로막는 장애물이므로 타파해야 할 것으로 보고 있다고 해석하여 작가의 '진보주의 사상'을 도출해 낸다.[4] 그러한 논의의 대부분은 오장환의 서자 출신이라는 개인사적 요소를 가지고 봉건유습에 대한 반항정신으로 환원하여 해석한다는 문제점을 가지고 있다. 만일 "보수"와 "진보"라는 관념어를 작가의 사상과 단순히 대응시킨다면, 근대화를 이루지 못한 잘못된 역사에 대한 "일종의 모국 혐오증이나 종족적 매저키즘"[5] 식의 발상으로 비판하거나, "서구적인 것에 대한 무조건적인 경사"[6]로 치부할 수 있는 것이다. 이러한 비판의 여지에 대한 방어논리 가운데 하나가 오장환이 서자라는 출신요소를 강변하는 것이다.

그러나 오장환의 경우 봉건유습에 대한 부정정신이 유독 강한 것은 사실이지만, 서자라는 출신에 대한 지나친 강조는 텍스트를 작가에 귀속시키는 편협된 해석을 낳고 만다. 작가에 대한 귀속성은 '진보주의'라는 사상적 입장을 강조하여 '성벽'에 대한 확대 해석을 낳기도 하였다. 가령 "뜨거운 물 끼얹고 고춧가루 뿌리던" 행위를 병마와 재앙을 물리치기 위한 기복 행위로 설명하여, '성벽'이 인간 마음속의 보수의 '벽'을 상징하며 인간적 평등으로 나아가야 한다는 진보적 사상을 형상화한 것이라는 관념적인 해석[7]이 그러한 예라 할 것이다. 그러나 이 시에서

---

4 최두석, 「오장환의 시적 편력과 진보주의」, 『오장환 전집』 2, 창작과비평사, 1989, 185~186면.
5 오세영, 「탕자의 고향 발견」, 『한국 현대 시인연구』, 월인, 2003, 377면.
6 최두석, 앞의 글.

'보수, 진보'라는 관념이 시인의 역사의식의 반영을 위한 특별한 개념으로 사용되었다기보다는 "과거적인 것과 새로운 것, 전통적인 것과 서구적인 것, 봉건적인 것과 근대적인 것, 향토적인 것과 기계문명적인 것의 상호대립적인 의미망을 은유적으로 표현한 것"[8]으로 보는 것이 타당성이 높다고 할 수 있다.

「성벽」이 띠고 있는 의미망에는 확실히 대립적인 은유가 내재되어 있다. 그 은유를 통해서 본래의 '성벽'의 의미 일부가 변화된다. 무엇보다도 '성벽'은 작가의 앞에 존재하고 있는 사물로서 시각적인 광경에 위치하고 있다. 그 때 '성벽'은 관습적인 상징성을 띠고 있는 선행기호를 갖고 있다. 그 선행기호인 "세세전대만년성(世世傳代萬年盛)하리라는 성벽"은 일반적으로 도구적 의미에서 수호와 방어를 의미한다. 이 수호와 방어라는 의미를 갖고 있는 선행기호를 이 텍스트는 반복하면서 그것과의 거리를 확인한다. 그 거리는 시간의 침식에 의해 벌어진 것이다. 성(城) 내부의 번성과 안전을 영원토록 지키려는 욕망은 하나의 "편협한 야심"에 불과한 것으로 드러난다. 시간의 흐름 속에서 훼손되지 않는, 변화되지 않는 사물은 없기 때문이다. 그러므로 작가는 "오래인 휴식" 상태에 있는 성벽의 사물성 자체를 깨닫고 있다. 성벽은 그 도구적 가치와 사용가치가 상실되고 사물 자체가 하나의 존재처럼 음험하게 드러난다. 성벽의 위용은 사라지고 "인제는 이끼와 등넝쿨이 서로 엉키어 면도 않은 터거리처럼 지저분하"게 다만 서 있는 것이다. 즉 성벽은 본래의 도구적이고 관습적인 상징성이 탈각되면서 시간에 의

---

7 김학동, 『오장환 연구』, 시문학사, 1990, 29면.
8 오세영, 앞의 글, 377면.

해 황폐화된 사물적 존재인 폐허로서 나타난다. 이러한 폐허 안에서 역사는 물질적으로 배경 안에 드러나는 것이다.

오장환의 텍스트는 보수와 진보를 상징화시키는 것이라기보다, '성벽'이라는 대상과 기호를 알레고리적으로 파악하여 폐허의 형태 안에 현실적으로 제시한 것이다. 벤야민은 시각적 광경과 알레고리 사이의 연관을 지적하면서 알레고리의 대표적인 예로 폐허를 들고 있다. 그는 "사고의 영역에 있어서 알레고리의 관계는 사물의 영역에 있어서 폐허의 관계와 같다"[9]는 또 하나의 알레고리적 설명을 한다. 폐허는 시간 안에서 건물의 이전의 영광을 암시하지만 동시에 현재의 차이 안에서 은유적으로 그 영광을 폐허화한다. 폐허의 광경 앞에서 시간에 침식당한 건물의 존재를 깨닫는 것과 마찬가지로, 알레고리를 통해서 기의가 시간에 침식당함을 깨닫게 된다. 그래서 알레고리 역시 선행 기호를 반복하여 되돌아가지만 본래의 기의가 훼손되었음을, 다시 결합될 수 없음을 확인한다. 이러한 알레고리는 그 자체 미(美)를 넘어서는 것이라고 벤야민은 말한다. 여기에서 미는 헤겔적인 미학원리에서 말하는 '이데아'의 감각적인 '현상'으로서 자연, 역사, 예술은 절대정신의 충만을 향한 변증법적인 과정으로 항상 진보의 선상에 놓여 있는 것이다. 그러나 벤야민은 이러한 규정에 반대하여 알레고리가 그러한 미를 넘어 있으며, 역사가 불가피한 쇠퇴 과정으로 드러나는 것이라고 본 것이다.[10] 알레고리 안에서 드러난 소재는 이념의 실패, 즉 자연이나 사고를 변형시키는 데 실패하고

---

9 Walter Benjamin, John Osborne(trans.), *The Origin of German Tragic Drama*, NLB, 1977, p.178.

10 H. Miller, "Two Allegories", Morton W. Bloomfield(ed.), *Allegory, Myth and Symbol*, Harvard University Press, 1981, p.362.

시간에 의해 침식당하였다는 데 대한 가시적 증거가 되는 것이다. 그러므로 "알레고리 안에서 감각적으로 명백한 것은 이념이 아니라 이념의 부재"이다.[11] 따라서 시인은 '성벽'이라는 봉건유물이자 상징적 기호의 본래적 가치의 상실, 그 이념의 퇴색을 말하고 있는 것이다.

알레고리적 해석가인 시인은 시 「종가」를 통해서는 다른 시인의 텍스트를 선행 기호로 하여 이데아적인 미의 세계를 전도시킨다.

큰집에는 큰아들의 식구만 살고 있어도 제삿날이면 제사를 지내러 오는 사람들 오조할머니와 아들 며느리 손자 손주며느리 칠촌도 팔촌도 한데 얼리어 닝닝거린다. 시집갔다 쫓겨온 작은딸 과부가 되어온 큰고모 손꾸락을 빨며 구경하는 이종언니 이종오빠. 한참 쩡쩡 울리던 옛날에는 오조할머니 집에서 동원 뒷밥을 먹어왔다고 오조할머니 시아버지도 남편도 동네 백성들을 곧잘 잡아들여다 모말굴림도 시키고 주릿대를 앵기었다고.

— 「종가(宗家)」 부분[12]

이 시는 『풍림』에 1937년 2월에 발표되었는데, 두 해 전에 발표된 백석의 「여우난곬족」(『조광』, 1935)의 산문체와 일가친척이 모이는 명절날의 모습이라는 점에서 유사성을 발견할 수 있다. 그러나 그 광경과 분위기, 무엇보다 시인이 전하고자 하는 주제의식이 전혀 상반됨을 알 수 있다. 백석의 시에서 고모들은 곰보, 후처, 과부와 같은 서러운 인생살이를 하는 인물들이지만 베짜기에 능하거나, 성을 잘 내거나,

11 Ibid., p.363.
12 오장환, 김재용 편, 『오장환 전집』, 실천문학, 2002, 176면.

"언제나 흰 옷이 정"한 모습의 정감어린 모습을 띠고 있다. 그러나 오 장환의 「종가」는 "시집갔다 쫓겨온" 소박맞은 딸이나 과부를 내세우 더라도 시인 자신이 그러한 인물들에 대해 "손꾸락을 빨며 구경하는" 듯한 거리를 두고 있다. 양반이라는 신분과 문중의 권위를 내세워 백 성을 괴롭히거나 "대대손손이 아무런 재주도 물리어받지" 못하고 무 위도식하다가 "작인들에게 고리대금을 하여" 사는 봉건적 인물의 행 태를 풍자하고 있는 것이다.

이외에도 「정문(旌門)」과 「성씨보(姓氏譜)」 역시 그러한 봉건 이념에 대한 폭로와 부정을 주제로 삼고 있다. 「정문(旌門)」에서 작가는 본래 열녀의 정절을 상징하는 표시물이었던 '정문'의 조작성을 폭로한다. 이 텍스트에서 작가가 밝히는 '정문'은, 정욕에 못이겨 자살한 규수를, 남편을 구하려다 죽은 것으로 전설을 지어내고 가문의 위신과 종친의 명예욕을 채우기 위해 세운 허황된 상징물이다. 「성씨보」에서는 "대 국숭배"에 들뜬 조상들이 가계보를 창작하고 매매하였다고 폭로하고 그러한 관습을 거부한다. 두 텍스트 모두 작가가 부정하는 전통은 관 습화된 상징의 조작성과 세속성이다. 상징이 그 본질적 덕성을 상실하 고 인위적인 조작에 의해 허위적인 조작물과 기호들이 되고 있다는 점 에서 작가의 부정의 대상이 되는 것이다.

이러한 텍스트는 상징적 조작물과 기호들의 기만적인 진의를 폭로 하고, 기표의 허구성을 밝힌다. 그러나 이것을 진보주의 사상이라고 단정 짓기는 어렵다고 본다.[13] 이러한 텍스트들에 나타나고 있는 부정

---

13 오장환이 이 시기에 보여준 봉건적 구질서에 대한 파괴적 태도 및 부르조아지에 대 한 적의는 진보적 역사관과는 관계가 없고, 역사의 힘에 의한 변화 발전의 믿음이 생

성은 어떠한 조형물이나 기호들에서든 이념의 부재를 밝히고 세속화된 가치들을 밝히면서 본래의 상징적 의미의 재현에 균열을 내는 데 있다. 거부와 부정을 통해 동요되고 있는 것은 틀림없는 기호 그 자체이다. 문제는 상징을 변화시키거나 정화시키는 것이 아니라 상징적인 것 자체에 도전하는 것이 된다. 벤야민은 "인간이 상징으로 끌려져 간 곳에서, 알레고리가 그 상징을 해석하기 위해 그리고 극복하기 위해 존재의 깊이로부터 나온다"라고 했다.[14] 오장환은 알레고리적으로 사물을 바라보고 상징을 해석한다. 그 점은 「성벽」 등의 텍스트에서 관습과 상징이 알레고리적 해석가인 작가에 의해 뒤틀리고 대체되고 있는 데에서 확인할 수 있는 것이다.

그러한 알레고리적 해석자에게는 자연도 더 이상 시간 속에 영원한 실체를 가진 존재로 보이는 것이 아니라 하나의 해석의 대상이 될 뿐이다.

> 꽃밭은 번창하였다. 날로 날로 거미집들은 술막처럼 번지었다. 꽃밭을 허황하게 만드는 문명. 거미줄을 새어나가는 향그러운 바람결. 바람결은 머리카락처럼 간지러워 …… 부끄럼을 갓 배운 시악시는 젖퉁이가 능금처럼 익는다. 줄기 채 긁어먹는 뭉툭한 버러지. 유행치마 가읔처럼 어른거리는 나비 나래. 가벼이 꽃포기 속에 묻히는 참벌이. 참벌이들. 닝닝거리는 울음. 꽃밭에서는 끊일 사이 없는 교통사고가 생기어났다.
>
> —「화원」 전문

긴 것은 해방 이후라고 보는 것이 타당할 것이다. 이필규, 「오장환 시의 변천과정 연구」, 국민대 박사논문, 1995, 178면.
14 Walter Benjamin, op. cit., p. 183.

「성벽」과 같은 산문시의 형태인 이 시는 간단하지만 자연을 의인화하는 작가의 해석적 방법을 잘 보여준다. 꽃밭은 번창하는데도 거미집들은 늘어간다. 그렇다면 '번창'이라는 단어는 반어적으로 쓰인 것을 알 수 있으며, 그 번창이란 다름 아닌 문명에 의한 황폐화이다. 작가는 '문명', '유행치마', '교통사고' 등의 관념적이고 도시적인 단어를 집어넣음으로써 자연 사물들에 인간세계의 모습을 투사한다. 이러한 의인화는 "알레고리의 고정쇠"[15] 역할을 하고 있다. 그 고정쇠는 서로 이접되고 있는 두 측면을 결합한다. 즉 주어에 있는 비인간적 명사와 술어부에 있는 인간적 속성이 연결되는 것이다. 꽃밭은 자연 상태를 떠나 '허황한 문명', '끊임없는 교통사고'라는 도시의 번잡을 알레고리화한 것으로 해석된다. 작가는 문명사회에서의 발전과 진보가 도리어 늘어가는 '거미집'처럼 황폐한 모습과 혼돈을 가져온다고 보고 있는 것이다. 이처럼 자연 사물을 우울한 해석으로 바라보는 작가의 시선은 다음 시에서 더욱 분명하게 드러나며 시적 형상화에서도 긴장성을 얻게 된다.

썩어 문드러진 나무뿌리에서는 버섯들이 생겨난다. 썩은 나무뿌리의 냄새는 훗훗한 땅속에 묻히어 붉은 흙을 거멓게 살지워 놓는다. 버섯은 밤내어 이상한 빛깔을 내었다. 어두운 밤을 독한 색채는 성좌를 향하여 쏘아 오른다. 혼란한 삿갓을 뒤집어 쓴 가녈핀 버섯은 한자리에 무성히 솟아올라서 사념을 모르는 들쥐의 식욕을 쏘을게 한다. 진한 병균의 독기를 빨아들이어 자주빛 빳빳하게 싸늘해지는 小動物들의 인광! 밤내어 밤내어 안개가 끼이고

15 Samuel R. Levin, "Allegorical Language", Morton W. Bloomfield(ed.), *Allegory, Myth, and Symbol*, Harvard University Press, 1981, p.24.

찬 이슬 나려올 때면, 독한 풀에서는 요기의 광채가 피직, 피직 다 타버리려는기름불처럼 튀어나오고, 어둠 속에 시신만이 겅충 서 있는 썩은 나무는 이상한 내음새를 몹시는 풍기며, 딱다구리는, 딱다구리는, 불길한 가마귀처럼밤눈을 밝혀가지고 병든 나무의 뇌수를 쪼웃고 있다. 쪼우고 있다.

―「독초」 전문

이 시를 두고 김학동은 "어둡고 우울한 색조를 느끼게 할 뿐만 아니라, 그 가열하고 원색적 표현들이 읽는 이로 하여금 머리를 쭈볏하게까지 한다"[16]라고 감상을 말한 바 있다. 그는 이 시가 단순한 자연 묘사가 아니라 시적 자아의 내면풍경이라고 해석한다. 딱따구리가 쪼고 있는 병든 나무의 뇌수가 시적 자아의 뇌수를 가리키는 것으로 볼 수 있기 때문이다. '뇌수'라는 인간화된 단어가 등장하면서 나무라는 숙은 사물에 인간의 얼굴이 부여된다. 이 점에서 시의 후반부는 급작스럽게 인간적 의미를 띠는 것으로 전환된다.

시의 전반부를 보면 버섯의 이야기가 나온다. '독초'란 다름 아닌 버섯을 가리키는 것이다. 버섯은 불길하고 괴기스러운 느낌을 주도록 형상화되어 있다. 버섯은 썩은 나무뿌리의 양분을 땅으로부터 뽑아내 자라나며 독기를 뿜어내고 현란한 색깔과 가냘픈 모습으로 들쥐를 유혹한다. 버섯의 독기를 먹은 들쥐는 죽는다. 이 간략한 구도를 파악하고 나서야 후반의 독초의 광채와 어둠 속의 시체, 그리고 나무의 이상한 냄새와 딱따구리의 소리가 이해될 수 있는 것이다.

이러한 그로테스크한 분위기는 보들레르의 영향으로 추측되는데, 리

---

16 김학동, 앞의 책, 37면.

샤르는 보들레르에게서 버섯은 "감추어진 보석이자 동시에 땅의 암"[17]이었다고 해석한다. 버섯의 독기는 죽음과 부패를 땅으로부터 훔친 것이고, 버섯은 불결하고 탐욕스러운 사물이다. 그 독기와 화려한 색채는 죽음에로의 유혹을 뜻한다. 위 시에서 들쥐의 죽음과 나무의 부패는 모든 곳에 불길한 분위기를 퍼뜨린다. 시적 화자는 그 버섯의 유혹과 죽음의 광경에 사로잡혀 있는 것이다. 그 속에서 딱따구리가 병든 나무의 뇌수를 쪼고 있다. 김학동의 지적대로 병든 나무의 뇌수는 인간의 뇌수 즉, 작가의 심적 상태와 연관된다고 볼 수 있다. 딱따구리의 소리는 시적 자아의 심장소리와 일치되는 상태가 된다. 작가는 이 지배적인 불길한 분위기와 죽음의 관념으로 자연을 바라보고 있는 것이다.

벤야민은 알레고리에서 "자연은 싹과 꽃봉오리 안에서 보여지는 것이 아니라, 창조의 과도한 성숙과 쇠퇴 안에서 보여진다. 여기에서 우울한 비전이 역사를 깨닫는다"[18]라고 했다. 오장환의 이 텍스트에 나타나는 자연은 쇠퇴와 죽음의 이미지들로 드러나며, 그것을 통해 시적 화자가 죽음 속에, 시간의 피할 수 없는 쇠퇴와 부패에 강하게 붙들려 있음을 확인할 수 있는 것이다. 그러한 의미에서 「성벽」에서는 역사와 상징에 대한 도전으로서 작가의 알레고리적인 세계관이 드러났다면, 「독초」에서는 자연에 대한 우울한 해석에 알레고리적 세계관이 나타나고 있다고 볼 수 있다.

---

17 리샤르는 현상학적 비평을 통해 보들레르의 시에 등장하는 버섯을 두고 "그것의 신비는 불도 은총도 아니요, 부정적인 비밀이며 아이러니이며 탐욕이다. 그것은 자신의 모든 풍미를 땅에서부터 훔쳤다. 그것은 無로부터, 허공 주변에서 만들어진 과일이요, 反태양이다"라고 해석하였다. Jean-Pierre Richard, 윤영애 역, 『시와 깊이』, 민음사, 1984, 109면.
18 Walter Benjamin, op. cit., p.179.

2.『헌사』의 개작과 알레고리의 약화

중기로 넘어가는 오장환의 시세계는 커다란 변화를 보여주는데, 무엇보다 퇴폐적인 도시 문화와 데카당스한 근대문명에 대한 비판으로부터 벗어나 향토적 서정을 노래하는 방향으로 변모한다. 향토성과 고향의 발견은 오장환뿐만이 아니라 1930년대 후반 시에서 일반적인 소재이자 식민지의 상실감이 반영된 주된 정서였다.[19] 그 가운데 "탕자의 고향회귀"[20]로 명명될 만큼 오장환의 경우는 그 전환이 극적인 바가 있다. 이 과정에 자리 잡고 있는 시적 주체의 동일화 의지에 대해 여러 연구[21]에서 지적된 바가 있는데, 이러한 연구에서 오장환의 초기 시세계는 대개 아버지나 전통, 근대 문명으로 표상되는 부성석인 질서를 거부한 것으로 보고, 이 속에서 분열될 수밖에 없는 주체가 지향하려는 표상으로 고향을 해석하고 있다. 오장환의 시세계에서 중기 시가 차지하고 있는 중요성은 이처럼 근대 도시 문명에서 향토적인 세계에 대한 관심을 보이는 변모 과정을 누구보다 뚜렷하게 보여 주고 있다는 데 있다. 이러한 변모 과정이 수사학적인 특징과 텍스트의 개작 과정에서 매우 의식적이며 구체적으로 나타나고 있다는 점에서 출발하고자 한다.

이 장에서는 오장환의 시작활동 가운데 제2시집을 중심으로 해방 전

---

19 한계전,「1930년대 시에 나타난 '고향' 이미지에 대한 연구」,『한국문화』16, 1996; 이명찬,『1930년대 한국시의 근대성』, 소명출판, 2000.

20 오세영,「탕자의 고향발견」, 권영민 편,『월북문인연구』, 문학사상사, 1989.

21 송기한,「오장환 연구─시적 주체의 의미변이에 대한 기호론적 연구」,『관악어문연구』15, 1990.12; 이미순,「오장환 시에서의 '고향'의 의미화 과정 연구」,『한국시학연구』17, 2006.12.

까지 그의 시세계를 살펴보는 것을 목적으로 한다. 이를 통해 1930년대 대표적인 모더니스트로서 근대문명의 퇴폐성에 대해 날카롭게 비판하고 풍자하던 알레고리적인 세계관과 수사학적 태도로부터 상징성과 서정성의 방향으로 뚜렷한 자각과 의식을 가지고 전환하였다는 점을 밝혀보고자 한다. 아울러 서지적인 차원에서 지적은 되어 왔으나, 그 의미가 주요하게 분석되지 않은 시편들의 개작 양상과 그 의미를 함께 다루려고 한다.

중기시에 나타나는 개작 양상은 발표 원문과 시집 수록문을 대조한 김학동의 서지적 연구에서 상세히 밝혀져 있다.[22] 이 연구에서는 원문 대조표의 형태로 그 변화 양상을 정리하고 있어 구체적인 변화를 확인하는 데 크게 도움을 주고 있다. 이러한 실증적인 조사에 뒤따르는 분석과 해석이 필요하다고 할 것이다.

오장환의 시집의 발간 순서를 보면 『성벽』 다음에 『헌사』(남만서방, 1939), 『병든 서울』(정음사, 1946), 『나 사는 곳』(헌문사, 1947)이다. 대부분의 연구에서 『성벽』과 『헌사』를 같은 시기로 분류하고, 『나 사는 곳』을 하나의 과도기적인 시기로 구분하기도 하였다. 그러나 『나 사는 곳』에 수록된 많은 시들이 창작 시기나 내적인 변모 과정에서 『헌사』와 긴밀하게 연결되어 있기 때문에 출간시기로 살펴보는 것보다는 시인이 밝힌 창작일자나 발표지면을 고려해서 살펴보는 것이 보다 적절하다고 본다. 『성벽』이 재출간될 때에도 「성벽」을 비롯한 6편을 새로 엮기도 한 점을 보면, 오장환의 시집 전체는 개작 등을 통해 시인의 의도에 따라 배치된 성격이 강하기 때문이다. 여기에서는 향토적 서정이 두드러지게 나타

---

22 김학동, 『오장환 연구』, 시문학사, 1990.

나기 시작한 『헌사』와 해방 이후 발간된 『나 사는 곳』에 수록되었지만 해방 이전에 발표되어 개작된 시들을 중심으로 살펴보고자 한다.

제2시집인 『헌사』에 이르면, 발표 당시의 원문에 있던 부제들이 시집에 수록될 때에는 대부분 삭제되는 것을 볼 수 있다. 「전쟁」과 유사한 성격을 지닌 산문시인 「황무지」는 『자오선』(1937.1)에 발표될 때 차호 연재까지 광고한 채 중단되었지만 4부 271행의 장시였다. 그러나 시집에는 2/3 가량이 삭제되어 3부 75행만이 수록된다. 발표 당시의 시 「황무지」는 1937년에 나온 시집 『성벽』의 수사학적 양식이나 전체 기조에서 가까웠지만, 1939년에 출간된 시집 『헌사』에 실리면서 길이를 줄이고 내용을 수정한다. 그리고 "모ー든 생물은 황무지에서 출발하엿고 황무지에로 환원하엿다"라는 부제도 삭제된다. 발표시 원문의 구성은 1부 폐광의 노름판, 2부 극심한 가뭄과 유목민 대열에 대한 상상, 홍수와 재민들, 사람들과 동무의 죽음 그리고 문명과 과학에 대한 회의, 3부 폐광의 달밤, 4부 아라비아의 대상에 비유된 상인과 공장의 굴뚝으로 정리되는데, 이 가운데 2부와 4부가 거의 다 삭제되어 수록된다. 시집 수록분은 폐광을 직접적으로 묘사하거나 그와 연관된 연상에 한정되어 구성되게 된 것이다. 즉 발표 원문에서 폐광과 같은 논리적 연관에서 폐허와 파멸에 대한 알레고리로 기능했던 가뭄, 홍수, 화장장, 공장과 같은 몽타주적인 연상들이 삭제된 것이다. 단적으로 시의 마지막 장면을 비교해 보도록 하겠다.

> 숫한 絶望과 無氣力 속에
> 自墮落의 술을 마시며

젊은 意志는 못 쓰는 機械와 같이 삭어 버린다.

生産이 多量으로 되어 나오는 工場의 商品이여!

傾向이 多量으로 쏠리여 가는 靑年들의 데카단스여!

—「황무지」 부분, 『자오선』, 1937.11

싸느란 달밤에

잉, 잉,

잉, 돌ㅅ멩이가 울고

無人境에

달빗 가득— 실은 헐은 도록꼬가 스스로히 구른다

부흥아! 너의 우는 곧은 어나 곧이냐

어즈러운 회리바람을 따라

不吉한 뭇새들아 너의들의 날개가 어둠을 뿌리고 가는 곳은 어나 곧이냐

—「황무지」 부분, 『헌사』, 1939.7

『자오선』에 실린 원문에 등장한 생산과 상품으로 말해지는 자본주의와 문화적 데카당스에 대한 탄식은 사라진다. 이러한 자본주의 문화에 대한 탄식과 절망은 제1시집 『성벽』에 한정하겠다는 의도의 소산으로 추측해 볼 수 있다. 대신에 이 시편의 말미는 발표문의 3부의 중간에 등장한 폐광의 달밤 정경과 부엉이로 마무리함으로써 황량한 이미지와 정황 제시로 그친다. 설명과 교훈조의 알레고리 대신에 몰락과 폐허에 대한 정서적 환기를 의도하고 있는 것이다.

시집 『헌사』의 표제작인 「헌사(獻詞, Artemis)」도 유사한 개작단계를

거친다. 이 시가 발표된 것은 1938년 11월 『청색지』이다. 시집에 수록될 때는 발표 당시 있었던 "고궁의 담장에도 달이 기울면 / 키가 큰 내관이 기왓장을 더듬어간다" 부분이 삭제되고 부분적으로 어휘가 줄었다. 이것은 '마귀, 근위병, 카페, 스틱스'와 같은 이미지들과 이질적으로 느껴졌기 때문일 듯싶다. 그러나 어찌 보면 당시 조선이기에 가능했던 비동시성의 동시성이라고 볼 수도 있는 부분이었다고 할 수 있다. 또한 "나도 어릴 때는 활을 쏘았다 / 나르는 새는 내 마음의 양식이였다 ……"라는 부제도 사라지게 된다.

「체온표(體溫表)」의 경우 발표작은 첫줄이 "어항 안 金붕어처럼 / 게으름이 자라나도다"라고 되어 있었다. 아포리즘에 이르지는 않지만 게으름이라는 추상적 가치를 경구적으로 비유하고 있었다. 그러나 시집에 수록될 때는 "어항 안 / 게으른 금붕어"로 수정되어 단순한 정황 제시 내지 묘사로 그치며 서술적 표현이 줄어들었다. 이것은 시의 함축성에 대해 오장환이 보다 자각하게 되었음을 보여주는 사례라고 할 수 있다.

전반적으로 시집 『헌사』의 개작 형태는 무엇보다 길이가 줄어들고 난삽하리만치 장황하고 산만하던 시구들이 대폭 생략되는 형태를 보인다. 그리고 부제가 삭제되고 어구가 한층 함축적으로 됨으로써 풍자적이고 비판적인 의도의 알레고리는 약화된다고 할 수 있다.

3. 비극적 상징으로의 경도

알레고리가 줄어드는 대신 『헌사』의 시편들은 상징적인 표현들이 많이 등장하는데, 이러한 상징들은 특히 죽음을 중심으로 전개된다. 많은 시편들에 죽음과 관련된 소재나 발상들이 등장하고 있는데, 예를 든다면 「할렐루야」에서의 곡성, 「심동」에서 산새의 시체, 「나의 노래」에서 시적 화자 자신의 죽음, 「석양」의 묘지, 「무인도」의 물에 뜬 송장 등이 그것이다. 이처럼 시집 『헌사』에는 마치, "모든 길이 일제히 저승으로 향하여 갈 때 / 암흑의 수풀이 성문을 열어"(「할렐루야」) 놓고 있는 듯하다. 그 "암흑의 수풀"이 말하여 주듯 내용면에서 도시 문명이 아닌 자연적 사물이, 정서면에서 어둡고 우울한 분위기가 주로 사용된다.

이 시기 오장환이 '밤'과 '죽음'에 기울어졌던 것은 부친의 사망이라는 개인사적 이유와 무관하지 않겠지만, 그 배경에는 시대와 관련된 역사의식이 놓여 있었다고 볼 수 있다. 1930년대 후반 만주사변으로 비롯된 중일전쟁과 태평양 전쟁 등 외적 상황은 역사가 병들었다는 인식을 낳았고, 이러한 인식은 삶의 비합리적인 영역, 즉 죽음에 대한 집착을 부르게 된 것이다. 역사의 몰락에 대한 인식을 암시적으로 드러내며 그것을 정서적인 풍경으로 형상화하는 데 성공한 작품이 「The Last Train」이라고 할 수 있다. 이 시에서 기차가 만들어낸 수사학적인 장점은 사물의 층위에서 역사적인 층위로 옮겨가는 힘이다.

저무는 역두에서 너를 보냈다

비애야!

개찰구에는
못 쓰는 차표와 함께 찍힌 청춘의 조각이 흩어져 있고
병든 역사가 화물차에 실리어 간다.

대합실에 남은 사람은
아즉도
누궐 기둘러
나는 이곳에서 카인을 만나면
목놓아 울리라.

—「The Last Train」 부분, 『헌사』

　도입부에 '비애'라는 관념적인 감정 명사에다가 영탄 부호까지 붙여
드러냈지만, 이 시가 감정의 남발이나 직정적인 토로로 느껴지지 않는
까닭은 배경과 정황이 구체적으로 형상화되어 있기 때문이다. 즉 사람
들에게 이별의 공간으로 친숙한 기차역이다. 그리고 황혼을 배경으로
시적 화자는 무엇인가와 이별을 고한다. 사용불능이 된 청춘과 병든
역사와 작별하고 있는 것이다. 어디론가 떠날 수 있었고 모험이 가능
하였던 청춘의 시간은 끝났고, "병든 역사"는 화물차에 실려 간다. 이
'역사'라는 기표를 통해 시 전체의 주제는 개인사적인 의미를 떠나 시
대적인 의미로 확장된다. 시대에 대한 역사적 증언뿐만 아니라 시대의
몰락에 대한 주관적인 회한을 드러내고 있는 것이다.

그러나 지난 과거에 대한 아쉬움만으로 끝나지 않고, 이 시는 새로운 구원을 기다리는 시대의 혼돈을 말하고 있다. 대합실에서 서성거리는 자가 기다리는 것은 성경에 등장하는 최초의 음모자이자 죄인이자 형제살해자인 "카인"이다. 그는 영원히 추방당한 자, 이방인이며 죄인의 각인을 간직하고 있는 자이다. 세계와 단절되어 버린 시적 화자는 카인과 동일시하고 싶어 하며, 집단으로부터 자신이 고립되고 저주받은 존재라는 것을 고백한다. 여기에서 텍스트는 2차적인 의미의 층위, 즉 신학적이며 종교적인 층위로 확장된다. 즉 시적 화자의 비애는 신과의 단절, 신으로부터 저주받음의 고뇌이기도 한 것이다. 달리 말해 개인의 행동과 신념의 기반이자 존재의 의미를 부여해 주는 총체성의 상실, 즉 이상과 존재의 의미가 사라지는 데에서 나오는 슬픔인 것이다. 이러한 '카인'과 같은 신화적 아이콘은 시 「헌사」의 '마귀'나 '스틱스'와 같은 계열이라고 할 수 있다. 세계와의 교류가 단절된 상태에서 자아는 무의미성과 비극적인 감정에 빠지면서 죄인을 자신의 표상으로 삼게 된다.

> 무거운 쇠사슬 끄으는 소리 내 맘의 뒤를 따르고
> 여기 쓸쓸한 자유는 곁에 있으나
> 풋풋이 흰 눈은 흩날려 이정표 썩은 막대 고이 묻히고
> 드런 발자욱 함부로 찍혀
> 오즉 치미는 마음
> 낯선 집 울타리에 돌을 던지니 개가 짖는다.

어메야, 아즉도 차디찬 묘 속에 살고 있느냐.

정월 기울어 낙엽송에 쌓인 눈 바람에 흐트러지고

산짐승의 우는 소리 더욱 처량히

개울물도 파랗게 얼어

진눈깨비는 금시에 나려 비애를 적시울 듯

徒刑囚의 발은 무겁다.

　　　　　　　　　　　　　　　　—「소야(小夜)의 노래」 전문[23]

　"무거운 쇠사슬 끄으는 소리"가 마음의 뒤를 따른다는 것은 시적 화자가 깊은 절망에 묶여 있어 참다운 자유를 누릴 수 없는 상황임을 말해준다. 그에게는 "쓸쓸한 자유"만이 있다. 그 자유는 발자국으로 더럽혀진 흰 눈처럼 훼손된 자유이며, 그러한 까닭에 시적 화자는 분노의 마음에 낯선 집의 울타리에 돌을 던진다. 세계에 대해 적대적이고 고립되어 있는 자로 자처하려는 반항적 태도를 보인다. 즉 이 시의 죄인이나 도형수는 의지할 곳 없는 내면의 좌절감을 보여주는 상징인 것이다. 시집의 다른 시편에도 "카인", "카인의 말예", "병든 시인"을 통해 악에 대한 지향을 드러내고 있다. 이러한 악에 대한 지향은 세계와 주관의 이상 사이에서 나오는 균열의 긴장을 담고 있는 변형이라고 할 수 있다. 다시 말해 시인이 드러내는 죄인 의식은 세계에 자신이 구속되어 있으면서 소외되어 있음을 말함으로써 악습에 반항하며 자유에 대한 자신의 이상을 표현하고자 한다.[24]

23　『사해공론』, 1938.9.
24　J.P. Sartre, 박익재 역, 『시인의 운명과 선택』, 문학과지성사, 1985, 56면.

이러한 반항은 혁명론자들처럼 새로운 가치 질서를 창조하는 데 나아가는 것은 아니며 극히 주관적인 태도라고 할 수 있다. 죄를 뜻하는 독일어 Sünde은 '분리시키다(sondern)'라는 말에서 파생되었고, 죄는 하나님과의 단절, 즉 "관계의 상실, 뿌리 또는 존재론적 기반의 상실"[25]이라고 한다. 그것은 모든 사회적 제약으로부터의 이탈을 뜻하는 것이다. 그로 인해 주관주의의 극단적인 절망에의 귀결, 병과 밤과 죽음에 대한 열망이 나타나게 되면서, 종교성에 대한 갈망을 수반하기도 하는 것이다. 이러한 종교에 대한 갈망은 오장환의 『나 사는 곳』에 나오는 「귀향의 노래」에서 "굴팜나무로 엮은 십자가, 이런 게 그리웠었다"라면서 단적으로 나타나기 시작한다. 이 시에서는 사탄과 카인 대신에 기독교의 열두 제자를 부르는 모습으로 종교적인 전향을 뚜렷하게 보여준다.

이러한 악에 대한 몰입, 즉 자신의 과오를 고의적으로 창조하는 것은 한편으로 선에 대한 갈망을 담고 있다고 볼 수 있다. 다시 말해 스스로를 그릇된 것이라고 명명함으로써 선 없이는 존재하지 못할 상대적이고 부차적인 존재임을 고백하는 것이다. 오장환이 악에 몰입하지만 그것은 아버지의 품으로 돌아올 탕아와도 같이 근본의 선량함을 주장하는 것이다. '나는 추악하다는' 의식은 '아름다움'에 대한 개안을 일으키는 능동적인 힘이라고 할 수 있다. 그 능동적인 양심의 가책, 예술가적인 자기학대야말로 아름다움과 긍정을 출현케 하는 것이다.[26] 자기파괴에 가까운 양심의 가책이 이상과 긍정성을 출현시키는 모체가 되었음을 다음 절에서 볼 수 있다.

---

25 Paul Ricoeur, 양명수 역, 『악의 상징』, 문학과지성사, 1994, 80면.
26 F. Nietzsche, 김태현 역, 『도덕의 계보』, 청하, 1982, 95면.

4. 『나 사는 곳』의 개작과 '향토'의 상징성

『나 사는 곳』(헌문사, 1947.6)은 해방 후에 『병든 서울』(정음사, 1946.7)보다
이후에 발행되었지만, 해방 이전에 쓴 시들을 싣고 있고 그 서문에 작가가
그 사실을 알리고 있기 때문에 보통 제3시집으로 여긴다. 이 시집에 수록
된 시편들은 『헌사』 이후 1939년 10월부터 『병든 서울』이 발간되는 1946
년 7월까지의 기간을 채우고 있는 것이다. 대개의 연구에서는 이 시기의
작품에서 "고향의 발견"이라는 주제를 내세워 해방공간의 이념선택기로
가는 과도기적인 의의를 두고, 중기를 대표하는 시집으로 간주한다.

그러나 필자는 이 시집이 지니고 있는 『헌사』와의 내적인 긴밀성을
강조하고자 한다. 그리고 이 시집이 발간될 당시 1947년 메이데이 기
념 낭독시이자 권두시인 「승리의 날」을 제외한 8편만이 시집에 실린
전체 23편 중에서 해방 이후에 발표된 시들이며, 11편이 해방 전에 발
표된 시이고, 4편이 발표지면이 확인 안 된 시들이라는 차이점을 고려
하려고 한다. 해방 이후에 발표된 8편들이 만일 해방 전에 제작했던
것을 이후 발표한 것이라 하더라도 해방 이후의 분위기와 상황을 고려
하지 않을 수 없었을 것이다. 이 과정에도 개작이 일어났을 수 있으나
그것은 논하기가 어렵기에 제외로 한다.

그런데 해방 전의 11편 중에서는 상당히 개작된 부분이 존재한다. 이
과정에서 이 시집 전편들을 『헌사』와의 단절로만 파악해서는 안 되며,
그 내적인 변모가 연결되어 있다고 보아야 한다. 즉 『헌사』에 이어지는
기조음이 있었고, 그 위에 해방으로 인해 달라진 새로운 수사학적인 개

조가 있었던 것이다. 그러한 까닭에 『나사는 곳』에 두드러지게 나타난 시편들의 개작과정을 살펴보는 것은 『헌사』로부터의 변모와 해방공간으로의 변모 과정을 동시에 파악할 수 있는 기회를 제공할 것이다.

해방 이전의 시편 가운데 개작 양상을 두드러지게 보여주는 시는 「푸른 열매」이다. 작위적인 발췌를 피하도록 하기 위해 다소 길지만, 『푸른 열매』의 발표지와 시집에 실린 텍스트들의 전문을 비교하도록 하겠다.

난파선 배쪼각이 떠오는 바다ㅅ가에는
오늘도
타관사람이 말없이 앉어
떠가는 구름장을 바라다보고

石碑보이는 松林사이론
고요한 墓地에 꽃을 뿌리는
外人들의 孤兒院 어린 아히가
鐘소리와 함께 깨였다
鐘소리와 함께 잠잔다.

말없는 사나히
꿈꾸는 木靴에
한 송이 파ー란 열매가 맺혔고
海底의 都市에는 집집마다
술 倉庫의 香취가 풍기어온다.

바람이 날려 푸득이며 떨러지는

갈매기의 하-얀 날개 쭉지를 주서들고

낯선 사나히는

눈감고 자는 듯이 죽어버린다.

장독대 나란히 보이는

죄그만 漁村에도

집집마다 거북이가 잠자는

식커먼 해저의 도시에도

한個의 太陽과 해바라기와 양구비꽃은 욱어졌노라.

—「푸른 열매」 전문, 『인문평론』, 1939.10

부서진 배쪼각이 떠오는 바다 가에는

오늘도 낯선 사람이 말없이 앉어

흐터가는 구름ㅅ장을 바라다보고

돌碑가 보이는 솔밭 사이론

고요한 무덤에 꽃을 괴이는

孤兒院 어린아히들

종소리와 함께 깨였다

종소리와 함께 잠잔다.

아 거기 히듸 힌 갈매기떼 물거품에 醉하야……

열푸른 海心에 우지지느 곳

오열(嗚咽)하는 사람아 나의 젊은아.

눈물은 헛되이, 꿈마저 헛되이,

끝없는 조용한 오한 속에서

밧비 밧비 흘러가는

물거품이어!

—「푸른 열매」 전문, 『나 사는 곳』

원문에 비해 볼 때 현저하게 두드러지는 개작은 우선 한자어 사용의
자제이다. 노출되어 있던 한자를 한글로 바꾼 것은 물론이요, "난파선
배쪼각"을 "부서진 배쪼각"으로, "타관사람"을 "낯선 사람"으로, "석비"
와 "송림"을 "돌비"와 "솔밭"으로, '묘지'를 '무덤'으로 바꾼 것은, 관념적
인 한자어들을 감각적인 울림을 아울러 가지고 있는 우리말로 대치하
려는 시적인 배려에서 나온 것으로 보인다. 그러나 3연 이하의 삭제와
수정은 내용과 주제 면에서 상당한 변화를 가했다. 물론 3연의 요령부
득의 표현은 수정되어야 할 것이었는데, 꿈꾸는 목화(木靴 : 벼슬아치들이
사모관대를 할 때에 신던 신)에 파란 열매가 달렸다는 것은 목화(木花)의 오
식이 아닌 한 어떠한 상황을 뜻하는 것인지 알 수가 없기 때문이다. 이
러한 과도한 삭제로 인해 시집에 수록된 수정된 시에서는 시제(詩題)의
"푸른 열매"를 암시할 수 있는 부분이 없어지는 결과까지 낳았다. 무엇
보다도 "시커먼 海底의 都市"가 "열푸른 海心"으로 바뀐 것, "술 창고의
향취"와 "양구비꽃"과 같은 관능과 타락을 암시하는 부분이 삭제된 것,
사나이의 죽음이 오열로 수정된 것은 시인의 내적 변모를 말해준다.

이러한 수정의 흔적은 이 시집의 근본적인 정서와 표현기법이 변화되었음을 의미한다고 할 수 있다. 인간 세계와 관련된 구체적인 사물들이 자연적인 사물들로 대체된다. 특히 "해저의 도시"와 같은 기표가 "해심"으로 바뀜으로써 그 기의도 문명에서 자연으로 바뀌게 되는 것이다. 『헌사』에서 극단적인 비극적 정서로 흘렀던 주관성은 이제 생명력과 관련된 정서로 바뀐다.

다른 시편에서도 구체적인 사물이 추상적인 시어로, 타락을 암시하고 있는 문명적 단어가 생명력 있는 자연물로 대치되는 것을 볼 수 있다. 「구름과 눈물의 노래」[27]에서 "띠엄 띠엄 닦어 놓은 / 別莊 터에는 病든 말이 서서 잠잔다"가 시집에서 "띄엄 띄엄 닦어 놓은 / 새 거리에는 / 病든 말이 서서 잠잔다"로 바뀌어 있다. 단순한 수정인 듯해도 '별장터'라는 그 호화로움 때문에 '병든 말'과 더불어 부패 가능성을 떠올리게 하는 시어가 "새 거리"라는 정화된 이미지로 크게 전변해 있는 것이다.

「강물을 따러」[28]에서는 "少年들의 가슴속에 술이 뛰고 노는 것"이라는 구절이 시집에 수록될 때는 "少年들 가슴속에 푸른 불이 뛰고 노는 것"으로 바뀌어서, "술"이 "푸른 불"로 수정되었다. 또 발표 당시 "등불을 받어 …… 침침한 목노의 등불을 니마로 받어 ……"라는 구절은 시집에서 "몸짓만이 몸짓만이 움켜쥔 날개털을 생각케 할 뿐……"으로 바뀜을 볼 수 있다. 이처럼 구체적으로 인간의 사물을 지시하는 말들을 보다 추상적이고 자연적인 언어로 바꿈으로써 시적인 함축성과 다의성이 증가하고, 더불어 비판적이고 절망적인 어조가 순화됨을 느낄

---

27 『문장』, 1940.3.
28 『인문평론』, 1940.8.

수 있다. 그러한 까닭에『나 사는 곳』의 시어와 어조는 소망과 희망을 내포하고 있는 것으로 충분히 해석될 여지가 생기게 되는 것이다.

「절정(絶頂)의 노래」도 이러한 절망과 소망의 교체를 보여주는 텍스트이다. 발표 당시 텍스트의 "탑이어! / 으스름 그늘이 지도록 나 또한 말없이 낙일을 직히려노라"라는 어구는 "탑이여, 하눌을 지르는 탑 제일 높은 탑이어!"로 변화되고 있다. 발표문에 나오는 황혼이나 "낙일"의 시간적 배경에 드러나는 하강의 이미지와 정적 이미지가 시집 수록본에서는 상승의 이미지로 반전되어 있는 것이다. 마지막 연은 그러한 차이를 더욱 두드러지게 보여준다.

> 어둠이 모든 것을 삼키는 밤 깊이까지 / 천년, 아니 이천년, / 탑이어! 너 홀로 돌이어! / 어나 곳에 두 팔을 젓는가
>
> —『춘추』, 1943.6.

> 이제도 / 한층 또 한층 주소로 애처로운 단념의 집웅 우에로 / 천년 아니 이천년 발돗음하덧 / 탑이어, 머리 드는 탑신이어, 너 홀로 돌이어! / 어나 곳에 두 팔을 젓는가.
>
> —『나 사는 곳』

얼핏 보기에는 별다른 차이가 없는 듯도 하지만, 자세히 살펴보면 탑의 수직성은 서로 상반됨을 볼 수 있다. 발표문에서는 "밤 깊이"라고 하향성을 느끼게 하였다면, 개작에서는 "단념의 지붕 우에로" "발돗음" 하고 "머리 드는" 형태로 상향성의 역동감을 빚어내고 있다. 발표문에

는 "永劫에 걸치어 / 넘칠듯한 哀愁여! 밑 없는 諦念이어!"라는 구절처럼 체념의 감정이 직설적으로 토로되며, 탑 자체도 인적 없는 들판에 홀로 서 있는 애수의 표상으로 나타난다. 발표문에서 수직으로 서 있지만 탑의 분위기가 하강과 침잠에 가까워 "두 팔을 젓는" 탑의 모습이 절망적인 몸짓으로 느껴지게 한다. 그러나 개작된 텍스트는 전반적으로 상승과 희망에 대한 갈망으로 전환되고 있다.

『나 사는 곳』의 시편들은 '사랑'과 '생명의 순결성'에 대한 자각, '고향에 대한 공동체적 관심의 성숙을 드러내며, 방랑과 타락의 죄의식으로부터의 소생이라는 내적 드라마를 완수하는 것이다.

산 밑까지 날려온 어두운 숲에
몰이꾼의 날카로운 소리는 들려오고,
쫓기는 사슴이
눈 우에 흘린 따뜻한 핏방울.
(…중략…)
어미의 상처를 입에 대고 핥으며 어린 사슴이 생각하는 것
그는
어두운 골짝에 밤에도 잠들 줄 모르며 솟는 샘과
깊은 골을 넘어 눈 속에 하얀 꽃 피는 약초
아슬한 참으로 아슬한 곳에서 쇠북소리 울린다
죽은 이로 하여금
죽는 이를 묻게 하라.

―「성탄제」 부분

'성탄제'는 예수와 관련되어 탄생과 부활의 상징적 의미를 지닌다고 할 수 있다. 이 시에서는 몰이꾼에게 쫓기는 어미 사슴과 어린 사슴이 등장하여, "연약한 생명에 대한 사랑의 정신을 가장 집약적으로 보여주고 있는 작품"[29]이라는 평가를 받고 있다. 몰이꾼의 날카로운 소리에 대조적으로 사슴의 '따듯한 핏방울'은 생명의 고결성과 사랑의 정신을 느끼게 한다. 어미의 상처를 치유할 수 있는 생명의 "샘"과 "약초"를 소망하는 어린 사슴은 시적 화자의 투사이기도 하다. 죽음 앞에서 비밀의 약초를 떠올리는 것은 불가항력적인 죽음의 운명에 놓여 있는 인간이 마지막으로 절실하게 소망하는 환상이다. 그러한 환상과 꿈꿈에 의해서 생명을 압살하려는 세력과 생명의 소중함을 보존하려는 존재 사이의 긴장감이 선명하게 드러나는 것이다.

이러한 긍정적 시선은 「산협의 노래」에서 "겨울 이리떼를 근심하는" 시적 화자가 "다스한 사랑"을 갈망한다든지, 시적 화자의 가슴에 "보리이삭이 솟아났노라"라는 표현에서 더욱 서정적으로 드러난다.

5. 고향과 노래의 발견

오장환 중기 시의 서정성은 고향에 대한 노래에서 더욱 구체화된다. 「향

---

29 이숭원, 「오장환 시의 전개와 현실인식」, 『현대시와 현실인식』, 한신문화사, 1990, 57면.

토망경시(鄕土望景詩)」(『인문평론』, 1940.4), 「고향이 있어서」(『문장』, 1940.12), 「귀향의 노래」(『춘추』, 1941.10), 「붉은 산」(『건설』, 1945.7.11), 「성묘하러 가는 길」(『동아일보』, 1946.11.19) 등이 시집 『나 사는 곳』에서 볼 수 있다. 물론 고향에 대해 그리워하는 마음은 첫 시집 『성벽』에 실려 있는 「황혼」에서도 볼 수 있다. 그 시에서 오장환은 "우거진 송림 속으로 곱게 보이는 고향이여! 병든 학이었다. 너는 날마다 야위어가는 ……"이라고 묘사함으로써 황폐해진 식민지 하의 고향의 현실을 인식하고 형상화해낸 바 있다. 그러나 초기 시에서 고향에 대한 향수는 개인적인 방랑과 고립에 대한 반대급부 내지 위안의 심리에서 기인한 상상적인 것이었다고 할 수 있다.

반면에 중기 시에서 고향은 시적 화자가 공간적으로 그곳에 위치하고 있고, 다른 사람과의 교감 속에 이뤄질 수 있는 성격의 향수라는 점에서 대단히 큰 차이점을 갖는다. 즉 초기 시의 향수는 관념 속에서 불러낸 것이었다면 중기 시의 향수는 체험과 함께 발생한다. 그 성격에서도 초기 시의 향수는 고립적이고 자폐적이었던 데 반해 중기 시의 향수는 공동체적이고 확산적이다.

흙이 풀리는 내음새
강바람은
산김승의 우는 소릴 불러
다 녹지 않은 얼음장 울멍울멍 떠나려간다.

진종일 나룻가에 서성거리다

행인의 손을 쥐면 따듯하리라.

—「고향 앞에서」부분, 『나 사는 곳』

위 시에서 시적 화자의 위치는 봄이 오는 고향의 나룻가 부근이다. 아직 녹지 않은 어름장에 추위가 남아 있겠지만, 시적 화자는 행인의 손길을 기다리며 온기를 기대하고 있다. 「The Last train」의 대합실에서 "카인"을 기다리던 시적 화자를 떠올리면 나룻가에서 "행인"의 손을 잡겠다고 하는 시적 화자의 전변은 놀랍다. "카인"과 같은 죄인이나 소외된 자가 아니라 인정을 나눌 수 있는 상대를 기다리는 것이다. 고향은 그러한 인간적인 소통과 정신적 교감이 이루어질 수 있는 배경이되고 있다. 이러한 고향 시편에는 민족적 저항 감정이 아니라, 차라리고향에 대한 인간적 애정[30]이 두드러지게 드러나며 인정과 소망이라는 보편적 정신을 추구하고 있다. 이러한 면모는 시편 「붉은 산」에서도 확인될 수 있다.

가도, 가도 붉은 산이다. / 가도 가도 고향뿐이다. / 이따금 솔나무 숲이 있으나 / 그것은 / 내 나이같이 어리고나. / 가도 가도 붉은 산이다. / 가도 가도 고향뿐이다.

—「붉은 산」전문, 『나 사는 곳』

이 텍스트에서 고향은 모든 국토로 그 보편성이 확대된다. 고향을 이미지화한 "붉은 산"은 국토의 황폐함을 단적으로 드러낸다. 그러나

---

30 김용직, 『한국 현대경향시의 형성/전개』, 국학자료원, 2002, 324면.

그것은 도시나 문명의 폐허와는 다른 공간이다. 폐허는 시간 앞에 허무하게 스러져갈 수밖에 없는 인간의 유한한 운명과 불완전성을 상기시킨다. 그러나 붉은 산은 그 생명력이 소진되었더라도 그것은 일시적인 위축일 뿐이며 시간 속에 회생의 힘을 감추고 있는 자연적 존재이다. 그리고 "내 나이같이 어리"지만 "이따금 솔나무 숲"이 있는 곳이다. 그러므로 황폐함과 동시에 소생력의 상징을 포괄하는 있는 "붉은 산"은 '고향과 마찬가지의 상징성을 내포하고 있는 것이다.

오장환이 고향을 노래하게 된 것이 전적으로 그 자신만의 창안이라고 단정 짓기는 어렵다. 향토는 1930년대 공간적 검열우회 방식 중의 하나였다.[31] 또한 일본에서도 '고향' 개념이 전환기를 맞게 된 것은 1930년대이다. '고향'은 도시로의 '이동'을 통해 발생하며 개별적 지방성을 지니는 것이지만 근대화 과정에서 급격하게 향토로 통합된다. 그리고 1930년대에는 전쟁이 고향 개념의 전환에 중요한 역할을 하게 된다. 일본 밖으로 출정했던 병사들의 시선에 의해 고향 개념은 사적이고 개인적인 영역에서 벗어나 곧바로 국가로 확산된 것이다.[32]

식민지 조선의 경우 지식인들에게 향토를 기억하는 것은 민족의 상상을 견고하게 하는 데 기여하지만, 외부의 시선에 의한 분리를 전제한 이중적인 것이었다. 식민지 엘리트로서 그들은 계몽의 주체이면서 동시에 대상이 되는 유동적인 정체성을 지녔던 것이다.[33] 다시 말해 근대와 전근대 사이의 고정된 정체성 없이 혼종으로 살아야 하는 불안

---

31 한만수, 「1930년대 "향토"의 발견과 검열 우회」, 『한국문학이론과 비평』 30, 2006.3, 389면.
32 나리타 류이치, 「'고향'이라는 이야기 재설」, 『한국문학연구』 30, 2006.6 참조.
33 오성호, 「향수와 고향, 그리고 향토의 발견」, 『한국시학연구』, 2002.11, 170면.

한 주체의 위치에 있기 때문이다. '고향'은 그러한 혼종의 주체에 의해 발견된 대상이라고 할 수 있다.

그러나 오장환의 경우 초기 시에 보이던 주체의 분열이나 불안은 오히려 '고향'의 발견을 통해 해소되는 양상을 보인다는 점에서 특징적이라고 할 수 있다. 그의 정신사적인 측면에서 '고향'의 발견은 개별 의식에서 "보편 의식"으로 나아가는 과정[34]이라는 지적에 동의할 수 있다. 오장환 시에서 '고향'을 자각하고 시적으로 형상화해내는 면모를 살펴보면 '고향'은 고유성의 지표로서가 아니라 일종의 향토성의 성격, 즉 보편성의 지향에 가깝다고 볼 수 있다. 어떤 원초적이고 균질적인 공간으로 고향이 드러나고, 그에 대한 감상 형식인 향수의 형상화도 구체적인 사물의 개별성 속에서 추상적인 본질을 드러내고자 하는 상징의 양식에 가깝기 때문이다. 그의 시에 나타나는 시간도 자연의 영원한 생명력에 의탁하는 양상을 보여준다.[35]

김소월의 상징에 대해 고평한 오장환의 산문 「조선시에 있어서의 상징」은 이러한 그의 변천과정과 관련해서 주목해 볼 필요가 있다.

이 땅에서 상징의 세계를 받아들일 처음의 본의는 그 받아들인 사람들의 경제적 토대가 아무리 유족한 것이라 하여도 그것은 유락(愉樂)을 구하는 것이 아니라 견딜 수 없는 식민지의 백성으로서의 내면모색과 정신

---

34 이필규, 앞의 글, 113면.
35 알레고리가 총체성의 외양을 벗기면서 파편화된 사물을 모은다면, 상징은 총체성에 대한 갈망을 담고 있다. 또한 시간에 대해서도 알레고리가 순간성을 받아들여 시간의 위력 앞에 자신을 내맡긴다면, 상징은 영원성을 지향한다. Walter Benjamin, op. cit., p.159 참조.

적 고뇌의 발현 내지 합일로 볼 수밖에는 없을 것이다.[36]

　　오장환은 외래사조인 상징주의가 조선인들이 가진 피식민자로서의
내면과 고뇌에 합치되었기 때문에 수용된 것이라고 보았다. 즉 봉건주
의로부터 벗어나 예술가들이 시민적 각성과 더불어 식민지적인 질곡
에서 권리 내지 주장의 방편으로 "기분적 상징세계"에서 공감하게 되
었다는 것이다. 김소월의 시에서 대사회적인 저항의식을 읽어내며 오
장환은 피압박민족의 운명감과 당면한 현실에 대한 반항의식을 상징
의 핵심이라고 보고 있다. 1947년에 쓰인 이 평문은 어찌 보면 해방 전
에 나온 자신의 온건한 작품들을 변호하려는 의도를 숨기고 있었는지
도 모른다. 가령 『영창』에서는 창살에 갇힌 사자, 「양」에서는 목채 안
에 갇힌 양, 「은시계」에서는 공원에 갇힌 사슴 등이 구속된 상태로 등
장하며, "천사", "종이", "새로 돋은 사슴의 뿔"과 같은 소망을 함축한
시어가 나온다. 상징을 현실도피의 수단이 아닌 민족적 현실에 대한
대응방식으로 본다는 점에서 오장환의 '고향'이 지향한 바가 향토, 국
토, 국가로까지 확대될 수 있다고 볼 수 있으며, 그가 이러한 의미적 연
관을 자각하고 있었다고 볼 수 있을 것이다.

　　마지막으로 주목할 문제는 오장환이 자신의 시작 태도를 하나의 "노
래"라고 일컫고 있다는 점이다. 유달리 제목에 "노래"라는 어휘를 삽입
하여 만든 시편들이 늘어나고 있다는 것은 시의 음악성을 자각하고 배
려하고 있다는 하나의 증거가 될 수 있을 것이다. 이것은 단지 음악성

36　오장환, 「조선시에 있어서의 상징」, 『신천지』, 1947.1(『오장환 전집』 2, 창작과비평
　　사, 1989, 73면에서 재인용).

에 대한 배려로만 그치는 문제는 아니다. 초기의 몽타주적 알레고리가 시각적인 이미지에 기반을 둔 표현기법이라면, 이러한 시각적 이미지와 대조된다고 할 수 있는 청각적인 이미지에 기대어 성립하는 "노래"로 전환한다는 것은 수사학적으로도 변화를 가져올 수밖에 없다.

시집 『나 사는 곳』에는 「초봄의 노래」, 「밤의 노래」, 「구름과 눈물의 노래」, 「절정의 노래」(원제 : 頂上의 노래), 「길손의 노래」, 「노래」, 「산협(山峽)의 노래」, 「봄노래」와 같이 많은 시에서 시제에 '노래'를 사용하고 있음을 확인할 수 있다. 이 시들은 모두 자연 사물들을 통해서 느끼는 시적 화자의 감상과 서정성이 드러나고 있다는 점에 공통점을 찾을 수 있다. '노래'는 회귀하고자 하는 고향과 같은 전근대적 대상에 어울리는 감상적 형식이었다. 오장환의 '노래'를 민요와 같은 수준으로 보기는 어렵지만, 전통적인 형식이라고 여기는 민요나 노래도 사실상은 근대 국민국가 형성에서 새로이 창조되고 요청되었다는 점을 고려해보면,[37] '귀향'의 서사를 전제로 하여 고안된 형식이었다고 할 수 있을 것이다. 그의 '노래'는 자연발생적인 서정성의 효과를 산출할 수 있는 '향토성'의 형식이었던 것이다.

이상으로 오장환의 시세계의 중기에 해당하는 시편들의 수사학적 변모 과정을 분석하며 아울러 발표작과 시집 수록작 사이의 개작 양상을 살펴보았다. 「헌사」와 「나 사는 곳」의 일부 시를 중심으로 볼 때 오장환의 중기 시에서 향토적 서정이라는 것은 과도기적인 성격을 갖는다고 할 수 있다. 그것은 '향토'의 구체성을 생략한 추상적인 상징에 더

---

37 한만수, 앞의 글, 390~391면.

욱 가깝다. 즉 문명비판의 알레고리가 가지고 있는 개별성의 반대편에 놓여 있는 것이기 때문에 그 서정성은 오히려 보편성을 자극한다.

잡지 등을 통해 발표되었던 형태와 달리 시집에 수록될 때 텍스트에 일어난 변화들은 그것을 더욱 확고히 예증해준다. 어휘의 선택과 부제의 삭제, 무엇보다 한자어와 숫자를 생략하고 서정성을 심화시킬 수 있도록 색채와 감각 어휘로 교체한 것을 볼 수 있다. 그리고 파편적이고 시각적인 이미지와 사물의 조합과 나열에 가까웠던 시 형태를 버리고 '노래'에 대한 자각성을 가지고 있음을 보았다. 오장환의 중기 시에서 살펴볼 수 있는 개작 양상과 서정화 경향은 1930년대 후반에서 해방 이전까지 한국 시사에 일어난 수사학적인 지평의 전환을 전형적으로 보여주는 증좌가 될 수 있을 것이라고 본다.

제3부
역사의 상처와
문학의 증언

제1장

한국시의 비극성

1930~1940년대를 중심으로

1. 비극성의 개념

한국 근대시의 비극성은 한국 근대시의 운명을 이르는 말이 될 수도 있으며, 한국 근대시의 탄생에서 해방이라는 하나의 기착점에 이르기까지 숙명적으로 관통하게 된 한국 근대사의 궤적과 크게 다르지 않을 것이다. 그런 까닭에 '비극성'이라는 개념으로 한국 근내시 연구를 검토하려는 시도는 한국 근대사와 시인들의 실존적 무게를 측량하려는 무모함을 무릅쓰는 일일 것이다. 그러나 '비극성'이라는 개념이 유효한 까닭은 식민지 문학이라는 비극적인 출생과 불구적인 성장 상황을 마주하거나 극복하는 과정에서 작품이 성취하게 되는 '위대함'의 크기와 비례하기 때문이다. 그 위대함은 작품의 내적 완성도를 넘어서 텍스트 바깥의 영역까지 이른다고 할 수 있다.

한국 근대시 연구에서 비극이라는 개념은 '비극적인 현실', '비극적인 세계 인식'과 같은 형태로서 각각은 '비참한' 또는 '불행한' 현실, 세계와 화해하지 못하는 내면의 방황이나 자기 불안 등을 설명할 때 사용되어 왔다. 그러한 비극 개념을 제공한 이론적 배경에는 헤겔과 마르크스 미학의 문제적 인간론, 니체와 쇼펜하우어의 허무주의적 비극론 등이 놓여 있었다. 이러한 이론들의 갈래들로부터 볼 수 있듯이 문학비평 용어로서 비극이 가지고 있는 개념은 다층적이라고 할 수 있다. 그러나 시 연구에서 사용되는 비극이라는 용어는 엄밀한 비평적 도구로서의 의미보다는 수사학적인 의미에 더 가깝게 사용되었다고 할 수 있다. 비극이라는 용어가 어원적으로는 연극과 드라마의 장르에서 파생되었으나, 일상적으로 사용하는 '비극적' 혹은 '비극성'이라는 용어는 문학비평 용어로서의 '비극'이 지닌 엄격한 의미에 한정되어 쓰이는 것은 아니기 때문이다.

그러므로 이 글에서는 비극이 지닌 개념적 모호함을 몇 가지 형태로 정리하여 식민지 시대 시 작품을 통해 어떠한 비극성이 표출되었는가에 대해 살펴보고자 한다. 비유적으로 요약하자면 한국 근대시는 식민지 현실이라는 비극성을 태생적으로 안고 근대성의 비극성을 감수하는 성장과정을 거친 셈이다. 기존의 연구 경향을 살펴볼 때 전자인 식민지 현실이라는 비극성이 리얼리즘 문학 연구에서, 후자인 근대성의 비극성이 모더니즘 문학 연구에서 주로 양분되어 다뤄졌다고 할 수 있을 것이다. 리얼리즘 문학에서 현실에 패배당하는 인물이나 모더니즘

문학에서 분열된 주체는 비극적 주인공을 닮아 있기 때문이다. 이 글에서는 비극성에 대한 비평적 개념을 재정립하여 식민지 시기 문학의 고뇌와 성과에 대해 일관된 조망을 던져 보고자 한다.

한국 근대시는 그 태생부터 비극성을 안고 그와 함께 하였다고 할 수 있다. 식민지의 언어로 문학을 한다는 행위, 종속된 식민지에서 비판적인 지식인이라는 위치, 무력적인 병탄과 수탈로 얼룩진 역사 등은 이미 비극성과 친연성을 갖기 때문이다. 그런 점에서 시 작품의 '비극성' 또는 시의 '비극성'을 살펴보는 것은 작품과 더불어 시인들의 실존적 삶과 시대적 배경을 고려한 다층적인 독해가 필요하다. 이 글에서는 일본 제국주의의 탄압이 노골적으로 강화되기 시작하며 사상적으로 현실적으로 시인들을 비극으로 몰아붙였던 1930년대 중후반에서 1940년대 해방 이전까지의 작품들을 대상으로 살펴보고자 한다.

1910년대나 1920년대에도 비극성은 존재하겠지만 이 글에서는 몇 가지 유사성이 있는 특징들을 제외하려 하기 때문이다. 우선 한국 시에 보편적인 '한(恨)'의 정서와 구별하고자 한다. '한'이 시련과 고통에 대해 감내함으로써 일차적인 원망을 이차적인 체념의 정서가 승화시키는 정신작용이라고 한다면, 비극성에는 현실적 갈등과 대결이 있고 그로 인한 좌절에 대한 성숙과 통찰이 일어난다는 점에서 한과 비극성은 다소 이질적이라고 보기 때문이다.

그리고 1920년대 낭만주의적인 시의 우수와 비애감, 1930년대 모더니즘의 극단적인 자기 분열과 형식파괴 등은 그 우울함과 어두움에도 불구하고 비극성과 구분될 필요가 있다. 감상성이나 낭만성에 기초한 관념적 상태나 형상을 비극이라는 범주에서 논하기는 어렵기 때문이다. 그런 면에서 혁명적 낭만주의의 측면에서 비극적 파토스를 보여주는 카프 문인들의 시편도 이 글에서는 논외로 하겠다. 비록 이 글에서는 다루지 못하지만 이러한 시편들도 비극성의 개념 재고에 따라 논의될 수 있는 가능성은 얼마든지 있다고 할 것이다.

'비극 / 비극성(tragedy)'이라는 용어는 주지하다시피 고대 그리스의 비극이라는 드라마로부터 유래하였다. 그러나 현대 일반인들이 가지고 있는 비극이라는 말에 대한 이해 보다 전문적인 비극 이론에서의 이해는 훨씬 엄격하다. 일반적으로 '비극적'이라고 할 때 쓰임은 '아주 슬픈', '불행한', '비참한' 상황이나 '무시무시한 재난'을 강조하는 맥락에서 이루어지며 일상생활 속의 사건들을 언급할 때에도 쓰이고 있다. 반면에 고대 그리스의 아리스토텔레스 이래로 오랜 세월 동안 비극은 위대한 사람들의 불행을 다루는 진지한 행동들의 극적인 재현이었다. 널리 알려진 아리스토텔레스의 정의는 "비극은 진지하고 일정한 크기를 가진 완결된 행동의 모방(mimesis praxis)"[1]으로, 실제 이상의 선인을 모방하는 것이다. 비극을 뜻하는 'tragedy'라는 말은 '양'과 '노래'를 뜻하는 두 개의 그리스어로부터 파생되어 왔고,[2] 전통적으로 비극을 설명할 때에 운명(Tyche(Fortune)와 Moira(Fate)라는 두 여신으로 상징되는), 정화(Katharsis), 도덕적 결함(Harmatia), 신의 징벌 등이 필수적인 요소로 언급되기도 하였다.

그러나 영웅과 신들의 시대를 떠나서도 비극은 인간적 운명 때문에

---

1 아리스토텔레스, 천병희 역, 『시학』 6장(개역판), 문예출판사, 1996, 47면.
2 Adrian Poole, *Tragedy*, Oxford University press, 2005, p.5. 그 어원적 의미에 대해서는 여러 학설이 있다.

존재할 수밖에 없으며, 소포클레스의 「오이디푸스 왕」과 나란히 아서 밀러의 「세일즈맨의 죽음」을 동일하게 비극의 반열에 두고 이야기하는 것도 자연스러운 일이 되었다. 뿐만 아니라 비극은 연극 장르에 한정되지 않고 현대적인 소설과 TV 드라마와 같은 장르에서도 나타나고 있다. 비극의 이론은 근대 관념론 철학자인 헤겔을 비롯해 니체, 쇼펜하우어, 조지 스타이너 등에서 다양한 양상으로 발전해 왔다. 이들이 비극의 본질과 장르적 원리에 대해 자신들의 철학적 배경하에서 단일한 규정을 내리려 노력했던 것에 반하여, 레이먼드 윌리엄즈는 비극을 단일하고 영원한 사실이 아니라 일련의 경험들과 관습들과 제도들이라고 보았다. 그는 비극의 조건으로서 옛 것과 새 것 사이의 실제적인 긴장, 제도 및 그에 기반한 기존의 신념과 새롭게 경험된 모순 및 가능성 사이의 긴장이라고 보았다.[3] 그러한 태도를 이어받아 테리 이글턴은 비극이 일단의 고정적 형식들이나 내용들이 아니라 비트겐슈타인의 '가족유사성(family resemblance)' 개념처럼 부분부분 중첩되는 특징들의 결합으로 이루어지는 것으로 보았다.[4]

테리 이글턴은 비극 전체를 규정하는 일정한 형식을 주장하지는 않지만 비극 이론의 전통적인 쟁점에 대해 반박하며 우리 시대의 현실에 적절한 새로운 비극 개념을 제안한다. 근대 이후 비극의 사멸을 주장하는 견해들에 반박하며 전개하는 그의 비극론의 내용을 정리해 보면 첫째, 비극의 전통적인 정의에서 말하는 고통의 의미와 주인공의 신원 문제, 둘째, 관객이 느끼는 동정과 공포의 감정, 셋째 희생과 속죄양의 의

---

3 Raymond Williams, 임순희 역, 『현대 비극론』, 학민사, 1985, 64면.
4 Terry Eagleton, 이현석 역, 『우리 시대의 비극론』, 경성대 출판부, 2006, 29면.

미에 관한 것이다. 그는 비극적 주인공으로 특정한 신분과 품격을 선호해 온 전통 비극론의 의도와 이데올로기를 반박하며 쇼펜하우어가 범속한 비극성의 가능성을 인식한 얼마 안 되는 철학자 중의 한 사람이었다고 말한다. 비극은 흔히 볼 수 있는 상황에서, 평범한 사람들이 일상적으로 행동하는 가운데, 누구도 완전한 잘못을 저지르지는 않지만 상황이 강요하는 바에 따라 발생하게 되는 것이다. 그런 점에서 이글턴은 "현대 세계에서 비극으로부터 안전한 사람은 아무도 없다"고 말한다.[5]

그리고 전통적인 이론에서 강조하는 '운명'에 대해서도 고대 그리스에는 현대의 자유 의지에 부합되는 개념 자체가 존재하지 않기 때문에 고대 그리스의 현실에 부합하지 않는다는 점을 지적하고, 자유와 필연의 대립이라는 근대 철학이 떠안고 있는 난문제의 해법을 비극에서 찾고자 한 근대 관념론 철학자들의 의도를 폭로한다. 오히려 이글턴은 어떤 상황이 비극적인 것은 무자비한 법칙의 지배를 받기 때문이 아니라 그 반대이며, 발전의 개념은 있으나 거기에 목적이 없고 더 이상 총체적 의도라는 것이 유효하지 않음을 말한다.[6] 전통적인 비극의 개념과 이론을 흔들면서 비극을 재해석하고자 한 이글턴은 그러나 여전히 비극이 유효하다고 말한다. 비극은 우리에게 교훈을 주고 고결함을 고양시킬 수 있기 때문이다. 그러한 비극의 힘을 이글턴은 라캉의 '실재계' 개념을 통해 설명한다. 비극이 우리로 하여금 사물의 핵심에 어떤 난폭한 불협화음이 존재함을 인식하게 해주며, '실재계'에 대한 암시가 기존의 윤리적 질서를 뚫고 들어온다는 것이다. 즉 인간이 존재하는 데

---

5 위의 책, 185면.
6 위의 책, 211면.

필요한 필연성과 타자성의 요소를 비극을 통해 보여주는 것이다.

현대 비평 용어에서 비극은 용도폐기될 처지에 있다. 후기 구조주의를 포함한 주류 연구자들은 현대 세계에 비극이 더 이상 가능하지 않다는 '비극의 죽음'을 지지하며, 진보적인 문학 이론가들은 비극 이론에 깔려 있는 엘리트주의와 형이상학성을 부담스럽게 여기기 때문이다. 그러나 테리 이글턴은 "비극은 우리가 아끼는 것이 파괴되는 장면을 보여줌으로써 우리가 아끼는 것이 무엇인지를 상기하게 만든다"[7]라고 말하며 비극의 힘을 긍정한다. 비극의 힘은 공평함에 대한 믿음에 기대고 있다. 그는 삶이 갱신되고 공통의 의미들이 복원되는 비극의 행위가 정치적 희망과 공동체의 삶이 계속되리라는 의식과 신념을 지니는 능력을 의미한다고 보았다.

비극성은 인간이 운명적으로 겪게 되는 고통과 시련, 그것을 극복하려는 인간의 진지한 행동, 이상의 추구와 그에 따른 파멸의 장엄함 등을 내포하고 있다. 앞서도 말했듯이 그러한 특징들은 중첩적으로 존재한다. 문학작품에서 비극성은 죽음과 파괴를 그리지만, 그것을 통해 삶에서 갱신되고 복원되어야 할 것이 무엇인지를 상기하게 만드는 힘을 보여준다. 이 글에서는 테리 이글턴의 논의를 빌어 비극성이 드러나는 측면을 비극적 상황, 비극적 의식, 속죄양 개념이라는 세 가지 측면에서 살펴보고자 한다.

---

7 위의 책, 69면.

2. 식민지 현실의 비극적 정황

제국주의의 식민지에서 산다는 것은 독립적이고 자율적인 인간으로서의 삶과 생활이 전면적으로 제약을 받는다는 것을 의미한다. 그러한 처지에 놓인 개개인은 오이디푸스와 같은 고귀한 신분의 주인공이 아니더라도 비참한 상황 속에서 비극적인 현실을 맞이할 수밖에 없다. 일본 제국주의의 폭압과 수탈이 본격화되었던 시기, 한국 근대시에 나타나는 비극성은 현실과 관련하여 식민지적 통치 권력의 폭력성과 경제적인 수탈로 인한 빈곤이라는 두 가지 양상으로 살펴 볼 수 있다. 폭력이 제국주의의 대륙 침략을 위한 병참기지로서 조선을 병탄하려 한 통치 권력에 의해 발생하였다면 빈곤은 제국주의가 이식시킨 근대적 체제를 통한 자본주의적 수탈 구조에 의해 확대되었다. 일본의 조선 침략은 군사기지화를 목적으로 한 것이지만 기본적으로 그 성격상 '착취 식민지'로서 대륙으로 진출하는 전쟁에 대비하여 조선을 개발하면서 자국의 자본의 운동을 효율화시키기 위해 경제적 이익을 추구하였던 것이다.[8]

첫 번째로 식민 통치 권력에 대한 폭력에 의한 비극적 상황은 카프 문인들의 작품에서 주로 찾아 볼 수 있다. 일본이 천황제와 군국주의 파시즘을 강화하던 시기에 일본 내의 공산주의 세력을 철저히 탄압했

---

8 Jurgen Osterhanmail은 근대의 식민지를 ① 착취식민지, ② 해양기지, ③ 이주식민지로 나누고 있는데, 착취식민지의 목적은 경제적 착취, 제국주의 정책의 전략적 확보, 그리고 국가적 체면의 고양이라고 한다. 이에 대한 재인용과 1910년대 일제 식민통치의 전반적인 형태와 성격에 대해서는 다음의 글 참조. 권태억, 「1910년대 일제 식민통치의 기조」, 『한국사연구』 124, 2004, 212면.

던 것처럼, 조선의 식민 통치 권력을 강화하는 과정에서 문학을 통한 반제 투쟁을 벌이던 카프 문인들은 몇 차례의 검거와 구속을 겪게 되고 카프의 해산을 맞게 된다. 그들의 시에는 외적인 폭력에 패배하더라도 다시 결의를 다지고 항거하려는 영웅적인 파토스가 나타난다.[9] 그러나 카프 건설과 조직 재편 시기의 작품들은 대체로 계급투쟁을 독려하며 혁명에 대한 낙관주의적인 전망과 신념을 담는 것에 치중하고 있기 때문에 비극성과는 거리를 두고 있다고 할 수 있다. 혁명을 향한 열정과 이상을 간직하며 죽음에 이르는 비극적인 영웅의 형상이 두드러지게 등장하는 것은 끝까지 카프 '비해소파'로 남아 있었던 박세영의 작품이라고 할 수 있다. 「젊은 웅변가」, 「최후에 온 소식」, 「화문보로 가린 이층」, 「하랄의 용사」 등의 작품이 그것이다. 박세영 자신도 늙은 부모님을 모시고 궁핍한 생활을 벗어나지 못했으나 끝까지 동지에 대한 신의와 혁명에 대한 이상을 버리지 않았다.

「화문보로 가린 이층」(『신동아』, 1935.6)은 제2차 카프 검거 사건이라 불리는 극단 '신건설사' 사건과 관련된 작품이다. 1934년 조선프롤레타리아예술가동맹 소속 극단인 신건설사의 전단이 빌미가 되어 전국적으로 약 70여 명이 체포되어 전주형무소에 수감된다. 이 사건으로 카프의 핵심 인물들이 검거되어 카프 해산의 한 계기가 된다.

> 나의 동무여! 늬들은 탈주병도 아니었마는

---

9 카프 시인들의 활동 과정과 개별 시인들의 시세계에 대한 이해는 다음에서 도움을 얻었다. 김용직, 『한국 현대시사』 1, 한국문연, 1996, 451~634면. 역사문제연구소 문학사연구모임, 「1920~30년대 한국프로시의 전개과정」, 『카프문학운동연구』, 역사비평사, 1989, 113~150면.

한 번 들가선 소식이 없구나

아— 문허진 참호를 내 혼자 보게 되다니—

나는 다만 부상병같이 다리를 끌며

지금은 폐허가 된 터를 헤매이며 전우를 찾기나 하듯,

그리하여 허무러진 터를 쌓으며

나는 늬들이 돌아오기를 기둘르겠다.

늬들이 올 때까지 지키고야 말겠다.

甲戌仲冬(1934년 겨울—인용자)

— 박세영, 「화문보(花紋褓)로 가린 이층」 부분[10]

끌려간 동무들의 흔적을 바라보면서 시적 주체는 전투의 폐허에서
전우애를 다지듯이 그들에 대한 신의를 지키겠다는 결심을 내보인다.
이 작품은 1935년에 발표되었지만 작품 말미에 1934년 겨울이라고 적
어 신건설사 검거 사건이 벌어진 해에 지은 것임을 밝히고 있다. 이러한
박세영의 시들도 넓은 의미에서는 혁명에 대한 열정과 이상을 저버리
지 않고 미래에 대한 의지와 신념을 간직하려는 태도를 보이고 있다는
점에서는 혁명적 낭만주의라고 할 수 있겠으나, 현실에 패퇴한 실천가
들의 모습을 그리고 있다는 점에서 그 비극적 특징을 찾을 수 있다.

그러나 검열의 문제로 반제 투쟁의 양상이나 권력의 탄압을 형상화
하기는 쉽지 않았던 것이 사실이다. 그런 점에서 박세영은 「하랄의 용
사」(『비판』, 1936.3)에서 공간적으로 검열을 우회하는 전략을 쓴다.

---

10 박세영, 『산제비』(재판), 별나라사, 1946(1938).

하랄의 勇士, 나 어린 少年兵이여!
나는 말른 北魚같은 네 팔뚝에 총이 걸친 것을 본다.

네몸에 걸친 해여진 옷자락
머리는 성기어 孤兒같은 네가
正規兵의 가르킴을 받고 있구나.

나는 생각 한다.
너의 가슴의 뛰는 피와
어지러운 싸흠터를 옳음의 불길로 살르려는 것을.

나 어린 少年兵이여!
사랑하는 어버이를 떼치고,
戰場에로 가는 하랄의 勇士여!
알지도 못하는 네 조그만 목숨을 위하여
나는 한갓 뜨거운 눈물이 핑 돌았다.

그러나 네 머리우론 독수리 떼가 나르고
네 앞으론 독가쓰의 바람이 미칠 듯 일더라도,
익임이여 있거라,
굽힘이여 없거라,
나 어린 하랄의 勇士여![11]

---

11 위의 책.

위 시에 나오는 '하랄'은 1935~1936년경의 신문 해외 면에 자주 등장한 에티오피아의 한 지방으로, 무솔리니의 불법침공에 맞서 게릴라전을 벌인 최대 격전지 중의 하나이다.[12] 박세영은 그곳의 소년 병사의 모습을 빌어 파시즘에 대항하는 모습을 그리고 있다. 소년병의 나약하고 초췌한 모습이나 독수리 떼의 형상은 그 가슴의 정의감·조국애와 대조되어 비극성을 고조시킨다. 과도한 감상성과 직설적 영탄이 앞선 부분도 있지만 소년병처럼 나약하기만 한 식민지 조선의 반제국주의 투쟁을 투영하고 있다는 점에서 1930년대 후반 거세어 오는 사상 탄압과 카프 조직의 와해 속에서 느끼는 시적 주체의 비장감을 엿볼 수 있다.

두 번째로 식민지 조선의 민중을 전반적으로 짓눌렀던 고통은 무엇보다 경제적인 궁핍이었다. 수탈을 목적으로 한 일제의 산업정책과 사회정책은 조선 민중을 생활의 하한선으로 내몰았기 때문이었다. 1930년대 후반 여러 시편에 등장하는 유이민들의 참상과 농촌의 피폐상들은 그러한 상황에 대한 증언이라고 할 수 있다. 현대 세계에서 비극은 어느 누구도 피해갈 수 없는 것이기에 현진건의 소설 『운수 좋은 날』의 인력거꾼처럼 누구든 비극의 주인공이 될 수 있는 상황인 것이다.

빈궁과 궁핍의 생활상을 보여주는 대표적인 시인으로 이용악을 꼽을 수 있다. 그는 어린 시절부터 유이민의 생활을 겪었고 극심한 빈궁에 시달리며 살았다. 그의 시에는 생계를 위해 목숨을 걸고 국경을 넘나드는 북방민의 생활, 만주나 시베리아로 떠돌아 다녀야 했던 유이민

---

12 한만수, 『박세영』, 한길사, 2008, 98면.

의 참담한 실상이 담겨 있다. 이용악의 대표성은 그러한 비참한 현실을 그려내되, "감정이 절제된 서사체 형식"으로 "비극성을 심화시켜 시적 효과를 극대화했다"[13]는 점에서 찾을 수 있다.

우리집도 안이고
일갓집도 안인 집
고향은 더욱 안인 곳에서
아버지의 寢床 업는 최후 最後의 밤은
풀버렛소리 가득 차 잇섯다

露領을 단이면서까지
애써 자래운 아들과 딸에게
한 마듸 남겨두는 말도 업섯고
아무을灣의 파선도
설룽한 니코리스크의 밤도 완전히 이즈섯다
목침을 반듯이 벤 채

다시 쓰시 잔는 두 눈에
피지 못한 꿈의 꽃봉오리가 쌀안ㅅ고
어름짱에 누우신듯 손발은 식어갈 쑨
입술은 심장의 영원한 停止를 가르첫다

13 박호영, 「비극적 체험에 대한 시적 형상화의 두 방향―이용악의 시세계」, 『시안』 19, 2003. 2, 49면.

째 느진 醫員이 아모말 업시 돌아간 뒤
이웃 늙은이 손으로
눈빗 미명은 고요히
낫츨 덥헛다

우리는 머리 맛헤 업듸여
잇는대로의 울음을 다아 울엇고
아버지의 寢床 업는 최후 最後의 밤은
풀버렛소리 가득차 잇섯다

— 이용악, 「풀버렛소리 가득차잇섯다」 전문[14]

우리나라 최동북단에 위치한 함경도 경성(鏡城) 출생인 이용악의 시에는 두만강변이라는 지리적 위치에 얽힌 삶의 고단함이 고스란히 실려 있다. 위의 시에도 생활을 위한 방편으로 러시아를 넘나들며 장사를 하고 이국땅을 떠돌아다니다가 객사를 하고 만 아버지와 그 죽음을 지켜보는 가족의 슬픔이 묘사되어 있다. 아버지는 생전에 "아무을만"과 "니코리스크"에서 불운을 겪으며 궁핍해졌고 집도 잃고 타향을 떠돌다 "침상"도 없는 곳에서 죽음을 맞는다. 이러한 배경 속에서 이 사건은 가족사나 개인사로 국한되지 않고 식민지적인 현실의 불행과 비참함에 대한 증언으로 읽힌다. 시적 주체는 감정을 절제하고 비극의 주인공인 아버지의 죽음에 이르는 배경과 경과를 묘사하고 있다. 마지막 연에서는 자신마저 주변 인물에 포함시켜 아버지의 죽음 이후 애도

---

14 이용악, 『분수령』, 동경 : 삼문사, 1937.

의 울음을 묘사하며 "풀버렛소리"가 가득하였다고 환유적으로 마무리를 짓고 있다. 이러한 심리적 거리 두기와 서사적 장치를 통해 이용악은 비극적인 정황을 극대화시키고 있는 것이다. 다음에 살펴보고자 하는 이용악의 「낡은 집」도 역시 현실적 상황에 밀착한 묘사와 심리적 거리를 둔 서사적 장치를 활용하여 비극적 상황을 서정적으로 형상화해 보여주고 있다.

"털보네는 또 아들을 봤다우
송아지래두 붙었으면 팔아나 먹지"
마을 아낙네들은 무심코
차그운 이야기를 가을 냇물에 실어보냈다는
그날 밤
저릎등이 시름시름 타들어가고
소주에 취한 털보의 눈도 일층 붉더란다

갓주지 이야기와
무서운 전설 가운데서 가난 속에서
나의 동무는 늘 마음조리며 잘았다
당나귀 몰고 간 애비 돌아오지 않는 밤
노랑 고양이 울어 울어
종시 잠 이루지 못하는 밤이면
어미 분주히 일하는 방앗간 한구석에서
나의 동무는

도토리의 꿈을 키웠다

그가 아홉살 되든 해
사냥개 꿩을 쫓아 단이는 겨울
이집에 살던 일곱 식솔이
어대론지 살아지고 이튿날 아침
북쪽을 향한 발자욱만 눈 우에 떨고 있었다

더러는 오랑캐영 쪽으로 갔으리라고
더러는 아라사로 갔으리라고
이웃 늙은이들은
모두 무서운 곳을 짚었다

— 이용악, 「낡은 집」 부분[15]

　위 시에서 우리는 또 다른 비극적 상황을 살펴볼 수 있다. 비극에서 주
인공의 지위는 중요하지 않다. 발자크의 여러 소설이 보여주듯이 가난
때문에 겪는 고통은 특권계층이 겪는 위기 못지않게 주목할 가치가 있
는 것이다.[16] 위 시에는 일제의 수탈을 피해 고향을 떠날 수밖에 없었던
북방 유이민들의 삶이 황폐화된 터전에 대한 묘사와 더불어 과거 회상
형식을 통해 표현되고 있다. 가난한 살림에 아이의 탄생은 축복이라기
보다는 걱정과 시름이 되는 형편이고, 서로의 사정을 아는 마을 아낙네

15　이용악, 『낡은 집』, 동경 : 삼문사, 1938.
16　Terry Eagleton, 앞의 책, 182면.

들은 "송아지래두 붙었으면 팔아나 먹지"라며 비정한 말을 뱉는다. 털보네의 야반도주는 "사냥개 꿩을 쫓아다니는 겨울"이라는 묘사가 말해주듯 냉혹한 현실에 의해 목숨을 쫓기듯이 도망쳐야 하는 절박한 상황이었다. 추위와 두려움 속에 북쪽으로 도망친 주인들을 대신해 발자욱이 남아 떨고 있었고, 이웃 늙은이들의 말 속에 등장하는 "오랑캐령"이나 "아라사"는 어린 화자에게는 지극히 "무서운 곳"으로 상상된다.

회상이라는 장치 속에서 이루어지는 대사와 묘사의 절묘한 교차를 통해 상황은 극적으로 드러나고 그 상황의 비극성이 고조된다. 털보네의 "차그운 이야기"를 "무심코" 들려주듯이 묘사하던 시적 주체가 어린 시절의 감정을 통해 독자에게 이 비극적 상황에 대한 연민과 공포의 감정을 환기시키는 것이다. 이 작품에 드러나는 삶의 비극성은 그러한 무심함, 심리적인 거리 두기에 의해 더욱 고조된다.

위의 시를 식민지 현실에 대한 반영과 재현이라는 측면에서 읽는 데 그치지 않고 '비극성'의 개념으로 읽는다는 것은 현재 독자들에게 환기시키는 심리적이고 미학적인 측면과 관계된다고 할 수 있다. 비극이 불러일으키는 심리적 측면에 대해 아리스토텔레스는 "연민(pity)과 공포(fear)를 환기시키는 사건"에 의한 "감정의 카타르시스"[17]를 일찍이 언급한 바 있다. 그에 의하면 연민이란 주인공이 부당하게 불행하게 될 때, 공포란 우리(관객)와 다름없는 주인공이 불행하게 될 때 생기는 감정들로 비극은 결국 이 두 지배적인 정서의 갈등에 의하여 진행된다는 것이다.

앞에서 살펴본 폭력적인 탄압과 전투, 가난과 야반도주, 고통과 죽

---

17 아리스토텔레스, 앞의 책, 47면.

음 등의 이야기들은 일종의 연민과 공포의 대상이 될 수 있다. 이러한 공포와 동정을 환기시키는 비극적인 상황을 왜 모방하는가? 시에 나오는 비극적인 상황은 비극적 연극만큼 공포스럽거나 사도마조히즘의 성애적인 성격에 이르지는 않는다. 그러나 시에 형상화되는 비극적 상황이 우리를 압도하는 경우 우리는 일종의 칸트적인 비극적 숭고미를 느낀다고 할 수 있다. 즉 무한성을 추구하다 실패하는 과정을 통해 자유를 실천하고, 그 자유 속에서 숭고한 힘의 희미한 반향을 듣는 것이다.[18] 애처롭고 무서운 장면을 통해 인간은 자신의 정체성이 놓인 '실재계'의 윤곽을 보는 것이다.

3. 숨은 신의 세계와 비극적 의식

근대시에 나타나는 비극성의 첫 번째 양상이 비극적인 상황과 사건 자체를 극적으로 보여주는 것이었다면, 두 번째 양상은 근대 사회의 비극성을 바라보는 의식의 드러냄이라고 할 수 있다. 근대 사회가 비극적인 까닭은 무엇보다 무능한 이상주의와 타락한 현실 사이에 끼인 채, 근본적으로 그것을 해결할 수 있는 가능성도 없기 때문이다. 『숨은 신』에서 루시앙 골드만은 '비극적 인간'에 대해 존재를 상실해가는

---

18 Terry Eagleton, 앞의 책, 318면.

이상과, 도덕적으로 무가치한 경험 세계 사이에 갇혀 있는 존재로 보았다.[19] 비극적 주인공은 절대적 가치가 사라졌기에 세계를 거부하지만, 그 세계 말고는 거부의 몸짓을 실행할 수 있는 장소란 없기에 세계를 거부하는 동시에 인정해야 한다. 초월성은 사라지고 남은 것은 초월성에 대한 열망뿐이다. 비극적 인간은 자유를 확보하였으나 오직 무가치한 세계에서만 그 의미를 실현할 수 있는 형이상학적 곤경에 처한 것이다. 그러나 이 동시적 부정과 긍정은 변증법적 합리성의 씨앗이 된다. "신의 불길한 침묵과 천국의 상실은 세계가 결국은 사멸할 것임을 보여주는 동시에 세계를 그만큼 더 소중하게 만들어 준다."[20]

존재에 의미를 부여하는 이상과 절대적 가치의 소멸로 인한 환멸감과 함께 비극적 의식을 드러내는 양상은 1930년대 후반 오장환의 시에서 찾아 볼 수 있다. 지향하는 미학적인 세계관이 뚜렷했던 기성시인들[21]에 비해 그는 한층 시적 방식으로 시대적 방향상실감을 형상화해낼 수 있었다. 대표적으로 그의 시 「The Last Train」은 이념적 퇴조와 역사의 파국을 알레고리적으로 드러냈다. 이 시는 "사변적인 내용, 또는 역사나 인간의 생활과 같은 내용을 작품에 수용하여 정서적인 풍경"으로 만들어내는 데 성공하고 있으며, "개인적 테두리에 그치는 것이거나 한 시대의 좁은 범주에 귀속시킬 수만은 없는 그 무엇을 가진 것이 된다."[22]

---

19 Lucien Goldmann, 송기형·정명교 역, 『숨은 신—비극적 세계관의 변증법』, 연구사, 1986.

20 Terry Eagleton, 앞의 책, 368면.

21 임화가 '혁명적 낭만주의'를 주창하던 시기에 씌어진 '현해탄' 계열의 시(임화, 『현해탄』, 동광당서점, 1938)가 이에 해당하는 것으로 보지만 여기에서는 다루지 않겠다. 「암흑의 정신」, 「주리라 네 탐내는 모든 것을」과 같은 시편은 마치 비극에서 튀어나온 대사와 같다. 그러한 '비극'적인 것을 둘러싼 시적 주체의 내면과 시적 효과는 이 글의 전반적인 논지와 다르다. 이 부분은 차후 연구가 필요하다고 본다.

저무는 驛頭에서 너를 보냇다.

悲哀야!

開札口에는

못쓰는 車表와 함께 찍힌 靑春의 조각이 흐터져잇고

病든歷史가 貨物車에 실리여간다.

待合室에 남은 사람은

아즉도

누굴 기둘러

나는 이곳에서 카인을 맞나면

목노하 울리라.

거북이여! 느릿느릿 追憶을 실고 가거라

슬픔으로 通하는 모든 路線이

너의 등에는 地圖처름 펼처잇다.

— 오장환, 「The Last Train」 전문[23]

황혼을 배경으로 한 역두에서 시적 주체는 "역사"와 이별하고 있다.
역사는 병든 채 화물차에 실려 간다. 미지의 세계로 떠날 수 있었고 모

---

22 김용직, 「열정과 행동」, 『한국 현대시사』 2, 한국문연, 1996, 96면.
23 오장환, 『헌사』, 남만서방, 1939.

험이 가능하였던 청춘의 시간은 이미 끝났다. 기차가 가지고 있는 근대적 상징성, 역사에 대한 비유적 관습성 등을 떠올리면 이 시는 개인적인 행위의 의미를 떠나 시대적인 의미로 확장되어 읽힌다. 대합실은 이 병든 역사가 몰락해 가는 시대가 되며, 대합실에 서성거리는 자는 시대의 혼돈 속에서 아직 새로운 소망을 찾지 못한 자들이 될 것이다. 시적 주체는 그 속에서 "카인"을 기다린다. 성경에 따르면 인류 최초의 살인자로서 그로 인해 영원히 추방당한 자이다. 그는 형제 살해와 추방이라는 비극의 주인공이다. 청춘과 역사와 결별하며 세계와 화해하지 못한 시적 주체는 카인과 마찬가지로 신으로부터 버림받은 처지라고 느끼는 것이다. 신이란 곧 개인의 행동과 신념의 기반이자 존재의 의미를 부여해 주는 추상적 총체성이라고 한다면, 위 시의 마지막 연에서 "슬픔"은 곧 이러한 총체성의 상실에서 기인한다고 할 수 있다.

오장환의 상실감은 사멸하는 것과 죽음에 대한 집착으로 기울어진다. "모름지기 멸하여가는 것에 눈물을 기울임은 / 분명, 멸하여가는 나를 위로함이라,"(「영회(咏懷)」), "나의 지대함은 운성(隕星)과 함께 타버리었다"(「무인도」)와 같이 모든 위대함이 사라졌다는 절망감을 표출하고 있다. 시적 주체는 역사적 쇠퇴와 절대적 가치의 소멸을 말하지만 동시에 그 부정을 통해 절대적 가치에 대한 열망을 드러낸다. 이 동시적인 부정과 긍정을 비극적 의식이라고 부를 수 있을 것이다.

이에 대비되는 한 축에 백석의 후기 시편들이 놓여 있다. 그의 초기 시편들에서 순박한 어린 화자를 통해 다채로운 감각과 방언의 향연 속에서 추체험된 유년의 공동체적 세계는 먼 과거의 시간 속에 완결되어 있다. 달리 말하면 그것은 이제는 불가능해진 세계이고 사라진 신들의 세계이다. 당집 할머니와 서낭신으로 연결되던 우주적 질서는 사라지고 고대적인 신앙과 토속을 뒷받침해 주는 가치들은 약화되었다. 백석의 후기 시편에서 시적 주체는 홀로 있음을 견뎌야 하는 어른이 되었고 고향을 떠나 떠돌고 있다. 그런 맥락에서 백석이 만주에서 낯선 이방인으로서 남긴 시편들은 나를 지탱해 줄 이상과 가치가 미약해진 현실을 견디고자 하는 열망의 고백이자 기록이라 볼 수 있다.

내 가슴이 꽉 메어 올 적이며,

내 눈에 뜨거운 것이 핑 괴일 적이며,

또 내 스스로 화끈 낯이 붉도록 부끄러울 적이며,

나는 내 슬픔과 어리석음에 눌리어 죽을 수밖에 없는 것을 느끼는 것이었다.

그러나 잠시 뒤에 나는 고개를 들어,

허연 문창을 바라보든가 또 눈을 떠서 높은 턴정을 쳐다보는 것인데,

이 때 나는 내 뜻이며 힘으로, 나를 이끌어 가는 것이 힘든 일인 것을 생각하고,

이것들보다 더 크고, 높은 것이 있어서, 나를 마음대로 굴려 가는 것을 생각하는 것인데,

이렇게 하여 여러 날이 지나는 동안에,

내 어지러운 마음에는 슬픔이며, 한탄이며, 가라앉을 것은 차츰 앙금이 되어 가라앉고,

외로운 생각만이 드는 때쯤 해서는,

더러 나줏손에 쌀랑쌀랑 싸락눈이 와서 문창을 치기도 하는 때도 있는데,

나는 이런 저녁에는 화로를 더욱 다가 끼며, 무릎을 꿇어 보며,

어니 먼 산 뒷옆에 바우 섶에 따로 외로이 서서,

어두어 오는데 하이야니 눈을 맞을, 그 마른 잎새에는,

쌀랑쌀랑 소리도 나며 눈을 맞을,

그 드물다는 굳고 정한 갈매나무라는 나무를 생각하는 것이었다.

— 백석, 「남신의주 유동 박시봉방(南新義州 柳洞 朴時逢方)」 부분[24]

위의 시에서 시적 주체는 쓸쓸하고 외로운 처지에 있지만 좌절과 비참함에 떨어지지 않고 삶의 긍정성을 회복한다. 자신의 "슬픔과 어리석음"의 고통 속에서 내 뜻이나 힘보다 "더 크고, 높은 것"이 "나를 마음대로 굴려 가는" 것을, 소위 운명의 힘을 깨닫는다. 운명을 수긍하면서도 그에 굽히지 않는 "굳고 정한 갈매나무"와 같은 이상을 꿈꾸는 자세를 보여준다. 후기의 백석 작품들에서는 현실과 이상의 간극 속에 갇힌 채 흔들리는 시적 주체를 엿볼 수 있다. 그러한 시적 주체가 놓여 있는 현재의 외로움과 고통은, 전기 시편들에 나타났던 회상 속의 과거와 고향이 간직하고 있는 안온함과 안정성에 대비되어 더 극대화된다. 공동체로부터 자유로워진 개인이 되었지만 바깥세상으로부터 단절되면서 시적 주체는 근대적 주체의 보편적인 비극성을 구현하는 위치에 놓이게 된다. 자신의 힘과 자유가 진정한 것임을 스스로에게 확신시키기 위해 세상이 필요하지만 정작 자기의 실현은 자기소외를 포함하기 때문이다. 그러나 백석의 또 다른 성취는 많은 연구자들이 지

---

24 백석, 「남신의주유동박시봉방」, 『학풍』, 1948.10(고형진 편, 『정본 백석 시집』, 문학동네, 2007에서 재인용).

적했듯이 이러한 소외감을 음식이나 풍속을 매개로 하여 민족적이고 종족적인 유대감으로 승화시킨다는 점에서 찾아 볼 수 있을 것이다. 「국수」, 「북방에서」, 「두보나 이백같이」 등의 시편이 그러한 예가 될 것이다. 다음의 시는 근대적 주체의 소외감과 사라진 가치, 일종의 '숨은 신'의 세계에 대한 노래로 볼 수 있는 것이다.

아득한 녯날에 나는 떠났다
夫餘를 肅愼을 渤海를 女眞을 遼를 金을
興安嶺을 陰山을 아무우르를 숭가리를
범과 사슴과 너구리를 배반하고
송어와 메기와 개구리를 속이고 나는 떠났다 (…중략…)

그동안 돌비는 깨어지고 많은 은금보화는 땅에 묻히고 가마귀도 긴 족보를 이루었는데
이리하여 또 한 아득한 새 녯날이 비롯하는 때
이제는 참으로 이기지 못할 슬픔과 시름에 쫓겨
나는 나의 녯 한울로 땅으로ㅡ 나의 胎盤으로 돌아왔으나

이미 해는 늙고 달은 파리하고 바람은 미치고 보래구름만 혼자 넋 없이 떠도는데

아, 나의 조상은 형제는 일가친척은 정다운 이웃은 그리운 것은 사랑하는 것은 우러르는 것은 나의 자랑은 나의 힘은 없다 바람과 물과 세월과

같이 지나가고 없다

　　　　　　　　　　　　　　— 백석, 「북방에서」[25]

　위 시에서 나오듯이 시적 주체는 오랜 옛날 떠났던 조상의 땅으로, 자신의 "태반"에 돌아오듯이 돌아 왔지만 모든 것이 사라지고 이미 자연마저 황폐해졌다. 여타의 시인과 달리 백석은 고향의 의미를 내가 나고 자란 곳에 한정하지 않고 비록 황폐해졌을지라도 우리 조상이 살았던 터전과 겨레의 발원지로 확산시킨다는 점에서 특징적이다. 그는 상실된 세계와 가치를 환기시킴으로써 새로운 유대감과 정서를 재구축하는 것이다. 여기에는 물론 척박한 식민지가 된 고향을 떠나 낯선 이국땅을 떠돌아다녀야 하는 비극적 상황과 현실도 존재한다. 그러나 백석 후기 시의 울림, 우리에게 강한 여운을 가지고 다가오는 것은 시적 주체의 비극적 의식이라고 할 수 있다. 그것은 자신에게 확신을 주는 가치들과 안온한 세계가 사라진 상황을 담담히 수용하고, 그 가치를 자신의 내부에서 희미하게나마 회복하고자 하는 시적 주체의 의지와 모습이라고 할 것이다. 이런 의미에서 백석의 '북방시편'은 민족적 상상이라는 근대의 한 축과 결부되어 있는 근대적 주체의 비극적 의식에 대해 하나의 상징적 장면을 제공해 준다고 할 수 있을 것이다.

25　백석, 「북방에서」, 『문장』, 1940.6(고형진 편, 위의 책에서 재인용).

4. 속죄양의 이중성과 비극성

마지막으로 살펴보고자 하는 시에 나타나는 비극성의 양상은 '속죄양' 개념과 관련된다. 비극의 어원에 놓인 '양'의 의미가 우승한 시인에게 주는 상에서 유래했다는 설도 있지만 비극은 종종 '속죄양의 노래'라고 번역되기도 한다. 기원의 문제와 무관하게 속죄양의 형상은 분명 일부 비극 작품들에서 중심적인 의미를 갖는다. 속죄양 혹은 '파르마코스'는 비극 사상에서 오랜 역사를 가지고 있다. 고대 그리스에서 매년 개최되었던 타르겔리아 축제에서는 시민들 중에서 가장 가난한 장애인들 중 두 명의 '파르마코이(pharmakoi)'를 선정해서 일 년 동안 쌓인 도시의 불결함을 정화하도록 하기 위해 그들을 관리하고 행진시킨 후 도시 밖으로 추방한다. 초기에는 그들을 살해하기도 하였다. '파르마코스'는 공동체의 죄를 상징적으로 짊어지기 때문에 가장 비천한 사람들 중에서 선택된다. 그는 공동체를 대표하고 구원할 능력을 지닌다는 점에서 거꾸로 뒤집힌 왕이다.[26] 파르마코스는 독과 치유를 동시에 의미하며 그 형상 속에서는 강함과 약함, 성과 속, 중심과 주변의 경계가 흐려진다. 그는 성스러운 공포이며 결백한 죄인이다. 여기에서 속죄양의 이중성은 숭고함의 구조를 닮아 있지만 숭고가 묘사를 초월하는 데 반해 속죄양은 표현불가능성의 심연으로 이끈다. 속죄양 개념으로 설명될 수 있는 아브라함이나, 오이디푸스, 안티고네 같은 인물들은

---

26 Terry Eagleton, 앞의 책, 480면.

상징계의 요구를 거부하고 죽음을 무릅쓰면서까지 주체의 부정성을 보여준다. 박해와 억압을 받는 속죄양들은 체제를 변화시킬 수 있는 낯설고 신성한 힘을 획득한다.

한국 현대시에서 속죄양의 개념으로 설명될 수 있는 경우는 기존 사회질서와 체제에 저항하는 성격을 가진 시편들 가운데 존재하지 않을까 생각한다. 물론 저항적인 성격을 갖는 모든 시들이 여기에 해당하는 것은 아닐 것이며, 종교적이거나 신학적인 의미의 속죄양 개념을 보여주는 시편도 있을 것이다. 그러나 여기에서는 사회 질서의 정화와 재확립에 연관된 속죄양 개념으로 살펴보고자 한다. 이글턴에 의하면 비극적 희생은 신의 분노를 가라앉히는 속죄나 보상이기도 하지만, "희생은 새로운 사회 질서가 출현하게 하는 수행적 행위"[27]이기도 하다. 비극적 주인공은 "두 세계 사이의 갈라진 틈에서 하나의 세계에서 다른 세계로의 폭력적 이행이 시작되는 지점"[28]을 의미한다.

일제 말기에 쓰인 윤동주의 시와 그의 삶은 이러한 비극적 희생의 개념에 가장 적절한 예가 될 수 있다. 그의 시에는 영혼과 현실의 순결성을 지향하려는 내면의 갈등과 종교적인 참회 의식이 드러난다. 윤동주의 첫 작품이라 할 수 있는 「초한대」에도 유대교의 번제의식을 떠올리는 희생 제의가 표현되어 있다. 이 시에서 시적 주체는 "깨끗한 제물"인 초를 보며 "염소의 갈비뼈 같은" 몸을 떠올린다.

더 적극적으로 속죄양의 모티브가 나타나는 시는 「간」이며 이 시에

---

27 위의 책, 477면.
28 Simon Sparks, *Philosophy and Tragedy*, London : Routledge, 2000, p.203(위의 책, 477면에서 재인용).

서는 파르마코스의 이중성을 드러내는 속죄양의 의미를 볼 수 있다.

바닷가 햇빛 바른 바위 우에
습한 肝을 펴서 말리우자,

코카사쓰山中에서 도망해온 토끼처럼
둘러리를 빙빙 돌며 간을 지키자,

내가 오래 기르든 여윈 독수리야!
와서 뜯어 먹어라, 시름없이

너는 살지고
나는 여위어야지, 그러나,

거북이야!
다시는 龍宮의 誘惑에 안 떨어진다.

푸로메디어쓰 불상한 푸로메디어쓰
불 도적한 죄로 목에 맷돌을 달고
끝없이 沈澱하는 푸로메디어쓰,
(1941.1.29)

— 윤동주, 「간」 전문[29]

---

29 윤동주, 『하늘과 바람과 별과 시』, 정음사, 1955.

이 시에서 간은 구토설화에 나오듯 병을 치유하는 약이자 재생되는 생명을 뜻한다. 동시에 프로메테우스의 신화에 나오듯이 인간을 위해 불을 훔친 대가로 치르게 되는 징벌의 고통과 희생의 제물이다. 시적 주체는 거북이와 용궁으로 대변되는 세속적인 "유혹"을 거부하며 '간'으로 상징되는 양심과 존엄을 회복하고 지키겠다고 말한다. 프로메테우스가 지닌 이중성은 파르마코스의 이중성과 상통하기도 한다. 프로메테우스는 불을 훔쳐 신의 법을 어긴 범법자이고 그로 인해 영원한 형벌을 받으며 "끝없이 침전하는" 비천한 존재이다. 그렇지만 동시에 그는 불을 사용하는 능력과 미래에 대한 예지의 능력을 지니고 있다. 그는 희생당하기 때문에 고귀한 자가 된다. 이러한 프로메테우스적인 속죄양에 동일시하기를 원하면서 시적 주체는 내면적 고결함을 지향하고자 한다.

또한 시 「십자가」에서는 인류의 대속자였던 "예수 그리스도"를 따르겠다는 희생의지를 직접적으로 드러낸다.

쫓아오든 햇빛인데
지금 敎會堂 꼭대기
十字架에 걸리었습니다.

尖塔이 저렇게도 높은데
어떻게 올라갈 수 있을가요.

鍾소리도 들려오지 않는데
휘파람이나 불며 서성거리다가,

괴로웠든 사나이,

幸福한 예수·그리스도에게

처럼

十字架가 許諾된다면

모가지를 드리우고

꽃처럼 피어나는 피를

어두어가는 하늘 밑에

조용히 흘리겠습니다.

(1941.5.31)

― 윤동주, 「십자가」 전문[30]

　위의 시는 번거로운 해석이 불필요할 정도로 안정된 시적 형상화와
비유가 오롯이 '희생'이라는 가치와 삶의 태도를 향해 집중되어 있다.
시적 주체가 "괴로웠든 사나이"이자 행복한 사나이라고 부른 예수 그
리스도는 시적 주체의 동일시 대상인 대타자로 등장하는데, 이것은 훗
날 시인 윤동주의 예언적 형상이 되었다. 염결한 삶을 지향했던 시인
윤동주는 자신의 바람을 이루듯이 1943년 일본 유학 중 구속되어 해방
을 6개월 앞두고 일본 감옥에서 옥사하였기 때문이다.

　시인 윤동주의 생애 자체는 마치 파르마코스와 같은 비극성을 띠고
있다고 할 수 있다. 그는 간도에서 출생한 식민지 조선의 디아스포라
였으며 조선에서 학업을 마친 후 일본 유학을 위해 창씨개명을 하게 된

---

30 위의 책.

다. 그의 시 「참회록」은 창씨개명을 신청하기 1개월 전에 쓰여졌다.[31] 1943년 귀향을 앞두고 검거된 후 비운의 옥사를 맞게 되기까지 그의 삶은 간도인-조선인-일본인의 경계 지점에서 지속적으로 체제에 대한 저항과 포섭의 과정을 반복하였다. 마침내 윤동주는 일본에서 비(非)일본인으로서 반체제적이고 적대적인 존재로 간주되어 희생됨으로써 속죄양의 운명을 완결 짓게 된다. 윤동주 시에 나타나는 비극성은 그의 실존에 의해 대리보충(supplement)되는 관계라고 할 수 있을 것이다. 윤동주라는 실존은 윤동주의 시를 더 풍부하게 만드는 여분인 동시에 그의 시의 빈 곳을 채워주는 것이기 때문이다. 윤동주의 실존은 윤동주 시의 안에 있지도 않고 밖에 있지도 않는, 동시에 안에 있으면서 밖에 있는 파르마코스인 것이다.

　디 나아가 한국 근대시에 있어서 윤동주의 시는 대속자와 같은 상징성을 갖고 있다. 잘 알려져 있듯이 1940년 8월 『동아일보』와 『조선일보』를 폐간한 후 총독부는 용지 공급 문제를 이유로 모든 문학잡지를 폐간시켰다. 1941년 4월 『문장』과 『인문평론』이 폐간된 이후로 우리말로 된 문학지가 존재하지 않게 되었고 우리말 말살 정책으로 우리말로 된 작품은 해방 전까지 절멸되다시피 한 것이다. 1948년에 간행된 윤동주의 유고 시집은 1946년에 간행된 이육사의 유고 시집과 더불어 이 시기 국내 문인들에게 강요된 침묵을 밖에서 대변해주고 대리보충해준 파르마코스이다. 그들 자신이 운명에 맞서 파괴됨으로써 삶을 갱신시키고 한국 근대시사를 복원시킬 수 있었다. 이들을 속죄양으로 하여 한국 근대시의 비극성은 완결되고 구원받을 수 있었던 것이다.

31　송우혜, 『윤동주 평전』, 푸른역사, 2005 참조.

5. 한국 근대시의 표정

이상으로 한국 근대시에 나타나는 비극성을 비극적 상황, 비극적 의식, 속죄양 개념이라는 세 가지 측면으로 살펴보았다. 이 세 가지는 비극이라는 문학 장르에 가족유사성처럼 중첩되어 등장하는 특질 가운데 연극 장르에 국한되지 않고 시 장르에도 적용될 수 있는 요소로 추출하여 해석 틀로 적용해 본 것이다. 이 글에서 비극적 상황은 현실에 대한 대응 및 묘사와 관련하여, 비극적 의식은 시적 주체와 관련하여, 비극의 중요한 모티브인 속죄양 개념은 시 텍스트의 안팎인 주제와 작가의 문제와 관련하여 논의해 보았다. 여기에서 분석 대상이 된 시인이나 시작품들은 어떤 구획된 유형으로서 제시된 것이 아니라 1930년대부터 1940년대까지 시대적인 흐름 속에서 각각의 대표적인 사례를 제시한 것이라고 할 수 있다. 그러므로 관점에 따라서는 보다 적절한 시인과 텍스트가 제기될 여지가 충분히 있다. 예시된 텍스트와 자료의 범위가 연구자의 역량과 수준에 한정되어 있다는 것은 주제론적인 연구의 한계라고 할 것이다. 또한 해방이전까지로 논의를 한정하다 보니 분단과 월북이라는 비극적인 사건을 다루지 못한 것도 아쉬운 점이다.

그럼에도 불구하고 비극성의 개념은 한국 근대시의 운명을 총체적으로 살펴볼 수 있는 키워드가 된다. 비극적 상황이나 비극적 의식을 표현한다는 것은 인간이 운명적으로 겪게 되는 고통과 시련 앞에서 무엇이 파괴되는지를 보여줌으로써 삶의 의미와 희망을 상기시킨다. 한국 근대시에 나타난 비극성은 나아가 시인들과 한국 근대시의 역사가 겪어야 했던 고난과 시련을 대변해 주기도 한다. 비극성 개념은 때로는 작품 내적인 시적 성취를 높이기도 하고 현실과의 긴장관계를 통해 시의 역사적 의미와 위치를 설명해 줄 수 있기도 하다. 그것은 비극성이라는 개념 자체가 대상과 주체, 작품과 독자, 형식과 효과의 양쪽에 걸쳐 있으며 결국 문화와 자연의 경계에 놓여 있기 때문이라고 할 것이다. 그런 점에서 비극성은 용도 폐기될 고전 속 개념이 아니라 시 텍스트의 안과 밖, 언어와 감정, 문화와 자연을 넘나들게 할 수 있는 개념으로서 귀환할 수 있을 것이다.

○

제2장

윤동주 문학의 다중성과
트랜스내셔널리즘 연구의 가능성

1. 윤동주 문학 연구의 지평

윤동주는 한국 현대문학사에서 조선어가 말살되던 일제식민지통치 말기인 1940년대에 위기에 처한 민족어와 민족 문학을 구원해주는 존재이다. 해방 이후 유고시집으로 발간된 그의 시집은 그 시기 쓰인 희소한 조선어 작품이었고, 작품에 담긴 순정하고 고결한 정신세계와 제국주의의 형무소에서 옥사했다는 작가의 최후 행적까지 민족적인 울분과 연민을 불러일으키기에 충분하였다. 중등 국어교육의 차원에서나 대중적인 인지도 면에서 윤동주는 한국 현대 시문학을 대표하는 시인으로 자리 잡게 되었고, 윤동주 문학 연구도 많은 진전이 있었다.[1] 민족주의적인 면모들과 관련되었든 형식주의적인 해석 차원에서 전개되었든 기존의 윤동주 문학에 대한 읽기는 '자세히 읽기'를 통해 주제적인 의미의 단일성과 문화 본질주의적인 차원에서 지속된 것이라고 할 수 있다. 윤동주 문학에서 작가의 전기적 생애 확인이나 텍스트와 관련된 사실을 근거로 하여 출발하는 원전 연구나 생성 비평은 다소 뒤늦게 시작된 편이라 할 수 있다.

그 계기가 된 것은 오무라 마스오(大村益夫) 교수의 윤동주 연구였다고 해도 과언은 아니다. 타국의 문학연구가들의 위치를 고려한 윤동주 문학 연구와, 그러한 시선과 접점을 찾으려는 윤동주 읽기를 비유적으로 말해본다면 일종의 '비스듬히 읽기'라고 부를 수 있을 것이다. 즉 기존 연구에서 '윤동주 문학은 한국의 자국민 문학이다'라는 확고한 전제를 놓고 그의 텍스트를 자세히 살펴보며 그 상징적 의미나 전언들을 자국 문학 내의 코드로 해석하려했다면, 비스듬히 읽기에서는 윤동주가 보여준 조선인 내지 한국인이라는 정체성에 대해 다른 거리감을 가지고 바라보는 것이었다. 이러한 비스듬히 읽기는 윤동주 문학에 내포되어 있을 새로운 의미의 전용과 지리적 이동을 상상하게 할 것이다. 이처럼 우리 내부의 시각이 갖고 있을지 모르는 한계를 넘어보려는 시도라는 점에서 트랜스내셔널리즘이라는 용어를 사용하는 것도 하나의 가능한

---

1 윤동주 관련 연구 논문을 모아놓은 대표적인 저술로 권영민 편, 『윤동주 전집』 2(윤동주 연구), 문학사상사, 1995. 그 외 이건청, 『나의 별에도 봄이 오면 – 윤동주 평전 시집』, 문학세계사, 1981; 마광수, 『윤동주 연구』, 정음사, 1984; 권일송, 『윤동주 평전』, 민예사, 1984; 김학동 편, 『윤동주』, 서강대 출판부, 1997; 이상섭, 『윤동주 자세히 읽기』, 한국문화사, 2007.

방법이 될 것으로 본다.

트랜스내셔널리즘(transnationalism)이라는 용어는 정확한 함의와 번역어에 대한 합의가 이뤄지고 있지 않다. 접두어 트랜스(trans)와 내이션(nation)의 복합어에서 파생된 단어인 이 용어를 번역하기는 쉽지 않다. 우선 내이션이라는 단어가 국가, 민족, 국적 등의 다양한 번역이 존재하며, 트랜스(trans)라는 접두사는 across(횡단), beyond(초(超)), through(통(通))이라는 의미를 포괄하고 있기 때문이다. 같은 의미에서 파생된 다른 명사형인 트랜스내셔널리티(transnationality)를 두고 '초국가성', '초민족성', '초국적성' 등이 사용되고 있기도 하다. 이렇게 번역이 까다로운 트랜스내셔널리즘이라는 말을 굳이 사용하는 이유에는 기존의 '디아스포라', '다문화주의' 등등에서 충족되지 못한 어떤 부분에 대한 기대가 표상되어 있기 때문이라고 할 수 있다. 역사학계에서 제기된 새로운 역사학의 방법론인 트랜스내셔널리즘은 그 접두사의 의미를 풀어본다면 횡단국가적, 초국가적, 통국가적, 탈국경적이라는 의미를 함축하고 있다고 할 수 있다. 트랜스내셔널 히스토리란 일국사를 넘어서려는 대안적 역사로서 제기된 것이다.[2] 근대역사학은 일국적 단위를 전제로 해서 이해되어 왔고, 그것은 태생적인 속성이었다. 그러나 이제 국가를 초월하고, 국가 사이를 횡단하며 관통하는 그런 시각으로 인류 삶의 발자취를 돌아보아야 한다는 자각에서 제기된 것이 트랜스내셔널 역사학의 시도였다. 우리 주변에서 세계화, 초국적 기업, 전 지구적 재앙 등등의 일상화된 용어처럼 근대의 민족국가적 인식틀로는 해석이나 예측이 불가능한 객관적 상황이나 주관적 인식을 트랜스내셔널리즘이라는 용어가 직관

---

2 윤해동, 「트랜스내셔널 히스토리의 가능성」, 『역사학보』 200, 2008, 35면.

적으로 가리키고 있는 것이다. 그것은 international(국제 간(國際間), 국가 간(國家間))이나 multinational(다국적(多國的))이라는 수식어가 표상해내지 못하는 무언가를 표상하고 있다. 거기에는 '얽혀 있는 역사'(histoire croisee), 일국의 역사만으로 이해하기 어려운 역사에 관한 이해라는 문제의식을 담고 있다. 이러한 시각은 내셔널한 상황을 넘어서거나 횡단하고자 하지만, 근대민족국가 이래 지속되어온 현재의 내셔널한 상황 자체나 근대적인 국가라는 실체적 기반을 무시하는 것은 아니다. 그런 점에서 트랜스내셔널이라는 수식어는 패러다임이라기보다는 일종의 지향으로서의 성격을 가지며, '방법론적'[3]인 것으로 간주될 수 있다.

문학 연구에서도 국제적인 학술 교류와 토론이 활발해지는 상황에서 식민지 문학에 대한 이해와 분석을 위해 트랜스내셔널리즘적인 시각은 유효한 방법을 제공해 줄 수 있을 것으로 기대한다. 식민지 혹은 제국주의 지배를 경험한 역사와 문학의 상관관계에 대해 단순한 반영론이나 인과관계적인 해석을 넘어 식민지 지배로 인한 이산과 근대의 경험과 관련된 다양한 문제의식을 이 개념으로부터 발전시킬 수 있을 것으로 본다. 제국주의는 그 발생과 유지에 따른 폭력성과 억압성이라는 문제를 따로 놓고 보면 트랜스내셔널한 상황을 그 내부에 갖고 있다고 할 수 있다. 지배로 인한 억압과 갈등, 협력과 저항, 동화와 이화 등을 포함하여 민족 간의 다양한 상호작용을 포괄하고 있기 때문이다. 일본 제국주의가 내걸었던 대동아공영권, 동아협동체와 같은 다양한 슬로건이 말해주듯이 한국, 나아가 동아시아의 근대 경험은 트랜스내

---

3 임지현, "Transnational History as a Methodological Nationalism : Comparative Perspectives on Europe and East Asia", 『서강인문논총』 24, 2008.

셔널한 문제 상황의 가능성을 가지고 있었다고 할 수 있다.

이 장에서 인용하는 윤동주 문학의 텍스트들은 왕신영, 심원섭, 윤인석과 오무라 마스오 교수의 노력에 의해 출간되어 윤동주 문학 연구의 전기를 마련한 중요한 연구서인 『사진판 윤동주 자필 시고 전집』[4]을 바탕으로 하였다. 이 연구와 이를 바탕으로 정리한 『정본 윤동주 전집』[5] 등은 윤동주 문학 연구의 실증적인 기초를 다진 뜻 깊은 연구라 할 수 있다. 윤동주의 생애에 대해서는 윤동주와 함께 옥사한 고종사촌 송몽규의 조카인 송우혜가 윤동주의 생애에 대해 『윤동주 평전』[6]을 통해 상세하게 밝혀낸 바 있다. 이러한 실증적인 자료들을 바탕으로 권오만은 『윤동주 시 깊이 읽기』[7]를 통해 생애와 관련된 깊이 있는 시 해석을 전개하였고, 윤동주와 관련된 기초자료와 주변 인물들의 인터뷰, 윤동주의 시 보존과 관련된 기록들을 면밀히 정리하여 윤동주 문학 연구의 심화를 가져왔다. 이 연구에서는 윤동주의 생애를 네 단계로 나누어 각 단계별 시대인식의 양상과 일본 체험에 대해 면밀히 밝혔으며, 윤동주의 시에 미친 이상 시의 영향에 대해서 각별한 주의를 기울여 분석하였다. 이러한 연구 성과들은 윤동주 문학 연구에 보다 넓어진 지평을 제공해 주었다.

이 글에서는 윤동주 문학을 통해 트랜스내셔널한 문학연구의 가능성에 대해 생각해 보고자 한다. 이러한 연구 시각을 통해 그의 작품이

---

4 윤동주, 왕신영 · 오무라 마스오 외편, 『사진판 윤동주 자필 시고 전집』, 민음사, 1999.
5 홍장학의 『정본 윤동주 전집』(문학과지성사, 2004)과 『정본 윤동주 전집 원전 연구』(문학과지성사, 2004)는 그간 윤동주 원구의 원전이 되었던 정음사판 『하늘과 바람과 별과 시』(정음사, 1981) 및 여러 교정본을 대조하면서 성실히 참고하고 정리하여 놓은 원전비평의 사례이다.
6 송우혜, 『윤동주 평전』, 푸른역사, 2004.
7 권오만, 『윤동주 시 깊이 읽기』, 소명출판, 2009.

지닌 문학적 가치와 더불어 그를 둘러싼 상황과 사건이 지니는 의미가 새롭게 조명될 수 있을 것으로 기대한다. 트랜스내셔널리즘적인 작품 읽기는 무엇보다 한중일과 같이 여러 국가에서 이루어진 문학 연구의 성과들을 통해 드러낼 수 있다면 더 좋을 것이지만 여기에서는 기존의 윤동주 문학 연구 가운데 윤동주의 작가적 정체성이 민족국가적인 차원에서 재조명되었던 측면들을 주로 언급해보고자 한다. 트랜스내셔널리즘적인 문제 틀에서 중요하게 살펴보아야 하는 범주는 작가적 정체성과 언어 그리고 지역성[8]이라 할 수 있다. 이러한 관점과 관련하여 그의 민족국가적 틀에서 분할되거나 재조정될 수 있는 정체성에 대해 재고해보고 언어와 고향과 관련된 내면과 의식의 차원에서 그의 시 작품들을 살펴보고자 한다.

2. 윤동주 문학과 작가의 정체성

윤동주 문학을 두고 일어난 일본 학계의 실증적 접근은 윤동주가 대한민국의 시인이기 이전에 식민지 조선 민족 태생의 간도 이주민이었음을 재인식할 수 있도록 하였다. 한국과 중국의 국교가 수립되기 이전

---

8   작가의 정체성, 언어, 지역성의 개념에 대한 재고찰이 필요하다는 문제제기는 다음의 발표를 참고하였다. 박선주, 「트랜스내셔널 문학의 소속과 지평」, 한국현대문학회 학술발표대회 발표문, 2010. 2.

인 1980년대 중반 오무라 마스오 교수는 윤동주의 무덤을 발굴하여 알리는 한편 윤동주의 일본 유학 시절 독서력을 조사하여 윤동주에 대한 실증적 연구의 가능성과 필요성을 제기하였다. 오무라 마스오 교수가 행한 연구를 열거해 본다면, 1985년 윤동주의 묘소와 생가 확인, 용정과 일본에서의 학적부 조사, 유족의 도움을 얻은 창작노트 원본 공개 및 복원 활자화, 시집 판본 비교, 독서경력에 대한 조사 등으로, 그의 실증적인 연구의 공적은 아무리 강조해도 지나치지 않을 것이다.[9] 일본에서 윤동주에 대해 기억하고 추모하는 활동이 일어나고,[10] 중국의 조선족 문학에서도 윤동주가 연구되거나 교과서에 수록되는 모습[11]을 볼 수 있다. 이러한 점을 볼 때 윤동주 문학 연구의 지평이 보다 초국가적이고 통국가적인 차원에서 열릴 수 있는 가능성을 생각해 볼 필요가 있다.

---

9 오무라 마스오, 「윤동주의 사적 조사 보고」, 『문학사상』, 1987.5; 오무라 마스오, 「윤동주 시의 원형은 어떤 것인가—『하늘과 바람과 별과 詩』의 판본 비교 연구」, 『문학사상』 1993.4; 오무라 마스오, 「윤동주의 일본 체험—독서력을 중심으로」, 『두레사상』, 1996.11(이상 오무라 마스오, 『윤동주와 한국문학』, 소명출판, 2001에서 재인용).

10 이누가미 미쯔히로 외편, 고계영 역, 『일본 지성인들이 사랑하는 윤동주』, 민예당, 1998. 2010년 7월 15일 일본 검찰은 일본 시민단체인 '시인 윤동주 기념비 건립위원회'의 요청에 따라 1944년 3월 31일 자 윤동주의 판결문 원본 첫 페이지를 공개한 바 있다. 일본의 여성 수필가 무라키 히사미[村木久美]가 윤동주의 「서시」를 인용하여 쓴 「조국의 언어」라는 수필이 일본 내 교과서에 수록되어 알려지기도 하였다. 그 외 일본에서의 윤동주 인식에 대해서는 다음을 참조. 김응교, 「일본에서의 윤동주 인식—이부키 고, 오무라 마스오, 이바라키 노리코의 경우」, 『한국문학이론과 비평』 43, 2009, 37~72면; 김신정, 「일본 사회와 윤동주의 기억」, 같은 책, 6, 73~101면.

11 일철(권철필평), 「윤동주론」, 임범송·권철주 주필, 『조선족문학연구』, 흑룡강 조선민족 출판사, 1989. 초급중학교 교과서인 『조선어문』 8권(4학년 2학기)에 윤동주의 「새로운 길」과 「서시」가 수록되어 있다. 총 8권 34편의 시 중에서 조기천의 시가 4편으로 가장 많고, 김소월·김성휘·윤동주가 2편씩, 나머지 23명의 시인이 각각 1편씩 수록되어 있다. 황규수, 「중국 조선족 초중 신편『조선어문』수록 시 고찰」, 『어문연구』, 2008 겨울. 이종순(李鍾順), 「중국 조선족 문학교육 연구—중고등학교 조선어문과목을 중심으로」, 서울대 박사논문, 2002.2. 이러한 움직임들에서 윤동주의 시를 중국 조선족의 문학에 포함시켜 논하는 데에는 이견이 있을 수 있다.

정지용의 소개와 더불어 해방 직후 이루어진 윤동주에 대한 우리 내부의 시선은 윤동주의 정신과 행동이 보여준 비타협성과 순결성에 대한 찬사였다. 그것은 일제 암흑기 대다수 지식인의 훼절에 대한 보상적인 성격이 강하였을 것이다. 그 뒤로 윤동주 문학은 저항문학[12]으로 읽히거나, 그에 대한 반작용으로 순수한 서정시[13]로 읽고자 하는 해석들이 이루어졌다. 그리고 학술적인 논의가 진행되면서 작품의 내재적인 관점에서 상징이나 이미지와 기호, 자기성찰이라는 주제, 기독교 의식, 내면의식 등이 다양하게 논의되었다.

윤동주의 전기적 사실들이 실증적인 자료들을 통해 다시 재조명되고 생성비평적인 차원에서 접근이 이뤄지면서 윤동주의 문학세계는 다양한 각도에서 조명받기 시작하였다. 그 가운데 윤동주의 정체성과 관련해서 디아스포라 문학에서 접근한 최근의 연구들은 이 글의 문제의식과 유사한 측면을 갖는다.

윤동주의 정체성에 대해 정우택은 만주 이민 3세인 재만조선인이라는 아이덴티티로 살펴본 바 있다.[14] 이러한 관점에서는 만주국을 '민족협화'와 '내선일체' 논리가 충돌하며 착종하는 곳으로 규정한다. 일반적인 디아스포라적 아이덴티티가 고향 귀환을 향한 고난의 서사를 생산해 왔던 것에 비해, 윤동주는 북간도라는 역사-생활공간을 "충족적이고 자기완결적인 공동체로 사유했다"는 특성을 분석한 바 있다. 윤

---

12 김용직·염무웅, 「시적 저항과 그 비극성」, 『일제시대의 항일문학―한국문학과 민족의식』, 신구문고, 1974.
13 오세영, 「윤동주의 시는 저항시인가?」, 『문학사상』, 1976.4(『20세기 한국시인론』, 월인, 2005에서 재인용).
14 정우택, 「재만조선인의 혼종적 정체성과 윤동주」, 『어문연구』 27-3, 2009 겨울.

동주의 시를 두고 정우택은 만주에 대한 체험과 기억의 역사를 바탕으로, 제국의 동화-배제 논리에 맞서 마이너들의 다원주의적 공존을 추구하였다는 점을 지적하였다. 에스니시티로서의 '조선인'에 자기를 동일화하던 윤동주가 신체제 국면에서 내이션의 주권자로서 '조선'을 상정하고 독립을 주장할 수 있었던 사유와 행동의 동기를 재만조선인으로서의 정체성으로부터 추론해낸 것이다.

이민문학이나 디아스포라 문학의 작품들을 읽는 방식은 대개 작가 자신의 분열된 정체성, 어디에도 소속되지 못하는 파편적 자아, 소통의 단절과 상실감 등을 가장 주요하게 다루는 것이었다. 이민자의 불완전하고 불안한 자아는 극복되어야 할 것을 읽혀졌고, 모국이건 거주국이건 어느 한쪽의 국가 / 문화적 정체성을 온전히 받아들이는 과정은 고통스러운 분열과 무소속의 경험을 요구하는 것으로 제시되었다. 즉 트랜스내셔널한 상황을 내셔널한 틀 안으로 포섭되거나 동화될 것을 전제하며 해소시켜야 할 것으로 바라보았던 것이다.

정우택이 윤동주의 정체성에 대해 문제제기한 점은 일면 파격적이라 할 만큼 '비스듬히' 바라본 시선이라 할 수 있다. 단일한 '조선인'이 아닌 '재만'조선인으로 윤동주를 규정하게 됨으로써 우리는 윤동주의 시편에 비치는 자기 부끄러움과 자기 분열의 양상들을 새로운 차원에서 바라보게 되기 때문이다. 윤동주의 내면에서 일어나는 자기 분열에 주목한 연구에서는 그가 나서 자란 북간도에서 우리 민족이 처한 역사적 상황을 실감하게 되면서 북간도라는 지명으로 대변되는 가족 공동체적(오이디푸스적) 삼각형이 굴절되었을 것이라고 보았다.[15] 고향이라

15 김유중, 「윤동주 시의 갈등양상과 내면의식―자아 분열의 위기의식과 그 극복의지

믿어온 북간도가 사실은 이국도 고국도 아닌 중간지대였고, 중국인·일본인·만주국인 가운데에서 소수 집단으로 삶을 영위해야 했던 것이다. 윤동주의 자기 부끄러움과 자기 분열은 태생적인 어둠의 속성을 가지고 있는 것이다.

> 나는 이 어둠에서 胚胎되고 이 어둠에서 生長하여서 아직도 이 어둠 속에 그대로 生存하나 보다. 이제 내가 갈 곳이 어딘지 몰라 허우적거리는 것이다. 하기는 나는 世紀의 焦點인 듯 憔悴하다. 얼핏 생각커기에는 내 바닥을 반듯이 받들어 주는 것도 없고 그렇다고 내 머리를 갑박이 나려누르는 아모 것도 없는 듯하다만은 內幕은 그러치도 않다. 나는 도무 自由스럽지 못하다. 다만 나는 없는 듯 있는 하로사리처럼 虛空에 浮遊하는 한 点에 지나기 않는다.[16]
>
> ─「별똥 떨어진 데」 부분

시 원고와 달리 집필 시기가 부기되어 있지 않은 산문인 이 글에서 윤동주는 자신이 어둠에서 배태되어 성장하고 아직도 어둠 속에 생존하고 있다고 고백하고 있다. 분명한 지향 없이 허우적거리며 초초하고 부유하고 있는 '점'인 듯이 자신을 비유하고 있다. 직선이라면 출발점과 지향점이 연결되어 있을 것이지만, 점은 다른 연관된 점이 설정되지 않는다면 그 자체로만 존재한다. 그 까닭은 "내 바닥을 반듯이 받들

를 중심으로」,『선청어문』21, 1993. 266면.
16 윤동주, 왕신영·오무라 마스오 외편, 앞의 책, 1999, 116면.(앞으로 인용하는 윤동주의 시들은 여기에서 옮겨 적었다.『사진판 윤동주 자필 시고전집』으로 표기.)

어 주는 것도 없고 그렇다고 내 머리를 갑박이 나려누르는 아모 것도 없는듯하다." '바닥'이라면 자신이 근거와 기반이랄 것이고, '머리'를 내려누르는 것이라면 나를 귀속시키고 붙들려는 속박일 것이다. 이 수필의 작가인 윤동주는 자신의 정체성의 확고한 기반이나 귀속의 준거를 찾지 못하는 데에서 오는 피로감을 토로하고 있는 것이다. 아무것도 나를 확고히 규정짓지 못하면서도 한편으로 "자유스럽지 못하다"고 말한다. 윤동주가 중국과 일본의 틈바구니에서 분할 점령되어 있는 타국의 땅에서 조선인으로 살아야 했던 처지를 생각한다면 그는 그 어디에도 기반과 준거를 결정짓지 못하는 점과 같은 처지였다고 할 수 있다. 조선이라는 민족적 기반으로부터 분리되고 국가적 정체성은 암흑 상태에 놓인 채 일본 식민지인으로 중국의 만주국에서 살아가는 자신을 두고, "세기의 초점"이라고 부르는 것도 타당해 보인다. 윤동주의 자기 분열과 혼란이 지니고 있는 태생적인 어둠은 이런 이주민으로서 갖는 정체성의 피로라고 부를 수 있을 것이다. 어느 쪽으로 확고하게 자신을 귀속시키거나, 지금 나의 존재 지점에서 지향해 가야하는 또 다른 정체성의 지점을 찾지 못하는 데에서 오는 상실감을 윤동주의 내면에서 볼 수 있는 것이다.

다음 시는 그런 점에서 윤동주의 상실감을 다시 자기 정체성과 결부시켜 읽어 보게 한다.

잃어 버렸습니다.
무얼 어디다 잃었는지 몰라
두 손이 주머니를 더듬어

길에 나아갑니다.

돌과 돌과 돌이 끝없이 연달아
길은 돌담을 끼고 갑니다.

담은 쇠문을 굳게 닫아
길 위에 긴 그림자를 드리우고

길은 아침에서 저녁으로
저녁에서 아침으로 통했습니다.

돌담을 더듬어 눈물짓다
쳐다보면 하늘은 부끄럽게 푸릅니다.

풀 한 포기 없는 이 길을 걷는 것은
담 저쪽에 내가 남아 있는 까닭이고

내가 사는 것은, 다만
잃은 것을 찾는 까닭입니다.

—「길」전문, 1941.9.31(강조는 인용자)

위의 시를 두고 권오만은 식민지 주민으로서 겪었던 식민지의 체험 전반을 종합적으로 그려낸 시라고 평가하였다.[17] 위 시에서 '돌'과 '돌담'이 식민지 주민이 겪었던 제약으로서의 시대 현실이라면, 식민지 경영자들이 보여준 위협적 과시가 "담은 쇠문을 굳게 닫아 / 긴 그림자를 드리우고"에서 나타나며, 식민지 주민들의 잃어버린 정체성이 "담 저쪽에 내가 담아 있는 까닭"이라고 표상된다는 것이다. 이러한 해석처럼 "돌담"과 "쇠문"의 위협적인 단절은 시의 화자가 지닌 정체성의 일부를 잃어버리게 만든다. 첫 연에 나오듯이 무얼 어디다 잃어버렸는지 모르게 주머니를 더듬으며 길을 나아가던 화자가 깨닫는 것은 "담 저쪽에 내가 남아 있"다는 사실이다. 담이 분리와 단절을 표상한다면 이 시에서 돌담과 쇠문은 자아정체성의 분리와 단절이다. "풀 한 포기 없는 이 길"이 생명이 황폐화되고 짓눌리는 시대 상황을 말하고 있고, 그런 시대로 인해 "담 저쪽에 내가 남아" 있게 되는 것이다. 이 시적 표현은 식민지인으로 태어나 존재하는 데에서 오는 자유의 억압이나 죽음의 위협과 조금 다른 차원에서 윤동주의 예리한 자의식을 보여준다고 할 수 있다. 그것은 자기 내부의 분열과 정체성의 분리인 것이다. 그 분리의 자의식을 대조적으로 부각시키는 것은 연결되는 공간들과 이미지들이다. "돌과 돌과 돌이 끝없이 연달아" 돌담을 이루고, 그 돌담을 끼고 가는 길도 "아침에서 저녁으로 / 저녁에서 아침으로 통했"지만, 돌담을 더듬으며 길을 가고 있는 나는 정작 담 저쪽에 내가 남아 있고 그 잃어버린 나를 찾아다니고 있는 것이다. 그 상실감 때문에 눈물 짓고 있는 시적 화자를 더욱 비감에 젖게 하는 것은 아마도 하늘일 것이다. "쳐다보면 하늘은 부끄럽게 푸릅니다"라고 말할 때 상실의 슬픔에 이어 부끄러움마저 시적 화자가 느끼는 까닭은 하늘의 청신한 '푸

---

17 권오만, 앞의 책, 134~135면.

른 색' 때문이기도 하지만 막힘없이 터져 있는 하늘이라는 공간의 무한한 이미지 때문이기도 할 것이다. 하늘이라는 공간 이미지가 주는 확장과 확산의 느낌은 자아의 생명력을 발산하도록 내면의 결의를 다지는 계기가 된다. 돌담의 단절에 대비되는 하늘의 확산을 통해 "담 저쪽에 남아 있는" 나라는 잃어버린 존재를 확인하고, 마지막으로 "내가 사는 것은, 다만 / 잃은 것을 찾는 까닭입니다"라는 자아의 결의를 그려낸다. 지상의 길이 세속적인 삶의 연속 속에서 어떤 자기 연속성을 갖는다고 해도, 피식민지에서 태어난 태생적인 한계와 굴레는 자기정체성에 어떤 억압과 상실감을 줄 수밖에 없을 것이다. 그러한 정체성의 상실감과 극복에 대해 위 시는 돌담, 길, 하늘이라는 세 개의 공간으로 식민지 지성인의 내면을 상징적으로 표현하였다고 할 수 있다.

윤동주의 시들을 살펴보면 시적 화자는 자기 응시를 통해 분열되어 있거나 분화되어 있는 자기 자신을 보고 의식하는 것을 볼 수 있다. 이처럼 윤동주 시에서 자기 응시가 방법화되면서 자기의식의 분화에까지 이르는 양상을 이상 시의 영향으로 볼 수 있다[18]는 주장에 충분히 동의할 수 있다. 윤동주의 유품들에는 정지용, 백석, 이상 등의 시집이 복사본이나 필사본으로 소장되어 있고, 윤동주가 각 시편들을 어떻게 감상하였는지도 메모를 통해 볼 수 있는데, 윤동주의 시 원고들이 쓰인 시기를 고려하며 살펴보면 그러한 시집들의 영향을 직간접적으로 받은 것을 볼 수 있기 때문이다. 윤동주 시에서의 자기 응시라든가 '거울' 이미지나 분열된 내면 등이 이상의 시와 관련되었을 수 있음을 인정하지만, 후배 시인이 선배 시인의 '영향으로부터의 불안'에서 벗어나듯이 윤동

---

18 위의 책, 135면.

주 시에는 이상 시에서 볼 수 없는 자기결의의 확고한 다짐이 등장한다. 그리고 그것이 시대적 배경이나 시대인식과 관련된다는 점에서 이상의 영향에서 벗어나는 윤동주의 개성을 보여주는 부분이라고 할 수 있다.

황혼이 짙어지는 길모금에서
하루 종일 시든 귀를 가만히 기울이면
땅검의 옮겨지는 발자취 소리,

발자취 소리를 들을 수 있도록
나는 총명했던가요.

이제 어리석게도 모든 것을 깨달은 다음
오래 마음 깊은 속에
괴로워하던 수많은 나를
하나, 둘 제 고장으로 돌려보내면
거리 모퉁이 어둠 속으로
소리 없이 사라지는 흰 그림자,

흰 그림자들
연연히 사랑하던 흰 그림자들,

내 모든 것을 돌려보낸 뒤
허전히 뒷골목을 돌아

황혼처럼 물드는 내 방으로 돌아오면

신념이 깊은 의젓한 양처럼
하루 종일 시름없이 풀포기나 뜯자.

　　　　　—「흰 그림자」 전문, 1942.4.14(강조는 인용자)

　위의 시에서 주목해 볼 부분은 3연의 자기 분열을 다스리는 대목이
다. 이 자기 분열은 이상의 시에서 볼 수 있는 심리적인 불안이나 정신
착란적인 성격으로 보기보다는 자기 정체성의 분리나 분열의 성격으
로 볼 수 있다. 즉 무의식적인 차원이라기보다 의식적이고 이성적인 차
원에서 사고되는 것이라고 할 수 있다. 시적 화자의 내면에는 오랫동안
마음 깊이 "괴로워하던 수많은 나"가 있었다. 그런 내면의 자기 정체성
의 분열의 원인이 무엇이었는가는 그 '나'를 해결하는 방식에서 볼 수
있다. 시적 화자는 그 수많은 나를 "하나, 둘 제 고장으로 돌려보내"는
방식으로 내면의 괴로움을 다스린다. 시적 화자의 '나'는 '고장'과 연결
되어 있음을 볼 수 있다. 즉 나의 내적 고민과 내면의 분열의 원인은 내
가 거쳐온 곳, 고장들이 나의 정체성과 관련되어 있는 것이다.
　여기서 시인 윤동주가 북간도에서 태어나 평양 숭실중학에 유학을
왔다가 신사참배 문제로 폐교되자 다시 중국으로 돌아 용정의 광명중
학을 마치는 등 북간도와 조선 반도를 오고간 이력을 떠올려 볼 수 있
다. 이어 그는 서울의 연희전문학교에서 수학한 뒤, 창씨개명을 하며
식민지 본국으로 건너가 일본의 릿쿄 대학과 도시샤 대학에서 학업을
이어갔다. 이러한 이력은 한 개인에게 고향과 타지, 고국과 모국과 본

국(제국주의자의 입장에서)이라는 이질적인 장소를 경험하게 하며, 더불어 그곳에서 개인이 갖는 정체성의 상대적인 위치 변경을 요구하는 것이라고 할 수 있다.

일본 제국주의자들이 태평양전쟁에 뛰어들어 무리하게 확전을 하던 시기였던 1942년에 쓰인 위 시에 등장하는 "황혼"은 그런 시대의 위태로움과 시인이 느꼈을 암울함을 함축하고 있는 듯하다. 전쟁으로 치닫는 제국주의 본국에서 유학을 하고 있는 식민지 청년의 번민과 피로를 위 시에서는 "시든 귀"라고 표현하고 있다. 시적 화자는 "발자취 소리를 들을 수 있도록 / 나는 총명했던가요"라고 자기 자신에게 물으면서 시대 인식에 대해 반성하는 모습을 보여준다. 자기반성은 자기 정체성에 대한 반성으로 이어진다. 모든 것을 깨달았다고 한 시적 화자는 "괴로워하던 수많은 나"를 제 고장으로 돌려보냄으로써 "내 모든 것을 돌려" 보내고 분열된 자기 정체성을 봉합하려 하는 것이다. 그런 자기 정체성 속에서 시적 화자는 어둠 속으로 "소리 없이 사라지는 흰 그림자"를 생각한다. 흰 그림자는 괴로워하던 나의 일부이기도 하고 내 모든 것에 포함되기도 하는 그런 존재일 것이다. 모든 것을 돌려보내고 "허전히" 방으로 돌아온 시적 화자는 무력한 자신의 상태를 자조적으로 "양"에 비유하여 "풀포기나 뜯자"고 말하고 있다.

그러나 평화로운 자신의 상태에 대해 자조적으로 말하고 있는 이 어조에는 명시적으로 드러나지 않는 이중적인 어조가 내포되어 있다. "신념이 깊은 의젓한 양"이라는 비유에는 행동하지 않는 자신을 자조적으로 토로하면서도 어떤 신념으로 자신이 존재하고 있음을 내비치려 하기 때문이다. 그 신념은 곧 자기응시와 자기반성을 통해 보여주는 것이라고 할 수 있다. 자기반성을 통해 드러났던 존재인 "흰 그림자"는 소리도 형체도 분명히 드러낼 수 없는 어떤 막연한 존재이지만, 시적 화자에게는 "연연히 사랑하던" 대상이다. 희다는 색채적인 속성과 실체를 드러내지 못한 존재라는 점에서 그것은 식민지 조선 민족을 환기하는 상징적인 존재라고 할 수 있다. 그 존재에 대한 사랑은 망각되거나 사라질 수 없는 것이며 시적 화자는 그 대상에 대한 사랑을 기억하려 한다. 1연, 3연, 4연이 명사로 끝남에도 불구하고 쉼표로 되어 있다는 것은 1연의 "발자취 소리"와, 3연의 "흰 그림자", 4연의 "흰 그림자들"이 동일한 존재로 볼 수 있으며, 그 존재에 대한 시적 화자의 심적 상태가 여운을 남긴 지속적인 연모와 그리움이라는 것을 암시한다. 시적 화자의 신념은 이 흰 그림자에 대한 사랑에 연속되어 있을 것이다.

윤동주가 시에서 보여주는 자기 분리와 정체성의 분열에 대한 의식은 단지 식민지 청년이나 지식인으로서 느끼는 상실감보다 더 예리하고 자의식적인 것이었다고 본다. 윤동주의 경우 간도로 이주해간 조선인으로서, 자신의 모국과 고향을 조선으로 여기고 있었으나 자기 정체성에 대해 지속적으로 회의하고 찾고자 하였다. 그러한 정체성의 성격에 대해 재만조선인 3세라고 규정하는 것은 정형화된 국가정체성의 이미지를 덧씌워 명명하는 일이 될 것이다. 재만조선인이라고 할 때 만주라는 지역과 국가에 따른 명칭은 이들의 의사나 그들의 특성과 무관한 지리적 범주일 뿐이고, 분류를 위한 분류 명칭에 불과하며 결국 또다른 귀속을 위한 범주가 될 것이다. 재만조선인이라는 정체성은 윤동주와는 거리를 두고 보아야 하며, 중국과 한국의 국가체제가 공고해진 이후 ─ 즉 간도이주민의 귀국이 불가능해지고 중국 내에 귀화 및 소수민족으로서 지위가 확정된 절차에 따라 — 형성될 수 있는 개념이라고 본다.

트랜스내셔널리즘적 읽기란 마치 원래의 정체성이라는 것이 존재하는 식으로 바라보는 고정 관념에 대해 의문을 던져야 할 것이다. 트랜스내셔널한 관점에서 국가 정체성이란 "내셔널"한 틀에 결코 갇혀있을 수 없는 것으로, 끊임없이 변하고, 부유하는 것이며, "이동"에 의해 오염된 것이 아니라 처음부터 깊이 섞이고 혼재되어 있는 것이다. 윤동주의 시에 등장하는 정체성의 의식을 어떤 정형화된 국가나 지역과 관련된 정체성이라는 틀에 억지로 맞춘다면 그의 시가 가진 미덕의 부분을 오히려 상쇄해 버리는 결과를 가져올 수 있다. 타문화 속에서 이민자이자 소수자였을 시인이 겪는 불소통과 단절의 경험을 "조선인" 혹은 "간도인" 등의 정형화된 정체성에 기대어 조망하기 보다는, 그 불일치와 정체성의 미세한 흔들림에 주목해 보는 작업이 필요하다고 본다.

3. 언어의 다중성과 이중언어에 대한 자의식

윤동주의 경우 그의 생애를 보면 알 수 있듯이 민족주의와 기독교 사상이 강한 집안에서 태어나 은진중학, 숭실중학, 연희전문과 같이 그러한 사상적인 토양을 튼튼히 길러줄 수 있었던 미션계 학교에서 학업을 이어갔었다. 그리고 조선어 말살 정책이 기승을 부리던 일제 말기 아우들에게 우리말로 된 서적을 모으라는 당부를 할 만큼 우리말에 대한 애정도 깊었다. 윤동주 문학이 자연스럽게 한국문학에 포함될 수 있었던 것은 그가 일제식민지 시대에 쓴 원고들이 순전히 한국어, 즉 조선어로 쓰였다는 어찌 보면 당연한 사실에서 비롯한다. 국민문학의 전통 안에 들어가기 위한 최소한의 조건은 그 국가의 언어(대개 단일언어)로 쓰인다는 것이기 때문이다. 그러나 앞서 살펴본 윤동주 문학에 나타나는 자아 정체성과 마찬가지로 그의 문학에 나타나는 언어에 대해서도 트랜스내셔널하게 접근해 볼 수 있다.

> 사이좋은 정문의 두 돌기둥 끝에서
> 오색기와 태양기가 춤을 추는 날
> 금을 그은 지역의 아이들이 즐거워하다.
>
> 아이늘에게 하루의 건조한 학과로
> 햇말간 권태가 깃들고
> '모순' 두 자를 이해치 못하도록
> 머리가 단순하였구나.
>
> ― 「이런 날」 부분, 1936.6.10
>
> 허물어진 성터에서
> 철모르는 여아들이
> 저도 모를 이국말로,
> 재질대며 뜀을 뛰고,

난데없는 자동차가 밉다.

— 「모란봉에서」 부분, 1936.3.24

　　첫 번째 인용한 시는 만주국의 소학교의 풍경을 묘사하고 있다. 힉교 정문의 돌기둥에는 각각 만주국의 오족을 상징하는 오색기와 일본 제국주의를 상징하는 태양기가 함께 걸려 있는 모습을 그리고 있다. 그것이 표면적 화해와 위선적인 공존임을 시적 화자는 "사이좋은"이라는 말과 "즐거워한다"는 묘사 사이에 "금을 그은 지역"이라는 냉혹한 현실을 상기하는 묘사를 집어넣어 은근히 풍자한다. 소학교의 순진하고 단순한 아이들이 이해하지 못하는 이 현실의 "모순"을 폭로하는 것이다. 윤동주가 다니던 소학교에는 이처럼 일본과 조선, 중국, 만주, 몽고 등의 여러 민족이 '오족협화(五族協和)'라는 명분으로 인정받고 있었지만, 일본의 식민통치의 일환이었을 뿐이었다는 것을 시적 화자는 인식하고 있는 것이다. 두 번째 시에는 "저도 모를 이국 말"을 재잘대는 여아들이 등장한다. 문물들이 교통하면서 언어도 혼류하고 국적과 국경, 민족을 넘어 언어들을 가로지르게 된 것이다. 1932년 만주국이 세워진 이후 어린 윤동주가 성장하는 과정에서 보았을 트랜스내셔널한 상황은 유년시절의 언어감각에 의식적, 무의식적으로 새겨졌을 것을 짐작해 볼 수 있다.

　　어머님, 나는 별 하나에 아름다운 말 한 마디식 불러봅니다. 小學校때 冊床을 같이 햇든 아이들의 일홈과, 佩, 鏡, 玉 이런 異國少女들의 일홈과 벌서 애기 어머니 된 계집애들의 일홈과, 가난한 이웃사람들의 일홈과,

비둘기, 강아지, 토끼, 노새, 노루, '푸랑시쓰·쨤', '라이넬·마리아·릴케'
이런 詩人의 일홈을 불러봅니다.

　이네들은 너무나 멀리 있습니다.
　별이 아슬히 멀 듯이

　어머님,
　그리고 당신은 멀리 北間島에 게십니다.

　나는 무엇인지 그리워
　이 많은 별빛이 내린 언덕 위에
　내 이름자를 써보고,
　흙으로 덮어버리었습니다.

　딴은 밤을 새워 우는 벌레는
　부끄러운 이름을 슬퍼하는 까닭입니다.

　　　　　　　　　　　　　—「별헤는 밤」부분, 1941.11.5

　앞서 살펴본 시 「이런 날」에 등장하는 소학교의 풍경을 떠올려보면
위의 시적 화자가 떠올리는 소학교 때 책상을 같이 했던 아이들의 이
름과, "佩, 鏡, 玉 이런 異國少女들의 일홈"은 지금 한국어를 모국어로
갖고 있는 독자들과 다른 음운론적 체계에서 연상되었을 것을 짐작해
볼 수 있다. 윤동주가 가지고 있었던 언어 체계는 순수한 한국어 체계

보다 더 폭넓고 유동적인, 트랜스내셔널한 흐름 속에 있었던 것이다. 언어 그 자체에 이미 수많은 다른 의미들이 내재해 있으며, 이들이 서로 접촉하고 갈등하며 관계 맺는 양상은 우리가 예측하거나 조종할 수 있는 범위를 벗어난다. 그런 점에서 '모국어'를 자유롭게 구사한다고 해서 그 언어에 대한 완전한 소유나 지배를 주장할 수 없는 것이다. 위의 시에서 시적 화자가 많은 별빛이 내린 언덕 위에 "내 이름자를 써보고 / 흙으로 덮어버리"는 행위는 그 다음 연에 나오듯이 일종의 부끄러움이나 슬픔과 연관된 일이다.

이 시를 쓸 당시 윤동주는 서울의 연희 전문에 재학 중이었고, 시적 화자는 그런 시인의 처지에 상응하여 먼 북간도에 있는 어머니를 그리워하는 마음을 토로한다. 어머님이 계신 곳이 고향이라면 고향의 추억과 연루된 말들이 유년시절의 향수를 자극하는 '별'처럼 아스라한 존재일 터이다. 여기에서 시인이 갖고 있는 조선어라는 모국어와 유년기의 언어가 괴리를 갖고 있음을 보여준다. 윤동주의 아명은 해환(海煥)이라고 하는데, 해처럼 환하라는 의미에서 부르다가 후일 한자로 음을 표기한 것이라고 한다. 성장한 후 자신의 어린 시절 이름에서 느끼는 향수나 이국소녀나 이웃들이 자신을 불렀을 이름들에 대한 윤동주의 자의식을 짐작해 볼 수 있는 것이다. 다시 말해 위 시에서 내 이름에 대한 부끄러움이나 슬픔은 식민지에서 모국어를 강탈당한 상실감과 다소 다른 성격을 갖는다는 것이다. 윤동주는 모국어에 균열을 일으키는 이러한 언어적 상황에 민감한 자의식을 가지고 있었고, 이 자의식이 히라누마 도오슈(平沼東柱)라는 일본 이름으로 창씨개명한 후에 쓰인 시『참회록』에서 절절한 자기 부끄러움과 자기 성찰의 토로에 이어질 수 있었던 것이다.

여기에서는 윤동주 문학의 언어 문제와 관련해서 주목해 볼 점으로 한일 학자의 공동 작업으로 편찬된 『사진판 윤동주 자필시고 전집』에 대해 언급하고자 한다. 이 책에서는 창작 시기를 밝힌 원고를 좇아 습작기부터 윤동주의 창작 과정을 살펴 볼 수 있도록 퇴고와 전사 등을 최대한 복원하여 인쇄활자로 전달하려는 각고의 노력을 아끼지 않았다. 이 책의 집필자 중 한 사람인 오무라 교수가 정리한 몇 가지 테마에서 언어와 관련해 흥미를 끄는 것은 윤동주의 한자 사용법의 문제였다. 윤동주는 한자를 사용하는 데에 있어서, 정자체 외에 일본식 약자와 속자, 중국식 필기체 등을 혼합하여 사용하였다는 것이다. 기본적으로는 집안의 영향으로 구 한자체[正字]가 많았고, 일본식 약자와 더불어 일본인이 통상 사용하지 않는 중국식 서체가 사용되고 있는 점을 오무라 교수는 흥미롭다고 지적하였다.[19] 이러한 한자 용법은 그를 둘러싸고 있던 시대환경과 그 자신의 생활 체험, 문학 수업 과정 등이 영향을 미쳤을 것임은 쉽게 짐작해 볼 수 있다.

오무라 교수의 시선에서는 일본인에게 낯선 중국식 서체와 이체자가 눈에 띄었다면, 반면에 필자에게는 일본제국주의에 저항하는 시인으로 읽혀온 윤동주의 시에서 일본어의 흔적을 발견하게 되는 것이 낯설었다. 가령 시 「간(肝)」(1941.11.29)에서 "다시는 용궁의 유혹에 않떠러진다"라는 구절에 용(龍)으로 일본어 한자를 사용하거나, 「못 자는 밤」과 같은 시에 붙인 구절처럼 일본어 문장을 사용하는 것을 볼 수 있다.[20] 이 시를 두고 이상 시의 「아침」과 영향관계에 있다고 보고 있는

---

19 오무라 마스오, 앞의 책, 2001, 108면.

연구[21]도 있으나, 이 시가 흥미로운 것은 이 시가 윤동주의 여타의 시에 비해 상대적으로 대단히 짧다는 점과 그에 대조라도 하듯이 줄글이 부기되어 있다는 점이다. 윤동주의 다른 시들에는 부기라든가 설명하는 메모가 없다는 점을 생각해보면 이채로운데, 그 이채로움에서 한 걸음 더 나가는 것은 그 부기가 일본어로 적혀 있다는 점이다. 식민지 지식인으로서 일본어를 국어로 배우고 식민 본국의 대학에 유학을 간 윤동주가 일본어를 구사하는 것은 당연한 일이지만, 그가 습작 노트에 적은 일본어와 조선어의 상관관계는 역설적이라고 할 수 있다. 시적 화자의 잠 못 이루는 행위와 조선어 텍스트 본문의 말줄임표, 그리고 많은 "밤"이라는 어둠들이 드러낼 수 없는 언표불가능성을 말하는 것이라면 그에 대조되어 진술되는 것이 일본어 텍스트인 것이다. 일본어로 쓰인 메모를 통해 윤동주는 '미(美)'의 추구와 '생명'의 가치 사이에서 고뇌하는 내면을 드러내고 있다.

윤동주는 언어가 내셔널한 경계를 넘나들 때 일어나는 파생, 이동, 파장을 인식하고 있었을 것이다. 이것은 단순히 작가 개인의 언어 구사 차원을 연구하는 방식으로 밝혀지는 것이 아니라 독자가 작품을 읽고 연구하는 방식에서 시도될 수 있는 변화일 것이다. 트랜스내셔널한 문학연구의 관점에서 "비스듬히 읽기"를 통해 언어와 의미의 이동과 파생, 전용과 차용, 그리고 오역의 지구적 이동 과정을 추적할 수 있다면, 윤동주 문학의 원전생성비평도 그러한 차원에서 더 풍부하게 연구될 수 있을 것으로 기대한다.

20　『사진판 윤동주 자필 시고전집』, 173면.
21　권오만, 앞의 책, 176~178면.

4. 고향과 이향 사이의 욕망

트랜스내셔널한 문학연구의 또 다른 전제는 '지역'에 대한 고찰일 것이다. 문학은 분명 언어로 된 구조물임에도 불구하고 그 근저에는 특정한 '지역'이 기반으로 자리 잡고 있으며, 기존 문학에서 그 지역은 국민국가이다. "한국문학"은 "한국"이라는 지역 '안'에 자리 잡고 있으며 그것을 소재로, 배경으로 혹은 정서적 기반으로 하여 씌어진 것이다. 그러나 최근 디아스포라 문학에서 '만주'에 대한 재조명이 활발히 이뤄지고 있듯이 국민국가적인 틀에서의 지역 개념을 단일화시켜 고정시키기는 어렵다고 본다. 그처럼 국민국가라는 상상적으로 단일화된 지역을 향한 문제제기의 성격을 지닌 것이 트랜스내셔널리즘이라는 개념이라고 할 수 있다. 그 용어로 포괄하는 지역은 다소 광범위하고 막연하며, 어떤 대안적인 구체적 공간을 표상하고 있지는 않다. 달리 말하면 윤동주 문학에서 나타나는 공간 내지 지역을 트랜스내셔널하게 바라본다는 것은 국민국가의 틀 안에 한정하는 시각을 벗어날 필요가 있다는 반성의 차원이라고 할 수 있다.

대표적으로 윤동주의 시에 자주 등장하는 '고향'이라는 시어는 일제 강점기 식민지 치하에서 수난 받던 우리 민족과 국토라는 의미가 일차적으로 강하게 환기되지만 그 내포적 의미는 다중적이라고 할 수 있다. 윤동주의 출생지이자 거주지였던 북간도는 선조들이 정착한 곳이며 어머니와 가족 친지가 있는 곳으로서의 고향이다. 그러나 조선인이라는 민족적 정체성에 기반하여 자신을 귀속시키는 모국 내지 조국은 한반도인 조선이다. 그의 습작 초기 시들에서 고향은 그러한 민족적 집단성의 시선에 의거하여 표상된다.

> 헌 짚신짝 끟을고
> 나여긔 웨왓노
> 두만강을 건너서
> 쓸쓸한 이 땅에
>
> 남쪽하늘 저 밑엔
> 따뜻한 내 고향
> 내 어머니 계신 곧
> 그리운 고향집
>
> ―「고향집―만주에서 불은」 전문, 1936.1.6

위 시에는 "만주에서 불은"이라는 부제가 있다. 두만강을 건너 만주에 건너온 유랑민 내지 이주민으로 보이는 시적 화자는 "쓸쓸한 이 땅"에서 고향을 그리워하는 노래를 부른다. 그 고향은 "남쪽하늘 저 밑"이고 그곳에 "내 어머니"가 계시다. 1941년 연희 전문학교 유학중에 쓴 시 「별 헤는 밤」에 북간도에 계신 어머니를 그리워하는 시적 화자가 윤동주라는 창작자의 실존에 가깝다면, 이 시는 윤동주라는 실존 인물과 거리를 둔 허구적인 시적 화자가 등장한다. 그 시적 화자는 간도 이주민 첫 세대에 가까운 고향의식을 보여준다. 이처럼 초기 습작 시들에는 윤동주의 개인사와 거리가 있는 허구적 시적 화자를 볼 수 있다.

시 「오줌싸개 지도」의 경우에는 육필원고와 발표본에서, 간밤에 동생이 오줌을 싸서 빨랫줄에 걸어놓은 요의 얼굴을 보고 묘사하는 대목이 달라지지만 그 허구적 시적 화자의 시선이 윤동주의 실존적 위치와는 거리가 있음을 공통적으로 볼 수 있다. 육필원고에서는 "위에 큰 것은 / 꿈에 본 만주 땅 / 그 아래 / 길고도 가는 건 우리 땅"[22]이라고 되어 있고, 발표본에는 "꿈에 가본 엄마게신 / 별나라 지돈가? / 돈벌러간 아빠게신 / 만주 땅 지돈가"[23]라고 되어 있다. 육필원고가 만주 땅과 우리 땅을 대조적인 크기와 위치로만 비교한 것과 달리 발표본에서는 어린아이인 시적 화자가 처한 비극성이 심화되어 등장한다. 즉 발표본의 시적 화자는 어머니를 죽음으로 잃고 아버지는 만주로 돈 벌러 떠나 혼자 있는 가련한 어린 아이인 것이다. 육필본과 발표본의 차이가 상당히 격심하다고 할 수 있다. 그러나 위의 시 「고향집」과 마찬가지로 시적 화자가 대상에 대해 시선을 던지는 위치는 윤동주로서는 체험해 보지 않은 한반도의 조선인이라는 상상적인 위치였던 것이다.

윤동주의 문학적인 성장은 그러한 허구적이고 상상적인 주체의 1차적이던 위치를 벗어나 자신의 실존과 맞대면하고 그것을 직시하려는 문학적인 고투와 함께 했다고 할 수 있다. 1930년대 후반 연희전문학교에 유학하며 본국에서 보낸 시기가 그에게 있어서 2차적 주체화의 시기였고, 그 주체화의 과정에서 조선인이라는 정체성은 지배적인 주체의 위치로 작용했을 것이다.

졸업과 함께 일본으로의 유학을 결심할 무렵 윤동주에게 있어서 새

---

22 「오줌싸개 지도」(육필본), 1936 초(추정), 『사진판 윤동주 자필 시고전집』, 22면.
23 「오좀 싸개지도(地圖)」(전문), 『카톨릭 소년』, 1937.1.

로운 정체성의 위기가 도래했고, 3차 주체화의 시기가 왔다고 볼 수 있을 것이다. 이처럼 1941년 무렵 윤동주의 시에 나타나는 자기 정체성과 자신의 존재와 연결된 지역성에 대한 고민은 더 깊어졌다고 할 수 있다. 이 시기 쓰인 그의 시 「또 다른 고향」은 자신의 정체성과 지역성을 복합적인 시선으로 바라보고 있는 면모를 보여준다.

> 고향에 돌아온 날 밤에
> 내 백골이 따라와 한 방에 누웠다.
>
> 어둔 방은 우주로 통하고
> 하늘에선가 소리처럼 바람이 불어온다.
>
> 어둠 속에 곱게 풍화작용하는
> 백골을 들여다보며
> 눈물짓는 것이 내가 우는 것이냐
> 백골이 우는 것이냐
> 아름다운 혼이 우는 것이냐
>
> 지조 높은 개는
> 밤을 새워 어둠을 짖는다.
>
> 어둠을 짖는 개는
> 나를 쫓는 것일게다.

가자 가자

쫓기우는 사람처럼 가자.

백골 몰래

아름다운 또 다른 고향에 가자.

　　　　　　　　　　─「또 다른 고향」 전문, 1941.11.29

　위 시에 고향은 앞서 살펴본 습작기의 시들과 달리 시인의 실존적인
위치에서 밀착되어 있는 공간으로 파악된다. 자기 자신의 현재 모습을
응시하고 자신을 반성할 수 있는 자리에 돌아온 시적 화자는 자신을
따라 와 방에 누워 있는 "내 백골"을 본다. 그 백골은 고향에서 마주할
수 있는 자아라는 점에서 과거의 시간에 귀착되거나 고향이라는 장소
에 연연하고자 하는 자아의 일면 내지 분신이라 할 수 있다. 그것은 과
거와 고향에 귀속된 채 머물려 한다는 점에서 새로운 생명력과 추동력
을 갖지 못하는 형해화된 자아라고 할 수 있다. 이상의 시에 등장하는
자아의 또 다른 분신으로서의 해골을 연상시키는 이 백골은 그 모습이
이상의 시에서처럼 기괴하거나 그로테스크하지 않다. 백골은 무력하
게 "어둠 속에 곱게 풍화작용"을 하는 형태라 그 모습에 현재의 나는
눈물짓는다. 이때 백골을 위로하고 눈물짓는 과정에서 울고 있는 나는
누구인가라는 자기 물음이 일어난다. 이 물음의 과정에서 나와 백골과
"아름다운 혼"이 분화된다.

　우리는 이 지점을 다시 살펴볼 필요가 있다. 자기 응시와 자기 물음
을 일으키는 백골의 풍화작용은 어떤 계기가 수반되었기 때문이다. 시
적 화자가 단순히 방에 누워 있고 백골을 응시하는 것이 아니라, 방에

어떤 작용이 일어나기에 백골의 "풍화작용"이 일어났던 것이다. 2연에 묘사하고 있듯이, 고향의 이 방은 "우주로 통하고" 하늘에서 바람이 불어와 백골의 풍화작용이 일어나고 있다. 방은 보통 밀폐되고 고립된 공간이지만 윤동주의 이 시에서 방은 우주로 통하고 있다. 그렇게 열린 방에서 바람이 "소리처럼" 불어오는 것을 느끼고, "어둠을 짖는" 지조 높은 개의 소리도 들려오는 것이다. 그 소리들의 추동을 받아 지금의 나를 격려하고 백골과 결별하고 아름다운 혼의 고향으로 지향해 가려는 결의를 다짐하는 것이다. 고향에 돌아온 날 밤 방에 누워 있는 시적 화자에게 어둔 방이 우주로 열리는 경험은 그가 '귀향'한 자이고 다시 떠날 자이기 때문에 일어난다고 할 수 있다.

이것을 두고 시적 화자의 귀향(歸鄕)과 이향(離鄕), 그리고 다시 고향을 찾으려는 욕망으로 정리해 볼 수 있을 것이다. 이것은 피식민자의 광복염원의 의지라든가 이주자의 디아스포라 의식의 차원보다 더 내밀하고 복합적인 욕망의 양상으로 보아야 한다고 생각한다. "아름다운 또 다른 고향"은 어떤 특정한 지리적 시선에 의해 투영된 것이 아니라, 시인의 지리적 문화적 이동의 체험에서 상상된 초월적인 공간이라고 할 수 있다. 그 공간을 두고 특정 지역의 범주화를 통해 어떤 국가와 결부된 형태로 상상하기 보다는 시인의 마음의 움직임에 주목해서 음미하고 사고할 필요가 있다고 본다. 이 시에서 시적 화자의 분열을 두고 타국과 모국의 경계에서 분열되는 것으로 보는 것이 아니라, 타국과 모국, "여기"와 "저기"라는 이분법 그 자체를 초월하고 초극하고자 하는 시인의 욕망으로 읽을 수 있는 것이다.

윤동주 문학을 일제 암흑기에 모국어를 지킨 저항시로 순교의 문학으로 끊임없이 호명하는 것은 모국 안으로 동질화시키려는 연구자의 욕망이라 할 수 있다. 이제는 그의 문학에서 타국 "안"의 모국, 혹은 모국 "안"의 타국과 같이 다르다고 여겨지는 공간들의 얽혀 있는 양상을, 그 양상과 시인의 욕망이 관계 맺는 과정을 추적하고 탐구해볼 수도 있을 것이다. 제국 / 식민지, 이주 / 본국이라는 이분법에 의해 딱 떨어지게 나누어진 지역 / 공간이 아니라, 식민지의 존재를 제국의 '밖'이 아니라 제국(일본)의 '안'에 발견할 수 있도록 지역을 재개념화하는 시각이 필요할 것이다.

5. 윤동주 문학 연구의 나아갈 방향

윤동주 문학은 한국 문학의 축복과 한계였다. 민족어와 민족문학의 말살이라는 위기에서 한국 문학에게 회생할 수 있는 기회를 주었고, 그는 민족 시인으로 소환되었지만 한편으로 그 순수함과 염결성은 한국 민족의 문학으로 고립되지 않는 보편적인 감동을 줄 수 있는 것이었다. 한국 사람에게 한국문학이 존재한다는 자명한 사실을 힘겹게 외부로부터 확인시켜 주었던 존재가 윤동주였다면, 이제 그는 디아스포라의 문학으로 재명명되기도 하고 일본과 중국에서 다시 기억되고 있기도 하다. 식민지 문학을 연구하는 일본 문학연구자에게나 조선족 문학을 연구하는 중국 문학연구자에게 윤동주는 외부이며 내부가 될 것이다.

윤동주가 가지고 있는 민족성과 내면성이 어떻게 해석되고 받아들여질 것인가가 내셔널리즘을 가로질러 트랜스내셔널리즘으로 향하는 관문에 놓여 있다고 생각한다. 윤동주의 문학에 대한 연구에서 트랜스내셔널리즘은 지금까지 자료의 객관성이라는 도움을 받아 인터내셔널하게 진행되어 왔다고 한다면, 앞으로의 연구에서는 내셔널리즘에 가두지 않는 횡단을 통해 다양한 가로지름이 나타날 수 있을 것으로 기대한다. 국경 너머에 있는 ─ 어쩌면 자국에서 소수자적 위치에 있을 ─ 일본과 중국의 연구자들의 목소리가 한국문학의 변방이나 타자로 머물지 않고, 서로 교차하고 혼류되어야 할 윤동주 문학 연구의 주체들이 될 것이며, 그것은 윤동주 문학 자체가 지닌 트랜스내셔널한 성격에 의해 열린 가능성이라고 본다.

제3장
해방기 한국시의 미학과 윤리

1. 해방기 한국시의 과제

일제강점기 동안 한국 문학의 화두가 나라 되찾기였다면, 해방기[1]는 나라 만들기라는 새로운 과업으로 열광하던 때였다. 그 점에서 해방기 시인들 중에서도 이러한 역사적 과제에 특별한 반응을 보인 작가들에 주목하는 일은 문학과 시대의 관계라는 보편적인 가치에 대한 이해를

---

1 1945년 8월 15일을 기점으로 1950년 6월 25일 한국전쟁이 발발하기까지의 시기를 포괄적으로 해방기라고 명명하는 견해에 동의하는 한편, 1948년 남북한 단독정부 수립을 전후한 사회적 정치적 성격의 변화와 그와 관련되어 행해진 언론 검열이나 사상 통제를 고려한다면 이 기간 동안의 세부적인 변화에 따라 세부적인 구분도 가능할 것으로 본다.

넓히고, 한국 현대 시문학사의 균형 잡힌 서술을 확보하기 위해 필요한 일이라고 할 수 있다.

해방기 시문학에 대한 연구는 월북 문인에 대한 해금을 전후하여 일어난 카프 문학 연구와 관련하여 큰 관심을 받았었다. 좌익계열의 문학단체로는 조선문학건설본부에 이어진 조선문학가동맹과 조선프롤레타리아예술가동맹이 있었고, 우익 계열의 문학단체로는 조선문화협회에서 이어진 전조선문필가협회 등이 대표적으로 문단의 조직화와 관련하여 연구되었다.[2] 특히 전자의 편에 속하여 월북하거나 납북한 탓에 연구가 미비했던 시인들에 대한 논의가 활발하게 일어났었다. 개별적인 작가론은 실증적인 자료의 발굴과 지속적인 연구를 통해 상당한 진전과 축적을 보였지만, 이후 해방기 좌익 진영의 문학에 대해서는 카프 문학과의 연속성이 강조되어 주로 리얼리즘 미학과 문학운동론의 관점에서 크게 다루어졌다.[3]

이러한 리얼리즘 중심의 연구 경향과 달리 해방기 시문학에 대해 시적 주체와 현실의 관계에 대해 새롭게 접근하고자 했던 연구[4]와 최근 제출된 해방기 연구들[5]은 조밀한 시야로 다양한 논제를 통해 해방기

---

2 대표적인 단행본만 열거해 본다면 다음과 같다. 권영민, 『해방 직후 민족문학운동 연구』, 서울대 출판부, 1986; 김윤식, 『해방공간의 문학사론』, 서울대 출판부, 1989; 김용직, 『해방기 한국시문학사』, 민음사, 1989.
3 신범순, 「해방 직후의 진보적 시에 대하여」, 김승환·신범순 편, 『해방공간의 문학 —시 2』, 돌베개, 1988; 이기성, 「해방기 신진시인 연구」, 이화여대 석사논문, 1991; 박용찬, 「해방기 시의 현실인식과 창작방법 연구—리얼리즘시를 중심으로」, 경북대 박사논문, 1997.
4 신범순, 「해방기 시의 리얼리즘 연구—시적 주체의 이데올로기와 현실성에 대한 기호적 접근」, 서울대 박사논문, 1990.
5 이민호, 「해방기 시문학의 탈식민주의적 전위성과 잡종성 연구」, 『한국문학이론과 비평』, 2009; 오문석, 「해방기 시문학과 민족 담론의 재배치」, 『한국시학연구』, 2009;

시에 접근하였다는 점에서 시사하는 바가 있다고 할 수 있다. 그러나 해방기 시인들에 대한 개별적인 시인론이 일제강점기의 활동과 연속되어 다루어진 측면에 비해, 해방기 전반에 관한 연구는 크게 활성화되지 못한 것으로 보인다. 5년 남짓한 이 기간이 국제정치와 맞물린 정세의 변화와 정치적인 논제와의 관련성, 그리고 전쟁과 분단으로 인한 자료 유실 등이 연구의 어려움을 가중시킨 측면도 없지 않다. 앞으로의 해방기 시문학 연구는 개별적인 작가론과 실증적인 자료의 발굴을 통해 축적된 연구 성과들을 집적하여 어떻게 새로운 논제를 산출할 것인가에 대해 고민해야 할 것으로 본다.

이 장에서는 해방기 작가들 가운데에서도 해방이라는 전환의 계기를 가장 심도 있게 내면화시킴으로써 자신들의 문학세계와 행동에서 급격한 변화를 보인 문인을 중심으로 해방이 지닌 의미와 그것에 상응하는 바가 드러난 작품 세계를 조명해 보고자 한다. 그들의 내면과 문학을 살펴봄으로써, 해방이 결과론적으로 정치적인 체제의 선택으로 귀결되었을지 모르지만, 일차적으로 작가의 내적 결단을 촉발하는 어떤 사건이 었음을 확인하고 그것과 연관된 창작 태도, 즉 미학성을 연관 지어 보려는 것이다. 해방기 시인들의 변모 가운데에서 눈에 띠는 것은 정지용, 김기림 등을 위시한 모더니스트 시인들이 좌익 계열에 가담한 현상인데, 작품의 내용 면에서 이념적 선도성과 형상성 면에서 새로운 미학적 성취를 보인 것은 이들보다 다소 젊었던 세대였던 것으로 보인다. 그러나 해방기 신진 시인들은 안정적인 작품 세계를 구축하기에는 그 활동

장만호, 「해방기 시의 공간 표상 방식 연구」, 『비평문학』, 2011; 최명표, 『해방기 시문학 연구』, 박문사, 2011.

기간이 짧았고 처음부터 이념적 지향성을 선명하게 드러내고 있었기에 해방을 계기로 한 변모양상을 보여주는 측면은 적다라고 할 수 있다.

이 글에서 주목하고자 하는 대상인 오장환과 설정식은 모더니즘의 미학과 세계관을 가지고 있었음을 해방 이전의 활동이나 여러 이력을 통해 확인할 수 있는 한편, 해방을 계기로 하여 문학가동맹의 정치적 노선에 합류하면서 이념성과 미학성의 새로운 결합을 자신들만의 개성을 통해 보여주었다는 점에서 중요한 의미 부여가 가능할 것으로 본다. 그들은 일제강점이후 태어난 세대로서 젊은 시절 모더니즘 문학에 경도되었으나 해방 이후 정치적인 성격의 문학 운동에 헌신하게 된다. 덧붙여 이들은 당대의 어느 문인에게도 뒤지지 않는 왕성한 활동력을 보여주었다. 1946년부터 1950년 동안 발행된 현대시와 관련된 서적이 대략 176권으로 추산되는데,[6] 이 가운데 오장환과 설정식은 세 권 이상의 신작 시집을 내었다. 오장환은 시집 『병든 서울』(1946), 『나 사는 곳』(일부 해방 전 시 수록, 1947), 『붉은 기』(1950), 그리고 번역 시집으로 『에세닌 시집』(1946)을 내었고, 설정식은 시집 『종』(1947), 『포도』(1948.1), 『제신의 분노』(1948.11)와 여러 단편·장편소설과 셰익스피어 희곡을 번역한 『하므렡』(1949)을 낸다.[7] 김기림, 임화, 정지용 등이 해방 이전의 시집을 재출간하였던 점을 고려한다면 이러한 저술양은 적지 않은 생산력이라고 할 수 있다. 이와 더불어 오장환과 설정식은 조선문학가동맹의 맹원 활동과 각종 집회의 시 낭독에도 적극적으로 참여하였다. 이 두 시인을 대상으로 해방이라는

---

6 오영식 편저, 『해방기(1945~1950) 간행도서 총목록』, 소명출판, 2009.
7 필자가 직접 확인하지는 못하였지만, 1952년 티보 머레이에 의해 헝가리에서 번역되어 출간된 장시 시집 『우정의 서사시』도 포함시킨다면 설정식이 해방기 동안 낸 시집은 총 4권이 된다.

사건을 통해 시인이 윤리적 주체로서 각성하고 거듭나게 되는 면모와 그와 관련된 작품의 미학적 측면[8]에 대해 고찰해 보고자 한다.

2. 공동체의 발견과 윤리적 주체의 양심

해방이라는 새로운 역사적이고 정치적인 상황을 두고 김기림은 공동체의 발견이라고 말한 바 있다. 그 자신이 새나라 건설을 외치고 '전체주의시론'을 통해 모더니즘 문학과 현실의 문제를 종합하고자 했듯이, 개인적인 서정의 표출에 우선하는 문학적 주제로서 공동체의 의식과 민족적 감각이 떠오르게 된 것이다. 해방기의 리얼리즘 시들이 다루었던 봉건적 유제와 일제잔재의 청산, 자주독립국가 건설 문제 등과 관련된 현실 비판은 민족이라는 공동체의 감각과 의식에 발견된 사실들이었던 것이다. 이러한 현실인식의 변모는 절대적인 명제로 다가왔으며 식민지 시기를 통해 경험해 보지 못한 새로운 사건이었던 것이다.

이른바 '해방시'의 이름으로 불려지고 있는 시들은 아직 한 端初에 지나지 않았다. 그러나 이러한 시를 통해서 한 가지 특징은 그 어느 것이고 한 공통된 민족적 감각과 감정의 발로라는 일이다. 다시 말하면 우리 시가

---

8 여기에서 '미학'이란 예술을 성찰하고 연구하는 근대적 학문 분파의 이름이 아니라, 아름다움에 대한 느낌, 즉 감성적 인식에 관한 이론으로서 감성론(Ästhetik)이라는 포괄적인 의미로 사용한다.

'해방시'를 통해서 얻은 자못 중대한 것은 한 공동체의 의식이었던 것이다. 물론 전에도 그런 것이 우리 시 속에 없은 것은 아니나 이번에서처럼 단일적인 앙양된 상태에서 시인의 감정이 엉킨 적은 없었다. 그것은 시인의 한 새로운 재산으로 한층 더 발전키시고 키워가야 할 일이다.[9]

위의 글에서 김기림은 해방기 시에서 발견한 공동체 의식이 공통된 민족적 감각과 감정의 발로를 보여주는 것이라고 말하고 있다. 3·1운동을 제외한다면 식민 상태의 조선에서는 그러한 공통된 민족적 감각과 감정을 명시적이고 단일하게 표출하기란 불가능한 일이었다. 1945년 9월 일제가 만든 출판법, 치안유지법, 보안법 등을 미군정이 폐지함으로써 민족이라는 공통 감각과 감정을 내세운 담론들이 사상 표현의 통로를 통해 분출할 수 있었고, 이와 더불어 시인의 내면에 들어온 민족의 감각은 외부를 향해 표출할 수 있는 방법과 방향을 모색해야 했을 것이다. 김기림은 이 모색과 혼란을 겪고 있는 당대 시인들의 공동체 의식이 이미 지성의 단계에서는 의식이 되었으나, 아직 생활의 체험으로는 근거를 갖추지 못했다고 말한다. 그에게서 민족감정과 공동체의 의식은 다소 구분되는 단계로 상정되어 있는데, 전자가 자연발생적인 것이라면 후자는 작가의 세계의식에 일정한 논리적 과정을 거쳐 형성된다고 보는 것이다. 그러나 그 이성의 의식 상태가 체험의 근거를 확보하지 못하는 데에 현 상태의 시인들의 고뇌가 있다고 김기림은 진단을 내리면서, 오장환의 "괴로운 몸짓"이나 김광균의 "숨 가쁜 침묵"을 예로 든다.

---

9 김기림, 「시단별견―공동체의 발견」, 『문학』 창간호, 1946.7; 김기림, 김학동 편, 『김기림 전집』 2, 심설당, 1988, 144면.

해방에 직면하여 일어난 이러한 의식과 체험의 불일치는 곧 극복되어야 할 상태였다. 그 극복의 방향은 공동체라는 "단일하고 앙양된" 상태로 지양되고, 활동하는 이성과 결합되는 것이었다. 이 점에서 해방은 새로운 주체를 구성하는 시발점이 되는 하나의 사건(event)으로서의 성격을 갖는다고 할 수 있다. 주체를 설명하는 많은 관점들이 있지만 바디우는 한 존재를 지배하게 되는 진리에 대한 충실성은 두고 주체라고 불렀다.[10] 주체들이 사건과의 조우를 통해 자신의 위치를 선택하게 될 때, 사건은 진리 출현의 계기가 되고 주체 구성의 시발점이 된다. 그런 점에서 1945년 8월 15일은 "해방"이라는 사건으로 명명되며, 그 "해방"이라는 이름에 충실하려는 주체들의 주체화와 연관된다. 해방기 시문학 가운데 민족적 현실에 대한 강한 참여 의식을 보여주며 해방을 중요한 민족적 변혁의 사건으로 받아들이는 시적 주체들은 진리에 충실하려는 주체의 속성을 띠고 나타난다고 할 수 있다. 그러한 주체들은 진리에 대한 충실성, 용기, 자기의 내면으로부터의 결단 등과 관련된 언술들을 구사하며 자신을 포함한 공동체의 선과 악, 정의에 관한 윤리적 담론을 만들어낸다.

식민지에서 벗어난 해방이라는 사건은 진리 출현의 계기가 되고, 자유로운 주권국가의 시민으로서 공동체를 건설하려는 용기와 결정을

---

10 Alain Badiou, 이종영 역, 『윤리학』, 동문선, 2001, 64~67면. 바디우는 진리를 생산하는 것만을 사건(event)이라고 불렀다. 우리의 개인적인 삶에서 뭔가 일어나는 것, 조우하는 것, 우연에 근거한 단절이 일어날 때, 사건은 진리 출현의 계기가 되고 주체 구성의 시발점이 된다. 바디우는 사건의 틀 아래에서 타자성을 설명하며, 이러한 사건은 '명명'되어야 한다고 말한다. 사건이 생산하는 찰나적 진리는 그 사건의 '이름'에 충실한 주체들에 의해 유지될 수 있기 때문이다. 이러한 명명 행위가 언어의 한계를 넘어가는 움직임, 특히 주체화와 연관된다. 그러므로 명명행위는 사건의 함의를 긍정하는 "용기(courage)"를, 그 함의를 적용하는 "결정(determination)"을 함축한다. 바디우에게 있어서 주체는 이 용기와 결정, 그리고 사건이 생산한 진리에 대한 "충실성(fidelity)"에 의해 구성된다.

보여주는 '충실성'을 지닌 주체들을 구성하게 된다. 이때 시인들의 발화는 민족의 목소리와 마주치게 되는데,[11] 이러한 문학의 기능은 언어의 본질적인 능력과 관련된다는 원론적인 사실을 다시 상기하게 한다. 동물이 소리로 고통과 쾌감을 알리는 데 그치는 것과 달리 인간은 언어(logos)를 통해 선과 악, 옳고 그름을 인식할 수 있으며, 이런 인식의 공유를 통해 가정과 국가, 즉 폴리스(polis)가 생성된다는 것이다.[12] 해방기에 이러한 공동체적인 인식의 공유는 무엇보다 양심의 차원에서 출발하고 있음을 두 시인의 글에서 살펴볼 수 있다.

오장환이 보여준 해방 이전의 초기 모더니즘의 세계는 퇴폐적인 분위기에 가득 차 있었고 도덕과 관습에 대해 강한 비판의식을 보여주었었다. 그러나 김기림이 지적했듯이 그는 "숨 가쁜 몸짓"을 보이면서 공동체 의식으로 전화해 나간다. 이 과정에서 그가 느끼는 번민은 「자아의 형벌」이라는 산문에서 엿볼 수 있다. 식민지 시대 요절한 시인 김소월에 대한 평론인 이 글에서 오장환은 "급격한 전환기에 선 우리에게는 이성과 감성이 혼연(渾然)한 일체로서 행동과 보조를 맞추기 힘드는 일이다"라고 토로한다. 돌연한 해방에서부터 신탁통치를 둘러싼 격렬한 좌우대립, 이어진 미소군정과 남북한 단독정부 수립이라는 정치적

---

11 김윤식은 해방공간의 정신사적 측면을 두고 "역사 안에의 목소리와 역사 너머에서의 목소리의 증폭 현상을 얻게 된 것"이라고 말한다. 역사 너머의 목소리란 민족의 이름으로 말해지는 목소리이며 그것이 전면적이고 압도적인 실체로 나서게 된 것이다. 그러나 그 민족의 목소리가 현실적인 의미를 띠기 위해서는 역사 안의 목소리와 마주쳐야 한다고 말한다. 김윤식, 『한국 현대문학사론』, 한샘, 1988, 47면.

12 Giorgio Agamben, 조효원 역, 『유아기와 역사—경험의 파괴와 역사의 근원』, 새물결, 2010, 22면. 이러한 설명은 아리스토텔레스의 『정치학』에 나온 내용으로 아감벤은 이를 두고 동물의 소리(phōné)로부터 로고스로의, 즉 자연으로부터 폴리스로의 이행이라고 설명한다. 포네와 로고스 사이의 분절을 가능케 한 것은 일반적으로 문자라고 할 수 있다.

변화뿐만 아니라 사회 각 분야에서 일어난 혼돈과 위기들은 시인에게 이성과 감성과 행동의 세 박자가 통일을 이루기 어렵게 만든다.

> 그냥 받아들이는 감성밖에 없는 사람이 몸부림을 치는 것, 이것은 아무리 선의로 생각하여 모든 사회악과 부정에 항거하는 몸짓이라 한다 하여도 이것은 일호(一毫)의 공이 없는 것이다.[13]

오장환은 김소월을 빌어 감성만을 가지고 몸부림을 치는 것은 무의미하다고 말한다. 그 몸부림이 사회악과 부정에 대해 항거하는 비판적인 의미를 담고 있다고 해도, 이성적 사고와 결합되어 행동으로 전화되어야 의미를 가진다는 것이다. 이것은 동시에 자신의 과거에 대한 자기비판이자 현재에 대한 반성과 미래에 대한 각오를 내비치는 구절이라고 할 수 있다. 그는 "지금의 현실은 양심이라는 것만이라도 생각하려 하는 소시민 인텔리에게는 참으로 괴롭고 어려운 시기"라고 한탄한다. 이 탄식과 고백은 "양심"과 관련된 문제로 제기된다는 점에 주목해 볼 필요가 있다. 여기서 말하는 양심이라는 범주는 경향시나 프로시[14]에서 말하는 세계관이나 시정신과 구별해 볼 필요가 있는데, 그러한 체계적이고 과학적인 인식의 차원과 다소 구분될 수 있는 윤리적인 차원이라고 볼 수 있다. 오장환의 양심은 '소시민을 고집하려는 나'와 '바른 역

---

13 오장환, 「자아의 형벌」, 『신천지』, 1948.1(오장환, 최두석 편, 『오장환 전집』 2, 창작과비평사, 1989, 113~121면에서 재인용).
14 경향시 내지 프로시는 계급의식과 유물사관을 바탕으로 사회 모순을 타파하고 세계를 변혁하려는 이데올로기 내지 세계관에 철저한 시라고 설명된다. 김용직, 『한국현대경향시의 형성／전개』, 국학자료원, 2001, 15면.

사의 궤도에서 자아를 지양하려는 '나'의 갈등에서 나타나며, 선하고 올바른 것으로서 후자를 선택하여 전자를 극복하려 한다. 이 점에서 그는 양심을 행동으로 전화시키려는 윤리적 주체로 구성되는 것이다.

양심과 행동은 설정식의 여러 편의 글에서 매번 중요하게 부각된다. 성장 배경과 학력에서 다양한 면모를 지니고 있던 그는 일제 말기 미국 대학에서 영문학을 공부하고 돌아온 엘리트로서 미군정청의 여론국장으로 재직하면서 조선문학가동맹에 가담한다. 이러한 배경 탓인지 현학적이기도 한 그의 문장들은 조선문학가동맹 측의 비평이나 시들과는 이질적인데, 그의 담론이 비평을 주도하지는 않았어도 그는 임화 등이 월북한 이후 조선문학가동맹을 대표하는 인물이기도 하였다. 그의 학업이나 필력은 모더니스트의 성향이 강했지만, 그의 집안과 성장배경은 민족주의적인 공동체 의식을 형성하는 데 큰 영향을 미친 것으로 보이며 해방기에 그는 적극적으로 행동하는 지식인으로 변모해 간다.

> 사실의 투영을 그려서 사실에 필적케 하려는 것이 나의 시작(詩作) 의도였다. 남조선 사태는 때로 그럴 여유조차 주지 않는다. 결국 사실 자체 속으로 돌입할 수밖에 없지 않은가. 시의 의상을 희생하고 시의 육체를 남길 도리밖에 없다. 다만 객관화시키기를 잊지 말자. 내 머리는 한 개 기관에 불과한 것을 잊지 말자. 그리하여 내가 제작하는 시가 인민 최대다수의 공유물이 되게 하자.[15]

위 글에서 그는 시 창작이란 현실이 투영된 작품의 가공이지만, 해방

---

15 설정식 「FRAGMENTS」, 『제신의 분노』, 신학사, 1948, 136~137면.

기 남조선의 상황은 의장을 가공할 여유가 없기에 사실 자체에 돌입하여 시의 육체라도 남길 수밖에 없다고 말한다. 그가 생각한 시의 목표는 "인민 최대다수의 공유물"이 되는 것이었다. 곧 시작의 제1원리는 객관화, 즉 인민 다수와 공유될 수 있는 작품이 되는 것이다. 과거 자신의 예술주의적 경향을 반성하면서 자신이 그로부터 벗어날 수 있었던 힘을 "다수자의 진리의 힘"에서 찾았기 때문이라고 밝히고 있다.[16]

또 한 대담에서 설정식은 공산당 가입에 반감을 가진 홍명희가 당원이라는 표지보다 "혁명가적 양심과 민족적 양심"이 중요하다고 말하자, '양심'의 문제에 '다수'라는 숫자를 지표로 내세운다. 그는 칸트가 『실천이성비판』에서 "너의 격률(格律)이 동시에 제삼자의 격률이 될 수 있는 것을 가지고 행동을 하라"고 한 말이 현 상황에서 "민족적 양심"에 해당한다고 보았고, 그것을 선제로 한다면 "설혹 내 개인이 간직한 양심이 있다고 하더라도 절대 다수의 양심이 숫자적으로 절대일 때에는 조그마한 내 개인의 양심 같은 것은 버리는 것"[17]이 옳을 것이라고 말한다. 그는 보편적 격률과 양심을 '다수'성이라는 추상화된 공동체로 귀속시켜 버린다. '다수', '인민'이라고 명명된 이름에 충실하려는 윤리적 주체의 모습을 볼 수 있는 것이다. 사회적 논평의 성격이 강한 그의 시론들도 그러한 인민성에 복무하여야 한다는 주장을 피력하고 있는데, 대표적으로 구국문학 논의와 관련하여 행동과 실천을 강조한 글이 「실사구시(實事求是)의 시(詩)」(『조선중앙일보』, 1948.6.29~7.1)이다. 이 글에서 그는 이 시대가 "불의 부정과 투쟁하는 시대"이기 때문에 사실에 대한 깊은 인식과 정

16　위의 책, 122면.
17　「홍명희 설정식 대담」, 『신세대』, 1948.5, 19면.

확한 정세 판단을 통해 인민의 의식이 "구국의 행동화"가 되는 데 이바지하는 문학을 해야 한다고 말한다.[18] 이와 같이 설정식의 글들은 "다수자의 진리"에 대한 용기, 결단, 충실성을 표방하며 자신의 주체를 구성해 나가는 윤리적 담론의 성격을 강하게 보여주고 있다고 할 수 있다.

감성과 이성의 혼란을 돌파할 수 있는 자기의식의 지양을 공통되게 양심에서 찾았던 두 시인은 행동으로 전화되는 단계로 나아갔고, 그것은 조선문학가동맹의 노선을 따르는 길이 되었다. 다음에서 이 두 시인이 보여준 윤리적 주체의 모습이 시작품에서 어떤 특징으로 나타나는지 살펴보고 그 대비되는 점에 주목하여 분석하고자 한다.

3. 고백의 미학과 인륜성의 향유

오장환의 『병든 서울』(정음사, 1946)에는 제목이 나타내듯이 현실에 대한 강한 비판 의식을 담고 있다. 그런데 이 시집에는 소재나 대상의 측면에서 일종의 이중적인 극을 갖고 있는데, 사회적인 차원과 개인적 차원 사이를 오가며 선전선동적인 시와 감상적 서정성을 보이는 시가 함께 공존하고 있기 때문이다. 우선 사회적인 차원에 속한 시들은 해방의 감격을 노래하거나(「팔월 십오일의 노래」, 「연합군입성 환영(聯合軍入城歡迎)의 노래」), 외세에 영합한 반민족세력들(「깽」), 사이비 민족지도자

---

18 설정식, 「실사구시의 시」, 『조선중앙일보』, 1948.6.29~7.1.

(「지도자」), 38도 분단(「이 세월도 헛되이」), 테러집단(「너는 보았느냐」), 학병 사건(「내 나라 오 사랑하는 내 나라」) 등을 대상으로 풍자적으로 비판하고 있다. 이러한 풍자적 태도는 현실과 이상의 괴리를 날카롭게 의식하며 도덕에 호소하는 경향을 갖는다. 다른 한편으로 개인적 차원에서 서정성을 띤 시들은 대개 어머니나 동생과 같이 가족과 같은 친화적인 공동체의 인물이 등장한다는 공통된 특성을 갖고 있다.[19] 이러한 친화적인 공동체는 시적 주체의 이타주의(利他主義, altruism)적 감정과 윤리 의식을 드러내는 계기 내지 매개가 된다는 점에서 주목해 볼 필요가 있다.

이러한 친화적 공동체를 통해 사회적 차원의 현실 비판 의식과 개인적 차원의 이타적 윤리 의식이 결합되는데, 그 주된 계기로 자주 등장하는 것이 어머니이다. 오장환의 첫 시집 『성벽』(풍림사, 1937)에서 전통과 가부장제를 강하게 부정하던 모습과 대조적으로, 『병든 서울』에서 시적 주체는 가족의 일부인 어머니를 향해 연민과 애수의 감정을 드러낸다. 가족은 시적 주체의 인식이 사회를 향해 바깥으로 향하게 하는 계기가 되며, 시적 주체는 이기적인 자아 인식에서 출발하지만 공동체라는 타자에 대한 인식을 거쳐 이타적인 자아로 각성되는 변증법적인 의식의 운동을 보여준다.

예를 들어 시 「어머니 서울에 오시다」는 병든 탕아를 만나러 온 어머니의 대화로 시작한다. "병든 것은 너뿐이 아니다. 온 서울이 병이 들었다"라고 어머니는 병든 아들을 위로하고 타이른다. 그런 어머니에게 아들은 "이 가슴에 넘치는 사랑이 (…중략…) / 이 가슴에 넘치는

---

19 「산골」(『우리공론』, 1946.3), 「어머니 서울에 오시다」(『신문학』, 1946.6), 「어린 누이야」(『협동』, 1946.8), 「어머니의 품에서─귀향일기」(『신천지』, 1946.11)가 그러한 작품들이다.

바른 뜻이 (…중략…) / 모든 이의 가슴에 부을 길이 서툴러 사실은 / 그 때문에 병이 들었습니다"라고 대답한다. 어머니를 향한 아들의 답변은 사실상 공동체적인 대상('모든 이')을 향한 고백이라 할 수 있다. 대화로 이루어진 형식을 가지고 있지만, 이 시는 시적 주체의 내면을 보여주는 고백과 사회의 현실에 대한 비판을 동시에 드러내는 데 성공하고 있다. 마음속의 생각이나 감추고 있는 사실을 사실대로 드러내는 행위인 고백(告白, confession)은 종교적으로는 자신이 범한 죄나 과오를 깨닫고 뉘우치는 일이라는 의미를 내포하기도 하고 어떤 대상에 대한 개인의 믿음을 공개적으로 밝히는 일을 뜻하기도 한다. 오장환의 시는 앞서 살펴본 양심의 문제에서 출발한 자기 비판적 성격과 "바른 역사에 대한 지양"을 이러한 고백의 방식을 활용하여 보여주고 있다. 고백의 미학화라 할 수 있는 이러한 시들은 이념적인 선도성이나 생경한 정치적 구호의 개입 없이, 해방을 통해 변모한 윤리적 주체의, 진리에 충실하려는 모습을 설득력 있게 형상화하고 있다.

가족에서 출발하여 공동체 의식과 이타주의를 갖는 이러한 양상은 인륜성의 개념으로 설명될 수 있을 것이다.[20] 인륜성(Sittlichkeit)이라는 말은 헤겔이 활동적 이성을 두고 한 개념이다. sittlich와 keit(명사형을 만드는 접미사)로 된 이 용어는 도덕(moral)에 해당하는 독일어인 sitte에 어원을 둔 것이고 풍습(sitten)이라는 용어와도 관련된다.[21] 사회에서 인간이 바

20　리얼리즘 미학과 관련한 연구들에서 사용하는 세계관(世界觀, Weltanschauung)이라는 개념과는 다소 구분되는 지점을 갖는다. 세계관은 세계에 대한 통일적 견해를 뜻하는데, 인식적 측면뿐만 아니라 실천적, 정서적 측면을 포함하고 있지만 개별 주체들의 변모해가는 양상을 파악하기에는 너무 포괄적이고 통일된 성격을 갖고 있다고 본다.
21　인륜성의 어원은 도덕, 풍습과 관련되어 있다. 도덕은 인간이 지켜야 할 도리 및 그

람직한 행동을 지도하고 평가하는 원리인 도덕규범에 대한 자신의 고유한 판단, 성찰, 행위 양식을 의미하는 것이 윤리라고 할 수 있다. 윤리적 삶을 뜻하는 인륜성은 내가 참여하고 있는 공동체에 대해서 내가 갖는 여러 도덕적 의무를 가리킨다. 헤겔이 말하는 인륜성의 단계에서 이성의 자기 분열이 극복되는데, 개별적인 주체적 감정과 보편적인 권리라는 두 국면을 종합하고 지양하기 때문이다. 즉 인륜성에 있어서 있어야 할 것과 있는 것 사이에, 즉 당위와 존재 사이에 어떠한 분열도 존재하지 않는다.[22] 그것은 가족의 삶, 시민 사회, 그리고 국가로 특징지어진다.

오장환의 시는 인륜성에 바탕을 두고 주체의 변증법적인 각성을 사적인 고백의 형태로 드러낸다. 그의 시 「병(病)든 서울」에는 해방이라는 사건의 조우가 윤리적인 주체를 새롭게 도출시키는데, 시적 주체는 과거의 자신과 단절하면서 시민 사회와 역사라는 인륜적 단계를 의식하는 모습으로 변모해간다.

> 8월 15일 밤에 나는 병원에서 울었다.
>
> 너희들은 다 같은 기쁨에
>
> 내가 운 줄 알지만 그것은 새빨간 거짓말이다.
>
> 일본 천황의 방송도,
>
> 기쁨에 넘치는 소문도,
>
> 내게는 곧이가 들리지 않았다.

에 준한 행위를 뜻하며 전통적인 관습이나 풍습과 관련되어 있는데, 여러 풍습이 충돌하고 모순하며 개인의식이 출현하고 욕구가 다양화됨에 따라 풍습에서 도덕이 분화되어 나오게 되었기 때문이다.

22 Charles Taylor, 박찬국 역, 『헤겔철학과 현대의 위기』, 서광사, 1988, 141면.

나는 그저 병든 탕아로

홀어머니 앞에서 죽는 것이 부끄럽고 원통하였다.

그러나 하로 아츰 자고 깨니

이것은 나타나 가슴을 터치는 사실이었다.

(…중략…)

아름다운 서울, 사랑하는 그리고 정들은 나의 서울아

나는 조급히 병원 문에서 뛰어나온다.

포장 친 음식점, 다 썩은 구루마에 차려놓은 술장수

사뭇 돼지구융 같이 늘어슨

끝끝내 더러운 거릴지라도

아, 나의 뼈와 살은 이곳에서 굵어졌다.

병든 서울, 아름다운, 그리고 미칠 것 같은 나의 서울아

네 품에 아모리 춤추는 바보와 술취한 망종이 다시 끓어도

나는 또 보았다.

우리들 인민의 이름으로 씩씩한 새 나라를 세우려 힘쓰는 이들을……

(…중략…)

8월 15일, 9월 15일,

아니, 삼백예순날

나는 죽기가 싫다고 몸부림치면서 울겠다.

너희들은 모도 다 내가

시골구석에서 자식 땜에 아주 상해버린 홀어머니만을 위하야 우는 줄
아느냐.

아니다. 아니다. 나는 보고 싶으다.

큰물이 지나간 서울의 하늘이 ……

그때는 맑게 개인 하늘에

젊은이의 그리는 씩씩한 꿈들이 흰구름처럼 떠도는 것을 ……

— 오장환, 「병든 서울」 부분

위 시에서 시적 주체는 8·15의 해방을 병원에서 맞은 자신의 상황
에 대해 고백조로 들려준다. 그는 첫 연에서 해방의 기쁨보다 "병든 탕
아"로 홀어머니 앞에서 죽는 것이 억울하다고 한탄하는 소시민적인 자
아를 자기비하의 어조로 드러낸다. 그러다가 해방이 현실화되자 그 감
격에 거리로 뛰쳐나갔지만, "성실"과 "건강한 웃음"이 있을 것으로 상
상한 서울에서 식민지 시절보다 더한 "더러운 탐욕과 명예심"이 활개
치고 있음을 알게 된다. 이 시의 핵심은 시적 주체가 병든 서울에서 '인
민'이라는 타자와의 조우를 통해 서울을 재인식하고 그를 통해 자신이
변모하는 모습을 그려내는 대목에서 찾을 수 있다.

시적 주체는 온갖 음식점과 술파는 썩은 구루마들이 "돼지구융"같
이 서있는 곳이라도 그곳이 자신의 공동체적 삶의 기반이며, "춤추는
바보와 술취한 망종"이 들끓어도 "씩씩한 새 나라"를 세우려 힘쓰는 인
민들이 있음을 각성하게 된다. 그는 거리의 부랑자와 같이 보냈던 서
울에 대한 향수에 젖다가 새 나라에 대한 희망을 꿈꾸게 된다. 이 각성

은 '혁명적 향수'라고 부를 수 있는데, 이글턴은 이 혁명적 향수를 현재의 정치상황과 폭력적 관계에 놓인 억압된 민중들의 전통을 의식(儀式)적으로 생생하게 환기시키는 능동적 기억력이라고 불렀다.[23] 이러한 각성을 통해 주체는 과거와 단절하며, 첫 연에서 말한, "죽기가 싫어 몸부림치"며 울던, "자식 땜에 아주 상해버린 홀어머니만"을 위해 울던 울음의 성격도 달라진다. 그것에 대해 "아니다. 아니다"라고 말하는 강한 부정은 처음의 자기 고백을 변증법적으로 발전시키며 "현실과 직접적으로 교섭하면서 식민지적 존재의 변증법적 부정"[24]을 보여준다. 변화된 시적 주체는 "큰물이 지나간" "맑게 개인 하늘"을 염원한다. 큰물이 변혁이나 혁명을 상징한다면 맑게 갠 하늘은 윤리적 선과 정의를 상징한다고 볼 수 있는데, 여기에 "젊은이의 그리는 씩씩한 꿈들"이 펼쳐진다는 것은 시적 주체의 의식이 유아론적인 개별성으로부터 나와 보편성과 인류성의 국면을 추구하고 있음을 보여준다.

이 시의 마지막 연은 시적 주체의 변모에 대한 확고한 의지를 표출한다. "아 그동안 슬픔에 울기만 하여 이냥 질척어리는 내 눈 / 아 그동안 독한 술과 끝없는 비굴과 절망에 문드러진 내 쓸개 / 내 눈깔을 뽑아버리랴, 내 쓸개를 잡아떼어 길거리에 팽개치랴"라고 하여 강렬한 신체 파괴적인 이미지를 사용하고 있다. 과거의 슬픔과 절망에 젖어 있던 눈과 쓸개를 뽑아 팽개친다는 행위는 과거의 유아론적인 자신에 대한 결별을 선언하는 의미로 해석할 수 있다.

이러한 시적 주체의 자기반성은 조국의 자유와 민족의 앞날을 위해

---

23 Terry Eagleton, 유희석 역, 『비평의 기능』, 제3문학사, 1991, 223면.
24 신범순, 앞의 글, 132면.

싸운 동지들의 투쟁과 희생에 비추어 유발되면서 '나'의 개인적 경험을 수용하여 사회에 대한 진지한 참여 의식으로 전화하는 모습을 보여준다. "시단의 결사대"[25]라 부른 신진 시인들은 오장환에게 그러한 반성을 주는 존재들이었고, 그는 유진오[26]의 구속 사태에 대해 문화인의 결의를 독려하며 석방을 촉구하는 글[27]을 발표하기도 한다. 이러한 동지에 대한 연대의식과 젊은 세대에 대한 대타의식적인 감각 속에 쓴 시들이 「공청(共靑)으로 가는 길」, 「어린 동생에게」와 같은 시편이다.

아 무엇이 자꾸만 겸연쩍은가
지난날의 부질없음
이 지금의 약한 마음
그래도 동무들은
너그러이 기다리는데……

— 오장환, 「공청으로 가는 길」 부분

공청은 조선공산당청년동맹을 지칭하는데, 이런 뚜렷한 사상단체와 이데올로기적인 소재를 드러내면서도, 이 시는 자신의 소극성과 동요를 반성하는 내면적인 갈등에 초점을 맞추고 있다. 시의 주된 이미지와 배경으로 등장하는, "세차게 내리다가도 금방 흐트러지는" "눈발"

---

25 오장환, 「발(跋)」, 『전위시인집』, 노농사, 1946, 2면.
26 알려져 있다시피 유진오는 1946년 9월 1일 국제청년데이 기념식장에서 낭독한 시가 빌미가 되어 미군정청 포고령 위반죄로 9개월의 징역을 살게 된다. 그는 시인이기 전에 먼저 "철저한 민주주의자가 되어" "인민을 위한 전사"(유진오, 『창』, 정음사, 1948, 93~94면)를 자처한 신진시인이었다.
27 오장환, 「시인의 박해」, 『문학평론』, 1947.4.

은 결연한 의지를 다지다가도 자신의 소시민성에 흔들리는 시적 주체의 마음을 표상한다고 볼 수 있다. 그러한 자신의 결의를 다지고 반성케 하는 것은 동지들이 보내주는 신뢰와 믿음이다. 시적 주체의 행동의 결단이 이데올로기적 전망이나 정세에 대한 판단을 기반으로 한 것이 아니라 동지애와 인륜성에 이끌리고 있음을 보여주는 것이다.

> 성낸 말같이 너희들을 앞으로 앞으로 달리게 하는 힘이
> 강철 같은 규율─
> 불타는 의지라 하면
> 끝없이 연약한 기운, 예릿예릿한 사랑만이
> 나를,
> 몸 가누지 못하는 나를,
> 그 뒤에 따르게 하는 것이다
> 아 이처럼 말하려는 나
> 이처럼
> 발 빼려는 나.
>
> ─ 오장환, 「어린 동생에게」 부분

위 시에서 앞으로 전진하고 있는 '너희들'에 비추어 시적 주체는 자신의 나약함과 소심함을 비판한다. 너희들은 "어린 동생"의 세대이고, 시적 주체로 하여금 그들의 뒤를 따르게 하는 것은 "강철 같은 규율"과 "불타는 의지"가 아니라 "연약한 기운"과 "예릿예릿한 사랑"이라고 고백한다. 반제 반파쇼 투쟁이라는 전선을 두고 본다면[28] 이러한 소극적

인 태도에 대해 비판할 수 있는 여지가 있겠지만, 시적 주체가 고백하는 "연약한 기운"과 "예릿한 사랑"에서 느끼는 동정(同情)과 애정은 공동체의 연대와 도덕적 신념을 뒷받침해 줄 수 있는 힘이라 할 수 있다.[29] 그리고 시적 주체는 이러한 고백을 통해 위축되어 "발 빼려는 나"를 스스로 견제하고 지양하고 있는 것이다.

해방기 오장환의 행동과 선택은 자신의 양심을 보편적인 인류성과 통합시킬 수 있는 가능성을 좌익의 사상적 운동에서 찾았던 것이라고 할 수 있다. 그의 시 가운데 자신의 체험과 양심의 갈등 속에서 공동체를 지양해 가는 내면의 운동을 보여주는 시들은, 고백이라는 미학적 형태를 취함으로써 진리 과정의 충실한 지지자가 되어가는 시적 주체의 내면을 진지하고 호소력 있게 형상화하는 데 성공하였다고 평가할 수 있을 것이다.

4. 분노의 감성과 공적 목소리

설정식의 문학 활동은 문학운동 조직으로 본다면 조선문학가동맹에 속하지만, 그의 창작경향은 동맹 측의 작가들에 비해 다소 복잡한

---

28 이데올로기적인 시각에서 평가하였던 기존 연구에서는 "해방공간에서 전개되던 반제 반파쇼 투쟁의 성격을 제대로 파악하지 못했거나 현실부정이라는 차원에서 추상적으로 이해"하는 "이데올로기상의 취약점"이라고 비판된 바 있다. 이숭원, 「오장환 시의 전개와 현실인식」, 『현대시와 현실인식』, 한신문화사, 1990.
29 사랑은 심리적 상태만을 의미하지 않는다. 『법철학』에서 헤겔은 사랑을 두고 주체와 타자 간의 권리(right)의 문제로 설명하기도 한다. Charles Taylor, 앞의 책 참조.

양상을 띤다고 할 수 있다. 그가 1930년대에 학생문예로 등단할 무렵에는 일부 현실에 대한 비판적인 자세가 보이지만 대개 서정적인 시편들을 간간히 썼었고, 해방 이후의 첫 문학적 행보는 소설 「청춘(靑春)」(『한성일보』, 1946.5.3~10.16)의 연재였다. 미완으로 끝난 소설은 김동리로부터 준(準)모더니즘[30]이라는 평을 받기도 했는데, 대체로 그의 소설들은 자전적 성격이 강하여 정치적 색채나 사상적인 경향은 적고 예술가적인 주인공의 내면과 양심의 문제에 집중하는 특징을 갖고 있다.

그의 시도 영문학을 공통적으로 전공했던 정지용과 김기림으로부터 호평을 받았는데, 그들은 그의 시를 경향파적인 것으로만 판단하려하지 않고 지성인의 당연한 태도에서 비롯한 것으로 보았다.[31] 특히 김기림은 설정식의 감성과 미학에 대해 남다르게 평가하며 그의 시에서 현실을 투시하는 시정신과 생명의 전율을 보이는 치열한 상징에 주목하였다.[32] 현학적인 관념어와 한자 및 외국어가 뒤섞인 그의 시에는 어떤 서투름이나 치기어린 부분[33]도 있었음에도 김기림은 그것에서 서구의 모더니즘을 연상하며 옹호하였다. 이처럼 설정식의 시는 현실에 대한 관심과 비판적인 태도를 견지하고 있지만 계급주의적 사상이나 리얼리즘 미학만으로 설명하기 어려운 난해한 특성을 가지고 있다.

> 두고 두고 노래하고
>
> 또 슬퍼하여야될 八月이왔오

---

30 김동리, 「습작수준에 혼미―병술창작계의 회고와 전망」, 『동아일보』, 1947.1.4.
31 정지용, 「시집 『종』에 대한 것」, 『경향신문』, 1947.3.9.
32 김기림, 「분노의 미학―시집 『포도』에 대하여」, 『자유신문』, 1948.1.28.
33 김광균은 설정식의 시가 읽는 수고에 비해 얻는 바가 적다라고 그 현학적인 면과 난해성을 비판하기도 하였다. 김광균, 「설정식 씨 시집 『포도』를 읽고」, 『자유신문』, 1948.1.28.

꽃다발을 엮어
아름다운 첫 記憶을 따로 모시리까
술을 비저놓고 다시
몸부림을 치리까
그러나 아름다운 八月은 솟으라
도로 찾은 깃은 날으라 그러나

아하
숲에 나무는 잘리우고
마른 山이오 눈보라 섯달
四月 첫 소나기도 지나갔건만은
어데 가서 씨앗을 담어다
푸른 숲을 일굴 것이오

아름다운 八月 太陽이
한번 소사 넙적한 民族의 가슴 우에
둥글게 타는 記錄을 찍었오
그는 해바라기
해바라기는 목마른 사람들의 꽃이오
그는 不死鳥
괴로움밖에 모르는 人民의 꽃이오
오래 오래 견디고
또 기다려야 될 새로운 八月이왔오

해바라기 꽃다발을 엮어

이제로 부터 싸호려 가는

人民十字軍의 머리에 얹으리다

해바라기 쓴술을 비저놓고

그대들 목을 축이라 올 때까지 기다리리다

(…중략…)

八月은 榮華로운 八月의 그림자를 믿으라

죽엄을 모르는 人民들은

죽엄을 모르는 八月의 꽃

해바라기에 물을 기르라

— 설정식, 「해바라기 쓴술을 비저놓고」 전문

이 시의 핵심적인 소재이자 설정식이 시집 『종』에서 반복적으로 등
장시키는 상징어인 '해바라기'는 그 의미 파악이 쉽지 않다. 설정식은 발
간예정에 있던 자신의 첫 시집의 제목을 '해바라기'라고 광고에 실었을
만큼 '해바라기'에 애착을 가졌던 것으로 보인다. 이 시는 직설적이고 도
식적인 면에서 유사한 성향을 보인 구 카프계의 작품과 달리 상상력과
새로운 의미 해석의 면모를 갖추고 있다고 평가를 받는다.[34] 새로운 상
상력과 의미 해석이라는 것은 제재인 "해바라기"를 둘러싼 것인데, 그
꽃은 구(舊) 소비에트연방공화국의 국화로서 일차적으로 10월 혁명을

---

34 김용직, 앞의 책, 2001, 385면.

상징하는 이미지가 될 수 있지만, 이 시에서는 그것에 그치지 않고 우리 민족의 해방을 뜻하는 8월의 꽃으로 전이되어 있다는 점이 중요하다.

이러한 시어의 상징적 의미는 텍스트의 전개에 따라 다양한 의미의 파동이 생겨나면서 내포적인 의미를 확장시켜 나간다. 이 점에서 설정식의 시 텍스트들이 손쉽게 해독되지 않는 구성적인 특징을 가지고 있다고 할 수 있다. 우선 전체 9연으로 되어 있는 이 시는 세 부분으로 나누어 볼 수 있는데, 의미상 1~3연, 4~6연, 7~9연으로 구분된다.

1연에서 3연에 이르는 첫 부분은 8월의 환희와 회한이라는 이중적 상황과 그와 관련된 심정을 드러낸다. 1연에서 시적 주체는 슬퍼해야하는 8월이 다시 왔음을 알린다. 2연은 그 팔월을 맞는 시적 주체의 심정이 "아름다운 첫 기억"이면서 동시에 "몸부림"쳐야 하는 비통한 마음이 된 팔월의 성격을 말하고 있는데, 1945년의 8월 15일 해방이 뒤이어 질망으로 바뀌게 되었음을 의미한다. 이러한 상황 속에서 시적 주체는 절망을 극복하고 "아름다운 팔월(八月)은 솟으라"고 말하며 다시 찾은 자유를 위해 비상할 것을 염원한다. 3연은 벌목된 산과 황폐화된 숲으로 비유된 현재 상황에 대한 안타까움을 "푸른 숲"에 대한 바람으로 드러낸다.

그러한 염원에 이어서 두 번째 부분에서는 "기다려야 될 새로운 팔월"이 이야기된다. 새로운 팔월과 관련해 "팔월의 태양"을 연상시키는 것이 "인민의 꽃" 해바라기인 것이다. 그것은 해방을 뜻하는 "아름다운 팔월"의 태양이 민족의 가슴에 남긴 둥근 화인(火印)이며, "목마른 사람들의 꽃"이다. 이러한 상징을 내포하고 있는 해바라기가 꽃다발과 술로 헌정되는 존재가 인민을 위해 싸우는 인민십자군인 것이다. 해바라기로 꽃다발을 엮고 술을 빚는 마음은 진정한 해방의 8월이 다시 오기를 고대하는 마음인 것이며, 해바라기는 새로운 날과 자유에 대한 염원 및 인민의 생명력을 상징하고 있는 것이다.

세 번째 부분은 그런 기다림의 날을 위한 인내와 신념을 당부하고 있다. 시적 주체는 자유와 역사에 대한 신념에 기대어 "팔월은 가라앉으라 / 도루 찾은 깃을 접고 바람을 품으라", "팔월의 그림자를 믿으라", "해바라기에 물을 기르라"라고 준엄하게 이른다.

난해한 어휘와 어색한 어법에도 불구하고 위 시는 시적 전개의 구성이 조밀하고 상징의 형상성이나 의미의 밀도 면에서 여러 가지 고려가 되어 있음을 볼 수 있다. 이와 함께 그러한 의미를 청자에게 힘있게 제시하려는 어조가 감상적인 호소력을 높이고 있다. 설정식의 시에 보이는 이러한 어조를 두고 기존 연구에서 '예언자적 목소리' 또는 '선지자적 목소리'라고 부른 것은 적절한 파악이라고 할 것이다.[35] 위 시에서 시적 주체는 마치 신민(神民)의 앞날을 예언하는 자처럼 "역사의 나래 밑에 그늘진 자유"가 다시 '깃을 펴고 날아오를 것'을 확신한다. 그리고 해바라기의 영원불변하는 기다림과 대조되는 무리들, 자유를 두려워하고 "아름다운 사상과 때에 반역하는" 무리들이 역사에 의해 패배할 것이라 말하고 있다.

설정식의 시에 등장하는 예언자적 목소리는 공적이며 서사적인 성격을 갖는다. 예언자와 선지자는 자신의 개별성을 신(神)이나 하늘에 의탁하여 그 영감을 따라 계시하는 자로서 신과 인간 사이의 매개자이며, 그가 예언하는 내용은 신의 도움과 구제의 약속, 혹은 심판과 파국에 대한 경고이다. 이러한 성격을 가진 시적 주체는 사적인 자신의 내

---

35 김윤식, 「소설의 기능과 시의 기능」, 『한국 현대소설 비판』, 일지사, 1981, 207~212면.

면성을 드러내는 것이 아니라 신탁을 전달하고 해석하는 데 자신의 목소리를 빌려주게 되어, 그의 목소리는 공적(公的)인 것이 되며 시의 서정성과 다른 기원을 갖는 서사성[36]을 띠게 되는 것이다.

설정식의 시적 상상력과 공적 목소리는 그의 마지막 시집인 『제신의 분노』에서 절정에 이른다. 이 시집에서는 기독교나 종교적인 어휘들이 동원되어 이념에 대한 확고함을 드러낸다.[37] 특히 표제시인 「제신(諸神)의 분노(憤怒)」는 구약성경의 알레고리를 빌어 민족을 배신하고 이민족에게 자신의 형제를 파는 무리에 대한 분노를 표출하고 있다. 이 시에서 우리 민족은 메시아의 민족인 이스라엘 민족과 동일시되고, 시적 주체는 예언자의 몸이 되어 신의 목소리를 전한다. 총 10연으로 이루어진 이 시는 구약 아모스 5장 2절에서 인용한 에피그람, 그리고 내용상 1연부터 5연까지의 전반부와 6연부터 10연까지의 후반부로 구분해 볼 수 있다.

> 이스라엘의 처녀는 넘어졌도다
>
> 넘어진 사람은 다시 일어나지 못하리니
>
> 조국의 저버림을 받은 아름다운 사람이여
>
> 더러운 조국에 이제 그대를 일으킬 사람이 없도다
>
> (구약 아모스 5장 2절)

---

36 박윤우, 「설정식 시의 현실인식과 서사적 성격」, 『한국 현대시와 비판정신』, 국학자료원, 1999, 256면.

37 설정식의 비극적 세계관이 종교적인 초월의 형태로 극복되었다고 본 견해도 있다. "그가 바라던 진정한 신과의 대면을 한쪽 눈으로는 유물변증법이라는 얼굴로, 다른 쪽 눈으로는 기독교 신의 얼굴로 만났다" 오세영, 「신이 숨어버린 시대의 시―설정식론」, 『한국 현대시인 연구』, 월인, 2003, 466면.

하늘에

소리 있어

선지자 예레미야로 하여금 써 기록하였으되

유대왕 제데키아 십 년

네브카드레자— 자리에 오르자

이방 바빌론 군대는 바야흐로

예루살렘을 포위하니

이는 이스라엘의 기둥이 썩고

그 인민이 의롭지 못한 까닭이요

그들이 저희의 지도자를 옥에 가둔 소치라

(…중략…)

이제 너희가

권세 있는 이방사람 앞에 무릎을 꿇고

은을 받고 정의를 팔며

한 켤레 신발을 얻어 신기 위하여

형제를 옥에 넣어 에돔에 내어주니

내 너에게

흔하게 쌀을 베풀고

깨끗한 이빨을 주었거늘

어찌하여 너희는 동족의 살을 깨무느냐

동생의 목에 칼을 대는 가자의 무리들

배고파 견디다 못하여 쓰러진

가난한 사람들의 허리를 밟고 지나가는 다마스커스의 무리들아

네가 어질고 착한 인민의

밀과 보리를 빼앗아

대리석 기둥을 세울지라도

너는 거기 삼대를 누리지 못하리니

— 설정식, 「제신의 분노」 부분

위에 인용한 에피그램[38]과 시의 전반부는 이스라엘 민족과 우리 민족의 유사한 상황을 알레고리로 제시하고 있다. 이방인에게 "은을 받고" "한 켤레 신발을 얻"[39]기 위해 형제를 옥에 넣고, 동족의 살을 깨물고, 동생의 목에 칼을 대는 무리를 비판한다. 그 무리들은 사욕을 채우는 데 급급한 반민족적인 세력을 암시한다고 볼 수 있는데, 그들의 죄를 심판하며 신의 목소리는 재앙을 예고한다.

6연부터 10연까지의 후반부는 신이 내릴 재앙의 예고이다. 성경에

---

38 아모스(Amos)는 기원전 750년경 이스라엘의 예언자이다. 아모스는 백성의 죄악을 규탄하며 하나님의 심판과 나라의 멸망 등을 예언했다고 한다. 전체 9장으로 된 예언서는 시적인 형태를 취하며 인접한 민족에 대한 심판과 이스라엘의 죄에 대한 경고와 멸망의 예고, 회개와 회복의 약속 등으로 되어 있다. 이 에피그램은 이 시 전체의 주제를 함축하고 있는 부분인데, 본래의 성경 구절과 약간의 차이를 가지고 있는다. 5장에서 인용된 부분의 대한성서공회의 번역에서는 "처녀 이스라엘이 쓰러져서, 다시 일어날 수 없구나. 제 땅에서 버려졌어도, 일으켜 줄 사람이 하나도 없구나!"라고 되어 있다. 설정식의 번역은 '아름다운'과 '더러운'이라는 형용사를 넣어 가치의 측면과 대조적 성격을 더 강조하고, 사람으로 인격화됨으로써 민족 구성원 내부의 분리와 분열을 부각시킨 일면을 볼 수 있다.

39 이 구절은 아모스서에도 등장한다.

도 등장하는 재앙인 불, 모래비, 역병, 가뭄을 경고한 후 회개할 것을 권고한다. "혀를 간사케 하고 또 돈을 모으랴 하지 말며 / 이방인이 주는 꿀을 핥지 말고", "가난하고 또 의로운 인민의 뒤를 따라" 회개하라는 것이다. 그리고 마지막으로 회복의 약속을 전한다. "이스라엘의 처녀는 다시 일어"날 것이니, 그가 "생산의 어머니"이기 때문이다. 시적 주체는 동족을 배신하는 무리들에게 의로운 인민의 편에 설 것을 권고하며 조국의 희망에 대한 기대를 표출하고 있다. 죄악에 대한 고발, 심판의 경고, 회개 권고, 그리고 회복의 약속은 민족의 거대한 역사와 국가의 웅대한 정신을 이야기하는 서사시적 주제라고 할 수 있다.

이 시에는 신으로 현현한 민족 공동체적 정신의 운명과 변전(變轉)이 펼쳐지고 있고, 그러한 주제와 내용이 신성한 공적 목소리의 발화형태로 나타나고 있다. 설정식의 시를 해방기 시문학에서 독자적인 위치에 자리매김하게 하는 것은 이러한 미학적 특징이라고 할 것이다. 정의와 선, 양심과 행동을 시에서 다루고 표출하기 위해 그는 종교적 수사학과 신이라는 절대적이고 초월적인 존재를 필요로 하였다.[40] 어떤 측면에서 냉철한 유물론자가 되지 못했던 그는 객관성과 현실성만으로 자기의식의 고양을 얻지 못하고 '신'이라는 윤리적 타자를 요청했던 것으로 보인다. 설정식이 추구한 다수의 양심과 보편적 진리는 '신'이라는 표상을 통해 절대적인 민족적 공동체로 현현할 수 있었고, 그의 행동에 대한 결단과 용기는 불의한 무리들에 대해 분노하며 징벌을 내릴

---

40 "타자성의 원리는 신의 윤리적 이름"이며, 윤리학을 사고할 수 있도록 하는 원리와 행위 원리를 이루는 것을 삼으려는 모든 시도는 종교적 본질을 갖는다. Alain Badiou, 앞의 책, 39면.

줄 알고 약한 자들에게 해방을 약속해 주는 보편적인 정의의 힘을 가진 신성한 공적인 목소리로 형상화되었던 것이다.

민족이 신이라는 절대적 존재가 되어버리면 더 이상 어떤 진리가 새롭게 개시할 수 있는 공백의 가능성을 메워 버리고 만다. 다수의 절대성이라는 공적인 전체성을 추구한 설정식은 상징의 보편성을 통해 종교적 분위기 속에서 정의에 대한 신념과 이상을 드러내었지만, 그의 다른 시들이 모두 이러한 긴장된 미학성에 도달한 것은 아니었다. 그러나 그가 구현한 공적 목소리는 민족이라는 공동체가 처한 현실과 나아가야 할 이상을 형상화하는 데 있어서 분노의 감성과 정의의 윤리를 결합시킨 미학적 방법으로서 충분한 의미를 갖는다고 할 수 있을 것이다.

5. 해방이라는 사건과 주체의 구성

이상으로 해방기 시문학에서 중요한 위치를 차지하고 있는 오장환과 설정식을 중심으로 윤리의 문제와 그것이 작품에 형상화된 양상을 살펴보았다. 두 시인은 해방이라는 새로운 사건을 통해 자신의 과거와 결별하는 내재적 단질을 감행함으로써 해방기의 새로운 현실과 공동체의 발견이라는 의식을 자각적으로 '양심'의 문제로 사유하고 행동으로 전화시켜 나가고자 하였다. 이 과정에서 진리에 대해 충실하려는 윤리적 주체로 구성되어 가는 양상을 작품을 통해 보여줄 수 있었다.

오장환은 고백의 형식을 통해 자신의 체험과 내면성이 인륜성으로 고양시켜 나가는 변증법적인 과정을 형상화하였다. 이와 달리 설정식은 상징적인 시어와 절대적인 존재의 표상, 예언자적 목소리 등의 미학적 형태를 통해 부정한 현실에 대한 분노와 새로운 미래에 대한 전망을 형상화하고자 하였다. 오장환의 시에 나타나는 고백이 사적 개인성의 내면에서 출발하여 공동체적인 인륜성에 동화되어 가는 특징을 보여주었다면, 설정식의 시에 나타나는 공적 목소리는 절대적인 타자를 통해 정의의 윤리를 표상하고 주체의 결단을 강화시키는 특징을 가지고 있었다고 비교해 볼 수 있다. 이 두 시인을 통해 해방이라는 사건이 이데올로기적인 선택에 앞서 양심과 행동을 두고 윤리적인 주체로 구성되는 사건의 성격을 가지고 있었음을 살펴 볼 수 있었다. 이러한 윤리적 모색과 관련된 미학적 특징은 감성의 차원에서 보다 세밀하게 분석될 수 있을 것으로 보며, 앞으로 해방기의 다른 시인들과 비교하여 다양한 면모들을 변별해낼 수 있는 후속 연구를 기대해 본다.

제4장
설정식의 생애와 문학 세계

1. 비운의 시인

해방기 문학을 고찰할 때 시와 소설의 양쪽 모두에서 왕성한 활동을 보여준 대표적인 작가로 설정식을 빼놓을 수 없다. 그는 실질적으로 해방기의 작가라고 부를 수 있는데, 습작기라 할 수 있는 초기 작품 일부를 제외한 전 작품과 문학 활동이 1946년에서 1950년까지의 짧은 기간 동안 이루어졌으며, 국권 회복의 기쁨과 좌절, 국가 수립의 열망과 분단의 아픔이라는 시대적 의미를 자신의 생애와 문학 세계에 체현하고 있기 때문이다. 이 시기에 명멸한 많은 작가들이 있었지만 창작의 다산성과 문단에서의 활약, 그리고 시대와 결부된 문학적 의미의 획득이라는 점에서 설정식은 비중 있는 면모를 보여주었다. 미군정청의 관리이자 언론인이었으며 조선문학가동맹의 맹원으로 월북 후 임화와 같이 숙청당한 그의 이력이 작품세계에 앞서 주목되는 것이 사실이다. 그러나 그의 전기적 자료들에 대해서는 일부 증언 자료[1] 외에는 접근이 용이치 않았다.

설정식에 관한 본격적인 연구와 전기적 사항의 정리는 김윤식의 글을 통해 이루어졌다.[2] 여기에서는 설정식의 중국 체험과 미국 체험을 자료와 소설을 통해 재구하고 작가의 사상과 작품의 관계를 상세히 분석하여 그가 지닌 "문제적 작가"로서의 일면들을 지적하였다. 이후 설정식의 소설에 관한 본격적인 단독 연구는 제출된 바가 없고, 시 분야에서 시인의 비극적 생애와 사상을 중심으로 논의가 전개되었다. 김영철은 설정식의 문학론이 당시 조선문학가동맹의 구국문학론과 같은 노선임을 평론 등을 통해 분석하고 시의 주요한 상징과 이미지를 분석하였다.[3] 김용직은 설정식의 상상력이나 "고전경도 취향"이 조선문학가동맹의 지향과 어긋났을 것이며 그 둘의 부적절한 결합은 설정식에게 불행이었다고 말하였다.[4] 오세영은 설정식이 본질적으로 공산주의자이거나 유물론의 신봉자라 볼 수 없으며 당대 부조리한 남한 현실에

---

1 Tibor Meray, 한철모 역, 「한 시인의 추의―설정식의 비극」, 『사상계』, 1962.9; Tibor Meray, 「기억과 고통, 의심 그리고 희망」, 김우창 편, 『평화를 위한 글쓰기―2005년 제2회 서울국제문학포럼 논문집』, 민음사, 2006.8; 김남식, 『남로당 연구』, 돌베개, 1984. 그 외 설정식의 이력에 대해서는 북에서 나온 판결문과 홍명희와 나눈 대담을 통해 알려졌다. 「홍명희 설정식 대담」, 『신세대』, 1948.5.
2 김윤식, 「소설의 기능과 시의 기능―설정식론」, 『한국 현대소설 비판』, 일지사, 1981; 김윤식, 「해방공간의 시적 현실」, 『한국 현대문학사론』, 한샘, 1988.
3 김영철, 「설정식의 시세계」, 『관악어문연구』, 1989; 김영철, 「설정식의 진보적 세계관」, 『한국 현대시의 좌표』, 건국대 출판부, 2000.
4 김용직, 『해방기 한국시문학사』, 민음사, 1989, 219~225면.

좌절을 느껴 북의 사회주의에서 희망을 구한 "비판적 지식인"의 하나였다고 평가하였다. 그리고 설정식의 사상을 "신"과 "유물론적 변증법"이라는 모순된 두 가지 방식을 추구한 "비극적 세계관"이라고 불렀다.[5] 그 이후 설정식의 정치성과 시 양식의 측면에서 문학적 가치를 평가한 논문들과[6] 비극성과 장시화 경향, 아나키즘적 성격 등을 검토한 학위 논문들이 나왔다.[7]

기존 연구에서 설정식의 전기적 사실은 미확정된 몇 가지 문제를 안고 크게 진전을 보지 못하고 있다는 것은 그의 이력에 비해 볼 때 아쉬운 점이라 할 수 있다. 식민지 시기와 해방기를 통틀어 설정식 만큼 다양한 학업 경력과 국외 체험, 동서양을 아우르는 사상적 문화적 교양을 갖춘 시인은 드물었기 때문이다. 물론 이러한 요소들이 작품의 수준과 직접적인 상관성을 갖는다고 할 수는 없으나 그에 대한 당대 문인들의 평가와 더불어 그의 문학 세계를 재평가할 수 있는 기초적인 자료 정리가 필요하다고 하겠다.

이 연구는 설정식의 유족을 통해 얻은 학적부 등의 자료를 토대로 그의 성장 배경과 가족관계, 수학 경력에 대한 실증적인 사실을 정리하여 밝히고자 하였다. 그의 시세계에 대해서는 기존 연구에서 소개되

5　오세영, 「설정식론－신이 숨어버린 시대의 시」, 『현대문학』 423, 1990; 오세영, 『한국 현대시인 연구』, 월인, 2003, 469면.

6　박윤우, 「설정식 시에 나타난 현실인식과 서사적 성격」, 『운당 구인환 선생 화갑기념 논총』, 한샘출판사, 1989; 유시욱, 「설정시론」, 『시문학』, 1989.7; 송기섭, 「이념과 체제 선택의 갈등－설정식론」, 『어문연구』 22, 1991; 김은철, 「정치적 현실과 시의 대응양식」, 『우리문학연구』 31집, 2010.10.

7　전미정, 「설정식 시 연구」, 서강대 석사논문, 1991; 하정숙, 「설정식 시 연구－아나키즘적 성격을 중심으로」, 영남대 석사논문, 2004; 한용국, 「설정식 시 연구」, 건국대 석사논문, 1996.

지 않았던 당대 문인들의 비평을 중심으로 살펴보고, 당시 번역된 흑인시와의 상관성에 대해 제기해 보고자 한다.

2. 성장 배경과 수학 과정

설정식(薛貞植)의 생애에 대한 개괄적인 사실들은 여러 증언과 자료를 통해 알려졌으나, 여기에서는 연희전문학교와 미국 마운트 유니언 대학의 학적부를 통해 정확한 연도와 사실들을 확정하고자 한다. 그는 1912년 9월 19일 함경남도 단천의 선비 가문에서 출생하였다. 기존 연구에서 그의 출생일은 9월 18일로 알려져 왔으나, 두 곳의 학적부에는 9월 19일로 기재되어 있다. 가족들은 그의 생일을 음력 8월 9일로 기억하고 있는데, 양력으로 환산하면 9월 19일이다. 그의 부친은 개신 유학자인 설태희(薛泰熙, 1875~1940)로 한말 애국계몽운동에 참여하여 조선 물산장려운동을 지속적으로 이끌어간 중심인물 중의 한 사람이었다.[8] 설정식과 홍명희의 대담에서 홍명희가 밝혔듯이 그의 부친과 홍명희는 자주 왕래하던 친분 있는 사이였다. 설태희에게는 모두 4남 1녀의 자녀가 있었는데 장남 설원식(1896~1942)은 금광과 농업 관련 주식회사를 운영한 사업가였다. 차남인 설의식(1901~1954)은 단평으로 필력을

---

8 윤해동, 「일제하 물산장려운동의 이념과 그 전개」, 서울대 석사논문, 1991 참조.

인정받던 언론인이었는데『동아일보』의 편집국장으로 재직하던 중 손
기정 선수의 일장기말소사건으로 퇴직하기도 하였다. 그는 광복 후
『동아일보』의 주필과 부사장을 지내다 퇴직하여『새한민보』를 창간한
해방기의 대표적인 중도파 지식인이었다.[9] 설정식의 연희전문 학적부
의 보증인란에 기재된 형 설의식과 매부 김두백의 직업은 모두 신문기
자로 되어 있다. 부친과 형님의 영향이었는지 삼남이었던 설정식은 일
찍부터 지사적인 기질을 갖추었던 것으로 보인다.

　설정식이 여덟 살 되던 해 그의 집안은 서울로 이주하여 경성교동공
립보통학교에 진학한다. 지금까지 그의 본적에 대해 서울시 효자동으
로 알려졌으나, 연희 전문학교의 학적부에는 증조부와 관련된 것으로
보이는 강원도 철원군 북면 용학리 64로 적혀 있다. 서울 계동에 거주
하며 교동보통학교에 다니던 3학년 무렵, 훗날 아동문학가가 되는 윤
석중과 더불어 '꽃밭사'라는 독서회를 만든다. 여기에는 심훈의 조카
심재영(소설『상록수』의 남자 주인공 박동혁의 모델이었다고 한다)도 가담한다.
그들은 당시 방정환의 아동문예지에 실린 시 등을 등사해서『기쁨』이
라는 잡지를 만들기도 했다고 한다.[10] 보통학교 졸업 후 1927년 4월 경
성 공립농업학교에 진학하지만 1929년 11월 광주학생사건에 연루되
어 퇴학을 당한다. 학업을 잇기 위해 만주 봉천으로 가는데 1931년 7월
한인과 중국인이 충돌한 만보산사건으로 피신 후 귀국한다.[11] 북에서

9　강지웅,「설의식의 정치노선과 역사인식에 관한 연구-중간파 지식인에 관한 일 사
　　례연구」, 서울대 석사논문, 1993.
10　윤석중,「내가 겪은 이십세기」,『경향신문』, 1973.5.5.
11　이와 관련된 구체적인 정황은 그의 자전적 소설「청춘」의 1장에 상세히 나와 있다.
　　중국에서는 이러한 유학생들을 국빈처럼 대우했다고 한다. 그러다 만보산 사건이
　　터지면서 중국인과 한인 간의 갈등이 고조되게 된다.「청춘」,『한성일보』, 1946.5.

나온 재판 과정과 판결문을 통해 알려져 있듯이 연희전문 학적부에도 중국 요녕성 제3고급중학교에서 공부했던 것으로 기록되어 있다.

중국 체험을 토대로 국내에 돌아와서 쓴 희곡이 「중국은 어디로」인데 이 희곡은 1932년 1월 『중앙일보』 현상모집에 1등으로 당선된다. 이어 『동광』의 학생작품 경기 대회를 계기로 하여 문단에 알려지게 되는데, 그해 3월 시 「거리에서 들려주는 노래」가 3등으로, 4월에 「새 그릇에 담은 노래」가 1등으로 입선한다. 설정식의 신분은 청년학관(靑年學館)으로 되어 있고 숭실 중학, 오산 고보 등의 학생들과 시, 논문 등의 부문에서 겨루었다. 3차 경기에서는 논문으로 1등을 차지하기도 하였다. 이것이 계기가 되었던지 4월 『조선일보』에 장편(掌篇) 소설 「단발(斷髮)」을, 8월 『신동아』와 10월 『동광』에 시를 발표한다.

그러나 본격적인 문단 활동은 하지 않고 1933년 연희전문 학교에 4월에 입학하여 학업에 전념한다. 연희전문 학적부에는 문과 소속에 별과(別科)라고 인쇄된 부분이 붉은 손글씨로 본과(本科)로 수정되어 있다. 어떤 경로로 본과로 수정되었는지 알 수 없으나 그는 성서와 영문학 등에서 우수한 성적을 보이며 교내 장학금을 받고 문과 특대생이 된다.[12] 이 시절 아나키스트인 이영진과 교제하며 크로포트킨의 저서를 탐독했다는 내용이 그의 시 「사(死)」에 등장한다.

1935년 4월 30일 병을 이유로 휴학한 설정식은 일본 메지로(目白) 상

3~13 참조.

12 특대생이라는 사실은 학적부에도 기재되어 있으며, 연희 전문 21명의 우수 장학생에게 주는 장학금이었는데 이 사실은 신문에도 실린다. 『조선중앙일보』, 1933.4.13.

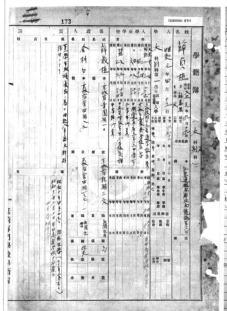

〈그림 1〉 연희 전문학교 학적부(유족 제공)　　　　〈그림 2〉 마운트 유니언 대학 학적부(유족 제공)

업학교에 편입하는데 그 사정은 알려진 바 없다. 1936년 3월 졸업과 동
시에 귀국하여 3월 26일에 혼례를 올린다. 부인은 함경북도 명천 출신
의 김증연으로 설정식 보다 두 살 연하의 숙명 여학교 출신이었다. 두
사람은 결혼 이듬해에 장남을 얻고 슬하에 3남 1녀의 자녀를 두게 된다.

　학업도 함께 병행하여 그는 결혼하던 해 4월 연희전문학교에 4학년
생으로 복학하고 ㄱ 이듬해 문과 2등으로 학업을 마친다. 그의 졸업 소
식과 미국 마운트 유니언 대학 유학 계획은 신문에 보도될 정도였다.[13]

13　학적부의 성적에는 문과 28명 중 2등으로 기록되어 있는데, 신문 보도에는 최우등으
　　로 나오고 있다. 이 기사에서는 그가 마운트 유니언 대학에 입학하기 위해 7월에 출
　　국한다고 되어 있고, 2년간의 학업을 마친 후 하버드 대학 진학 예정이라고 보도되
　　었다. 『동아일보』, 1937.7.8. 그러나 그는 컬럼비아 대학에 간다.

1937년 9월 14일 오하이오주에 있는 개신교 계열의 마운트 유니온 대학 (Mount Union College)에 입학하여 2년간 영문학을 전공하고, 1939년 7월에 문학사 학위를 받고 졸업한다. 이어서 뉴욕의 컬럼비아 대학에서 2년간 셰익스피어를 공부하는데 연구생이었던 듯하다. 정확한 귀국 날짜는 알 수 없으나, 뉴욕 한인음악구락부가 조직되었다고 알리는 신문 보도의 회원 명단에 그의 이름을 확인할 수 있는 것[14]으로 보아 그의 국내 귀국은 4월 이후였을 것으로 짐작된다.

1940년에 부친이 위독하다는 연락을 받고 귀국한 후 그는 별다른 일자리를 얻지 못하고 그의 형님이 운영하던 광산과 농장에서 소일한다. 반영미적 색채가 강한 국내에서 그가 활동할 여지가 크지 못하였고[15] 일제에 협력한다는 것도 그로서는 내키지 않는 일이었을 것이다. 그는 1941년 폐간되기 직전의『인문평론』에 헤밍웨이의 소설 번역과 토마스 울프에 관한 비평을 각각 한 편씩 기고한 후 별 다른 활동을 하지 않는다.

3. 해방 이후의 활동과 창작

해방 후 설정식은 미국유학 경력과 영어실력으로 어렵지 않게 미군정청 공보처에서 일을 할 수 있었다. 미군과 접촉한 때는 1945년 11월경

14　『신한민보』, 1940.4.17.
15　김윤식, 앞의 글, 1981, 173면.

으로 『동아일보』 복간 문제가 계기가 되어 연희전문 은사 언더우드의 소개에 의한 것이라고 한다. 미군정청의 여론 조사 국장이었다가[16] 이후 정확한 달은 알 수 없으나 1946년 10월 미군정청 공보처가 개편되면서 여론국장이라는 직책을 맡게 된다.[17] 그해 12월 미소공동위원회 회담이 공전하면서 미군정청에 의해 세워진 과도적인 기구인 입법의원이 세워지자 그는 1947년 1월 부비서장으로 전출된다. 그러나 입법의원은 실질적인 권한이 없었기에 설정식이 느끼는 무력감은 커졌을 것으로 보인다. 이 무렵 그가 조선공산당에 입당하게 된 계기도 한국에 대해 미군기지 이상의 관심과 이해를 보이지 않는 미군정에 대한 불만이었던 것으로 티보 머레이의 진술에 나오고 있다.

해방 직후의 문학 단체 활동에 있어서 기존 연구에서 알려진 시기보다 더 일찍 참가한 것으로 나타난다. 1945년 8월 24일 조선문화건설본부에 회원으로 가입하였고[18] 정인보와 그의 형인 설의식 등이 발기한 전조선문필가협회에도 가입하였다.[19] 조선문학가동맹의 외국문학부를 김동석과 함께 맡은 것은 1946년 상반기이다.[20] 흥미로운 것은 김

---

[16] 설정식은 이러한 자격으로 루즈벨트 대통령 1주기 준비위원회에 참여하거나 나치스 타도 기념대회에 연사로 참석한다. 『자유신문』, 1946.4.6 · 5.9.

[17] 『자유신문』, 1946.10.9. 그러나 8월의 한 신문에 그의 직위가 '여론국장'으로 나오고 있기도 하다.

[18] 『매일신보』, 1945.8.24. 김윤식은 1945년 12월 13일에 결성된 조선문학동맹 외국문학위원장에 설정식의 이름이 보이지만, 1946년 2월 임화 중심의 전국조선문학가대회 명단에 설정식이 없고, 조선문학가동맹 서울지부(1946.8.10)의 문학대중화운동위원회 속에 설정식의 이름이 다시 보인다고 밝혔다. 김윤식, 앞의 책, 1981, 197~198면. 그러나 1945년 12월 13일 조선문학동맹 외국문학위원장은 김광섭이었고, 이러한 언급된 단체들보다 가장 앞서 설정식은 조선문화건설본부에 가담했던 것이다.

[19] 『동아일보』, 1946.3.9.

[20] 김영철은 김윤식의 기술에 착오가 있다고 보며, 설정식은 1946년 2월에 와서야 좌익 문학단체에 참여한 것으로 본다. 김영철, 앞의 책, 2000, 336면. 설정식이 조선문학

동리가 의장이 되어 1946년 4월에 결성된 전국청년문학가협회에도 해외문학부에 신석초와 함께 이름이 올라가 있다는 것이다.[21] 후자는 미군정과 관련되어 가담하게 된 것으로 보이는데, 두 단체에 이름을 올릴 수 있었음은 초기 그가 중도적 위치에서 출발했다는 것을 말해주는 것은 아닐까 싶다.

1930년대 『동광』에 실린 당선작들에서는 카프 문학의 영향을 받은 듯한 형식과 현실 비판적 태도들이 보이지만, 대체로 1930년대 발표작이나 습작 시들은 자연친화적이고 서정적인 시들이 많았다.[22] 그러나 해방기에는 이러한 서정성과 결별하며 현실 비판적 색채가 짙어 간다. 조선문학가동맹 서울지부 문학대중화운동위원회 위원으로 각종 군중대회에서 시낭송을 하는 뚜렷한 행보를 보인다.

창작 욕구가 남달랐던 설정식은 소설 창작도 병행하는데, 그의 소설은 대체로 자전적 경험을 풀어낸 것이었다. 1946년 5월 3일부터 10월 16일까지 『한성일보』에 실린 「청춘」은 중국 유학 체험을, 그해 12월 13일부터 22일까지 『동아일보』에 9회 연재된 「프란씨스 두셋」은 미국 유학 체험이 바탕이 되었다. 그러나 전자는 미완으로 끝나 버렸고 1949년에야 장편소설로 출간되었다. 1948년에도 장편소설 「해방」을 『신세대』(1월~5월)에 연재하였지만 출판사의 사정인지 개인 사정 때문인지 중단되

가동맹 외국문학부 위원으로 된 시점이 1945년 결성 때부터라고 본 것인지 김윤식의 서술 가운데 애매한 점이 있는 것은 사실이다. 설정식이 조선문학동맹의 외국문학 위원으로 나타나는 것은 1946년 4월에도 확인된다. 「문학동맹위원 재선」, 『자유신문』, 1946.4.15.

21 『조선일보』, 1946.4.5.

22 김영철, 오세영, 김은철 등 대부분의 연구자들은 이러한 초기 시들의 서정성을 지적한 바 있다.

고 만다. 『신세대』는 설정식이 주필 겸 편집국장을 맡았던 『서울타임스』[23]에서 발간하던 잡지였는데, 그는 신문을 좌경화시켰다는 비난을 받아 사임한다. 그 다음 해 『서울 타임스』는 기자와 주필 등이 체포되면서 폐간을 당한다. 1948년에는 「해방」 외에 「척사제조자」(『민성』, 1월), 「한 화가의 최후」(『문학』, 4월)를 연달아 발표한다. 그리고 『민주일보』에 소설 「한류(寒流)·난류(暖流)」를 연재한다.[24] 이태준, 임화 등이 이미 월북한 서울에서 그는 『문장』의 소설부 추천위원이 되어 관여하였다.

그의 문단적 위치를 굳혀준 것은 시집으로 1947년의 제1시집 『종』, 1948년의 제2시집 『포도』와 제3시집 『제신의 분노』가 차례로 나오면서 문단의 주목을 받았다.[25] 1949년 11월 출간한 『제신의 분노』가 판금 처분되고 자신에게 체포령이 내려지자 보도연맹에 가입하여, 민족정신앙양 종합예술제, 국민예술제전 등에 나선다.[26] 그리고 연맹의 기관지인 『애국자』에 「붉은 군대는 물러가라」라는 반공시를 발표했다고 한다.[27] 이런 표면적 활동과 달리 미제국주의에 대한 비판적 의도로 창

---

23 설정식이 『서울타임스』의 주필 겸 편집국장을 맡은 것은 1948년 4월로 보인다. 『자유신문』, 1948.4.15. 그에 앞서 편집국장을 맡은 것은 김동석, 그 이후는 최영식인 듯 하다.

24 이 작품이 어떠한 내용이며 어떤 경위에서 게재중지가 되었는지 알 수는 없으나, 현재 4회(1948.11.2)부터 37회(1948.12.11)까지 18회의 연재 사실이 확인된다.

25 김용직은 설정식이 조선문학가동맹 추천 후보에 들은 적이 없음을 이유로 그의 작품 수준이 떨어졌기 때문이거나 조선문학가동맹으로부터 외면 받았을 것이라고 평가 하였다. 그러한 판단의 근거로 설정식의 시집에 대한 정지용의 글은 의례적인 것일 뿐이며, 심기림의 글이 없는 것을 지적하였다. 김용직, 앞의 책, 225면. 그러나 대대 적인 검거 사건 후 문인들의 월북이 있었기에 그들의 글은 물론 활동도 힘들었을 것 이다. 김기림의 평론은 설정식의 시집 『포도』에 대한 글이 있고, 한 해의 문화계를 결산하는 글에 그의 시집이 언급되는 것으로 보아 설정식의 위상이 그렇게 낮지는 않았던 것으로 보인다.

26 『자유신문』, 1949.11.27; 『서울신문』, 1950.1.8.

27 김남식, 앞의 책.

작한 소설이 있었다고 북의 판결문에서는 진술하였으나 그 작품이 「한류·난류」인지에 대해서는 아직 확인되지 않고 있다. 이후 설정식은 셰익스피어의 작품 번역에 몰두하여 『하므렡』을 간행한다.

1950년 인민군에 의해 서울이 함락된 후 인민군에 입대하여 문화훈련국에서 근무하던 중 병약하였던 그는 심장병으로 쓰러진다. 헝가리에서 일어난 구호 활동을 통해 설립된 평양 근교의 병원[28]에서 치료를 받고 건강을 회복한다. 이때 의료진의 권유로 쓴 400행에 이르는 장시가 개성휴전회담에서 친분을 쌓은 헝가리의 종군 기자 티보 머레이에 의해 헝가리에서 번역되었다.[29] 설정식의 이름이 남한의 신문에 등장한 것은 1951년 7월 개성 휴전회담 때였다. 그는 소좌 계급을 달고 인민군대표단의 통역관으로 나타났는데 그 인상은 초췌했다고 한다.[30]

그 이후 행적은 이미 알려진 바대로 1953년 3월부터 시작된 남로당계의 숙청에 휘말리게 된다. 그는 3월 5일 밤 임화, 이강국, 이승엽 등과 체포되어 7월 30일 북한 최고재판소 군사재판부에 의해 반국가적 간첩 혐의로 기소된다. 재판은 8월 3일부터 벌어지고, 설정식은 최후 진술에서 가장 마지막에 등장하였다고 한다. 결국 8월 6일 설정식을 포함한, 이승엽, 임화 등 열 명에게 사형과 전 재산 몰수가 언도되고 일부 인사에 대한 처벌은 1955년 박헌영의 재판 때까지 지연되지만 임화와 설정식 등은 선고 직후 처형된 것으로 알려져 있다. 남한에서는

---

28 당시 헝가리 공산당 지도자 라코시(Rákosi)의 이름을 딴 병원이라고 한다.
29 Tibor Meray, 한철모 역, 「한 시인의 추의—설정식의 비극」, 『사상계』, 1962.9. 설정식이 병원에서 쓴 원고는 1952년 12월 『우정의 서사시』라는 제목으로 부다페스트에서 출간된다. 이 원고는 중국 언론사 소속의 다른 외국 기자 두 명의 도움을 받아 영역된 후 헝가리어로 번역될 수 있었다.
30 『동아일보』, 1951.7.19.

1951년 10월 5일 월북 작가 저서에 대한 발매금지 조치와 더불어 그의 이름이 사라졌다가 해금 조치의 마지막 단계에 이르러 다시 이름을 되찾을 수 있었다.

4. 민족적 양심의 절대화

설정식의 미군정청 관리라는 신분과 조선문학가동맹원으로서의 활동은 공개적인 것이었으며 이 둘이 모순되는 것은 아니었다. 군정 초기 좌익의 노선은 '대미협조'였고 박헌영과 같은 지식인들은 낙관적인 사고 속에 진보의 필연성을 맹신하고 있던 상황이었기 때문이다. 미군정의 여론국장이었던 설정식은 '3당 합당과 군정의 장단점'에 대한 신문사의 설문에서 "조선 현단계에 있어서 민주주의 실천과정을 밟아야 된다는 사실"을 인식하게 된 계기로서는 옳지만 "소련중심 트로츠키파가 그대로 헤게모니를 장악하게 된다면 진정한 조선 볼세비즘의 발전은 기대키 어려울 것"이라고 대답한다.[31] 이 대목에서 그는 볼세비즘을 지지하는 정치적 발언을 하고 있다. 그가 소련 중심의 트로츠키파를 경계한다는 것이 소련에 대한 경계인지 트로츠키파에 대한 경계인지 모호하지만, 사회주의의 편에 서 있음은 분명해 보인다. 이처럼 정치

---

31 『동아일보』, 1946.8.13.

적 견해와 노선 표명이 분명했던 만큼 그는 임화 등이 월북한 후에는 조선문학가동맹을 대표하는 작가로 여겨지게 되었다.

설정식이 사회주의에 입문하게 된 경로와 구체적인 태도는 알기 어렵지만 그의 집안에서 볼 수 있는 지사적인 가풍과 타국을 떠돌았던 체험은 그에게 민족에 대한 확고한 신념을 심어 주었던 것으로 보인다. 그의 중국 유학 체험은 해방 이후 나온 설정식의 첫 소설인 「청춘」의 바탕이 되는데, 그가 퇴학을 당한 후 중국으로 건너갔을 때의 심경을 볼 수 있다.

> 학교에서는 쫓겨나서, 차디찬 유치장 긴 밤이 얼음이 녹을 때까지 계속되던, 견디기 어려운 뼈마디 겨우 굵어서 떠나간 해도 달도 없는 것 같은 만주에서 오줌을 누면 금시 얼어붙도록 살을 베이는 바람 속에 나가 냉수를 뒤집어쓰며 맷돌 갈듯 갈아보았던 학문의— 참 철환의 말마따나 존엄과 냉혹도 그놈에 망한 조선놈들의 비열한 꼴도 보기 싫고 돈 많은 중국 학생놈들의 곁눈질도 아니꼬아 옛다 기왕 내드던 김에 깊숙이 더 들어가 나 보자고 떠나서, 벌써 더운 여름철에 이맘내 나는— 아 또 무슨 변동을 기다린단 말일까.[32]

이 소설의 주인공인 박두수는 광주학생운동에 연루되어 퇴학을 당하고 중국 봉천으로 유학을 갔다가, 일본의 간계에 의해 일어난 만보산 사건을 겪는다. 조선인과 중국인들 사이의 인종적 갈등, "조선놈들의 비열한 꼴"에 대한 환멸 등이 등장한다. 주인공의 고백은 식민지 청년

---

32 설정식, 「청춘 (10회)」, 『한성일보』, 1946.5.13.

으로서 타국으로의 이주 경험을 통해 작가가 겪었던 고뇌를 드러낸다.

더 낯선 미 대륙으로의 이주 경험은 같은 이름의 주인공이 등장하는 단편소설 「프란씨스 두셋」(『동아일보』, 1946.12.13~22)에 등장한다. 이 소설은 뉴욕 브로드웨이의 한 대학 도서관을 배경으로 하고 있다. 그의 미국대학의 학적부에 도서관 근무 기록이 남아 있기도 한데, 이 소설은 도서관을 배경으로 블레이크를 공통점으로 한 지적인 만남에서 시작된 백인 여성과의 연애가 육체적인 장벽에 가로막혀 좌절된다는 내용을 담고 있다. 혈연의 우위성, 민족의 필연성에 대한 작가적 고백을 보는 듯하다.

> 나는 이러나 앉았다. 째즈 소리가 여전히 들려오고 자동차 지나가는 소리가 간단없이 들렸다. 프란씨쓰는 한동안 그냥 누워 있다가 한숨을 지으며 이러났다. 탈진한 사람의 한숨소리였다. 역시 자기네들의 씨어진 오랜 관습의 율법에서 벗어저 나올 수가 없었다는 것을 고백하는 한숨같이 들렸다. 말로나 사상으로는 이해할 수 있어도 역시 피로는 알 수 없는 먼 땅에서 성장한 육체 속으로 들어간다는 것은 도저히 생각할 수 없다는 것을 깨다른 한숨이었다.[33]

사변적인 성격의 채식주의자인 주인공은 이국 여성의 육체 앞에서 오랜 관습의 율법에 매여 벗어날 수 없는 한계, 즉 인종과 민족의 벽을 확인한다. 관념과 사상이 이해하는 길과 육체의 길이 다르다는 것이다. 피상적인 것이었든 내밀한 것이었든 그의 유학체험이 민족적 정체

---

33 설정식, 「프란씨스 두셋」, 『동아일보』, 1946.12.22.

성을 확인시킨 계기였음을 밝히고 있다. 이 소설은 자신이 '민족'의 길을 택하게 된 내적 동기를 사후적으로 재구성하는 위치에 놓여 있다고 할 수 있다.

설정식이 사상의 필요에 대해 내적 결단을 내리고 있음을 예술적 차원에서 보여준 소설이 조선문학가동맹 기관지 『문학』에 발표한 단편소설 「한 화가의 최후」이다. 중일전쟁 시절의 미국을 배경으로, 유학 중인 식민지 조선 청년 '나'와 재미 일본인 2세 화가, 망명중인 폴란드 화가가 등장한다. 아나키스트이면서 현실과 적절히 타협하고 있는 재미 일본인 2세 하야시와 달리, 제롬스키는 "양심은 있지만 사상은 없는 예술가"였다. 자본주의와의 타협을 거부하고 초현실주의적인 난해한 그림을 그리며 '구원'이라는 주제에 매달리던 제롬스키는 결국 자살하고 만다. 제롬스키의 자살은 작가 설정식의 예술관을 보여주는 상징적인 결말이다. 예술가적 양심을 가지고 있다 하더라도 그것은 자기 자신조차 구원할 힘이 없음을 말하는 것이다. 한때 작가 자신이 매혹되었을 현대 예술들에 대한 종언이자 자기만족에 머무르는 개인적 양심과의 결별 선언인 것이다.

이러한 소설들은 그가 서구적인 문학의 세례를 받은 문학도였음을 잘 보여준다. 1946년의 문단을 회고하며 김동리가 설정식의 소설 「청춘」을 준(準)모더니즘 계로 구분했듯이[34] 그의 소설은 정치적 색채나 현실비판적인 경향이 적었다. 그의 소설에 대한 평론은 거의 찾아보기 어려운데, 그의 소설이 자전적 체험에 치우치다 보니 소설적 형상화가 미숙하여 주목을 받지 못한 탓도 있을 것이고 그의 정치적 행보와 소

---

34 김동리, 「습작수준에 혼미―병술창작계의 회고와 전망」, 『동아일보』, 1947.1.4.

설적 경향이 크게 달랐던 탓도 있을 것이다.

그의 시 작품들도 카프 계열과는 이질적이며 반대중적이고 현학적인 면모가 농후하다.[35] 반면에 같은 영문학도 출신인 정지용, 김기림과 모더니즘 경향의 김광균 등이 그에게 관심을 보였다.[36]

정지용의 회고에 따르면 그의 성품은 온순하고 조용한 편이며 용기나 체력은 평범했던 듯하다.

설정식은 용기에도 체력에도 지극히 평범한 사람이다. 그러고도 시인일 수밖에 없다. 아메리카 유학생으로는 출세도 혁혁한 편이 못 되고 이사람 영어 발음에는 함경도 굵은 토착음이 섞여 나온다. 맛나서 말이 적고 말을 발하면 차라리 무하유향(無何有鄕)에 대한 짖는 소리를 토한다.

잔을 들어 취하지 못하고 말세와 행실로 남을 상하고 해할 수 없는 사람. 시집 『종』을 열어 읽어보면 아메리카에서 난해서일 것이겠고 서북선에선 대오낙후에 속할 것이나 시가 반드시 용기와 체력의 소산이 아니라

---

35 김영철은 설정식의 시에 대해 "현학적인 딜레탕티즘"의 결과 난해성과 관념성이 배가되고 문학의 인민성이나 대중성과는 멀어졌다고 평가하였다. 김영철, 앞의 책, 2000, 361면.

36 설정식에 관한 당대 언급은 정지용의 글이 가장 먼저 나온 듯하다. 정지용, 「시집 『종』에 대한 것」, 『경향신문』, 1947.3.9; 김동석, 「민족의 종―설정식 시집을 읽고」, 『중앙신문』, 1947.4.24; 강용흘, 「『종』을 읽고」, 『자유신문』, 1947.5.6; 김광균, 「설정식 씨 시집 『포도』를 읽고」, 『자유신문』, 1948.1.28; 김기림, 「분노의 미학―시집 『포도』에 대하여」, 『민성』 4-4, 1948 4; 김병덕, 「1948년 문화 총결산」, 『자유신문』, 1948.12.30; 상민, 「복무에의 시 『제신의 분노』를 읽고」, 『자유신문』, 1949.1.18; 정지용, 「『포도』에 대하여」, 『산문』, 동지사, 1949.(발표지는 확인하지 못함)
강용흘(姜鏞訖)은 뉴욕대학의 교수이며 작가로 구미문단에 이름이 높았다고 하며, 1946년 8월 9일 열린 그의 귀국환영문학좌담회에는 설정식을 비롯해 박종화, 이헌구, 양주동, 조지훈 등이 발기인으로 참여하였다. 『동아일보』, 1946.8.30. 김동석도 역시 영문학과 출신이며 설정식에 앞서 『서울타임스』의 주필을 맡기도 했다.

면 이 시집이 팔일오 이후에 있을 수 있는 조선 유일의 문예서인 것만은 불초 지용이 인정한다.[37]

위의 글에 따르면 설정식은 말수는 없지만 이상주의자였음을 엿보게 된다. "무하유향"에 대한 짖는 소리를 토하긴 하지만 취기를 즐기지도 않고 말과 행동으로 누군가를 해할 만한 사람은 아니었던 것이다. 정지용은 시집 『종』과 『포도』에 대해 모두 짤막한 서평을 써주었고 『종』의 출판기념회에 적극적으로 참가하기도 하였다. 그는 설정식의 문학적 성향에 대해 지성인으로서 당연한 태도이며 그에 대해 프롤레타리아트 시인이라는 등의 평가는 일면적인 것이라고 말하는데, 아마도 설정식의 행동과 고뇌에 대해 여러모로 공감하는 입장이었을 것이다. 좌익인사들을 관리하던 보도연맹에서 주최한 강연 목록에는 정지용, 김기림, 설정식의 이름이 함께 등장하고 있는 것처럼 비슷한 행로를 가고 있었기 때문이다.

시집 『종』에 대해 본격적인 평론을 내놓은 첫 평론가는 좌익계열의 김동석이다. 그는 "녹슬고 깨어진 종"에서, 친일의 잔재와 민족반역적인 힘이 남아 있는 조선민족에 대한 표상을 읽어 낸다. 그리고 짧은 기간 동안 시인의 생리가 완전히 변할 수는 없겠지만 부정을 부정하기 위한 부정으로 흐르지 말고 긍정적인 새로운 삶을 발견할 수 있도록 분발하라고 당부한다.[38] 그는 설정식의 첫 시집에서 모더니스트에서 조선문학가동맹의 리얼리스트로 변모하고자 한 지식인적인 양심고백을 보았다.

---

37 정지용, 앞의 글, 1947.3.9.
38 김동석, 「민족의 종—설정식 시집을 읽고」, 『중앙신문』, 1947.4.24.

김기림은 보다 문학적인 측면에서 첫 시집 『종』에 "찬연한 '분노'와 또 '저주'의 미"를 보았다고 말한다.[39] 두 번째 시집을 언급하는 자리이긴 했으나 『종』이 "이색(異色)의 문(文)"이자 "새로운 장르를 우리 시에 더하였"다고 찬사를 보낸다. 그는 설정식의 새로운 수법으로 이미지가 여러 겹의 의미를 응결하여 "광채를 쏘는 상징의 아름다움"을 지적한다. 김기림의 이러한 지적은 설정식의 '해바라기' 연작을 염두에 둔 것이라고 할 수 있다. 설정식도 시집의 제목을 '해바라기'로 하려는 의사를 갖고 있었던 듯한데, 조선문학가동맹의 기관지 『문학』에 실린 건설사의 출간 예정 광고에서는 시집명이 '해바라기'로 되어 있기 때문이다.[40] 그의 시에서 태양은 8월의 폭염을 일으키는 "무도한 태양"으로 인간 위에 군림하는 존재이고, 해바라기는 그러한 현실의 고난을 견뎌내며 믿음을 지키려는 강인한 의지를 상징한다. 다소 이념적 단순성과 직접성을 갖고 있지만 일반적으로 연상하는 해바라기의 항일성에 비춰볼 때 다분히 지적이고 생소한 연상이라고 할 수 있다.

두 번째 시집인 『포도』에 대해서는 김기림과 김광균이 글을 남겼는데, 김기림은 첫 시집보다 더 탁마되고 순화된 점과 시 정신의 격렬함을 호평하였다.[41] 김광균의 경우는 "선구적인 높이"를 지니고 있다고 평가를 내리며, 현실에 대한 부단한 분노로 가득찬 시인의 시정신에서 "순교자의 길"을 볼 수 있다고 말한다.[42] 김기림이 설정식의 시에 나타나는 "불규칙한 호흡" 등과 같은 단점을 두고 절박함에서 오는 무의식

---

39 김기림, 앞의 글.
40 『문학』 2, 1946.11.
41 김기림, 앞의 글.
42 김광균, 앞의 글.

적인 생리작용의 탓으로 변명해 준 것과 달리, 김광균은 현학벽과 시구의 불투명성, 속도와 소음에 비해 남는 것이 적은 점, 언어 조탁의 부족 등을 날카롭게 지적하였다. 그러나 두 사람 모두 설정식 시의 주제의 진실성과 생소한 형식에 문학사적 의의를 두었다.

이 시집의 제목인 '포도'는 그 상징과 이미지에 생소한 모더니즘적인 성격을 갖고 있으면서도 강한 현실고발 정신을 내포하고 있다. 시「포도」에서 "우리애기 머리같이" 연약하고 착한 과실인 포도가 "이빨"로 상징되는 폭력 앞에 위태로이 떨고 있다. 산더미 같은 수많은 죽음이 제물처럼 바쳐지는 상황이기 때문이다. 시「송가」에서는 동족 간에 벌어지는 살육과 테러를 고발하면서, 대항하는 힘으로서의 청춘을 말하고 있다. 포도는 "떨어져 죽지 않는", "약하고 또 강함"을 지닌 청춘의 넋과 하나인 것이다. 이제 포도는 연약한 육체와 영혼 사이에서 위태로이 떨지 않고 "노한 포도"로 화하여 악에 대항하는 청춘을 위해 통곡하고 피를 흘린다.[43]

제3시집 『제신의 분노』에 이르러 설정식의 시적 상상력은 완숙해지고 그 이념적 태도가 더욱 강화된다. 1, 2 시집에 옅게 깔려 있었던 죽음의 비탄과 음울한 분위기가 걷히고 이념에 대한 헌신과 확고한 의지가 강한 열정의 빛에 감싸여 전면화된다. 민족은 낭만적 열정과 헌신적 분위기 속에서 절대화되며 시는 서사시적 성격을 띠고 나타난다.[44]

---

43 포도의 상징적 의미는 미국 작가 존 스타인벡(John Ernst Steinbeck)의 소설「분노의 포도(The Grapes of Wrath)」(1939)를 연상케 한다. 이 소설은 1930년대 경제공황 시기 오키라고 불리는 이주농장노동자의 비참한 생활을 짙은 사회주의 경향으로 그려낸 소설이었다.
44 박윤우, 앞의 책. 박윤우는 설정식의 시에 대해 해방기의 시대적 의미와 서사시 양식의 긴밀한 관계라는 점에서 문학사적 의의를 평가하였다.

「서울」, 「조사」, 「신문은 커졌다」, 「진혼곡」과 같은 시에서는 사회적 정치적 사안에 대한 서술이 두드러지고 통계자료와 선전 구호 같은 직설적인 표현이 등장한다. 조선문학가동맹의 한 시인으로 시집 『옥문이 열리든 날』을 낸 시인 상민은 이러한 양식이 설정식의 시가 발전하는 한 방향이 될 것이라고 평하기도 하였다.[45]

설정식의 세 권의 시집은 이러한 민족적 양심의 절대화를 향해 지식인적인 관념성과 예술가적 절망을 극복해 나간 과정이었다고 할 수 있다. 그는 자신의 시에 대해 난삽하다는 평을 인정한다. 자신의 시에 남아 있는 난해함은 과거 자신이 빠져 있었던 예술주의적인 경향의 흔적, 즉 "사도(邪道)에서 헤매다가 부상을 당한 일"이 있었고 그 상처가 다 낫지 못한 것에서 비롯되었다고 토로한다.[46] 그는 그러한 예술가의 자기애적인 절망에 빠지는 길에서 벗어날 수 있었던 힘을 "다수자의 진리의 힘"에게서 찾았다고 고백한다. 그가 생각한 시의 목표는 "인민 최대다수의 공유물"이 되는 것이었다.

> 사실의 投影을 그려서 사실에 필적케 하려는 것이 나의 詩作 의도였다. 南朝鮮 사태는 때로 그럴 여유조차 주지 않는다. 결국 사실 자체 속으로 돌입할 수밖에 없지 않은가. 시의 衣裝을 犧牲하고 시의 肉體를 남길 도리밖에 없다. 디만 客觀化시키기를 잊지 말자. 내 머리는 한 개 機關에 불과한 것을 잊지 말자. 그리하여 내가 제작하는 시가 인민 최대 다수의 公有物이 되게 하자.[47]

---

45 상민, 앞의 글.
46 설정식, 「FRAGMENTS」, 『제신의 분노』, 신학사, 1948, 122면.

그러나 그가 생각하는 "다수자의 진리"라는 것의 실체라든가 그 사고의 깊이까지 확인하기는 어렵다. 그 "다수자", "최대 다수의 공유물"의 정당성이나 타당성에 대해 반성되었던 것일까 의문을 제기해 볼 수 있을 것이다. 그는 자신의 행동의 근거를 칸트적인 정언명령에서 찾고 있지만 그 근거에 대해서는 '숫자'적인 것으로 판단하고 있음을 다음 대담에서 보여준다.

> 홍 : 그런데 참, 좀 토론을 해봤으면 좋겠지만 워낙 설정식 씨는 주의가 다르고 사상이 다르니까 이야기가 돼야지.
>
> 설 : 천만에 말씀이올시다. 저는 문학도이지 무슨 주의자가 아닙니다.
>
> 홍 : 주의자 말이 났으니 말이지 나더러 누가 글을 쓰라면 한번 쓰려고도 했지만, 8·15 이전에 내가 공산주의자가 못 된 것은 내 양심 문제였고 공산주의가 무엇인지도 모르면서야 공산당원이 될 수가 있나요. 그것은 창피해서 할 수 없는 일이지. 그런데 8·15 이후에는 또 반감이 생겨서 공산당원이 못 돼요.
>
> 그래서 우리는 공산당원 되기는 영 틀렸소. 그러니까 공산주의자가 나 같은 사람을 보면 구식이라고 또 완고하다고 나무라겠지만 그래도 내가 비교적 이해를 가지는 편이죠. 그러나 요컨대 우리의 주의, 주장의 표준은 그가 혁명가적 양심과 민족적 양심을 가졌는가 안 가졌는가 하는 것으로 규정지을 수밖에 없지.
>
> 설 : 간단히 말하면 숫자를 따져서 그 양심 소재를 밝혀볼 수도 있지 않을까요? 아닌 말로 칸트가 『실천이성비판』에서 "너의 격률(格律)이 동시에 제삼자의 격률이 될 수 있는 것을 가지고 행동을 하라"고 한

---

47 위의 책, 136~137면.

그것이 오늘날 와서는 민족적 양심에 해당한다면 설혹 내 개인이 간직한 양심이 있다고 하더라도 절대 다수의 양심이 숫자적으로 절대일 때에는 조그마한 내 개인의 양심 같은 것은 버리는 것이 옳지 않을까요.

홍 : 그렇다고 개인의 양심이 무조건 하고 다수자의 양심에 추종해서는 안 되겠지. 우리는 원래 역사적으로 압박과 굴욕을 받아온 까닭에 무의식중에 우리에게는 굴종하는 정신적 습관이 형성되어 있습니다.[48]
(강조는 인용자)

1948년에는 조선문학가동맹이라고 하면 대번에 설정식을 떠올리게 된 상황에서, 설정식의 부친과 친분이 있고 어려서부터 면식도 있는 홍명희조차 그를 확고한 사상을 가진 주의자로서 대한다. 그에 대해 설정식은 "문학도일 뿐" 무슨 주의자는 아니라고 부인한다. 홍명희는 공산당 가입에 대한 반감을 표출하면서 무엇보다 어떤 주장이나 주의를 판단하는 데 있어서 사상의 문제 이전에 양심이 표준이 되어야 한다고 말한다. 당원이라는 가시적이고 직접적인 표지보다는 "혁명가적 양심과 민족적 양심"이 중요하다는 것이다. 이에 대해 설정식은 그러한 내적인 '양심'의 문제를 숫자로 따져볼 수 있지 않겠는가라고 반문한다. 더 나아가 민족적 양심은 절대 다수의 양심이며 그것을 위해 개인의 양심은 버릴 수도 있다는 견해를 피력한다. 홍명희가 다수자의 맹목성이나 다수에 대한 추종을 우려해 보지만 설정식은 그러한 가능성에 대해 더 이상 논의를 이어가지는 않는다. 그는 다수자의 양심의 오류가능성을 의심하지 않으며, 민족의 양심을 위해서는 개인의 양심을 폐기할 수

---

48 「홍명희 설정식 대담」, 『신세대』, 1948.5, 19면.

도 있다고 말한다. 그의 판단과 행동의 제일 원리에는 절대화된 민족
적 양심, 민족 다수의 정의가 개인을 압도해 버리고 만 것이다.

　세 번째 시집을 출간한 이후 설정식이 가지고 있었던 작품에 대한
기획은 일종의 서사시였던 것으로 보인다. 즉 민족의 현재를 만들어내
게 된 역사적 원인들을 총체적으로 복원해 보려는 의욕을 가졌던 듯하
다. 마지막 시집을 발간하기 직전인 10월에 발표된 시 「만주국」에는
장시(長詩)를 염두에 둔 것으로 보이는 "서시(序詩)"가 붙어 있다. 지극
히 사실적이고 서술적인 이 시의 배경은 1931년 만주국 수립으로 거슬
러 올라간다. 일본이 대륙을 침략하려는 간계에 의해 조작한 만주사변
의 발발과 관련한 일자, 지명과 인명 등이 열거된다.

　　　異民族 四千五百萬 石의 피로

　　　日露 戰費 二十億 投資 十七億이라는 것을 회수하기 위하여

　　　미친 개보다 더 미친 살인 기술자들은

　　　爲先 제 살을 물어뜯어

　　　남의 이빨이 긴 탓이라고 에워쳐

　　　滿洲事變이라 일렀으니.

　　　때는 一九三一年 九月 十八日 밤 열시

　　　제 領土건만

　　　함부로 가까이 하지못하는 南滿洲鐵道

　　　고단한 中國 별

　　　빛을 투기는 푸른 鬼火 총총한

柳條溝[49] 火車站에서 二百 미터를 걸어가는

사냥개들의 그림자가 있자

지는 다이나마이트는

瀋陽城 속에

늙은 사람들의 꿈자리를 사납게 하였다.

(…중략…)

흥정에 바쁜 世界는

'릳튼' 報告書를 歷史 教科書같이 製作하고

義로운 者 모다

前線 없는 前線에 쓰러지고

혹 闕內로 혹 地下로 사라진 다음

漢奸은 지렁이 두더쥐처럼 살쩌갈 때

巴里會議는 雄辯만을 爲主 하였고

검은 그림자 지나간 다음

軍國主義製 戰車는

五十萬 平方哩 耕作을 시작하고

異民族의 鮮血을 肥料로 삼끼 비롯 하였다.

― 「만주국 서시」 부분[50]

49　류탸오거우. 일본 관동군 스스로 남만주 철도를 폭파하여 만주 사변을 일으켰던 곳인
　　만주 심양 북쪽에 있는 류탸오후[柳條湖]가 당시 신문의 오보에 의해 잘못 알려진 것.

이 시에는 남만주 철도 폭파 사건을 조작하여 일본 제국주의가 만주 사변을 일으키게 된 정황이 서술되고 그 후 국제 사회의 무력한 대응과 군국주의의 발호가 그려지고 있다. 제목이 "만주국"임에도 1931년 만주사변 직전부터 시작하여 1932년 만주국 수립까지의 내용만을 담고 있다는 점에서 이 부분을 서두로 다루려 했던 것으로 보인다. 전체적인 시의 구상은 만주국이라는 한 괴뢰국가의 성립에서 멸망까지를 담으려 했을 것으로 짐작된다. 국제연맹이 조사위원회를 구성하여 발표한 리턴 보고서[51]에서는 만주에 대한 일본의 권익을 인정하면서도 침략행위로 규정하여 만주국을 승인하지 않았다. 이것은 이듬해 일본이 국제연맹에서 탈퇴하게 하는 계기가 되고, 만주국 승인을 앞두고 일본 내에서도 총리가 군국주의파들에 의해 피살되어 정당내각 정치가 붕괴되는 파란이 일어나기도 하였다. 이 시에는 주목할 만한 형상화 장치는 눈에 띄지 않으며 사실적인 역사적 사건들이 비유적으로 진술되고 있다. 예를 들어 "군국주의제 전차는 / 오십만 평방리 경작을 시작하고 / 이민족의 선혈을 비료로 삼기 비롯 하였다"와 같이 만주국에서의 일본의 식민지 지배를 풍자적으로 비유하고 있음을 볼 수 있다.

설정식이 이러한 작품을 쓰고자 했던 의도에는 소설을 병행했던 것에서도 볼 수 있듯이 사회와 삶에 대한 총체적인 형상화 욕구가 있었던 것으로 보인다. 그의 소설들은 대개 자신의 자전적인 체험을 주되게 그렸지만, 미완에 그친 「해방」과 같은 작품에서 볼 수 있듯이 그에

---

50 설정식, 「만주국」, 『신천지』, 1948. 10.
51 리턴 조사단(Lytton Commission)의 보고서. 만주사변의 원인과 중국 만주의 여러 문제를 조사하기 위하여 국제연맹에 의해 1932년 1월 영국의 리턴 경을 단장으로 하여 파견되었던 조사단의 보고서.

게는 시대적 현실과 세대의 문제를 거시적으로 다루려는 의욕이 있었다. "역사가가 도리어 문학작품을 역사 참고재료로 쓰게끔"[52] 당대의 정치적 사회적 문제를 그리고자하는 일종의 리얼리즘에 대한 욕망이라 할 수 있을 것이다. 그러나 설정식의 소설 작품들은 작가의 세계관이나 자신이 요청했던 창작방법과 괴리되어 있었다고 할 만큼 내적 독백의 남발과 불철저한 사실적 묘사 등이 빈번했다.

그러한 리얼리즘적 욕망을 시에서 해소하고자 했던 탓인지 이 시에는 사건과 사실이 압도적으로 등장하여 시적 상상력의 여지를 축소시킨다. 이것은 시 작품으로서는 흥미를 떨어뜨리는 것이라고 할 수 있지만 식민지 시절 국내 지식인들이 만주국이나 태평양전쟁에 대해 얼마나 사실적인 파악을 하고 있었던가를 반문해 볼 때 지식인으로서의 자기 인식 행위라는 의미를 가지고 있다고 본다. 김기림이 해방 이후 태평양 전쟁에 대한 지식인의 무지를 회한 섞인 어조로 회고했듯이, 설정식은 역사적 상상력을 통해 현재를 이루는 전사(前史)를 파악하고 그 세계사적 동기들을 해명하고자 했던 것이다. 한반도의 현재를 일본의 식민지였던 허수아비 정권인 만주국에 빗대어 비판하려 했던 의도가 보이는 이러한 시는 남북한이 각각 단독정부 수립을 하던 시기라는 점을 염두에 둔다면 대단히 강도 높은 현실 비판이라고 할 수 있다. 그의 시가 표면적으로는 일본의 군국주의를 비판하고 있지만, 다른 측면에서는 군사적 힘과 대치의 논리가 득세하는 현실 속에서 한국전쟁의 불길한 전조를 예감했던 듯하다. 그러나 그가 믿었던 '다수자의 양심'이 주관적 신념이었고 소련과 북에 대한 막연한 인식이 그를 비롯한

---

52 「홍명희 설정식 대담」, 『신세대』, 1948.5.

대다수 월북문인들의 한계였음은 그의 비극적 죽음으로써 드러나게
되었다.

5. 예언자적 목소리의 매개−가명과 번역의 가능성

설정식의 시에 나타나는 메시아사상과 예언자적 목소리가 그의 서
사시적 경향과 시적 특징임은 김윤식의 연구를 필두로 하여 대부분의
연구자들이 동의하는 바이다. 「우일신(又日新)」, 「진리」, 「제신의 분노」
등에는 현존하는 질서의 불법성을 질타하며 새로운 미래를 공동체에
게 일깨우려는 강한 호소가 나타나기 때문이다. 무엇보다 시 「제신의
분노」는 종교적인 특히 구약의 알레고리를 통해, 민족을 배신하고 이
민족에게 자신의 형제를 파는 무리에 대한 준엄한 비판과 분노를 표출
하고 있다. 시 「제신의 분노」에서 우리 민족은 메시아사상으로 무장된
이스라엘 민족과 동일시된다.

메시아사상에 기반하여 시적 화자와 시인이 일치된 이러한 어조의
양태를 두고 김윤식은 "예언자적 목소리"라고 불렀다.[53] 예언자는 민
족 전체를 향해 신의 메시지를 대변하는 자이다. 그 내용은 신의 도움
과 구제의 약속, 혹은 심판과 파국에 대한 경고이다. 그는 정치적 사건

---

53 김윤식, 앞의 책, 1981, 207~212면.

에 개입하며 예언으로써 변혁을 일으킬 수 있는 자이다. 설정식의 시는 격정적인 정신 상태의 리듬에 의탁한 예언자의 목소리를 통해 해방기의 새로운 서사시적 성격을 보여주게 된다. 김윤식은 민족적 영웅을 노래하는 서사시적 전통이 우리 시에 결여되어 있는데, 다른 한편으로 영웅 대망의 실패로 인한 분노, 불의를 고발하는 서사시적 형태가 있을 수 있고 그 가능성을 해방공간의 역사적 성격과 관련되어 보여준 것이 설정식이라고 평가하였다. 이러한 분석과 통찰은 이후 연구에서 설정식의 시에 대해 "예언자적 목소리", "예언적 시" 등으로 불리는 단초가 되었다.

그러나 김윤식은 이러한 예언자적 목소리를 시인의 교양체험으로서 몸에 밴 정서와 지식을 언급하며 선비계층의 세계관, 즉 주자학적 세계관과 마르크스 사상에 연결되는 공(公) 개념과 천(天), 부(父)의 개념으로 연결 지었다. 설정식의 교양 전반에서 이러한 지적은 타당할 것이지만, 시집 『제신의 분노』에 등장하는 기독교적 수사학과 메시아 사상에 대해서는 충분한 설명이 되기 어렵다고 본다. 앞선 시집들에 등장하던 분노가 성경의 알레고리적인 상징과 예언자적 목소리를 얻어 『제신의 분노』로 미학화되는 단계에 구체적인 매개가 있었던 것은 아닌가라는 의문을 갖게 된다.

티보 머레이는 설정식을 처음 대면했던 순간에 설정식이 보여준 시인으로서의 언어감각을 인상적으로 기억하고 있었다. 설정식의 통역 가운데 "당신이 정말로 진정한 군인이며 양심을 가진 인간이라면 이 반석 같이 확고한 증거를 부인할 수 없을 거요"라고 한 대목이었다. 티보 머레이는 "반석 같은"이라는 어휘의 사용에 깊은 인상을 받았던 바를 고백하고 있다.[54] 정치적으로 민감한 상황에서 "반석"과 같은 종교적 어휘가 먼 이국에서 온 소설가에게 설정식의 시인으로서의 성품을 한눈에 알아차리게 하였던 것이다. 설정식의 이러한 종교적 어휘가 특정한 신앙심의 발로라기보다 보편적 정의와 신념의 차원에 결부되어 있음을 엿볼 수 있게 하는 예화라고 할 것이다.

이러한 기독교적 언어와 상징적 이미지는 설정식을 둘러싼 문화적 배경에서 발원한 것으로 여겨진다. 첫째로 연희전문학교와 미국 대학에서 학업과 병행한 신앙생활,[55] 설정식이 심취했던 윌리엄 블레이크와 같은 신비주의적인 문학 등과 관계가 깊어 보인다. 그의 신앙의 독실함이라든가 신앙과 정치 노선간의 조율에 대해서는 자세히 알기 어렵지만, 그가 성경이나 기독교와 관련된 수사학과 정서에 친숙하였음은 인정할 수 있는 바이다.

둘째는 당시 미국문학 가운데 번역되어 알려지기 시작한 흑인문학류이다. 설정식의 장편소설『청춘』이 출간되었을 때 1949년 2월『동아일보』에 실린 광고는 흥미로운 연관 고리를 만들어낸다. 『청춘』은 1946년『한성신문』에 연재하다 중단했던 소설인데 1949년에 민교사에서 출간한다. 그 전해 1948년 5월「해방」을 3회까지 연재하다 중단한다. 그런데『경향신문』에 실린 신간 소개란의 짧은 기사와 달리『동아일보』에는 〈그림 3〉과 같이 박스 형태의 광고가 나갔다.[56]

---

54 Tibor Meray, 홍정선 역,「설정식에 대한 추억」,『카프와 북한문학』, 역락, 2008, 50면. 티보 머레이의 설정식에 대한 회고는 1962년에『사상계』를 통해 세간에 알려졌었지만, 홍정선에 의해 새롭게 옮겨진 그의 글 가운데에는『사상계』번역문에는 누락되었던 구절이 포함되어 있거나 표현에 새롭게 손질을 가한 대목이 있다.
55 마운트 유니언 대학의 학적부에는 그가 감리교도(Methodist)라고 적혀 있다.
56 『동아일보』, 1949.2.6.

설정식 저라고 되어 있는 전체 테두리 안에 민교사에서 출간한 "장편소설 청춘"과 "흑인 시집 강한 사람들" 두 권이 소개되어 있다. 그런데 흑인 시집『강한 사람들』의 번역자는 김종욱(金宗郁)이다.

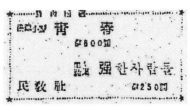

〈그림 3〉 설정식의 저서가 소개된『동아일보』의 광고란

김종욱이라는 번역자의 이름이 없이 마치 설정식의 책 두 권을 소개하고 있는 형태이다. 김종욱에 대해서는 알려진 바가 거의 없는데, 1949년 이 시집을 번역하여 출간하기 이전에 두 차례 글을 발표한 바 있다. 1948년 11월『자유신문』에 멜빈 톨슨의 장편시「검은 교향악」을 번역하여 싣기도 하고,[57] 1949년 1월 1일『신천지』에서 흑인문학 특집을 다룰 때「흑인문학개관」이라는 글을 기고하기도 하였다.[58] 그 후 그의 이름은 찾아보기 어렵다.『자유신문』은 설정식과는 관계가 깊은 지면이고『신천지』는 설정식이 그 전해 10월에 시「만주국」을 기고한 잡지였다.『동아일보』의 광고가 착오일 가능성도 높으며, 10월까지 설정식 이름으로 시를 발표하다가[59] 굳이 가명으로 번역시를 발표했을지 의문이 들기도 한다. 그런데 공교롭게도『제신의 분노』가 판매금지 처분을 받고 1948년 12월 국가보안법이 공포된 이후 설정식이 번역의 세계로 도망치듯 몰두한 시기와 맞물리는 것을 볼 수 있다. 흑인 시집『강한 사람들』은 1949년 1월에 나오는데 여기에는 김기림의「흑인시에 대하야」가 서문으로 실려 있다. 이 서문은 1948년 12월 23일에 작

---

57 Melvin Tolson, 김종욱 역,「검은 교향악」,『자유신문』, 1948. 11. 17.
58 김종욱,「흑인문학개관」,『신천지』, 1949. 1. 1.
59 확인하지는 못하였으나 1948년 12월『조광』에 설정식의 이름으로「새해에 바치는 노래」가 발표되었다고 한다.

성한 것으로 김기림은 다시 이 글을 『자유신문』에 미국문학을 소개하는 글로 발표하였다.[60] 『신천지』에서는 흑인문학 특집을 다루기도 했고 영문학을 공부했던 시인 가운데에는 흑인을 주제로 시를 발표한 경우도 있었다.[61] 미군이 주둔하고 있다는 상황 속에서 미국문학에 대한 관심이 증가한 탓도 있지만, 그 가운데 흑인시는 해방의 현실과 미국 흑인이 겪은 질곡의 역사를 연대시키려는 의도에서 주목을 받았다.

티보 머레이의 회고에서 1948년 이후 설정식은 탄압을 받아 마지막 시집이 판매금지 처분을 받고 연재하던 소설이 게재 중지되자 번역의 세계로 도망쳐 들어갔다고 했다. 그리고 덧붙여 "그 후로 나는 가명으로만 글을 발표할 수 있었다"[62]라고 했다고 전해진다. 설정식과 김종욱의 관계는 발표 시기의 선후관계가 모호하며 확증할 수 있는 자료도 없다.

다만 설정식의 「제신의 분노」 등에 나타나는 예언자적 목소리가 신흑인운동, 특히 사회적 현실주의 경향을 띤 흑인시와 관련되었을 가능성을 고려해 볼 수 있을 듯하다. 흑인 번역 시집에는 흑인들의 노예로서의 애환을 토로하는 특유의 신앙적 어조와 상징들이 사용되고 있으며 그것이 내포하는 메시지는 정치와 상당히 깊은 관계를 맺고 있다. 설정식의 시세계에서 "신"과 "유물변증법"의 결합이라고 부를 수 있는 측면, 즉 정치적 전언과 기독교적 상징 간의 결합은 이러한 맥락에서

60 김기림, 「흑인시의 대두」, 『자유신문』, 1949.1.11.
61 윤영천, 「배인철의 흑인시에 대하여」, 『창작과 비평』, 1989.3, 204~213면. 최명표, 「해방기 배인철의 흑인시 연구」, 『한국언어문학회』, 2009.12, 467~472면. 그러나 이 연구에서 주목하는 흑인의 창작 문학은 흑인을 소재로 한 문학과는 구별되기에 층위가 다르다고 할 것이다.
62 Tibor Meray, 앞의 책, 54면.

가능했을 것으로 보인다. 그에게 '신'은 불의한 자들에 대해 분노하며 징벌을 내리고 약한 자들에게 해방을 약속해 주는 보편적인 정의의 힘을 의미하는 것이었다. 설정식의 시가 가지고 있는 현실비판적 시정신과 그 미학적 형상화는 이러한 점에서 해방기 다른 현실비판적인 시인들의 시세계와 구별된다고 하겠다.

6. 문학적 열정의 굴절

설정식은 개신유학사이자 독립운동가인 부친과 강직한 언론인인 형이 있는 집안에서 자연스럽게 비판적인 지식인의 사상과 태도를 익혔고 중국, 일본, 미국에서의 유학이라는 다채로운 이력을 가지고 있었다. 조선문학가동맹에 가담하여 월북을 택하기까지 그는 다수로 표상할 수 있는 민족적 양심을 절대적으로 신봉하였다. 이러한 신념과 지적 교양을 결합시켜 해방기 현실에 대한 분노의 정서를 상징화하며 자신의 예술주의적 절망감을 극복하고자 하였다. 그러한 점에서 그의 정치적 이력보다 세 권의 시집을 통해 발전적으로 보여준 시세계는 해방기 시사에서 불완전하지만 시대적 의미를 가진 성과물이었다고 평가할 수 있을 것이다.

더 이상의 창작 활동이 불가능해졌을 때 그는 이름을 바꾸거나 번역에 몰두하는 방식으로 자신의 문학적 열정을 해소할 수밖에 없었다.

이처럼 왕성한 생산력과 비판적 지성을 지녔던 지식인 문학자의 열정
이 분단과 전쟁의 틈바구니에서 스러져 버린 것은 한국 현대문학사의
손실이라 할 만하다.

참고문헌

1. 단행본

강명관·고미숙 편, 『근대 계몽기 시가 자료집』, 대동문화연구원, 2000.

강우식, 『한국 상징주의 시 연구』, 문학아카데미, 1999.

고형진 편, 『백석』, 새미, 1996.

권영민, 『해방 직후의 민족문학운동 연구』, 서울대 출판부, 1986.

_____, 『한국 근대문인 대사전』, 아세아 문화사, 1990.

_____, 『서사양식과 담론의 근대성』, 서울대 출판부, 1999.

_____, 『한국 현대문학사』 2, 민음사, 2002.

_____, 『정지용 시 126편 다시 읽기』, 민음사, 2004.

_____, 『국문 글쓰기의 재탄생』, 서울대 출판부, 2006.

권영민 편, 『윤동주 연구』, 문학사상사, 1995.

권오만, 『개화기 시가 연구』, 새문사, 1989.

_____, 『윤동주 시 깊이 읽기』, 소명출판, 2009.

김 억, 『해파리의 노래』, 조선도서주식회사, 1912.

_____, 『잃어진 진주』, 평문관, 1924.

_____, 박경수 편, 『안서김억전집』, 한국문화사, 1987.

김교봉·설성경, 『근대전환기 시가 연구』, 국학자료원, 1996.

김근수 편, 『한국 개화기 시가집』, 태학사, 1993.

김기림, 『기상도』(자가본), 1935.

_____, 『태양의 풍속』, 학예사, 1939.

_____, 김학동 편, 『김기림 전집』 1·2·3·4, 심설당, 1989.

김남식, 『남로당 연구』, 돌베개, 1984.

김대행, 『시조유형론』, 이화여대 출판부, 1986.

_____, 『시가 시학 연구』, 이화여대 출판부, 1991.

김대행 편, 『운율』, 문학과지성사, 1984.

김병철, 『한국 근대서양문학 이입사 연구』, 을유문화사, 1980.

_____, 『한국 현대번역 문학사 연구』, 을유문화사, 1998.

김승구,『식민지시대 시의 이념과 풍경』, 지식과교양, 2012.

김승환・신범순 편,『해방공간의 문학—시 1・2』, 돌베개, 1988.

김신정,『정지용 문학의 현대성』, 소명출판, 2000.

김열규,『한국인의 죽음과 삶』, 철학과현실사, 2001.

김영철,『한국 개화기 시가의 장르연구』, 학문사, 1987.

_____,『한국 개화기 시가 연구』, 새문사, 2004.

김용직,『한국 근대시사』상・하, 학연사, 1986.

_____,『해방기 한국시문학사』, 민음사, 1989.

_____,『한국 현대시사』1・2, 한국문연, 1996.

_____,『김기림—모더니즘과 시의 길』, 건국대 출판부, 1997.

_____,『한국 현대경향시의 형성／전개』, 국학자료원, 2002.

_____・김치수 외편,『문예사조』, 문학과 지성사, 1977.

김유중,『한국모더니즘문학의 세계관과 역사의식』, 태학사, 1996.

김윤식,『한국 현대시론 비판』, 일지사, 1975.

_____,『한국 근대문학사상 비판』, 일지사, 1978.

_____,『이광수와 그의 시대』, 한길사, 1986.

_____,『한국 근대문예 비평사 연구』, 일지사, 1986.

_____,『한국 현대문학사』, 한샘, 1989.

_____,『한국 근대문학사상 연구』2, 아세아문화사, 1994.

김윤정,『김기림과 그의 세계』, 푸른사상, 2005.

김윤태,『한국 현대시와 리얼리티』, 소명출판, 2001.

김은자,『현대시의 공간과 구조』, 문학과비평사, 1988.

김은전,『한국 상징주의 시 연구』, 한샘출판사, 1991.

김재홍,『한용운 문학 연구』, 일지사, 1932.

_____,『한국 현대시 연구』, 민음사, 1989.

김재홍 편저,『한국 현대시 시어사전』, 고려대 출판부, 1997.

김종욱,『강한 사람들』, 민교사, 1949.

김춘식,『미적 근대성과 동인지 문단』, 소명출판, 2003.

김학동,『한국 개화기 시가 연구』, 시문학사, 1981.

_____,『한국 근대시의 비교문학적 연구』, 일조각, 1981.

_____,『김기림 연구』, 새문사, 1988.

_____,『오장환 연구』, 시문학사, 1990.

_____, 『정지용』, 서강대 출판부, 1995.

_____, 『김안서 연구』, 새문사, 1996.

_____, 『정지용연구』(개정판), 민음사, 1997.

_____, 『김기림 평전』, 새문사, 2001.

_____, 『오장환 평전』, 새문사, 2004.

김학동 외, 『김안서 연구』, 새문사, 1996.

김행숙, 『문학이란 무엇이었는가』, 소명출판, 2005.

남기혁, 『언어와 풍경』, 소명출판, 2010.

문혜원, 『한국 근현대시론사』, 역락, 2007.

박경수, 『한국 근대 민요시 연구』, 한국문화사, 1998.

박용찬, 『해방기 시의 현실인식과 논리』, 역락, 2004.

박윤우, 『한국 현대시와 비판정신』, 국학자료원, 1999.

박철희 편, 『한용운』, 서강대 출판부, 1997.

박현수, 『한국 모더니즘 시학』, 신구문화사, 2007.

서준섭, 『한국 모더니즘문학 연구』, 일지사, 1988.

설정식, 『종』, 백양당, 1947.

_____, 『제신의 분노』, 신학사, 1948.

_____, 『포도』, 정음사, 1948.

_____, 곽명숙 편, 『설정식 선집』, 현대문학사, 2011.

_____, 설희관 편, 『설정식 문학 전집』, 산처럼, 2012.

송우혜, 『윤동주 평전』, 푸른역사, 2004.

신동욱 편, 『한용운 연구』, 새문사, 1982.

신범순, 『한국 현대시사의 매듭과 혼』, 민지사, 1992.

_____, 『한국 현대시의 퇴폐와 작은 주체』, 신구문화사, 1998.

_____, 『바다의 치맛자락』, 문학동네, 2006.

심경호, 『한시의 세계』, 문학동네, 2006.

심원섭, 『일본 유학생 문인들의 대정・소화 체험』, 소명출판, 2009.

연세대 국학연구원 편, 『춘원 이광수 문학연구』, 국학자료원, 1994.

오세영, 『한국 낭만주의 시 연구』, 일지사, 1980.

_____, 『20세기 한국시 연구』, 새문사, 1989.

_____, 『한국 근대문학론과 근대시』, 민음사, 1996.

_____, 『한국 현대 시인 연구』, 월인, 2003.

오영식 편저,『해방기(1945~1950) 간행도서 총목록』, 소명출판, 2009.

오장환,『헌사』, 남만서방, 1939.

_____,『병든 서울』, 정음사, 1946.

_____,『나 사는 곳』, 헌문사, 1947.

_____,『성벽』, 아문각, 1947.

_____, 최두석 편,『오장환 전집』1・2, 창작과비평사, 1989.

_____,「전쟁」,『한길문학』, 1990.7.

_____, 김재용 편,『오장환 전집』, 실천문학사, 2002.

오현주 외편,『해방기의 시문학』, 열사람, 1988.

유길준, 김태준 역,『서유견문』, 박영사, 1976.

윤동주, 권영민 편저,『윤동주 전집』1, 문학사상사, 1995.

_____, 왕신영・오무라 마스오 외편,『사진판 윤동주 자필 시고전집』, 민음사,
        1999.

_____, 홍장학 편,『정본 윤동주 전집』, 문학과지성사, 2004.

윤여탁・오성호 편,『한국 현대리얼리즘 시인론』, 태학사, 1990.

윤여탁,『김기림 문학비평』, 푸른사상, 2002.

윤재근,『만해시와 주제적 시론』, 문학세계사, 1983.

이광수,『춘원 시가집』, 박문서관, 1940.

_____,『이광수 전집』, 삼중당, 1974.

이명찬,『1930년대 한국시의 근대성』, 소명출판, 2000.

이미순,『김기림의 시론과 수사학』, 푸른사상, 2007.

이상섭,『윤동주 자세히 읽기』, 한국문화사, 2007.

이선영 편,『1930년대 민족문학의 인식』, 한길사, 1990.

이숭원,『현대시와 현실인식』, 한신문화사, 1990.

_____,『한국 현대시인론』, 개문사, 1993.

_____,『정지용』, 문학세계사, 1996.

_____,『정지용 시의 심층적 탐구』, 태학사, 1999.

이용악,『분수령』, 삼문사, 1937.

_____,『낡은 집』, 삼문사, 1938.

_____,『오랑캐꽃』, 아문각, 1947.

_____,『이용악 시전집』, 창작과비평사, 1988.

정순진,『김기림 문학연구』, 국학자료원, 1991.

정지용, 『정지용 시집』, 시문학사, 1935.

_____, 『백록담』, 문장사, 1941.

_____, 『지용시선』(2판), 을유문화사, 2006(1946).

_____, 김학동 편, 『정지용 전집』(개정판), 민음사, 2003(1988).

_____, 이숭원 주해, 『원본 정지용 시집』, 깊은샘, 2003.

정한모, 『한국 현대시문학사』, 일지사, 1974.

정효구, 『한용운의 『님의 침묵』 전편 다시 읽기』, 푸른사상, 2013.

조남현, 『한국 현대문학사상 연구』, 서울대 출판부, 1994.

조동일, 『한국 문학통사』 4권, 지식산업사, 1986.

조영복, 『한국 모더니즘 문학의 근대성과 일상성』, 다운샘, 1997.

_____, 『한국 현대시와 언어의 풍경』. 태학사, 1999.

_____, 『1920년대 초기 시의 이념과 미학』, 소명출판, 2004.

_____, 『문인 기자 김기림과 1930년대 활자도서관의 꿈』, 살림, 2007.

조윤제, 『조선시가사강』, 동광당서점, 1937.

천정환, 『근대의 책읽기』, 푸른역사, 2004.

최동호, 『디지털 문화와 생태시학』, 문학동네, 2000.

_____, 『정지용 사전』, 고려대 출판부, 2003.

_____, 『한국 현대시사의 감각』, 고려대 출판부, 2004.

_____, 『정지용(그들의 문학과 생애)』, 한길사, 2008.

최명표, 『해방기 시문학 연구』, 박문사, 2011.

한계전, 『한국 현대시론 연구』, 일지사, 1983.

한계전 · 홍정선 · 윤여탁 · 신범순 외, 『한국 현대시론사 연구』, 문학과지성사, 1998.

한승옥, 『이광수』, 건국대 출판부, 1995.

한용운, 『님의 침묵』, 회동서관, 1926.

_____, 한계전 해설 · 주석, 『님의 침묵』, 서울대 출판부, 1996.

홍장학, 『정본 윤동주 전집 원전 연구』, 문학과지성사, 2004.

황호덕, 『근대 네이션과 그 표상들－타자 교통 번역 에크리튀르』, 소명출판, 2005.

나카무라 유지뢰[中村雄二郎], 양일모 · 고동호 역, 『공통감각론』, 민음사, 2003.

사나다 히로코[眞田博子], 『최초의 모더니스트 정지용－일본근대문학과의 비교고찰』, 역락, 2002.

아사다 아키라[淺田彰], 이정우 역, 『구조주의와 포스트구조주의』, 새길, 1995.

오무라 마스오[大村益夫], 『윤동주와 한국문학』, 소명출판, 2001.

요시미 순야[吉見俊哉], 이태문 역, 『박람회-근대의 시선』, 논형, 2004.

이누가미 미쯔히로 외편, 고계영 역, 『일본 지성인들이 사랑하는 윤동주』, 민예당, 1998.

이소노가미 겐이찌로[石上玄一郎], 박희준 역, 『윤회와 전생』, 고려원, 1987.

Agamben, Giorgio, 조효원 역, 『유아기와 역사-경험의 파괴와 역사의 근원』, 새물결, 2010.

Anderson, Benedict, 윤형숙 역, 『상상적 공동체-민족주의의 기원과 전파』, 사회비평사, 1991.

Aries, Philippe, 이종민 역, 『죽음의 역사』, 동문선, 1998.

Aziza, Claude · Olivieri, Claude · Sctrick, Robert, 장영수 역, 『문학의 상징 · 주제 사전』, 청하, 1989.

Badiou, Alain, 이종영 역, 『윤리학』, 동문선, 2001.

Barthes, Roland, 김희영 역, 『사랑의 단상』, 문학과지성사, 1991.

Benjamin, Walter, 차봉희 편역, 『현대사회와 예술』, 문학과지성사, 1980.

_____, 반성완 편역, 『발터 벤야민의 문예이론』, 민음사, 1983.

_____, 최성만 · 김유동 역, 『독일 비애극의 원천』, 한길사, 2009.

Benveniste, Émile, 황경자 역, 『일반 언어학의 제문제』 1, 민음사, 1992.

Berger, John, 편집부 역, 『이미지』, 동문선, 1990.

Bourassa, Lucie, 조재룡 역, 『앙리 메쇼닉-리듬의 시학을 위하여』, 인간사랑, 2007.

Bürger, Peter, 최성만 역, 『전위 예술의 새로운 이해』, 심설당, 1986.

Calinescu, M., 이영욱 역, 『모더니티의 다섯 얼굴』, 시각과 언어, 1993.

Chadwick, Charles, 박희진 역, 『상징주의』, 서울대 출판부, 1979.

Eagleton, Terry, 이현석 역, 『우리 시대의 비극론』, 경성대 출판부, 2006.

Eliot, T. S., 이창배 역, 『현대영미문예비평선』, 을유문화사, 1981.

Gilbert Durand, 진형준 역, 『상징적 상상력』, 문학과지성사, 1983.

Hegel, G. W. F., 임석진 역, 『정신현상학』 1, 지식산업사, 1988.

Hobsbawm, Eric J., 이용우 역, 『극단의 시대-20세기 역사』 상, 까치, 1997.

Johnson, R. V., 이상옥 역, 『심미주의』, 서울대 출판부, 1979.

Kristeva, Julia, 김영 역,『사랑의 역사(Histoires d'amour)』, 민음사, 1995.

Lanson, G. 외, 정기수 역,『랑송 불문학사』하, 을유문화사, 1983.

MacCannell, Dean, 오상훈 역,『관광객』, 일신사, 1994.

MacQueen, John, 송낙헌 역,『알레고리』, 서울대 출판부, 1980.

Moretti, Franco, 조형준 역,『근대의 서사시』, 새물결, 2000.

Muecke, D. C., 문상득 역,『아이러니』, 서울대 출판부, 1980.

Ong, Walter J., 이지우・임명진 역,『구술문화와 문자문화』, 문예출판사, 1995.

Owens, Craig, 권택영 편역,「알레고리적 충동」,『포스트모더니즘과 문화』, 문
　　　예출판사, 1991.

Peyre, Henri, 윤영애 역,『상징주의 문학』, 탐구당, 1985.

Ricoeur, Paul, 양명수 역,『악의 상징』, 문학과지성사, 1994.

Steiger, Emil, 이유영・오현일 역,『시학의 근본 개념』, 삼중당, 1978.

Wang, Ning, 이진형・최석호 역,『관광과 근대성』, 일신사, 2004.

Williams, Raymond, 임순희 역,『현대 비극론』, 학민사, 1985.

Witte, Bernd, 안소현・이영희 역,『발터 벤야민』, 역사비평사, 1994.

2. 논문 및 평론

강지웅,「설의식의 정치노선과 역사인식에 관한 연구―중간파 지식인에 관한
　　　일 사례연구」, 서울대 석사논문, 1993.

강창민,「춘원 이광수의 시세계―불교적 세계인식의 내적 진실성」, 연세대 국
　　　학연구원 편,『춘원 이광수 문학연구』, 국학자료원, 1994.

고미숙,「애국계몽기 시운동과 그 근대적 성격」,『민족문학과 근대성』, 문학과
　　　지성사, 1995.

고은지,「계몽가사의 문학적 형상화 방식과 그 의미」, 고려대 박사논문, 2004.

곽명숙,「오장환 시의 수사적 특성과 변모양상」, 서울대 석사논문, 1994.

＿＿＿,「1920년대 초반 동인지 시와 낭만화된 죽음」,『한국 현대문학 연구』11,
　　　2002.

구인모,「고안된 전통, 민족의 공통감각론―김억의 민요시론 연구」,『한국문학
　　　연구』23, 2000.

＿＿＿,「시, 혹은 조선시란 무엇인가―김억의「작시법」(1925)에 대하여」,『한
　　　국문학연구』25, 2002.

_____, 「김억의 격조시형론에 대하여」, 『한국문학연구』 29, 2005.

_____, 「한국 근대시와 '국민문학'의 논리」, 동국대 박사논문, 2005.

_____, 「이광수의 『삼인시가집』과 그 외연」, 『한국 근대시의 이상과 허상』, 소명출판, 2008.

길진숙, 「『독립신문』・『매일신문』에 수용된 '문명 / 야만' 담론의 의미 층위」, 『국어국문학』 제136권, 2004.

김광균, 「설정식 씨 시집 『포도』를 읽고」, 『자유신문』, 1948.1.28.

김권동, 「안서 시형에 관한 소고」, 『반교어문연구』 19, 2005.

김기림, 「분노의 미학―시집 『포도』에 대하여」, 『민성』 4권 4호, 1948.4.

_____, 「흑인시의 대두」, 『자유신문』, 1949.1.11.

김대행, 「황석우론」, 『연구논총』, 서울대학교 교육회, 1975.

김동석, 「민족의 종―설정식 시집을 읽고」, 『중앙신문』, 1947.4.24.

김병덕, 「1948년 문화 총결산」, 『자유신문』, 1948.12.30.

김성숙, 「오장환 시의 내면화 과정 연구」, 연세대 석사논문, 1993.

김신정, 「일본 사회와 윤동주의 기억」, 『한국문학이론과 비평』 43, 2009.6.

_____, 「정지용 시 연구―'감각'의 의미를 중심으로」, 연세대 박사논문, 1998.

김영철, 「설정식의 시세계」, 『관악어문연구』, 1989.

_____, 「설정식의 진보적 세계관」, 『한국 현대시의 좌표』, 건국대 출판부, 2000.

김옥성, 「1920년대 동인지의 신비주의 수용과 미적 근대성」, 『한국 현대문학 연구』 20, 2006.

_____, 「이광수 시의 생태의식 연구」, 『한국 현대문학 연구』 27, 2009.

김용직, 「열정과 행동―오장환」, 『현대경향시해석 / 비판』, 느티나무, 1991.

_____, 「행동과 형이상의 세계―만해 한용운론」, 『만해학보』 2집, 1995.

김우창, 「궁핍한 시대의 시인」, 『궁핍한 시대의 시인』, 민음사, 1977.

김윤식, 「소설의 기능과 시의 기능―설정식론」, 『한국 현대소설 비판』, 일지사, 1981.

_____, 「해방공간의 시적 현실」, 『한국 현대문학사론』, 한샘, 1988.

김은정, 「오장환 시의 현실 대응 양상 연구」, 세종대 박사논문, 2010.

김은철, 「정치적 현실과 시의 대응양식―설정식의 시세계」, 『우리어문연구』 31, 2010.

김응교, 「일본에서의 윤동주 인식―이부키 고, 오무라 마스오, 이바라키 노리코의 경우」, 『한국문학이론과 비평』 43, 2009.

김인선, 「서재필과 한글 전용―『독립신문』을 중심으로」, 『현상과 인식』 68호, 1996.

김종윤, 「어둠의 인식과 상징적 서정 ─ 오장환론」, 이선영 편, 『1930년대 민족문학의 인식』, 한길사, 1990.

김진희, 「근대문학의 장과 김억의 상징주의 수용」, 『한국문학 이론과 비평』 22, 2004.

남기혁, 「정지용 초기시의 '보는' 주체와 시선의 문제」, 『한국 현대문학 연구』 26, 2008.

_____, 「정지용 중후기시에 나타난 풍경과 시선, 재현의 문제」, 『국어문학』 47집, 2009.

노연숙, 「개화계몽기 국어국문운동의 전개와 양상 ─ 언문일치를 둘러싼 논쟁을 중심으로」, 『한국문화』 40, 2007.12.

노춘기, 「안서와 소월의 한시 번역과 창작시의 율격」, 『한국시학 연구』 13, 2005.

도종환, 「오장환 시 연구」, 충남대 박사논문, 2005.

박선주, 「트랜스내셔널 문학의 소속과 지평」, 한국현대문학회 학술발표대회 발표문, 2010.2.

_____, 「트랜스내셔널 문학」, 『안과 밖』 28, 2010.

박슬기, 「이광수의 문학관, 심미적 형식과 '조선'의 이념화」, 『한국문학이론과 비평』 30, 2006.

박승희, 「1920년대 민요의 재발견과 전통의 심미화 ─ 김억의 민요시론을 중심으로」, 『어문연구』 133, 2006.3.

_____, 「근대 초기 시의 '격조'와 '정형성' 연구」, 『우리말글』 39, 2007.4.

박윤우, 「설정식 시에 나타난 현실인식과 서사적 성격」, 『운당 구인환 선생 화갑 기념 논총』, 한샘출판사, 1989.

_____, 「오장환 시 연구 ─ 비판적 인식의 변모과정을 중심으로」, 서울대 석사논문, 1989.

박태상, 『한국문학과 죽음』, 문학과지성사, 1993.

박현수, 「1920년대 상징의 탄생과 숭고한 '애인'」, 『한국 현대문학연구』 18, 2005.

백수인, 「오장환 시의 시간 연구」, 『한국언어문학』, 1994.5.

상　민, 「복무에의 시 『제신의 분노』를 읽고」, 『자유신문』, 1949.1.18.

서순화, 「『독립신문』의 연구현황과 전망」, 『호서사학』 25, 1998.

서영채, 「최남선 시가의 근대성에 대한 연구」, 『민족문학사연구』 13, 1993.12.

서준섭, 「한용운의 상상세계와 '수의 비밀'」, 신동욱 편, 『한용운연구』, 새문사, 1982.

설정식·홍명희, 「홍명희 설정식 대담기」, 『신세대』, 1948.5.

설희관, 「나의 아버지 설정식 시인」, 『시로 여는 세상』, 2004 겨울.

_____, 「당신은 하늘의 구름이었습니다」, 신경림 외, 『아버지의 추억』, 따뜻한
    손, 2006.

소래섭, 「1920년대 국민문학론과 무속적 전통」, 『한국 현대문학 연구』 22, 2007.

송기섭, 「이념과 체제 선택의 갈등—설정식론」, 『어문연구』 22, 1991.

송기한, 「오장환 연구—시적 주체의 의미변이에 대한 기호론적 연구」, 『관악어
    문연구』 15, 1990.12.

_____, 「산행체험과 시집 『백록담』의 의미」, 『한국문학이론과 비평』 19, 한국
    문학이론과 비평학회, 2003.

송명희, 「이광수의 언어적 민족주의와 민요·시조의 연구」, 『우리어문연구』,
    우리어문학회, 1985.

송민호, 「한국시가문학사 (하)」, 『한국문화사대계』 5, 민족문화연구소, 1971.

신범순, 「애국계몽기 '시사평론가사'의 형성과 정치적 위기의식의 문학화」, 『국
    어국문학』 97, 1987.

_____, 「해방기 현실의 비판적 인식과 시적 리얼리즘의 문제」, 서울대 박사논
    문, 1990.

_____, 「정지용 시에서 병적인 헤매임과 그 극복」, 『한국 현대시의 퇴폐와 작
    은 주체』, 신구문화사, 1998.

_____, 「정지용의 시와 기행산문에 대한 연구—혈통의 나무와 덕 혹은 존재의
    평정을 향한 여행」, 『한국 현대문학 연구』 9, 2001.6.

신형기, 「일국문학·문화의 탈/경계—포스트내셔널리즘적 관점의 성과와 전
    망」, 『현대문학의 연구』 45, 2011.

심경호, 「격조와 신운, 그리고 성령」, 『한시의 세계』, 문학동네, 2006.

오문석, 「해방기 시문학과 민족 담론의 재배치」, 『한국시학 연구』 25, 2009.

오세영, 「침묵하는 님의 역설」, 『국어국문학』 65·66 합병호, 1964.

_____, 「마쏘히즘과 사랑의 실체」, 신동욱 편, 『한용운 연구』, 새문사, 1982.

_____, 「탕자의 고향 발견」, 권영민 편, 『월북문인 연구』, 문학사상사, 1989.

_____, 「신이 숨어버린 시대의 시—설정식론」, 『현대문학』 423, 1990.

오창은, 「미적 형식 변화를 통해 본 개화기 근대성의 재인식」, 『어문론집』 29, 2001.

오형엽, 「바울 담론의 문학비평적 가능성—바디우와 아감벤을 중심으로」, 『비평
    문학』 39, 2011.3.

유시욱, 「설정식론」, 『시문학』, 1989.7.

윤석중, 「내가 겪은 이십세기」, 『경향신문』, 1973.5.5.

윤여탁, 「1920~30년대 리얼리즘시의 현실인식과 형상화 방법에 대한 연구」, 서울대 박사논문, 1990.

윤영천, 「배인철의 흑인시에 대하여」, 『창작과비평』 63, 1989.3.

윤해동, 「트랜스내셔널 히스토리의 가능성」, 『역사학보』 200, 2008.

이광호, 「정지용 시에 나타난 시선 주체의 형성과 변이」, 『어문논집』 64, 2011.

이길연, 「윤동주의 시에 나타나는 북간도 체험과 디아스포라 본향의식」, 『한국문예비평연구』 26, 2008.

이민호, 「해방기 시문학의 탈식민주의적 전위성과 잡종성 연구」, 『한국문학이론과 비평』 42, 2009.

이상오, 「정지용 시의 풍경과 감각」, 『정신문화연구』 98, 2005 봄.

이숭원, 「오장환 시의 전개와 현실인식」, 『현대시와 현실인식』, 한신문화사, 1990.

_____, 「정지용 시 「유리창」 읽기의 반성」, 『문학교육학』 16, 2006.

이은봉, 「1930년대 후기 시의 현실인식 연구―백석, 이용악, 오장환의 시를 중심으로」, 숭실대 박사논문, 1992.

이철주, 『북의 예술인』, 계몽사, 1966.

이필규, 「오장환 시의 변천과정 연구」, 국민대 박사논문, 1995.

이현승, 「오장환의 「전쟁」 연구」, 『비평문학』 42, 2011.

임지현, "Transnational History as a Methodological Nationalism : Comparative Perspectives on Europe and East Asia", 『서강인문논총』 24, 2008.

임현순, 「윤동주 시의 디아스포라와 공간」, 『우리어문연구』 29, 2007.

장만호, 「해방기 시의 공간 표상 방식 연구」, 『비평문학』 39, 2011.3.

장미영, 「디아스포라문학과 트랜스내셔널리즘 (1)」, 『비평문학』 38, 2010.

장성진, 「개화가사의 서술구조와 현실인식」, 경북대 박사논문, 1991.

전광용, 「『독립신문』에 나타난 근대적 의식」, 『국어국문학』 84, 1980.

전봉관, 「1930년대 한국시에 나타난 현대적 죽음의 표상」, 『한국 현대문학 연구』 11, 2002.

전미정, 「설정식 시 연구」, 서강대 석사논문, 1991.

정기철, 「독립신문 소재 개화가사 연구」, 『한국언어문학』 42, 1999.

정우택, 「재만조선인의 혼종적 정체성과 윤동주」, 『어문연구』, 2009 가을.

정지용, 「시집 『종』에 대한 것」, 『경향신문』, 1947.3.9.

_____, 「『포도』에 대하여」, 『산문』, 동지사, 1949.

조남현, 「사회등가가사의 풍자방법」, 『국어국문학』 72・73, 1976.

조동구, 「안서 김억 연구-시론과 시의 변모과정을 중심으로」, 연세대 박사논
　　　문, 1988.

조동일, 「현대시에 나타난, 전통적 율격의 계승」, 김대행 편, 『운율』, 문학과지
　　　성사, 1984.

조용훈, 「근대시의 형성과 격조시론-안서 시론의 변모양상을 중심으로」, 김학
　　　동 외, 『김안서 연구』, 새문사, 1996.

주요한, 「소오 설의식」, 『신문과 방송』 57호, 1975.8.

채　백, 「『독립신문』의 독자참여연구-시가를 중심으로」, 『언론과사회』 14, 1996.

최동호, 「이광수 시가에 반영된 현실과 '임'」, 신동욱 편, 『최남선과 이광수의 문
　　　학』, 새문사, 1981.

＿＿＿, 「정지용의 산수시와 은일의 정신」, 『민족문화연구』 19, 1986.

최두석, 「오장환의 진보주의와 시적 편력」, 정호웅 외, 『한국문학의 리얼리즘과
　　　모더니즘』, 민음사, 1989.

최명표, 「해방기 배인철의 흑인시 연구」, 『한국언어문학회』, 2009.12.

최현식, 「이광수와 '국민시'」, 『상허학보』 22, 2008.

하정숙, 「설정식 시 연구-아나키즘적 성격을 중심으로」, 영남대 석사논문,
　　　2004.

한수영, 「1920년대 시의 노래화 현상 연구-김억의 7・5 음수 정형률 시를 중심
　　　으로」, 『비평문학』 24, 2006.12.

한용국, 「설정식 시 연구」, 건국대 석사논문, 1996.

허형만, 「『독립신문』에 나타난 애국가류 연구」, 『성신어문학』 제2호, 1989.

홍정선, 「시가의 전통과 새로운 시 의식의 대두-근대시와 시론 형성의 배경」,
　　　한계전 외, 『한국 현대시론사 연구』, 문학과지성사, 1998.

황규수, 「중국 조선족 초중 신편 『조선어문』 수록 시 고찰」, 『어문연구』 36,
　　　2008.

Meray, Tibor, 한철모 역, 「한 시인의 추의-설정식의 비극」, 『사상계』, 1962.9.

＿＿＿＿＿, 「기억과 고통, 의심 그리고 희망」, 김우창 편, 『평화를 위한 글쓰
　　　기-2005년 제2회 서울국제문학포럼 논문집』, 민음사, 2006.8.

＿＿＿＿＿, 홍정선 역, 「설정식에 대한 추억」, 『카프와 북한문학』, 역락, 2008.

3. 국외논저

Abrams, M. H., *The Correspondent Breeze : Essays on English Romanticism*, W. W. Norton & Company, 1984.

Benjamin, Walter, John Osborne(trans.), *The Origin of German Tragic Drama*, NLB, 1977.

Bloomfield, Morton W.(ed.), *Allegory, Myth, and Symbol*, Harvard University Press, 1981.

Bowra, C. M., *The Heritage of Symbolism*, New York : Macmillan, 1943.

Calinescu, M., *Faces of Modernity*, Indiana University Press, 1979.

De Man, Paul, *Blindness & Insight*, Methuen & Co. Ltd, 1983.

Eagleton, Terry, *Sweet Violence : The Idea of The Tragic*, London : Blackwell, 2003.

Jameson, Fredric, "On Interpretation", *Political Unconscious*, Methuen & Co. Ltd, 1981.

Kristeva, Julia, Mangaret Waller(trans.), *Revolution in Poetic Language*, Columbia University Press, 1984.

Miller, Hillis, "Two Allegories", Morton W. Bloomfield(ed.), *Allegory, Myth and Symbol*, Harvard University Press, 1981.

Praz, Mario, Angus Davidson(trans.), *The Romantic Agony*(second edition), Oxford University Press, 1951.

Preminger, A. & Brogan, T. V. F.(ed) *The New Princeton Encyclopedia of Poetry and Poetics*, Princeton University Press, 1993.

Williams, Raymond, *Modern Tragedy*, Stanford : Stanford University Press, 1966.